DIE STIMME DES MARS

Weitere Geschichten über die Iron Hands von Black Library

DAS AUGE VON MEDUSA
David Guymer

ZORN DES EISENS
Ein ›Space Marine Battles‹-Roman von Chris Wraight

DIE VERDAMMNIS VON PYTHOS
Ein ›Horus Heresy‹-Roman von David Annandale

Weitere Geschichten über das Adeptus Mechanicus von Black Library

Die Mars-Tilogie von Graham McNeill

BUCH 1: PRIESTER DES MARS
BUCH 2: HERREN DES MARS
BUCH 3: GÖTTER DES MARS

Adeptus Mechanicus von Rob Sanders

BUCH 1: SKITARIUS
BUCH 2: TECH-PRIEST

MECHANICUM
Ein ›Horus Heresy‹-Roman von Graham McNeill

DIE STIMME DES MARS

DAVID GUYMER

BLACK LIBRARY

EINE PUBLIKATION VON BLACK LIBRARY

Englische Erstausgabe 2018 in Großbritannien herausgegeben von Black Library.
Diese Ausgabe herausgegeben 2018.
Black Library ist eine Abteilung von Games Workshop Ltd.,
Willow Road,
Nottingham, NG7 2WS, UK.

10 9 8 7 6 5 4 3 2 1

Titel des englischen Originalromans: *The Voice of Mars*.
Deutsche Übersetzung: Ralph Hummel.
Produziert von Games Workshop in Nottingham.
Titelbild: David Alvarez.
Vertrieb: EGMONT Verlagsgesellschaften mbH.

Die Stimme des Mars © Copyright Games Workshop Limited 2018. Die Stimme des Mars, GW, Games Workshop, Black Library, The Horus Heresy, das ›The Horus Heresy‹-Augensymbol, Space Marine, 40K, Warhammer, Warhammer 40.000, das ›Aquila‹-Logo des doppelköpfigen Adlers und alle damit verbundenen Logos, Illustrationen, Abbildungen, Namen, Kreaturen, Völker, Fahrzeuge, Orte, Waffen, Charaktere sowie deren charakteristisches Aussehen sind entweder ® oder TM, und/oder © Games Workshop Limited, registriert in Großbritannien und anderen Ländern weltweit.
Alle Rechte vorbehalten.

Druck und Bindung: CPI Group (UK) Ltd, Croydon, CR0 4YY

ISBN13: 978-1-78193-269-8

Kein Teil dieser Publikation darf ohne vorherige Genehmigung des Herausgebers reproduziert, digital gespeichert oder in irgendeiner Art und Weise, elektronisch, mechanisch, als Fotokopie, Aufnahme oder anders übertragen werden.

Dies ist eine fiktive Erzählung. Alle Charaktere und Ereignisse in diesem Buch sind fiktiv und jegliche Ähnlichkeit zu real existierenden Personen oder Begebenheiten ist nicht beabsichtigt.

Besuche Black Library im Internet auf
blacklibrary.com
Finde mehr über Games Workshop und die
Welt von Warhammer 40.000 heraus auf
games-workshop.com
Gedruckt und gebunden in Großbritannien.

Wir schreiben das 41. Jahrtausend. Seit mehr als einhundert Jahrhunderten sitzt der Imperator reglos auf dem Goldenen Thron von Terra. Durch den Willen der Götter ist er der Herr der Menschheit und durch die Macht seiner unerschöpflichen Armeen der Gebieter über Millionen von Welten. Er ist ein verwesender Leichnam, der von unverstandenen Kräften aus dem Dunklen Zeitalter der Technologie durchströmt wird. Er ist der verfallene Herrscher des Imperiums, für den jeden Tag eintausend Seelen geopfert werden, auf dass er niemals wirklich sterbe.

Doch auch in seinem unsterblichen Schlaf wacht der Imperator auf ewig weiter. Mächtige Kriegsflotten durchqueren das von Dämonen heimgesuchte Miasma des Warp, die einzige Verbindung zwischen fernen Sternen, ihr Weg erleuchtet durch das Astronomican, die psionische Manifestation des Willens des Imperators. Gewaltige Armeen ziehen auf zahllosen Welten in seinem Namen in den Kampf. Die mächtigsten unter ihnen sind das Adeptus Astartes, die Space Marines – biotechnisch veränderte Superkrieger. An ihrer Seite stehen Tausende und Abertausende Soldaten des Astra Militarum, unzählige planetare Verteidigungsstreitkräfte, die ewig wachsame Inquisition und die Techpriests des Adeptus Mechanicus. Dennoch reichen ihre Taten kaum aus, um die immerwährende Bedrohung durch Xenos, Häretiker, Mutanten und Schlimmeres in Schach zu halten.

In jener Zeit zu leben bedeutet, einer unter vielen Milliarden zu sein. Es bedeutet, unter einem unvorstellbar grausamen und blutigen Regime zu leben. Dies ist die Geschichte jener Zeit. Vergiss die Macht der Technologie und der Wissenschaft, denn vieles ist vergessen worden, um nie wieder erlernt zu werden. Vergiss das Versprechen des Fortschritts und der Aufklärung, denn in der dunklen Zukunft gibt es nur den Krieg. Es existiert kein Frieden zwischen den Sternen, nur ewig währender Kampf und das Gelächter blutdürstiger Götter.

DRAMATIS PERSONAE

GEBIETER DER IRON HANDS

Kristos	Eisenvater des Clans Raukaan
Verrox	Eisenvater des Clans Vurgaan
Antal Haraar	Oberster Librarian
Jorghirr Shidd	Vater des Eisens

CLAN RAUKAAN

Allmacht	Eisenbarke
Telarrch	Erster Sergeant
Niholos	Apothecary
Shulgaar	Eisen-Chaplain

CLAN GARRSAK

Gebot	Eisenbarke
Regel der Eins	Bastionsraupe
Feingehalt	Angriffskreuzer, befehligt von Eisen-Captain Draevark
Draevark	Eisen-Captain
Braavos	Eisen-Chaplain
Artex	Zweiter Sergeant
Jalenghaal	Zehnter Sergeant
Borrg	Ordensbruder der Klave Jalenghaal
Burr	Ordensbruder der Klave Jalenghaal
Deimion	Ordensbruder der Klave Jalenghaal
Hugon	Ordensbruder der Klave Jalenghaal
Karrth	Ordensbruder der Klave Jalenghaal

LURRGOL	Ordensbruder der Klave Jalenghaal
STRONTIUS	Ordensbruder der Klave Jalenghaal
THORRN	Ordensbruder der Klave Jalenghaal

CLAN BORRGOS

GESPALTENE HAND	Bastionsraupe
BRUTUS	Angriffskreuzer, befehligt vom Sechsten Sergeant Tartrak
DUMAAR	Apothecary
LYDRIIK	Oberster Librarian, vormals unter dem Befehl des Captains der Deathwatch Harsid
TARTRAK	Sechster Sergeant

CLAN VURGAAN

HAMMER VON MANUS	Eisenbarke
ZERSTÖRUNG	Bastionsraupe

HOSPITALLER

SCHILD DES GOTTIMPERATORS	Schlachtbarke, befehligt von Ordensmeister Mirkal Alfaran
MIRKAL ALFARAN	Ordensmeister
GALVARRO	Ehrwürdiger, Seneschall

ADEPTUS MECHANICUS

NICCO PALPUS	Logi-Legatus, Fabricator General von Thennos, Erste Stimme des Mars
TALOS EPSILI	Metachirurg, Zweite Stimme des Mars

CHIRALIAS TARL	Dritte Stimme des Mars
EXAR SEVASTIEN	Fabricator Locum, Fabris Callivant
LOUARD OELUR	Exogenitor, NL-Primus Null-Ebene
QARISMI	Magos Calculi, Clan Raukaan
YURIEL PHI	Magos Instructor
MELITAN YOLANIS	Maschinenseher
BARAQUIEL	Techmarineanwärter, Angels Porphyr
BARRAS	Techmarineanwärter, Knights of Dorn
THECIAN	Techmarineanwärter, Exsanguinators
SIGART	Techmarineanwärter, Black Templars
KARDAN STRONOS	Techmarineanwärter, Iron Hands, Clan Garrsak

ORDO XENOS

GRAUE GEBIETERIN	ehemaliges Handelsschiff, befehligt von Inquisitorin Talala Yazir
TALALA YAZIR	Inquisitorin, Ordo Xenos
HARSID	Captain der Deathwatch, ursprünglich von den Death Spectres
YMIR	Deathwatch, ursprünglich von den Space Wolves
CULLAS MOHR	Apothecary der Deathwatch, ursprünglich von den Brazen Claws
ARVEN RAUTH	Scout der Iron Hands
KHRYSAAR	Scout der Iron Hands

LAANA VALORRN	Todeskult-Assassine von Medusa

HAUS CALLIVANT

GOLDENER SCHNITT	Flaggschiff der Schlachtflotte Callivant unter dem Befehl von Großadmiral Tigra Gorch
DUNKELWACHT	ein Sternenfort aus vorimperialer Zeit
FABRIS	Princeps, Haus Callivant

WELTENSCHIFF ALAITOC

RYEN ISHANSHAR	Kreuzer der Schattenklasse, befehligt von Navarch Elrusiad
YELDRIAN	Autarch
ELRUSIAD	Navarch

EMPERORS CHILDREN

AYOASHAR'AZYR	der vormals als „Der Saphirkönig" bekannte Dämon

>>> DATENÜBERTRAGUNG BEGINN >>>
>>> INFORMATIV >> DIE KRISTOS-IRRLEHRE

Noch bevor die ersten Freihändler begannen, der ›Legende von Sthenelus‹ nachzujagen, und noch bevor die Apostel des Mars ihre ersten Missionen zu dieser gelobten und umnachteten Welt auf den Weg brachten, durchdrang der Glaube an einen allumfassenden Organisator ihre mechanonomadische Kultur.

Die Ähnlichkeiten mit den Doktrinen des Mars, mit dem Omnissiah als Architekt und Fürsorger, müssen verblüffend gewesen sein.

Viele in der Synode des Mars sahen diese konvergierende Kulturrevolution als Beweis dafür, dass die Quasi-Gottheiten, die den Medusanern als Clan Patriarchs bekannt waren [SIEHE INFORMATIV UNTERPAKET >> MYTHEN UND LEGENDEN], Pioniere waren, die anstatt von Terra vom Mars stammten. Vor dem Hintergrund der kulturellen und territorialen Auseinandersetzungen, von denen die Bündnisse des alten Sol sogar auf dem Höhepunkt des großen Kreuzzugs bestimmt waren, war dies eine praktische Behauptung. Er begründete die Anstrengungen, diese neue Welt aus den Händen Terras und in die Einflusssphäre des Roten Planeten zu locken. Die Magi Anthropologicae, die sich mit den Kulturen Medusas befassen, haben postuliert, dass der allumfassende Organisator, der Omnissiah, eine mittlerweile anerkannte Erscheinung ist. Er ist aus einer allmählichen Mythisierung des Clan-Patriarchs und den Mythen entstanden, die ihm vorausgegangen sind und zugeschrieben werden.

Dieser Lehransatz wurde im Laufe der Jahrtausende häufig diskreditiert [INDEX >> LOBGESANG DES REISENS].

Das großartige Schema, das durch den Omnissiah von Anfang an in die galaktische Ordnung gewebt wurde, offenbart sich in allen Dingen. Zu sagen, dass alles nach seinem *Willen* abläuft, wäre ungenau.

Alles läuft nach seinem *Plan* ab ...

PROLOG

Der Befehlsnexus der *Ryen Ishanshar* (oder *Rotmond über dem Speer der Isha* in niederen Dialekten) bot trotz all des Überflusses eine dezente Erscheinung. Jeder der Rundgänge, die mit Vorhängen behangen waren, und jede gewölbte Treppenflucht war ein wesentlicher Teil der Gesamtform. Jeder Absatz, jede Täfelung und jeder vergoldete Fries war der Ausdruck eines subtilen Puritanismus. Aus den Wänden traten derart naturgetreue Statuen gefallener Götter und der Helden der Eldanar hervor, sodass es wirkte, als seien die Götter von einem Artisanen direkt aus dem Phantomgebein beschworen worden. Lebende Eldar standen oder saßen an mit Juwelen besetzten Reihen aus psiplastischen Anzeigen und steuerten ihr Mutterschiff mit der Kraft ihrer Gedanken, mit Liedern, und, wenn notwendig, mit dem kräftigen Spiel ihrer Hände. In anscheinend unbemannten Stationen waren Edelsteine eingelassen, die pulsierten und pochten. Die Kristallanzeigen um sie herum blitzten ob der geschickten Befehle der Toten.

Banner flatterten, auf denen die Verdammnis von Eldanesh dargestellt war, als das Stöhnen eines Walgesangs durch den

Befehlsknoten wallte. *Ryen Ishanshar* war ein Verstand, der sich aus denen seiner Besatzung zusammensetzte. Navarch Elrusiad war mit seiner Identität und seinem Geist mit beiden verbunden und fühlte ihre Pein wie die eigene.

Er stand im Zentrum des Befehlsnexus. Seine Hände steckten in Handschuhen und packten zwei halbkreisförmige Geländer, die je nachdem, wie stark er sie umklammerte, härter oder weicher wurden. Er trug einen Vollanzug aus einem geschmeidigen, blauem Plastek, der mit gelben Streben gerifelt war. Ein Paar Shurikenpistolen und eine geschwungene Energieklinge waren an seine schmale Hüfte geschnallt. Über einer Schulter hing ein Mantel aus Spektralkristallschuppen, in denen sich die farbigen Lichter des Befehlsknotens spiegelten und sein Gesicht war von einer Maske bedeckt.

Der Ausdruck, den sie zeigte, spiegelte die Leere des Alls wieder. Das Psiplast war nur mit einem einzelnen, hellen Stern verziert, der in eine Wange eingelassen war. Der Stern von Hoec. Der Stern der Seefahrer. Die Maske verbarg seine Gedanken genau wie sein Gesicht und beschützte durch ihn die *Ryen Ishanshar* und ihre Besatzung voreinander.

Er spürte, wie sie auf seine Ruhe reagierten.

»Das Schiff der Menschen dreht bei«, meldete Laurelei. Sie kreiste um das Podium des Navarchs. Dabei lag eine Hand auf dem mit Juwelen besetzten Knauf ihres Schwerts. Ganz der ewig bereite Krieger. »Sie bereiten sich vor, das Feuer zu eröffnen.«

+Auf Einschlag vorbereiten+, dachte er.

Das Schiff erbebte. Harmonien erschollen im Befehlsknoten, als die kinetischen Stützen die Einschlagsenergie wegsangen, die von der geballten Feuerkraft eines Giganten stammte, der das achtfache Volumen der *Ishanshar* hatte, und sich nichts aus ihren Holofeldern machte. Die Einschläge waren reine Glückstreffer. Das Schiff schrie auf. Marendriel erschauderte am Pult des Wegesuchers ob der übertragenen Schmerzen.

Elrusiad hielt seine Gedanken unter Kontrolle. Er wusste, was sein Schiff aushalten konnte.

+Zeig ihnen unser Heck, Marendriel. Volle Fahrt in Richtung

des Netzes der Tausend Tore. Lasst den großen Bullen den flinken Kurnous verfolgen. Lasst ihn bei seinem Amoklauf den eigenen Wald zerstören. Sie werden das Schicksal desjenigen nicht vergessen, den sie Khan nennen. Sie werden es nicht wagen, uns dorthin zu verfolgen.+

Laurelei drehte sich zu ihm um. Ihr Gesicht mit den hoch liegenden Wangen und ihr Ruf, jähzornig zu sein, ließen sie stets arrogant wirken. »Und was ist mit Autarch Yeldrian? Was ist, wenn er zurückkehrt, und uns hier nicht findet?«

+Wir können nicht gegen diesen Leviathan kämpfen, Geliebte.+

Laurelei schnaubte und drehte ihm den Rücken zu.

Gelassen blickte Elrusiad an ihr vorbei zum Wegesucher. +Lasst uns sehen, ob die Chem-Pan-Sey rennen können.+

Marendriel arbeitete bereits an der Erfüllung seiner Aufgabe. Elrusiad konnte die kaum wahrnehmbare Veränderung des Gleichgewichts spüren, als *Ryen Ishanshar* alle Segel setzte und die Solarwinde einfing. Als die Beschleunigung ihn nach hinten drückte, klammerte er sich fester an das Geländer und das viskoelastische Metall wurde härter, um seinen Griff zu kompensieren.

Mit einer Milliarde verbundener Sinne sah er, wie die imperiale Bestie die Jagd abbrach. Er sah, wie die gewaltigen Hörner des wilden Stiers willkürlich durch die Leere stießen.

+Kurs ein Jota nach Backbord. Holofelder auf Konvergenz ausrichten.

Er spürte beinahe so etwas wie Mitleid für die Menschheit. Ihre Zeit unter den Sternen würde nicht lange währen.

Es war nicht länger Angst oder Besorgnis, die durch die Unendlichkeitsmatrix der *Ryen Ishanshar* strömten, sondern Zorn. Ihre uralten Knochen zitterten. Gravitonpulsare und Fusionsstrahler quollen aus ihrer psiaktiven Haut. Der nachklingende Hass der toten Ahnen blies Feuer in die Herzen der Lebenden. Er spürte den Zorn, dass Wesen wie sie in einen Hinterhalt gelockt wurden von Wesen wie ...

Diesen.

+Friede, *Ishanshar*+, schickte Elrusiad aus und kämpfte darum, sie im Zaum zu halten. +Nur ... Asuryans Auge ... sieht alles.+

Marandriel hielt ihre Hände nur ein kurzes Stück über der Konsole des Wegefinders ausgestreckt. Ihr Gesicht war zu Seite geneigt, als lausche sie mit mehr als nur ihrem Geist den Berichten der Instrumente. »Außer dem Koloss sind da zwei Angriffskreuzer und sieben Begleitschiffe.« Der Seelenstein, der in die Konsole neben ihr eingelassen war, pulsierte strahlend hell und sang ein kreischendes Vibrato. »Entschuldigt bitte. Acht Begleitschiffe.«

Durch *Ryen Ishanshars* Augen sah Elrusiad die Stellung der Feinde.

+Sie wollen uns erobern. Sie wussten, dass wir kamen.+

»Ihr sprecht von Chem-Pan-Sey«, sagte Laurelei, »und nicht von den Hexen von Morai-Heg.«

Elrusiad schloss die Augen. Das Zittern, das durch das Deck lief, ließ nach. Das Schiff wurde ruhiger, als es seine Absichten erkannte. Er konnte dessen drängenden Geist spüren. +*Ja*+. Der gemeinsame Wille erfüllte ihn und seine Arme hoben sich in beiderseitigem Einverständnis.

Als die *Ryen Ishanshar* unter den Fernschüssen der anfliegenden Welle der Kriegsschiffe der Menschen aufstöhnte, wandte die Besatzung ihre Blicke ab. Sie berührten ihre Wegesteine und flüsterten den toten Göttern ihre Lieder zu. Sogar die kriegerische Laurelei.

Ohne ein Wort zu verlieren, griff er an die Seiten seiner Maske. Sie löste sich ohne Probleme, sobald er sich entschieden hatte, sie zu entfernen.

Er drehte sie in seinen Händen um.

Einen kurzen Augenblick lang starrte das perfekte Abbild seines eigenen Antlitzes ihn an. Das schwache Psiplast verlor jedoch bereits die Verbindung mit seinem Geist und wurde weich. Gleichzeitig verschwand auch der Abdruck seines Gesichts. Er stieß ein zutiefst betrübtes Seufzen aus. Sein Herz hämmerte wie eine bleierne Trommel.

Dann hob er die Maske wieder zu seinem Gesicht.

Flüssiges Plastek kroch über sein Fleisch, als sich die andere Seite der Maske an die Form seines Kopfs anpasste.

Der Mund verzog sich zu einem höhnischen Grinsen und die Augen wurden schmaler, der Ausdruck härter. Der Stern von Hoec verblasste und an seiner Stelle zog sich von einem Augenwinkel aus eine flache Kerbe, die sich in das Plastek ritzte. Eine einzelne Träne, die als Wiedergutmachung dafür diente, ein Leben zu nehmen.

Auf dem Weg eines jeden Seefahrers kam der Punkt, an dem er sich dem Aspekt von Kaela Mensha Khaine ergeben musste. Diese Aussicht erfüllte Elrusiad jetzt aber nicht mit Furcht. Seine Seele bestand aus flüssigem Metall, als er mit Augen aufsah, die nun blutunterlaufen waren. Ein roter Schleier wogte am Rand seines Sichtfelds und wo er zuvor das regelmäßige Pulsieren der Juwelenlichter und Seelensteine wahrgenommen hatte, fühlte er nun das aufkommende Pulsieren des Kriegs. Er sah, wie Marandriel sichtlich darum kämpfte, ihre ausgestreckten Finger nicht zu Krallen zu krümmen. Laurelei leckte an ihrer gezogenen Klinge. Dabei entstand zischender Dampf, ganz so, als käme die Klinge gerade frisch von Vauls Amboss.

Elrusiad fühlte nicht das Bedürfnis, seine eigenen Waffen zu ziehen. Sein Verstand war mit ihrer gewaltigsten Waffe verbunden. Die *Ryen Ishanshar* schnurrte mit dem Einverständnis über die kommende Gewalt.

Genau wie ein Runenprophet, der das Mal der Verdammnis zuwies, hob Elrusiad einen Finger und wählte den leichteren der beiden Kreuzer aus, der sich schnell näherte.

Seine Stimme war wie Rauch.

»Dieser wird der Erste sein.«

>>> HISTORISCH >> DIE SCHLACHT UM FABRIS CALLIVANT, 212414.M41

Jede der Millionen Welten des Imperiums befindet sich dauerhaft im Kriegszustand. Auf unzähligen Schlachtfeldern verwandeln ausgedehnte Netzwerke der Industrie und der Bürokratie die Diaspora der weitverstreuten Welten in Soldaten und Waffen. Lebensmittel und Vieh werden über ganze Sektoren und Segmenta verschifft. Bodenschätze werden den Planeten entrissen, zu Rohmaterialien für die Kriegsmaschinen und Sternenschiffe zermahlen und in einem endlosen Strom in die Schmiedetempel des Heiligen Mars exportiert [ZUGRIFF UNTERPAKET >> VERTRAG VON OLYMPUS]. Kinder werden den Armeen als Zehnt übergeben. Unzählige Milliarden werden in dem endlosen Mahlwerk der Imperialen Armee erzogen. Von der erhabensten der zivilisierten Welten, über die niedrigsten Prospektorenwelten in den Schatten des Astronomicans, bis hin zum Mars selbst wird die Wirtschaft und Kultur jeder Welt durch dieses Netzwerk der gegenseitigen Abhängigkeit geformt. Und von den zehn Jahrtausenden der ständigen Bedrohung, die immer größer wird.

Für eine Welt an der Front des Krieges ohne Ende erscheint das Ausmaß der imperialen Kriegsmaschinerie atemberaubend.

Fabris Callivant war eine stolze, uralte Knight-Welt und die Heimat eines regierenden Hauses, das in ungebrochener Blutlinie bereits seit jenen Tagen herrschte, die vor dem Zeitalter der Vereinigung lagen.

Der Planet war der Heimathafen für eine Flottille halb ausgemusterter Schiffe, unter dem Befehl des Schlachtkreuzers der Marsklasse *Goldener Schnitt*. Ihre Schlagkraft wurde durch ein aus mehr als fünfzig Schiffen bestehendes Geschwader ergänzt, die Fabrikwelten im gesamten Sektor stellten, die mit Fabris Callivant entweder verbündet waren oder die der Planet schützte. Dutzende Kriegsschiffe, abgezogen von den Schlachtflotten Trojan und Dimmamar, hingen ruhig an Ankerstellen in der Nähe. Sie lagen neben den gebieterischeren und mehr verehrten Schiffen, die von der Kriegsflotte Obscurus in Cypra Mundi stammten. Der Kern der orbitalen Verteidigung der Welt war jedoch das uralte Sternenfort *Dunkelwacht*. Die robuste Kugel bestand aus Schießscharten und Geschützstellungen und war im Rot und Schwarz des Hauses Callivant gehalten. Die Truppenstärke und die Schlagkraft der kombinierten Flotten waren beeindruckend, aber für den Princeps Fabris, sowie für die Commander des Imperiums und des Mars war das nachrangig. Das Herz der Systemverteidigung befand sich an einem anderen Ort.

Neun glorreiche Kriegsschiffe des Ordens der Hospitallers lagen im Hochorbit vor Anker. Sie wurden von der zehntausend Jahre alten Schlachtbarke *Schild des Gottimperators* angeführt.

Die Hospitallers sind wandernde Kreuzfahrer [ZUGRIFF UNTERPAKET >> ORDEN DER VIERUNDZWANZIGSTEN GRÜNDUNG], deren Flotten Pilgerrouten patrouillierten, die kreuz und quer durch den Teilsektor verliefen.

Im Laufe der Jahrtausende seit der Gründung des Ordens haben sowohl die Pilgerreisen als auch der Handel zugenommen und Wohlstand und Frieden zu den Welten gebracht. Keines von beidem wäre möglich gewesen, hätten die Heiligen des Imperiums die Feinde der Menschheit nicht an ihren Befestigungsanlagen gebrochen.

Fabris Callivant ist aber keine dieser Welten. Es lag vielmehr an heiligeren und wohlhabenderen Welten, dass deren Notlage die Welt in Gefahr brachte und dass die Hospitallers ihren Arm schützend über sie hielten.

Für einen kurzen Zeitraum während des zweiten Drittels von M41 wurde Fabris Callivant zum Epizentrum des Krieges ohne Ende.

KAPITEL EINS

»*Schwäche findet jede Ausrede.*«

– Arven Rauth

I

Der Augmetiker Janis Gilt drückte seine Finger auf Arven Rauths Kehle. Er runzelte die Stirn und suchte nach einem Pulsschlag, den er aber nicht fand. *Das Imperium ist schließlich gewaltig und ich bin eindeutig kein Mensch*, dachte Rauth. *Wie lange ist es her, dass ich mein eigenes Herz schlagen spürte – ein Jahr?*

Als die Lippen des Sterblichen das Wort »zwanzig« formten, zog er seine Finger zurück und schüttelte sie, als wollte er so alle Mikroben abschütteln, die er vielleicht mit seinen Fingernägeln abgekratzt hatte.

Ein leibeigener Assistent, der eine hochgeschlossene chirurgische Robe mit eng anliegenden Ärmeln trug, reagierte auf den Hinweis und hielt ihm schnell ein Handtuch hin. Janis wischte sich damit die Zwischenräume zwischen den Fingern ab und polierte seine Fingernägel, während er nochmals Rauths leichenartigen Körper betrachtete.

Rauth starrte zurück, ohne zu blinzeln. Die Linsen seiner Augen wurden durch mukranoide Fasern natürlich getrübt.

»Ich kann definitiv bestätigen, dass er tot ist. Wünschst du eine Kopie der Unterlagen, Fräulein …?« Janis sah über den Rand seiner Brille auf und wandte sich an die Präsenz, die Rauth hinter sich spürte.

»Laana Valorrn«, erklang die Antwort. »Nein, danke.«

Der Augmetiker lächelte dünn. *Ich bezweifle, dass in diesem Laden viele ihren wahren Namen nennen. Warum fragt er auch?*

Janis schüttelte den Kopf und sah wieder nach unten. Er breitete seine Hände entlang des Handlaufs der Bahre aus und setzte eine regungslose Miene auf. Er war offensichtlich bemüht, nicht so auszusehen, als ob irgendein gereizter Außenweltler gerade eben die sterblichen Überreste von Princeps Fabris dem Ersten in seiner Klinik abgeladen hatte. Mit einem Finger fuhr er an einem der flexiblen Stäbe entlang, die sich von der linken Schulter Rauths, die wiederhergestellt war, in den benachbarten großen Brustmuskel zog. *Klamm. Kalt. Niemand spielte eine Leiche besser wie ein Iron Hand.* Rauth kämpfte gegen das Bedürfnis zu grinsen, als der Augmetiker mit seinen Fingern in seinem Brustkorb herumforschte. Wieder runzelte der Sterbliche die Stirn.

»Ich spüre keine Rippen.«

»Er ist kein normaler Mensch«, kam Laanas knappe Antwort.

»Das sehe ich selbst.« Er prüfte eine Anzeige an der Seite des Handwagens, die Rauth nicht sehen konnte. »Zweieinhalb Meter groß. Vierhundert Kilogramm. Selbst wenn man die Augmentationen berücksichtigt, die nebenbei bemerkt hervorragend sind, ist das viel Muskelmasse für einen Mann, der zweieinhalb Meter groß ist.« Er blickte erneut über seine Brille hinweg zu Laana, als wäre sie eine Medicusstudentin im ersten Jahr, die es sich erlaubte, einen Schreibfehler anzuprangern. *Das wird er noch früh genug noch bereuen.* »Normalerweise stelle ich solche Fragen nicht. Wenn ich das täte, würde ich nur einen Bruchteil meiner Geschäfte machen. Ich *muss* es aber wissen. Was *ist* er?«

»Nicht einmal annähernd so etwas, wie du oder ich.«

»Man braucht keinen vom regierenden Haus zugelassenen Augmetiker, um das festzustellen.«

»Man braucht überhaupt keinen vom regierenden Haus zugelassenen Augmetiker. Man hat mir aber gesagt, dass du diskret seist.« Er zog die Nase hoch. »Man hat dich korrekt informiert.«

Der enge Triageraum, der als Janis Gilts Ladengeschäft diente, füllte sich bereits mit Laufkunden, obwohl es noch früh am Abend war. Ramponierte Leichen saßen vornübergesunken in Stühlen. Ihre Augen starrten geradeaus und ihre Lippen färbten sich blau. Die meisten von ihnen waren durch harte Schläge auf den Hinterkopf gestorben. Rauth konnte mit einem heimlichen und beiläufigen Blick aber auch sechs Opfer von Messerstechereien, zwei von Schießereien, eines von einem Fall aus großer Höhe oder eines Zusammenstoßes mit hoher Geschwindigkeit und sogar eines erkennen, das eines natürlichen Todes gestorben war. Einige von ihnen waren von Verwandten gebracht worden, die hofften, mit ihrer Trauer wenigstens noch etwas zu verdienen. Andere wollten nur ihre Taschen füllen. Sie alle sahen ungeduldig aus. Die erhöhte imperiale Präsenz in Fort Callivant hatte dafür gesorgt, dass der Preis von Fleisch auf dem Schwarzmarkt exponentiell in die Höhe geschnellt war.

Einen der vielen Untergrundhändler aufzuspüren, der das Mechanicus Fort Callivants mit Leichen versorgte, war der einfachste Teil ihrer Mission gewesen.

Janis Gilt zeichnete sich nur dadurch aus, der Unglückliche zu sein.

»Ich biete dir ...« Der Augmetiker nahm spontan seine Brille ab, setzte sie wieder auf und fummelte dann an den Schläfen herum. »Fünfundzwanzig Gulden«, gab er mit einem Mal bekannt. Der Tonfall seiner Stimme stieg so hoch, als würde er eine Frage stellen, anstatt einen Preis zu nennen. Ein großer Mann, der mit Kulttätowierungen bedeckt war und in der Nähe saß, verschluckte sich an einer Tasse flüssigen Recycs.

»Fünfunddreißig«, sagte Laana.

»Einverstanden!«, schnappte Janis und begann zu strahlen.

Er hätte wahrscheinlich das Fünffache geboten und es für ein gutes Geschäft gehalten.

»Aber unter einer Bedingung.«
Der Mann machte ein langes Gesicht. »Ich höre.«
»Die Leiche hat einige Implantate. Einzigartige Technologie. Dinge, die man zu meinem Auftraggeber zurückverfolgen kann, wenn jemand das tun wollte. Sie besteht darauf, dass ich deine Eingriffe beobachte und sicherstelle, dass sie sicher zu ihr zurückgelangen.«
Der Augmetiker warf der Frau, die Rauth nicht sehen konnte, erneut einen prüfenden Blick zu. Rauth versuchte sich vorzustellen, wie sie auf einen solchen Mann wirken mochte.
Ein Mädchen. Neunzehn Jahre alt. Ungesund blass. Dunkles, kurz geschorenes Haar. Sie trug die Kleidung einer Leibeigenen eines der unbedeutenden Häuser. Die Verkleidung wäre perfekt, wären da nicht die harten Muskeln, die wegen der vorherrschenden ärmellosen Mode auf Fabris Callivant deutlich sichtbar waren. Die Muskeldefinition wurde durch Kabelzugverbesserungen des Muskelskeletts noch verstärkt. Außerdem war da noch eine Tätowierung auf ihrem Bizeps. Rauth konnte sich natürlich gut daran erinnern.
Eine weiße Hand. Und die gotische Zahl »X«.
Fabris Callivant lag weit abseits der Handelsrouten und der etablierten Kriegsgebiete. Außenweltler waren hier kein allzu häufiger Anblick.
»Das kann ich gut verstehen«, sagte Janis.
Ein Händeklatschen brachte den Servitorgehilfen aus seiner Warteposition herbei. Rauth blieb bewegungslos und starrte weiter geradeaus, als die Tragbahre herumschwenkte und durch ein paar Türen in den hinteren Teil des Ladens rumpelte.
Anders als bei dem üblen Zustand des Triageraums, der wirklich nicht viel mehr als ein Fortsatz der Straße war, war Medicus Janis Gilt auf seinen Operationssaal *stolz*.
Jede Oberfläche war sauber geschrubbt. Jeder Bohrer und jede Skalpellkante glitzerte, als ob die bissige Beleuchtung und die täglichen Behandlungen mit den keimtötenden Putzmitteln ihre Schärfe noch mehr zum Vorschein brachten. Die Servoarme an der Decke und die Diagnostikeinheit aus den Beständen des

Militarums mussten unter großem Aufwand angeschafft worden sein. Sie waren beinahe so gut wie die Ausrüstung jener, die in der Gunst des Hauses Callivant standen. Hochwertige Augmentationen, die zu Waffen umfunktioniert waren, und künstliche Gehirne, ausgestattet mit Hilfsintelligenzen und primitiven Kampfalgorithmen, standen in den Regalen in Gefäßen, in denen kybernetisch-organische Flüssigkeiten blubberten.

Der Servitor schob Rauth an seinen Platz unter den Punktlampen. Chirurgiearme blockierten die Räder der Bahre und zogen sich mit derselben blinden Brutalität zurück, mit der sie aufgetaucht waren. Die Umrisse der Lampen brannten sich langsam in Rauths Netzhaut.

Doch selbst jetzt blinzelte er nicht.

»Nun dann«, sagte Janis. »Du kannst damit anfangen, indem du mir sagst, wo genau ich die Geräte deines Auftraggebers finde. Dann kannst du dir deine fünfunddreißig Gulden bei meinem –«

»Dieser Raum ist schalldicht, nicht wahr?«, fragte Laana.

»Das ist er. Die meisten Menschen wollen nicht hören, wie –«

Die Türe schnappte zu, als sie sich dagegen lehnte.

Rauth spürte, wie sich Speichel in seinem Mund bildete.

Endlich.

II

Blut und Knochenfragmente spritzten auf sein Gesicht. Kurz darauf folgte der Geruch von verbranntem Lyddit, Fycelin und verdampfter Gehirnmasse. Arven Rauth sog ihn durch seine Nasenflügel auf und öffnete den Mund, um noch mehr zu bekommen. Blut wogte durch sein bionisches Herz wie Fettlöser durch einen Kanister voller Promethium. Es tat weh. Es fühlte sich so an, als wären die Muskeln und Nerven, die mit ihm verbunden waren, ständig gereizt und das noch nie so sehr wie jetzt, da sie darauf warteten, dass es wieder zu schlagen begann.

»Du hättest ihm einfach das Genick brechen können.« Laana hatte auf den Schuss nicht reagiert. Blut war auf ihre Verkleidung und das eiskalte Antlitz der Assassine des Medusanischen Todeskults gespritzt, die darin verborgen war. »Warum musstet Ihr ihn erschießen?«

Weil ich es wollte. Weil ich das Geräusch mag, das meine Boltpistole macht. Ich mag, wie es in meinen Ohren nachklingt. Und ich mochte den Ausdruck auf seinem Gesicht, als sein Hinterkopf explodierte. Weil ich – »Sei still und heb ihn für mich an.«

Rauth knurrte und glitt von der Bahre. Seine Muskeln waren angespannt und die augmentierten Sehnen in seinem Arm protestierten nach der langen Inaktivität. Er ragte weit über die sterbliche Frau hinaus und seine Muskeln zuckten und wölbten sich. Laana sah auf und hielt ihre Angst gut im Zaum.

»Ich bin nicht Euer Knecht«, stellte sie fest. »Hebt Ihr ihn auf.«

Rauth stellte sich vor, wie er das Gehirn der Assassine über die gekachelte Mauer verteilte. *Der Medicus hatte einen Leibwächter, Madame Inquisitorin. Es gab nichts, was ich hätte tun können.* »Dein Tempel hätte dich besser indoktrinieren müssen.«

»Einige von uns müssen für das arbeiten, was wir haben. Wir können nicht alle durch genetische Hexerei aufsteigen.«

Meine Boltpistole hat sich einfach in ihr Gesicht entladen. Sie muss dem Omnissiah auf irgendeine Art missfallen haben. Ich kann mir aber nicht vorstellen, wie.

»Schwäche findet jede Ausrede«, gab er stattdessen zur Antwort.

Ein leichter Stupser brachte die Assassine ins Stolpern und sie krachte in einen Instrumentenkarren. Rauth beugte sich vor. Er packte den toten Augmetiker an der vor Blut triefenden Ruine seiner Kehle und zog ihn daran auf Augenhöhe, als ob dessen Gewicht, das nicht unerheblich war, überhaupt keine Rolle spielte.

Die Körpergröße war für einen Mann der führenden Häuser durchschnittlich. Seine Zehen baumelten auf Höhe von Rauths Knien. Es war schwerer, sein Alter zu schätzen, da Rauth an funktionell unsterbliche Wesen gewöhnt war, für die das Fleisch nicht mehr als eine ferne und abscheuliche Erinnerung war. Sollte er schätzen, würde er den Augmetiker irgendwo im letzten Drittel seiner Lebensjahre einordnen. Von seinem Bauch und seinen

Armen hing Fettgewebe wie ein schlecht geschnittenes Gewand herunter. *Jetzt ist es zu spät, noch mal zum Schneider zu gehen.* Sein Gewicht sorgte dafür, dass sich seine schlaffen Genickmuskeln unter Rauths einhändigem Griff in die Länge zogen.

Der Kopf war ein klebriges Chaos, der wirkte, als ob er durch einen Fleischwolf gezwungen worden war. *Menschen. So schwach.* Und dennoch stammte er von derselben Spezies, deren Kind auch Rauth war, und ein Rest davon würde ihm immer anhängen.

»Was war das?« Laanas Stimme riss ihn aus seinen Gedanken.

»Was war was?«

»Ihr habt Euch gerade die Lippen geleckt.«

»Das habe ich nicht.«

»Ich versichere Euch, dass Ihr das getan habt.«

»Warum fragst du dann?«

Sie warf ihm einen finsteren Blick zu, als habe ihr ein Straßenköter in die Hand gebissen. »Ich habe der Inquisitorin gesagt, dass sie besser Khrysaar hätte schicken sollen.«

Ein plötzliches Knurren überraschte sie beide.

»Du sprichst besser nicht von meinem Bruder«, sagte Rauth.

Laana zog sich zur Tür zurück. Ihre Hand glitt zur Rückseite ihrer Robe und zu der nicht ganz so geheimen Tasche mit der faltbaren Nadlerpistole, die dort zwischen den Schulterblättern versteckt war. Rauth schüttelte den Kopf, als versuchte er, einen unwillkommenen Gedanken loszuwerden, und wandte sich wieder der Leiche zu. „Geh. Halte jeden davon ab, hereinzukommen.« Sie senkte ihre Hand von dem Ort zwischen ihren Schultern und zeigte ihre offene Handfläche. Als ob ein Scout der Iron Hands nicht in der Lage gewesen wäre, sie in dem Moment zu entwaffnen, in dem ihre Absicht, die Waffe zu ziehen, in ihren Augen erschien.

»Ich werde Inquisitorin Yazir geben, was sie will«, murmelte er, als Laana durch die Tür zum Triageraum verschwand.

Er roch an dem geplatzten Kopf des Augmetikers. Obwohl er keinen Puls hatte, spürte er, wie seine Augen zu pochen begannen. Er schloss sie und seine Lippen öffneten sich immer weiter, bevor er seine Zähne in das weiche, breiige Fleisch sank. Seine Augenlider flatterten, als die Erinnerungen an ein Leben, das nicht sein eigenes gewesen war, vor seinen Augen vorbeizogen. Er biss zu, riss einen Brocken heraus und schluckte ihn, ohne zu kauen. Das omophagische Organ in seiner Kehle zitterte ob der Reize. Die Bilder wurden intensiver. Ein Leben. Eine Familie. Ein kleines Mädchen, das wie in einem Daumenkino zu einer erwachsenen Tochter heranwuchs. Rauth wusste, dass er diese Dinge einst gekannt haben musste. Er dachte oft an seine sterblichen Eltern, jedoch weniger häufig wie früher. Er konnte sich aber nicht mehr daran erinnern, wie sie ausgesehen hatten oder gar wie sie hießen. *Ferrus ist der Name meines Vaters. Ein Gott, der mich zehntausend Jahre bevor ich gezeugt wurde, aufgegeben hat.* Diese Dinge durch die Augen eines Sterblichen zu sehen bedeutete ihm jetzt wenig und berührte ihn überhaupt nicht.

Er sank sein Gesicht in das rote Fleisch und fraß sich von den Dingen, die im Leben von Janis Gilt am wichtigsten gewesen waren, zu jenen durch, nach denen Rauth und die Inquisitorin suchten.

Er sah Körper.

Sie verfügten über primitive Augmentationen und waren in Waffen verwandelt worden. Sie trugen die Gewänder von geringeren Herrschern und örtlicher Syndikate und waren für ein Gefecht aufgestellt. Sie befanden sich in einer versiegelten Kammer, die mit Menschen gefüllt war, die in Reihen saßen oder dastanden. Die Wände bestanden aus Metall und waren mit Bannern verhangen. Es war eine Parodie der großen Freiluftturniere, die vom Haus Callivant veranstaltet wurden. Über der ganzen Versammlung erstrahlte das Emblem des Mechanicus. *Eine Enklave des Mechanicus.* Irgendetwas stimmte aber mit dem Emblem nicht. Etwas, dass Rauth bereits irgendwo gesehen hatte. Die Erkenntnis kratzte an den Mauern seines Unterbewusstseins. Janis hatte aber nichts Außergewöhnliches in den Symbolen erkannt. Deshalb konnte auch Rauth, der sich durch dessen Erinnerungen fraß, keinen Grund für das ungute Bauchgefühl aufspüren, als er es zum zweiten Mal sah.

Die Erinnerung bewegte sich weiter.
Der Käufer.
Er war in eine blutrote Robe gekleidet. *Oder sie. Beim Adeptus Mechanicus weiß man das nie so genau.* Auf den gekrümmten Schultern war ein Instrumentarium aus Gliedmaßen angebracht, die sich in der Luft wanden. Eine Reihe Lichter, die alle auf der rechten Seite des Gesichts angebracht waren, stachen durch die Dunkelheit seiner Kapuze. Ein voluminöser Ärmel öffnete sich und zeigte eine Hand, die in klebrige, rote Bandagen gewickelt war, als der Magos eine Kreditscheibe in Rauths – nein, in *Janis'* – Handfläche legte.
Rauth sog den Gestank des Beinhauses tief ein.
»Da bist du ja ...«

III

Es regnete, als sie die Klinik verließen. Soweit Rauth das feststellen konnte, regnete es immer auf Fabris Callivant. Eine hoch aufragende Fülle von Auffangbecken und Regenrinnen leitete das Abwasser von den Spitzen der Türme in ein labyrinthartiges Gewirr aus Rohrleitungen ab. Es gurgelte durch Schleusentore, floss über Wasserräder, brachte Staukammern zum Überlaufen und sprudelte aus Regenschächten, die im Bodenbelag eingelassen waren. Es wirkte, als befände sich die Stadt in den letzten Tagen der Auflösung.

Er verzog seine Nase, als er mit den Zehenspitzen die Säcke der kybernetisch-organischen Abfälle beiseiteschob, die in der Gasse gegenüber von Janis' Operationssaal festgebunden waren, und legte seine Rüstung frei. Der Regen wusch das Blut von seiner nackten Haut, als er damit begann, sie anzulegen.

Der dunkle Panzer war einst glänzend gewesen, lange bevor er in Rauths Besitz gekommen war. Nun war er so verwittert, dass er im Wesentlichen grau war. Sogar die Symbole des Clans und des Ordens waren abgerieben. Cullas hatte ihm gesagt, dass es nur Platten aus Armaplast waren, die nicht wie eine Servorüstung über einen eigenen Maschinengeist verfügten. *Was weiß ein*

Apothecary schon über solche Dinge? Er war aber beruhigt darüber gewesen, dass ihm sein Kriegsgerät dieses Vergehen später nicht zurückzahlte.

Laana schützte sich im Eingang der Klinik vor dem Regen und zerlegte ruhig ihren Nadler. Dann warf sie sich eine Regenjacke über ihre nackten Schultern und sprang zwischen den öligen Pfützen hindurch über die Straße zu Rauth.

»Bereit?« Ihre Hände fummelten an der Jacke herum, als wollte sie die Falten glätten, während sie in Wirklichkeit mehrfach den Sitz der versteckten Holster anpasste.

»Du bist bemerkenswert sauber«, sagte Rauth.

»Ich mag keinen Schmutz.«

»Ich erinnere mich.«

Er sah auf. Die mukranoide Schicht über seinen Augen sorgte dafür, dass er die Augen nicht zusammenkneifen musste, als der warme Regen auf sie trommelte, der mit Schadstoffen verunreinigt war. Die meisten davon waren industrielle Abgase, die sich im Laufe der Jahrtausende gesammelt hatten. Sein verbesserter Geschmackssinn ließ ihn aber acht unterschiedliche Klassen von Abgasen unterscheiden, die von Angriffsfliegern des Imperiums, des Mechanicus und Kanonenschiffen der Hospitallers stammten. Sein abgenutzter Panzer knarrte und Janis' Blut tropfte von seinem Gesicht, als sein Genick rollte. Er konnte in der Entfernung im Durcheinander des Himmels gerade noch so die Lichter ausmachen, die im Regen wie durch von Nebel abgedunkelte falsche Sterne am Tag wirkten. Er fragte sich, ob es sich um die *Graue Gebieterin* handelte. Die Entfernung war aber selbst für seine Augen zu groß, um das erkennen zu können.

»Ich hätte es nicht für möglich gehalten, dass die Adeptus Astartes so tagträumerisch sind.«

Ich hätte es nicht für möglich gehalten, dass du mich derart irritieren könntest. »Lass uns gehen.«

Fort Callivant war trotz des militärischen Anscheins, der durch ihren Namen erweckt wurde, eine Stadt, die einhundertelf Millionen Seelen zählte. Über ihre breiten Hochstraßen rasten Fahrzeuge und das Spritzwasser des Bodenwassers strömte über die

Seiten der Barrieren aus Glas, die zum Schutz der Gehwege für Fußgänger derart angebracht waren, als schnitten sie durch reißende Flüsse. Das Glas selbst war mit stolzen Abbildungen von Geschehnissen aus antiken Zeiten verziert. Aber sie waren furchtbar und schmerzlich alt, wie alles andere auf Fabris Callivant auch. Die Farben waren verblasst und die Bilder im Glas und Regen verblichen. Habitattürme mit Brustwehren, die so groß und pockennarbig waren wie ein Großschlachtschiff, leiteten den Wolkenbruch durch kreuz und quer verlaufende Ebenen von Straßen- und Fußgängerbrücken. Miniaturorkane, die durch außergewöhnliche Kleinwetterlagen verursacht wurden, rissen an durchnässten Bannern und knarrten und stöhnten sich ihren Weg zwischen den uralten Gebäuden hindurch. Verwitterte Gargoyles grinsten gleichermaßen auf Fußgänger und Fahrzeuge herab. Sie hielten Zahnräder in ihren ausgestreckten Pfoten oder waren mit Ketten umwunden. Dies symbolisierte die Fesselung des tierischen Wesens der Menschheit durch Ordnung und Vernunft. Der Regen ließ sie geifernd und heimtückisch aussehen, aber niemand sah auf oder sorgte sich gar darum.

Laana rannte über mehrere Fußgängerbrücken, die immer weiter in die Höhe führten. Rauth war stets einen Schritt hinter ihr und hielt seine Schultern nach vorn gebeugt. Eine reiche Außenweltlerin und ihr abhumaner Leibwächter. Es war eine Rolle, die sie bereits viele Male gespielt hatten. So wie Laana und Khrysaar. Niemand hielt sie auf. Trotz des unendlichen Stroms der Bürger von Callivant wollte niemand in Rauths Nähe kommen.

Die nächste Rampe, die in die Höhe führte, war von einem Trupp Soldaten mit einer Chimera abgesperrt. Die Soldaten standen in einer Gruppe beieinander und sahen zu, wie die lokalen Kräfte die Identitätsplaketten derjenigen überprüften, die sie zu Fuß durchließen.

Die Soldaten von einem anderen Planeten trugen königsblaue Uniformen, die mit goldenen Litzen überladen waren und genauso gestärkt und steif waren wie die Männer, die sie trugen. Knöpfe blitzten. Lasergewehre wurden sorgfältig behandelt. Von

Schirmmützen fielen Tropfen auf Schulterpolster und ließen sie absacken. Auch die Chimera war in einem solch paradeplatzperfekten Blau gehalten, dass sie so aussah, als sei sie auf die Straßenoberfläche gemalt. Keiner von ihnen hatte auf dieser elenden Welt etwas zu suchen. *Sie sind zu perfekt für den Krieg, der auf sie zukommt.* Es war ein Trupp einer mordianischen Panzerschwadron. Elf Regimenter dieser Welt waren auf Fabris Callivant stationiert worden. Ihre Abzeichen wiesen sie jedoch als dritter Trupp des neunten Zugs der vierundsiebzigsten Kompanie des XXIV. Panzerregiments von Mordia aus.

Einer der lokalen Gesetzeshüter blätterte durch Laanas durchgeweichte Papiere. Er war ein kleiner, kräftiger Mann in einer schwarzen Flakweste, der hinter dem grauen Schiefer seines Halbvisiers einen strengen Gesichtsausdruck und eindrucksvolle Gesichtsbehaarung zeigte. Von seiner Schulter hing eine Schrotflinte an einem Gurt.

Rauth prüfte jede der siebzehn Möglichkeiten, wie er den Mann an der Mauer zerquetschen und dessen Kameraden mit der Schrotflinte tot prügeln konnte.

»Was ist los?«, fragte Laana.

Der Mann fluchte leise und wischte die Feuchtigkeit von den Papieren, die er vor seiner Wandleuchte in die Höhe hielt. Ab und zu warf er einen nervösen Blick in Rauths Richtung. »Kleineres Scharmützel. Nichts worüber man sich Sorgen machen muss.«

Laana bedeckte ihren offenen Mund mit ihrer Hand. Es war nur eine unzulängliche Imitation einer ängstlichen Geste eines feudalen Sklaven. Der Mann hatte aber andere Sorgen. »Man sollte glauben, dass die Frateris Aequalis mit der Invasion bereits genügend Probleme hat.«

»Ich gebe nicht vor zu wissen, was sie sich dabei denken«, knurrte der Gesetzeshüter und wandte sich wieder ihren Papieren zu. Sie waren perfekt. Natürlich waren sie das. »Die letzte Bahn nach Machenv fährt in zwanzig Minuten ab. Ihr sollt den Beginn der Ausgangssperre nicht verpassen.«

Sie dankte dem Offizier mit kalter Anmut.

»Haltet Eure Hand auf Eurer Schrotflinte«, knurrte Rauth, als er ihr durch den Kontrollpunkt folgte. Der Gesetzeshüter versteifte sich und verschränkte sofort seine Waffe vor seinem Körperpanzer.

Mein Beitrag zum Krieg.

Die Brücken auf der anderen Seite des Kontrollpunkts waren besser gegen die Witterung geschützt. Das im Laufe der Zeit abgenutzte Pictglas bot dem Regen, der darauf einhämmerte, Szenen mit Imperial Knights in Kriegs- und Friedenszeiten dar. Laana schüttelte ihren Mantel ab.

Ein Teil der Mauer und die halbe Straße waren von weiteren bewaffneten Gesetzeshütern abgesperrt worden. Ermittler untersuchten die Trümmer, die anscheinend von einer Hochgeschwindigkeitsverfolgung und dem Unfall stammten, der ihr ein Ende gesetzt hatte. Auf der Straße waren Bremsspuren und in dem Wetterschutzglas die Einschläge eines Kugelhagels auszumachen. In der Mitte des Bogens der Einschlagslöcher war das Symbol der Opus Machina des Mechanicus über ein verblichenes Diorama eines Knights des Hauses Callivant schabloniert worden, in dem eine Streitmacht der Iron Hands anscheinend gegen eine Horde Legiones Astartes kämpfte, die als eine Welle vielköpfiger Schlangen dargestellt waren.

Das kenne ich, erkannte Rauth. *Der Krieg der Häresie. Die 34. Clankompanie des Clans Morragul, die ›Brazen Claws‹, die auf Fabris Callivant zur Begleichung einer Schuld stationiert und damit für ihre Sünden dem Feuer auf Isstvan größtenteils entkommen war.* Ein Servitor brannte mit Heißluft das Graffiti vom Glas. Nur die menschliche Seite des Symbols war noch vorhanden. Es befand sich auf der falschen Seite. Rauth hätte das als Ignoranz des Künstlers abtun können. Irgendetwas an dem Symbol machte auf ihn aber den Eindruck, subtil und zutiefst falsch zu sein. Er runzelte die Stirn, als seine Kopfhaut zu kribbeln begann und er versuchte, sich daran zu erinnern, wo er dieses Emblem zuvor bereits gesehen hatte. Es gelang ihm aber nicht.

»Die Frateris Aequalis«, sagte Laana und spuckte auf den Boden.

Die Assassine eilte eine Treppe hinauf, die breit genug war, um Tausende aufzunehmen. Genau wie die gebürtigen Callivantiner warf sie sich ihren Regenmantel wieder über und planschte den Wasserfall hinauf, der über die Steinstufen herabstürzte. Rauth stieg ihr nach. Die Treppe führte auf einen offenen Platz, der zwar belebt war, auf dem aber eine weniger ausgelassene Stimmung herrschte, weil er dem Zorn der Elemente ungeschützt ausgesetzt war.

Ein Netzwerk von Landeplattformen unterschiedlicher Größe verteilte sich wie Teller, die in der Schwebe gehalten wurden. Zwischen ihnen führten Laufstege hin und her, zwischen denen hier und da ein Festungssturm aufragte. Frachtheber stiegen auf und ab. Servitoren, die nur für eine einzige Aufgabe bestimmt waren, luden, entluden, betankten, gaben vereinzelten und fassungslosen Außenweltbeamten Auskünfte und fuhren mit Material überladene Paletten hin und her. Männer, deren Überwürfe vom Regen durchnässt waren, winkten mit fluoreszierenden Kellen und trugen eher zu dem herrschenden Chaos bei, statt es zu leiten. Sie waren in dem Strom der Soldaten hilflos verloren, der sich durch den Schaum aus Kühlmittel und Promethiumabgasen wälzte, auf den sich der Regen ergoss.

Rauth gab aus den Tiefen seiner Kehle einen Warnlaut von sich und renkte beinahe Laanas Schulter aus, als er sie hinter eine Säule zog, die mit witterungsgeschützten Lehrbroschüren bepflastert war.

Aus dem Grau tauchten zwei Space Marines auf, die gewaltige Rüstungen trugen. Die Rüstungen zeigten das leblose Weiß eines Zwergsterns und waren mit Gold abgesetzt. Heilige Schriften und Verse waren auf den gewaltigen Panzerplatten eingraviert. Auf der linken Schulterplatte prangte das rote Kreuz der Hospitallers. Die rechte war mit einer makabren Anzahl Symbolen geschmückt. Stundengläser, mit Schädeln verzierte Schilde und der imperiale Adler waren sichtbar. Rauth vermutete, dass damit Trupp- und Kompaniezugehörigkeit angezeigt wurden. Wenn die Hospitallers aber ein kodextreuer Orden waren, dann war das aus ihren Abzeichen nur schwer zu erkennen. *Ich denke nicht, dass mich das kümmert.* Trotz ihres schlendernden Gangs, mit dem sie die Plattformen zum Zittern brachten, waren sie schneller als die Soldaten aus Fleisch und Blut, die um sie herum wogten.

Sie stampften an Rauths und Laanas Versteck vorbei.

»Warte«, zischte Rauth in das Ohr der Assassine und tat dabei so, als stritten sie sich über eines der Edikte auf der Nachrichtensäule. *Ich muss mich noch nicht einmal anstrengen, um streitlustig auszusehen.* Er setzte voraus, dass die Sinne der Hospitallers so scharf wie seine eigenen waren. Mit den Vorteilen der Mk.-VII-Servorüstung ausgestattet waren sie wahrscheinlich noch schärfer. Inquisitorin Yazir hatte darauf gesetzt, dass ein junger Space Marine die Vorteile eines reifen bot, ohne dabei dieselbe Aufmerksamkeit zu erregen.

Rauth wusste, dass wahre Astartes davon nicht getäuscht werden würden.

Sobald die beiden Hospitallers wieder im Regen verschwunden waren, atmete er erleichtert auf und nickte.

»Gehen wir weiter. Ich kann die Nachrichtenstation sehen.«

Das Gebäude, zu dem Laana sie führte, war ein gedrungener, viereckiger Bau. Nur dem Namen nach war es kein Bunker. Auf dem flachen Dach sammelte sich in einer kombinierten Sende- und Empfangsschüssel der Regen und über dem Eingang flackerte ein Lumenschild. Es war der Nachrichtenknoten des Bezirks.

Und auch im Inneren herrschte viel Verkehr.

Er war plötzlich angespannt, krümmte seine Schultern und trat als erster ein.

Es waren die Menschenmengen. Sie machten ihn nervös. Die wogende Menge Hunderter Menschen, die gleichzeitig an ein und demselben Ort waren, die blumigen Aromen, die sie verwendeten, um den Gestank ihres Fleisches zu verschleiern, und die billigen Stoffe, die gegen andere billige Stoffe rieben und sich dabei statisch aufluden. Das alles hasste er. Rauth hatte mit Ausnahme einiger kurzer, aber brisanter Episoden sein ganzes Leben in einem gepanzerten Kasten verbracht, den er sich mit einem Dutzend anderer teilte. Medusa war eine unwirtliche Wüste und die einzige Stadt des Planeten stand die meiste Zeit des Jahres fast vollständig leer.

Seine Ausbildung mit Sergeant Tartrak hatte ihn natürlich mehr als einmal von seiner Welt fortgeführt, aber noch nie auf eine Welt wie diese.

Jeder sah so … schwach aus.

Er verbrachte einige Sekunden damit, den Raum abzusuchen. Sein Starren brachte diejenigen dazu, die hier eigentlich nichts zu tun hatten, das Gebäude schnell zu verlassen. Währenddessen schlängelte sich Laana in die Schlange vor einer der Nachrichtenkabinen.

Aufgrund des starken Funkverkehrs, der durch die nahorbitalen Frequenzbänder schwirrte, war der Versuch, die *Graue Gebieterin* mit einem tragbaren Voxgerät zu erreichen, mehr als nur unmöglich. Den Hospitallers in ihren Servorüstungen wäre es leichtgefallen, buchstäblich mit einem Wimpernschlag. Rauth jedoch hatte dieses Glück nicht. Bei diesem Gedanken blickte er finster drein. Nach den schweren Kämpfen des Clans Borrgos auf Thennos war ihm der volle Status als Ordensbruder so gut wie sicher, sobald die Inquisitorin Khrysaar und ihn aus ihren Diensten entließ.

Dieser Gedanke begeisterte ihn und stieß ihn in gleichem Maße ab.

Nach einer kurzen Wartezeit hob Laana einen Hörer ab. Sie gab einige Nummern ein und bestätigte mit ihrer Identitätsplakette. Im Anschluss waren einige Impulstöne zu hören, als die notwendigen Verbindungen hergestellt wurden. Sie hielt das Gerät an ihr Ohr und betrachtete abwesend den Regen. Rauth hörte mit vor der Brust verschränkten Armen zwei Minuten lang zu, bevor die Assassine ihm, ohne ein Wort zu sagen, den Hörer entgegenstreckte.

Die Stimme am anderen Ende war durch einen Voxverzerrer entstellt. Er konnte sie jedoch eindeutig als die Stimme einer Frau erkennen. »Laana sagte, Ihr habt gesehen, wohin die Leichen gebracht werden.«

»Nicht genau. Es ist nicht Exar Sevastien. Aber in einer der Er-

innerungen des Medicus war eine Gestalt, die ich aus einem der Picts wiedererkannt habe, die ihr bereitgestellt habt. Vielleicht einer der führenden Adepten. Ich kenne seinen Namen nicht, würde ihn aber erkennen, wenn ich ihn noch einmal sehe.«
»Ein guter Anfang. Habt Ihr sonst noch etwas gesehen?«
»Sie waren nicht im Freien, sondern in einer Anlage des Mechanicus. Sie ist groß genug, um viele Menschen aufzunehmen.«
»Das hilft nur wenig, um die Suche einzugrenzen.«
»Es gab vieles aufzunehmen«, fauchte Rauth. »Vielleicht kommt noch mehr zu mir zurück.« Einen Augenblick lang blieb er stumm, während er ein leichtes Kribbeln in seiner Metallhand spürte. »Glaubt Ihr immer noch, dass es Sevastien ist, dem die Stimme des Mars es gegeben hat?«

»Davon bin ich fest überzeugt. Exar Sevastiens und Nicco Palpus' Schicksale haben sich im vergangenen halben Jahrtausend zu häufig gekreuzt. Außerdem war Sevastien mit Kristos auf der Welt, die Ihr Columnus nennt. Seine Besitztümer dort wurden vollständig vernichtet. Ich vermute, dass Sevastien seine Rückkehr in die Gunst auf dieser Welt durch Palpus' Gnade verdient hat. Man kann mit Sicherheit annehmen, dass Sevastien Palpus eine Drehung des Rads schuldet.

Rauth grunzte. Die Inquisitorin hatte ihre eigene Art zu sprechen und benutzte dabei häufig seltsame Metaphern und wortgewaltige Ausdrücke.

»Die einzige Frage ist, wo wir es finden können. Sevastien zu fangen ist wie der Versuch, den eigenen Schatten zu fangen.«

»Und Ihr seid der Meinung, dass wir ihn bei einem dieser verbotenen Turniere finden?« Rauth zitterte. »Cybermantik. Eine Kampfgrube für glorifizierte Servitoren?«

»Jedes Wesen hat sein Laster.«

Er schnaubte. *Nicht jedes Wesen.* »Gebt mir einige Stunden. Ich werde ihn finden.«

»Nein. Über Fort Callivant wird in einigen Stunden eine militärische Ausgangssperre verhängt und ich möchte mich nicht mit den örtlichen Gesetzeshütern überwerfen, wenn es nicht unbedingt nötig ist. Droht Offizieren mit einer Rosette und sie werden darüber reden. Und bevor wir uns versehen, jagen wir Exar Sevastiens noosphärischen Geist.« Rauth stieß ein zustimmendes Knurren aus. »Auf jeden Fall will ich, dass Khrysaar ab hier weitermacht.«

»Aber er –«

»Ich will, dass Apothecary Mohr Euch nochmals untersucht.«

»Mir geht es gut. Und alles, was ich habe, ist die physische Beschreibung eines Adepten. Die Erinnerung ist in *meinem* Kopf.«

Die Stimme am anderen Ende der Leitung zögerte. Nur für den Bruchteil einer Sekunde. »Nein. Ich muss jederzeit entweder Euch oder Khrysaar unter Cullas' Beobachtung haben.«

Lügnerin.

Rauth blinzelte. Er war sich nicht sicher, was diesen Gedanken, der mit so viel Bosheit verbunden war, hervorgebracht hatte.

»Ja, Inquisitorin.« Das Phantomkribbeln in seiner bionischen Hand war unerträglich geworden und er rieb sie gegen seinen Oberschenkelpanzer. Er starrte hinter dem Hörer hervor auf Laana, als ob sie dafür verantwortlich wäre.

»Die Fähre wartet auf Plattform Theta. Trödelt nicht. Ich habe Nachrichten erhalten, die mich fürchten lassen, dass Kristos von unserer Anwesenheit weiß, vorausgesetzt, die kommende Invasion hat uns nicht bereits verraten. Die Lage wird sehr bald sehr kompliziert werden. Aus Komplikationen entstehen aber auch Möglichkeiten.«

Die Verbindung endete.

KAPITEL ZWEI

»*Ihr Widerstand verdeutlicht nur ihre Unlogik.*«

– Magos Qarismi

I

Es gab einst eine Zeit, in der Draevark einen Simulus mit einem Eingang im Bruchteil einer Sekunde nutzen konnte und in wenigen Momenten kampfbereit war. Im Laufe der Jahrhunderte hatte er jedoch festgestellt, dass es immer länger dauerte, dieselbe Informationsqualität aus den Eingängen zu beziehen. Auch der Zeitraum, den er zur Erholung benötigte, war größer geworden. Apothecary Haas hatte das aufgezeichnet. Aktuell benötigte er im Durchschnitt zwölfeinhalb Minuten ab dem Ende des Simulus bis zur vollständigen Kampfbereitschaft.

\>\>WARNUNG\>\>

Er sah wie betrunken in das synästhetische Durcheinander aus verkabelten Sinnen. Unordentlich dargestellte Gestalten tanzten, stichelten und verloren ihre Farbe. Sie waren eine Mischung aus Hirngespinsten, die weder Störsignale seines Verstands noch ein Produkt externer Reize darstellten. Sie lagen irgendwo dazwischen. Sie waren groß, fast so groß wie Space Marines, aber unglaublich dürr. Abstrakte Kunstformen. Hohe Helme rahmten ihre Gesichter ein. Ihre Waffen waren genauso unergründlich wie die Runen, die in sie geätzt waren. Es gab keine Auslösemechanismen, keine Energiequelle und keine Munitionszufuhr, die von der Gefahrenanalyse des menschlichen Hirns erkannt werden konnten. Energieklingen, Spiegelklingen und Energiespeere blitzten vor tödlicher Perfektion.

Eine Banshee kreischte in seinem Gehirn und drängte zusammenhängende Gedanken in die langsamen Leitbahnen der myelinierten Fasern, anstatt in die neueren, die aus Plastek und Kupfer bestanden. Irgendetwas an den Kriegern an sich war undeutlich.

>>WARNUNG>>

Doch sie *waren* eindeutig Krieger. Das konnte er erkennen.

Sein Spiegelbild zerfloss auf den Panzerplatten aus fremdartigen Plastekstoffen. Ein Grabstein, der aus schwarzem Ceramit und Plaststahl zusammengenietet und mit Kabeln umschlungen war, und ein geierhafter Helm mit einem vergitterten Unterteil, aus dem scheinbar Schreie kamen, *schrie*.

Er sah beiseite, denn er war von den psychotropen Auswirkungen des Simulus desorientiert.

Wiederbelebungsrunen waberten vor seinen verbesserten Augen. Die wandernden Formen begannen sich aufzulösen und explodierten in einem Sturm aus Pixeln, als ob sie mit Schüssen aus optischem Plasma verdampft würden. Einige lösten sich allerdings nicht vollständig auf. Anstatt einfach zu zerstäuben, verwandelten sie sich, schrumpften zusammen, wurden größer oder warfen ihre äußeren Hüllen wie Xenosraupen ab, und wurden zu harten Sterblichen, die von Maschinen angenagt waren.

Die Iron Hands standen über Konsolen gebeugt, tippten mürrisch auf Bedienfelder und gingen aneinander vorbei, ohne dabei jemals ein Wort zu verlieren, wenn sie von einem Posten zum nächsten wechselten. Ihre Augen zeigten den leeren, tunnelartigen Ausdruck von Menschen, die Schrecken gesehen hatten und davon nicht mehr berührt wurden. Sie trugen schwarze Uniformen über ihren harten, in vitro gezüchteten Muskeln. Sie selbst aber waren noch härter. Und schwärzer.

Ein Catachaner mochte größer, ein Mordianer präziser und ein Kriegianer gewillter sein, das eigene wertlose Leben auf Befehl seines Herrn einer Kugel zu opfern. Im ganzen Imperium aber gab es niemanden, der kälter als sie war. Keine Welt züchtete solche Überlebenskünstler wie Draevarks Planet.

>>WARNUNG!>>

Die *Feingehalt* sprach energisch zu ihm, und dieses Mal beachtete er ihre Worte. Er las die Schrift, die über seine optischen Eingänge lief.

>>>SÄUBERUNG DER BOTE DES SONNENAUFGANGS > ELDAR > UNTERBEZEICHNUNG ›ALAITOC‹ > 009411.M37 >>> SIMULUS ABGEBROCHEN >>> WARNUNG >>> VORRANGWARNUNG >>>

Die gurgelnden Hydrauliken gaben ein Zischen von sich, als er den Kopf drehte. Auf der hakenförmigen Schnauze seines Helms blitzte ein Alarm auf. Das Bildnis einer Kriegerin der Eldar, die mit weiten Schritten rannte, flackerte über seine Synapsen und er zuckte geistig zusammen. Sein metallener Körper war nicht dazu in der Lage. Er säuberte seine Optiken und startete sie erneut. Die Banshee flüchtete wie ein böser Traum in sein Unterbewusstsein. Etwas zutiefst Organisches schrie vor Bitterkeit und Schmerzen auf, als sich ein Nervendorn löste. Es gab ein Kratzen und ein Klappern, als er sich von seiner Rüstung aushakte und in dem engen Raum seines Simulusalkoven umherdrosch.

Eiskalte Dämpfe, die mit den Düften wiederbelebender Salze des Sands des Mars versetzt waren, bliesen über seinen Schlachtpanzer, als er aus dem Alkoven taumelte.

Eine Meute Adepten des Mechanicus rannte ihm hinterher. Ihre mit Drähten durchwirkten Roben verwirbelten das Kondensat, das schwerer als die Umgebungsluft war, in etwas Zähflüssiges, das an ihm zog. Draevark ignorierte das und sie, während sie die Panzerplatten seines uralten taktischen Dreadnoughts mit heiligen Ölen segneten.

»Bericht«, knurrte er.

»Ein Kreuzer der Schattenklasse der Eldar, Sieben-Fünf-Fünf voraus.« Die Stimme von Sergeant Artex war keck und monoton und ihr hing ein mürrisches Echo an, als ob sie direkt von der *Feingehalt* selbst in seine Rüstung übertragen wurde. Die fünf Ordensbrüder seiner Halbklave, die auf dem Kommandodeck stationiert waren, betrachteten Draevark aus ausdruckslosen Augen. Ihrer Reaktion nach könnten sie selbst noch in Simulusträumen stecken.

»Genau wo Kristos vorhergesagt hat, dass er sein würde«, murmelte Draevark.

»Die Position und Richtung entsprechen genau den Angaben der Magos Calculi«, sagte Artex.

»Nach achtzehn Monaten des Wartens hatte ich angefangen zu glauben, dass Qarismi diesmal eine falsche Voraussage getroffen hat.«

»Ich frage mich, wie es sich anfühlt«, sagte Artex. »Die eigene obszöne Existenz der Manipulation des Schicksals zu verschreiben und dann durch die Macht der Mathematik entdeckt zu werden?«

»Ich möchte wissen, was das Calculus Prognosticae uns noch offenbart«, murmelte Draevark düster. »Zum Beispiel die Wichtigkeit dieses Fahrzeugs. Warum ein Schiff es rechtfertigt, eine Flotte wie unsere so lange tatenlos herumsitzen zu lassen.«

Artex betrachtete ihn mit einem ausdruckslosen Gesicht. »Ihr seid verbittert aus dem Simulus gekommen.«

»Diese Waffe ist schwer zu führen.«

»Das ist der Grund, warum wir sie verwenden. Wir werden durch sie stärker werden.«

Draevark stimmte trübsinnig zu und blickte zum Hauptsichtschirm auf.

Das Schiff der Xenos war unglaublich filigran. Es glich einer Kugel aus Goldfäden und gefrorenem Glas, die durch die Unendlichkeit des Raums wirbelte. Die Sonne Paria-LXXVI war ein einzelner Punkt vor dem Hintergrund der Sternenmasse. Das blasse, weiße Licht der kleinen Sonne schimmerte auf den verschachtelten Konturen der Hülle des Schiffs der Xenos und erzeugte nicht viel mehr als ein Kräuseln im zweidimensionalen Gewebe der Sonnensegel. Das siderische Schwanken des Portalfokus, mit dem es verbunden war, verzerrte das Sternenfeld zwanzig Millionen Kilometer vor dem eleganten Bug. Als es die Segel einholte, entstand ein schwaches Schimmern. Eine Sekunde lang schien es, dass der Eldar unter dem Sternenschatten ihrer Verfolger trieb und sich allein durch die unmenschliche Eleganz der Massenträgheit drehte, die von den Techpriestern mit den Schubdüsen der *Feingehalt* niemals erreicht werden konnte. Dann fing es den Sonnenwind ein. Die Segel spannten sich und zwischen zwei optischen Zyklen hatte das schlanke Schiff beinahe aus dem Stand auf Hypergeschwindigkeit beschleunigt. Es schnitt zwischen dem Angriffskreuzer *Brutus* und dessen Begleitschiffen hindurch. Pulsarstrahlen blitzten auf und vernichteten den Deflektorschild des größeren Schiffs. Bevor eines der imperialen Kriegsschiffe das Feuer erwidern konnte, war das Schiff der Eldar hinter den imperialen Kriegsschiffen verschwunden und hatte Holoabbilder zurückgelassen, denen die Schiffe des Imperiums nachjagen konnten.

Wie typisch für den Clan Borrgos übereifrig zu nahe heranzugehen.

Draevark verglich die Form und die Markierungen des Eldarschiffs mit den xenoglyphischen Archiven der *Feingehalt* und erhielt einen Treffer mit einer Übereinstimmung von vierundachtzig Prozent.

Die *Speer der Isha*.

Gegen Ende von M35 war das Schiff zweimal von dem Zerstörer *Gestählte Klaue* des Clans Morlaag angegriffen worden. Leider war die *Gestählte Klaue* im Zuge des Schismas von Moirae in die Flotte des Ordens der Sons of Medusa eingegliedert worden und hatte genauere Simulusaufzeichnungen mit sich genommen. Eine Schande. Kenntnisse und Taktiken, die er sich einverleibt hatte, und die sich im Laufe von neun Jahrtausenden des Kriegs zwischen dem Weltenschiff Alaitoc und dem Clan Garrsak bewiesen hatten, fanden ihren Weg in sein aktives Gedächtnis. Eine generische 3D-Übersicht legte sich über die Anzeige seines Helms. Es unterlegte das Abbild des Sichtschirms des Schiffs der Eldar mit der internen Architektur, die von der *Bote des Sonnen-*

aufgangs und etwa hundert anderen Schiffen ähnlicher Klassen stammten, die in der Vergangenheit geentert worden waren. Wenn es zu so etwas wie einem direkten Kampf kam, verfügte die *Brutus* über genügend Feuerkraft, um es mit drei Schiffen der Eldar dieser Klasse aufzunehmen. Natürlich wussten das auch die Eldar. Draevark zollte ihnen dafür widerwillig Respekt, dass sie entsprechend handelten.

»Sie werden versuchen zu fliehen«, sagte er. »Wenn sich ein Eldar einer Übermacht gegenübersieht, flieht er in dreiundneunzig Prozent der Fälle, die uns bekannt sind.«

»Ich stimme zu«, sagte Artex.

»Ich freue mich, dass Ihr mir zustimmt, Bruder. Bringt die Verlinkung meine Freude zum Ausdruck?«

Eine Pause. »Nein.«

»Ich freue mich.«

Was von Draevarks Gesicht noch übrig war, verzog sich vor Schmerzen, als seine Systemverbindungen in den Befehlsschichten der Verlinkung des Clans nach den Positionssignalen seiner Klaven bohrten. Identrunen füllten seine optische Anzeige. Dreißig Krieger des Clans Garrsak. Mit Ausnahme von Artex und seiner Halbklave auf der Brücke hatten sie sich alle an den Einschiffungsdecks versammelt. Mit der absoluten Autorität der Codes eines Captains schaltete er sich in diese abgeschirmten Voxverbindungen, übernahm Bildübertragungen, überwachte die Lebenszeichen seiner Krieger und konnte, wenn er den wollte, sie sogar ausschalten. Bei dieser Gelegenheit machte er nichts weiter.

Die *Feingehalt* hatte ein Drittel der Gesamtstärke des Clans an Bord. Und er befehligte nur ein Schiff.

Seine Autorität hatte in der proprietären Codeumgebung des Kreuzers *Brutus* und ihrer Geleitflotte des Clans Borrgos nur wenig Gewicht. Er wusste aber, dass zwei weitere vollständige Klaven deren Einschiffdecks bemannten.

Er wusste nichts über die Truppenstärke, die sich an Bord der *Allmacht* befand. Sie würde aber gewaltig sein. Der Geist einer Eisenbarke würde nicht mit weniger den Anker lichten.

»Waffen vollständig aufladen. Zieleinheiten am Bug ausrichten. Entertorpedos laden, mit dem Start aber auf meinen Befehl warten.« Draevark beugte seine Klauen. Seine Knöchel, die von den Panzerhandschuhen bedeckt waren, gaben eine Reihe arthritischer Knackgeräusche von sich. Er richtete seinen Blick nach unten und sah sie an. Es war eine plumpe Bewegung in einer Terminatorrüstung, die dazu führte, dass metallische Gelenke mit einem Kreischen protestierten und Servomuskeln sich spannten. »Der Körper wird müde. Er wird im Alter steif.«

Niemand gab eine Antwort.

Die wenigen sterblichen Sklaven, die sich in den Reihen der vernetzten Brückenservitoren befanden, und sogar die Krieger der Klave Artex lebten trotz des viel gepriesenen Kollektivismus der Garrsak in getrennten Welten.

»Vergesst Eisenvater Kristos' Forderungen nicht«, knurrte er. »Offensichtliche Beschädigungen der Hülle sind so gering wie möglich zu halten.«

»Ja, mein Lord«, antwortete der hochrangigste Sklave.

»Weist die *Brutus* an, unserem Kurs zu folgen, und lasst die Begleitschiffe eine Halteformation einnehmen. So, als würden wir es ernst meinen.«

»Ja, mein Lord.«

Draevark ballte seinen Panzerhandschuh. »Bereitmachen zum Entern.«

II

»Die Eldar schlagen zurück«, sagte der Erste Sergeant Telarrch, der sich den Kampf in der Leere über neunzehn Simultanerfassungen ansah, die überall in der Flottille der Iron Hands verteilt waren, und die über die Noosphäre in seinen Verstand eingespielt wurden. Er war der Meinung, ausreichend qualifiziert dafür zu sein, eine zusätzliche Meinung abzugeben: »Unerwartet.« Er sah zu, wie die *Brutus* manövrierte, um das Schiff der Xenos auf Abstand zu halten. Das Schiff der Eldar nutzte seine Wendigkeit und Geschwindigkeit voll aus, um sich keine Blöße zu geben. Die Begleitschiffe zogen sich in eine Halteformation zurück, während der Kreuzer des Clans Garrsak, die *Feingehalt*, hinzustieß, und die Triebwerke mit nur zehn Prozent belastete, um keine Risiken einzugehen.

»Ihr Widerstand macht ihre Unlogik nur noch deutlicher.«

Magos Qarismi hatte eine Meditationspose innerhalb einer blätterförmigen Anordnung aus Runenbänken und Anzeigen eingenommen. Auf ihnen wurden die verbundenen Ströme unendlicher Energieseren und regressiver Algorithmen abgebildet, von deren Verständnis Telarrch Lichtjahre entfernt war. Das Gesicht des Magos war ein Schädel aus Aluminium, in dessen wertvollen Orgulu die numerischen Abzeichen seines Rangs und die Segnungen des Opus Machina eingelassen waren. In seinen Augenhöhlen und auf den Kanten seiner Wangenknochen leuchtete kühler Frost, als er sich umdrehte und Telarrch in den ungewollten Genuss eines direkten Blickkontakts kam.

»Die Einhaltung der Berechnungen stellt sicher, dass Kampfhandlungen nur dann vollzogen werden, wenn es über den Sieg aus statistischer Sicht keine Zweifel mehr gibt. Die Eldar sollten sich bewusst sein, dass eine Zuwiderhandlung nur zur Niederlage führen kann.«

Telarrch verstand das nicht. Aber das musste er auch nicht.

Er folgte Kristos bereits von Anfang an. Er war der Erste gewesen, der sich einer zerebralen Neukonditionierung unterworfen und darüber gejubelt hatte, als die Librarians des Eisenvaters sogar die *Erinnerung* an Schwäche aus seinem Geist gebrannt hatten. Er konnte sich an nichts erinnern, das vor Kristos' Zeit stattgefunden hatte. Die Namen der Offiziere und Eisenväter, deren Versagen vor Kristos' Aufstieg lagen, waren aus seinem Verstand verschwunden. Sein Leben hatte in den Konditionierungszellen der *Allmacht* begonnen. Kristos *war* der Clan Raukaan. Er verkörperte die Iron Hands.

Telarrch fühlte sich privilegiert, dass ihm die Möglichkeit zu gehorchen geboten worden war.

Kristos verlangte es nach den Xenos. Telarrch wusste nicht warum und es war ihm auch gleichgültig. Kristos würde die Xenos bekommen.

»Überrangschaltungen gegen die Codeabsperrungen der *Feingehalt* und der *Brutus* versenden. Übernehmt die direkte Kontrolle über die Zielgitter der Garrsak und der Borrgos.«

Die unterwürfigen Maschinengeister, die das Kommandodeck der *Allmacht* bewohnten, zwitscherten und pfiffen ihre Antworten. Das Festungskloster des Clans Raukaan, das durch die Leere flog, war ein Koloss aus einem vorgeschichtlichen Zeitalter. Es war mit längst vergessenen Kunstfertigkeiten während der Glut der Horus Häresie gebaut worden. Nur der Hauptsichtschirm und eine Handvoll aktiver Konsolen beleuchteten das Eis, das die leeren Arbeitsplätze bedeckte. Nur das Arbeiten der Cogitatoren und Denkmaschinen erwärmte ihr Inneres über den absoluten Gefrierpunkt des Weltalls hinaus. Ihre kratzenden und zwitschernden Arbeitsgeräusche hallten durch die kathedralartige Leere, die von den letzten sterblichen Besatzungsmitgliedern vor einem halben Jahrtausend aufgegeben worden war. An jeder dritten oder vierten Station führten Servitoren die manuellen Handlungen aus, die von der *Allmacht* nicht selbst vorgenommen werden konnten. Die lobotomisierten Kadaver glotzten aus großen Augen und ihre Venen waren wegen der dickflüssigen Frostschutzmittel blau, die durch ihre Kreisläufe schwappten. Sie waren in Reihe geschaltete und heruntergefahrene Hüllen in einem Spinnennetz aus Steckern und Kabelbäumen, die langsam verwesten. Trotz der Konservierungsmittel, der sauerstoffarmen Atmosphäre und der Kälte stanken die biologischen Einheiten nach Formaldehyd und langer Vernachlässigung. Drei Iron Hands standen Wache. Sie glichen Stalagmiten aus Plaststahl und Ceramit in der Form augmentierter und übermenschlicher Krieger.

Mit einem Stöhnen von Plaststahl und einer Codeflut informierte der vorsintflutliche Maschinengeist der *Allmacht* Telarrch, dass das Schiff den Befehl über die Waffen der Flotte übernommen hatte. Es hatte keinen Herren, keine Besatzung. Nach fünf Jahrhunderten in Kristos' Obhut würde sie jetzt auch keinen mehr tolerieren.

»Kampfflieger starten und in die Matrix einbinden«, befahl Telarrch.

Allmacht gab ihre Zustimmung.

Mit genügend Großrechengehirnen, die sich um die Aufgabe kümmerten, würde die *Allmacht* in der Lage sein, die Holoverteidigung der Eldar zu berechnen. So groß war die Macht, die der Omnissiah denjenigen zugestand, die sie zu nutzen wussten.

»Alle Teams darüber in Kenntnis setzen, die Entertorpedos zu starten, sobald die Xenos in Reichweite kommen.«

»Wenn die Verteidigungspunkte nicht vorher ausgeschaltet werden, berechne ich, dass einer von fünf Entertorpedos verloren gehen wird.«

Telarrch nahm die Aktualisierung des Magos Calculi auf. Nur mit perfekter Voraussicht konnte das Nebensächliche vom Schicksalhaften getrennt werden und die Logik diktierte, dass Telarrchs Voraussicht nicht perfekt war. Er war kein Kristos.

»Akzeptabel.«

III

Die Startrune badete das Innere von Jalenghaals Entertorpedo in ein rotes Licht und tauchte die Rüstungen seiner Krieger in ein fahles Violett, ganz so, als gäbe es gerade nicht genug Farbe für sie. Nur an den Stellen, wo das Licht auf silberne Kanten, Clansymbole oder das nackte Metall von Bioniken fiel, reflektierte ein sattes Rot. Niemand bewegte sich. Sie waren Waffen, die darauf warteten, aus ihren Wandhalterungen genommen und benutzt zu werden. Und sie waren genauso neugierig auf die Absicht ihres Nutzers wie eine Energiefaust. Sie waren Garrsak und Garrsak gehorchten.

Von den Neun hatte sogar nur einer den optischen Alarm bemerkt.

»Werdet Ihr antworten?«, fragte Borrg.

Als physisches Anzeichen der unglaublichen Arroganz des Neophyten schien die Servorüstung, die er trug, sogar noch größer zu sein, als er ohnehin schon war. Ihre hohe Halsberge war mit

Metallbolzen übersät und mit einem Kettenpanzer behangen und verbarg den helmlosen Kopf bis hinauf zu den zu großen Augen. Sie erweckten den Anschein, als sei er ungeduldig, für alles bereit, ja sogar eifrig. Bereits der Anblick von nur so wenig blasser und nackter Haut erzeugte in Jalenghaal das Gefühl, beschmutzt zu sein, als hätte ein Schmutzkorn den Weg in seine Rüstung gefunden. Er sah absichtlich beiseite und prüfte lieber die taktischen Eingänge von Draevark und den anderen Sergeants, die über die Verbindungen der Verlinkung hereinkamen.

Der Eisen-Captain drückte Unbehagen über die Reaktionsbereitschaft der Geschützstellungen der *Feingehalt* aus.

»Die *Brutus* hat bereits Entertorpedos gestartet«, fuhr Borrg fort. Anscheinend war er – ausnahmsweise – der unpräzisen Meinung, dass ihm niemand zuhörte.

Jalenghaal wusste, dass der Neuling das Eigentum des Clans Borrgos gewesen war und es den Clan Garrsak viele Ressourcen für die Rekrutierungsrechte gekostet haben musste, ihn nach den Verlusten zu beanspruchen, die sie auf Thennos erlitten hatten.

Wie gerne Jalenghaal *diese* Kosten-Nutzen-Rechnung gekannt hätte.

»Ich sehe in der Verlinkung, dass zwei Halbklaven von Tartrak und Castan bereits an Bord und in Kämpfe verwickelt sind«, sagte Borrg.

»Lass dir die Implantate nicht zu Kopf steigen, Neophyt«, grollte Burr.

Jalenghaal drehte sich langsam um.

Sein Stellvertreter verfügte über die Statur einer Landungskapsel. Er war mit einer Vielzahl geschützter Kolben, einer Gürtelpanzerung und abgestützten Aussteifungen ausgestattet. Nach Thennos hatte man ihn neu aufgebaut, wie so viele von ihnen. Jetzt war er stärker als je zuvor. Wenn Burr erkannte, dass er einen Scherz von sich gegeben hatte, dann zeigte er das nicht. Jalenghaal ließ sein Missfallen in die gemeinsame Systemverbindung ab.

»Lasst die *Brutus* zuerst angreifen«, sagte er abweisend. »Das erhöht unsere Aussichten auf Erfolg. Und auf unser Überleben.«

Borrg runzelte die Stirn. Es war möglich, dass er für seinen ursprünglich vorgesehenen Clan einen Rest sterblicher Loyalität hegte. Jetzt aber war er Garrsak und Garrsak gehorchten. Er nickte und sein Gesicht verschwand dabei beinahe vollständig hinter seiner Halsberge.

»Wenn du dich nach Ruhm oder Ehre sehnst, dann hättest du als Sterblicher umkommen sollen.« Jalenghaal fragte sich, ob er jemals so heißblütig gewesen war, bevor er sein Blut abgelassen, mit synthetischen Trägerstoffen ersetzt und in Eisen eingeschlossen hatte. Seine Erinnerungen sagten ihm, dass dem nicht so war. Es wäre aber nicht die erste Auslassung in zweihundert Jahren. »Der Krieg ist binär. Sieg oder Niederlange.« Er blickte über seine Klave, die mit Ausnahme der gelegentlichen Muskelzuckungen, die von Borrg kamen, vollständig bewegungslos war. Der Maschinengeist von Jalenghaals Rüstung verlangte Zustandsberichte von ihnen und sie fügten sich. Runen breiteten sich auf seiner Anzeige aus und rollten gemäß der Hierarchie von Dienstzeit und Rang ab. Trotzdem stellte er die Frage »Ist jeder bereit?«

»Bereit«, sagte Burr.

»Achtzehn Monate der Untätigkeit sind keine ideale Vorbereitung«, sagte Strontius.

»Eine lange Zeit, um auf ein einzelnes Schiff der Eldar zu warten«, beschwerte sich Borrg.

»Bereitet dir dein Fleisch Schmerzen?«, wollte Deimion wissen.

»Mein Fleisch giert nach dem Messer der Schlacht«, spie der Neophyt zurück.

Thorrn war ein massiger Krieger mit einem geflügelten Helm, der einem robotischen Aquila glich, und steckte in einer der seltenen Mk. VIII Servorüstungen. Er seufzte mit einem Brummen. Genau wie Borrg war er von Clan Garrsak für einen Preis erworben worden. Die Ähnlichkeit der beiden fand aber hier bereits ein Ende. Der letzte der augmentierten Wirbel in seiner langen Schmiedekette bestand aus dem säuregeätzten Adamantium der Avernii. Er hatte die ›Degradierung‹ von der Veteranenkompanie nicht gut aufgenommen.

»Aktiviert endlich die Rune.«

Jalenghaal streckte die Hand aus, um auf die Startrune zu schlagen, und ignorierte dabei die unterdrückte Herausforderung im Ton des Veteranen.

»Wartet.« Lurrgol hatte den Boden angestarrt, als wollte er diesen bei einer Lüge ertappen. Nun sah er auf. Als er die Gesichter seiner Brüder betrachtete, schwankte er ob der wachsenden Dringlichkeit des Maschinengeists des Entertorpedos von einer Seite auf die andere. »Wo ist Kardaanus?«

Jalenghaal erstarrte. »Kardaanus ist tot, Bruder.« Lurrgol schien dies zu akzeptieren und wurde wieder still.

War dieser Schmerz Trauer, der jedes Mal aufkam, wenn er diese Unterhaltung wiederholen musste?

Es fühlte sich an wie zu früheren Zeiten eine gebrochene Rippe. Ein dumpfes Pochen irgendwo zwischen seinem Sekundärherz und den verkleinerten Verdauungsorganen. Ein Teil von ihm wünschte sich nichts sehnlicher, als diesen Ort aus sich herauszuschneiden und mit irgendetwas Trägem zu ersetzen. Ein anderer Teil jedoch, derjenige, der Trauer für seinen Bruder fühlte, ließ das nicht zu. Das Gefühl galt nicht Kardaanus, denn er war auf Thennos im Kampf gegen die verräterischen Skitarii gefallen. Seine Bestandteile waren in der Klave verteilt, und seine Progenoiddrüsen geerntet worden, um die nächste Generation der Neophyten zu verändern, die auf Borrg und seinesgleichen folgen würde.

Kardaanus würde ewig leben.

Seine Trauer galt Lurrgol.

»Wie kann er tot sein, wenn ich ihn immer noch höre?«, flüsterte Lurrgol den Deckplatten unter seinen Stiefeln zu. »Er gibt immer noch Daten ab. Könnt ihr ihn denn nicht hören? Kann nur ich das?«

Die Klave warf sich gegenseitig einen Blick zu.

»Kardaanus ist tot, Bruder.«

Mit diesen Worten schlug Jalenghaal auf die Startrune.

Der Entertorpedo schüttelte sich wie eine Bestie, die von der Kette gelassen wurde. Der Lärm nahm zu, als die Mantelstromtriebwerke seiner Raketen den Maximalschub erreichten. Er hörte in seinem Helmvox etwas, das wie Fetzen einer Hymne klang, oder vielleicht von zweien, die sich überlagerten. Eisen-Chaplain Braavos stachelte den Glauben von sowohl Mann als auch Maschine an, bevor seine Audioimplantate die Schutzroutinen ausführten. Zurück blieb ein gedrosseltes Wimmern, das noch einige Sekunden nachklang. Dann war überhaupt nichts mehr zu hören. Nur das beständige *Ticken* seiner arbeitenden Kybernetik, das in dem engen Raum im Inneren seines Helms widerhallte. Seltsam. Wie unbehaglich es war, an die eigenen kybernetisch-organischen Funktionen erinnert zu werden, wenn die Sterblichkeit so nah lag.

Die Mantelstromtriebwerke entfesselten ihren vollen Zorn mit einer apokalyptischen Druckwelle, von der die *Feingehalt* bis in ihre Grundfesten erschüttert wurde. Gleichzeitig schalteten die magnetischen Klammern, die den Torpedo festhielten, ihre Polarität um und entließen ihn in die Leere.

Die Iron Hands wurden in ihren Halterungen durchgerüttelt. Die Beleuchtung flackerte, während Waffen und Ausrüstungsgegenstände in den Verankerungen, ihren Händen und über ihren Knien schepperten. Jalenghaals Sekundärherz begann zu schlagen. Es schmatzte in seiner Eisenbrust. Er packte seinen Bolter fester und presste mit der anderen Hand die Mündung gegen die Panzerung seines Oberschenkels. Er konnte sich nicht mehr daran erinnern, wann er zuletzt Fettdrüsen besessen oder während einer Einbringung echte Beklemmung gespürt hatte. Alte Gewohnheiten aber waren schwerer zu töten als das Fleisch. Sogar noch schwerer als alte Krieger.

Die Telemetrie, die von der *Feingehalt* an seinen Helm übertragen wurde, setzte aus und verschwand dann vollständig, als der Entertorpedo gewalttätig aus ihrem Käfig schoss. Eine einzige Anzeige numerischer Symbole, die über seine Anzeige lief, stand aus dem Durcheinander der anderen hervor.

Sechstausend Kilometer –

Viertausend –

Zwei –

<Omnissiah segne dieses Instrument>, sang Thorrn.

»Ave Omnissiah!«, antwortete Jalenghaal lautstark, aber nicht etwa aus Inbrunst, sondern weil die Annäherungssensoren am Bug des Torpedos gerade die Magnamelter aktiviert hatten und er deswegen schreien musste, um über den Lärm gehört zu werden. Dann schlugen fünfundneunzig Tonnen Metall, die mit zweitausend Kilometern pro Stunde vorangetrieben wurden, in das flüssige Xenosplastek ein.

Die Krieger schlugen seitwärts in ihre Halterungen, als sich der Entertorpedo in die leichte Hülle des Schiffs der Eldar bohrte und dort nicht anhielt. Es quietschte und zitterte, während es durch die Aufbauten des Xenosschiffs krachte, bis es mit einem gewaltigen Schlag zur Ruhe kam. Jalenghaals Helmchrono zeichnete eine halbe Sekunde der Ruhe auf, während der die Krieger in ihren Halterungen in die andere Richtung geworfen wurden und sich anschließend die Klammern ihrer Halterungen öffneten.

Dann wurde die Luke am Bug des Torpedos abgesprengt. Verbogene Trümmerteile schepperten in das Schiff der Xenos.

Jalenghaal stand auf.

Mit dem Surren aus ihren motorgetriebenen Gelenken folgte die Klave seinem Beispiel. Sichelmagazine rasteten mit einem Rattern in Bolter und Pistolen ein und das Summen der Energieaufnahme der Laserkanone, die nun Strontius – einst Kardaanus – einhakte und mit sich führte, brachte die Zähne der Krieger zum Klappern. Borrg zündete mit weit aufgerissenen und hungrigen Augen seinen Flammenwerfer. Es lag etwas Wildes darin, wie die Flamme über seine Halsberge spielte und einen Schatten auf sein vernarbtes Gesicht warf. Er hatte seinen Helm an seinem Platz zurückgelassen.

»Wartet«, sagte Lurrgol, der den letzten Platz hinten im Truppenabteil hatte. Sein Bolter hing in einem Panzerhandschuh, als er die Reihe der ihm anscheinend unbekannten Gesichter zwischen ihm und dem Sergeant betrachtete. »Wo ist Kardaanus?«

Jalenghaal brachte seinen Bolter vor dem Brustpanzer in Anschlag und stürmte ohne weitere Anweisungen die offene Rampe hinab.

Zumindest wusste er, wie mit feindlichen Xenos umzugehen war.

IV

Zorn erfüllte Elrusiad, als die geschnitzten Türen aus Geaholz, die in den Nexus führten, mit einem furchtbaren Schlag entzweigeschlagen wurden. Die Täfelung brach in der Mitte auseinander und das Diorama, das Hoec beim Kartografieren des Äußeren Himmels zeigte, wurde zu wertlosen Spreißeln. Das Hartholz darunter splitterte und zerfaserte und brach schließlich unter den gepanzerten Stiefeln eines der gewaltigen Barbaren.

Dessen Rüstung war mattschwarz und dort mit grauen Striemen überzogen, wo Shurikenwaffen und Klingen die primitive Lackierung aufgerissen hatten. Seine aus Linsen bestehenden Augen leuchteten in einem silbrigen Licht und der Helm war mit einem Gitter versehen und wirkte wie der Maulkorb einer wilden Bestie. Als er durch die Trümmer der Türen stampfte, stieß er das brutale Schnauben einer Maschine aus. Ringe aus gerippten Kabeln wanden sich um seine Tonnenbrust und die Rüstung war dort auf der linken Seite durch zusätzliche Stahlbänder dicker, die als Befestigungspunkte für einen gewaltigen, mechanischen Arm dienten. Jeder Bewegung ging das gequälte Wimmern von Servomotoren voraus. Seine Unmenschlichkeit wurde von einsilbigen Ikonografien verziert, die silbrige Eisenschädel und Zahnräder zeigten. Sie glitzerten wie Hexenrunen, als ihn von oben Flankenfeuer aus Impulslasern und Shurikenkanonen traf.

Der Space Marine marschierte unbekümmert durch das schwere Feuer. Er war das schwarze Herz eines Sturms aus Querschlägern, der die Überreste der Türe und des Mosaikbodens vernichtete, aber nicht in der Lage war, den schwer gepanzerten Krieger zu einem Fehlschritt zu verleiten.

Dann hob er seine Waffe.

Explosivgeschosse zerfetzten die schwache Deckung, die die Balustraden boten, von denen die Galerien umgeben waren, und entstellten die Heldenstatuen, die hilflos und bestürzt das Geschehen beobachteten. Weitere Krieger zermalmten den zerschlagenen Türrahmen. Fünf von ihnen.

Gardisten der Eldar erwiderten das Feuer. Sie waren hinter Schnitzereien aus Phantomgebein versteckt, die entlang des Wegs standen. Die Geschwindigkeit ihres Rückzugs entsprach exakt der des Vorstoßes der Eindringlinge. Das Stakkato aus den primitiven Feuerwaffen war eine Opernpartitur – die Schreie, Explosionen und die bei der Zerstörung der Kunstwerke entstehenden Geräusche das Crescendo zu deren dramatischen Sätzen. Das brachte Elrusiads Kriegsgeist auf und hob quasi seine Füße vom Boden, als er eine Herausforderung brüllte, die er ob des Pochens seines Bluts in seinen Ohren selbst kaum hörte.

Er zog beide Pistolen aus den Holstern. Die Shurikenwaffe und der Infraschallstrahler trugen ihren Teil zu dem vernichtenden Sturm bei, der den Chem-Pan-Sey aus Eisen umgab.

Laurelei stieß ihren eigenen Schlachtruf aus und sammelte einen Trupp der Brückengardisten, um sich den gewaltigen Kriegern auf den Stufen zu stellen. Trotz des Geists der Schlacht, der durch seine Venen donnerte, widerstand Elrusiad dem Verlangen, sich ihnen anzuschließen.

Sich in ein Handgemenge mit diesen Dingern einzulassen, hieße nicht Khaine, sondern Ynnead zu hofieren.

Die Gardisten griffen mit ihren von Meisterhand geschmiedeten Schwertern und Shurikenwaffen an. Der Krieger wurde jedoch nicht einmal langsamer. Aber auch nicht schneller. Er ging einfach durch sie hindurch, als würde er lediglich von hohem Grass angegriffen. Einer der Gardisten schrie auf, als er unter einem Stiefel des Giganten zerquetscht wurde. Ein weiterer zerbrach an einem Ellbogen. Ein Dritter explodierte von innen heraus. Das wertvolle Blut einer uralten Rasse schmückte die Rüstung des Barbaren. Ein Lärmschwall, so etwas wie Gelächter, raspelte aus seinen Gesichtslautsprechern.

Laurelei tänzelte mit einer Klinge in der Hand so anmutig beiseite wie eine Harlequin, die den Tanz des Todes aufführte. Der Space Marine konnte sie nicht treffen und versuchte es erst gar nicht. Er ging weiter und überließ es dem Krieger, der ihm folgte, sie mit einer Garbe Autofeuer zu vernichten.

Was von ihr übrig blieb, war kaum noch als Fleisch zu beschreiben.

Elrusiad fühlte keine Trauer, denn er war nun Krieg und Krieg hinterließ nur Leichen.

Mit einem Schrei drückte er die psionischen Abzüge seiner Waffen, bis sein Geist ebenfalls schrie. Blutige Tränen rollten über das Psiplast seiner Kriegermaske.

Er schwankte von den Stufen zurück und warf sich unter eine Kristallanzeige, als das Vergeltungsfeuer aus Boltern die Kacheln an der Stelle verbrannte, wo er soeben noch gestanden hatte. Er rutschte hinter die Verkleidung aus Phantomgebein, während sich von der anderen Seite aus Boltgeschosse hindurch fraßen. Er sah auf. Gipsstaub und leichte Plastekfetzen rieselten von den verwundeten Galerien herunter. Zerrissene Banner flatterten und aufgegebene Waffenplattformen lagen wie Leichen da. Mindestens ein Dutzend Gardisten schossen immer noch, wurden aber von den Eindringlingen weitgehend ignoriert, die tiefer in den Befehlsnexus eindrangen.

Krieg kennt keine Furcht.

Er lud auf psionischem Weg seine Waffen neu auf, kam hinter seiner Deckung hervor und schoss.

+Kämpfe, *Ishanshar*+, pulsierte er. +Wecke die Geisterlegionen. Treibe die Chem-Pan-Sey in Ynneads Umarmung.+

Auch der Commander des Feinds gab Befehle. Hinter der Rundung der Treppen und den Resten der Vorhänge blitzten Schüsse auf. Der Anführer lenkte seine Krieger zu einem Nebentreppenaufgang, um die Galerien mit verstümmelten Geschossgarben einzudecken.

Elrusiad las die primitiven imperialen Symbolmarkierungen auf dessen Rüstung.

Sein Name war Tartrak.

Krieg kannte Krieg.

Die Stufen aus Geaholz knirschten unter seinem gewaltigen Gewicht. Zum ersten Mal, seit er das Gesicht des Blutbefleckten

Gottes angelegt hatte, wurde es Elrusiad bewusst, dass die *Ryen Ishanshar* verloren war.

Der einzige Sieg, den er noch erringen konnte, war, Autarch Yeldrian zu warnen.

Er zog sich hinter seiner Deckung zurück und ignorierte die Boltgeschosse, die um ihn herum einschlugen. Er selbst gab eine Salve ab, die den Unmenschen zumindest aufhalten würde. Shuriken prallten von der Rüstung des Space Marines ab, als habe Elrusiad einen Eimer mit Juwelen über dessen Helm gegossen. Seine Fusionspistole erwies sich als effektiver. Der Strahl der vibrierenden Teilchen schnitt in einem aufwärtsgerichteten Winkel von vorne nach hinten durch die Schulter des Kriegers. Sein jetzt mit einem Schlag unbrauchbarer Arm hing schlaff an seiner Seite.

Der Space Marine hob seine Waffe mit dem anderen Arm und feuerte ohne Unterlass weiter.

Elrusiad wirbelte zur Seite. Die prismatische Schleppe der Nachbilder, die von seinem Kristallmantel hinterlassen wurde, zwang Tartrak dazu, sich durch Phantome zu schießen, während der Eldar zu den Fernübertragungskreisläufen rannte.

Seine Finger glitten über die Kristallanzeigen. Er legte seine Hände auf schlummernde Konsolen, erweckte sie mit einem nervösen Lichtflackern zum Leben. Nur die Toten waren noch an ihren Plätzen. Ihr Geisterblick hatte ihnen den Untergang offenbart, lange bevor sich Elrusiad diese Unumgänglichkeit eingestanden hatte.

Sie hatten Angst.

»Ihr seid geschickt darin, zu fliehen, Xenos.« Tartraks Stimme klang wie ein Amboss, der über ein Bett aus Nägeln gezogen wurde. Er jagte ein Boltgeschoss in eine der benachbarten Kristallanzeigen. Die folgende Detonation überschüttete Elrusiad mit Perlmutt. Der Geisterseefahrer, der mit den Fernübertragungskreisläufen verbunden war, stimmte ein Klagelied an, ein Flimmern der Juwelenlichter, das von der Endgültigkeit des Todes sprach. »Und wenn Euch die Galaxis ausgeht, was werdet Ihr dann tun?«

Elrusiad ließ sich nicht dazu herab, mit dem Primitiven zu streiten. Er legte seine Shurikenwaffe auf die Neigung der Konsole, schob seine Fusionspistole in ihr Holster und legte beide Hände auf die Psischnittstelle.

Er konnte das allein mit der Kraft seines Geistes erledigen, er musste aber schnell sein.

+Yeldrian+

Sein Geist hatte das Wort kaum formuliert, als er ein Kribbeln wie von unsichtbaren Ameisen auf seiner Haut spürte. Er blickte seine Hand an und sah, dass sich die feinen Haare dort aufstellten. Mit einem Ruck sah er auf und entdeckte einen furchtbaren Fleck in der Luft. Einige weitere nahmen überall im Befehlsknoten Form an. Sein Verstand bot ihm ein weiteres Wort an.

+Eingekesselt.+

Mit blitzschnellen Reflexen schnappte er sich die Shurikenwaffe vom Tisch.

Donner explodierte und die misshandelte Realität riss auf. Sie spie einen weiteren Giganten in schwarzer Rüstung direkt auf Elrusiads Podest aus.

Die Verzierungen auf dessen Panzerplatten waren aber anders. Auf dem enormen Schulterpanzer prangte eine Dreiergruppe aus Fünfecken in einem Zahnrad. Davon hingen mehrere Kettenpanzer über den Arm herab. Die äußerste Schicht war mit Onyx und schwarzem Achat übersät. Silberne Ringe waren mit schwarzem Eisen durchsetzt und bildeten ein sich wiederholendes mathematisches Muster. Die Hand bestand aus säuregeätztem Stahl und hielt ein zitterndes Kettenschwert, das fast halb so lang war, wie der Krieger selbst groß war. Seine Brust war dreimal so breit wie Elrusiad und das Götzenbildnis mit den ausgebreiteten Flügeln, das die Menschen ›Aquila‹ nannten, breitete sich auf dem präzise gefertigten Brustpanzer aus. Es war weiß und mit silbernen Ausschmückungen versehen. Eine der gierigen Hälften war von einem klauenbewerten, skelettartigen Abbild einer Maschine ersetzt. Sein Helm war eingekerbt und trug Antennen. In die Stirn war eine Reihe dicker Bolzen gebohrt, das Zeichen für viele Dienstjahre. Elrusiad zählte fünf.

Der Krieger benötigte einen kurzen Augenblick, um sich seiner neuen Umgebung gewahr zu werden. Die Augenlinsen flackerten und ab und an zuckten Blitze aus dem Hexenlicht des Warps über seinen verschnörkelten Kampfpanzer.

Elrusiad zog seine Fusionspistole und schoss. Der Infraschallstrahl schmolz den Brustpanzer des Kriegers und trat aus dem Rücken aus, ohne dass dabei Blut floss. Der Krieger blickte hinab auf die geschmolzene Aquila, sah dann auf, hob seine Boltpistole und schoss zurück.

Die Geschosssalve jagte direkt durch Elrusiads Holomantel in den Fernübertragungskreislauf. Der Navarch keuchte und drehte sich instinktiv von der Quelle weg, nur um von der folgenden Explosion mitten im Gesicht getroffen zu werden.

Die Druckwelle drehte ihn zweimal um die eigene Achse, bevor er mehrere Längen von seiner ursprünglichen Position entfernt zu Boden fiel. Sein rechtes Bein gab unter ihm nach und versagte den Dienst. Gebrochen. Seine Aspektmaske splitterte, als sie mit der Seite auf den Bodenfliesen aufschlug. Blut, das aus keiner Vene stammte, sammelte sich unter dem Riss und sein Herz bebte, als er seine Fingerspitzen hindurch zog und dem psiplastischen Lebenslauf auf den Bodenmosaiken folgte.

Seine Konzentration verflog, als die zerstörerischen Emotionen aufwallten und ausbluteten, die von der Maske im Zaum gehalten worden waren. Zorn. Schrecken. *Laurelei!* Echte Tränen brannten in seinen Augen, aber angesichts der Flut biss er die Kiefer aufeinander und zwang sich auf seinen Rücken.

Der Krieger stand über ihm und starrte verwirrt auf die blitzenden Hololichter, die exquisit langsam aus der Luft fielen – die optischen Echos der Schuppenteile, die aus Elrusiads zerrissenem Mantel regneten.

Elrusiad packte seine Fusionspistole mit beiden Händen, um ihr Halt zu geben, und zielte nach oben.

»Überbringe das an Sie, die dürstet, Chem-Pan-Sey.«

Der Anregungsstrahl schnitt eine gerade Verzerrungslinie von der Mündung seiner Waffe bis zur Unterseite des Kinns des Kriegers. Der Helm des Space Marines verdampfte einfach, als das

Oberteil aufplatzte und ölige Flüssigkeit und übel riechenden Rauch ausstieß. Seine Kniepanzer krachten mit einem knochenbrechenden Gewicht zu beiden Seiten von Elrusiad auf den Boden.

Dann kippte der Krieger nach vorn.

Elrusiad dachte nicht mehr an seine Waffen und verschränkte zum Schutz die Arme vor seinem Gesicht, presste die Augen mehr aus Verzweiflung als aus Trotz zusammen und warf seine Gedanken in Richtung der Überreste der Fernübertragungskreisläufe. Es blieb keine Zeit, eine Nachricht zu verfassen. Was bereits gedanklich gesendet worden war, musste reichen.

+*Eldanesh fällt.*+

Sein Verstand war barmherzigerweise abwesend, als eine Tonne Ceramit seine sterblichen Überreste pulverisierte.

V

Jalenghaal wartete gemeinsam mit seinen Bruder-Sergeants auf Kristos. Der Eisenvater betrat die Brücke eine Stunde und elf Minuten, nachdem Jalenghaal sie erreicht hatte.

Die Techadepten, die Magos Qarismi ausgesandt hatte, um die technischen Wunder der Brücke zu untersuchen, beeilten sich, ihm aus dem Weg zu gehen. Viele von ihnen hatten ihr ganzes Leben lang der Eisernen Zehnten gedient. Sie hatten das ruhelose Flüstern von Maschinengeistern erlebt, die an eine übermenschliche Hülle gebunden waren. Sie kannten die pure Körperlichkeit, das servogetriebene Heulen und die polternde Präsenz der Adeptus Astartes. Einige von ihnen mochten sogar dem Vorbild ihrer Herren gefolgt sein und hatten ihre Nervenbahnen zerlegt, sodass Emotionen wie Angst oder Abscheu, wenn überhaupt, nur langsam aufkamen.

Kristos brachte sie zum Stocken.

Stiefel, die vollständig aus Metall bestanden, schepperten über den Mosaikboden der Xenos, als Kristos unter die verunsicherten Adepten trat.

Zwei leichtgebaute Skitarii bewachten die Treppe. Sie sahen

mit ihren bioaugmentierten Panzern und Verbundvisieren wie aufrechtstehende Heuschrecken aus. Ihre Roben waren rot. Das energieabsorbierende Gewebe dämpfte das bereits geringe Auflicht und lies sie unnatürlich dunkel erscheinen. Siegel des Adeptus Prognosticae und des Eisernen Rats blitzten zwischen den düsteren Falten hervor. Sie senkten ihre Lichtbogengewehre und salutierten, als der Eisenvater die Stufen hinaufstieg. Als seien ihre Gelenkservomotoren eingefroren, hielten sie ihre starre Haltung noch lange, nachdem er bereits an ihnen vorbeigegangen war.

Jalenghaal wartete noch immer, als der Eisenvater oben ankam. Genau wie der Sechste Sergeant Coloddin. Und auch wie Tartrak vom Clan Borrgos.

»Vertraue niemals«, hieß es im *Lobgesang*. Obwohl sich Ferrus Manus als makelbehaftet erwiesen hatte, hatten die Iron Hands und die anderen Nachfolgeorden die Lektionen seines Verrats gut gelernt. Die Eldar waren alle tot. Die Skitarii wurden eingesetzt, um die Adepten zu beobachten, und die Iron Hands, um die Skitarii zu überwachen.

Kraftvoll gefärbte aber durchsichtige Kristallscherben explodierten unter dem Gewicht der verbesserten Terminatorrüstung, als Kristos die zentrale Plattform betrat.

Die Sergeants salutierten nicht. Sie waren Iron Hands. Vielmehr gaben ihre Rüstungen einen Sturm aus Willkommensgrüßen und Unterwerfungsphrasen ab. Jalenghaal gefiel die Gefälligkeit seines Systems nicht und regulierte die automatischen Übermittlungen von Hand auf eine Verzögerung von einer Mikrosekunde und unterschwelligen Abneigungssignifikanten. Kristos schien das nicht zu bemerken, in Wirklichkeit tat er es aber. Kristos sah alles. Zehn enge Schlitze für Optiklinsen glühten frostig aus dem schwarzen Eisen des Helms des Eisenvaters. Dies verbunden mit der freien Rotation seines Helms um seine Halsaufnahme, sowie die umkehrbare Ausrichtung seiner Schultern, Ellbogen und Knie, machten das Konzept der Ausrichtung nutzlos.

Der Eisenvater beachtete die drei Sergeants nicht, zumindest nicht mit seinen aktiven Sinnen, und sah hinunter auf Telarrch.

Dabei quietschten seine Optikschlitze, als sie sich ausrichteten. Ein instabiles Stasisfeld bedeckte den Ersten Sergeant des Clans Raukaan und die fragilen Überreste des Eldar, auf den er gefallen war, mit einem flackernden, blauen Rauschen, das von einer Reihe tragbarer Emitter ausgestrahlt wurde. Zwei Apothecaries waren anwesend.

Niholos machte sich nicht die Mühe, aufzusehen. Eine Vielzahl Ersatzteile, sowohl bionische als auch organische, hingen von Gürteln und Haken, die an die Rüstung des Apothecary genietet waren. Es handelte sich um Schlachtfeldersatzteile, die aus den Kryolagern der *Allmacht* stammten, sowie um teure Komponenten, die dem Gefallenen bei seinem Austritt entnommen worden waren. Von den meisten tropfte unbestimmbare Flüssigkeit. Er war über Telarrchs Körper gebeugt und gab schwallweise Klickgeräusche von sich, während er mit den verlängerten Sondierungskrallen einer seiner Hände den Ersten Sergeant anstupste. Er versuchte Telarrchs Rüstungsgeist zu wecken, was ihn aber noch mehr wie einen Leichenfledderer wirken lies, der über frischem Aas kauerte.

Der zweite Apothecary hingegen sah auf. Ausfahrbare Teleoptiken tasteten umher, die von ihrem eigenen, geisterhaften Glühen erleuchtet waren. Sie surrten und surrten, so als versuchten sie, sich auf einen Brennpunkt einzustellen. Sinnesflügel tickten und summten wie ein verrostetes Uhrwerk. Auf seiner Rüstung war keine spezifische Altersangabe angebracht, was viele der Iron Hands, die von solchen Metriken nahezu besessen waren, für einen weiteren Beweis für die Labilität des Apothecary hielten.

Jalenghaal war zweihundertein Jahre alt. Kristos war sechshundertachtundneunzig Jahre alt. Von Dumaar wurde gesagt, dass er bereits uralt gewesen war, als der Eisenvater noch zu den Sterblichen gehört hatte.

Kristos war nicht der Erste, der im Laufe der Jahrhunderte versucht hatte, den Apothecary vom Clan Borrgos abzuwerben. Seine Fähigkeiten als Apothecary und seine Zähigkeit auf dem Schlachtfeld suchten im Orden ihresgleichen. Der Umfang seines Wissens war unerreicht. Er verfügte allerdings auch über absolut keine Ambitionen, ausgenommen wenn es um seine eigene physische Korrektur ging.

Und er war wahnsinnig.

Lobotomie oder Tod kamen über die Schwachen. Diejenigen, die dachten, sie hätten eine Lösung dafür, wurden zu jemand wie Dumaar.

»Er lebt.« Dumaars Stimme kam aus seinen Helmgittern wie Strahlung aus einer kalten, transuranischen Granate. Jalenghaal wusste, dass er ›er stirbt‹ im gleichen Tonfall gesagt hätte, als ob dies eine Angelegenheit oder ein Umstand der Weltgesetze sei.

»Gerade noch so«, gab Niholos zurück. Der in sein Kraftwerk integrierte Servoarm summte und klickte, als er die Feldstärke anpasste, die von den Stasisemittern abgegeben wurde. Er arbeitete auch ohne die Anleitung des Apothecary weiter. »Entfernt das Stasisfeld und Bruder Telarrch stirbt.«

Jalenghaal wohnte dem Austausch schweigend bei. Er hatte von der Zerebralaufbereitung gehört, der sich die Krieger des Clans Raukaan unterzogen. Diese Prozedur war seiner Meinung nach nur einen Schritt einer Lobotomie entfernt. Seine Position im Apothecarion des Ordens hatte Niholos eindeutig vor dieser Behandlung bewahrt.

Dumaar stieß einen wilden Audioschwall aus, der in seiner eigenen Abart aus Binärsprache und, zumindest soweit Jalenghaal das erkennen konnte, zwei weiteren veralteten Formen der Maschinensprache bestand.

»Dann hebt das Feld nicht auf.«

»Ihr wart der Erste auf der Brücke?«, fragte ihn Kristos.

Dumaars externe Optiken gaben Klickgeräusche von sich, als sie sich verstellten. Er sagte aber nichts.

Niholos schüttelte verzweifelt seinen Kopf. »Lasst ihn ziehen, Schlachtherr. Seine Augmentationen werden viele verletzte Brüder erneuern. Der Teil seiner Klave, der überlebt hat, hat bereits seine Absichten bezüglich bestimmter Komponenten eingereicht.« Die Kannibalisierung von Teilen gefallener Brüder, die unter der Sippe aufgeteilt wurden, war ein Ritual, das sowohl intensive Loyalität als auch bittere Rivalitäten erzeugte. Jalenghaal dachte an Lurrgol, bevor er diesen Gedankengang brutal löschte. »Sie müssen vielleicht schon bald erneut kämpfen«, fuhr der Apothecary des Clans Raukaan fort, »wenn Eure Absichten für dieses Schiff fortschreiten wie prognostiziert.«

»Bisher tun sie das.«

»Irrelevant«, warf Dumaar ein. Sein optisches Objektiv erweiterte sichtlich seine Blende, um sowohl den Eisenvater als auch den rivalisierenden Apothecary zu erfassen. »Eure letztendliche Absicht war nicht, dieses Schiff aufzubringen, sondern das Individuum gefangen zu nehmen, für das es hierhergeschickt wurde.« Das war keine Frage. Und Kristos' Schweigen war keine Antwort. »Ihr verfügt über ausreichend Stärke, ohne dass ihr auf …« Dumaars Vokalisierer gab einen Schwall inhaltsdichter Binärsprache von sich, bevor er zu einem vollständig neuen Strang des Medusanischen wechselte. Jalenghaals Heuristik erkannte ihn als Rokahn, einen Dialekt des Clans Felg, von dem er geglaubt hatte, dass er ausgestorben war. »… unbedachte Korrekturchirurgie zurückgreifen müsst.«

»Ein interessanter Ratschlag«, sagte Niholos. »Besonders von Euch, Dumaar, dem Inbegriff unbedachter Chirurgie.«

Dumaar sah hinunter auf den Körper unter dem Stasisfeld. »Zweiundsiebzig Prozent der Hirnmasse sind vernichtet. Unrettbar. Die Verletzungen sind konsistent mit einer melterähnlichen Waffe, die in die Schädelhöhle abgefeuert wurde. Unwichtig. Die amniotische Übertragung an dauerhafte kybernetisch-organische, operative Unterstützungsfunktionen kann mit weniger als zehn Prozent verbleibender Hirntätigkeit erreicht werden.« Er wandte sich wieder an Kristos. »Ich berechne eine Wahrscheinlichkeit von sechsunddreißig Prozent für einen irreparablen Wahnsinn, der zum Hirntod führt.«

»Ein interessanter Ratschlag«, sagte Niholos erneut. »Besonders von Euch, Dumaar.«

»Kann er beigesetzt werden?«, fragte Kristos. Ein optisches Flimmern verriet, das seine gesamte Aufmerksamkeit nun dem Apothecary seines Clans gehörte.

»Es ist nicht unmöglich, aber der Vorschlag ist unbegründet. Clan Raukaan hat keine Sarkophage, auf die er verzichten könnte. Lasst ihn sterben, Schlachtherr.«

»Und der Clan Borrgos?«

»Negativ«, sagte Dumaar.

Mit dem Surren servomotorgetriebener Muskelbündel und dem Knacken von Gelenken, die sich neu ausrichteten, gruppierte Kristos seinen gewaltigen Körper um, und sah Jalenghaal an.

»Was ist mit dem Clan Garrsak?«

Der Sergeant zögerte. Seine Anbindungen verströmten seine Abneigung in die Noosphäre. Jetzt war es noch nicht einmal eine absichtliche Handlung. Der Eisenvater war verantwortlich für den Tod von Vand und Ruuvax auf Thennos und die Brüder Burr und ihr früherer Sergeant Stronos hatten dort wegen ihm viel Fleisch verloren. Wenn Kristos, so wie es Stronos vermutete, an dem Aufstand beteiligt gewesen war, egal auf welch indirekte Weise auch immer, dann war er noch für sehr viel mehr verantwortlich. Seine Überlegungen führten wieder zu Lurrgol und er blickte finster drein. Thennos würde nicht das letzte Mal sein, dass zwei Clans der Iron Hands einen Streit mit Waffen beilegten. Jalenghaal wusste aber noch nicht einmal, warum der Eisenvater so erpicht darauf gewesen war, die Revolte der Skitarii ohne Beteiligung des Clans Garrsak niederzuschlagen.

Diese Diskrepanz nagte an ihm.

»Ares' Sarcophagus ist noch nicht beansprucht«, sagte er vorsichtig. »Eine neuntausend Jahre alte Reliquie ist aber nicht etwas, das wir einfach so verschachern.«

An Euch, waren die Worte, die er nicht aussprach.

»Euer Gefühl ist Eurer unwürdig, Zehnter Sergeant. Seht Euch um.«

Jalenghaal tat, was ihm aufgetragen war und bemerkte eine Maschinenseherin mit den Brandkerben des Clans Borrgos, die Picts einer umgekippten Statue machte.

»Die Reliquie eines Wesens ist die Schrotttech eines anderen«, führte Kristos weiter aus. »Clan Garrsak ist wegen seines Bedarfs der Rekrutierung und Neuversorgung gelähmt. Ich werde den astropathischen Chor der *Feingehalt* anweisen, dem Eisernen

Rat eine Petition zu übermitteln. Eure Eisenväter werden den Nutzen eines Handels sehen, der euch wieder mit anderen mittelmäßigen Clans ebenbürtig macht.«

»Stronos würde niemals –«

»Kardan Stronos ist kein Eisenvater.«

»Noch nicht«, warf Dumaar ein.

»Sorgt dafür, dass Telarrch zerlegt und in eine dauerhafte Stasis versetzt wird, bis der Sarcophagus eintrifft«, befahl Kristos den beiden Apothecaries.

»Ausführung«, sagte Dumaar.

Jalenghaal wandte seinen Blick ab. Garrsak gehorcht.

»So etwas wie eine dauerhafte Stasis gibt es nicht«, sagte Niholos. »Sogar die perfektesten Systeme versagen irgendwann. Wenn der Erste Sergeant nicht bald bestattet wird, kommt er um.«

»Wie bald?«

»Unmöglich zu sagen.«

Ein lautes Klicken von Metall auf Fliesen ertönte und Jalenghaal richtete seinen Bolter auf die Treppe. Im Stillen war er verärgert darüber, dass er derart abgelenkt war, dass sich ihm jemand unbemerkt nähern konnte.

Zu seinem noch viel größeren Ärger reagierte Kristos hingegen überhaupt nicht.

Magos Qarismi kratzte mit seinem Stab mit offensichtlichem Interesse in den Trümmern, die über den Mosaiken der Xenos verteilt waren.

»Ich hatte Euch befohlen, den Exorzismus des Maschinengeists der Xenos zu beaufsichtigen«, sagte Kristos, ohne sich umzudrehen.

»Die Stimme des Mars hat mir andere Anweisungen erteilt.«

»Die meine aufheben?«, fragte Kristos, der sich nun doch dazu herabließ, seinen Oberkörper herumzudrehen.

»Ein astropathischer Notruf hat Medusa erreicht. Der Logi-Legatus hat ihn an uns weitergeleitet.«

»In den achtzehn Monaten, die wir hier gewartet haben, habe ich Tausende gehört. Was macht diesen zu etwas Besonderem, dass die Ressourcen meines Clans verwendet werden sollen?«

»Es ist Fabris Callivant.«
Einige Sekunden lang tat der Eisenvater nichts. Der Leuchtrichtung seiner Optiken nach zu schließen, schien er aber Telarrch anzusehen. Oder vielleicht den Schiffsmeister der Eldar, der unter der Rüstung begraben war.

»Yeldrian.«

Qarismis Aluminiumschädel war in einem breites Grinsen eingerastet.

Jalenghaal sah ihn an, dann den Eisenvater und dann seine Brüder-Sergeants. Der Ausdruck »*Vertraue niemals*« hallte durch seinen Verstand. Hier ging es um mehr, als ihm oder sogar Draevark mitgeteilt worden war.

»Diesmal nicht«, sagte der Magos Calculi.

KAPITEL DREI

»*Innovativ ... Ich vermute allerdings nicht mit einhundert prozentiger Absicht.*«

– Magos Instructor Yuriel Phi

I

»Die Basissysteme zeigen zunehmende Notlagen an.«

Kardan Stronos hörte Magos Instructor Yuriel Phi von der Betriebswiege aus sprechen, einem hängenden Kandelaber aus leuchtenden Bildschirmen und überhitzten Transferkabeln. In dem dicken Weihrauch schimmerten Flecken aus weiß-blauem Licht – ihre Augen. Ihre Haut war mit Eisenschuppen bedeckt. Anschlusskabel unterschiedlicher Kapazität fielen von ihrem zurückgebogenen Schädel wie die Dreadlocks eines Technobarbaren aus alten Zeiten. Mit ihnen war sie so sicher mit der Wiege verbunden, wie die Vielzahl der Spanndrähte und pulsierenden Kabel die Wiege selbst mit der Decke verbanden.

»Ich schlage vor, dem Primarisgenerator Vorrang zu geben. Bei der aktuellen Zuwachsrate wird er in etwa elf Minuten unwiederbringlich überladen.«

»Ausführung«, sagte Stronos.

Der Weg bis zu den Kontrollen des Generatorums war nur

kurz, aber mit laufenden Maschinen überladen. Der Rauch war dicht. Für einen zweifelnden Schüler wirkte er wie ein Lumpen, der mit alchemistischen Rauschmitteln vollgesogen war. Stronos verfügte über keine funktionierenden Geschmacks- oder Geruchssinne mehr und sprach dem Eisen seinen Dank dafür aus, was er nur selten tat. Er hatte ebenfalls seine Rüstung abgelegt, oder zumindest so viel von ihr, wie er nur konnte, um noch funktionsfähig zu bleiben. Trotz alledem schrammte und quietschte er in Richtung der Innenverkabelung und Druckknöpfe der Bedieneinheit auf der anderen Seite der Grube.

In einem Wandleuchter über dem Teilsystem heulte ein Alarm. Die blitzenden Warnleuchten befanden sich in dem Mund eines Gargoyles, der aus ausgehärteter Bronze gefertigt war. Stronos hätte ihn mit einem einsilbigen Befehl zum Schweigen bringen können, aber er konnte ihn auch genauso gut ignorieren. Er betrachtete die Vielschichtigkeit der Anschlüsse und Armaturenbretter, als er spürte, wie sich ihm jemand näherte, und er warf einen schnellen Blick über die Schulter.

»Es wird zwei von uns brauchen, um diesen Maschinengeist zu besänftigen, Bruder.« Barras war eine Festungswelt aus Stirnfalten mit Augen, die so tief hinter dunklen Augenringen lagen, dass sie wirkten, als seien sie aus Stein gemeißelt. Stronos war dreimal so alt wie er. Durch die Gesichtsnarben und metallischen Prothesen wirkte es aber, als sei er zehnmal so alt.

Er wandte sich wieder dem Teilsystem zu. »Ich habe das im Griff.«

»Das hier ist kein Wettkampf, Iron Hand.«

Stronos schnaubte und seine Ersatzlungen drückten kalte, ölige Luft durch das hässliche Metallrohr, das sowohl seinen Mund als auch seine Nase ersetze. Er machte sich nicht die Mühe, ein zweites Mal aufzusehen. »Ich habe das im Griff.« Seine Hand schoss vor, als der Knight of Dorn versuchte, über ihn hinwegzugreifen. Der harte Stahl seiner Bionik schloss sich bis zum Handgelenk über der nackten Hand des anderen Kriegers. Gestrichelte Linien und medusische Ziffern flackerten über seine bionische Anzeige, die sich mit der Hand verband, um die aufgewandte Kraft und

Druckpunkte anzuzeigen. Er stellte sicher, dass er den Radius seines Bruders nicht zerquetschte. »Ich habe das im Griff. Habe ich mich etwa nicht klar ausgedrückt?«

Yuriels leises Lachen rasselte durch die Düsternis und klang wie ein Propeller mit einem verbogenen Rotorblatt. »Klarstellung: Wir werden *alle* eine unwiderrufliche Überladung erfahren.«

»Bereithalten.« Er gab Barras' Handgelenk frei und legte eine Hand auf die Verkleidung der Generatorumeinheit. Während er einen leisen Lobgesang murmelte, um den Maschinengeist zu besänftigen, tippte er die Metrik in die Knöpfe der Bedieneinheit.

Irgendwo inmitten des Wirrwarrs aus Trägern und Rauch schaltete sich einer der Alarme ab.

Er drehte die nervenlose Ruine seines Gesichts dem Knight of Dorn zu. Ein lebloser Ausdruck belanglosen Triumphs hing von seiner metallenen Haut wie Fleisch von einem Haken. Barras seinerseits hatte ein blutunterlaufenes Handgelenk und warf ihm einen mörderischen Blick zu.

»Wenn wir beide unsere Rüstungen haben, Bruder, werdet Ihr und ich das als Gleichgestellte im Duellkäfig unter uns ausmachen.«

Dominanzrituale. Wie erbärmlich organisch.

Er nickte dem gekränkten Krieger zu.

»Ihr habt den Generator mit den Überlaufventilen des Hauptcogitators verbunden«, verkündete Magos Phi. Ihre Stimme klang aus dem Rauch *über* ihnen wie die des Omnissiah. »Innovativ ... Ich vermute allerdings nicht mit einhundert prozentiger Absicht.« Einen Augenblick lang spürte Stronos den Stachel der Verärgerung aufkeimen. Barras lächelte geziert und wandte sich ab.

Sein Ärger verflog nicht so einfach.

Einhundertfünfzig Jahre lang hatte Stronos einem abscheulich *menschlichen* Imperium mit der Überzeugung gedient, dass die Gensaat des Primarchen und das Credo des Eisens in den Iron Hands zusammengekommen war, um eintausend unvergleichliche Krieger zu erzeugen. Wie ärgerlich war es daher, dass er erst jetzt entdeckte, dass es andere in dem vielverleumdeten Imperium der Menschheit gab, die genauso erfahren, fähig und entschlossen wie Kardan Stronos waren, und dass seine Gensaat ihn in keiner Weise dazu prädestinierte, ihnen überlegen zu sein. Das erinnerte ihn an etwas, das sein Freund Lydriik versucht hatte, ihm zu sagen.

Es gibt viele Wege, um Stärke zu beweisen, Bruder. Beinahe so viele, wie es Möglichkeiten gibt, Euch selbst davon zu überzeugen, dass Ihr nicht schwach seid.

Er tat das ab, wie er einen ärgerlichen Fehler in seinen Systemen abtat, und prüfte die zum Teil erleuchteten Anzeigen vor ihm. Dabei rieb er mit einem Finger einen Ölfleck von der Befehlszeile, die vor ihm blinkte. »Dreizehn Minuten und dreißig Sekunden bis zur Überladung.«

»Gepriesen seien die Maschinenberührten«, hörte er Barras murmeln.

»Eine akzeptable Schätzung«, rasselte Magos Phi. »Einige Maschinen sind aber allzu willens. Sie sagen euch, dass sie weitermachen können, während sie in Wahrheit nur eine Transaktion vom Zusammenbruch entfernt sind. Ein Techmarine muss den Charakter jedes seiner Mündel kennen, um dessen Angaben zu durchschauen und die verborgene Wahrheit zu erkennen. Ich würde die verbleibende Zeit eher auf zwölf Minuten schätzen.«

Hätte Stronos finster blicken können, hätte er das nun getan. Könnte sein Gesicht rot anlaufen, hätte er die Maschinengrube in blutroten Rauch gehüllt. Stattdessen sah er auf der Suche nach besseren Nachrichten zu den übrigen seiner sogenannten Brüder.

Baraquiel von den Angels Porphyr nahm ihn nicht einmal wahr. Er war vollständig mit einem Kampf gegen ein fehlerhaftes System beschäftigt. Die beiden blauen und weißen Hälften seiner Robe wurden gelegentlich von Dampfausbrüchen verdeckt. Die sterblichen Priester des Mars hatten mit ihrer Frömmigkeit und Hingabe viele Vorteile. Sie konnten es aber nicht mit einem entschlossenen Adeptus Astartes aufnehmen, wenn es um reine Muskelkraft ging, um eine trotzige Maschine in die Schranken zu weisen.

Thecian hingegen war derart ruhig, dass es beinahe so wirkte, als meditiere er. Er kam von den Exsanguinators, einem unwichtigen Orden, von dem Stronos niemals gehört hätte, wenn er nicht in dieselbe Scholamanstalt verlegt worden wäre. Seine Haut war so blutleer wie eine abgestreifte Schlangenhaut und leuchtete etwas, sogar wenn er von Rauch umgeben war. Sie glich eher feinem Marmor als unvollkommenem Fleisch. Ab und an blinzelte er, wobei Haut wie ein Metzstein über seine Augen kratzte. Ansonsten hatte es den Anschein, dass er nichts tat. Von ihnen allen hielt Stronos ihn für denjenigen, den zu verstehen am schwersten war.

Er konnte sogar Barras trotz all seinen Emotionen und seiner Fixierung auf Ehre verstehen.

Der Knight of Dorn trug eine leichte Robe, die in hellbraunen und knochenweißen Farbtönen gehalten war, und bewegte sich beneidenswert leicht wieder dorthin zurück, woher Stronos gerade gekommen war. Er hielt an einem überlasteten Rohrleitungsbündel an und schlängelte mit einem Grunzen eine Hand zwischen ihnen hindurch, um die Ventile dahinter zu massieren.

Sigart, der Letzte ihrer ungewöhnlichen Bruderschaft, würde auch in der Nähe sein.

Ohne Zweifel lernte er viel von Stronos' Fehlern.

Keiner von ihnen hatte sich bisher das Recht erarbeitet, ›das Rot zu tragen‹ oder gar das Opus Machina auf ihrer Ausrüstung zu zeigen. Die Ordensfarben eines jeden der Ordenskrieger, einschließlich Stronos' Silber und Schwarz, war von dem ärmellosen, roten Chorrock eines Anwärters des Mars bedeckt. Sie waren hier, weil sie die besten eines außergewöhnlichen Anwärterkaders für das überlieferte Wissen des Mars waren.

Stronos war hier, weil er ein Iron Hand war und die Verträge zwischen ihren beiden Welten es so verlangten – eine Tatsache, an die man ihn ständig erinnerte.

Mit Ausnahme des abwesenden Sigart trennte keinen der Anwärter mehr als ein oder zwei Meter aus zusammengedrängten und überhitzten Maschinen von einem anderen Bruder. Stronos fand die physische Nähe abstoßend und die Forderung nach verbaler Kommunikation entwaffnend. Die Tatsache, dass er ihre Gedanken nicht fühlen oder ihren Fortschritten nicht mittels seiner Datenverbindungen folgen konnte, verärgerte ihn und machte ihn auf eine irrationale Weise zutiefst argwöhnisch.

Baraquiel wandte sich von der Strahlungsmannigfalt ab und blickte hinauf in die brummende Wiege. »Einer von uns muss in die Generatorumkammer gehen und ihn manuell abschalten. Ich melde mich freiwillig.«

»Seht nicht mich an, Anwärter«, tadelte ihn Yuriel.

»Geht«, Stronos und Barras sprachen im selben Augenblick und blitzten einander an, als Baraquiel sich einen Weg durch das Durcheinander der freigelegten Maschinen suchte und im Rauch verschwand.

Stronos hörte, wie eine Tür aufglitt. Und er hörte, wie sie sich wieder schloss.

Genau siebzehn Sekunden waren vergangen, bevor die Stimme des Space Marines aus der Voxanlage der Kammer hallte.

»Die Notfallschotten sind geschlossen. Ich komme nicht in die verdammte Kammer hinein.«

»Die Abtrennung eines gefährdeten Bereichs ist eine grundlegende Funktion einer jeden hochfunktionellen Gestalt.« Yuriel sagte dies in einem Tonfall, der für Stronos so klang, als untersuche sie die Kreisläufe ihrer Epidermis. »Ich bin enttäuscht, dass keiner von euch daran gedacht hat. Ihr habt ...« Es folgte eine kurze Pause, während der sie wahrscheinlich eine Runenanzeige studierte, »... neun Minuten bis zur unwiderruflichen Überladung.«

Stronos' Rüstung bebte und brummte. Die Servomotoren gaben ein Geräusch von sich, das wie ein Land Raider klang, der im Leerlauf auf Hochtouren lief. Über die intramuskulären Zapfen und direkten Nervenkontrollverbindungen spürte sie seine Frustration und strengte sich an, sie in Aktivität zu verwandeln. Er beugte seine Stirn zur Runenanzeige des Generatorums und befahl seinen Systemanschlüssen, sich mit denen der Schnittstelle zu verbinden.

Durch die Verbindung waberte das Gefühl, eine Verletzung zu begehen.

Seine Komponenten waren für die Vernetzung auf dem Schlachtfeld und nicht als Schnittstelle von Maschine zu Maschine gedacht. Beide Systeme reagierten mit Fluten von Warntiraden und überschwemmten sein bionisches Auge wie eine Augeninfektion, als er die Verbindung mit roher Gewalt erzwang.

<Geht behutsam vor, Stronos.> Stronos hatte keine Schwierigkeiten, Magos Phi durch den Rauch auszumachen. Seine Wahrnehmung stieß auf die Noosphäre, auf diese Parallelrealität aus rohen Daten und Bewegungskraft, die wie ein Engel leuchtete. <Es gibt Wesen in der Noosphäre, die das Eindringen eines bloßen Anwärters beleidigt.>

Und dann fühlte er es.

Das Gemeinschaftswissen der Scholamanstalt war ein verstörtes Ding. Es war ihm feindlich gesonnen, unbeschreiblich alt und sich seiner selbst nur wie ein räuberisches Reptil bewusst. Es nahm ihn aber ebenfalls auf dieselbe Art wahr und geiferte hungrig ob ihrer unterschiedlichen Machtfülle.

<Du wirst das Generatorum aufgeben.> Stronos bombardierte den Maschinengeist mit Befehlsbefugnissen und Missbrauchsrunen. Aber er hatte sich entweder bei deren Zusammenstellung geirrt oder der chimäre Geist war zu zornig, um auf ihn zu hören.

Der Maschinengeist machte sich in der dimensionslosen Noosphäre breit, ragte über ihm auf und umschloss ihn. Dann verbrannte er Stronos' Verstand mit dem Zischen eines unverständlichen, weißen Rauschens.

<Ich kenne dich nicht!>

Stronos spürte, wie sein Körper taumelte, als seine Sinne aus der Noosphäre vertrieben wurden. Seine vernetzten Systeme schalteten sich instinktiv ab und zogen sich in ihre gepanzerte Hülle zurück. Funken schlugen als körperliche Manifestation des Zorns des Maschinengeists aus der Schnittstelle und warfen ihn in das gegenüberliegende Cogitatorgehäuse.

Aus der Höhe erklang Magos Phis rasselndes Gelächter und die Schläge von Schotten, die sich donnernd schlossen, jagten durch den beweglichen Metallboden unter Stronos' Körper.

Er spürte, wie ihn der Maschinengeist verspottete.

»Hinter mir haben sich gerade weitere Notfalltüren geschlossen«, voxte Baraquiel. »Ich bin eingeschlossen.«

Yuriel unterstrich ihr Gelächter mit einem ironischen Klatschen. »Glaube mir, Anwärter, du bist noch mal mit einem blauen Auge davongekommen.«

Die Kinder von Manus waren nicht für ihre schnelle Auffassungsgabe und ihren scharfen Verstand bekannt und Stronos arbeitete immer noch an einer Antwort, als die Alarme abrupt verstummten. Die Beleuchtung stabilisierte sich zu einer summenden Helligkeit und mit einem surrenden *Klappern* nahmen die Abzugsanlagen der überlasteten Maschinen ihre Arbeit auf und unternahmen gewandte Versuche, den Rauch in baufällige Entlüftungskanäle zu saugen. Dieses eine Mal zeigte sein unbedarftes Antlitz genau die Emotion, die er ansonsten erwartet hätte, sie zur Schau zu stellen.

»Was habe ich …?«

»Eine verwundete Bestie erlaubt es nicht, dass man ihm den Dorn aus der Pfote zieht«, sagte Thecian. Sein Lächeln sah aus, als sei es von einem Meißel in eine Steintafel gehauen worden. »Auch nicht von einem Meister, der sich sorgt. Es braucht eine Ablenkung.«

»Ihr meint …« Stronos spürte den kindlichen Drang dem Exsanguinator zu sagen, dass sie *dies* wie Gleichgestellte in einem Duellkäfig regeln sollten. Stattdessen sagte er einfach nichts weiter.

Magos Phi hingegen war berauschter. »Gut gemacht, Anwärter Thecian. Und Stronos.« Sie spähte aus ihrer Wiege hervor. Ihre Optiken blinkten weiß-blau. An und wieder aus. »Kommt nach den Abendgebeten zu mir.«

Stronos neigte seinen Kopf. »Ja, Magos Instructor.«

»Und danach könnt Ihr zu mir kommen«, sagte Barra und packte im Vorbeigehen Stronos' Schulterpanzer, um ihm seine Worte ins Ohr zu zischen.

Der Knight of Dorn kletterte über Maschinen, die auf dem Weg zur Tür noch vor ihm lagen. Stronos bemerkte, dass sie geöffnet war. Ein weiterer Anwärter, der unter seinem roten Chorrock eine tintenschwarze Robe trug, beugte sich und schwadronierte hindurch. Auf dem schwarzen Ärmel des Anwärters war ein einziges, weißes Kreuz zu sehen. Ein Symbol, das von jedermann in der Galaxis sofort erkannt wurde.

Sigart.

»Brüder!« Sigart schritt in die Betriebskammer. Seine muskelbepackten Arme waren weit ausgebreitet, als wolle er alle drei seiner Anwärterbrüder auf einmal umarmen. Das Grinsen auf seinem Gesicht war fast genauso breit. »Spürte ich gerade, wie die Scholam Stronos umgebracht hat?«

»Es hat nur seinen Stolz etwas versengt«, brummte Barras.

»Dann verspürt er also keinen Schmerz.«

Thecian verbarg ein perfektes Lachen hinter seiner Hand, sprach aber kein Wort. Er sprach überhaupt nur selten, wenn er nicht angesprochen wurde.

»Das nächste Mal werde ich besser sein«, knurrte Stronos.

»Meditiert über das Gelernte«, sagte Yuriel. Die fünf Anwärter wurden still und sahen respektvoll auf. »Jeder von euch. Ihr werdet schon bald erneut geprüft werden. *Ave Omnissiah.*« Die Space Marines ahmten die Geste nach, das heilige Zahnrad, das mit beiden Händen vor der Brust geformt wurde. Und auch den Begleitrefrain ›Ave Omnissiah‹. Aber nur Stronos tat dies mit ganzem Herzen.

Sigart warf ihm einen prüfenden Blick zu, als sähe er etwas, das ihm gefiel. Stronos wollte gerade nachfragen, was das war, aber der große Plan des Omnissiah sah vor, dass ihre Annäherung nur von kurzer Dauer war.

»*Brüder?*« Baraquiels Stimme hallte aus der Voxanlage und ertönte, nun da der Rauch von der Verstärkereinheit abgesogen worden war, mit einer hohlen Klarheit. »Ich bin immer noch hier unten eingeschlossen.«

Der Maschinengeist der Scholam richtete seine vielfältigen Formen ins Innere. Stronos konnte dessen Schadenfreude fühlen.

»*Brüder?*«

Magos Phi begann zu kichern.

KAPITEL VIER

»*Starrt den Skitarius nicht an* ...«

– Logi-Legatus Nicco Palpus

I

Melitan Yolanis' Atem stockte, als der Aufzug langsamer wurde. Sie wusste nicht warum. Wahrscheinlich deshalb, weil es einen gewaltigen Unterschied machte, persönlich vorzugeben, ein vollwertiger Magos zu sein, anstatt dies bei einer Langstreckenkorrespondenz zu tun. Schweiß sammelte sich auf ihren Handflächen und sie musste gegen den Drang kämpfen, zu prüfen, ob die Scheinimplantate noch vorhanden waren, die ihr Gesicht bedeckten. Ihr Mechadendrit zuckte nervös. Oder vielleicht hatte es damit überhaupt nichts zu tun. Vielleicht lag es daran, dass das, was auf der anderen Seite der Bronzetür lag, unmöglich den Erwartungen gerecht werden konnte, die sie hatte, seit sie ein Mädchen war. Außerdem hatte sie Angst. Beim Omnissiah, ja. Sie war mehr als nur ein bisschen ängstlich.

»Omnissiah, vergebe mir diesen Übergriff«, flüsterte sie. Sie machte das Zeichen des heiligen Zahnrads und presste es vor die Brust, als der Fahrstuhlkorb mit einem kaum wahrnehmbaren Ruck in den magnetischen Puffern anhielt, die von perfekter Ingenieurskunst und fehlerfrei ausgeführten Wartungsriten zeugten. »Dein Wille geschehe. Dein Wille ist der Plan. Der Plan ist meine Handlung.« Sie fühlte jede Feldschwankung und Resonanzanomalie, die durch den Boden des Käfigs waberte. Es flößte ihr Furcht ein, als sie sich bewusst wurde, dass die Hand des Omnissiah sie über einem tiefen Schlund auf einem magnetischen Abstoßpolster hielt.

Es würde Ihn nichts kosten, ihr diese Gunst zu entziehen.

Der Cherubservitor, der unpassenderweise neben ihrer Schulter schwebte, schnatterte in kurzen Stößen in verschlüsselter Binärsprache mit dem Türmechanismus. Der mumifizierte Fötus schwebte etwa an derselben Stelle. Zwischen seinen nach innen gekrümmten Beinen zischten und knisterten archaische Antigravantriebe. Eine spinellblaue Linse der Größe eines Daumens fuhr aus einer Augenhöhle aus. Die andere war zugenietet. Genau wie sein Mund. Und die Nase.

Das ungeborene Kind war einst wertvoll für jemanden gewesen. Sie fragte sich, für wen.

Sie konnte sich noch immer daran erinnern, wie es sich angefühlt hatte, als sie von dieser Technik noch fasziniert gewesen war. Bevor ihr Haar ausfiel, ihr Zahnfleisch vergiftet wurde und sich ihre Lungen schwarz färbten. Mit der Unschuld, die den sehr, *sehr* jungen vorbehalten war, hatte sie gedacht, sie könnte alles wissen. Sie war vier oder vielleicht fünf Jahre alt, als ihre Eltern sie zu den Krypten unter den Schmiedetempeln von Callivant brachten. Die Steine waren alt. Zwölftausend Jahre hatte der Magos Preservator ihr gesagt. Die Luft hatte sich älter angefühlt. Sie hatte die Energie darin gespürt, das Vibrieren in ihrem Magen, den Geschmack von Eisen und Begeisterung in ihrem Mund. Sogar in der Dunkelheit hatte sie die arkane Ansammlung aus Spulen, Rohren, Magneten und Ventilen angegafft, aus denen das göttliche Wunder des Princeps bestand, dem plastischen Organ des Hauses Callivant. Der Magos Preservator hatte ihr gesagt, dass das Instrument ein Geschenk von Magos Xanthus von der 52. Expeditionsflotte im Andenken an die Rückkehr der Welt in den Schoß des Mars gewesen war.

Sie hatte den Preservator mit Fragen überhäuft und anschließend ihre Eltern, als sie wieder auf dem Rückweg zu ihrem Habitat waren. »Wie? Wie? Wie?« Ab und an unterbrochen von einem »Warum«.

Alles, woran sie denken konnte, war dieser Cherub. Vielleicht war es doch kein menschlicher Fötus. Da war die Abplattung der Gaumenstruktur, die knöchernen Auswölbungen des themastoiden Vorgangs. Vielleicht ein Rattling. Sie hatte einmal einen auf einem Lehrpergament abgebildet gesehen. Sie musste –
Der Cherub richtete einen Schwall in verschlüsselter Binärsprache an den Türmechanismus.

Und dieser antwortete gleichermaßen.

<Willkommen, Magos Bale. NL-Primus, Null-Ebene.>

Die Türen öffneten sich abrupt.

Melitans Herz begann in ihrer Brust wie wild zu schlagen. Ihr ganzes Leben lang hatte sie sich danach gesehnt, dass der Titel ›Magos‹ vor ihrem Namen ausgesprochen wurde. Und jetzt …

<Es spricht Euch an, Magos. Gefährdet die Identität, die ich für Euch erschaffen habe, nicht schon bevor Ihr überhaupt durch die Tür getreten seid.>

Melitan zuckte vor Schmerz zusammen. Sich mit dem Memproxy zu unterhalten, das Logi-Legatus Nicco Palpus in ihr Rückenmark implantiert hatte, war keine so einfache Angelegenheit wie nur zu sprechen und Anweisungen zu folgen. Das Implantat verband ihre Gehirnzellen neu, um Bilder oder Worte zu übermitteln. Der Vorgang bereitete ihr Schmerzen. Deshalb erwiderte sie nichts, sondern nickte dem Cherubservitor einfach nur zu und signalisierte so, dass sie bereit war. Sie hoffte, dass das Memproxy still bleiben würde.

Der verschrumpelte Automat schwebte bereits durch die offenen Türen davon und zog heilige Schriften und elektrostatisches Licht hinter sich her.

Sie nahm einen weiteren flachen Atemzug, als sei er eine Geisel, die sie als Versicherung bei sich halten konnte, und trat hinter dem Cherub ein.

* * *

II

Die Null-Ebene war ein Tempel, dazu gedacht, Gläubige einzuschüchtern, eine Datenfestung, die selbst einen Adeptus Astartes langsamer schreiten ließ. Spinnenartige Gestalten mit künstlich gebogenen Wirbelsäulen, murmelnden Körperteilen und den roten Roben der Priesterschaft des Mars saßen über Runenkonsolen gebeugt und fraßen sich voll. Nur ihre mechanischen Rüssel waren sichtbar. Linsenbewehrte Augen, die unterschiedlich gefärbt und gebaut waren, klickten und surrten, änderten den Brennpunkt und weiteten sich. All das wurde von dem Geräusch von Gewinden begleitet, die geduldig immer und immer wieder ein- und wieder ausfuhren. Komplexe und unmenschlich mandibuläre Körperteile zuckten, als hätten sie Hunger. Ihnen fehlte nur das maschinelle Gegenstück zu Geifer, während die andächtigen Adepten die Daten auf ihren Bildschirmen verarbeiteten.

Sogar das furchteinflößende Klappern der sich herumtreibenden Robodoggen lenkte die Binärinfozyten nicht von ihren Bildschirmen ab.

Neben den sauber angeordneten Runenbänken thronte auf einer hololithischen Plattform ein schmächtig gebauter Magos. Er trug eine gewaltige Robe, die mit numerischen Symbolen verziert war. Um ihn kreisten zweidimensionale Informationsscheiben, die durch mehrere Verschlüsselungsschichten verzerrte Schemata, Plananalysen und Befehlssignifikatoren zeigten, die Melitan noch nicht einmal beschreiben konnte.

Aber sie konnte Vermutungen anstellen.

Der Magos sichtete den Mahlstrom aus Geheimnissen, der ihm von den Infozyten übermittelt wurde und gab ab und an eine flüssige Predigt oder einen Auszug aus einem Lobgesang von sich. Dabei verwendete er Mechadendriten und noosphärische Klauen, die in Handschuhen steckten. Er wirkte wie ein sechsgliedriger Albtraum, der die Flügel schreiender Schmetterlinge abriss, die in einem endlosen Strom an ihm vorbei flatterten.

Ein einziger bewaffneter Skitarius beobachtete die Szene.

Er maß annähernd zweieinhalb Meter und war damit beinahe

so groß wie ein Space Marine. Sein netzartiger Körperpanzer war eine einzige schwarze Masse. Abwehrcodes und Übertragungssperren schlossen ihn in einen Mantel der technischen Abschottung ein. Melitans Implantate, sogar die Fälschungen besserer Qualität, versuchten unablässig, den Skitarius aus ihrer bewussten Wahrnehmung zu entfernen. Sogar die Robodoggen, deren sensorbepackte Schnauzen ständig Proben der Übertragungen der Adepten einsogen, trampelten direkt an ihm vorbei und nahmen ihn nicht wahr.

<Starrt den Skitarius nicht an. Bethania Vale ist eine Magos mittleren Rangs, die drei Jahrzehnte lang in den geheimsten Diagnostikwerken auf dem Mars gearbeitet hat>, schalt sie das Memproxy und war schuld daran, dass sie sich wegen der stechenden Schmerzen in ihrem Gehirn an den Kopf fasste. <Eure Augmentationen sollten viel zu ausgedehnt sein, als dass Eure organischen Augen seine Codeschutzwälle durchdringen könnten.>

Sie kratzte abwesend an der Reizung hinter ihrem Ohr und murmelte leise: »Ja, Meister!«

Melitan ließ ihre Hände wieder sinken und nahm eine Pose der arroganten Gelassenheit ein, die ihrer Meinung nach ihre idealisierte Vision eines wahren Adepten widerspiegelte. Als perfektes Vorbild für ihre Haltung kam ihr ein Abbild von Logi-Legatus Nicco Palpus in den Sinn. Sie hätte beinahe geseufzt. Das Original, die physische Iteration der Stimme des Mars, hatte viel hilfsbereiter gewirkt. Beinahe wie ein Vater. Es war eine Scharade gewesen, die sie mit Verspätung zu schätzen gelernt hatte.

Der Cherub stieß ihr einen Lärmschwall entgegen. Glücklicherweise hatte sich Palpus entschlossen, sie mit echten Augmentationen auszustatten, mit dem sie die Binärsprache entschlüsseln konnte: <Hier bleiben>.

Der Fötus schwebte in Richtung des Skitarius.

»Ihr seht nervös aus.«

Erschrocken drehte Melitan sich zu der Stimme um. Einer der Infozyten, die sich unter ihren Kapuzen verbargen, verzog sein emotionsloses Exogesicht in einer verkrümmten Bewegung in ihre Richtung. Ein Lächeln. Es war abschreckender als die borniete Gleichgültigkeit, an die sie sich als untergeordneter Maschinenseher gewöhnt hatte.

»Ich ...« Sie überlegte, das zu verneinen, erkannte aber, dass das wenig Sinn machte. Sie war eine heillos schlechte Lügnerin und dachte, dass es am besten wäre, so nah wie möglich bei der Wahrheit zu bleiben. »Wahrscheinlich etwas.«

»Exogenitor Oelur ist nicht so furchterregend, wie sein Ruf glauben lässt.« Die von der Kapuze verdeckten Optiken des Infozyten blitzten unerwartet humorvoll auf. »Oder sein Aussehen. Ich denke, Ihr werdet die Stunde überstehen.« Ein reißendes Geräusch ertönte, dann das Klicken und Schnappen von Faserbündeln, die sich auskoppelten, und der Infozyt zog eine mit zwei Klauen ausgestattete Hand von der Runenbank zurück, die er anschließend in ihre Richtung streckte. »Ziffer Vier.« Er lehnte sich verschwörerisch vor und senkte seine Stimme zu einem Flüstern. »Ihr könnt mich aber Salient nennen.«

Melitan nahm die gelenklose Metallhand des Infozyten in ihre menschliche. Beinahe hätte sie ihren wahren Namen genannt. »Vale. Bethania Vale. Magos Biologis.«

»Die Morgenrot-Technologie wird Euch nicht enttäuschen, Magos. Ganz im Gegenteil.«

Salient zog seine Klaue aus Melitans Hand. Sie bemerkte eine dünne Blutlinie, die über ihre Handfläche geschmiert war. »Ihr blutet«, sagte sie. Der Infozyt hatte sich jedoch bereits wieder seiner Runenbank zugewandt und sich mit ihr verbunden.

Sie rieb das Blut in ihre rote Robe, während eine Robodogge mit einem Knurren zu ihr kam und nach Korruptionsspuren schnüffelte. Sie starrte die Maschine mit einem derart distanzierten aber stechenden Blick an, dass jeder Magos stolz gewesen wäre. Innerlich zuckte sie jedoch zusammen. Das Wesen entdeckte jedoch nichts. Es klapperte weiter, ohne eine Pause zu machen, und folgte seiner programmierten Runde. Ihre Anspannung ließ nach.

Der Infozyt ignorierte sie bereits wieder und war derart in

seine Daten vertieft, dass sie sich fragte, ob sie den ganzen Austausch nur geträumt hatte. Nerven konnten wunderliche Streiche spielen.

Sie sah den roten Fleck auf ihrer Hand an.

<Mitkommen.>

Ohne den Anschein zu erwecken, es eilig zu haben, folgte sie dem Cherubservitor. Der Fötussklave schwebte über dem Skitarius auf seinem Wachposten – keiner der beiden quittierte die Anwesenheit des anderen – und flog in Richtung einer zweiten Bronzetür. Diese war auf beiden Seiten von dunklen, reflektierenden Paneelen umgeben, die wie einseitig durchsichtiges Glas aussahen.

Sie spürte, wie ihr Herz schneller zu schlagen begann.

Jetzt ging es los.

III

Niemand hatte sie auf den Gestank vorbereitet.

Es gab einen gewissen Geruch, den man automatisch mit den inneren Reichen des Adeptus Mechanicus assoziierte: Öle, die besonders für das Innenleben von Maschinen geeignet waren, gesegnete Schmiermittel, der Duft der Antriebskraft, der brummenden Reibung Tausender sich bewegender Dinge. Alles davon war vorhanden, wirkte aber beinahe wie der Moschus einer Duftkugel, um den ekelhaft süßen *anderen* Geruch zu verdecken. Ein Verjüngungsmittel, Formaldehyd, Rostschutzmittel. Alles zusammen bildete mit einem weiteren, ätzenden Element einen Cocktail, dessen Aroma sie nicht definieren konnte.

Mit einem Knacken im Getriebe und dem Pfeifen ausfahrender Teile winkte sie Exogenitor Louard Oelur herein.

Die Geste hätte beruhigend gewirkt, wäre das angebotene Gliedmaß nicht doppelt so hoch und dreimal so breit wie sie selbst gewesen.

Sie schlurfte zu dem Schreibtisch, der die Kammer in zwei Hälften teilte. Die glatte Oberfläche war mit Bildschirmen getäfelt. Bilder und Schriften oder beides gemeinsam flackerten über etwa dreißig der Runenbankmonitore, jedoch zu schnell, als dass sie selbst mit ihren augmentierten Augen erkennen konnte, was sie anzeigten. Für sie sah es so aus, als ob sie einfach von einem Standbild zum nächsten stotterten. Das ging alles viel zu schnell, als dass sie etwas hätte interpretieren können. Das Licht, das von ihnen ausstrahlte, war abgehackt und beunruhigend. Eine kleine Ikone des Opus Machina beschwerte eine Ecke einer Pergamentrolle. Die gegenüberliegende Kante wurde wie beiläufig von einem gigantischen Mechadendriten niedergehalten.

»Fettleibig« war ein eindrucksvoll organisches Wort, das aber hervorragend passte.

Der Exogenitor hatte Gerüchten zufolge im Laufe von zwölf Jahrhunderten Augmentationen und Subsysteme angesammelt. Die Kleidungsstücke, die seinen ausgedehnten Körper bedeckten, wirkten beinahe wie eine rituelle Gefälligkeit. Der Kopf, der auf der Masse der Bioniken saß, war ein verdorbener Klumpen, das Ergebnis unzähliger Restaurierungen und Verbesserungen. Ein hässlicher Sekundärkopf ragte lasch aus dem gemeinsamen Nacken hervor und starrte ausdruckslos auf den Tisch. Melitans Ekel wurde stärker, als sie erkannte, dass es sich nicht etwa um ein künstliches Gehirn, sondern um einen menschlichen Kopf handelte. Operationsnarben, Elektoos und kristalline Implantate, die das Schema zukünftiger Bioniken anzeigten, waren deutlich auf dem Fleisch sichtbar. Sie gelangte zu der unangenehmen Erkenntnis, dass dies zumindest teilweise der Grund für den Gestank war.

Sie sah schnell weg und bereitete sich auf den Stich der neuralen Schmerzen vor, aber Palpus' Memklon hatte anscheinend nichts zu sagen.

Wie konnte er hier hereinkommen? Diese Frage stellte sie selbst. Mit Sicherheit nicht durch die Tür. Und woher kam der Kopf? Ein Sklave, ein Krimineller, ein Technoketzer? Offensichtlich stammte er nicht von einem Servitor. Welchen Sinn würde das auch machen?

Während ihre Gedanken galoppierten, bewegte sich Oelur ohne Unterlass. Seine Robe raschelte. Servogetriebene Gliedmaßen und Dendriten klickten und quasselten teilweise unabhängig vom Hauptkörper. Unsichtbare Komponenten klapperten, knirschten, zwitscherten und bewegten sich wie bei einer Vogelspinne, die ein Insekt verdaute. Als er schließlich sprach, brachte die Ernüchterung, eine menschliche Stimme zu hören, beinahe ihre Selbstbeherrschung zum Zusammenbruch.

»War Eure Reise von Xanthros bequem, Magos Vale?«

»S-Sehr bequem. V-Vielen Dank.«

»Ihr leidet anscheinend unter einer Audiofehlfunktion, Magos« Melitan wand sich unter der betrügerischen Robe und der ebenso betrügerischen Augmentmaske.

»Es war eine lange Reise, Exogenitor Oelur.«

»Louard.« Mechadendriten tasteten an den Wänden entlang. Sie klickten. Sie knallten. Als würden sie sich untereinander über sie unterhalten. »Titel haben genau vor siebenhundertdreiundvierzig Jahren ihre Bedeutung für mich verloren. Mein Verlangen nach dem hündischen Respekt meiner Untergebenen bestand nur unwesentlich länger.«

»L-Louard also, Exogenitor.«

»Da ist wieder diese Fehlfunktion.«

»Entschuldigt, Exi– Louard.«

»Wisst Ihr, wie viele Biosektionisten aktuell in der Null-Ebene tätig sind, Magos Vale?

»Nein.«

»Kein einziger. Wisst Ihr, wie viele Adepten, egal welcher Spezialisierung, während der dreihundertneunzehn Jahre meiner Verwaltung von NL-Primus für die Null-Ebene rekrutiert wurden, ohne sich zuvor durch die Zweigforschungsebenen zu arbeiten?«

»Ich ..., nein.«

»Ich vermute Ihr könnt es erraten, Magos Vale. Ihr solltet wissen, dass ich keine Heuchelei dulde. Es wäre eine Beleidigung der Ordnung des Omnissiah.«

»Kein einziger, Exogenitor.«

»In der Tat, kein einziger. Nicco Palpus residiert eine halbe Galaxis vom Mars entfernt, und doch ist sein Einfluss so groß, dass sich auf seinen Befehl hin jede Tür öffnet.«

»Ich hatte Glück.«

»Ich weiß, warum Palpus Euch schickt, Magos.« Louards Robe wölbte sich plötzlich auf. Ein verfaulter und aufgedunsener Arm tauchte aus ihr auf. Die kalzifizierten Finger klopften mit einer Geschicklichkeit, die sie überraschte, auf einen der flackernden Teilbildschirme seiner Runenanzeige. Die Xenoskalligrafie, die für den Bruchteil einer Sekunde sichtbar gewesen war, verschwand und wurde anscheinend von Bethania Vales Personaldatei ersetzt.

Louards Köpfe betrachteten sie gemeinsam.

»Fünf Jahre bei Xenosanatom Tantrum. Zehn bei Teratotechnologe Coronus. Dann fünfzehn Jahre unter dem Metachirurgen Garadesius auf Xanthros, wo Ihr extrapolative Sektionen an der Xenosrasse 27814s vornahmt.« Sein Primärkopf sah auf. »Die Xenos 27814s sind mir kein Begriff.«

»Ich glaube, sie sind mittlerweile ausgestorben.«

»Iron Hands?«

»Iron Hands«, stimmte Melitan zu. »Sie neigen zur Gründlichkeit.«

»Das erklärt, warum Ihr Nicco Palpus aufgefallen seid. Ihr hattet in der Tat Glück.« Er ließ die Datei mit einem Wischen seiner faulenden Klaue wieder verschwinden. »Ihr sollt die Morgenrot-Technologie bewerten. Ihr seid hier, um *mich* zu bewerten. Versucht nicht, das zu leugnen. Gemäß meinem mnemonischen Archiv habe ich bereits offengelegt, dass mir Heuchelei nicht gefällt.« Der Sekundärkopf knarzte auf seinen Nackenmuskeln in die Höhe und starrte Melitan aus glasigen Augen an. »Ihr verfügt über die notwendigen Fähigkeiten, die Eindämmungsmaßnahmen der Null-Ebene zu analysieren. Ich kann Euch allerdings versichern, dass innerhalb der Quarantänesphären keine Einheiten betrieben werden, die mit Datenübertragungsfähigkeiten ausgestattet sind. Organische Versuchssubjekte werden mit strikten Kontrollen ausgelöscht und beseitigt. Sogar der indirekte Kontakt mit Xenostechnologie stellt einen Verstoß gegen die grundlegenden Protokolle dar. Ich kann Euch eine Liste derjenigen Adepten zusammenstellen, von denen die tief greifendsten Datenuntersuchungen vorgenommen wurden. Oder zieht ihr einen Algorithmus zur zufälligen Auswahl von Subjekten für die Vivisektion vor?

»Exogenitor, ich –«

»Ich versichere Euch, dass alles so ist, wie es der Logi-Legatus angefordert hat, als er die Eldartechnologie meiner Obhut übergab. Mir ist bekannt, was auf Thennos geschehen ist. Ich verstehe Palpus' Gedankengänge. Dies hier ist aber kein Versuchsstand in einer vergessenen Provinz im Segmentum Obscurus. Dies ist die Primus-Anlage des Noctis-Labyrinths.

Melitans Augen, die bereits wegen der Linsen tränten, die sie anstatt echter Optiken über ihnen trug, schienen zu zittern. In Wahrheit wusste sie nicht, warum Palpus solch außergewöhnliche Anstrengungen unternommen hatte, sie als erfahrenen Adepten auszugeben, anstatt einen echten Magos mit dem Profil von Bethania Vale anzuheuern. Ausgenommen vielleicht, weil er ihr vertraute. Und dass sie ihm vertraute.

»Er wünscht nur, sicher zu gehen.«, sagte sie.

Der Exogenitor gab ein verheerendes Rülpsen von sich. »Ich werde mich darum kümmern, dass er es ist. Wir werden mit einer Führung durch die Null-Ebene beginnen. Aber erst morgen. Ihr habt eine lange Reise hinter Euch.«

»Ich danke Euch, Exogenitor.«

»Mein Servitor wird Euch zu den Schlafsälen geleiten. Lasst Euch von dem Skitarius nicht aus der Ruhe bringen.«

»W-Welcher Skitarius?«

»Wieder diese Fehlfunktion, Magos.« Er deutete mit einem gewaltigen aber geschmeidigen Mechadendriten in Richtung der Tür. »Bis morgen also.«

»Bis morgen.«

Der Cherubservitor kam mit einem Schwall weißen Rauschens durch die offene Tür geflogen und Melitan zog sich in seine Richtung zurück. Als sie dem korpulenten Datenherrn ihren Rücken zudrehte, war sie plötzlich misstrauisch. Sie erhaschte einen letzten Blick auf die Miniaturausgabe des Opus Machina auf der Schreibtischkante. Es erzeugte ein mulmiges

Gefühl in ihr. Aber erst als der Cherub sie fortführte, verstand sie warum.

Es war seitenverkehrt.

KAPITEL FÜNF

»*Wir verfügen alle über ein dunkleres Wesen, über Dämonen der Seele, von denen wir wünschen, dass unsere Brüder sie nicht zu Gesicht bekommen*«

– Thecian

I

»Legt das Buch beiseite.«

Stronos sprach diese Worte, ohne dabei aufzusehen. Seine Optik war auf den Mikroschaltkreis konzentriert, den er zwischen Zeigefinger und Daumen seiner metallischen Hand hielt. Binäre Ja-Nein-Haptiken in den Fingerspitzen machten Rückmeldungen über den Druck, als er sich zu Seite neigte. Sein Fleischauge war überbeansprucht und stach ob der Weichheit, mit dem das bionische Gegenstück durch die Vergrößerungsobjektive klickte, um die Details der Schaltung sichtbar zu machen. Das nadelfeine Glühen des Auges folgte der Kante seines Messers. Vorsichtig, sehr vorsichtig begann er, dass Isolationsplastek zu entfernen. Er spürte, wie er sich langsam entspannte. Die Schande, die er wegen seiner Zügellosigkeit während der Übung gefühlt hatte, verflog allmählich. Gesichtsmuskeln, die keine Nervenkontrolle mehr über einen Mund hatten, zuckten, als wollten sie ein Lächeln produzieren.

Was würde Verrox nur denken? Fünfzigtausend Lichtjahre von Medusa entfernt, einhundert Jahre nach seinem Eisenmond, und trotzdem tat er immer noch Buße. In Wirklichkeit war die Reparatur des verfluchten Dings schon immer eine unmögliche Aufgabe gewesen. Es war zu einem Mediationswerkzeug geworden. Zu einem Ventil für fehlgeleitete Gedanken und Emotionen. Manchmal fragte er sich, ob das nicht schon immer die Absicht des Eisenvaters gewesen war. Wahrscheinlich nicht. Verrox war nicht für seine Raffinesse bekannt.

Der Rest des Plasteks schälte sich unter seinem Messer ab. Erst danach sah er auf.

»Ich sagte, legt es hin. Es gehört Euch nicht.«

Thecian stand an der Wand ihrer gemeinsamen Zelle. Seine Robe hatte die Farbe einer verödeten Vene und hing von seinen breiten Schultern, während er müßig durch Stronos' abgenutztes Exemplar von *Lobgesang des Reisens* blätterte.

Das Buch war in mehr Schlachten gezogen als so manches Regiment des Astra Militarum. Der Einband war rissig und zeigte nahe der Unterkante Laser-Brandspuren. Einige der Seiten lösten sich aus der Bindung und Stronos sah die Einbuchtungen, die sich auf jeder Seite an exakt derselben Stelle befanden, wo sie vom sorgfältigen Blättern mit einer Metallhand hinterlassen worden waren. Er bemerkte, dass Thecian eine eigene Lesetechnik besaß. Er leckte seine Finger, bevor er jede Seite umschlug. Trotz der Tatsache, dass seine Lippen trockener waren als die Marsziegel hinter seinem Rücken.

»Das Buch ist in Lingua technis verfasst«, sagte Thecian gedankenverloren. »Ist es nicht ungewöhnlich, dass ein Bericht über das Leben Eures Primarchen in der Sprache des Mars geschrieben wurde?«

»Das Original des *Lobgesangs* war eine mündliche Überlieferung. Die meisten gingen verloren, andere sind nichts als Mythen oder Abwandlungen anderer Sagen. Die rationalisierte Ausgabe wurde von einem Adepten des Mars zusammengestellt, vor annähernd siebentausend Jahren.«

Thecian sah von den silber-grauen Illuminationen der geöffneten Seite auf. »Es ist Euer grundlegender Text und er wurde von einem Techpriester in einer Sprache geschrieben, die nur diejenigen verstehen können, die in den Maschinenkult eingeweiht sind?«

Stronos erwiderte den Blick ausdruckslos.

»Wart Ihr bereits einmal auf Medusa?«

»Ich hatte noch nicht … das Vergnügen«, gab Thecian als Antwort.

»Wart Ihr bereits einmal mit Iron Hands im Einsatz?«

»Nein, weshalb?«

»Weil Ihr keinen Medusaner finden werdet, ganz zu schweigen von einen Ordensbruder der Iron Hands, der einem Techpriester nicht eine Lektion in Lingua technis erteilen könnte.«

Thecian schmunzelte. Es schien ihm leicht zu fallen. »Ich kann mir die Sätze nur zu gut vorstellen.« Er richtete seinen Blick wieder auf die Seite. »Aber die Randnotizen verstehe ich nicht.«

»Das liegt daran, dass Ihr nie *Juuket* gelernt habt.«

»Mein Fehler.«

Ohne weiteren Anlass und weil er es nicht für notwendig hielt, noch etwas zu sagen, wandte Stronos seine Aufmerksamkeit wieder dem abisolierten Kabel zu und führte das Ende in einen kleinen Stromunterbrecherkasten ein. Er verlegte es vorsichtig entlang eines bereits mit Polymerklebstoff vorbereiteten Pfads. Mit seinem organischen Daumen drückte er es nach unten und schnitt dann mit seinem Messer das lose Ende ab.

Thecian, der sich mittlerweile an die eigenartige Konversationsweise seines Zellenpartners gewöhnt hatte, nahm den Faden selbst wieder auf. »Ihr hättet Euch zu einem Chaplain anstatt zu einem Techmarine ausbilden lassen sollen.«

»Ihr seid nicht der Erste, der das sagt.«

Stronos schloss den fertigen Stromunterbrecherkasten mit einem *Klicken* des Plasteks. Dann stellte er ihn auf den Gebetstisch und trieb seinen Wangenmuskel in sein bionisches Auge, um wieder aus der starken Vergrößerung zurück zu wechseln. Er wurde sich bewusst, dass er gerade einem anderen mehr über sich preisgegeben hatte als je zuvor, seit er aus der Klave Jalenghaal exstirpiert worden war. Mehr auch, als er jemals jemandem preisgegeben hatte, der selbst kein Iron Hand war. Der Gedanke gefiel ihm nicht sonderlich. «Legt es hin. Es ist wertvoll.«

Thecian schloss das Buch und untersuchte abwägend den abgenutzten Einband.

»Für mich«, fügte Stronos hinzu.

Der Exsanguinator zuckte mit den Schultern und warf das Buch dann auf Stronos' Pritsche. Sie war nicht gemacht. Das Bedürfnis seines Körpers nach Schlaf war weitgehend eingeschränkt. Er war in der Lage, mit einer dreißigminütigen Ruhezeit im Stehen alle paar Tage auszukommen.

»Wie köstlich unlogisch.«

»Es überrascht Euch, dass ich meine Kultur schätze.«

Thecian stieß ein kurzes Lachen aus. »Bruder! Es überrascht mich, dass Ihr eine Kultur *habt*.« Wieder gab Stronos keine Antwort. Thecian runzelte die Stirn, verschränkte die Arme vor der Brust und sah ihn mit einem ernsten Gesichtsausdruck an.

»Wenn Ihr die Worte ›Sohn des Sanguinius‹ hört, welches Bild entsteht dann in Eurem Geist?«

Stronos gab keine Antwort – die Engel des Imperators, wunderschön und perfekt.

Fehlerhaft.

Thecian deutete auf seine eigenen weltlichen Besitztümer. Auf die Manuskripte, die Reihe der Verbandsmaterialien und alchemistischen Fläschchen sowie die halb fertigen Kunstwerke. Stronos bemerkte, dass seine Unterarme sowohl mit alten als auch frischen Narben übersät waren. »Ihr habt eines. Natürlich habt Ihr eines.« Seine Stimme nahm einen düsteren Tonfall an. »Ich vermute, dass wir alle komplizierter sind, als unsere Legenden es zulassen. Wir verfügen alle über ein dunkleres Wesen, über Dämonen der Seele, von denen wir uns wünschen, dass unsere Brüder sie nicht zu Gesicht bekommen.« Er zuckte zusammen, als habe der Dämon, von dem er sprach, eine Klaue auf seiner Schulter. »Ich würde ihn lieber nicht sehen. Der Dämon gewinnt aber in dem Moment, in dem ich wegsehe. In dem Augenblick, wenn ich ihm das zugestehe.« Als er Stronos an seinem Gebetstisch betrachtete, zog er die Lippen von seinen harten, weißen Zähnen zurück. »Ich glaube, dass Ihr und ich uns ähnlicher sind als alle anderen Brüder hier.«

Stronos brummte: »Ich war genau vom Gegenteil überzeugt.«

»Warum denkt Ihr, dass ich mich freiwillig gemeldet habe, diese Zelle mit Euch zu teilen?«

»Ihr habt Euch freiwillig gemeldet?«

»Der Magos Instructor war der Meinung, Ihr solltet allein gelassen werden.«

»Sie hatte recht.«

»Ich kenne das Leben Eures Vaters nicht. Aber ich weiß, wie er starb. Ich kenne die ... Last der ... Verwaistheit.«

Im Laufe der eineinhalb Jahrhunderte, seitdem Stronos die Gensaat von Ferrus Manus implantiert worden war, hatte er die Fähigkeit verloren, unausgesprochene Hinweise wahrzunehmen. Wenn es etwas gab, das Thecian sagen oder andeuten wollte, dann bemerkte er das nicht. Der Exsanguinator sah ihn jedoch an und wartete auf eine Reaktion, auf sein Verstehen. Deshalb deutete er ein Nicken an und sein Genick zog an der steifen Klammer seiner Schmiedekette. Hatte Lydriik ihn nicht praktisch angefleht, diese dienstfreie Zeit zu nutzen, um sein Verständnis anderer Orden auszuweiten?

Er seufzte.

Hatte er es nicht versucht?

»Vielleicht tut Ihr das«, gab er zu.

Thecian lächelte, als wisse er das Ausmaß von Stronos Anstrengung zu würdigen. »Ihr habt während der Übung die Beherrschung verloren«, sagte er. »Gegenüber Barras und Magos Phi. Sogar mir gegenüber.«

»Ich bin der Herr meiner Emotionen«, entgegnete Stronos.

»Wenn Ihr versucht, mich davon zu überzeugen, dann lasst es besser sein.« Thecian stieß sich von der Wand ab und ging auf ihn zu. Er ging plötzlich ernst vor Stronos' Gebetstisch in die Hocke. »Ihr seid ... nicht der einzige, der seine inneren Dämon beherrschen muss. Es gibt aber andere Mittel und Wege als die reine Vermeidung und Unterdrückung, Bruder. Ich kann sie Euch beibringen, wenn Ihr wollt.«

Er betrachtete das perfekte und gleichermaßen fehlerhafte Wesen, das ihn von der anderen Seite seines Arbeitsplatzes aus ebenfalls musterte. Er erinnerte sich an seine Schwüre der Verschwiegenheit, die Lydriik ihm vor dem Beginn seines Pflichtzehnts bei der Deathwatch abgenommen hatte, und daran, wie er den Librarian dafür verachtet hatte. Waren Geheimnisse denn letztendlich nichts anderes als Zufluchtsorte für die Schwachen und die Ängstlichen? Das Adeptus Mechanicus hatte von seinen Techmarineanwärtern ähnliche Schwüre eingefordert. Schwüre, die die Forderungen der Deathwatch banal erscheinen ließen. Auch damals hatte er eine ähnliche Verachtung dafür gefühlt.

Geheimnisse waren aber wie Rost. Etwas Licht und Luft, und was wie festes Eisen aussah, entpuppte sich als Rostflocken in der eigenen Hand.

»Ich kann besser sein, als ich bin. Das ist alles.« Er schlug auf den Gebetstisch und seine Werkzeuge und die Kanonenteile wurden in die Luft geworfen. Er wusste nicht, warum er das getan hatte, aber er bereute es bereits im selben Augenblick. »Ich bin ein *Iron Hand*. Ich sollte ...« Er hielt inne und sah mit seinem menschlichen Auge zu Thecian. »Ich kann besser sein.«

»Dann seid besser.«

Stronos seufzte, wobei giftige Kohlenwasserstoffe aus der Abscheulichkeit seines Munds kratzten. »Ihr denkt überhaupt nicht wie ein Iron Hand. Wir schlagen selten einen Kurs ein, es sei denn, es ist sicher, dass er zum Erfolg führt.«

»Wo liegt da die Herausforderung?«

»In der Auswahl des korrekten Kurses.«

Thecian lachte. »Ihr vermisst Eure eigenen Brüder?«

»Nein.«

»Nein? Ich fühle die Abwesenheit meiner Brüder wie einen Schmerz in meinen Herzen.«

»Genau wie ich«, sagte Stronos. »Aber nicht nur in meinen Herzen.« Er deutete auf die Gürtelplatte seiner Rüstung. »Dies ist Jalenghaal.« Auf seine Schulter.»Burr.« Seine Kehle»Lurrgol«. Seine Hand bewegte sich zu anderen Teilen seiner Rüstung, wo – gehüllt in schützendes Ceramit – Systemanschlüsse einen kontinuierlichen Strom von Datenein- und ausgängen mit dem Äther unterhielten. Gelegentlich entkam ihm der Name eines gefallenen Bruders und verschmolz mit dem eines anderen, der die Rüstung von Kardaanus oder Morthol oder Vand übernommen hatte und dessen Namen er nun im selben Zug nannte, obwohl sie sich noch nie begegnet waren.»Und dennoch sind sie nicht abwesend. Emotionssplitter. Gelegentlich ein verirrter Gedanke oder eine herrenlose Stimme.« Jalenghaals Frustration. Lurrgols Trauer. Er schüttelte den Kopf und versuchte seine Gedanken zu klären.»Sie sind im Warp. Ich nehme sie immer stärker wahr, wenn sie im Warp sind.«

»Dort spielen Zeit und Distanzen kaum eine Rolle«, sagte Thecian.

»Vielleicht.«

»Sagt noch ein einziges Mal ›vielleicht‹, Bruder Stronos, und ich werde das Angebot meiner Hilfe zurückziehen.« Er musste über sich selbst schmunzeln und schüttelte seinen Kopf.»Jedenfalls hoffe ich, dass Ihr hier fertig seid?«

»Warum?«

»Weil Ihr bereits seit mehr als einem Tag hier seid, Bruder. Barras beginnt zu glauben, dass Ihr nicht kommen werdet.«

II

Bevor Scholam NL-7 Scholam NL-7 wurde, zu einer Prüfeinrichtung für die talentiertesten Techmarineanwärter, hatte die Anlage als Nachschubstation für Karawanen gedient, die von Ascraeus Mons zu den geheimen Wachposten des Noctis-Labyrinths reisten. Davor war sie ein Bohraußenposten gewesen, in der im ausgelaugten Sand nach Spuren von Titaniumvorkommen gesucht worden war. Davor war sie eine Terraformingstation, als der Mars grün war und die Menschheit sich mit Recht als Herrscher über alle sichtbaren Himmel bezeichnet hatte. Die

Archäotech war immer noch vorhanden, diente jetzt aber keinem Zweck mehr, war aufgegeben und durch Ketzerei, Schismen und Veränderungen der Strenggläubigkeit vernachlässigt worden, bis sie nicht mehr viel mehr als das Symbol einer Erinnerung war. Sie weckte in Stronos Erinnerungen an Meduson, der einzigen Stadt Medusas. Eine Oase der Zivilisation, die auf Fundamenten aus vorimperialer Zeit aus dem unerbittlichen Felsen in die Höhe getrieben worden war.

Der größte Teil der Scholam war nun unzugänglich. Ganze Gebäudeflügel, die mit uralten Technologien gefüllt waren, hatten die Maschinengeister abgesperrt, die nicht viel von ihren Erben oder dem verminderten Zeitalter hielten, in dem sie sich jetzt befanden. Andere waren im Laufe der Jahrtausende leck geschlagen und der Atmosphäre des Mars ausgesetzt und, wie einige glaubten, außerdem heimgesucht. Der Großteil der Überreste bestand aus einem Labyrinth aus Wartungskriechgängen und Gemeinschaftsbereichen, die für ein Zeitalteter gebaut worden waren, bevor der Traum des Imperators, die Legiones Astartes, überhaupt das Licht der Welt erblickt hatte. Sie waren zu eng, als dass sie nun häufig genutzt wurden, auch wenn anscheinend die sterblichen Menschen einst größer und gesünder waren, als die unterernährte Bevölkerung des Mars in M41.

Die Nabe der Anlage (es handelte sich buchstäblich um eine, denn in Überflugpicts sah sie wie ein verwittertes Zahnrad aus) war eine Kammer, die groß genug war, um bewohnt zu werden. Wenn jemand zwei Land Raider derart hintereinander abstellen würde, dass die rückwärtigen Luken sich gegenüberlagen, dann wäre der vorhandene Platz für die Truppen etwa von dieser Größe.

Während der Epoche als Minenstation war hier der Bohrer untergebracht gewesen. Ein vertikaler Schacht führte immer noch durch etwa fünfzehn Meter Fels bis zur Oberfläche und nochmals einige Hundert in die Tiefe zu unerforschten Arkologien. In den Jahrhunderten als Durchgangsstation war sie das Kalefaktorum, ein Platz für die Reisenden, an dem sie einigermaßen komfortabel mit ihren Kameraden darauf warten konnten, bis die berüchtigten Sandstürme des Mars abflauten. Als Scholam diente sie erneut diesem Zweck.

Ein tief liegender Metalltisch nahm den meisten Platz in der Kammer ein. Krieger des Adeptus Astartes in Ordensbekleidung und Anwärterüberwürfen saßen mit übereinandergeschlagenen Beinen auf dem Boden. Zwei Knechte in ärmellosen, roten Roben räumten schweigend die Überreste eines unspektakulären Mahls vom Tisch. Stronos beäugte angeekelt die Speisen. Die Notwendigkeit, Lebensmittel zu sich zu nehmen, hatte in demselben Maße nachgelassen, wie seine organischen Komponenten abgenommen hatten. Die Zerstörung seines Munds und des Gastrointestinaltrakts auf Thennos hatte den Prozess nur noch beschleunigt. Direkte elektrochemische Übertragung machten nun dreiundsiebzig Prozent der notwendigen Nahrung aus. Der Rest wurde über einen intravenösen Flüssigkeitstropf aufgenommen. Sein Verlangen nach Gesellschaft war noch nie ausgeprägt gewesen. Seine ungesellige Verdauungsmethode hatte ebenfalls dafür gesorgt, dass dieses menschliche Gefühl schnell geringer wurde.

Manchmal dachte er, dass sich ein Dreadnought so fühlten musste. In Eisen eingeschlossen und für den Rest der Welt der Lebenden tot.

Die Aussicht, dass ihm diese unvergleichbare Ehre zuteilwerden würde, begeisterte ihn von Tag zu Tag weniger.

»Ich bitte um Vergebung, Lord«, murmelte einer der Knechte nervös, als er Stronos mit einem Stapel Zinnschüsseln in den Armen auswich. Seine nackten Arme waren mit Elektoos bedeckt, die das Schema der Augmentation zeigte, nach denen es ihm trachtete, und die er wahrscheinlich niemals erhalten würde. Die minderwertigen elektrischen Implantate flackerten erheblich und schmerzten in den Augen. Sie erweckten nur für einen kurzen Augenblick den Eindruck, als wäre das Opus Machina spiegelverkehrt, das in seine Wange tätowiert worden war.

Stronos ignorierte ihn und vergaß ihn in dem Moment wieder, als er verschwunden war.

»Es ist gut, dass Ihr Euch zu uns gesellt, Kardan.« Baraquiel drehte sich herum und streckte zur Begrüßung eine Hand aus. »Ich hoffe, dass Ihr das öfter tun werdet.«

Stronos starrte die Hand an. Stronos hatte annähernd zweieinhalb Stunden benötigt, um den Türmechanismus vom aufgeregten Maschinengeist der Scholam zu isolieren, damit sie Baraquiel aus dem Korridor befreien konnten.

Baraquiel runzelte die Stirn und zog seine Hand wieder zurück. »Stronos.« Sigart nickte ihm zu, als er aufstand. Auch Baraquiel erhob sich. Zusammen mit Thecian begannen die beiden sofort, den Tisch aus der Mitte der Kammer zu ziehen.

Dadurch wurde ein Platz frei, der etwa zehn mal zehn Meter maß und vom Tisch selbst an einem Ende begrenzt wurde. Fügt man einen Space Marine in einer Servorüstung hinzu, werden die hundert Quadratmeter schnell kleiner.

Fügt man zwei hinzu, fühlte sich der Platz in der Tat klaustrophobisch an.

Barras stand an die Mauer auf der anderen Seite gelehnt. Er wirkte gewaltig in seiner Rüstung, die knochenweiß und braun lackiert war, und seine Masse erweckte durch seine verschränkten Arme den Anschein, noch größer zu sein. An den Knie- und Ellbogenschützern flatterten Ehrensiegel. Er trug keinen Helm und sein finster dreinblickendes Gesicht wurde durch die beständig blinkenden Weichsiegel von unten beleuchtet. Seine tief liegenden Augen lagen so in noch tieferen Schatten.

»Ich fürchtete schon, Ihr würdet nicht kommen«, sagte er.

»Emotionen sind ein Ausdruck der Schwäche«, sagte Stronos und trat dem Knight of Dorn gegenüber.

Da er direkt von seiner Technomeditation kam, war Stronos nur unvollständig gepanzert. Er trug, genau wie Barras, keinen Helm. Einige Bereiche seines rechten Arms waren ungeschützt, einschließlich der Hand. Mechanisierung glich aber die fehlende Unterstützung durch die Servomotoren mehr als aus.

Es gab nichts weiter zu sagen.

Die Herausforderung war ausgesprochen und angenommen worden. Die Arena war bereit. Die ›Ehre‹ konnte nur auf eine einzige Weise wiederhergestellt werden.

Für etwas, das derart hochgehalten wurde, war Ehre ein nichtssagender Begriff. Ferrus Manus war ein Wesen mit einer Ehre gewesen, die tief greifend und eisern gewesen war. Ein Riss in ihr, wenn auch nur ein vermeintlicher, hatte aber zu seinem Sturz geführt. Der Primarch hatte sich darüber Sorgen gemacht, wie der Verrat seines Bruder Fulgrim auf *ihn* zurückfallen würde. Es war die Notwendigkeit gewesen, seine Ehre zu beweisen, die stärker als die militärische Macht oder die Hinterlist war, die der Verräter Fulgrim genutzt und die zur Vernichtung seines Bruder geführt hatte. Was war Ehre überhaupt? Jede Kriegertradition schuf ihre eigene Entwicklungslinie des Motivs, eine eigene Sprache, die vollständig anders war, als die ursprüngliche Form. Bringt man einen Space Wolf und einen Dark Angel zusammen, sind sie sich in Sachen Ehre nur über wenig einig. Den Sieg würden aber beide anerkennen.

»Unbewaffnet?«, fragte Stronos.

»Euch fehlt ein Panzerhandschuh«, knurrte Barras.

»Das sorgt mich nicht.«

»In Ordnung.«

Der Knight of Dorn biss die Zähne aufeinander und senkte den Kopf. Stronos brachte seinen ersten Schlag an, während die Augen des Kriegers noch nach unten gerichtet waren.

Was war Ehre schließlich anderes, als eine Boltpistole, die an die Schläfe eines Kriegers gehalten wurde, sein eigener Finger am Auslöser?

Barras duckte sich nach hinten wie eine Schlange, die sich aufrichtete. Er fing Stronos' Faust mit einem offenen Panzerhandschuh ab, zog an ihm und brachte ihn damit aus dem Gleichgewicht, bevor er ihm ein Knie in seine Bauchpanzerung rammte. Bei einem Kampfpanzer hätte das eine Delle hinterlassen. Stronos war aber stärker gepanzert, als es bei den meisten Panzern der Fall war. Barras grunzte überrascht, als Stronos sich nicht vor Schmerzen krümmte, sondern ihn stattdessen in die Wand rammte. Marsianischer Ziegelstaub hüllte sie ein, als die beiden gesegneten Kriegsrüstungen schepperten und knurrten und deren Maschinengeister wie Schlachtbestien stampften und stießen. Sie kamen genug voneinander los, um mit ihren Armen zuzuschlagen. Stronos quetschte seinen Ellbogen in Barras' Gesicht. Und noch einmal. Die Kolben in seinem Harnisch zischten und knallten.

Ein Knurren drang aus der Leere in Stronos' Gesicht, als sein Arm für einen dritten Hieb nach hinten schnarrte. Barras brüllte auf. Sein Gesicht war mit schnell gerinnendem Blut verschmiert. Eine Augenhöhle war gebrochen, als hätte ein Schlaghammer sie zertrümmert. Er brachte aber genügend Dynamik zustande, um sich mit seinem ganzen Gewicht auf den Iron Hand zu werfen.

Stronos war zu massiv, um umgeworfen zu werden, musste aber einige Schritte rückwärts trampeln, bevor sich seine eigenen Servomotoren mit knarrenden Getrieben behaupteten.

Barras griff bereits an.

Stronos ließ es zu, dass der Knight of Dorn auf seinen Brustpanzer schlug und parierte den nächsten Schlag mit seinem eigenen Panzerhandschuh. Er fing sich aber einen Treffer durch eine unerwartete kurze Gerade auf die nur schwach geschützten Rotationsringe zwischen seinem rechten Unterarm und dem Bizeps ein. Irgendetwas knirschte. Das Gelenk blockierte für den Bruchteil einer Sekunde, während der Maschinengeist des Systems beschädigte Leitbahnen umleitete und Barras so einen unbehinderten Schlag gestattete, den dieser in Stronos' bionisches Auge hämmerte. Anschließend folgte ein Tritt ins Knie, der die Servomotoren zerquetschte und das Gelenk auf den Boden knallen ließ.

„Habt Ihr kein Schamgefühl?«, brüllte Barras, der mit gewaltigen Schritten zurückwich, damit sich Stronos auf beide Füße aufrichten konnte.

Eine Stimme hinter ihm feuerte ihn an. Baraquiel. Stronos blendete sie mit einem Filter aus. Sein eingebauter Kampfcogitator wühlte sich durch seine Daten und analysierte den Kampfstil des Knights of Dorn auf Vorteile und Schwächen. Er projizierte seine Ergebnisse zusammen mit einem aktualisierten Schlachtplan auf seine optische Anzeige. Er drückte seine Finger gegen eine Wange und sah sie an. Blut klebte an ihnen. Barras' Schlag musste die Bionik in das umgebende Fleisch gedrückt und ein Blutgefäß beschädigt haben.

»Nur im Misserfolg«, antwortete er.

Zorn brachte Barras' ganzen Körper zum Zittern, als er vordrang. Stronos bewegte sich im selben Augenblick. Es waren nur drei Schritte, die sie getrennt hatten. Kaum genug für einen Angriff und die beiden Space Marines stießen mit der frostigen Unausweichlichkeit zweier kollidierender Welten in der Mitte aufeinander.

Servorüstungen surrten, heulten auf und zitterten mit einer knochenmarkerschütternden Energie, während die beiden Krieger kämpften. Ceramit knackte bei jedem Vorstoß, jeder Finte und jedem Konter auf Ceramit. Ausweichen kam nicht infrage und so schlugen sie aufeinander ein. Beinahe der Reihe nach. Es gehörte aber mehr Geschick dazu, als es den Anschein hatte. Jeder donnernde Schritt war eine Angriffsbewegung. Die unbegreifliche Masse und Energie der Servorüstungen ließen jede Entscheidung, die im Bruchteil einer Sekunde getroffen wurde, zu einer endgültigen werden.

Stronos' Cogitator löschte und aktualisierte bei jedem Schlagabtausch mit dem Knight of Dorn Daten, als dieser seine Taktik änderte und zwischen mindestens sieben Kampftechniken wechselte. Sein Muskelgedächtnis machte ihn schnell. Stronos hatte Schwierigkeiten, mit ihm Schritt zu halten. Er adoptierte einen zunehmend defensiven Stil, während seine Systeme versuchten, ein Muster zu erkennen. Es gab immer ein Muster. Nur Chaos war vollständig zufäl–

Eine knochenweise Faust brach durch seine berechnete Deckung und hinterließ das eingedellte Abbild von Knöcheln in seinem Tunnelmund.

Stronos taumelte mit ausgestreckten Armen zurück, um sein Gleichgewicht zu bewahren. Ein Gestöber aus weißem Rauschen erledigte seine optische Anzeige. Seine Berechnungen versanken in dieser Flut. Er spürte Zorn in seinem Fleisch, seine Muskeln anschwellen und den Druck, der sich in seinem Schädel aufbaute, um zornig zu schreien. Sein erster Gedanke war, dass sein System beschädigt war, dass irgendein gebrochenes Ventil seine biologischen Organe mit einer beinahe tödlichen Dosis Kampfstimulanzen flutete. Die Systeme seiner Rüstung zeigten ihm aber gelassen an, dass dem nicht so war. Er benötigte etwas Zeit, um seinen Zustand zu diagnostizieren. Er war ... zornig. Die Dellen in seinem Mundrohr verwandelten Stronos' nächsten Atemzug in ein Kreischen, das an einen laufenden Propeller erinnerte. Er schlug mit seiner Fleischhand zu, als trüge sie eine Energiefaust.

Barras duckte sich einfach weg. Mit einem tapsenden Schritt war er an Stronos' Brust, rammte dann seinen Schulterpanzer vor und warf den Iron Hand gegen die Wand.

»Sagt mir, dass mein Fleisch schwach ist, Iron Hand«, sagte Barras, der noch nicht einmal außer Atem war. Der Knight of Dorn bebte vor Zorn, der in seinen tief liegenden Augen loderte, aber das war nur eine oberflächliche Schicht untergeordneter schwarzer Panzer, die ihn mit Energie füllte und vorwärts trieb. Aus jeder Bewegung sprach absolute Kontrolle. »Sagt es mir!« Ein tief geführter Tritt setzte Stronos' zweites Kniegelenk außer Gefecht und er rutschte an der Wand entlang auf den Boden.

Mit heulenden Servomotoren ließ sich Barras auf ein Knie nieder. Stronos schlug zu. Barras wehrte ihn verächtlich mit der Außenkante seiner Armschiene ab und versetzte Stronos einen Kopfstoß gegen das Auge und trieb dabei die Flache Kante der Bionik noch tiefer in das Fleisch. Mehr geronnenes Blut quoll hervor. Sie verschränkten ihre Arme, schabten und drückten gegeneinander. Barras hatte den Vorteil der besseren Position, aber Stronos' schwerer Körperbau und die maschinenaugmentierte Kraft waren noch immer zu groß, als dass er überwältigt wurde.

»Ein Sonderfall ... widerlegt nicht ... die Regel.«

Barras pflügte mit der Außenseite seines Stiefels durch die bereits geschwächten Servomotoren von Stronos' rechtem Ellbogen. Der Arm gab nach. Durch die plötzliche Gewichtsverlagerung wurde Stronos' linke Schulter und sein Gesicht vorwärts in die Armschiene gezogen, die Barras ihm entgegenschlug. Sein Hinterkopf wurde von dem Einschlag in die Mauer geworfen und löste eine weitere Lawine aus knochentrockenem Staub aus, die über seinen Kopf abging.

Er sah benommen mit seinem Fleischauge auf, während seine Bionik Aussetzer hatte, als sei sie beschädigt.

»Zweimal am selben Tag erfolglos«, sagte Barras. Die starren Gelenke in seinem Panzerhandschuh knackten, als sie sich zu einer Faust formten. »Die Schande muss Euch überwältigen.«

»Das reicht, Anwärter Barras.«

Auf der anderen Seite des Tischs stand Magos Instructor Yuriel Phi, die in ihre Robe gekleidet war, die mit einer Kapuze ihren Kopf bedeckte. Ihre Kabeldreadlocks fielen ihr über die Brust. Aus der Nähe betrachtet wirkte sie wie eine elfische Gestalt. Sie war gerade einmal einhundertfünfzig Zentimeter groß, hatte eine flache Brust, war schlank und ihre Hände waren silbern und klein. Sie verfügte jedoch über eine Ausstrahlung, die dafür sorgte, dass Thecian, Sigart und Baraquiel sich in eine respektvolle Distanz zurückzogen.

»Der Ehre wurde genüge getan«, sagte sie.

»Ist dem so?« Barras wandte sich an Stronos.

Stronos brachte ein Nicken zustande. Was war Ehre überhaupt?

»Ihr seid der bessere Kämpfer«, sagte er ruhig.

Barras schnaubte, als ob es besser gewesen wäre, nichts zu sagen, anstatt das Offensichtliche auszusprechen. Er streckte Stronos aber eine Hand entgegen und half der funkensprühenden Masse des Iron Hands, auf die Beine zu kommen. »Es war ein guter Kampf. Ich würde eines Tages gerne erneut mit Euch kämpfen, vorausgesetzt Ihr seid dazu bereit.«

Als ob es logisch wäre, sich mit einem nachweislich überlegenen Gegner einzulassen. Er wünschte sich nun, dass er sich die Zeit genommen hätte, die anderen Anwärter kennenzulernen, bevor er eingewilligt hatte, gegen einen von ihnen zu kämpfen.

Es lag also doch etwas Wahrheit in dem, was Lydriik versucht hatte, ihm beizubringen.

»Natürlich ist er das!«, rief Baraquiel und schlug auf den Tisch.

»Gut.« Barras' Ausdruck wurde wieder zu dem üblichen finsteren Blick, der sonst in sein Gesicht gemeißelt zu sein schien.

Ohne weitere Anhaltspunkte hatte Stronos keine andere Wahl als anzunehmen, dass der Knight of Dorn tatsächlich meinte, was er sagte.

»Ich habe wirklich gedacht, Stronos könnte ihn bezwingen«, sagte Thecian wehmütig.

»Davon haben wir noch dreißig Jahre vor uns«, sagte Sigart.

»Einer von uns wird ihn irgendwann besiegen.« Thecian zeigte dem Black Templar eine geballte Faust als Gruß. Baraquiel fing sie ein und umschloss sie mit beiden seiner Hände, zog den Exsanguinator in eine Umarmung und klopfte ihm auf die Schulter.

Was für eine Bruderschaft. Stronos fragte sich, wie sie entstanden war. Welches genverbesserte Organ sorgte dafür, dass sie sich zeigte und welche Fehlcodierung in Ferrus' Saat hatte zur Folge, dass Stronos nur beobachten und nicht fühlen konnte?

»Kommt«, sagte Magos Phi und drehte sich um. »Es ist an der Zeit.« Thecian und die anderen neigten umgehend ihre Köpfe und reihten sich hinter ihr für die Prozession zu den Abendgebeten ein. Sie warf einen Blick zurück über ihre Schulter und ihre Augen blinkten dabei rot und blau unter dem Kabelschleier. »Nur Kardan.«

KAPITEL SECHS

»Es ist schwer, im Auge Geheimnisse zu bewahren«
– Logi-Legatus Nicco Palpus

I

Die Dateibeschreibungen begannen, vor seinen Augen zu verschwimmen. Lydriik ließ die Datentafel aus seinen Fingern gleiten und brachte damit den unordentlichen Haufen zum Zusammenbruch, der sich auf der Werkbank des Schreibers gebildet hatte. Er kniff seine Augen zusammen und ignorierte das aufgeregte »Pst!«, das aus der Richtung des Podiums des obersten Archivars herüberhallte. Er neigte den Kopf nach hinten, blinzelte mehrmals schnell und spürte, wie seine Augen sich entspannten, als sein Blick auf die geschmiedeten Fresken der Decke fiel. Er hörte den Wind, der gegen den Kuppeldom stöhnte. Aus irgendeinem Grund wirkte auch das beruhigend. Mit einem Seufzen der Kapitulation beugte er sich wieder über die Bank, hob die Tafel auf, spreizte die Ellbogen und zwang sich, die erste Zeile zu lesen.

Es handelte sich um das Sammelwerk der Sensoriumprotokolle, die von den Schutzflotten von Medusa IV, den Konformitätsschiffen im Orbit und den Kontrollknoten jenseits des

Orbits im alten Telesteraxring stammten und die Zeitstempel 101412.M41 und 102412.M41 trugen. Eintreffende und abfliegende Schiffe wurden nach Namen, der numerischen Registriernummer, dem Ladungsverzeichnis und langen Ordinalketten aufgeführt, die zu Auspex- und Augurerfassungen gehörten, die von dem jeweiligen Schiff damals aufgezeichnet worden waren. Mit einem Stöhnen sank er vollends auf die Bank. Unter seiner Stirn bewegten sich Datentafeln wie kleine Plasteklarven, die vor ihrer verhassten Mutter flüchteten.

Die Bevölkerung Medusas war eine sich ständig ändernde Schätzung und variierte zwischen fünfhunderttausend und zwei Millionen, in Abhängigkeit von der Härte der Klimabedingungen und der inneren Konflikte. Es gab einzelne Bezirke in den Elendsvierteln imperialer Städte, in denen mehr Seelen als auf Medusa lebten.

Sogar unter Berücksichtigung des Zugfaktors der Kriegsflotten der Iron Hands und des Basilikon Astra, war die Anzahl des täglich in der Leere vorkommenden Verkehrs gigantisch.

Lydriik begann zu glauben, dass er sich nicht vehement *genug* gegen diese Aufgabe gewehrt hatte.

Sogar die offiziellen Zielorte der etwa eine Million technischer Artefakte zu bestimmen, die nach der Konformität von Thennos evakuiert worden waren, glich dem Versuch, dem Weg eines Gedanken durch den eigenen Kopf zu folgen. Xenosartefakte, die sich im Laufe der achttausend Jahre der Herrschaft des Mars angesammelte hatten, waren in nur wenigen Tagen auf andere Welten verschifft worden. Und das genau zur exakt selben Zeit, als Tausende Skitarii-Legionäre von der Fabrikwelt Hadd aus der Golgenna-Weite eintrafen, um die Konformität zu sichern. Er hatte erfolgreich eine Lieferung über drei Segmente hinweg nach Ryza verfolgt, die aus Teilen von Antigravpanzern der Eldar bestand, und sogar die Importlisten entdeckt, mit denen der Erhalt bestätigt worden war. Er hatte Ketten von Schiffen der Iron Hands und von Handelsschiffen nachvollzogen, deren Ladung von Weitergabe zu Weitergabe bis zu ihrem Ziel auf einem Dutzend weit verteilter Welten verfolgt.

Den oder die Zielhäfen der Morgenrot-Technologie zu entdecken hätte eigentlich eine einfache Aufgabe sein müssen. Es konnte nicht mehr als einhundert Welten im ganzen Imperium geben, die über eine Lizenz der Inquisition verfügten, Xenostechnologie umzuschlagen oder damit zu handeln. Es war das schiere Volumen des Transports, der beinahe unzugängliche Maschinenjargon der Handelsclans von Sthenel, sowie die absichtlich stumpfsinnig gehaltenen Logistercodes des Mechanicus, weshalb sich die Suche anfühlte, als suche er nach Trümmern, die um eine weit entfernte Sonne kreisten.

Er rieb erneut seine Augen und nahm eine andere Tafel in die Hand.

Er hatte im Archiv des Librarius begonnen, das innerhalb der astropathischen Zuflucht in den äußeren Festungen des Telesterax lag. Dort respektierte man ihn. Die Librarians der Iron Hands waren immer schon eine eigene Art gewesen. Viele stammten, wie Lydriik selbst, von fremden Welten und waren von den schwarzen Schiffen eingetauscht worden, als diese durch die lose Diaspora der von den Iron Hands eroberten Welten flogen. Egal, ob dies der Grund oder weil es die organische Quelle ihrer geistigen Kräfte war, sie hingen außergewöhnlich an ihrem Fleisch.

Von dort aus hatte er den gefährlichen Abstieg in einem Storm Eagle gewagt und die kochenden Sturmsysteme Medusas durchstoßen und war vor der Eisenglasfeste auf dem großen Tafelberg von Karaashi gelandet, der Basilika der Chaplains. Er war mit Geschenken und schriftlichen Zusicherungen zukünftiger Hilfe des Obersten Librarian Antal Haraar ausgestattet gewesen und schließlich hatte der Vater des Eisens Lydriik widerwillig und unter Aufsicht den Zugang zu seinen Gewölben gestattet.

Etwas Wichtiges fand er aber auch dort nicht.

Er hatte den Storm Eagle gegen einen der Rhinos der Eisen-Chaplains eingetauscht. Die Verlustrate des Aeronautikums von Medusa war beinahe so hoch wie die von Kampftruppen. Mit dem Fahrzeug hatte er die Hälfte des Hauptkontinents Medusas kreuz und quer abgesucht. Er war als Bittsteller zu den Bastionsraupen der Clans Morlaag, Sorrgol, Haarmek und Kaargul gefahren, hatte Gefallen eingefordert, die sie dem Librarius des Ordens und Inquisitorin Yazir schuldeten, um einige Tage in deren Datengruben verbringen zu können. Es gab immer die Möglichkeit, dass eines der Schiffe des Clans etwas Ungehöriges erschnüffelt hatte.

Aber nein.

Er stieß ein Seufzen aus.

Das Ratsarchiv war schon immer seine beste Möglichkeit gewesen, herauszufinden, wohin die Morgenrot-Technologie gebracht worden war. Das hatte er bereits gewusst, seit Harsid ihn aus seinem Dienstzehnt entlassen hatte. Es war aber eine, die er lieber vermied, solange es noch andere Wege gab.

Er blickte von dem Stapel der Datentafeln auf und suchte misstrauisch die Archivkammer ab.

Die menschlichen Diener des Auges von Medusa bewegten sich schweigend durch die gewaltigen Datenstapel. Fleißig legten sie die angeforderten Sammlungen ab, ordneten, polierten, katalogisierten und kopierten sie, stellten sie wieder her und beluden Karren mit erbetenen Sammlungen, um sie den Dienstservitoren der Eisenväter und Hohen Priester zu übergeben. Sogar wenn sie nicht zu sehen waren, weil sie hinter einem Datenstapel oder in einem Forschungsanbau verschwanden, nahm Lydriik sie als winzige Seelenfeuer war, die in Wandleuchtern aus fahlem Fleisch und einfachen Stoffen flackerten. Er kannte jeden ihrer Namen, was sie taten, wohin sie gingen, wen sie am meisten liebten und was sie am meisten fürchteten.

Es stellte sich heraus, dass die menschliche Seele unkomplizierter war, als die Ladedateien des Adeptus Mechanicus, auch wenn man sie nur oberflächlich betrachtete.

Es war ein solches Glühen und nicht etwa das Knarzen von Sandalenleder auf den Dioritfliesen, das Lydriik über den Archivar informierte, der zu ihm kam, um einen frischen Stapel Dokumente abzuladen. Mit einem Seufzen machte Lydriik Platz und bedeutete dem Mann, sie abzusetzen. Nur ein leichtes Zittern verriet die Todesangst des Archivars, der geschwind aber mit großer Vorsicht die Pyramide aus frischen, neu beschrifteten Pergamentrollen von dem Karren auf die Werkbank stapelte. Er verbeugte sich erneut und ergriff die Flucht. Die Räder seines Handwagens klapperten und sein Geist zeigte die roten und purpurfarbenen Zuckungen eines gejagten Säugetiers. Lydriik lächelte nachsichtig, als er die oberste Rolle ausbreitete. Space Marines waren in den Archiven nur selten gesehene Gäste. Nur wenige Iron Hands wussten überhaupt von ihrer Existenz. Und kein Mensch mit einem gesunden Verstand würde sich je in Gegenwart eines Psionikers der Alphaklasse wohlfühlen.

Er nahm einen tiefen Atemzug, lehnte sich vor und begann zu lesen.

Er hatte die Dokumente etwa fünfundvierzig Minuten lang überflogen, als ein Schauder über die Mitte seiner Stirn lief. Es fühlte sich an, als würde er beobachtet. Er blickte von der Pergamentrolle auf und zerquetschte sie dabei beinahe in seiner Hand.

Der Helvater stand auf der anderen Seite der Werkbank, so still wie eine drei Meter hohe Gravur eines Ehrwürdigen in Terminatorrüstung. Die Rüstung, die vom Alter matt geworden war, stand gespenstisch still da. Keines der üblichen Geräusche war zu hören, die von der Energieerzeugung oder den Lebenserhaltungssystemen stammten und normalerweise einen derart stark augmentierten Krieger begleiteten. Und es gab noch nicht einmal das Flackern einer menschlichen Seele. Für Lydriiks Geist war er unsichtbar. Es war wie eine Wand zu betrachten. Seine Linsen leuchteten nicht und zeigten dasselbe abgewetzte Schwarz wie der Helm. Lydriik fühlte aber die Last der Aufmerksamkeit von *irgendetwas* auf seiner Stirn.

Lydriik ließ die Pergamentrolle sinken, um sie nicht zu beschädigen, und strich sie mit einer steifen Hand glatt.

Was er wirklich tun wollte, war sich mit einer einzigen Bewegung so weit, wie er nur konnte, von dem Helvater zu entfernen. Er war aber nicht ohne äußerste Selbstkontrolle zum obersten Librarian des Clans Borrgos aufgestiegen.

»Bitte«, sagte Nicco Palpus. »Lasst Euch von mir nicht stören, Epistolarius.«

Der ausgemergelte Körper von Nicco Palpus, der Ersten Stimme des Mars, erschien hinter der stumpfsinnigen Masse des Helvaters. Seine Robe war reich mit den Siegelkabeln seines hohen Amtes verziert. Sein Gesicht war aber für einen Priester seines Rangs bemerkenswert menschlich. Lydriik spähte durch die weiche, metallische Glasur seiner Augen in die Seele, die darin verborgen war. Sie bestand aus einem merkwürdigen Mosaik, das aus verschiedenen Teilen zusammengesetzt war. Als wäre der Logi-Legatus in mehreren Etappen im Laufe hunderter Jahre zusammengebaut worden. Lydriik berührte die oberflächlichen Gedanken des Priesters und wurde von einem sich endlos wiederholenden Mantra empfangen, das aus den Ziffern Eins und Null bestand. Als er seinen Geist zurückzog, wurde ihm bewusst, wie die Augen des Priesters leise klickten, sich deren ängstlicher Ausdruck auflöste und zu etwas anderem wurde. Lydriik sah seine eigene studierte Entschlossenheit, die Andeutung von Anspannung in den Muskeln um seine Augen, reflektiert. Er musste ein Schaudern unterdrücken.

Als Harsid und Yazir ihn auf diese Mission geschickt hatten, hatte er darauf beharrt, dass er nicht mehr als dreißig Minuten allein mit Nicco Palpus benötigen würde, um sie zu vollenden.

Nach dreißig Sekunden war sich Lydriik nicht mehr sicher, wer hier wen las.

»Ich war mir nicht bewusst, dass ich meine Anwesenheit angemeldet habe«, sagte er mit ruhiger Stimme. Währenddessen rief Nicco Palpus einen Hocker herbei und zog seine Robe über den Schoß. Lydriiks Blick zuckte zu dem Helvater, der immer noch dastand und aus leeren Augenlinsen zusah.

Er hatte sich nicht bewegt.

»Lippen öffnen sich. Moleküle kollidieren. Die Kunde verbreitet sich. Das ist das Wirken im Universum des Omnissiah. Es ist schwer, im Auge Geheimnisse zu bewahren.« Palpus' Lächeln schimmerte wie Mondlicht hinter einer Wolke. »Aber nicht unmöglich.«

»Vielleicht könnt Ihr mir helfen, eines zu lösen«, sagte Lydriik.

»Gewiss.«

»Geheimnisse und Lügen sind dem Omnissiah schließlich ein Gräuel.«

Das Lächeln des Logi-Legatus wurde breiter. »Ein häufig falsch verwendetes Dogma, denn nichts, was man weiß, ist dem Omnissiah unbekannt. Daher kann es keine Geheimnisse geben. Fordert mich niemals zu einer Erörterung des Theismus heraus, Epistolarius.«

Lydriik neigte den Kopf als Zeichen, dass er den Punkt dem anderen zugestand.

»Ihr seid auf der Suche nach der Archäotech von Thennos. Ich nehme an, dass Kristos sie noch immer als Morgenrot-Technologie bezeichnet.« Palpus Lächeln löste sich in Luft auf. »Warum?«

»Ich glaube, Ihr wisst, warum.«

»Eure Herrin hat eine gewisse Autorität. Dies hier ist aber Medusa und der Eiserne Rat ist nur selten von Agenten beeindruckt, die er mit einer Hand zerbrechen kann. Egal welches Symbol sie auch tragen mögen.«

Lydriik runzelte die Stirn und nahm ein angespanntes Unbehagen in den Gedanken der Stimme des Mars auf. Er lehnte sich vorwärts und war sich des Helvaters aufs Äußerste bewusst, der über der Bank aufragte. Er war entschlossen, diesem Gedanken nachzugehen und zu sehen, welchen Druck er damit ausüben konnte. »Yazir wird nicht aufhören zu suchen. Darüber seid Ihr Euch bewusst. Dies ist Kristos' Manie. Langfristig gesehen wäre es besser, Ihr würdet kooperieren.«

»Vielleicht.« Palpus' Gesichtsausdruck veränderte sich wieder in einen der Großzügigkeit. »Sagt mir, was Ihr bereits wisst. Vielleicht kann ich Euch die fehlenden Informationen liefern. Als Zeichen meiner Zusammenarbeit.«

Lydriik leckte seine Lippen.

»Wie geht es Jorgirr Shidd?«, fragte Palpus freundlich.

Lydriik erinnerte sich an die Technikermannschaft in den roten Overalls, die seinen Storm Eagle bei der Basilika der Chaplains in Empfang genommen hatte, an den Datendiener, der sein

Terminal geweckt hatte, und sogar an den Servitor, der ihn in die tieferen Gewölbe gebracht hatte. Er schüttelte seinen Kopf. Es hatte keinen Zweck darüber zu spekulieren, was und von welchem Punkt an die Stimme des Mars dies wusste. Es war besser, davon auszugehen, dass er alles wusste, und dass jeder, der das Opus Machina trug, möglicherweise zuhörte – egal ob ihr Verstand sich dessen bewusst war oder nicht.

»Immer noch nicht tot«, antwortete er vorsichtig.

Palpus nickte, als seien das Neuigkeiten für ihn. »Er kommt nur selten nach Meduson. Sogar aus Anlass des Eisenmondes.«

»Der Vater des Eisens hat im Auge nur wenig zu erledigen. Die Chaplains haben keine Stimme im Eisernen Rat.«

»Wie wahr«, stimmte Palpus zu. »Genau wie das Librarius.«

Lydriik unterdrückte eine Antwort des Fleisches. »Leider.«

»Und welche Information bewahrt Shidd im Inneren der Eisspitze?« Palpus Aufmerksamkeit wanderte zu den Dokumenten, die zwischen ihnen ausgebreitet waren. »Und die Aufzeichnungsmeister der Clans Morlaag, Sorrgol, Haarmek und Kaargol. Welche Kenntnisse konnten sie übermitteln?« Seine Finger sanken auf eine Datentafel und begannen, sie in seine Richtung zu drehen. Dank seiner übermenschlichen Reflexe und dem Schatten der Fähigkeit des Imperators für die Vorhersage, schoss Lydriiks Hand vor, verschlang die des Priesters und hielt sie auf dem Tisch fest. Ihre Blicke trafen sich. Palpus schnipste in Richtung des Helvaters.

Er hatte sich immer noch nicht bewegt.

Lydriik ließ ihn wieder los.

Der Logi-Legatus ließ einen Augenblick lang seine Hand dort, wo sie war, und betrachtete Lydriik. Dann nahm er die Datentafel auf und lehnte sich zurück. Er machte sich nicht die Mühe, sie anzusehen.

»Spielt keine Spielchen«, zischte Lydriik. »Ihr wisst genau, wonach ich suche.«

»Ich weiß. Und als Stimme des Mars und Vormund der Iron Hands entscheide ich mich, Euch die Information nicht zu geben.« Er sah Lydriik von Kopf bis Fuß an und lächelte spöttisch. »Wie Kinder habt ihr keine Vorstellung der Gefahr.«

Lydriik erhob sich erzürnt aus seinem Stuhl. »Wir sind Krieger des Adeptus Astartes.«

»Eure kindliche Gefühlspalette ist in den Körpern von Göttern untergebracht. Ihr seid Waffen, die gebaut wurden, um im Namen des Imperators Gewalt auszuüben. Der freie Wille, den ihr besitzt, ist nichts weiter als eine Illusion. Seid dankbar, denn die Eiserne Zehnte hätte sich bereits vor Jahrhunderten in die Vernichtung getrieben, wäre da nicht die gnädige Hand des Mars gewesen.«

Lydriik war sprachlos. Er gaffte Nicco Palpus an, als dieser aufstand und sich die Robe glattstrich.

»Die Daten sind sicher hier irgendwo«, sagte er. »Warnt uns das *Skriptorium des Eisens* nicht davor, irgendetwas zu löschen, denn es könnte ja später noch von Wert sein?«

Ein Schmunzeln zuckte über Palpus' Antlitz, verschwand aber schnell wieder. »So ist es in der Tat.« Er nickte zum Abschied und schickte sich an, zu gehen. Er drehte sich jedoch nochmals um, als habe er sich an etwas erinnert, das er hatte sagen wollen. »Wie man hört, ist Eisen-Captain Raan gerade auf Manga Unine gelandet.«

Lydriik nickte. Auch er hatte die Nachricht vernommen. Manga Unine war ein ausgedehnter Feldzug, der bereits seit Jahrzehnten andauerte. Ein Zermürbungskrieg gegen die einheimische Xenosspezies der Calx, den mehrere Millionen Soldaten der imperialen Armee und elf Orden des Adeptus Astartes nicht hatten beenden können.

Außerdem lag er ausgerechnet auf der anderen Seite der Galaxis.

»Die Analyse ist die Analyse«, sagte Palpus. Es hatte den Anschein, dass er Lydriiks Gedanken präziser lesen konnte, als es der Librarian beim Priester vermochte. »Da die Clans Raukaan und Garrsak bereits im Einsatz sind und der Clan Vurgaan gerade seinen Garnisonsdienst hier auf Medusa tut, waren die Borrgos der einzige Clan, der in der Lage war, auf den Ruf zu antworten.«

»Ein Ruf, den wir seit zwanzig Jahren ignoriert haben«, sagte Lydriik.

»Der Eisen-Captain könnte die Anwesenheit seines Obersten Librarians verlangen. Es würde mich nicht überraschen, wenn Ihr nicht schon bald an die Front abkommandiert werden würdet. Glückwunsch, Epistolarius.« Er neigte erneut seinen Kopf und wandte sich wieder um. »Wir sollten alle das tun, wofür wir geschaffen wurden.«

Lydriik blickte zu dem Helvater auf.

»Habt Ihr Euch nie gefragt, warum sie niemals sprechen?«, murmelte er mehr zu sich selbst als zu dem Logi-Legatus.

Palpus schaute über seine Schulter. »Vielleicht sprechen sie einfach nur niemals mit Euch.«

KAPITEL SIEBEN

»Quantitativ meine bevorzugte Xenosspezies.«

– Eisen-Captain Draevark

I

Rauth konnte den Kampf in der Leere an den Grenzen des Systems mit nacktem Auge sehen. Die Blitze beim Tod von Schiffen und die Detonationen der Munitionen erhellte ein schmales Fenster des Sternenhorizonts. Ein eingeweihter Beobachter konnte aus diesen Explosionen eine Menge herauslesen. Das grelle, weiße Brennen von mit Iridiumsprengköpfen bestückten Torpedos. Das eher silbrige Weiß von Kobalt, das wahrscheinlich von der Fabrikwelt Mort XIII stammte, dessen Kruste bereits seit Langem das härtere und wertvollere Übergangselement nicht mehr aufwies. Das musste die *Leuchtfeuer von Terra* sein. Ihr Kurs, der sich durch die heiligen Orte von Cyclopoea wand, brachte den Angriffskreuzer regelmäßig in den Orbit dieser Welt. Die Entladungen der Deflektorschilde erzeugten ein unregelmäßiges, elektrisches Flackern. Die bräunlichen Explosionsblüten von Eisenstahl und von nicht raffiniertem Promethium bezeugten den Untergang von Xenosschiffen. Die Masse der vereinigten Flotten des Imperiums lag über Fabris Callivant vor Anker.

Ihre Formation war massiv. Die oberen Umlaufbahnen starrten geradezu von den Breitseiten der Schlachtschiffe und den festen Schirmen der Verteidigungsplattformen. Es lag den Hospitallers aber nicht im Blut, ein Territorium zu verteidigen. Sie waren für die Leere geschaffene Krieger, Eroberer, Kreuzfahrer und Belagerungsbrecher. Und sie waren entschlossen, der Vorhut der Xenos einen hohen Blutzoll abzuverlangen.

Diese trudelten nach und nach ein.

Selbst Commander, die besser als Rauth waren, hatten Probleme, eine große Anzahl Schiffe mit so etwas wie Koordination durch den Warp zu führen. Der Mangel an Vorausplanung war aber typisch für die Xenosspezies.

Trotz der Anstrengungen der Hospitallers und der Kriegsflotte des Segmentum Obscurus hielten die Xenos ganze Schneisen in der Region, die sich über die Grenzen von drei Sektoren erstreckten. Die erste Verteidigungslinie von Fabris Callivant gegen solche Überfälle war immer schon die Isolation gewesen. Die Welt verfügte über keinerlei Ressourcen. Sie war ein Trittstein ins Nirgendwo. Einfachere Beute und kostbarere Ziele lagen innerhalb ihrer territorialen Reichweite. Die Handlungen der *Goldener Schnitt* und ihrer Begleitflottille waren immer darauf ausgerichtet gewesen, solche Gefahren auf die Verteidigung solcher Gelegenheitsziele zu lenken. Und dennoch waren jedes zufällige Ereignis, jeder Ausgang mit einer fünfzig prozentigen Chance, jede außergewöhnliche Konvergenz, Kuriosität im Warp und jede Naturgewalt zusammengekommen, und hatten die Xenos Schritt für Schritt bis an die Tore von Fabris Callivant geführt.

Die Zeit, die das Licht benötigte, um von der Heliopause nach Fabris Callivant zu gelangen, betrug etwas weniger als siebzehn Stunden.

Unter Berücksichtigung des Volumens der Xenosschiffe, die in das System einflogen, war es so gut wie sicher, dass sich die Hospitallers bereits zurückzogen, während die Xenos den Brückenkopf sicherten und eigene Jagdverbände ausschickten.

Wie lange würde es noch dauern, bevor die ersten Salven über Fabris Callivant abgefeuert wurden?

Einen Tag? Zwei?

Er sah durch das dreißig Zentimeter dicke Panzerglas zu. Aus dem Fenster starrte ihm eine Reflexion entgegen. Ein knollenförmiger Helm, hoch und eng, kanneliert wie ein Trinkgefäß aus Elfenbein mit Aquamarinen, die den langen Nacken zierten und ein getöntes Visier, das schwärzer als die Leere auf der anderen Seite der Scheibe war. Ein Zittern lief durch ihn, als die Reflexion sich verwandelte. Der blanke Helm wurde zu einem kalten, verwitterten und fahlen Gesicht, das mit Narben überzogen war. Es war sein Gesicht. Allerdings mit einer milchweißen Augmentation, die ihn vor dort aus anstarrte, wo eigentlich seine Augen sein sollten.

Nein. Das war Khrysaar.

Plötzlich hallte ein Geräusch wie das Schnippen von Fingern in seinen Ohren. Er blinzelte und starrte nun durch die eigene Reflexion hindurch auf die Schlacht, die nun so aussah, als wäre sie doch weiter entfernt, als es noch vor wenigen Momenten den Anschein gehabt hatte. Unruhe drang von allen Seiten auf ihn ein. Er berührte mit seiner Hand das Glas, als versuchte er, einen Punkt im Raum zu fixieren. Die Körpertemperatur eines Iron Hand war natürlicherweise niedrig und das Innere der *Graue Gebieterin* war nur unwesentlich wärmer als er selbst. Die Wärme seiner Handfläche brachte ihn zum Zittern. Die Hand, die in der Reflexion seine eigene berührte, hatte für einen Augenblick lange Finger, die in einem gelben Handschuh steckten.

Rauth hatte keine Erinnerung daran, wie er hierhergekommen war.

II

»Rauth.« Die Stimme hallte durch seinen Verstand. »Rauth.« Die Finger schnappten erneut, dieses Mal direkt neben seinem Ohr. Er drehte sich um. Unruhe verklumpte seinen Magen. Er sah Cullas Mohr, der ihn mit gerunzelter Stirn anblickte. Das Gesicht des Apothecary befand sich direkt vor seinem eigenen. Schnell zuckte er zurück.

Man kann sich darauf verlassen, dass ein Apothecary irgendwie beteiligt ist. »Was tut Ihr da?«

»Ihr seid weggetreten«, sagte Cullas und bewegte seinen Kopf in der Hoffnung, einen Blick in Rauths Augen zu werfen. »Passiert das häufig?«

Wann habe ich den Planeten verlassen? »Nein.«

Die Falten auf der Stirn des Apothecary wurden tiefer. Grimmige Besorgnis war sein natürlicher Gesichtsausdruck. »Wir sollten mit Eurer Einsatznachbesprechung in der Medicaestation weitermachen. Ich werde dafür sorgen, dass dem Blut und der Lymphflüssigkeit des Gehirns Proben entnommen –«

»Nein. Keine weiteren Proben.«

»Die Inquisitorin wird darauf bestehen.«

»Dann ruft sie. Egal wo sie auch sein mag.«

Cullas seufzte. Sein Atem war so rau wie der Nordwind in den Ooranusbergen. Er wandte sich um und sah aus der Sichtluke aus Panzerglas. Seine Servorüstung zeigte das matte Schwarz der Deathwatch. Auf dem rechten Schulterpanzer war das Rot auf Blau der Heraldik der Brazen Claws zu sehen. Seine linke Hand war mit einer Narthecium-Augmentation ausgestattet worden. Ein Mukleusschimmer verbarg seine Augen. Es handelte sich dabei um keine echte Bionik, sondern vielmehr um eine nanomolekulare Filmschicht, die über den biologischen Originalen lag. Er sah aus wie ein Iron Hand, war aber keiner. Ab und an lächelte er, lachte über Ymirs Geschichten, und machte seine Verzweiflung über Rauth deutlich.

Dies war wahrscheinlich das Ergebnis des Versuchs, Ferrus Manus' Gensaat zu verarbeiten, ohne sie in der Kaltschmiede von Medusa zu schmelzen. Hart, aber mit Unreinheiten versehen. Spröde.

»Sollen wir weitermachen?«, fragte Mohr.

Rauth grunzte. Er wandte sich wieder dem Glas zu. Eine Reflexion des Apothecary hing großflächig über seiner Schulter. Die Haut in seinem Nacken kribbelte. *Was Dumaar und seine Subalternen von meinem Gehirn übrig gelassen haben, würde ich lieber von Eurem Narthecium fernhalten, wenn ihr das gestattet.* »Wenn wir es denn müssen.«

»Habt Ihr irgendwelche Wahrnehmungsänderungen bemerkt? Hellere Farben, einen Tinnitus, Synästhesie? Irgendetwas Derartiges?«

Rauth spähte durch seine Reflexion hindurch. »Nein.«

»Und geistig. Irgendwelche beunruhigenden oder sich wiederholenden Träume?«

»Nein.«

»Etwas, was ihr als ungewöhnliche Emotionen bezeichnen würdet? Angst, Depressionen, Verfolgungswahn?«

Amüsant, dass Ihr danach fragt. »Nein.«

Cullas zuckte mit den Schultern. Sein gewaltiger Schulterpanzer reagierte mit dem Mahlen von Servomotoren. »Ihr seid das einzige überlebende Subjekt, das in der Nähe der Morgenrot-Technologien war.« *Und Khrysaar.* »Mit Ausnahme vielleicht von Eisenvater Kristos. Zumindest soweit wir wissen. Die Inquisitorin hat das Recht, zu wissen, welche Auswirkungen das auf Euch hat.« *Sie will wissen, ob ich wie die Bevölkerung von Thennos vernichtet werden muss.* »Selbst, wenn es keine Auswirkungen gibt, sind das wertvolle Informationen. Beantwortet also die Frage. Ohne die Streitlust.«

Mir wurde beigebracht, unter allen Umständen zu überleben. Ich habe Brüder ermordet, andere betrogen, bin durch die Hölle gegangen und dabei stärker geworden. Glaubt Ihr, dass mein Gewissen die Last überhaupt fühlen wird, wenn ich Euch anlüge? »Keine ungewöhnlichen Emotionen.«

»Seid Ihr sicher?« Cullas' Augenbrauen hoben sich bis hinauf in die tiefen Sorgenfalten seiner Stirn.

»Wenn Ihr meinen Antworten kein Vertrauen schenkt, warum stellt Ihr sie dann überhaupt?«

»Vielleicht ist es die Antwort, die Ihr auswählt, die mich am meisten interessiert.«

Rauth runzelte die Stirn und drehte sich vom Glas weg.

Irgendetwas in der Beobachtungskanzel auf der Backbordseite der *Graue Gebieterin* machte ihn heute schwindelig. Es war, als würde sich der Boden drehen. Aber nicht die Wände und auch nicht die Decke. Nur sein genverbesserter Körperbau, der für die

Bewegungskrankheit unempfindlich war, und sein vollständig umgestalteter Brechreiz hielten ihn davon ab, sein Unwohlsein zu zeigen.

Der offizielle Stapellauf der *Graue Gebieterin* war 009102.M41 als annähernd lichtschneller Lastenschoner, der zum Ruhm und Wohl eines der unglaublich reichen Handelsmagnaten gebaut worden war, der die Handelswege in der Einflusssphäre der Hospitallers kontrollierte. Während der letzten fünfeinhalb Jahrzehnte war sie aufgerüstet und neu ausgestattet worden, obwohl sie auf den Listen des Administratums noch immer unter der Lizenz des Epikuraten Hypurr Maltozia XCIII geführt wurde, der bereits seit fünfundfünfzig Jahren tot war. Dank des halb-legalen Handels mit Xenoswaffen konnte sich ihre Bewaffnung bei Bedarf mit denen eines imperialen Leichten Kreuzers messen. Es gab aber nur wenige Umstände, bei denen sie das musste, da es keine Standardklasse imperialer Kriegsschiffe gab, die auch nur annähernd so schnell wie sie war. Mit weniger als dreihundert Metern Länge war sie ein Kraftbündel und bot im Inneren nicht viel Platz. Die Täfelung der Wände der Aussichtskammer zeigte eine stilisierte Waldlandschaft. Sie wiesen ein Aroma auf, das an herrschaftliche Gesellschaftsräume des alten Terra erinnerte und ließen den Raum unangenehm beengt wirken.

»Seht mir in die Augen, Neophyt.« Die Macht in der Stimme des Brazen Claws war unwiderstehlich und Rauth warf dem Apothecary einen scharfen Blick zu. Cullas' Augen zogen sich zusammen, als wollte er seinen Blick festhalten. »Habt Ihr überhaupt irgendeine Änderung Eures Zustands wahrgenommen?«

»Nein.«

Cullas hielt den Blickkontakt mit Rauth noch einen Augenblick länger und entließ ihn dann mit einem leichten Nicken. »Ich werde der Inquisitorin meine Beurteilung übermitteln.« Mit diesen Worten drehte er sich um und ging in Richtung des nächstgelegenen der beiden tropfenförmig gestalteten Tische.

Das Knurren von Ymir und Harsid kam von dem Bodenquadrat dahinter. Die beiden Space Marines trugen Trainingsanzüge und hatten ihre Oberkörper entblößt. Ihre Muskeln spielten wie

Kabelstränge. Die übermenschlichen Muskelpakete auf ihren breiten Rücken schwollen an, während sie miteinander rangen. Sie waren so sehr mit ihren Haltegriffen und Wurfversuchen beschäftigt, dass keiner der beiden Cullas oder Rauth bemerkt zu haben schien.

Rauth rieb sich mit der Handfläche über den Schädel und wandte sich dem nächsten der beiden Tische zu.

Vor dem Panzerglas stand eine Reihe verstärkter Stühle. In einem davon saß Laana Valorrn steif aufgerichtet. Sie teilte ihre Aufmerksamkeit zwischen der Aussicht auf die Sterne und einem Fleck auf der Lackierung des Tischs, den es allerdings gar nicht gab. Mit einem schwarzen Taschentuch, der Art eines einfachen Gesichtsschutzes, den jeder Medusaner für den Notfall bei sich trug, polierte sie müßig die Oberfläche.

Rauth grummelte und verschränkte einen Moment lang die Arme vor der Brust, als er darüber nachdachte, ob er nicht lieber alleine sein wollte, bevor er sich zu ihr gesellte.

»Was ist?«, fragte sie. Sie sah durch Wimpern zu ihm auf, die so dünn wie Stilette war und polierte weiter.

Wie lang bin ich schon wieder hier? Wie sind wir hierhergekommen? Warum kann ich diese Fragen überhaupt stellen, ohne zu Servitorfutter zu werden?

»Wo ist Khrysaar?«

»Auf Fort Callivant«, sagte sie. »Yazir konnte den Standort ausfindig machen, den Ihr dem Augmetiker entnommen habt. Das Symbol, das Ihr beschrieben habt, war der Schlüssel. Die Frateris Aequalis. Yazir wusste seit einiger Zeit von ihnen und sie haben anscheinend keine großen Anstrengungen unternommen, ihre Aktivitäten geheim zu halten.«

»Das Haus Callivant ist heruntergekommen und schwach«, sagte Rauth und zuckte mit den Schultern.

»Ich habe Khrysaar gemeinsam mit den Cyberghulen für das nächste Turnier eingelagert. Der Adept, den Ihr in der Erinnerung des Augmetikers saht, ist nicht nur einfach ein weiterer Beamter mit einem Geschmack für blutigen Sport. Er gehört zum Kult der Aequalis.« Sie zog das Taschentuch weg und runzelte ob der makellosen Oberfläche die Stirn. »Das hätten wir uns denken können.«

»Stehen sie irgendwie mit der Morgenrot-Technologie in Verbindung?«, fragte Rauth.

Laana hörte auf, die Oberfläche des Tischs zu bearbeiten, und sah ihn an. Sie sagte aber nichts.

Ihr solltet meine Bioniken polieren und nicht entscheiden, was ich wissen darf und was nicht. Rauth blickte kurz auf, als Ymir in seinen Rücken krachte. Sein Arm war in einem Haltegriff nach hinten gebogen und Harsid lag auf ihm.

»Ihr mögt mich nicht, habe ich recht?«, stellte er ihr die Frage.

»Götter enttäuschen.«

Rauth war sich nicht sicher, ob er laut lachen oder mit seinen Fingern einfach das Genick der Menschenfrau brechen sollte. Der Glaube an die Göttlichkeit des Primarchen und dessen Wiederkehr war so alt wie der Codex Astartes. *Überwunden nur von seinen theologischen Sprösslingen – dass Ferrus nicht gestorben war oder dass er sein Leben nicht etwa aus Unbesonnenheit, sondern als Lektion für seine Kinder gegeben hatte.* Die Ängstlichen und Schwachen glaubten daran, genau wie die älteren Krieger der barbarischeren Clans, besonders die Vurgaan. Und wahrscheinlich auch die Sterblichen.

In diesem Augenblick gab es für ihn aber keine Gewissheiten. Sogar Lächerliches konnte er nicht ohne Weiteres ablehnen.

Ich wünschte, Khrysaar wäre hier. Er spürte das Bedürfnis, mit seinem Bruder zu sprechen. Weshalb, da war er sich nicht sicher. Es gab keinen bestimmten Grund, nur das Gefühl, dass sich alles wieder in eine Art natürlicher Logik einordnen würde, wenn sein Bruder hier bei ihm wäre. *Welchen anderen Grund kann es schon geben, dass ich mich hier mit einer Frau, die ich nicht ausstehen kann, über ein lächerliches Thema unterhalte, und für die alle Ekelgefühle sowohl gegenseitig als auch verwirrend sind?* Sie war ein Teil von etwas Vertrautem.

Eine Welt, die ich verabscheue, aber man holt sich Trost, wo man nur kann.

Rauth drehte sich um, ohne ein weiteres Wort zu verlieren.

Er blickte wieder durch das schmale Fenster aus Panzerglas auf den Feuerschein am Sternenhorizont. »Wenn wir die Morgenrot-Technologie nicht rechtzeitig finden, werden wir uns dann an der Verteidigung dieser Welt beteiligen? Oder lassen wir die Xenostechnik mit dem Planeten verbrennen und bezeichnen es als gute Arbeit?«

Er spürte Laanas Blick auf seinem Rücken. »Das hängt davon ab, ob Yazir der Meinung ist, dass die Risiken die Kosten wert sind. Mit dieser Rechnungsart solltet Ihr Euch ja auskennen, Iron Hand.«

Rauth nickte. In seinem Verstand begann sich die Welt wieder zu drehen. Ohne ein anderes Gesicht, auf das er sich konzentrieren konnte, war es beinahe so, als spräche er mit sich selbst.

»Wo ist Yazir?«, fragte er.

»Das sehe sich einer an«, murmelte Ymir, bevor Laana antworten konnte. Er hielt sich den Death Spectre mit einem spielerischen Knurren vom Leib und tapste auf die Aussichtsplattform. Sein grauer Pferdeschwanz lag über seiner Schulter und fiel auf seine gewaltige, pelzüberzogene Brust. Rauth konnte das Zittern der Schläge seines Reserveherzens unter seinem faltigen und tätowierten Fleisch erkennen.

Der Anblick des unveränderten Körperbaus des stämmigen Wolfs brachte Rauth dazu, sich in seiner eigenen Haut nicht wohlzufühlen. Er war zugleich von dessen prachtvoller Körperlichkeit beeindruckt und fühlte sich von seiner unaugmentierten Gestalt abgestoßen.

»Da kommt ein weiteres Schiff an.« Ymir drückte seine Handflächen gegen das Panzerglas und roch daran. »Ein imperiales Schiff. Ein sehr großes.«

Harsid hatte nach einem Handtuch gegriffen und wischte sich damit über seine haarlose Stirn. Dann gesellte er sich zu dem Wolf auf die Aussichtsplattform. Seine roten Augen spähten in die Dunkelheit, obwohl er offensichtlich keinen so scharfen Blick wie Ymir hatte.

»Ich informiere die Inquisitorin«, sagte er schließlich.

* * *

III

Draevark ignorierte die Warnmeldungen. Auf unbemannten Schirmen leuchteten Feindkontakte auf. Aus dem Augmitternetz des Schiffs plärrten Annäherungswarnungen. Aktualisierungen und Nachrichten verbündeter Schiffe piepsten und krächzten schneller, als die Rumpfbesatzung der *Feingehalt* darauf reagieren konnte.

Durch den Hauptsichtschirm, der von einem flachen Sechseck aus Stahlträgern, einem Wirrwarr aus schweren Kabeln und einem grüblerisch wirkenden Opus Machina umgeben war, sah er, wie ein Orkkreuzer, der mit blauen und weißen Zacken gemustert war, unter dem Beschuss auseinanderbrach. Seine Deflektorschilde erloschen. *Brutus* feuerte eine weitere verheerende Breitseite in das Heck des anderen Schiffs. Die Begleitschiffe *Ewige Stärke* und *Berg Volpurrn*, kämpften mit einem halben Dutzend ähnlich großer Orkschiffe, schafften es aber nicht in die Nähe des Angriffskreuzers. Angriffsflieger spuckten ihr Feuer, wanden sich zwischen den Großkampfschiffen hindurch und zogen dabei Schleppen aus den chemischen Rückständen ihrer Triebwerke hinter sich her. In *Brutus'* Unterseite öffneten sich Luken und spuckten Schwärme von Stormtalon-Angriffsfliegern aus, an deren Kontrollen Servitoren saßen. Ihre Abgasstreifen verknoteten sich mit den schmutzigeren der Orkflieger. Überall zuckten Entladungsblitze der Deflektorschilde auf.

Hätte Draevark sich um einhundertachtzig Grad herumgedreht, und das Schott hinter sich betrachtet, dann hätte er sich aus den Reflexionen der Blitze auf dem Metall immer noch ein gutes Bild der Geschehnisse machen können.

Der Orkkreuzer brach immer weiter auseinander und die interne Schwerkrafterzeugung fiel aus, als von der *Brutus* eine weitere Salve einschlug und vernichtete, was von ihm noch übrig war.

Durch den Nebel, der aus der atomisierten Atmosphäre und Metallfetzen bestand und sich immer weiter ausdehnte, kam ein halbes Dutzend leichter Zerstörer der Orks in Sicht. Sie umzingelten einen einzelnen Dolch aus grellem, gezacktem Weiß. Ein Angriffskreuzer der Space Marines.

»Die *Letzte Pflicht*«, meldete einer der sterblichen Besatzungssklaven. Trotz der Warnungen, Warnglocken, dem Piepsen und der sonstigen Anforderungen, die um die Aufmerksamkeit der kleinen Brückenbesatzung kämpften, herrschte keine Panik. Die großen Hände des Dieners, von denen eine aus einer primitiven, zweizackigen Augmentation bestand, spielten über die Runensymbole der taktischen Anzeige. »Weitere Transportsignaturen aufgefasst. Neun Kriegsschiffe vom Orden der Hospitallers. Unter dem Befehl der Schlachtbarke *Schild des Gottimperators*.«

»Daten übertragen«, befahl Draevark.

»Zweiunddreißig bestätigte Orkschiffe«, meldete ein anderer Mann.

Die Orkschiffe kamen schneller an und wurden schneller zerstört, als es die *Feingehalt* registrieren konnte. Die Besatzung wusste es aber besser, als ihre Fehlbarkeit einzugestehen.

»Orks«, sagte Draevark nach einer kurzen Analyse. Seine Fähigkeit, die Informationsströme der *Feingehalt* zu verarbeiten, überstieg die der gesamten Brückenbesatzung um ein Vielfaches. »Quantitativ meine bevorzugte Xenosrasse. Sie verhalten sich immer, wie man es von ihnen erwartet.« Auf dem Hauptsichtschirm leuchteten maschinengesteuerte Waffen auf, die eine Staffel übermotorisierter Orkbomber zerfetzten, die einen Angriff flogen. Torpedos zogen unter einer Fregatte hindurch, die langsam rollte, und brannten sich durch den Bugschild eines Kreuzers. »Es gibt kein besseres Reinigungsmittel nach achtzehn siderischen Monaten Hatz auf Eldar.«

»Mein Lord.« Ein weiterer Mann, nein, eine *Frau* – die geschlechtliche Unterscheidung der Sterblichen verwirrte ihn immer noch – drehte sich zu ihm um. »Die automatischen Ersthelfer haben Hüllenbrüche auf den Decks zwei und zehn erkannt. Enterkommandos.«

»Das ist mir bekannt«, kam Draevarks Antwort. Er schickte einen Gedankenimpuls durch die Clanverlinkung und übernahm vorübergehenden die höheren Verstandsabläufe der Sergeants Artex und Coloddin. »Der Zweite und Neunte Sergeant sind bereits auf dem Weg zur Abwehr«, fügte er hinzu.

Er richtete seine Aufmerksamkeit wieder auf die *Feingehalt*. Das reife Kriegsschiff verfügte über ihre eigenen Denkalgorithmen und Instinkte, wenn es im Kampf war. Wenn nötig, war es durchaus in der Lage, allein zu kämpfen. Die Menschen und Servitoren waren zur Ausführung manueller Tätigkeiten an Bord. Sie kümmerten sich um die Triebwerke, beseitigten Stauungen in den Autoladern der Makrokanonen, drückten auf Knöpfe und tauschten Codescheiben aus. Und sie erinnerten Draevark an seine Überlegenheit über den Rest der Menschheit. Im Augenblick kam die *Feingehalt* querab zu einem Orkkreuzer auf, der die anderthalbfache Tonnage wie sie selbst aufwies. Nur wenige Hundert Kilometer des wütenden Raums trennten ihre glühenden Schildblasen. Draevark spürte den mechanischen Zorn des Maschinengeists des Schiffs und verteilte ihn durch die Clanverlinkung gleichmäßig auf seine Brüder. Für die Klaven Artex und Coloddin war etwas bittere Emotion nützlicher als für ihn.

Mit einem gedanklichen Stupser drängte Draevark das Schiff dazu, an Steuerbord längsseits der *Brutus*, dem Schwesterschiff, zu gehen, und benutzte es als Deckung, um Reserveenergie in die Schildgeneratoren an Backbord umleiten zu können.

Als sich die *Feingehalt* zu bewegen begann, überlastete eine gewaltige Detonation den Hauptsichtschirm. Die Mitglieder der Besatzung stöhnten auf und bedeckten ihre Augen. Draevark sah unbewegt zu. Die Autolinsen und Polaritätsfilter seiner Doppeloptik dämpften die Helligkeit des Explosionsblitzes.

Der Orkkreuzer war verschwunden. An seiner Stelle war nur noch ein Feuerball zu sehen. Flammenranken schossen wie ein gepeinigter Krake aus der Tiefe der Leere hervor. Ein gewaltiger, schwarzer Keil verdeckte ihn zum Teil. Ab und an war das Glimmen von Silber zu sehen, als die Flammen erstickten und kleiner wurden.

»Die *Allmacht*«, verkündete ein weiterer namenloser Sklave. »Die *Schild des Gottimperators* ruft sie.«

Draevark drehte seinen geierhaften Helm und das Besatzungsmitglied wich zurück, als es den plötzlich in den Doppeloptiken aufwallenden Ärger wahrnahm.

»Schaltet mich in diese Frequenz.«

»Aber ... mein Lord?«

»Kristos hat die Loyalität des Clans Garrsak. Er hat ihn aber noch nicht zu seinem Vasallen gemacht. Du wirst tun, was Eisen-Captain Draevark dir befiehlt, Sterblicher.«

»Aye, mein Lord. Es ist nur ... es ist die Eisenbarke des Clans Raukaan. Ihr Maschinengeist ist älter als der der *Feingehalt*, und viel mächtiger.«

»Ist das ein Eingeständnis deiner Unzulänglichkeit?«

»Nein mein Lord!«, rief der Sterbliche und saß stocksteif und bewegungslos wie ein Beutetier im Licht eines Scheinwerfers. Dann wirbelte er herum und attackierte die Verschlüsselung seiner Runenkonsole, ohne dass dafür ein weiterer Befehl nötig gewesen wäre.

Draevark ließ seine Energieklauen spielen. Ohne Energie bewegte sich jede Klaue nur äußerst behäbig, als hinge an jedem Fingerknöchel das Gewicht von einhundert Kilogramm Adamant. Der Treibstoff der unter den Handgelenken angebrachten Flammenwerfer schwappte bei jeder Bewegung umher. Die Leere war eine feine Sache, er bevorzugte aber die unkomplizierte Direktheit eines Nahkampfs. Ordnung *erzwingen*, indem er dem Chaos seinen Willen auferlegte. Gleichwohl sah er die gewaltigen Nieten der Hüllenpanzerung der *Brutus*, die an den Hilfsokularen auf der Steuerbordseite vorbeizogen. Von Stahl eingerahmte Nebensichtschirme woben eine Direktübertragung von der Flanke des Kreuzers zusammen. Die kombinierte Schlagkraft der beiden Schiffe fraß sich durch das ungeordnete Treibgut der Orkschiffe. *Ewige Stärke* und *Berg Volpurrn* sowie der Torpedozerstörer *Corpus Mechanicum* fanden endlich den Raum, sich neben ihre Großkampfschiffe zu setzen.

Die Koordination der Schlagkraft der fünf Schiffe war furchteinflößend und ein Zeugnis für die Kriegskunst der Iron Hands.

»Bestätigung, dass die Codesätze der Zielmatrizen alle

Zwei-Komma-Fünf Sekunden ausgetauscht werden«, ordnete Draevark an.

»Bestätigt.«

In dem er es der *Allmacht* erlaubt hatte, bei Pariah-LXXVI die Waffenkontrolle der *Feingehalt* zu übernehmen, hatte Kristos eine rote Linie überschritten. Draevark hatte noch nicht mit Tartrak, dem höchstrangigen Offizier an Bord des Schiffs des Clans Borrgos, über die Angelegenheit gesprochen. Er zweifelte aber nicht daran, dass dieser derselben Meinung war. Und nun hatte Kristos verlangt, dass Haas zu seinen Apothecaries an Bord der *Allmacht* stieß. Draevark blickte finster in das All. Kristos war ein Eisenvater, ein zukünftiger Messias. Aber sogar für ihn gab es Grenzen.

Die Iron Hands würden keinen absoluten Monarchen dulden. Nicht nach Isstvan.

»*Mein Lord!*«, kam der gestresste Ruf des Sklaven an der Kommunikationsbank. »Ich habe ein Signal.«

Draevark sonnte sich in dem erbärmlichen Schein der Befriedigung. Es gab nichts Besseres, als die Aussicht auf eine Bio-Wiederverwertung oder die *Dienerschaft perpetualis*, um eine sterbliche Besatzung zur Lösung von Problemen anzustacheln.

»Lasst mich nicht darum bitten«, knurrte er.

Das Besatzungsmitglied kämpfte quasi mit seinen eigenen Händen, um das abgefangene Signal auf die Voxaugmitter zu legen. Es schwankte und war verzerrt und durch die Unterfrequenzen war das Zirpen der binären Algorithmen des Voxdiebs der *Feingehalt* zu hören. Draevark stellte seine Audiogeräte darauf ein und filterte es heraus. Es war Kristos. Und die scharfe Stimme eines Adeptus Astartes, den er nicht erkannte.

»*Willkommen am Ort der Urteilsverkündung, Allmacht. Benötigt Eure Flotte eine Eskorte nach Fabris Callivant?*«

»*Nur für mein Schiff. Meine Flotte kann bei der Euren verbleiben.*«

»*Sehr gut.*«

»*Erbitte Erlaubnis, an Bord zu kommen. Es gibt viel zu besprechen …*«

Das Signal riss ab. Ein künstliches Heulen kam aus dem Augmitternetz. Draevark hörte es sich an, während sein Zorn anschwoll.

»Mein Lord. »Die *Allmacht* ruft uns. Soll ich eine Verbindung herstellen?«

»Nein«, antwortete Draevark nach einer kurzen Denkpause. »Informiert den Eisenvater, dass die Klave Jalenghaal bereits auf dem Weg zu seinem Schiff ist.«

KAPITEL ACHT

»*Aus diesem Grund gibt es die Position der Stimme des Mars ...*«

– Exogenitor Louard Oelur

I

Die Laute einer Harpsiclave füllten die enge Taverne mit einem pulsierenden Vibrato. Regen murmelte auf dem niedrigen Dach und floss über die Gesichter der verblassten Grotesken, die anzüglich aus den Buntglasfenstern grinsten. Melitan sah nach unten. Sie hielt ihre Hände auf eine Art, als seien sie um den runden Hals ihres Instruments gelegt. Aber nicht sie spielte. Sie sah verwirrt durch die Rauchwolke in Richtung der kleinen Bühne in einer Ecke des Raums, auf der eine Frau in einer verdreckten roten Robe auf einem Stuhl saß. Ihre Beine waren um den Aluminiumrahmen der Harpsiclave geschlungen. Der Kopf der Musikerin war kahl geschoren und von Strahlungsnarben umringt. Ihre olivfarbene Haut war dunkel und ein geheimnisvolles Blau, das von den Plasmaresonanzen beim Anschlagen der Seiten stammte, beleuchtete ihre Oberschenkel, ihre Brust und zusammengefalteten Hände. Das Licht verdeckte das Gesicht der Frau, als sei es zu dick und schwer, um es durch den ganzen Raum zu schaffen, und dennoch hatte Melitan das unerträgliche Gefühl, dass sie es *war*, die da spielte.

»Bethania Vale«, flüsterte Callun Darvo und lehnte sich von seinem Stuhl an dem Tisch neben ihrem eigenen herüber. Seine Finger trommelten nervös auf s*einen Tis*ch, während er zur Bühne schaute. Auch sein Gesicht war nur schwer auszumachen, obwohl er seine Kapuze zurückgezogen hatte. »Ich hatte gehört, sie sei besser.«

Die Musikerin änderte den Akkord zu einer höheren Frequenz und Melitan zog ihre Hand zu ihrem Ohr, das plötzlich zu schmerzen begann. Die namenlose Zuschauermenge, die aus Knechten und Arbeitern bestand, die gerade keinen Schichtdienst taten und die Taverne füllten, antworteten mit Anerkennung.

»Ich kenne dieses Stück nicht«, rief sie, um über die Kadenz hinweg, die schnell lauter wurde, überhaupt gehört zu werden.

»Es heißt ›Der Saphirkönig‹.« Auf ihrer anderen Seite saß Tubriik Ares, dessen Gestalt so schwer wie die eines Geists auszumachen war. »Nicht gerade eines meiner Lieblingsstücke.«

»Es hat aber irgendetwas«, warf Callun ein.

»Beim ersten Mal ist es immer besser«, sagte Ares.

Die Tonlage wurde nochmals höher und Melitans Gesicht sank auf den Tisch. Sie presste beide Hände an die Seiten ihres Kopfs.

»Bravo«, jubelte Callun und begann zu applaudieren.

Es gab ein metallisches Dröhnen, als etwas Schweres die Bühne traf, dann ein weiteres und noch eines. Immer schneller und schwerer, wie Regen, der auf ein Blechdach hämmert. Melitan hob ihren Blick von der Oberfläche des Tischs und sah, wie die Musikerin hinter einem Berg abgestoßener Augmentationen verschwand, der immer größer wurde. Vor der Bühne erhob sich ein Mechaniker mit einem Grunzen aus seinem Sitz. Freudentränen liefen über sein säureverbranntes Gesicht, als er seine Finger in seine Augenhöhle bohrte und ein bionisches Auge ausgrub. Anstelle der Tränen strömte nun Blut aus der leeren Augenhöhle, als er das blutverschmierte Metall auf den Haufen warf und dann seine blutigen Hände zusammenschlug, um verzückt zu applaudieren.

Die Musikerin erhob sich von ihrem Schemel und verneigte sich. Die Musik spielte aber auch ohne sie weiter, wurde lauter und die Plasmasaiten schwangen weiter. Melitan wimmerte. Doch es war nicht länger Bethania Vale.
Es war Nicco Palpus.

Schmerz bohrte sich durch beide Ohren in ihren Kopf und sie schrie, kratzte so reibungslos wie Lhorauch mit ihren Fingernägeln über die Tischplatte, verschluckte die eigene Zunge und rang nach Luft. Ihr Aneurysma ging im Kreischen der Harpsiclave und dem Bellen der Zuschauermenge völlig unter …

II

Melitan wachte mit einem Schrei auf. Das Geräusch einer angeschlagenen Saite einer Harpsiclave pulsierte durch ihre Gedanken. Die Zelle des Schlafsaals lag völlig im Dunkeln. Es roch nach Rost und ihrem Schweiß. Sie fiel halb mit in der Bettflor verhedderten Beinen aus dem Bett und taumelte in Richtung des Vierecks der Kontrollplatte, das in der Nachtbeleuchtung leuchtete. Nach zwei Schritten gaben ihre Beine unter ihr nach. Sie weinte vor Schmerzen und vergrub ihren Kopf in den Händen, als könnte sie so auch die Migräne vergraben, die durch ihren Schädel zuckte. Ihre Hände waren mit kaltem Schweiß bedeckt, als sie sich mit einer Hand vortastete und schließlich die Wand fand. Sie drückte sich an ihr ab und benutzte sie als Stütze, bis sie aufrecht kniete. Dann übergab sie sich gegen die Wand und brach erneut zusammen.

III

Der pulsierende Akkord wurde zu einem hartnäckigen Brummen. Er war nicht mehr in ihrem Kopf, sondern kam vielmehr von einem Ort, der drei, vier Meter von ihr entfernt in der Dunkelheit lag. Sie stöhnte und spie Erbrochenes aus ihrem Mund. Der Geschmack legte sich auf ihre Zunge und ihre Kehle zog sich erneut zusammen. Sie schluckte es aber hinunter und kämpfte sich schwach auf ihre Füße. Ihre Hand platschte an der Wand entlang, bis sie die Knöpfe und Schalter der Kontrollplatte fand. Mit einer Lichtflut schaltete sich die Beleuchtung ein, klinisch und kalt, und sie spürte Tränen in ihren Augen brennen, bevor sie ob der plötzlichen Fehlzündungen in ihrem Verstand zu wimmern begann. Sie schützte ihre Augen, als sie die Knöchel beider Hände gegen ihre Stirn presste.

»Ave Omnissiah. Was habt Ihr mir angetan?«

Der Gedanke daran, dass Palpus' Memproxy die Architektur ihres Gehirns umgestaltete, während sie schlief, brachte eine zweite Welle der Tränen zum Wallen.

Was würde von ihr übrig sein, wenn es vorbei war? Würde es immer noch Melitan Yolanis sein, die zurückkehrte und ihre Ergebnisse der Stimme des Mars überbrachte? Das Fragment eines Traumbilds bibberte nur knapp außer Reichweite und sie zitterte, als sie fühlte, wie es verflog.

Oder würde es Bethania Vale sein?

Erneut ertönte der Summer. Genau fünf Sekunden nach dem letzten Mal. Sie sah auf. Das Glockenspiel der Tür. Sie wischte sich die Tränen aus dem Gesicht und schaffte es dabei, Erbrochenes von ihrem Ärmel auf ihrer Backe zu verschmieren, während sie zur Tür eilte. Sie deaktivierte den Schlüsselschalter und die Tür schob sich auf.

Der Fötuscherub schwebte im Gang vor ihrer Kammer. Einige Funken nieselten aus seinem arkanen Schwerkraftneutralisator und es stank nach der verdrehten Schwerkraft. Sein einziges aufgeblähtes Auge, der blaue Datenkristall, der in die kleine, mumifizierte Augenhöhle gezwängt worden war, starrte durch sie hindurch, als wäre ihm der Zustand ihrer Zelle zuwider.

Sie bedeckte ihren Mund mit ihrer Hand und konzentrierte sich darauf, sich nicht erneut zu übergeben.

<Ihr seid drei Minuten und sechzehn Sekunden überfällig, Magos Vale.>

Die Benutzung dieses Namens in einer Form der Binärsprache, von der sie sicher war, dass sie sie eigentlich nicht entziffern können sollte, brachte erneut Tränen in ihre Augen. Nicco Palpus hatte sie vor nichts von all dem vorgewarnt. Warum hatte er das nicht getan? Sie dachte an Callun. Er war in ihrem Traum gewesen. Dessen war sie sich sicher. Er hätte das wahrscheinlich genossen, wenn er noch am Leben wäre, um davon zu hören. Der Gedanke an ihn machte sie seltsam mutlos. Sie hätte alles für die Möglichkeit gegeben, im Gemeinschaftsschlafsaal auf der *Gespaltene Hand* aufzuwachen und herauszufinden, dass die vergangenen Monate nichts weiter als ein böser Traum gewesen waren.

Sie hätte es wirklich geschätzt, wenn es da jemand gegeben hätte, der bemerkte, dass sie von ihrem Mageninhalt befleckt war und fürsorgend genug war, dass in diesem Moment auch zu sagen.

<Ihr seid drei Minuten und neunzehn –>

Melitan schlug auf die Türkontrollen. Die Türen schlossen sich mit einem Zischen und unterbrachen den Servitor mitten im Satz.

»Er kann noch fünf Minuten länger warten, bis ich angezogen bin.«

IV

Exogenitor Louard Oelur wartete im Reinraum der Luftschleuse auf sie. Sein gewaltiger Körper war auf einer Bahre aus gewobenem Stahl ausgestreckt, die von sechs buckeligen Zugservitoren getragen wurde. Die Wände waren noosphärisch abgesichert. Die Türen, die sowohl in die Kontaktlaboria, als auch in die Analytikgemächer führten, waren hermetisch versiegelt und konnten nur im Wechsel geöffnet werden. Melitans eigene Spionage-Abwehr-Programme in ihrem Gehirn informierten sie über eine ganze Anzahl von Auspexen und Aufnahmegeräten, die in den Wänden verborgen waren. Dutzende verborgene Adepten würden bereits in diesem Augenblick ihre Körperabtastungen und Datensignaturen untersuchen. Sie hustete mit belegter Stimme und entfernte dabei einen Brocken Erbrochenes aus ihren Zahnprothesen und versuchte erfolglos, ihn auf dem Rückteil ihrer Robe abzuwischen.

Sie hoffte, ihnen gefiel, was sie sahen.

Als sie eintrat, schloss sich die Außentür der Luftschleuse mit einem Pfeifen hinter Melitan. Dekontaminierungsnebel, die nach hochprozentigem Alkohol rochen, stäubten sie von vorne und hinten ein.

Eine Robodogge sprang mit einem Knurren aus dem Ethanolnebel.

Sie warf sich mit einem unterdrückten Schrei zurück gegen die geschlossene Tür. Die Kette der Dogge klirrte, als sie ihre Schnauze in ihren Bauch und zwischen ihre Beine drückte und ihre Arme beschnüffelte. Die Mechanik der Denkprozesse des Jagdhunds fauchte, als er die Datenproben verarbeitete. Sie kroch so weit in den Türrahmen, wie sie nur konnte. Palpus' Codes waren aber ausgezeichnet. Die Dogge hetzte mit einem Knurren zurück zu ihrem Wärter und zog dabei die Kette hinter sich her. Sie war sicher, dass das Vieh enttäuscht war.

Ihr Wärter war ein im Labor gezüchteter Koloss mit einem muskelbepackten Oberkörper, der in einem mit Nägeln beschlagenen Lederharnisch steckte. Was von einem Menschen noch übrig war, war weiblich, aber so von Androstantherapien und chirurgischen Eingriffen verändert, dass die Geschlechtsidentifikation kaum noch eine Rolle spielte. Ein Fächer aus Elektrofühlern lief über einen haarlosen Schädel, zwischen denen trillernde Kabel aufgespannt waren. Ihr Mund bestand aus einem überbordenden Durcheinander aus Audioloten und Notausschaltern. In das nackte Fleisch einer verkümmerten Brust war das Symbol der Legio Cybernetica gebrannt. Die Reste ihrer Haut waren von unterschiedlichen Kohorten- und Hierarchieabzeichen bedeckt. Ihre Hände waren zusammenokuliert worden und in Felsbeton verpackt. Die Kette, an der die Robodogge hing, führte direkt in ihre Unterarme, wo sie mit den Knochen verschmolz. Sie benötigte auch das letzte Kilogramm ihres eignen Gewichts. Die Robodogge war wie ein Unterstützungsbike gebaut. Ihre Grundintelligenz hielt den Instinkt nur notdürftig im Zaum, alles mit einer Noosphärensignatur zu zerfleischen und zu zerfetzen.

Die fünf Mann des Trupps der Skitarii-Ranger, die in reflektierenden Panzern steckten und Seitenwaffen in ihren Holstern trugen, versuchten, Melitan unaufdringlich abzutasten.

Die Wächterin der Legio Cybernetica summte aus ihrem ausgefüllten Mund und rollte wild mit den Augen, als Melitan ihren Blick abwandte, sich von der Tür löste und in die Richtung von Exogenitor Oelur schob.

»Ihr müsst mir die Sicherheitsvorkehrungen verzeihen, Magos Vale.« Ein vipernartiges Nest aus Mechadendriten schlängelte sich aus dem aufgeblähten Kern des Exogenitors hervor. Sein Zweitkopf wackelte auf dem Hals, als der aufgeschwollene Magos versuchte, mit den Schultern zu zucken. »Aber der Logi-Legatus hat Euch doch entsandt, um genau das zu prüfen, nicht wahr?«

Der Cherubservitor flog in die Richtung von Louards Bahre und zwitscherte dabei in Binärsprache vor sich hin.

Melitan spürte einen scharfen Schmerz, als würde ein Schraubenzieher, der bereits in ihrem Schädel verborgen war, um fünfundvierzig Grad gedreht, als ihre Implantate sich neu ausrichteten, um die übergeordnete Hexameterverschlüsselung zu übersetzen.

<Vergebt die Verspätung dieser Einheit. Der Besucher musste neu geweiht und einer Dermalreinigung unterzogen werden.>

<Säumigkeit ist abstoßend für die göttliche Ordnung des Plans. Melde dich umgehend für eine neurale Kasteiung.>

Melitan bemühte sich, ein Lächeln zu unterdrücken.

Ihr Traum verblasste bereits in ihrer Erinnerung. Und das unheimliche Gefühl, das er in ihrem Hinterkopf und unter ihrer Haut erzeugt hatte, war so gut wie vergessen. Sie hatte sich bereits derart an Listen gewöhnt, dass sie überall welche erwartete. Vielleicht war Nicco Palpus aber grundlos besorgt und Louard Oelur war wirklich nur das, was er zu sein vorgab – der uralte und kleinliche Herrscher über seinen besonders düsteren Winkel des Mars. Das Symbol, das sie in seinen Büroräumen gesehen hatte, konnte ebenso gut unabsichtlich oder von jemand anderem dort hinterlassen und von dem hochrangigen Magos, der sich um wichtigere Angelegenheiten kümmern musste, übersehen worden sein.

Wer konnte schon ahnen, welche Auswirkungen das Memproxy auf ihre Fähigkeiten hatte?

»Nun, Magos Vale? Ich gehe davon aus, dass die erste Linie der Sicherheitsvorkehrungen der Null-Ebene zu Eurer Zufriedenheit ausfällt.«

»Sie sind vorbildlich«, sagte Melitan.

Ihr Blick fiel wieder auf die Robodogge, die mit einem einprogrammierten Hunger zu ihr zurückstarrte.

»Wie Ihr ohne Zweifel bereits erkannt habt, ist diese Kammer luftdicht. Und sie hat keine Verbindung mit der Noosphäre. Es gibt keine physische oder metaphysische Möglichkeit, den Verschluss zu durchbrechen. Sicherlich habt Ihr auch die Leitbleche in den Wänden bemerkt.« Das hatte Melitan nicht, sah sie sich jetzt aber an. Reihen winziger Löcher durchstießen die Metallverkleidungen. »Das ist das Ventilationssystem. Er schlug mit einem klauenbewehrten Mechadendriten auf die Wand. Und erhielt eine hohl klingende Antwort. »Sogar die Ventilationsströme werden richtungsgesteuert und unterliegen einer starken Eindämmung. Die Luftversorgung der Laboria ist vollständig von derjenigen getrennt, mit der die äußeren Ringe versorgt werden.«

»Beeindruckend«, sagte Melitan.

»Ich denke, dass ich Euch bereits informierte, dass dem so ist.« Sein Sklavenkopf zuckte von links nach rechts, als der Exogenitor seine mnemonischen Erinnerungen prüfte. Sein Primärkopf nickte einmal. »Das habe ich in der Tat.« Auf einen unausgesprochenen Befehl hin drehten sich seine Bahrenträger in Richtung der Innentür der Luftschleuse. Daneben traten die Skitarii-Ranger an. Hinter ihnen folgte die Wächterin der Legio Cybernetica, begleitet von dem Klirren der Kette der Robodogge.

»Wir werden mit einer Führung durch die Abteilung Ankunft und Freigabe beginnen.«

Der Skitarius-Alpha, der durch eine einzelne weiße Linie auf seinem Brustpanzer und eine dichte Anordnung von Kommunikationsmitteln auf seinem Helm gekennzeichnet war, versteifte sich, als seine Systeme Verbindung mit denen der Tür aufnahmen. Eine kurze Pause von wenigen Sekunden entstand, während die Genehmigungen durch die angrenzenden Kontrollräume gespuckt wurden. Melitan biss sich auf die Lippe. Dann fächerte die Tür auf und gab einen kurzen Gang mit einer weiteren Tür an dessen Ende frei.

»Hier meldet sich das Personal zur Arbeit und alles Material, das aus der Quarantäne entlassen wird, wird regelmäßig erneut überprüft«, fuhr Oelur fort. Die Prozession betrat die Schleuse, angeführt von den Skitarii und abgeschlossen von der Wächterin. Dazwischen gingen Melitan und Louard Oelur. Die Tür schloss sich hinter ihnen und verriegelte sich. In ihren Ohren knackte es. Sie hörte ein Zischen, als sich der Luftdruck ausglich. »In den Laboria herrscht ein negativer Luftdruck«, erklärte Oelur und wedelte mit dem fetten Kadaver einer Hand. »Aus offensichtlichen Gründen.«

Es gab ein tiefes Keuchen, fast vor Erleichterung, als die innere Tür auffächerte.

Melitan unterdrückte ihre Nervosität und folgte ihrer Eskorte ins Innere.

Die Lichter in diesem Bereich der Null-Ebene waren um einiges heller. Die Wände waren mit Metalplatten aus einer reflektierenden, bunt schimmernden Legierung getäfelt, die dicht nebeneinander angebracht waren. Jeder Bereich des Gangs war mit einer faltbaren Sprengtür mit dem nächsten verbunden. Zuckende Abwehrwaffen bewachten jeden Zugang. Die Beleuchtung stammte aus Lumenstreifen, die parallel zum Boden in die Wände eingelassen waren. Wahrscheinlich war es die Nähe der Streifen zu Melitans Augen, die das abgegebene Licht so beißend und hell erscheinen ließ. Die Streifen wurden von in die Wände eingelassenen Türöffnungen unterbrochen und gabelten sich um Fenster aus Panzerglas herum. Das verstärkte die Wirkung des Lichts und verbarg wirksam, was sich im Inneren befand.

Melitan trennte sich von ihrer Skitarii-Eskorte und ging zum ersten der Fenster, um einen Blick hindurch zu werfen.

Gruppen aus in Roben gekleideten Adepten saßen sich an mehreren Metalltischen gegenüber oder trugen Tablette, auf denen sich eine Art organischen Materials befand, von einer Ausgabestelle zu ihren Tischen.

»Was ist das hier?«

Oelurs Lippen zogen sich zurück und bildeten ein kreuzförmiges Grinsen.

»Das ist das Refektorium, Magos Vale.«

Melitan versuchte, nicht rot zu werden.

»Vergebt mir meine Nachlässigkeit«, grummelte Oelur, der ihre Verlegenheit völlig falsch verstand. »Es ist vierhundert und dreiundachtzig Jahre her, seitdem ich das letzte Mal organische Nahrung auf diese Weise zu mir genommen habe. Ihr seid erst vor Kurzem aufgewacht. Möchtet Ihr frühstücken, bevor wir fortfahren?«

Melitans kürzlich entleerter Magen zog sich empört zusammen.

»Nein. Vielen Dank.«

V

In der Abteilung Ankunft und Freigabe gab es noch weitere, invasivere Überprüfungen. Melitan wurde befohlen, ihre Arme auszubreiten, während Lexmechaniker und Maschinenseher sie mit tragbaren Auspexeinheiten abtasteten. Während sie sich an den Wählscheiben zu schaffen machten und die Scans verglichen, führte ein schwer bewaffneter Skitarius sie im Polizeigriff auf den niedrigen, gewölbten Eingang des modularen Tunnels zu, der an der nächstgelegenen Wand entlangführte.

Das Innere war dunkel und eng und mit dem donnernden Widerhall der Tiefenresonanztaster gefüllt. Sie fühlte, wie die uralten Geräte bis in die Knochen, das Mark und die Nukleinstruktur vordrangen. Ihr Magen zog sich erneut zusammen und flatterte, als das tiefe Wummern um sie herum begann. Es war eigentlich unvorstellbar, dass eine so mächtige Technik aus dem Dunkeln Zeitalter die falschen Augmentationen nicht erkannte, die Nicco Palpus in ihr installiert hatte, um ihre Rolle spielen zu können. Die unechten Signale, die sie abgaben, hielten der Überprüfung aber offensichtlich stand. Sie atmete tief ein, als sie blinzelnd und taub auf der anderen Seite wieder aus dem Tunnel trat und von einem weiteren stahlgesichtigen Skitarius gründlich abgetastet wurde.

Sie konnte sich nur über die Fähigkeiten und Ressourcen der Stimme des Mars wundern.

Überall in der mit Sensoren überladenen Kammer wurden die Körper und das Material von Knechten und Adepten untersucht. Die Anwesenheit von Louard Oelur und, vielleicht sogar noch mehr, der Wächterin und ihrer Robodogge, sorgten dafür, dass die Beschwerden auf ein Mindestmaß reduziert blieben.

Der zweite Skitarius packte Melitans Arme fest genug, dass sie aufstöhnte, und schob sie dann schroff in den Strom der Körper und war dann bereit, den nächsten zu untersuchen.

Eine physische Schwachstelle, oder gar eine bei den angewandten Verfahren, konnte sie hier nicht ausmachen.

Sie zweifelte daran, ob es selbst Palpus gelingen könnte, eine mikrobische Spore so tief in oder aus der Null-Ebene zu schmuggeln. Ein wahrer Adept würde vielleicht etwas Fehlendes entdecken. Aber allein die Tatsache, dass Hunderte von ihnen jeden Tag durch diesen Kontrollpunkt gehen mussten, machte auch das unwahrscheinlich.

Was wollt Ihr von mir?, fragte sie sich selbst und schreckte sofort zurück, als sie erkannte, dass es möglich war, dass sie eine Antwort erhielt und sie lieber keine bekam.

Das Implantat mit dem Memproxy von Palpus blieb gnädig stumm.

»Seid Ihr bis hierher zufrieden?«, fragte Exogenitor Oelur.

Melitan hatte bemerkt, dass, während die Skitarii-Ranger und die Wächterin zwar durch den Auspextunnel geschickt worden waren, man Oelur und seine Bahre mit nur einer oberflächlichen Überprüfung durch die Absperrung gewunken hatte.

»Das könnte man sagen«, sagte sie, während sie sich beeilte, wieder zu ihrer Eskorte zu gelangen. Sie dachte, dass ein inspizierender Magos Fragen stellen sollte, deshalb ersann sie schnell eine. »Wie regelmäßig müssen sich die Arbeiter einer Prüfung unterziehen?«

»Zweimal täglich«, sagte Oelur. »Einmal, wenn sie mit ihrer Schicht beginnen, und nochmals am Ende. Auf unserem Rückweg von den Laboria werden wir die Schlafblöcke und Wohnbereiche inspizieren.«

Melitan und ihre Prozession reihten sich in den Fluss der gebeugten Köpfe und hängenden Roben ein.

Kein einziger der Techpriester sprach. Umgeben von dem Rascheln ihrer Roben und dem Klicken von Metallteilen auf dem Boden, fühlte Melitan aber ein Kribbeln, das ihre Wirbelsäule hinablief. Eine beunruhigend organische Phobie machte sich darüber in ihr breit, dass sie sich alle in der Tat über sie unterhielten, allerdings auf einer Ebene, die sie nicht erkennen konnte. Sie wandte sich Oelur zu. Dessen gegabelte Mimik zeigte den üblichen Ausdruck, der zum Teil aus einer krankhaften Gelassenheit und einer von Methanal hervorgerufenen Grimasse bestand. Verglichen mit dem Rest ihres Kommandos, die sich untereinander keines Blickes würdigten, wirkten seine beiden Gesichter beinahe redselig.

Die Adepten begannen abzuziehen. Einzeln, zu zweit oder zu dritt. In den Wänden eingelassene Türen öffneten und schlossen sich mit einem Zischen. Lichter erwachten automatisch mit einem Flackern zum Leben, sobald sie ihre Anwesenheit und ihre Bewegungen erfassten.

»Ich dachte, hier kommen keine höheren Maschinengeister zum Einsatz«, murmelte sie.

»Keine, die *zur Datenübertragung fähig* sind«, korrigierte Oelur. »Wir müssen nach wie vor arbeiten können.«

Der Exogenitor gestattete es ihr, ein wenig der Arbeit der Techpriester zu beobachten.

Für einen Uneingeweihten war sie monoton und rätselhaft. Vielleicht war sie aber auch für Eingeweihte monoton und rätselhaft. Melitan konnte sich aber nur auf ihre eigenen Erfahrungen stützen. Einzelne Adepten, die sich so gut wie nicht um die anderen kümmerten, mit denen sie sich den Raum teilten, schoben Plastekwannen zwischen Werkbänken umher, bedienten Maschinen, lasen Datentafeln ab, ergänzten gelegentlich die

Informationen mit eigenen Anmerkungen, schoben die Wannen dann weiter und setzten ihre Arbeit an anderen Maschinen fort.

»Was tun sie da?«, fragte sie.

Oelur schniefte und betrachtete sie eindringlich, ohne mit den Wimpern zu zucken. Sie fragte sich, ob sie ihre Ignoranz über ein Geheimwissen verraten hatte, über einen Code, der nur hochstehenden Magi Biologis bekannt war. Der Exogenitor wandte sich aber wieder den Adepten zu, die ihrer Arbeit nachgingen. »NL-Primus existiert nicht. Die Null-Ebene existiert nicht. Nicco Palpus hätte die Morgenrot-Technologie in ein schwarzes Loch schießen können. Stattdessen aber teilte er sie in drei Teile auf und verteilte sie an die Magi, denen er am meisten vertraute, sie geheim zu halten. Eisenvater Kristos hat es nicht zugelassen, dass sie vernichtet wird.« Sein Primärkopf zog eine Grimasse, aber nicht wegen irgendetwas, das in diesem Augenblick im Laboria vorging. »Die Iron Hands sind nützliche Soldaten, eine fünfte Kolonne, die in der Kriegshierarchie des Omnissiah zwischen den Legiones Skitarii und der Auxilia Myrmidon steht. Aus diesem Grund gibt es die Position der Stimme des Mars. Allein zu meinen Lebzeiten habe ich mehrmals erlebt, wie das sogenannte *Credo des Eisens* stillschweigend geändert wurde. Dieser Kristos aber ist anders. Er hält sich selbst und seinen Orden für etwas Besseres und er würde, ohne zu zögern, die Morgenrot-Technologie einsetzen, um seine Vision Wirklichkeit werden zu lassen.«

»Wie?«

Mit rasselnder Anstrengung zuckte er mit den Schultern. »Die Technologie ist umgestaltend. Sie ist ein Relikt der Eldar und wurde auf dem Höhepunkt ihrer fiebrigen Vorstellungskraft und Macht und am Rand des Abgrunds ihres Niedergangs für unmenschliche Zwecke ersonnen. Wer kann schon sagen, welche Nutzungsmöglichkeiten so fremdartige Wesen beabsichtigt haben.« Er klopfte mit einem wuchtigen Mechadendriten auf das Panzerglas, das sie von den Forschern im Laboria trennte. »Palpus hält den Eisenvater im Moment mit viel Umsicht bei Laune, denn noch nicht einmal Kristos wird ewig ausharren.

So ist nun einmal das Wesen von Kriegern. Und das ist das Geschenk der Stabilität, das den Iron Hands von der Synode durch die Stimme des Mars überbracht wird.«

Melitan blickte durch das schützende Glas zu den Techpriestern, die im Inneren arbeiteten. Sie alle hatten die Kapuzen aufgezogen. Sie waren anonym. Sie bedienten ihre bedeutungslosen Instrumente in ihren sterilen Laboria.

»Sie erforschen die Auswirkungen der Morgenrot-Technologie auf lebendiges Fleisch«, sagte Oelur. »Und auf Technik, sowohl auf die des Mars, als auch auf die von Xenosrassen. Ich glaube zu wissen, dass Fabricator Locum Hyproxius Velt auf Thennos ähnliche Forschungen betrieben hat. Ich kenne Exar Sevastien nicht. Ich bezweifle aber, dass seine Einrichtungen auf Fabris Callivant für mehr als die Eindämmung der Technologie geeignet sind. Er zog die Nase hoch und sann vor sich hin. »Er hat den geringsten Teil von uns drei erhalten.«

»Und ...« Melitan zögerte. Sie war nicht sicher, ob sie die Frage wirklich stellen wollte, obwohl sie genau wusste, dass das notwendig war. »Wo sind die Versuchspersonen?«

VI

Die Vorderseiten der Zellen, die auf beiden Seiten eines langen Beobachtungsauslegers über dem Nichts hingen, waren mit Glas verschlossen. Melitan wusste, dass Kontrollen nur in eine Richtung funktionieren sollten. Mitten im kugelartigen Blick von so vielen Augenpaaren zu liegen, die ansonsten keine Stimulanzen hatten, erschien ihr dennoch beinahe wie eine körperliche Kraft zu sein. Der Raum wirkte wie ein Hangar und in den Schichten der Dunkelheit war es so still wie in einer Kathedrale. Von einem knarrenden Gerüst hingen mehrfach gebündelte Stablumen herunter. Von den Binärinfozyten, die in unter dem locker gefliesten Boden hängenden Datenanalysegruben angeschlossen waren, stieg ein geflüstertes Murmeln auf. Zahlreiche Konsolen erzeugten einen körnigen Lichtschleier, der aber kaum ausreichte, um die maskierten Adepten zu beleuchten, die an ihnen arbeiteten.

Das langsame, weltfremde Klicken ihrer Runentastaturen formte einen eigenen andächtigen Unterdialekt. Die Zellen selbst waren geräumig, größer als Melitans Einzelzelle in den Schlafblöcken der Außenwelt. So war es einfacher, ihr Verhalten zu beobachten.

Die erste enthielt einen menschlichen Mann, der auf einer ungemachten Pritsche döste. Er war nackt, aber nicht etwa, weil man ihn dazu zwang, wie die unbenutzte Kleidung bezeugte, die in der ganzen Zelle verstreut lag, sondern weil er sich dazu entschlossen hatte. Melitan konnte auf seinem Körper entladene Elektoos und mehrere minderwertige Bioniken ausmachen. Ein Adept des Mechanicus. Vielleicht ein Freiwilliger. Die Haut um die Anschlussstellen der Augmentationen zeigte Spuren der Selbstverstümmelung. Kratzspuren, die von Zähnen und Fingernägeln stammten, als ob er versucht hatte, sich die Geräte aus dem Fleisch zu reißen.

Irgendeine unheimliche Erinnerung an eines der Dinge, die sie in ihrem Traum der letzten Nacht gesehen hatte, ließ sie erschaudern und sie erlaubte es Oelur und seinen Wachen, sie weiterzuführen.

Die nächste Zelle enthielt einen unlackierten Sentinel-Läufer, der anscheinend gerade von den Bändern der Manufactorien gekommen war. Er verfügte noch über keine Waffen und es hatte den Anschein, dass sein Maschinengeist noch nicht dazu aufgefordert worden war, die Hülle aufzuwecken. Melitan machte ob dieses Akts der Gnade das Zeichen des heiligen Zahnrads und ging weiter. In der nächsten war eine Blutspur auf dem Glas und ein Klumpen von etwas Unbeschreiblichem auf dem Boden zu sehen.

»Die Rassen der Grünhäute reagieren nicht besonders gut auf die Technologie«, sagte Oelur. »Wir behalten es weiter unter Beobachtung, um eventuelle Auswirkungen nach dem Tod zu studieren. Bis jetzt scheinen keine aufgetreten zu sein.«

Der Ausleger schien bis in die Unendlichkeit zu führen. Erleuchtete Zellen reihten sich wie eine Halle des Schreckens entlang des Laufstegs. Eine entsetzliche Faszination brachte Melitan dazu, jede einzelne zu betrachten. <Seid vorsichtig>, brannte der elektrische Impuls durch ihr Gehirn, der von Palpus' Implantat stammte. Ihre Schritte kamen ins Stocken und klapperten über den Boden, als der Schmerz, so lokalisiert und kurz er sein mochte, die Ermahnung des Memproxys in ihre Synapsen schrieb.

»Werdet Ihr müde?«, fragte der Ranger-Alpha und half ihr mit einer ungewöhnlich sanften Berührung, wieder auf die Beine zu kommen.

»Nein«, lächelte sie zurück. »Mir geht es gut.«

In anderen Zellen vegetierten weitere Männer. Und Frauen. Alle zeigten unterschiedliche Stadien des geistigen Verfalls und der körperlichen Entkleidung. Einige starrten in die Luft und verstümmelten sich, wie der erste. Andere wiederum stießen ein wahnsinniges Lachen aus, weinten, oder tobten gegen ihre Gefangenschaft. Melitan sprang vom Handlauf zurück, als eine Frau sich gegen das Glas ihres Käfigs warf und zu lallen begann.

»Sollten diese Zellen nicht schallisoliert sein?«, fragte sie. Ihr Herz raste, als sie es dem Ranger-Alpha gestattete, sie wegzuführen.

»Wenn das Eure Empfehlung ist, können wir es so einrichten«, sagte Oelur verächtlich. »Der Zweck der Gefangenschaft ist allerdings die Beobachtung.«

Einige lagen im Koma und waren über trübe, intravenöse Leitungen an geschwätzige Chirurgiegeräte angeschlossen. Aus ihren Körpern standen Plastekschläuche hervor, die wie die Blätter einer Chrysalis wirkten. Melitan konnte einige der Runenbeschriftungen auf den Chemikalienbehältern lesen. Einige dienten dazu, den Körper am Leben zu halten, auch wenn der Gehirntod bereits eingetreten war. Andere waren ausgeheckt worden, um das Gehirn zu erhalten, während der Körper verrottete.

Sie sah ebenfalls Vertreter von einem Dutzend unterschiedlicher Xenosrassen. Einen borelanischen Trill. Einen Demiurgen. Ein Gretchin, dessen Schädelinhalt über das Glas verteilt war. Ein Chromat der Arbeiterklasse. Und noch andere, die sie noch nie zuvor gesehen hatte oder die sie nur aus Textbeschreibungen von Freihändlern und der Magi Exploratorii aus vergangenen Jahrhunderten oder Jahrtausenden kannte.

Es gab haufenweise Zellen. Hunderte.

Tausende.

Der Ausleger erstreckte sich bis in die Dunkelheit.

Sie hielt an, um sich eine genau anzusehen. Oelur gab einen weiteren stummen Befehl und ihre Eskorte blieb ebenfalls mit einem Scheppern stehen. In der Zelle befand sich eine weibliche Eldar. Sie starrte aus halbmondförmigen Augen zu Melitan, in denen nichts zu lesen war. Sie war wunderschön, sowohl von einem objektiven, als auch von einem asketischen Standpunkt betrachtet. Ihre Züge waren extrem symmetrisch, ihr Haar leuchtete wie Flachs und ihre Haut war cremefarben. Sie war so beinahe menschlich und dennoch quälend davon entrückt. Sie saß im Schneidersitz auf ihrem Bett und hielt die Hände auf den Knien, als meditiere sie. Sie starrte lediglich zu Melitan und schien sich nichts aus ihrer Nacktheit oder gar ihrer Gefangenschaft zu machen.

»Subjekt 1241«, sagte Oelur. »Es ist außerordentlich schwer, einen Eldar lebend zu fangen. Es war für uns aber von entscheidender Bedeutung, einen als Kontrollsubjekt zu verwenden.« Er fuhr einen Mechadendriten aus, stupste damit gegen das Glas und brachte damit die Zelle an ihrem Kabel zum Schwanken. Die Eldar zeigte keine Reaktion. »Bezeichnung: Harlequin. Gefangennahme durch die Streitkräfte der Skitarii während eines Überfalls auf Phaeton.« Er zog den Streckmuskel wieder zurück. »Ein Teil der Individuen, die Ihr hier seht, hatten überhaupt keinen Kontakt mit der Morgenrot-Technologie. Sie sind nur deshalb hier, um die Symptome der Gefangenschaft als kausalen Faktor für das beobachtete Verhalten auszuschließen.«

»Es hat den Anschein, als wäre sie nicht betroffen«, sagte Melitan, die nicht in der Lage war, den Blickkontakt mit der Eldar zu brechen.

»Nicht auf eine Weise, die sie Euch zeigen wird. Aber die Xenosrasse der Eldar sind unheimlich geschickt darin, ihren Körper von ihrem Geist zu trennen. Deshalb widerstehen sie auch physischen Verhören so gut. Das ist alles ziemlich faszinierend.«

»Faszinierend. Ja.«

Sie starrte die Eldar an. Die Lippen der Xenos öffneten sich, ganz langsam, und formten Worte, die Melitan fremd blieben. Ein Mundwinkel verzog sich zu einem Grinsen.

»Habt Ihr das gesehen?« Melitan wandte sich an Oelur. Es machte aber nicht den Anschein, als ob der Exogenitor etwas bemerkt hatte. Als sie sich wieder zu der Eldar umdrehte, schwieg diese und saß wieder vollkommen still da.

Als ob das niemals anders gewesen wäre.

»Diese Subjekte werden ihre Zellen niemals wieder verlassen«, sagte Oelur. Seine Bahrenträger wandten sich bereits von der Zelle ab und trugen ihn davon. »Die Eindämmung der technotheurgischen Korrumpierung ist sichergestellt. Wenn ein neuer Test die Teilnahme weiterer Subjekte erfordert, dann installieren wir einfach weitere Zellen.«

Melitan ging hinter ihm her und löste ihren Blick von dem Gesicht der Eldar erst dann, als diese nicht mehr zu sehen war. »Und ... welcher Art ist die Korrumpierung, Exogenitor? Wie breitet sie sich aus? Wie hat sie sich auf Thennos ausgebreitet?«

»Das ist genau die Frage, nicht wahr?«

Oelurs zwei Köpfe drehten sich, bis sie beide nach vorn blickten. Melitan sah, dass die Reihe der beleuchteten Behälter endlich irgendwo in der Nähe endete. Vielleicht nach etwa einhundert weiteren Zellen. In der Dunkelheit dahinter ragte ein gigantisches Paar strukturell verstärkter und noosphärisch dichter Einschlusstüren auf.

Erneut zwängte sich Schmerz in Melitans Schädel, und wiederholte die Nachricht die bereits einmal übermittelt worden war.

<Seid vorsichtig.>

Oelur brach in ein verschwörerisches Grinsen aus. »Würdet Ihr sie gerne sehen?«

KAPITEL NEUN

»Einer meiner Vorfahren beschrieb das Turnier als die Stimulanz der Aristokratie und das Opium des gemeinen Volks. Jetzt ist die Zeit für beides gekommen.«

– Princeps Fabris

I

Die *Schild des Gottimperators* wies nur etwa zwei Drittel der Tonnage der *Allmacht* auf, aber das war nicht der Eindruck, der Jalenghaal an Bord des angebeteten Flaggschiffs der Hospitallers erwartete.

Sie war das Schwert der Engel und bestand aus sieben Kilometern weißer Panzerung, die so hell strahlte, dass es aussah, als brenne es. Entlang des Rumpfs schmückten zahlreiche goldene Aquilas zusammen mit zigtausenden Worten der heiligen Schrift das Schiff. Es schien, als sei der gesamte *Corpus Divinatus* und die gesammelten Kodizille Wort für Wort und maßstabsgetreu in Ceramit übertragen worden. Die Pracht in ihrem Inneren war nicht minder überwältigend. Hier herrschte eine gotische Verbindung aus einer Kathedrale und einem Mausoleum, die sowohl die Zelebration als auch die Internierung verkörperte. Genau wie ihre Hüllenpanzerung trugen auch die Wände in ihrem Inneren die Heilige Schrift. Ihre Säulen und Absteifungen glitzerten mit goldenen Beschriftungen, jedes Gewinde, jede Schraube war mit unendlich kleinen Worten des Abschiednehmens, des Grolls und des Gebets umwunden. Überall fanden sich ähnlich dekorative Motive. Kreuze. Sensen. Geflügelte Engel. Durchgänge, über denen gespaltene Schädel prangten, fächerten wie Portale in die Unterwelt auf und führten in Korridore, die mit immer düstereren und makaberen Bildnissen ausgeschmückt waren. Jeder Durchgang war ein Reliquienschrein. Die Knochen von Helden, auf Pergament konservierte Blutstropfen und Waffen, mit denen im Namen eines abstrakten Credos qualitativ betrachtet heldenhafte Taten vollbracht worden waren, wurden von Kerzen beleuchtet, von Kraftfeldern und Panzerglas geschützt und stumm zur Schau gestellt.

Die Brücke selbst war zuallererst ein Zentrum der Andacht und nur nachrangig ein Befehlsstand. Die vorangegangenen Kilometer des Schiffs erschienen im Vergleich mit ihr fahl.

Eine Million Kerzen flackerten in Wandleuchtern, Gestellen und in den Händen von Leibeigenen, die keinem anderen Zweck dienten, als Licht zu bringen. Trotz ihrer Anwesenheit war es dunkel und Jalenghaal fragte sich, ob dies eine absichtliche Metapher für die Arbeit war, die die Hospitallers im Namen des Herrn der Menschheit vollbrachten. Chöre von Geneunuchen, deren Zahl in die Tausenden ging, intonierten traurige Hymnen der Erlösung durch Pflichterfüllung, die von dem gewaltigen Dom zu einem rauschenden Klagelied verstärkt wurden. Der mit Fresken geschmückte Rundbau war voller skelettartiger Grotesken, die ihr flüssiges Fleisch vergossen und ihre Totenschädel vor dem goldenen Glanz des Leichenimperators abwandten, der unter der Scheitelöffnung auf seinem Thron saß.

Als er die Schritte seines Gasts hörte, drehte Ordensmeister Mirkal Alfaran sich um.

Er trug eine Rüstung, aber keinen Helm. Sein Gesicht war weiß gepudert und die Augen mit Kajal umrandet, sodass sein kahl geschorener Kopf wie ein Totenschädel wirkte. Seine Rüstung leuchtete im Kerzenlicht im Weiß eines Büßers und war mit goldenen Intarsien und genügend Pergamentstreifen für ein Dutzend Bände der heiligen Schriften verziert. Von Hand gemachte Aquilas klapperten bei seinen Bewegungen an Schnüren aneinander. Ein riesiges, zweihändiges Energieschwert, auf dessen Parierstange das Kreuz der Hospitallers prangte, war magnetisch auf seinem Rücken verankert und steckte in einer kunstvoll gearbeiteten Scheide, die einem Paar Engelsflügel nachempfunden war. In seinem Ohr steckte ein einzelner goldener Ring, der mit echten, weißen Federn verziert war.

Trotz der unheimlichen Souveränität des Ordensmeisters lag Jalenghaals Aufmerksamkeit bei dessen Seneschall.

Der ehrwürdige Galvarro war ein Dreadnought. Angeblich hatte er jeden Ordensmeister der Hospitallers seit ihrer Ordensgründung vor annähernd eintausend Jahren beraten. Seine Rüstung war ein Sarkophag, würdig der Internierung eines Helden. Das perlweiße Ceramit war mit Panzerplatten aus Goldbronze bedeckt, die Mezzotintos heldenhafter Szenen zeigten. Pius und der Imperator. Der Imperator und Horus. Dorn, der über die Mauern von Terra herrschte. Unbekannte Helden, die im Laufe der langen Geschichte des Imperiums unbesungene Taten vollbracht hatten. Seine Waffen und Füße waren von vergoldeten Laubsägearbeiten eingefasst, die wie die Arbeit einer Spinne wirkten, die mit Gold anstatt mit Seide spann. Auf seinem Sarkophag, eingerahmt von einem kunstvoll gearbeiteten Paar Engelsflügel und umgeben von einem Totenschädel, sang ein Glockenspiel aus goldenen Glocken bei jedem stetigen Atemzug der lebenden Macht des Dreadnoughts ein schmerzliches und niemals endendes Loblied über den gefallenen Krieger im Inneren.

Es war schlichtweg und ergreifend das Geräusch, das seine Existenz feierte. Wenn er im Zorn in den Krieg zog, würden die Glocken ein ganz anderes Lied spielen.

»Eisenvater Kristos«, verkündete Alfaran und brachte Jalenghaal für einen Augenblick aus der Fassung, während er mit dem todbringenden Schwung seines vergoldeten Arms sein Schiff umfasste. Seine Stimme war ein Flüstern. So, als hörte der Imperator zu und als ob er es lieber hätte, dass dieser nichts hörte. »Wir begrüßen die Söhne der Brüder unseres Vaters und sind dankbar dafür, dass Ihr euch auf dem Rückflug nach Fabris Callivant zu uns geselt. Euer Timing ist glückverheißend. Wir müssen viel vorbereiten und haben nur wenig Zeit ...«

>>> *ENDE DES SIMULUS.*

Jalenghaal riss die Augen mit einem Ruck auf.

Als er instinktiv versuchte, sich zu befreien, zogen neurale Haltestecker an seinem Hinterkopf und dem oberen Ende der Wirbelsäule. Er schmeckte Blut in seinem Mund. Mit entkräfteten Schluckmuskeln und ohne angemessenen Auswurfmechanismus tröpfelte die Flüssigkeit durch die Schlitze seines Gesichtsgitters. Ein Adept, der gerade vorbeikam, wischte sie für ihn aus seinem Gesicht. Aus der Simulusbucht blies Kühlmittel ab, das sich in der wärmeren Luft in Dampf verwandelte. Er schüttelte die neuralen Stecker und Adapterkreisläufe ab und trampelte aus seinem Alkoven. Dabei trieb er die Maschinenadepten auseinander, die sich aufgeregt um die Aufhängungen von Datenein- und -ausgängen kümmerten, und starrte die Reihe der Alkoven entlang.

Der Clan Garrsak setzte die Simulustechnologie wie keiner der anderen Clans ein. Zumindest war er dieser Überzeugung gewesen, bevor er an Bord der *Allmacht* gekommen war.

Etliche Alkoven, genug für eine halbe Clankompanie, lagen an einem Laufsteg, der Hunderte Meter lang war. Die Zwischenräume zwischen ihnen waren mit Generatoren zur Energieerzeugung, Datenwandlern und den gewaltigen Umlenkschlangen der primären und sekundären Überspannungsschutzschalter gefüllt. Kabelschlangen zogen sich wie eine wuchernde Vegetation über die Wände und hingen wie ein Netz kreuz und quer über seinem Kopf. Der Laufsteg selbst spottete jeder Beschreibung. Er war eine Halde für eine Masse dicker, gerippter Messingkabel, die die einzelnen Alkoven mit den Memstapeln verbanden. Auf ihm kam es ihm so vor, als wäre er nur einen Millimeter groß und stünde in den Kreisläufen einer Indoktrinationsscheibe. Das alles machte es notwendig, dass die manuellen Aufgaben der Befehlseingabe und Kabelweitergabe von einer automatisierten Ansammlung von Haken und Klauen erledigt werden musste, die von einem Schienennetzwerk über seinem Kopf hing. Aus Prozessionsbüchern singende Techpriester wurden von fleischlosen Mechardinälen in flatternden Gewändern und Mitren angeführt, die neben ihnen in zitternden, offenen Kabelwagen entlangliefen. Die Memstapel selbst streckten sich in Richtung einer weiter entfernten Decke in die Höhe, die von Extremkühlmitteln verschleiert war, die wie Wolken an den Mauern der Spitze einer Kathedrale hingen.

Trotz der vielen Mitglieder des Mechanicus und der Legionen der Servitoren hatte Jalenghaal bisher aber noch keinen Hinweis auf eine Besatzung entdeckt.

Der Rest seiner Klave kam desorientiert aus ihren Alkoven gestolpert und sah sich genau wie er um.

Burr stand in dem Alkoven, der ihm direkt gegenüber lag, und war bis zur Hüfte in elektrisch glühenden Rauch gehüllt. Lurrgol sah vom anderen Ende der langen Reihe herüber und sah aus, als würde er ihn Ohnmacht fallen. Borrg, ohne Helm, wie er es immer mehr bevorzugte, hatte ein breites Grinsen im Gesicht, sah zu Strontius auf und versuchte seine Begeisterung in Worte zu fassen.

»Ein Simulus ist kein Ersatz für echtes Training«, beschwerte sich Thorrn.

»Ganz im Gegenteil«, hielt ihm Jalenghaal entgegen. »Er ist viel effizienter als körperliche Übungen. Ihr werdet Euch daran gewöhnen.«

Allein das Erleben eines Simulus veränderte einen Krieger. Sich einer Galaxis aus Kummer und Erfahrungen auszusetzen, konnte nur dazu beitragen, das eigene Selbstverständnis zu verringern. Ihre Brüder sahen den Clan Garrsak aus gutem Grund als etwas nicht viel besseres als einen Haufen roboterhafter Mörder an.

»Garrsak gehorcht«, war ihr Mantra. Jalenghaal begann zu begreifen, dass der Simulus Teil des Grunds dafür war.

Das hatten die Garrsak und die Raukaan gemein.

Diese Zweifel waren Stronos' Zweifel. Oder waren es gewesen. Nun waren sie ein Teil der Klave. »Garrsak« im alten Reket von Medusa bedeutete »Einheit«. Der Clan Garrsak zu sein, hieß, eine Einheit zu bilden. Das hatten die Garrsak und die Raukaan nicht gemein. Der Eisenvater Kristos war der Clan Raukaan. Der Clan Garrsak war die Gestalt von ihnen allen, eine Pyramide aus maschinell verbundenen Seelen mit Draevark an der Spitze. Jeder Krieger war von der Stärke jedes anderen abhängig. Das machte sie stark.

Aber auch schwach.

Stronos hatte das von Anfang an gewusst.

»Warum überträgt uns Kristos seine Memdateien vom Flaggschiff der Hospitaller?«, fragte Burr. »Wir sind doch hier, um Fabris Callivant gegen die Orks zu verteidigen, oder etwa nicht?«

»So habe ich es verstanden«, sagte Jalenghaal.

»Warum will der Eisenvater dann, dass wir das Innere der Schlachtbarke der Hospitallers erleben?«

Jalenghaal gab keine Antwort.

Er konnte keine geben.

II

Kardan Stronos beugte sich unter dem harten Metall des Türrahmens hindurch. Seine Müdigkeit verwandelte sich in Interesse, als er Magos Instructor Yuriel Phis privates Reclusiam betrat. Wie ihm oft vorgehalten wurde, war die Neugierde seine persönliche Schwäche. Die Kammer befand sich getrennt von den Schlafzellen der Neophyten und der Gemeinschaftsbereiche in einem eigenen Flügel und war kaum für jemanden zugänglich, der mit der Physiologie und Rüstung eines Adeptus Astartes ausgestattet war. Stronos beneidete die Magos für ihren Zufluchtsort.

Die Wände waren mit Regalen aus Aluminium verkleidet, die alle die gleiche Länge und den gleichen Platz boten. Die Buchbände mit den Bronzerücken und die seltsame Archäotech, die man aus den älteren und nicht mehr brauchbaren Teilen der Anlage gerettet hatte, waren ordentlich darin angeordnet.

Wissenschaftliches Interesse? Nebenprojekte? Darüber konnte Stronos nur spekulieren. Er bezweifelte aber, dass der Tag der Magos mit den Stunden der Lehre zwischen den ersten und letzten Gebeten begann und endete.

Phi ging zu einem robusten Metalltisch, der in einem Lichtkreis stand, den eine Lumenquelle an der Decke erzeugte. Scharnierklammern glitzerten wie Reißzähne in einem geöffneten Maul, jeweils ein Paar am Fußende und ein weiteres, größeres am Kopfende. Zwei weitere waren auf beiden Seiten angebracht. Fesseln. Mit einem einfachen Schraubenzieher zog ein verhüllter Knecht die Schrauben an, mit denen die Klammern an den Scharnieren befestigt waren. Als Phi begann, auf die Elfenbeintasten zu tippen, die am Kopfende des Tischs eingelassen waren, schlurfte er davon, ohne ein Wort zu verlieren. Stronos blickte dem Knecht auf dem Weg hinaus hinterher. Er meinte, dass er ihn im Kalefaktorum bereits gesehen hatte, war sich aber nicht sicher. Die meisten Sterblichen sahen irgendwie gleich aus. Stronos beachtete ihn nicht weiter und sah auf. Seine Bionik blendete die Helligkeit der Lumen automatisch ab. Von der Decke hing ein Nest skelettartiger Servogliedmaße, die aussahen, wie eine in der Sonne vertrocknete Spinne.

»Warum bin ich hier?«, fragte er.

Phi sah von der Runenbank auf. Ihre Kabellocken fielen über ihr Gesicht und brachen das Glühen in ihren Augen. »Warum freundet Ihr Euch mit den anderen Anwärtern an? Das dient keinem Zweck.«

»Sie sind anders, als ich es mir vorgestellt habe. Vielleicht will ich sie besser verstehen.«

»So spricht ein Gelehrter und kein Krieger.«

»Haben wir nicht beides in uns?«

»Warum?« Sie zuckte mit den Schultern und einige der Kabel rutschten von ihren Schultern und über ihren Rücken. »Ihr seid ein Iron Hand – Ihr habt die Legionen des Mars, die für Euch die Rolle des Gelehrten übernehmen.«

»Vielleicht überzeugt mich diese Regelung nicht.«

Phi zeigte ihre Zähne. Das weiße Enamel blitzte vor dem energieabsorbierenden Metall ihres Exopanzers. Nicht zum ersten Mal war Stronos von der schieren Energie beeindruckt, die von ihrer Persönlichkeit ausging und die irgendwie in ihrem winzigen Körper beinhaltet war. »Möglicherweise. Vielleicht. Hat irgendjemand je erwähnt, dass Ihr lange braucht, um Euch eine Meinung zu bilden?«

»Ja.«

»Gut.«

Stronos' Finger fuhren über die versilberten Kanten seiner Gürtelpanzerung. Barras' Knie hatte dort eine tiefe Delle hinterlassen, aber die Datenübertragungen der Klave Jalenghaal kamen immer noch tropfenweise über die dort angebrachten Datenanbindungen. Sie waren wegen der Entfernung zur Klave verzerrt und kamen nur zeitlich verzögert an. Sie wirkten wie ein Gift aus Zweifeln und Misstrauen, das langsam wirkte.

»Warum bin ich hier?«

»Es gibt keinen Grund, Argwohn zu hegen«, lachte Phi leise. »Ich habe Feirros und Fell, Bannus, Gdolkin und Verrox ausgebildet. Und Kristos.«

»Und Ares?«

Sie lächelte geziert. »Was glaubt Ihr eigentlich, wie alt ich bin?«

»Soll ich etwa schätzen?«

Darüber musste die Magos lachen. »Kristos war auch so. Auch er verlangte nach Antworten und war nie mit denen zufrieden, die er erhielt.« Stronos' verbliebenes Auge sah sie ob der Schlussfolgerung düster an. »Ihr seid nicht wie die anderen Aspiranten hier. Ihr studiert nicht nur, um ein Techmarine zu werden. So lohnend dieses Ziel auch ist, so liegt es doch so tief in den Mysterien des Maschinengotts verborgen, wie diejenigen gehen können, die keine Iron Hands sind. Ihr sollt ein Eisenvater werden, ein Anführer Eurer Welt und der Hüter von Geheimnissen, die uralte Bündnisse zwischen Eurer Welt und der meinen Euch offenbaren. Das benötigt eine besondere Ausbildung.« Sie klopfte bedeutungsvoll auf ihren Tisch.

»Ich habe das Auge von Medusa betreten«, murmelte Stronos und umkreiste den Operationstisch.

Er hatte gesehen, wie die Eisenväter in der Lage waren, sich mit den uralten Technologien des Auges und untereinander zu verbinden sowie ein Netzwerk herzustellen, in dem die Kommunikation so gut wie ohne Zeitverlust stattfand. Die zusammengekommenen Eisenväter waren in der Lage gewesen, sich mit Alliierten abzustimmen, komplexe Streitpunkte mit Rivalen zu debattieren und gleichzeitig in einem archaischen Medusanisch zu der Ratsversammlung zu sprechen. Das war ein wundersames Beispiel dafür, wie proprietäre Technologien benutzt werden konnten, um die Effizienz der Angelegenheiten des Ordens zu verbessen, und dennoch ...

Er verschränkte seine Arme über seinem Brustpanzer.

»Das Adeptus Mechanicus stellt unsere Ausrüstung bereit und wartet sie. Die Stimme des Mars hat ein Stimmrecht im Eisernen Rat. Die Magi Calculi beraten uns bei allen Entscheidungen.« Er benutzte das Wort ›beraten‹ nur vage, denn die meisten Eisen-Captains sahen die Berechnungen als Verfügungen an. »Ihr bildet unsere Anführer aus.« Seine Gesichtsmuskeln versuchten, einen finsteren Blick zu erzeugen. »Und während dieses Vorgangs verändert ihr die Gehirne dieser Anführer.

»Aus Eurem Mund hört sich das so bedrohlich an.«

»Wären unsere Positionen umgekehrt, würdet Ihr dann nicht auch so denken?«

»Wären unsere Positionen umgekehrt, würde ich versuchen, Eure Frage mit Logik zu ergründen.« Sie hob einen Finger. »Ihr sprecht von Verschwörungen. Es gibt aber keine, Kardan. Es gibt so gut wie niemals Konspirationen, denn sie sind fast unmöglich aufrecht zu erhalten.« Ein zweiter Finger. »Außerdem ist die Macht eines Ordens der Space Marines, so groß sie in ihrer eigenen Einflusssphäre auch sein mag, bedeutungslos im Vergleich mit der Macht und dem Einflussbereich des Mars. Es gibt nichts, über das ihr verfügt, das wir uns nicht nehmen könnten, würden wir uns dafür entscheiden.« Ein dritter Finger kam in die Höhe. »Und der dritte logische Punkt. Der Mars honoriert *seine* Bündnisse.« Sie betrachtete ihn einen Moment lang aufmerksam und blinzelte mit ihren Augen, die dabei die Farbe wechselten. Noch immer trennte sie der Operationstisch voneinander. »Deshalb lautet die Frage auch: Wollt Ihr zum Rang eines Eisenvaters aufsteigen?«

Stronos nickte widerwillig.

Er war im Auge von Medusa gewesen und hatte gesehen, was alles mit der Funktionsweise des Eisernen Rats nicht stimmte. Während der katastrophalen Zeit nach der Schlacht auf Thennos hatte sein Verstand ihm Tubrik Ares erscheinen lassen, der ihn davon überzeugt hatte, die Fackel des gefallenen Ehrwürdigen aufzunehmen. Nachdem er sich wieder erholt hatte, hatte er seinem Freund, Lydriik, einen ähnlich lautenden Schwur geleistet.

»Ich habe ein Versprechen abgegeben.«

»Wollt Ihr ändern, wie die Iron Hands beherrscht werden?«

Die Frage überraschte Stronos. Wenn man es von einer bestimmten Perspektive aus betrachtete, existierte jeder einzelne Iron Hand in einem dauerhaften Zustand der Verbesserung. Veränderung war aber im Prinzip und insgesamt gesehen ein Fluch. Seitdem Stronos vor einhundertfünfzig Jahren sein menschliches Dasein hinter sich gelassen hatte, sah er, wie der Eiserne Rat unter der patriarchalischen Gleichmut der Stimme des Mars erstarrte. Er hatte sich darüber beklagt und die Schwäche der Eisenväter verspottet. Konnte er das aber ändern? Mit dieser Möglichkeit hatte er sich nie auseinandergesetzt.

Als er nichts erwiderte, tätschelte Phi mit ihrer Hand den Operationstisch. Er wollte sie mögen. Sie war kompetent, weise, unmenschlich. Aber »Niemals vertrauen« war das erste Diktum im *Skriptorium des Eisens* und die Worte hallten nun durch Stronos' Kopf.

Er hatte auf dem Schlachtfeld und in den Heiligtümern der Macht gelernt, dass die Interessen von Medusa und die des Mars nur selten derart zueinander passten, wie es schien.

»In Ordnung«, sagte er schließlich. »Nehmt Eure Verbesserungen vor.«

Magos Phi setzte zum Sprechen an.

»*Aber*: Ich werde meinen Dienstservitor rufen. Er wird den gesamten Eingriff beobachten und aufzeichnen.«

»Einverstanden.«

»Und ich bleibe bei Bewusstsein.«

»Dem würde ich abraten. Die Risiken wären gewaltig. Von den Schmerzen ganz zu schweigen.«

»Das sind meine Bedingungen.«

»Es ist Euer Fleisch«, seufzte die Magos. Sie klatschte in die Hände und rief damit ihren Knecht. Stronos zog seinen gewaltigen Körper aus Eisen und Ceramit auf den Operationstisch.

Der Knecht flatterte herbei, schloss die Klammern über seinen Hand- und Fußgelenken, seiner Stirn und schob die Bolzen hinein, um sie zu verschließen. Als sich der Mann über Stronos' Gesicht beugte, erhaschte er kurz das Flackern eines Elektoos mit diesem seltsamen, seitenverkehrten Symbol.

»Also gut«, sagte Magos Phi, deren Hände auf den Runentasten lagen, während sie wartete. »Ihr werdet fast sofort Schmerzen empfinden.«

III

Mit Rauth, Laana, Bohr und Harsid an Bord war der Raum in der kleinen Fähre, der *Kleingrau*, gelinde gesagt beengt. *Der mittlerweile verstorbene Epivikar Hypurr Maltozia XCIII hatte bei der Benennung dieses Schiffs offensichtlich die Reserven seines Vorstellungsvermögens bereits ausgeschöpft.* Die leichte Orbitalfähre kämpfte sich durch die ersten Ausläufer der atmosphärischen Turbulenzen. Die Bewegungen des transorbitalen Schiffs erinnerten an einen Zyklon, als es von den Herrschaftsgebieten auf der Planetenoberfläche in die Umlaufbahn stach. Landungsschiffe brachten hektisch die letzten Nutzlasten aus Truppen und Ausrüstungen auf den Boden, während die Strategos der Flotte und die Verwalter wieder aufstiegen. Die Bediensteten des Departmento Munitorum in den Türmen der Luftraumüberwachung optimierten jede verfügbare Sekunde ihrer Abflugfenster, bis der Start eines Schiffs und die Landung des nächsten quasi zeitgleich erfolgten. Sogar mit augmentierten Piloten an den Kontrollen waren Kollisionen ein unvermeidbares Risiko und vergrößerten nur das gefühlte Chaos, anstatt es zu verringern.

Bestätigungsanforderungen und Breitbandcodeübertragungen von den Kontrolltürmen brachten die Cockpitanzeigen der *Kleingrau* zum Leuchten. Bei einem so dichten Verkehr war es allerdings einfacher, die automatischen Anforderungen zu ignorieren, anstatt sie zu beantworten. Natürlich waren sie mit den notwendigen Codes ausgestattet. Es war aber schneller, einfach durch das Netz zu schlüpfen.

Ihnen waren etwa achtundvierzig Stunden geblieben, bevor die Grünhäute ankamen.

Nun hatten sie noch nicht einmal mehr so viel Zeit.

Kristos kam. Und genauso wie er es mit Morgenrot vor einhundertfünfzig Jahren getan hatte, würde er die Xenostechnik bergen und die Welt verbrennen lassen. *Fabris Callivant oder Morgenrot sind mir egal, ich werde aber nicht geschlagen werden. Nicht von ihm.* Seine Gefühle für Eisenvater Kristos waren düster und konfus. Längere Zeit über das Thema nachzudenken, erzeugte Schmerzen in seinem Kopf. Mit einem Finger betupfte er seine Nase. *Diesmal kein Blut.* Er sah aus dem Fenster und versuchte, an etwas anderes zu denken.

»Wir beginnen mit dem Endanflug«, sagte Harsid.

Von unter ihnen stiegen Wolken auf, denen nur wenige Sekunden später die ersten Regenschauer folgten. *Das ist Fabris Callivant. Natürlich regnet es.*

Der Captain der Death Spectres war bewaffnet, trug seine Rüstung und war kampfbereit. Sein Helm war verschlossen und die glatten Panzerplatten sogen das schwache Licht der Cockpitbeleuchtung auf. Laana war in den Thron des Kopiloten geschnallt. Mohr saß hinten, und bereitete seine Ausrüstung vor. *Weil jemand verletzt werden wird.* Ymir war noch immer auf dem Schiff. Der Wolf hatte sich bitterlich beschwert, aber jemand musste zurückbleiben. Und wie es Harsid ausgedrückt hatte, war das nicht Harsid.

Rauth hielt sich mit seiner metallenen Hand an den Halterungen an der Decke fest und zerquetschte dabei das Leder mit seinem Griff. Die Angriffe der Atmosphäre auf das unbewaffnete Schiff brachten ihn ins Schwanken.

Er hatte noch niemals zuvor an einem intensiven Kampfabstieg teilgenommen und konnte daher kaum Vergleiche anstellen. Es schien ihm aber, als kompensierte die *Kleingrau* die Abwesenheit eines feindlichen Flakbeschusses auf bewundernswerte Weise.

Die Wolken begannen sich zu verziehen. Der Wolkenbruch wurde immer stärker. Und unter ihnen schob sich verwaschen ein kleines Stück barschen Ödlands in ihr Blickfeld.

Fabris Callivant war bereits vor Tausenden Jahren ausgeplündert worden. Die Planetenkruste bestand aus einem Wirrwarr ehemaliger Fördertunnel. Sogar der Erdmantel war angestochen worden. Immer wieder waren mit hochexplosiven Minensprengungen ganze Kontinentalplatten aufgerissen worden, um auch die letzten Reste seltener Metalle herauszuholen, die der Planet noch zurückgehalten hatte. Aber auch das lag in der Vergangenheit. Die geologischen Narben waren aus der Luft aber noch immer sichtbar. Es gab keine Vegetation mehr. Starke Säureregen spülten täglich über die Oberfläche. Nur die leichten Vertiefungen von Straßen, die gezackten Habtürme und die Wetterschilde, die einen Vorposten des Hauses Callivant kenntlich machten, unterbrachen den trostlosen Anblick des zerfurchten Grau. Im Westen hob sich eine Kette niedriger und buckliger Tafelberge von der Umweltwüste ab. Sie lagen in Dunkelheit und die aufgehende Sonne war nur als halber Ring auszumachen, die in einem giftigen rosarot hinter dem Gipfel aufging. Auf den nahegelegenen Hängen glitzerten die Makropollichter der Hauptstadt irgendeines bedeutungslosen Barons, dessen Lehen an die königlichen Gebiete des stolzen aber verarmten Fort Callivant angrenzten.

Die Landschaft wurde größer und der Horizont raste von allen Seiten auf sie zu, als die Fähre weiter abstieg. Fort Callivant selbst wurde immer deutlicher sichtbar.

Die Hauptstadt des Planeten war eine Scherbe aus rostbraunem Ferrobeton und grauem Plaststahl. Regenwasser strömte über ihre pockige Außenhülle, von der es wie am Ende der Welt in Wasserfällen über die Behausungen und Spalten der Untergeschosse in das Umfeld floss. Die Heimat von Abermillionen dehnte sich unter der schwindelerregenden Masse der Makropole aus.

Rauth spähte durch die dreieckigen Seitenfenster und versuchte durch Lücken im Regen, die Kristallpaläste des Princeps zu entdecken.

Es hieß, dass die Turnierplätze des Hauses Callivant ein großartiges Spektakel waren.

>>> ZEITGESCHICHTLICH >> DIE SCHLACHT UM FABRIS CALLIVANT, 212414. M41

Indem Antriebsplasma mit mehreren Tausend Grad über den Grenzwerten verbrannt worden war [ZUGRIFF INFORMATIONEN >> RITEN UND BRÄUCHE DER ANTRIEBSFUNKTIONEN VON LEERRAUMSCHIFFEN], waren die Flaggschiffe der Adeptus Astartes in weniger als zwanzig Stunden vor Fabris Callivant angekommen. Der fingierte Rückzug der *Feingehalt* und der *Brutus* sowie der Schiffe der Flotte der Hospitallers hielt die Orks auf. Die numerische Überlegenheit der Grünhäute war aber zu groß und in jeder Minute kamen weitere Schiffe an. Der Angriffskreuzer *Goldener Soldat* wurde geentert und schließlich zerstört, während er den Rückzug deckte. Die *Letzter Ritus* sowie die Fregatten *Berg Volpurrn* und *Corpus Mechanicum* des Clans Borrgos verschwanden irgendwo zwischen dem sechsten und dem siebten Planeten vom Auspex und ihre Wracks gingen in der Leere zwischen den Planeten verloren. Zeitgleich erstellte Berechnungen des Magos Qarismi sagten voraus, dass der erste Schusswechsel zwischen der Invasionsflotte der Orks und der *Dunkelwacht* achtzehn Stunden und fünfundzwanzig Minuten nach diesem Zeitpunkt erfolgen würde.

Der Magos Calculi würde, natürlich, vollkommen recht behalten.

IV

Die halbrunde Arena war den mörderischen Wolkenbrüchen des Himmels schutzlos ausgeliefert. Sie stand wie eine Panzerplatte aus der Schulter eines Space Marines aus der Seite des künstlichen Bergs hervor und war von dem sintflutartigen Brüllen eines Wasserfalls umgeben. In Stufen angeordnete Sitzgelegenheiten für einhunderttausend Aristokraten und ausgewählte Volksangehörige stiegen auf der windabgewandten Seite in die Höhe, wo sie in die östlichen Bezirke der angestammten Residenz des Princeps Fabris gebaut waren. Vierzig bunte Banner, die reichlich mit technomythischen Symbolen und heraldischen Ikonen des Dunklen Zeitalters versehen waren, schlugen schlapp im Wind und Regen.

Ein Quartett Thunderhawk Kanonenschiffe, drei schwarze und ein weißes, sanken in Richtung des Kessels der Arena. Vier kolossale Knights, deren sattes Burgunderrot ihrer heraldischen Panzer mit Ehrenabzeichen überladen war, kamen unter ihren Bannern hervor und schossen einen donnernden Salut in den Himmel. Der Lärm der schweren Maschinengewehre und der Icarus-Maschinenkanonen übertönte eine Zeit lang den choreografierten Jubel der Bürger Callivants, die man in die klatschnassen Sitze der Arena getrieben hatte.

Die Kanonenschiffe setzten einige Sekunden lang auf und Space Marines quollen aus ihnen hervor. Die gemischten Staffeln aus Abfangjägern des Imperiums und der Taghmata schossen über die Köpfe der Menge. Sie durchbrachen die Schallmauer, als sie sich aufteilten und mithilfe ihrer Raketentriebwerke in einem Bogen zurück in die Exosphäre flogen. Jalenghaals Stiefel stampften über den harten und mit Kratern übersäten Granit der Arena.

Der Regen tanzte auf der weitläufigen Fläche, spritzte und sammelte sich in den Kerben und Kratern des Bodenbelags. Er trommelte gegen die Panzer der Knights und verdampfte an ihren Ionenschilden.

Zielmarkierungen und taktische Informationen blinkten durch das visuelle Durcheinander auf Jalenghaals Anzeigen und machten Energiequellen und Waffenprofile kenntlich. Seine Systeme blendeten das Tosen der Menschenmenge aus und dämpften den Donner der mobilen Artillerie der Knights zu einem ruhigen Schmerz. Und er sortierte seine Anzeigen von Hand, eine Gefahr nach der anderen.

<Demonstrationsformation>, übermittelte er seiner Klave knapp in seinem binären Kampfjargon.

Lurrgol trieb an das Ende der Kolonne. Als Konsequenz daraus verloren die anderen ihren Takt. Jalenghaals Verärgerung würde die Episoden der Verwirrung seines Bruders nicht heilen, aber es schien so zu sein, dass sobald eine Emotion durchbrach, die Tore für die gesamte Bandbreite offenstand.

Kristos hatte sich dazu entschieden, jeden der Clans Raukaan, Garrsak und Borrgos durch eine volle Klave vertreten zu lassen, die jeweils von den Sergeants Ulikar, Jalenghaal und Tartrak angeführt wurden. Die Krieger trotteten mechanisch hinter ihren Führern.

Neben dem Eisenvater marschierten Apothecary Dumaar, der Eisen-Chaplain Braavos und die hagere Gestalt von Magos Qarismi. Ordensmeister Alfaran wurde nur von seinem Seneschall, dem Dreadnought Galvarro und einer Ehrengarde aus fünf Veteranen begleitet, die morbide ausgerüstet waren. Jalenghaal erinnerte sich an einen Hinweis über sie in Kristos' Simulusdateien. Sie waren eine Eliteeinheit, die außerhalb der eigenartigen Drei-Kompanien-Struktur der Hospitallers stand und als ›Die Nachtwache‹ bezeichnet wurde.

Kriegerische Zurschaustellungen waren nicht etwas, zu dem die Iron Hands häufig neigten. Vierzig Space Marines waren allerdings eine beeindruckende Demonstration der Stärke und Jalenghaal *befürwortete* es, Stärke zu demonstrieren.

Mächtigere Welten als Fabris Callivant waren schon mit weniger wieder in die Spur gebracht worden.

Der Boden erzitterte, als die Tausende Jahre alten Stützpfosten, die den Felsbeton der Arena sieben Kilometer über der gähnenden Leere hielten, das Gewicht von vier Knights abfingen, die sich zu bewegen begannen. Sie nahmen die Marschkolonne der Space Marines in die Zange.

Eine weitere Gruppe näherte sich von der gegenüberliegenden Seite.

An einem normalen Turniertag wurde der Tunnel, der durch die untere Mitte der Sitzreihen des Kolosseums verlief, als Zugang für die Turnierknights und mitunter für gefangene Xenosmonster benutzt, die aus den weit entfernten Kriegsgebieten des Hauses Callivant stammten. Heute marschierte eine kleine Gesellschaft, die aus menschlichen Würdenträgern und Legionären der Skitarii bestand, unter dem höhlenartigen Aufbau und dem aufgezogenen Fallgitter hindurch. Der Regen durchnässte sie sofort bis auf die Knochen.

Zwei Männer führten sie an.

Der erste war ein älterer Mann. Soweit Jalenghaal das einschätzen konnte, war er etwa einhundert oder zweihundert Jahre alt. Seine farblose und gestraffte Haut zeigte die Zeichen einer vorgeschrittenen Abhängigkeit von Verjüngungsmitteln. Princeps Fabris höchstpersönlich. Er war kleiner, als Jalenghaal es aufgrund seines Ansehens auf dem Schlachtfeld erwartet hatte. Aber natürlich benötigte man nicht den Körper eines Helden, um vom Mechanicumthron eines Imperial Knights aus den Befehl zu führen. Der vorstehende Unterkiefer und eine dicke Unterlippe ließen ihn irgendwie einfältig erscheinen. Sein genetisch verunstalteter Brocken eines Kopfs war mit kurzem, jüngst implantiertem grauem Haar übersät. Ein gepanzerter Ganzkörperanzug in roten und gelben Farbtönen bedeckte seinen schwächelnden Körper, den er zusammenhielt, und war reichlich mit Goldlitzen und Ehrenabzeichen verziert.

Der zweite war ein hochrangiger Techpriester, zumindest seinem kriegerischen Aussehen und den Verbesserungen nach zu urteilen, denen er sich unterworfen hatte. Das dichte Material seiner Robe wehrte Jalenghaals Auspexuntersuchungen ab und verweigerte jedes weitere Eindringen.

Die beiden Gruppen trafen unter den flatternden Wimpeln und den nach unten gerichteten Waffen der Knights von Callivant aufeinander. Der Regen peitschte ohne Unterschied über jeden von ihnen.

»Ich bin Princeps Fabris vom Haus Callivant, der fünfundsechzigste dieses Namens«, verkündete der alte Mann mit der donnernden Diktion eines meisterlichen Orators, die über die Wölbungen seiner inzüchtigen Lippen kam. Er verneigte sich, zunächst vor Alfaran und dann auch vor Kristos. »Es ist mir eine Ehre, euch beide auf meiner Welt willkommen zu heißen. Er richtete sich auf und lächelte, als habe er damit den Formalitäten genüge getan. Dann breitete er seine Arme in Richtung der Knights aus, die sie umgaben. »Zu euren Ehren haben wir ein Demonstrationsturnier vorbereitet.«

Alfaran hob eine mit Kajal nachgezogene Augenbraue.

»Jetzt?«, fragte Braavos.

Jalenghaal beobachtete Kristos. Der Eisenvater sagte jedoch nichts. Die Farben seiner Augenlinsen änderten sich als stumme Zurschaustellung lokaler Allwissenheit, die das menschliche Personal von Fabris offensichtlich verunsicherte.

»Jetzt erst recht!«, verkündete Fabris. Seine veränderte Psychologie war anscheinend für diesen Effekt unempfindlich. »Lasst das Volk die Macht ihrer Knights im Kampf sehen!« Er senkte seine Stimme, bis nur noch ein verschwörerisches Flüstern zu hören war, das nur von dem genverbesserten Gehör eines Space Marines wahrgenommen werden konnte. Die versammelten Adeptus Astartes überragten ihn wie Götter, die dazu geschaffen waren, Sterbliche zu überragen. Er sprach aber zu ihnen, als säße er auf dem Mechanicumthron eines Imperial Knights. »Einer meiner Vorfahren beschrieb das Turnier als die Stimulanz der Aristokratie und das Opium des gemeinen Volks. Jetzt ist die Zeit für beides gekommen. Alles, was es zu besprechen gilt, kann besprochen werden, während dieses Bedürfnis befriedigt wird, nicht wahr?«

Alfaran nickte als Zeichen der Zustimmung.

Kristos zeigte noch immer keine Reaktion.

»Es hat den Anschein, als hättet ihr alles bedacht«, sagte Magos Qarismi sanft.

»Ihr habt Euch seit Columnus erheblich neu geschaffen, Kristos.« Der Techpriester, der mit Fabris in die Arena getreten war, klirrte vor seiner Skitarii-Leibwache her. »Das gefällt mir.«

Princeps Fabris verneigte sich halb und als er sich wieder aufrichtete, streckte er beide Arme aus, um seinen Begleiter vorzustellen. »Vergebt mir, aber ich glaube, dass mein guter Freund und Verbündeter, Fabricator Locum Exar Sevastien, keiner Vorstellung bedarf.«

V

Exar Sevastiens Schmiedetempel bestand nicht nur aus einem einzigen Gebäude. Es war eine auswuchernde Ansammlung aus Manufactorien, Raffinerien, dampfenden Strahlungscontainern und Arbeiterhabitaten, die sich über einen halben Kilometer und über mehrere Ebenen erstreckte. Männer, Frauen und Kinder mit schmutzstarrenden Gesichtern bewegten sich durch die Dämpfe und waren wie Altmetall in einer Presse zusammengedrängt. Harsid war genau wie Mohr bei der Fähre geblieben. *Die Grünhäute sind noch nicht so nah, dass zwei Space Marines der Deathwatch sich ohne Aufmerksamkeit zu erregen durch die Sklavenquartiere des Fabricator Locum bewegen könnten.* Außerdem gab es nicht so viele Landezonen, als dass ein überarbeiteter Luftraumkontrolleur nicht dafür gesorgt hätte, das Fahrzeug zu entfernen, wenn man es nicht bewachte. Überrangcodes oder nicht.

»Wir haben keine Zeit mehr«, hatte Harsid zu Rauth gesagt, als er und Laana ausgestiegen waren. »Wir müssen da rein, unseren Mann jetzt holen und dann herausfinden, wo die Morgenrot-Technologie versteckt ist. Entweder das, oder wir versuchen unser Glück mit Kristos und der *Allmacht*.«

Nein, danke.

Das Gebäude, zu dem Laana ihn gebracht hatte, lag an der Seite eines aufgegebenen Lagerhauses. *Khrysaar ist irgendwo da drin.* Das abschüssige Metall und die Blechwände in der Nähe leiteten den Lärm des Flugzeugs in die Gassen, wo er sich mit dem Getöse der Manufactorien mischte. Verrostete Gerüste lehnten gegen Wellblechwände. Rauth konnte nicht sagen, was von beidem dazu diente, dass das andere nicht einstürzte. Vielleicht hielten sie sich sogar gegenseitig aufrecht. Warnposter mit der Kennzeichnung zur Wiederverwertung blätterten unter dem niemals enden wollenden Regen ab. Die Arbeiten waren offensichtlich nicht im Plan, da die Hütten Callivants nicht mehr den Ausstoß erbrachten wie in früheren Zeiten. Es lag nicht an dem Bedarf an neuen Lagerhäusern.

Die Assassine näherte sich dem einsamen Wächter an der Tür. Es war ein großer Mann. Unmenschlich groß. Beinahe so groß wie Rauth. Sein Gesicht war platt gedrückt und breit und wie eine verrostete Schaufel mit Flecken überzogen. Ein breites Metallband umschlang es wie ein Kopftuch und war mit dicken Schrauben an den Knochen befestigt. Über seine durch Transplantate geschwollene Brust liefen rote Lederriemen und er hielt ein gekürztes Ogryngewehr in den Händen.

Rauth grunzte und schloss die Augen. *Ich bin schon einmal hier gewesen.* Eine Erinnerung an diesen Mann tauchte aus seinem Unterbewusstsein auf. Er sah, wie er einen Silbergulden in die offene Handfläche des Muskelprotzes gelegt und dann von ihm mit einem zahnlosen Grinsen und einem gemurmelten »Er erwartet dich, Janis« ins Innere geschoben worden war. Dann fühlte er nur noch Angst. Er schüttelte seinen Kopf und starrte auf die Wand. Regenwasser floss in Bächen über das alte Metall. Es tröpfelte auf seine Wimpern, wenn er blinzelte. Das seitenverkehrte Symbol des Mechanicus der Frateris Aequalis war unter das flatternde Ende eines alten Warnposters gesprüht worden. *Sie haben wirklich nicht versucht, sich zu verbergen, nicht wahr? Yazir hat tatsächlich den richtigen Ort gefunden.*

»Die Gruben sind voll«, sagte der Wächter, der die Worte herauslallte, als litte seine Zunge unter denselben muskulären Wucherungen wie der Rest seines Körpers. »Und die Magi holen kein Fleisch an der Tür ab.«

Laana lehnte sich vor. »Zwei Gulden.«

»Fünf.«

»Drei.«

»Fünf.«

»Vier.«

Der gengezüchtete Koloss grinste. Zwischen seinen Zähnen steckte eine abgenagte Maschinengewehrpatrone. »Sechs.«

Nicht so dumm, wie er aussieht.

»In Ordnung«, brummte Laana und fischte in den Taschen ihrer Unterbekleidung herum. Für diesen Streifzug hatte sie die Verkleidung als Haussklave abgelegt und sich stattdessen für den Aufzug eines Manufactorumsarbeiters entschieden, der gerade keinen Dienst hatte. Sie trug einen ausgebeulten, gelben Overall, der mit Radsymbolen übersät war, und war in einen Wachsumhang gehüllt. Sie öffnete eine Geldbörse und ließ einen nach dem anderen sechs Silbergulden in seine Hand fällen, während sie ständig über ihre Schulter sah.

»Rein mit dir«, sagte der Wächter und schlug mit dem Kolben seines Gewehrs gegen die Tür. »Frag nach Armedius. Sag ihm, dass es einen Datenaufzeichnungsfehler gab.«

Laana bedankte sich bei ihm, drehte sich um und pfiff. Rauth verkniff sich einen finsteren Blick und torkelte auf sie zu. *Nur ein weiteres cybermantisch animiertes Stück Haut für die Gruben.*

Der Empfangssaal der Lagerhalle war ein rauchgefüllter Sumpf des moralischen und materiellen Verfalls. Männer und Frauen in ölverschmierten Overalls schoben und drängten sich, warfen sich Begrüßungen und Flüche zu und beeilten sich, als Erster die sprichwörtliche Gosse zu erreichen. Unter einer klickenden Anzeige waren robotisierte Gladiatoren zur Schau gestellt. Verbrannte, gelbliche, infizierte Hände begrapschten die Körper. Aufgerissene Augen und gegeiferte Äußerungen der Verwunderung, während Finger glattes Metall und gengehärtete Muskeln kniffen. Eine Frau humpelte auf Rauth zu, nur um mit einem erschrockenen Ausdruck abzudrehen, der selbst den selbstgeschaffenen Zustand der Verwirrung in ihren Augen vertrieb.

Rauth ballte seine Fäuste. Er hasste die Enge, die prüfenden Blicke. Die Wärme so vieler Leiber, die sich berührten, wurde durch seine genetisch abgesenkte Kerntemperatur verschärft. Er fühlte sich um etliche Grad zu warm, was das Gefühl nachahmte, zornig zu sein.

Nachahmte.

Natürlich.

Der Widerhall verzerrter Klicks in Binärsprache erklang von

irgendwo in dem Lhorauch und der Leiberschwarm zerstreute sich.

Ein Techpriester watschelte auf Rauth zu. *Armedius?* Rauth hielt seinen finsteren Gesichtsausdruck mit großer Anstrengung aufrecht, um eine mögliche Regung zu verhindern, als ein weiterer Schwall widerlicher Erinnerungen aufsteigen wollte. Dieses Mal stammten sie jedoch nicht von dem Augmetiker Janis Gelt, den er früher konsumiert hatte. Er spürte seine Bioniken einfrieren, die sich aufgrund unlogischer Schleifen der Feindseligkeit und des Ekels verklemmten. Blut pochte in seinen Ohren, das aber nicht von einem pumpenden Organ stammte, sondern von einem mechanischen Motor mit einem eigenen Geist. Und dieser Geist fühlte sich von dem *beleidigt*, was er sah. Der Techpriester war eine schäbige Gestalt, ein aasfressender Käfer, der sich an eine Existenz in dem menschlichen Sumpf angepasst hatte. Die Robe, die an ihm hing, war moderig und voller Löcher. Er stank nach gepantschtem Alkohol. Das Emblem der Frateris Aequalis war mit gelben Fäden auf seine Robe genäht worden.

Und das in deinem eigenen Haus, Sevastien. Wegen Mitschuld oder Tatenlosigkeit, der Tag der Abrechnung wird für dich kommen.

Der Priester hielt ein Armwerkzeug in die Höhe und tastete Rauth mit Diagnostiklasern ab. Dann stieß er einen Schwall Schrottcode aus und schablonierte die Ziffern *Sieben-Sieben-Fünf* auf Rauths Brust. »Entschuldigt bitte, Herrin Valorrn«, sagte er schließlich. »Der Datenaufzeichnungsfehler wurde korrigiert. Stellt euren Kämpfer in der Kampfgrube Jota ab.«

Rauth fühlte, wie sich seine Finger über seinem bionischen Herz in die Haut seiner Brust gruben. Das Verlangen, den mechanischen Motor herauszureißen, hatte beinahe die Oberhand gewonnen.

Beinahe.

Da.

Mit einem epileptischen Zucken seines Kopfs zwang Rauth seine Finger, sich zu öffnen.

<Wie lautet der Plan?>

Laana warf einen schnellen Blick zu ihm zurück. Sie konnte Signale in Binärsprache empfangen, aber nicht senden. Sie sprach in den dicken Kragen ihres Umhangs und verließ sich darauf, dass Rauths Gehör die Worte über den Lärm hinweg auffing.

»Sobald ich drin bin, werde ich Yazir bei der Suche nach dem Adepten helfen, den Ihr nach den Erinnerungen des Augmetikers beschrieben habt. Dann werden wir ihn befragen.«

<Und was soll ich tun?>

Sie drehte sich ganz zu ihm um und sah ihn an. »Haltet die Tarnung aufrecht. Kämpft gegen was auch immer sie Euch kämpfen lassen.« Das Lächeln, das in ihrem Gesicht aufblitzte, wirkte wie splitterndes Eis. »Und versucht nicht zu sterben, bevor wir ihn haben.«

VI

Fabris' Skitariikohorte schwärmte auf dem gepanzerten Podium aus. Ihre Waffen waren scharf und summten, als erwarteten sie, dass sich sogar hier, im Herzen des Amphitheaters des Princeps, Feinde versteckt hielten. Jalenghaal verhielt sich nicht anders, als er, Tartrak und Ulikar ihnen folgten. Die Plattform bestand aus einer mächtigen Ellipse, die direkt über dem Arenatunnel angebracht war. Links und rechts führten Sitzreihen in Stufen in die Höhe. Ein durchsichtiger Dom aus vom Alter rissig gewordenem Panzerglas verschloss das Podest vor den wandelbaren Naturelementen und vor Callivants Aristokratie. Der Regen trommelte auf das Glas und ein aufrührerisches Murmeln erklang in der geschlossenen Sphäre. Die kybernetischen Legionäre zwitscherten Code, bevor sie auf den Absätzen kehrtmachten und ihre Waffen nach innen richteten.

<Ich habe Zielauffassungen auf den Skitarii>, gab Tartrak im Kampfjargon durch.

<Ich ebenfalls>, antwortete Ulikar.

<Ich habe den Princeps>, fügte Jalenghaal hinzu.

Princeps Fabris ignorierte die Zurschaustellung der Waffen, bummelte in Richtung des gewaltigen Tischs, der die Bühne der Arena überblickte, schenkte sich Wein in ein hochstieliges Glas und setzte sich in seinen Thron. Dessen hohe Rückenlehne war durch die stilisierte Darstellung eines Herzens geteilt, mit einem Eisengewebe gemustert und mit purpurnem Samt ausgeschlagen. Sobald das Gewicht des Princeps in ihm ruhte, gab das Sitzmöbel ein knirschendes Geräusch von sich. Der prunkvoll geschmückte Sitz hob sich auf einem bis dahin verborgenen Hydrauliklift, bis er über den Köpfen der übermenschlichen Gäste anhielt. Die angrenzenden Sitzgelegenheiten, Standardausführungen aus Aluminiumlegierungen, die mit den Farben des Hauses Callivant versehen waren, erwiesen sich als zu klein für einen gepanzerten Astartes. Daher blieben Kristos und Alfaran stehen.

Der ehrwürdige Galvarro nahm eine Stellung neben seinem Ordensmeister ein. Exar Sevastien und Magos Qarismi standen bei Kristos.

Braavos und Dumaar waren mit den drei Klaven bei der Arena geblieben.

<Ich kann es mit zehn Skitarii aufnehmen>, gab Tartrak in einer nervösen Form der Lingua technis durch. Seine Codesignifikanten bezeichneten Ulikar als beabsichtigten Empfänger. <Passt Eure Zielprotokolle auf den Ordensmeister an.>

<Ausführung.> Der Körper des Sergeants des Clans Raukaan drehte sich kaum merklich in Richtung der rechten Seite des langen Tischs.

Fabris leerte sein Glas mit einem einzigen, langen Zug, wirbelte mit dem leeren Gefäß und starrte in den Regenguss. Ein mit einem Waffenrock bekleideter Diener kam durch die sich kreuzenden Zielmarkierungen der Iron Hands gerannt, um es wieder zu füllen. Der Princeps nahm ihm ruhig den Krug ab und scheuchte ihn wieder weg. Er füllte sein Glas erneut bis zum Rand und lehnte sich mit dem vollen Glas in einer Hand und dem überschwappenden Krug in der anderen zurück.

»Der Omnissiah sei für Eure rechtzeitige Ankunft gelobt, Eisenvater«, sagte er und beobachtete weiterhin, wie der Regen fiel. »Wir hätten uns zwar auch ohne Hilfe um das Problem kümmern können, aber die Unterstützung ist uns trotzdem willkommen.« Er nahm einen Schluck von seinem Wein und verzog sein Gesicht, als sei er sauer geworden, seit er den Boden seines Glases berührt hatte. »Fabris Callivant ist keine wohlhabende Welt mehr. Die Kosten wären gewaltig gewesen.« Der Princeps warf einen Blick zur Seite, aber Kristos gab keine Antwort. Er runzelte unsicher die Stirn und warf einen Blick auf Alfaran, der ihm zunickte. Dann nahm er einen weiteren Schluck und drehte sich zurück.

»Die Pläne für die Verteidigung meiner Welt sind natürlich bereits weit fortgeschritten und können jetzt nicht mehr geändert werden. Ordensmeister Alfaran hat den Befehl in der Leere, während Sevastien seinen angestammten Rang als Dominus behält. Ihm wurde der Befehl über alle Boden- und Luftstreitkräfte übertragen.« Jalenghaal zweigte einen winzigen Teil seiner Aufmerksamkeit für die im Auspex nicht erfassbare Gestalt des Fabricator Locum ab. Gefahrenklammern waberten plötzlich über die Hand des Princeps, als Fabris sein Glas hob. »Natürlich bleibt der Oberbefehl bei mir.«

»Natürlich«, stimmte Alfaran zu, ohne dabei zu lächeln.

Kristos sagte weiterhin nichts. Nur das schwirrende Flüstern des Maschinenjargons seiner Rüstung war zu hören.

»Habt Ihr nichts beizusteuern, Eisenvater?«, fragte Fabris.

Ohne dass sich auch nur ein einziger Teil seiner Rüstung bewegte, rotierte Kristos' Helm auf den Halsringen und richtete die aktuell erleuchtete Linse auf Fabris' Thron. Der Princeps schluckte. Diesmal ohne Wein.

»Ihr habt noch nicht um meine Meinung gebeten.«

Fabris runzelte die Stirn und befeuchtete seine Kehle. »Dann werde ich Euch danach fragen, wie groß die Streitmacht ist, die Ihr mitgebracht habt.«

»Meine Eisenbarke und zwei Angriffskreuzer. Einhundertfünfzig Iron Hands und Kriegsgerät.«

Fabris stieß mit dem Fuß des Weinglases gegen die Armlehne seines Throns. »Seid gepriesen, Eisenvater. Der Omnissiah segnet in der Tat uns alle. Das sind fast genauso viele Krieger, wie Ordensmeister Alfaran bereits zugesagt hat. Sagt mir, Eisenvater, bevorzugen Eure Krieger die Schlacht in der Leere oder hier am Boden.«

»Wir werden auf dem Planeten kämpfen.«

»Ausgezeichnet. Sevastien wird sich mit meinen Strategos abstimmen, um einen–«

»Ihr habt nicht verstanden. Unsere Prioritätsziele wurden bereits identifiziert und die Befehle ausgegeben. Die Krieger werden entsprechend eingesetzt, sobald die *Feingehalt* und die *Brutus* in Reichweite sind.«

Einen Augenblick lang bewegten sich Fabris' Lippen, ohne dass dabei ein Geräusch entstand.

Jalenghaal ließ seine Gefahrenmarkierungen über dem Princeps verweilen und blickte zu Kristos.

Sogar ein so alter und ausgehöhlter Krieger wie Jalenghaal spürte, dass von Kristos etwas Furchteinflößendes ausging. Der Eisenvater, der in dem schwerbewaffneten, bionischen Exoskelett einer Terminatorrüstung steckte, verfügte über eine monströse physische Präsenz. Das war es aber nicht, was Jalenghaal aus der Ruhe brachte. Und auch nicht den Maschinengeist, mit dem er seinen Körper teilte. Kristos war eine noosphärische Unbekannte, die speziell für den Dateneinbehalt konstruiert worden war. Ließ Jalenghaal seine Optiken über den Eisenvater wandern, wurden seine Helmanzeigen mit zurückgeworfenen Signalen geflutet, als hielte er ein Auspex auf einen Krummspiegel gerichtet. Noch während seine Systeme das weiße Rauschen beseitigten, blickte er zu Sevastien. Der Fabricator Locum war weniger perfekt. Die oberflächliche Erfassung der Datenabgabe und Signalübermittlung des Magos bestätigte das.

<Kristos und Sevastien kommunizieren miteinander>, setzte er im Kampfjargon ab.

<Nicht überraschend>, antwortete Tartrak.

<Irrelevant>, kommandierte Ulikar sie beide.

Jalenghaal war sich nicht sicher warum, aber er ignorierte den Sergeant des Clans Raukaan und befahl den Systemen seiner Rüstung, Sevastiens Datenbruchstücke abzufangen. Außerdem wies er seinen Cogitator an, sie durch eine Reihe von Entschlüsselungsalgorithmen laufen zu lassen. Vielleicht war es das unerwartete Stimulustraining, dem er sich auf Kristos' Befehl hin hatte unterziehen müssen. Vielleicht war es aber auch die Auswirkung von Stronos' angeborener Neugierde, aber er wollte wissen, was Kristos und Sevastien zu besprechen hatten, das nicht für Fabris oder Alfarans Ohren bestimmt war.

Eine Spalte mit roten Runen bildete sich auf dem Bildschirm seiner rechten Optik. Jalenghaal runzelte innerlich die Stirn. Kristos' Wissen der Verschlüsselung war zu umfangreich. Er würde über Tage hinweg senden müssen, bevor Jalenghaals Systeme überhaupt eine berechenbare Chance haben würden, sie zu knacken.

Fabris befeuchtete seine nicht funktionierende Zunge mit einem gewaltigen Schluck Wein.

»Ich bin sicher, dass die Iron Hands mehr als bereit sind, ihre Anstrengungen für den besten Ausgang zu koordinieren«, warf Magos Qarismi ein.

»Ich –«

Das von einem voranschreitenden Knight ausgelöste Beben unterbrach Fabris. Der Umriss von etwas Dunkelbraunem und mit Gold Behangenem passierte den Regenvorhang und kam in die Arena.

VII

Die Sirene heulte durch die Düsternis und ein gewaltiger Schrei erfüllte das Lagerhaus. Obwohl er aus Tausenden menschlicher Kehlen stammte, war er weit davon entfernt, auch menschlich zu sein. Rauth spürte, wie er durch die Poren seiner Haut und unter seinen Fingernägeln in ihn eindrang. Er atmete ihn ein und fühlte, wie er seine Lunge erfüllte. Er schlug auf eine Art unter seiner Brust, wie es sein Herz nicht vermochte. Er ballte seine Fäuste an seinen Seiten und die Servomotoren in seinem linken Arm – dem bionischen – begannen zu quietschen. Langsam sah er auf und kämpfte damit, seinen Zorn unter Kontrolle zu halten.

Die Kampfgrube war eine von vielen. Als das Gebäude noch ein funktionierendes Lagerhaus gewesen war, waren sie zweifellos Teil eines unterirdischen Lagerbereichs gewesen. Nach der Entfernung des Bodenbelags war aber eine perfekte Reihe Gladiatorenarenen übrig geblieben.

Ein dicker Mann, der mit Kupferringen gegürtet und mit zischenden Elektoos bedeckt war, lockte ein Paar Cyber-Ghule durch eine Schiebetür in die Grube. Sie waren mit gewaltigen Muskeln bepackt. Ihre Arme waren mit Kampfaufhängungen versteift oder einfach durch Operationen nach dem Tod vollständig mit Flammenwerfern und Klingen ersetzt worden. Einer trug eine Rüstung, einen Brustpanzer aus Blech, der sich über die fleischliche linke Seite seines Oberkörpers bog. Über dem gegenüberliegenden Oberschenkel lag eine Schiene aus gezacktem Eisen. Der andere trug eine Schädelkappe, die mit Nadelelektroden gespickt war. Funken gingen einer reflexartigen Grimasse und einer zuckenden Bewegung voraus.

Ich bin ein gengeschmiedeter Spross der Iron Hands.
Seht euch an.

Der Kämpfer mit der Schädelkappe zuckte brutal zusammen und Schaum troff aus seinem Mund, als Strombögen durch sein totes Gehirn jagten. Dann warf er sich nach vorn. Die Zündflamme an seinem rechten Arm steckte einen Promethiumstrom in Brand.

Rauth rollte sich unter dem leckenden Flammenbogen weg. Einige Tropfen landeten auf seiner Haut und verbrannten dort. Er ignorierte das einfach. Andere zischten wirkungslos auf den Gehäusen seiner Augmentationen. Er rollte sich auf die Knie, legte seine Hand über den Arm mit dem Flammenwerfer des Ghuls und drückte zu. Die Stützstäbe zerbrachen, mit denen der Flammenwerfer an der Gliedmaße der Leiche angebracht worden war. Abgeknicktes Metall zerriss die Treibstoffleitungen. Promethium floss über Rauths Hand und den Arm des Ghuls. Über den Helm des Ghuls zuckten Funken, als neue Befehle in sein Gehirn schossen. Sie machten den Federhammer scharf, der an seine Schulter genietet war, als ein Funke auf seinem

Arm landete und die gesamte Gliedmaße mit einem Fauchen in Flammen ausbrach.

Mit einem nachlässigen Wurf aus dem Handgelenk schleuderte Rauth den brennenden Servitor wieder zurück in die Metallschränke, aus denen der Rand der Grube bestand. Stöße aus Bioelektrizität blitzten zwischen den Ohren des Ghuls. Er versetzte sich selbst wieder in den Angriffsmodus, explodierte dann aber. Verbranntes Fleisch und Metallstücke schossen hoch in die geifernde Zuschauermenge.

Rauth bemerkte, dass auch seine Hand in Flammen stand. Er spürte aber weder die Hitze noch den Schmerz.

Das Schwierigste ist, dass ich mir nicht anmerken lassen darf, dass mir das Spaß macht. Rauth ballte seine brennende Faust, drehte sich von dem zweiten, dem gepanzerten Ghul weg und sah auf.

In der Mauer der Gesichter war noch immer keine Spur von dem Adepten, den sie jagten, oder von Laana zu entdecken.

Oder von Yazir.

Warum stört mich das?

Der zweite Ghul schwang mit einer kreischenden Diamantsäge nach ihm.

Seine genverbesserten Reflexe brachten Rauth dazu, in letzter Sekunde auszuweichen. Das kreisende Sägeblatt surrte über seinem Rücken hinweg und fraß sich in den Boden. Felsbeton spritzte auf. Rauth sprang weit zu Seite, als der Servitor das Waffenwerkzeug aus dem Boden zog. Die Zähne waren noch nicht einmal angekratzt. Sie war dazu gedacht, das Adamantium der Rüstungen von Knights zu schneiden und zu bearbeiten. *Sie wird also durch mich hindurch schneiden können.* Aus irgendeinem Grund brachte ihn dieser Gedanke zum Grinsen. Der Ghul hieb wieder in seine Richtung. Noch mal. Und noch mal, mit diagonalen Schwüngen. Links, rechts, links. Rauth duckte und drehte sich vor der kreischenden Klinge weg. Er schlug mit der Hand von oben nach unten zu und traf die kreisende Säge auf dem flachen Ende. Seine bionische Hand schlug Funken und der Ghul verpasste dem Grubenboden eine weitere Kerbe.

Ich wurde geschaffen, um mich den größten Gefahren zu stellen, die es in der Galaxis gibt. Hast du nicht mehr zu bieten?

Der gepanzerte Ghul schepperte vorwärts, grummelte dabei durch zugenähte Lippen, als er versuchte, die Angriffsalgorithmen seiner Doktrinwafer zu verarbeiten. Rauth schritt mit geballten Fäusten auf ihn zu, von denen eine in Flammen stand. Der Ghul ließ ein Stöhnen hören, das aus gedämpftem und schlecht von seinen Organen wiedergegebenem Code bestand. Er schwang seine Metallsäge wie eine Axt nach unten. Rauth fing die Handgelenksverkleidung mit einer Hand ab und beabsichtigte, die Klinge beiseite zu drehen. Der Servitor war aber stärker, als er aussah. Er war besser gebaut als der letzte. Der Schlag warf ihn um. Er krachte zu Boden. Der Ghul saß rittlings auf ihm. Rauth zischte zornig und kämpfte gegen die hydraulische Armkraft des Konstrukts, während die Säge nur wenige Zentimeter von seinem Gesicht entfernt schwebte. Das Geräusch, das sie von sich gab, kräuselte das Fleisch von seiner Wange. Durch die entstehende Reibungshitze fühlte sich das brennende Promethium auf seiner Hand wie heißes Wasser an.

Trotz der Kraft des Ghuls hatte Rauth den Vorteil einer um einen halben Meter größeren Reichweite. Er trat zu und ein volltönendes Knacken erklang, aber die Rüstung des Servitors zerbrach nicht. Er zog seinen Fuß über den Brustpanzer des Ghuls, drückte dagegen und suchte nach Schwachstellen.

Seinen Fuß hakte er im Genick des Konstrukts ein und stemmte sich dann mit zusammengebissenen Zähnen dagegen.

Etwas zerriss, Bänder dehnten sich und Metall riss von Fleisch, dann löste sich der Sägearm langsam von der Schulter des Ghuls und blieb nur durch eine zähe Masse aus tropfenden Kabeln mit dessen Körper verbunden. Der Arm des Ghuls verlor jegliche Kraft. Die Säge beendete ihr Kreischen, als Rauth sie in den Boden rammte. Der Felsbeton explodierte. Das letzte, was Rauth sah, war der Versuch des Konstrukts, rückwärts zu torkeln. Er zog sein Knie an seinen Magen und trat dann hart zu. Und er spürte den Kontakt. Die Säge kam zum Stillstand, als die letzte Energieleitung zerriss. Jetzt hatte er den losen Arm in der Hand.

Er schlug ihn beiseite, spannte seine Bauchmuskeln an und sprang von seinem Bauch zurück auf seine Beine.

Zustimmende Laute regneten von dem Zuschauergeländer über ihm herunter.

Rauth kratzte sich Staub aus den Augen und sah dem entwaffneten Servitor zu, wie er wegschwankte. Aus seiner zerstörten Schulter traten schmierige Flüssigkeiten aus und spritzten über den Boden.

Die Sirene gab zum zweiten Mal einen Ton von sich und die Zuschauermenge wurde ekstatisch.

Rauth sah auf, als aus verrosteten Körben Ketten hervorschossen. Dutzende Luken schoben sich an den Seiten der Gruben auf und offenbarten neue Türen. *Gelobt sei der Imperator.* Mit elektrischen Zuckungen und einem kybernetischen Stöhnen kam eine neue Horde Ghule in die Arena.

VIII

Die Knights prallten im Zentrum der Arenabühne wie zwei Flanken einer Lawine zusammen und die Nachbeben der Kollision hallten über den Boden des Kolosseums. Das Panzerglasschild, von dem das abgeschirmte Podest bedeckt war, begann unter der Wucht des Aufpralls zu zittern. Jalenghaal hatte die gigantischen Kriegsmaschinen bereits zweimal in Aktion erlebt. Auf Moriban war er Teil einer Scoutklave gewesen, die auf der Agrarwelt bereits im Einsatz war, als die Knights des Hauses Taranis auf den Befall des Genestealer-Kults losgelassen wurden. Und später war er Teil einer größeren Einsatzgruppe unter Eisen-Captain Draevark gewesen und hatte dabei geholfen, den imperialen Gegenangriff zu koordinieren, dessen Speerspitze aus einem Kontingent Knights bestanden hatte. Sie hatten fünfundneunzig Prozent der Bevölkerung von Junai und alle elf Emperor's Children abgeschlachtet, von denen die Hauptstadt besetzt gehalten worden war.

Er hatte aber noch nie gesehen, wie sie gegeneinander kämpften.

Das provozierte in ihm nicht dieselbe instinktive Reaktion wie bei normalen Menschen. Die Reizüberflutung war nichtsdestotrotz angenehm. Er gab sich ihr einen Augenblick lang hin, bevor er seine volle Aufmerksamkeit wieder auf Princeps Fabris richtete. Seine autonomen Systeme hatten die ganze Zeit über die Gefahrenmarkierungen und Waffenwarnungen aufrechterhalten. Er ertappte Alfaran dabei, wie dieser ihn beobachtete. Der Ordensmeister zeigte eine ausdruckslose Maske aus weißem Puder und kajalumringten Augen. Jalenghaal bemerkte aber ein makabres Flackern der Belustigung in seinen Augen.

»Baron Jehar ist der Warden des Burgfrieds«, sagte Fabris mit Nachdruck. Er lehnte sich vor und das Weinglas hing vom Stiel zwischen seinen Fingern, als ob der Wein, nun da die Demonstration begann, nach Asche schmeckte. »Er ist stolz und erfahren, aber Baron Laurentine ist ein Gallant-Knight mit beachtenswerten Fähigkeiten. Achtet auf ihn, meine Lords. Seht, wie er sich in der Schlacht verhält. Er weist mehr Abschüsse von Kriegsmaschinen im Zweikampf auf als jeder andere Ritter meines Hauses. Er hat eine viel zitierte Vorliebe dafür, seine Fähigkeiten an den Waffen mit Titanen der Eldar zu messen. Ihr dürft euch aber darauf verlassen, dass er gegen die primitiven Maschinen der Grünhäute gewaltige Erfolge erzielen wird.«

Bei der Erwähnung des Worts ›Eldar‹ zuckte Sevastien zusammen.

»Stimmt Ihr dem nicht zu?« Alfaran richtete seine Aufmerksamkeit auf den Fabricator Locum, aber Jalenghaal spürte, dass etwas davon bei ihm verblieb. Es war, als konnten nackte Augen eine Abschussmarkierung hinterlassen.

»Nicht im Geringsten«, sagte Qarismi, dessen totenkopfähnlicher Schädel ein Grinsen zeigte.

Alfaran ignorierte ihn. »Etwas bedrückt Eure Seele, Magos.«

Sevastien schreckte sichtbar vor dem unverwandten Blick des Ordensmeisters zurück und unbedeutende Waffengliedmaßen zogen sich wieder in seine Körpermasse zurück.

»Die Invasion der Orks kommt unerwartet«, sagte Qarismi. »Ihr habt die Eldar erwähnt – der Fabricator Locum fragt sich zweifellos, ob sich hier nicht eine niederträchtige Hand zeigt. Ist dem nicht so, Sevastien?«

»Das ist richtig«, murmelte der Magos.

»Wer kann das schon sagen?«, flüsterte Alfaran. Jalenghaal meinte, das Geräusch von Schlangen in seiner Stimme zu hören. Schlangen, die über menschliche Gebeine krochen. »Die Leere ist dunkel und voller Gefahren. Ich habe die Astragatai gejagt, die Schiffe verschlingen, dunkle Materie atmen und durch die Abgründe zwischen den Sternen schwärmen. Ich habe die Kreuzfahrer der Dritten Kompanie bei der Säuberung von Xenoshulks geführt. Ich habe Kriege gegen Korsaren der Eldar, Freibeuter der Orks und menschliche Piraten geführt. Sie verabscheue ich mehr als jeden Xenos, denn ihnen wurde das Licht gezeigt und sie haben sich davon abgewandt. Wer kann schon sagen, was diese Bedrohung nach Fabris Callivant und nicht zu einem anderen System führt. In einem unendlichen Imperium ist alles möglich.«

»Ihr sprecht aus Unkenntnis der Wahrscheinlichkeitsberechnungen«, sagte Kristos und brach damit sein langes Schweigen. »Und der Natur der Unendlichkeit.«

Das eiskalte Blitzen von Panzerglaslinsen traf auf den täuschend leeren Blick aus harten, unmenschlichen Augen. Alfarans Lippen wirkten wie verhärmte Linien aus schwarzer Farbe.

»Nur der Gottimperator ist perfekt.«

»Niemand ist perfekt«, sagte Kristos.

Fabris stellte sein Glas ab und seufzte, als störe der Wortwechsel seinen Genuss der Demonstration.

»Was ist mit dem Technoketzer-Kult, der in Eurer Stadt grassiert?«, fragte Kristos.

»Meiner Stadt?« Eine Augenbraue hob sich langsam in dem gepuderten Weiß von Alfarans Stirn. »Wir befinden uns viele Lichtjahre von der Region entfernt, zu deren Verteidigung sich mein Orden verpflichtet hat.«

»Ihr seid seit vielen Wochen hier.«

»Seid Ihr der Meinung, wir hätten nichts unternommen?«

Jalenghaal blickte von einem zum anderen und versuchte herauszufinden, welcher von beiden der unmenschlichere war. Fabris räusperte sich lautstark und lehnte sich in seinem hohen Thron zurück. Sein fleischiges Gesicht war zu einem Ausdruck verzogen, den sogar Jalenghaal als Ärger deuten konnte.

»Das ist *meine* Stadt. Und das Problem *ist* unter Kontrolle.« Alfaran neigte huldreich seinen Kopf. »So ist es, Princeps.«

»Frage«, sagte Sevastien. Jalenghaal war nur für die extremsten sub-vokalen Hinweise empfänglich, aber der Fabricator Locum sah plötzlich argwöhnisch aus. »Was meint Ihr damit?«

Alfaran richtete seinen Ausdruck der makabren Beatifikation wieder auf den Magos. »Es ist mehr als ein Jahrhundert her, seit ich ein System verteidigt habe. Wir sind jedoch unerschütterliche Söhne Dorns geblieben. Wir erinnern uns an die grundlegende Prämisse, festen Boden für die Verteidigung zu wählen.«

Sevastien warf Qarismi einen Blick zu, bevor er sprach. »Was wollt Ihr damit sagen?«

»Die Hospitallers legen drei Gelübde ab, wenn sie die Gensaat des Ordens empfangen«, intonierte der ehrwürdige Galvarro. Das Glockenspiel klirrte, das auf dem kunstvollen Sarkophag des Seneschalls angebracht war, als seine Vokalisierer elektrische Vibrationen in Worte verwandelten. »Den Imperator zu huldigen, der Gott ist. Die Gläubigen zu schützen. Dem Ketzer, dem Abtrünnigen, dem Ungläubigen und dem Xenos durch den Tod Absolution zu bringen. Das liegt der Gründung unserer drei Kompanien zugrunde.«

Zum ersten Mal lächelte der Ordensmeister.

»In diesem Augenblick zelebrieren Ordensbrüder der Dritten Kompanie die letzten Riten für die Frateris Aequalis.«

IX

Rauths Fäuste wirkten wie ein Wirbel aus Stahl und Fleisch. Parieren und abblocken. Seine Gliedmaßen fühlten sich an, als seien sie von der Anstrengung gestreckt und gefühllos ob der Schnelligkeit, mit der er sie bewegte. Sein Sekundärherz klopfte bei jedem Schlag seiner Fäuste auf Leichenfleisch, Eisen oder Di-

amantitspitzen ein Dutzend Mal. Der Gestank des verwesenden Fleischs und des elektrischen Animus war heftig.
Versucht, nicht zu sterben, bevor wir ihn haben, sagt sie.
Ein Grubenghul, der so groß wie ein ausgewachsener Ork war, stach mit einem aktivierten Maschinenbohrer auf ihn ein. Er trat nach dem Werkzeugarm. Das rotierende Endstück zerfetzte das Metall seines Stiefels, trug Fleisch ab und fräste sich über seinen Mittelfußknochen. Die Flut der schmerzunterdrückenden Endorphine ließ ihn erzittern. Der Werkzeugarm kam in einem weiten Bogen erneut auf ihn zu. Rauth verlagerte sein Gewicht auf das verletzte Bein. Es gab nicht nach.
Sie sollte besser ihren Teil des Plans erfüllen.
Ein heftiger Schlag mit seiner Faust gegen die Kehle zerbrach den Maschinenghul an seinen Knöcheln.
Die Leichenstarre hielt den Rohling auf den Beinen und Rauth duckte sich vor ihm. Die Arme der Leiche verfingen sich mit denen eines anderen. Ein weiterer Werkzeugarm bohrte sich durch die erste Leiche. Erneut duckte Rauth sich weg und das Werkzeug grub sich in die Brust eines zweiten. Blut spritzte auf Rauths Gesicht, als er sich mit der Schulter voran in den zweiten Ghul warf. Der feststeckende Bohrer zog die beiden Ghule und das Grubenkonstrukt, an dem der Bohrer befestigt war, zu Boden.
Rauth trampelte auf das Handgelenk des Bohrghuls, bis das Werkzeug versagte.
Die Zuschauermenge war seltsam still geworden, wie Käfigtiere, die auf die Fütterung warteten.
Er sah sich um. Die Luken in den Seiten der Grube waren immer noch geöffnet, es kamen aber keine weiteren Ghule zum Vorschein. Nur ein weiterer Kämpfer war noch auf den Beinen. Die Flussrate seines Maschinenherzens fluktuierte aufgrund der widersprüchlichen Signale seines Körpers.
Kämpfe gegen was auch immer sie Euch kämpfen lassen, sagt sie. Versucht, nicht zu sterben, sagt sie.
Einfach für sie.
Er fragte sich einen Moment lang, ob er sich das Galgenlä-

cheln des anderen nur einbildete. Er lächelte zurück und eine ungewohnte Wärme breitete sich in seinen Muskeln aus, als er sich in eine Kampfhaltung kauerte.

<Gut, dich zu sehen, Bruder.>

Für Rauth würde Khrysaar immer der Neuling bleiben. Im Laufe ihrer unterschiedlichen Missionen hier auf Fabris Callivant hatte er sich zu einem ausgewachsenen Krieger der Iron Hands gemausert. Jetzt war er so groß wie Rauth. Sogar noch größer. Seine nackte Brust war mit genverbesserten Muskeln bepackt. Sein schwarzer Carapax zeigte den dunklen Schimmer der bioleitfähigen Aushärtung. Auf seinen linken Brustmuskel waren die Ziffern ZWEI-NULL-VIER gestempelt. Auf dem rechten prangte das seitenverkehrte Emblem der Frateris Aequalis. Seine Augenbionik zeigte ein perlmuttartiges Weiß, das von einem Stahlrahmen umgeben war und sein Gesicht von der Stirn über die Wange bis zum Mund bedeckte. Das andere Auge zeigte einen bewusst toten Ausdruck, in dem kein Anzeichen des Erkennens auszumachen war. Der Stahl seiner linken Hand war mit Blut und Öl verschmiert.

Irgendwo in dem Lagerhaus donnerte ein Schuss. Der Geräuschpegel war aber so hoch, dass Rauth dem keine Beachtung schenkte.

<Der mit dem Maschinenbohrer hat Euch beinahe erwischt>, übermittelte Khrysaar im Kampfjargon.

<Noch nicht einmal ansatzweise.>

<Wenn Ihr das sagt.>

<Vorsichtig, Bruder. Als wir das letzte Mal gekämpft haben, hat einer von uns eine Hand verloren.>

Khrysaar hielt seine bionische Hand hoch und bewegte die Finger. <Ich bin mit dem Tausch zufrieden.>

Rauths Lächeln verzog sich zu einer Grimasse, als er seine Fäuste reckte. <Worauf wartet Ihr?>

Mit einem aggressiven Knurren ging Khrysaar auf ihn los. Er schlug in Richtung von Rauths Gesicht, der den Schlag aber abblockte. Dann verdrehte er ein Knie, um Rauths auf die Leiste gerichteten Hieb abzuwehren. *Ihr seid besser geworden.* Khrysaar packte Rauths Schulter mit seiner bionischen Hand und versuchte, ihn aus dem Gleichgewicht zu bringen. Die Iron Hands waren aber genau für diese Art des extremen Nahkampfs geschaffen worden. *Aber nicht gut genug.* Die augmentierten Muskeln seiner linken Körperhälfte versteiften sich, als er sein Gewicht verlagerte und den Klammergriff des anderen Scouts abwarf. Khrysaar schwankte. Ihre Gliedmaßen verhakten sich, als Tritte, Schläge und Finten zu hart und zu schnell und aus zu großer Nähe erfolgten, um wirksam abgewehrt zu werden. Ein Schlag von Khrysaar hämmerte in Rauths Kiefer. Gleichzeitig traf Rauths Ellbogen Khrysaars Kehle.

Die beiden Scouts taumelten voneinander weg.

Rauth atmete heftig und sah auf, verärgert über die fehlende Wertschätzung der Zuschauer.

Nicht gut genug für euch?

Es gab einen weiteren lauten Knall. Eine ganze ratternde Salve. Breiige Detonationen ertönten in der Masse der Leiber und irgendwo begann irgendjemand zu schreien. *Boltgeschosse.* Ein Mann fiel mit einem Schrei über das Zuschauergeländer. Er war nicht getroffen worden – *eine massereaktive Explosion zerfetzt einen menschlichen Körper* – aber der Instinkt der Menge schien den Tod einiger weniger als fairen Tausch für das Überleben vieler hinzunehmen. Der Rest von ihnen war bereits zu einem schreienden Gedränge geworden, das sich in Richtung des einzigen Ausgangs auf die Gasse hinausdrängte.

<Ein glückliches Entkommen für Euch>, sandte Khrysaar.

Rauth schnaubte. »Bolter«, sagte er laut. »Das kann nur bedeuten, dass –«

Der Mann, der in die Grube gefallen war, stöhnte und versuchte, sich vom Felsbetonboden hochzustemmen. Er hatte sich bei seinem Sturz aber beide Beine gebrochen und brach mit einem Wimmern zu einem Häufchen Schmerz zusammen. *Nicht mehr ganz so lustig hier unten, nicht wahr?* Der Sterbliche starrte Rauth und Khrysaar schreckerfüllt an. *Ich kann mir vorstellen, dass wir aus der Nähe viel größer wirken.*

Mit einem Mal breitete sich ein leises Summen in Rauths

Knochen aus und pulsierte in seinem Kiefer. Seine Eingeweide verkrampften sich. *Das Gefühl kenne ich.* Er drehte sich, um über seine Schulter nach oben zu sehen.

Ein Space Marine in einer ascheweißen Rüstung kam wie der Geist eines Giganten durch den berauschenden Rauch geschritten, der an der Zuschauerbrüstung hing. Seine Augenlinsen glühten weiß mit einem goldenen Unterton. Ein Hospitaller. Gegen eine kybernetisch animierte Leiche oder einen Waffenservitor konnte er kämpfen. Auch gegen Khrysaar. Und er konnte töten, wenn ihm keine andere Wahl blieb. Aber gegen einen voll bewaffneten und ausgerüsteten Krieger des Adeptus Astartes? *Ich hätte keine Chance.*

Die Luken an den Seiten der Grube standen noch offen und Rauth warf sich in die nächstgelegene, als der Bolter des Hospitallers aufbrüllte. Er rollte wie ein gefällter Baum, bis der Durchgang für seine Beine zu eng wurde und er in grauen Staub gehüllt zum Stillstand kam. *Khrysaar.* Hastig richtete er sich auf, aber von seinem Bruder war keine Spur in der Arena. Explosivgeschosse krachten an der Stelle durch den Boden, wo sie gerade noch gestanden hatten. Ein kurzer Aufschrei und ein Blutschleier kamen von dem Mann mit den gebrochenen Beinen.

»Los!«, schrie Khrysaar.

Er hatte es durch eine der Luken auf der gegenüberliegenden Seite des Grubenbodens geschafft. Während die Geschosse den Boden und die Wandpanzerung zerfetzten, hing er aus der Öffnung heraus und winkte Rauth zu, zu verschwinden. »Ich stoße draußen zu Euch.«

»Der Tag, an dem ich beginne, auf Euch zu hören, wird der Tag sein, an dem Ihr es schafft, mich im Ring zu schlagen«, warf Rauth ihm entgegen. Er zog sich zurück und bewegte sich halb mit der geduckten Haltung eines Sprinters und halb auf dem Bauch kriechend vorwärts, während er gleichzeitig seine Ohren spitzte.

Rauth konnte ein Magazin auswerfen und in nur Null-Komma-Sechs Sekunden nachladen. Er hatte einmal gesehen, wie Sergeant Tartrak das in Null-Komma-Fünf Sekunden fertigbrachte. Es gab ein *Klicken*, als der Auslöser des Hospitallers ein leeres Magazin vorfand und Rauth stürmte vorwärts. Er kam aus der Öffnung und sprang über einen toten Maschinenghul. Er hatte im Geiste Null-Komma-Fünfundvierzig Sekunden gezählt, als massereaktive Explosionen den Boden rund um ihn herum aufrissen und Splitter seine Beinschienen zerfetzten. *Genauso gut wie Tartrak*. Rauth warf sich in die Tunnelmündung und rammte direkt in Khrysaars Brust. Die beiden Krieger fielen zu Boden. Ohne innezuhalten, sprang Rauth wieder auf die Füße und ließ Khrysaar, der mit dem Gesicht auf dem Boden lag, hinter sich zurück, als er den Tunnel entlang rannte. Schmerz stach jedes Mal durch seinen verletzten Fuß, wenn er damit den Boden berührte – *verdammter Maschinenbohrer* – ließ ihn aber noch nicht langsamer werden. Das war aber nur eine Frage der Zeit. Das Einzige, was ihn zusammenhielt, war sein Stiefel. *Ich werde ihn später ersetzen müssen.*

Nach dreißig Metern weitete sich der Tunnel mit einem Schlag zu einem kegelförmigen Kellerraum. Hier wurden die Cyber-Ghule in den Wochen und Monaten zwischen den Turnieren gelagert. In dem Raum war nur ein einzelner Servitor, der die eisenvergitterte Tür bewachte, die dem Ausgang des Tunnels gegenüberlag. Es war keines der cybermantischen Geschöpfe, sondern vielmehr ein hochwertiger Waffenservitor. Er war für die unkomplizierte Aufgabe programmiert worden, gelegentlich instabil gewordene Cyber-Ghule im Zaum zu halten.

Rauths Auftauchen ließ seine Wachalgorithmen in Aktion treten.

Er torkelte auf Gleisketten vorwärts, die mit stacheligen Ketten umwickelt waren. Der Lichtbogen-Flegel in seinem rechten Arm wurde mit Strom versorgt und die zuvor schlaffen Kettenglieder versteiften sich. Aus dem gestachelten Kopf des Flegels schlugen donnernd Energieblitze. Der linke Arm war durch ein notdürftig angebrachtes, schweres Zwillingsmaschinengewehr ersetzt worden. Die Waffe gab ein klapperndes Wehklagen von sich, als sie mit dem Munitionsgürtel gefüttert wurde, der um die Hüfte und Schultern des Servitors geschlungen war. Er betrachtete Rauth aus tief liegenden Augen und einem starren Gesichtsausdruck.

Dann eröffnete der Waffenservitor das Feuer.

Khrysaar rammte in Rauths Rücken und brachte sie beide damit zu Fall, als die beiden Ströme aus soliden Bleigeschossen den Boden zwischen ihnen zerfetzten.

Der Beschuss aus den schweren Maschinengewehren setzte aus und Rauth taumelte rückwärts und verzog ob der Schmerzen in seinem Fuß das Gesicht.

<Unterlassen>, spie der Servitor in nacktem Code aus. Sein Verstand blockierte für den Bruchteil einer Sekunde, als er versuchte, das unerwartet komplexe Verhalten der beiden Scouts mit den Gegenmaßnahmen abzustimmen, die ihm seine Doktrinwafer bereitstellten.

Mit knirschenden Zahnrädern fuhr er langsam rückwärts und drehte sich auf der Stelle, um Rauth zu verfolgen. *Weil ich ja mit so viel Glück geboren wurde.* Mündungsfeuer erhellte das kybernetische Antlitz des Servitors wie eine Leiche auf einem Scheiterhaufen, als die Maschinengewehrgeschosse die Wand pulverisierten. Es gab nirgends eine Möglichkeit, sich zu verstecken. Kugeln durchlöcherten Rauths leichte Rüstung und prallten von seinen metallischen Bioniken ab. Einige Dutzend schlugen direkt durch seinen Körper und in die Wand dahinter ein. Rauth stieß ein Grunzen aus, wurde gegen die Wand geworfen und bemalte sie mit einem blutigen Bogen, als er zu Boden sank.

Der Servitor klapperte geräuschvoll heran, um ihn zu töten.

Khrysaar packte den Arm des Wächters von hinten und hob den Lichtbogen-Flegel. Mit einem schnellen Ruck und einem Drehen brachen die Knochen. Mit einem Schlag verlor der Flegel seine Energie. Die Kettenlieder lösten sich voneinander und der Flegelkopf fiel zu Boden. Der Servitor stieß einen verwirrten Schwall Code aus und drehte sich auf der Stelle herum. Khrysaar sprang auf dessen Antriebseinheit, bewegte sich mit ihm und blieb so immer hinter dem Servitor. Er packte den Kopf der Einheit mit beiden Händen und verdrehte ihn.

Es gab einen kurzen Moment des Widerstands, in dem die Muskeln im Genick des Servitors hervortraten. Dann drehte

Khrysaar das Genick mit einem Brüllen und dem Krachen von brechenden Knochen um 180 Grad.

Der Scout sprang von dem immer noch murrenden Fahrgestell des Servitors und taumelte zurück.

»Könnt Ihr gehen, Bruder?«

Rauth richtete sich vornübergebeugt auf ein Knie auf und verzog das Gesicht. Atem zu holen bereitete ihm Schmerzen. Ein Dutzend fester Schmerzklumpen widersetzten sich dem einfachen Auf und Ab der Atembewegung seiner Brust. Luft kitzelte an seinen Innereien, wo andere Kugeln ihn glatt durchgeschlagen hatten.

»Wenigstens sind sie nicht explodiert«, sagte er durch zusammengebissene Zähne.

»Es ist sonst nicht Eure Art, positive Aspekte wahrzunehmen«, sagte Khrysaar.

Mit einer Anstrengung, die ihn zum Zittern brachte, und mithilfe der Wand kam Rauth auf die Beine. Er leckte gewaltig. Selbst die Physiologie eines Space Marine konnte einen Körper nur eine gewisse Zeit erhalten. »Ich werde einen Apothecary brauchen.«

»Habt Ihr einen mitgebracht?«

Rauth nickte.

»Da haben wir ja Glück«, sagte Khrysaar.

»Er ist bei der Fähre geblieben.«

Der andere Iron Hand lächelte grimmig.

Rauth schlurfte mit Schmerzen auf die Tür zu, die der Servitor zuvor bewacht hatte, drückte sich dagegen und spähte durch das Eisengitter der Sichtluke. Er hörte Schreie, die vom Rauch, dem Felsbeton und der Entfernung gedämpft wurden. Und er roch Feuer. Ab und an erklang das Dröhnen von Boltschüssen.

»Ich vermute, Euch ist es nicht gelungen, irgendwo eine Waffe zu verstecken?«

»Nein, Euch vielleicht?«

»Nein.«

»Das dachte ich mir.« Rauth ließ als Vorbereitung ein Knurren hören und zwang anschließend die Tür mit seiner Schulter auf, wobei er das verstärkte Gebälk in Splitter verwandelte.

»Werdet Ihr es schaffen, Bruder?«, fragte Khrysaar besorgt.

»Wenn nicht, wisst Ihr, was zu tun ist.«

Nach ungefähr zwanzig Schritten war Rauth wieder auf dem Boden des Lagerhauses.

Seine Multilunge pfiff, als sie gewaltige Züge Rauch aufnahm. Überall über den Boden lagen Leichen zwischen dem Müll zerstreut, den die Menge auf ihrer Flucht weggeworfen hatte. Lebensmittelkartons. Datentafeln. Schlüsselkarten. Rauth blieb am Boden, streckte eine Hand nach etwas aus, das wie ein Stück Rohr aussah, und zog es zu sich heran. Es war an einem Ende absichtlich geschmolzen, neu geformt und in Synthhaut gewickelt worden, um den Griff eines primitiven Gehstocks zu bilden. Er prüfte das Gewicht und schlug es leicht in seine bionische Hand. *Besser als nichts.* Er duckte sich an den Boden und sah sich um. Rauch waberte durch das Lagerhaus, in dem Mündungsfeuer aufleuchtete und etwas Licht spendete. Augenlinsen glänzten wie Laserblitze. Rauth schätzte, dass sich vier Space Marines in dem Gebäude befanden. Wenn man von einem normalen Kampftrupp ausging, würde ein weiterer vor dem Eingang stehen. Gegenfeuer blitzte an anderen Orten im Gebäude auf. Salven aus automatischen Waffen. Plasmabänder. Lichtstiche aus überschlagenden Energiebögen. Wenn es nach Rauth ging, gab es hier keine Unschuldigen, aber einige waren weniger schuldig als andere. Und es hatte den Anschein, als wehrte sich die Frateris Aequalis.

»Es muss doch irgendwo einen Hintereingang oder ein Fenster geben«, murmelte er, »oder wenigstens ein Dachfenster, beim Omnissiah.«

»Hinten am Gebäude gibt es eine Frachtrampe.« Khrysaar deutete in den Rauch und atmete den giftigen Qualm problemlos aber geräuschvoll ein. »Dort haben sie mich hereingebracht, nachdem Laana mich übergeben hatte.«

Rauth nickte.

»Ich sollte als Erster gehen«, sagte Khrysaar.

Rauth warf ihm einen Blick zu. »Ich bin verletzt und abkömmlich. Ich sollte als Erster gehen.«

Dicht über den Boden gebeugt rannten die beiden Iron Hands los, von denen einer hinkte.

Radgeschosse regneten von einem Laufsteg herunter, der über ihnen verlief. Ein grünes Nachglühen wallte in den Rauch, als die Geschosse ihre Energie abgaben. Der Hospitaller, den die Kultisten zu erledigen versucht hatten, strahlte wie ein Golem aus Jade, als er seinen Bolter hob und den Steg mit einer kurzen, halb automatischen Salve zerfetzte und durchlöchertes Metall zu Boden stürzte. Rauth schrie frustriert auf und rutschte über den trümmerübersäten Boden, während er versuchte, seinen beschädigten Fuß aus dem Weg zu ziehen. Khrysaar legte ihm seine Arme um die Hüfte und zog ihn heraus.

»Da lang! Wir können das umgehen.«

Rauth hustete. Kein gutes Zeichen. Sein Körper begann aufzugeben. »Diesmal ... könnt Ihr ... als Erster gehen.«

Mit einem langsamen, metallischen Knirschen gab die Decke über ihnen nach und der Laufsteg bog sich nach unten. Regenwasser tropfte ins Innere. Es war nur eine Frage der Zeit, bevor das gesamte Lagerhaus einstürzen würde. *Vielleicht ist genau das beabsichtigt?* Die Hospitallers in ihren Servorüstungen waren praktisch unbesiegbar.

Aus der Düsternis schälte sich eine Mauer heraus. Der Laufsteg über ihnen hing immer noch irgendwie an ihr, aber die Haltebolzen waren bereits furchtbar verdreht und sackten mit jeder Sekunde immer weiter ab.

»Weiter!«

Khrysaar duckte sich durch die Lücke zwischen dem zerstörten Laufsteg und der Wand. Rauth folgte ihm, schlug mit dem Rohrstück die Kabel und Streben beiseite, die herunterhingen, und kam hustend auf der anderen Seite wieder heraus. Als ein gedämpftes Knurren erklang, richtete er sich hastig auf und hielt seine improvisierte Waffe in den Händen bereit. Er wirbelte herum und starrte auf den grellweißen Bogen der Halsberge eines Hospitallers.

Rauth schlug zu, ohne nachzudenken.

Sein Rohr schlug einen winzigen Riss in das Ceramit des Kriegers und zersplitterte in seinen Händen. Was von dem Griff noch übrig war, fiel ihm aus den Händen, brachte seine Handflächen zum Brennen und klapperte zu Boden. Khrysaar rannte bereits davon. *Eine gute Entscheidung. Das ist kein Servitor.* Mit einem tödlichen Brummen befestigte der Hospitaller seinen Bolter an seiner Hüftpanzerung und zog mit derselben servounterstützten Bewegung seinen Gladius. Das Messer bestand aus einem halben Meter kunstvoll gearbeitetem Stahl. In den Händen eines Sterblichen wäre es ein Kurzschwert gewesen. Es war mit fließenden Schriftzügen überzogen, die in den Strahlen seiner Rüstungen gelegentlich golden aufblitzten. Die Parierstange bestand aus kompakten Xenosknochen. *Ork?* Der Knauf war von Hand aus demselben Material zu einem menschlichen Schädel geschnitzt worden.

Der Hospitaller schlug blitzschnell damit zu. Rauth sprang mit ausgestreckten Armen zurück, aber die Klinge ritzte eine rote Linie über seinen Oberkörper und kerbte die Bionik auf seiner Brust ein. Noch bevor sich der Hospitaller darauf einstellen konnte, packte er die Messerhand des Hospitallers mit seiner eigenen bionischen und griff mit der anderen nach der Halsberge des Hospitallers. Der Space Marine schüttelte sich aber mit knarzenden Servomotoren frei und rammte ihn in die nächstgelegene Mauer.

Rauth musste husten. Sein Gesicht verzog sich vor Schmerz, als eine Kugel frei wurde, die in seinem Brustbein gesteckt hatte, und in einen Lungenflügel eindrang. Sein nächster Atemzug war ein feuchtes Rasseln. Er sah mit einer Hand auf der Brust auf. Der Hospitaller ragte wie der Zorn des Gottimperators über ihm in die Höhe.

Dann zerriss ein ungestümer Schrei die Luft. Eine Frau mit zu Zöpfen geflochtenen Locken, die an die Kopfhaut geklammerten waren, trieb einen Diamantitspeer durch die weichere Dichtung zwischen dem Bein und der Leiste des Space Marines. Ihr folgte eine Horde Kultisten, die in schmutzige und geflickte Roben gekleidet waren. Darunter waren Hilfsarbeiter, deren Haut an den Armen entfernt und durch ein elektrisches Geflecht ersetzt worden war. Magi, mit blutüberströmten Kutten und zerrissenen Ärmeln. Ehemalige Vorarbeiter in zusammengestückelten Skitariirüstungen, die mit dem seitenverkehrten Emblem der Aequalis verziert waren, das als flackerndes Elektoo und mit trockenem Blut je zur Hälfte auf Fleisch und Stahl geschmiert worden war. Eine Sekunde lang konnte Rauth sich nicht bewegen. Er konnte kaum atmen.

Er hatte solche Männer und Frauen bereits einmal gesehen. Da war er sich sicher. *Auf Thennos?* Er konnte sich aber nicht mehr an Einzelheiten erinnern. Irgendetwas hielt ihn davon ab. Irgendetwas nagte an seiner Schädeldecke. Wie ein in einer Kiste gefangener Mann, der schreiend versuchte, sich zu befreien.

»Bruder!«, rief Khrysaar ihm aus der Richtung zu, aus der die Kultisten gerade aufgetaucht waren.

Der Hospitaller intonierte die Abschiedsworte des Imperators, die von den Augmittern zu einem ohrenbetäubenden Lärm verstärkt wurden, als er Männer mit seinen Knien und Fäusten totschlug. Rauth sah, wie er einem Mann den Arm aus dem Oberkörper riss. Einem anderen trat er den Brustkorb derart heftig ein, dass Brocken der Wirbelsäule und der inneren Organe aus dem Rücken explodierten.

Rauth verlor nun keine Zeit mehr, um wegzukriechen.

Khrysaar stemmte einen Flechetteblaster aus den Händen eines Magos, der vor Kurzem totgeprügelt worden war, und im Durchgang eines großen Tors lag. Rauch waberte an ihm vorbei, was auf einen Ausgang dahinter schließen ließ. Der Scout packte die ergatterte Waffe und zielte mit ihr in die Richtung, aus der der Rauch kam.

»Das ist der Ausweg.«

Khrysaar ging nun mit schnellen Schritten voran. Die Geräusche der brechenden Knochen und der Gebete für die Vergebung des Imperators blieben hinter ihnen zurück. Von der Decke hingen Winden wie schlummernde Fledermäuse. Hebestative waren entlang eines nicht markierten Pfads aufgereiht. Stapel mit rostigen Metallkisten machten es unmöglich, sich zwischen den Stativen zu verstecken oder einen falschen Weg einzuschlagen.

Je weiter sie vorankamen, desto dünner wurde der Rauch. Vor ihnen schimmerte ein rechteckiger Lichtfleck in der Düsternis. Und davor zeichnete sich eine dünne Gestalt ab.

Sie war bewaffnet.

Khrysaar stieß einen stillen Fluch aus und zielte mit seinem Blaster.

Der Rauch verzog sich so weit, dass Rauth die Gestalt erkennen konnte. Einen Moment lang zögerte er und war versucht, seinen Bruder das Feuer eröffnen zu lassen. Dann stieß er aber ein Grunzen aus und drückte Khrysaars Hand nach unten.

Nur einen Moment später bemerkte auch Laana Valorrn die beiden Scouts. Wo sie standen, war der Rauch dichter, außerdem waren ihre Augen schwächer. »Ich wollte gerade ohne euch gehen«, sagte sie und ihre Augen verengten sich zu Schlitzen, als sie Rauths Hand über Khrysaars gesenkter Pistole bemerkte. Auch sie senkte ihre eigene. Um sie herum übersäte ein Berg aus in Roben gekleideter Leichen den Boden. Sie begannen bereits anzuschwellen. Die schrecklichsten Biotoxine, die den Todeskulten Medusas bekannt waren, beschleunigten den Verfall.

Rauth kniff sich mit dem Finger einen Nasenflügel zu und schleuderte Blut und Schleim aus dem anderen heraus. »Ich bin froh, dass Ihr ... es nicht getan habt. Es gibt da etwas, dass ich ... Euch ... persönlich sagen wollte. Euer Plan ... war ... furchtbar.«

Sie lächelte ihn bittersüß an. »Habt Ihr überhaupt versucht, nicht zu sterben?«

Reiz mich, Mensch. Reiz mich nur noch einmal.

»Wo ist Inquisitorin Yazir?«, fragte Khrysaar, der noch nicht einmal außer Atem war. Das Pfeifen seiner genverbesserten Lungen war nun, da der Rauch sich verzog, leiser geworden.

»In der Nähe«, sagte Laana.

Rauth warf ihr einen finsteren Blick zu. Irgendetwas an der Art, wie sie das sagte, machte ihn misstrauisch. *Wann habe ich Talala Yazir das letzte Mal gesehen?*

»Ich muss meinen Bruder sofort zu Mohr bringen«, sagte Khrysaar.

»Bald«, erwiderte Laana und zog sich zurück.

»*Sofort.*«

»Bald. Yazir hat den Adepten.«

X

Eine weit entfernte Explosion hinterließ einen dunkelorangenen Abdruck auf dem zersplitterten Panzerglas. Jalenghaal wählte per Gedankensteuerung die Infografik aus, über die eine Datenverbindung mit seiner Klave zustande kam.

<Burr. Bericht.>

<*Auf Empfang bleiben*>, kam Burrs Antwort.

Es gab keine Nebengeräusche, die sogar bei Helm-zu-Helm-Übertragungen per Vox auftraten. Hätte es nicht die Standortinformationen gegeben, die Jalenghaal über die Datenanbindungen der Klave zugingen, hätte er nicht gewusst, dass Burr sich nur wenige Meter von zwei duellierenden Knights in der Arena entfernt aufhielt.

<Bericht>, wiederholte er und unterlegte das Wort in Binärsprache mit Dringlichkeitssignifikanten.

Es gab eine Verzögerung von einer Viertelsekunde. Eine kleine Ewigkeit bei elektronischen Unterhaltungen. Aus dem Fluss der Metadaten konnte Jalenghaal den Grund der Ablenkung seines Bruders ableiten. <*Auf Empfang bleiben.*>

Jalenghaal zog eine Grimasse und wählte mit einem Gedankenbefehl Lurrgols Rune aus.

»Dies ist mein Schmiedetempel«, sagte Exar Sevastien.

»Es ist Erlösung«, fügte Alfaran hinzu.

»Es ist eine souveräne Enklave des Adeptus Mechanicus!«

»Wollt Ihr damit andeuten, dass es Orte in dieser Galaxis gibt, in die das Licht des Imperators nicht vordringen kann?« Sevastien öffnete seinen Mund und schloss ihn dann schnell wieder. Alfaran lächelte dünnlippig. »Ich hatte gehofft, dass dem nicht so ist.«

Sevastien wandte sich zu Fabris, als suche er bei dem Princeps Unterstützung.

Der sah mit geschürzten Lippen von einem zum anderen und

wog die Bedeutung des Adeptus Mechanicus und der Hospitaller für den kommenden Krieg ab. Wahrscheinlicher aber traute Jalenghaal Fabris zu viel zu und dieser zerbrach sich lediglich den Kopf darüber, ob er seine langjährige Loyalität zu einem Verbündeten zugunsten seines unmittelbaren Bedürfnisses nach einem Unerprobten aufgeben sollte. Einen Knight zu befehligen veränderte einen Mann. Einige behaupteten, es mache einen nobler. Aber das war nicht das Wort, das Jalenghaal verwenden würde. Ritterlichkeit, Ehre und blinde Loyalität waren keine bewundernswerten Qualitäten. Ein loyaler Mann würde einen Bruder nicht verraten, um sich den Sieg zu sichern. Ein ritterlicher Mann würde einen Verbündeten nicht aufgeben, wenn der Sieg unmöglich erschien. Der Kriegskalkulus konnte nach beidem verlangen.

Mit einem Seufzen, das klang, als wäre es seiner Kehle widerspenstig abgerungen worden, wandte sich Fabris schließlich an Ordensmeister Alfaran.

»Die selbst ernannte Frateris ist ein Ärgernis, sogar ein ziemlich lästiges. Wer kann schon sagen, welchen Unfug sie hätten anstellen können, während wir uns zurecht mit der Gefahr der Grünhäute befassen.«

»Sie werden wie Staub vom Wind davongetragen, bevor die erste Grünhaut den Planeten betritt«, schwor Alfaran.

»Vielen Dank auch«, murmelte Sevastien.

»*Falls* eine Grünhaut überhaupt den Planeten betritt.« Alfarans Blick richtete sich auf Kristos.

Der Eisenvater hatte sich weder bewegt, noch gesprochen. Zumindest nicht laut. Seine Verbindung in Binärsprache mit Sevastien bestand aber noch immer. Hätte es jedoch Jalenghaal nicht besser gewusst, wäre er der Meinung gewesen, dass Kristos von der Unverfrorenheit des Hospitallers beeindruckt war. Sogar überrascht. Und das war eine seltene Kränkung für einen Iron Hand. Sie berücksichtigten jedes Detail, planten für jede Eventualität.

Wie konnte man sich besser gegen die Unzuverlässigkeit von Instinkten oder Emotionen absichern?

»Ihr habt gehandelt, wie ich es getan hätte, wären meine Krieger so lange vor Ort gewesen, wie Eure«, sagte er schließlich, ohne dass eine Spur von Widerstreben in seinen Vokalisierern erklang. »Aber Ihr werdet die Unantastbarkeit des Schmiedeheiligtums beachten.«

»Ich kann mich Eurer Meinung nicht anschließen«, murmelte Alfaran. Er warf Sevastien einen kurzen Blick zu. »Wir gehen überall dorthin, wohin auch immer uns der Verfall menschlicher Seelen führt.«

»Sollte es notwendig sein«, sagte Kristos, »sollte es Beweise geben, dass die Verderbnis im Inneren ist, dann werde ich meine eigenen Krieger bei der Säuberung anführen.«

Alfarans Augen wurden zu Schlitzen, als er den Eisenvater betrachtete.

Auf dem zwanzigstündigen Flug vom Mandevillepunkt des Systems hatte Jalenghaal Tausende Simuluszeugnisse über die Fähigkeiten der Hospitaller geladen, die Seele eines Sterblichen mit ihren Blicken zu durchbohren, in ihren Herzen zu lesen und zu wissen, wann und wie ein Mann sterben würde.

Was, wenn überhaupt irgendetwas, würde eine solche Gabe über Eisenvater Kristos offenbaren?

»Interessant«, sagte der Ordensmeister nach einer Weile.

»Ich berücksichtige die Logik«, sagte Kristos. »Die Priester des Mars würden eine Verletzung durch eine Klave der Iron Hands als einen geringeren Affront ansehen. Sogar Ihr solltet wissen, dass es nicht weise ist, das Adeptus Mechanicus gegen sich aufzubringen.«

»Sogar ich?«

»Wenn Ihr meinen Beweggründen derart wenig Glauben schenkt, dann stellt einige der Euren unter meinen Befehl. Die Techpriester werden eine kleine Abteilung vergeben, vorausgesetzt, sie untersteht mir.« Das Glühen in Kristos' Optiken floss in Richtung des Trios der Linsen, die in Richtung des ehrwürdigen Galvarro zeigten. »Euer Wert wäre bei einer Schlacht in der Leere geringer, Ehrwürdiger.«

Alfaran und der Dreadnought, sein Seneschall, tauschten einen

Blick und etwas anderes aus, das keine Cryptek-Wetware jemals entschlüsseln konnte. »Der Tempel gehört Euch, Eisenvater«, sagte Alfaran und schüttelte langsam seinen Kopf. »Für den Augenblick halte ich es für angemessen, dass der Ehrwürdige und ich auf die *Schild des Gottimperators* zurückkehren. Möge der Imperator Eure Verteidigung seines Reichs mit Wohlwollen aufnehmen, Princeps.« Er neigte seinen Kopf in Fabris' Richtung. Dann in Richtung Sevastiens. »Fabricator Locum.«

Jalenghaal, Tartrak und Ulikar stampften für sie beiseite. Der Boden bebte unter den Schritten des Dreadnoughts, dessen Glockenspiel dabei läutete. Das Geräusch erinnerte Jalenghaal sofort an den Simulus von der Schlachtbrücke an Bord der Schlachtbarke der Hospitaller.

Er schüttelte die Erinnerung mit einem elektrischen Zittern ab.

Kristos sah ihnen hinterher, ohne seinen Kopf drehen zu müssen. »Wie Ihr wünscht, Ordensmeister.«

XI

Rauth saß im hintersten Winkel einer Sackgasse zwischen zwei aufgeplatzten, klumpigen Müllsäcken und lief leise aus. *So hatte ich mir meine letzten Momente wirklich nicht vorgestellt.* Das Klatschen eiliger Schritte auf nassem Metall unterbrach seine Gedanken und er kroch etwas tiefer in den Müllhaufen. Er versuchte, nach der Waffe in einem Holster zu greifen, das er nicht trug. Der Läufer platschte am Eingang der Gasse vorbei und stürzte weiter. In den angrenzenden Straßen war immer wieder das Knallen und Bellen von Schüssen zu hören. Warnsirenen sangen gedämpft ihr Lied in die Nacht.

Rauth zwang sich dazu, sich zu entspannen und seine genverbesserten Regenerierungsprozesse ihre Arbeit tun zu lassen. Er lehnte seinen Kopf nach hinten. Lauwarme Regentropfen fielen auf sein Gesicht, die ihren Weg aus den giftigen Wolkenschichten durch das Spinnennetz aus Rohrleitungen und Gerüsten zu ihm fanden.

Wie lange bin ich schon hier? Wie weit sind die ersten Orkschiffe wohl noch entfernt?

Aus irgendeinem Grund kehrten seine Gedanken jedoch zu den Hospitallers zurück.

Er hatte immer geglaubt, dass die Iron Hands, und ganz großzügig gesprochen auch deren Nachfolgeorden, den Kriegern aller anderen Orden überlegen waren. Tief in seinem Inneren, dort, wo es ausschlaggebend war, tat er das immer noch, aber diese Überzeugung war heute infrage gestellt worden. Die Fähigkeiten der Hospitaller waren außergewöhnlich gewesen. Es war ein Orden, von dem er noch nie zuvor gehört hatte, bevor er Fabris Callivant betreten hatte. Und sie hatten sich ihm und seinem Bruder gegenüber beinahe als überlegen erwiesen. *Das gibt einem schon zu denken.* Er schalt sich selbst einen Narren und versuchte, sich bequemer hinzusetzen. Es war unmöglich, dass der Hospitaller, gegen den er in dem Lagerhaus gekämpft hatte, größere Probleme mit einem Dutzend der Sterblichen hatte. Früher oder später würde er Rauth als einen Neophyten des Adeptus Astartes identifizieren und ohne größere Schwierigkeiten den Orden erkennen, zu dem er gehörte. *Es ist ja nicht so, als wären mehr als zwei auf Fabris Callivant. Sogar Laana würde das erkennen.*

Er hielt seine Metallhand hoch und sah zu, wie der Regen an ihr herunterlief.

Was würde passieren, wenn sie es taten?

Wenn damit Misstrauen zwischen Kristos und den Hospitallers gesät wird, dann ist das für Yazir vielleicht sogar von Vorteil. Und für mich. Über die Notwendigkeiten der aktuellen Mission hinaus spürte er für seine Genbrüder keine Loyalität und noch weniger Zuneigung. Seine Mission war nicht, Fabris Callivant zu retten, sondern die Morgenrot-Technologie zu bergen, bevor Kristos das tun konnte, und damit möglicherweise den Orden vor sich selbst zu retten.

Er wusste nicht im Detail, wonach sie suchten oder warum. Er hatte nicht danach gefragt. Ihm reichte es, wenn er Tartrak und Dumaar ein blaues Auge verpassen konnte und, wenn das Gefühl überhaupt so tief zu ihnen vordringen konnte, sie in Verlegenheit zu bringen.

»Ihr seht übel aus.«

Rauth drehte blitzartig seinen Kopf. Harsid kniete hinter ihm mit dem Rücken zu der mit Moos überwucherten Blechwand der Sackgasse. Seine schwarze Rüstung glänzte feucht. Regen überzog die gleichmäßigen Züge seines Gesichts, das wie Alabaster wirkte. Seine Augen waren weit aufgerissen und vollständig rot. Rauth versuchte sein Unbehagen mit einem wütenden Knurren zu verbergen. Irgendetwas war an dem Death Spectre und machte es ihm unmöglich, ihm völlig zu vertrauen.

»Wie konntet Ihr hinter mich kommen, ohne dass ich es bemerkte habe?«

Harsids Gesichtsausdruck war wie der eines Grabsteins, als er Rauth eine Boltpistole und ein Messer zuschob.

Er schob die Klinge in den Schaft seines Stiefels und drückte den Bolter mit einer Hand an die Brust. »Danke«, brachte er mit einem Grunzen hervor und schaffte es, das Wort missverständlicher klingen zu lassen, als es eigentlich möglich war.

Kurz darauf tauchte Khrysaar am Eingang der Sackgasse auf. Er hielt ebenfalls eine Boltpistole in seiner rechten Hand und trug nun eine Scoutrüstung ohne Markierungen. Er drehte sich herum und zielte mit seiner Pistole in die Straße. Dann kam Laana. Sie trieb einen erbärmlich aussehenden Adepten mit der Mündung ihres Nadlers vor sich her. *Ich kenne dich.* Mohr bahnte sich mit seinen Schultern einen Weg durch die Gruppe. Seine Autospreizer und Skalpellsonden schnellten bereits aus seinem Narthecium-Panzerhandschuh hervor, noch während er auf Rauth zuging.

Rauth zuckte instinktiv zusammen und brachte die Müllsäcke zum Rascheln, aber Mohrs anfängliche Untersuchungen waren relativ schmerzlos.

»Mein Fuß wird ersetzt werden müssen«, sagte Rauth durch zusammengebissene Zähne hindurch. »Und meine Lunge auch.« *Die letzten Reste meines eigenen Atmungssystems. Obwohl ich es nie gesehen habe, werde ich es vermissen, wenn es nicht mehr da ist.*

Mohr versuchte missbilligend auszusehen, bevor er wieder wie üblich finster dreinblickte. »Der Fuß vielleicht. Aber das werden wir noch sehen. Ich kann den Stiefel vorübergehend versiegeln und abstützen und die natürlichen Schmerzmittel in Eurem Körper ergänzen. Zumindest werdet Ihr Euch dann bewegen können.« Es gab ein *Klickgeräusch* als eine lange, abgerundete Sonde aus dem Narthecium des Brazen Claws ausfuhr. Sie schwankte, als sie in die Nähe von Rauths Brust kam. Das Metall berührte seine Haut. Er spürte, wie etwas ihn ihm zupackte. Dann kam ein ziehender Schmerz.

»Aarrgh!«

Sein Fleisch zerriss und eine zusammengedrückte Scheibe aus Blei schoss mit einem kleinen Blutschwall aus seiner Brust. Sie klirrte gegen die magnetisierte Sonde in Mohrs Panzerhandschuh und bliebt dort zitternd hängen. Ein Schlitz klappte auf und eine Düse schob sich aus dem Knöchel des Narthecium, aus der ein kaltes Gas auf das Loch in seiner Haut sprühte, das sofort zu schrumpfen begann, bis sich die Kanten zusammenkringelten.

»Eure Lunge wird einwandfrei funktionieren«, gab Mohr bekannt. »Und das sollte die Blutung lange genug stoppen, bis sich Euer Körper selbst heilen kann. So.« Der Apothecary sah auf. Anders als sein Captain, Harsid, trug er seinen Helm und die Linsen funkelten wie Kupferstücke. »Sind da noch andere in Euch drin?«

Widerwillig deutete Rauth auf mehrere Stellen und Mohr wiederholte so lange jedes Mal den Vorgang der Extraktion und des Einfrierens, bis der Apothecary fünf Kugeln in der Handfläche seines Panzerhandschuhs hielt.

»Ihr werdet Euch etwa einen Tag lang schwach fühlen, aber Ihr werdet heilen.«

Wie bezeichnet Ihr diese Art einer halbherzigen Behandlung? »Vielen Dank«, sagte Rauth. *Dafür, dass Ihr mich mit weniger als meiner vollen Kraft in der schwachen Hoffnung zurück in den Kampf schickt, dass ich vielleicht überlebe und mich selbst heilen kann.* Er nahm einen tiefen Atemzug und zuckte ob der qualvollen Enge in seiner Brust zusammen, die sich einstellte, lange bevor die Lunge vollständig gefüllt war. Er spuckte den Atemzug wieder aus und verzog das Gesicht. *Nein wirklich. Vielen Dank.*

»Ich fürchte mich nicht davor, das Skalpell zu benutzen, Anwärter«, sagte Mohr, während er seine Werkzeuge einklappte. »Aber Amputationen bereiten mir keine Freude.«

Rauth sah beiseite und dachte an Dumaar und den Operationstisch an Bord der *Gespaltene Hand*. Vielleicht war die Vorgehensweise des Brazen Claws nicht die schlimmste, auf die er hoffen konnte.

»Wo ist Ymir?«, murmelte er und vermied es, dem Apothecary in die Augen zu sehen.

»Immer noch auf dem Schiff«, sagte Mohr.

»Jemand musste dortbleiben«, fügte Harsid hinzu.

»Die Hospitallers haben den perfekten Zeitpunkt gewählt, um mit ihrem Fuß in das Hornissennest zu treten.« Khrysaar deutete auf eine Explosionswolke, die hinter dem Wirrwarr aus Regenrinnen, Schleusen und Wasserrädern aus der Richtung des Schmiedetempels in den Himmel stieg. In den umliegenden Bezirken erloschen die Lichter.

»So sind Fanatiker«, sagte Mohr.

Rauth hielt eine Hand über seiner eingeengten Brust und setzte sich auf. Er konnte Elektrizität und den fahlen Geschmack der Fäulnis in der Luft riechen. Und er spürte den Luftzug einer Bewegung, der darauf schließen ließ, dass noch jemand bei ihnen in der Gasse war. *Nur wir sind bereits alle hier.* Wo zuvor nichts außer leerer Luft gewesen war, stand nun die Gestalt einer Frau. Ihre schlanke Form war in eine an ihren Körper angepasste gelb-blaue Rüstung gekleidet. Über die ausgekehlten Panzerplatten spielten silberne Fäden der Energie des Äthers. Edelsteine dienten als Verzierungen. Ein großer, aufgesetzter Energietornister drückte ihre Schultern nach unten und ließ sie vornübergebeugt dastehen. Dennoch war sie immer noch groß. Das mit Juwelen übersäte Heft eines Schwerts lugte aus einer reichlich mit Edelsteinen besetzten Scheide. In Holstern aus gelbem Leinen trug sie ein Paar unmenschlich zierlicher Pistolen an ihren Hüften.

Yazir.

Und dann verstand Rauth.

Er erinnerte sich daran, *wann* er sie zum letzten Mal gesehen hatte. Eine Reflexion in einem Bullauge aus Panzerglas, die er wahrgenommen hatte, während sein Verstand sich mit anderen Dingen beschäftigte. Er sah in das Gesicht der Inquisitorin. Die Maske, die sie trug, griff bis in seinen Schädel und Schrecken, von denen er nicht mehr wusste, wie sie sich anfühlten, schlängelten sich wie Würmer im Regen an die Oberfläche.

Es war nicht Yazir. Es hatte nie eine Yazir gegeben. Yazir war nichts als eine Maske.

Sie war noch nicht einmal eine Frau.

Sein Mund verzog sich in die Form einer Silbe, den Beginn eines Worts, einen Namen, von dem er nicht mehr genau wusste, warum er ihn kannte.

»Yeldrian.«

XII

»Würdet Ihr das Gerät gerne sehen?«, fragte Exogenitor Oelur.

Melitan starrte ihn einen Moment lang an. Ihr Mund stand offen und Schmerzen pochten aus dem Implantat in ihrem Rückenmark. »Ich–«, sie konnte den Satz nicht zu Ende bringen. »Ich–« Die formlose Warnung, die Neuron für Neuron durch ihr Gehirn wanderte, verhinderte, dass sie nachdachte.

»Bekommt keinen Schlaganfall, Magos Vale«, sagte Oelur verächtlich. »Nicco Palpus hat Euch zu verspannt. Natürlich könnt Ihr es nicht sehen.«

»Na... Natürlich.« Sie versuchte zu lachen.

»Diese Audiofehlfunktion lenkt langsam ziemlich ab.«

»Ich werde mich umgehend darum kümmern, Exogenitor.«

Oelur deutete auf die gewaltigen, mehrfach verriegelten Eindämmungstore am entfernten Ende des Auslegers. »Niemand darf die Quarantänekammer betreten. Sogar die Servitoren, die die Morgenrot-Technologie herbrachten, sind dort drinnen eingeschlossen.« Sein Primärkopf wandte sich mit knackenden Knorpeln wieder Melitan zu. »*Das* könnt Ihr Nicco Palpus übermitteln.«

»Das werde ich, Exogenitor. Das werde ich.«

Ihre Atmung war nun schnell und flach und sie begann sich schwindlig zu fühlen. Sie wandte sich von den Eindämmungstoren in der Hoffnung ab, dass es ihr dann besser gehen würde, und nahm aus den Augenwinkeln eine Bewegung wahr. Es war der Skitarius-Alpha, der sie zuvor aufgefangen hatte, als sie gestolpert war.

Er hatte seine Plasmapistole gezogen und zielte damit auf Oelur.

Sie bekam große Augen. Ihr Mund klappte auf. Sie hatte wahrscheinlich die Zeit, um zu reagieren, um etwas zu unternehmen. Vielleicht. Aber was konnte sie schon tun, um einen Skitarius-Alpha aufzuhalten? Die Abgabespule glühte weiß-blau und für den Bruchteil einer Sekunde waren Oelurs Primärkopf und die Pistole des Alphas durch ein Plasmaband verbunden.

Dann explodierte der Kopf des Exogenitors in blutroten Dampf.

Melitan gab einen überraschten, säugetierähnlichen Laut von sich.

Louard Oelurs Körper dampfte, fiel auf seiner Bahre zurück und kippte dann zur Seite. Die Servitorträger passten sich an die geänderte Gewichtsverteilung an, ließen sich ansonsten aber nicht durch das plötzliche Ableben ihres Herrn aus der Ruhe bringen.

»Die Hohen werden fallen«, sagte der Alpha. Sein insektenartiger Helm schimmerte in dem Hitzeschleier, der von der Pistole stammte. Um ihn herum zogen die anderen Skitarii ihre Handwaffen. Plasma- und Phosphexpistolen, ein Sammelsurium aus Taserstöcken und Faustklingen.

Ketten rasselten, als die Robodogge am Ende seiner Leine wie wild kämpfte. Zu Melitans wachsendem Schrecken war es aber nicht das Manipel der Skitarii, das dessen Maschinengeist beleidigt hatte. Seine Wächterin betrachtete Melitan aus einfältigen Augen. Die muskulösen Arme zitterten ob der Anstrengungen der Robodogge, sich zu befreien, und der mit Audiogeräten und Drähten gespickte Mund verzog sich zu einem grausamen Grinsen.

Die Stablumen des Auslegers erloschen und dann ebenfalls die Beleuchtung in den Käfigen der Testsubjekte, als eine Runenbank nach der anderen ausfiel. Alles wurde dunkel. Die Infozyten bearbeiteten weiter ihre nun leblosen Tastaturen. Melitans Herz begann heftig in ihrer Brust zu pochen.

Nur das dünne Glühen der Optiken des Alphas stach noch durch die Düsternis.

»Die Morgenrot-Technologie ist ein Konzept«, sagte die Stimme hinter ihnen. »Die Essenz dessen, das nicht eingedämmt werden kann. Würdet Ihr sie gerne sehen?«

Und sie schrie.

XIII.

Stronos wünschte sich, er hätte Zähne, die er zusammenbeißen konnte. Der Schmerz, der davon stammte, dass seine Schädeldecke abgeschnitten wurde, war gewaltig. Trotz all seiner nervlichen Absicherungen und endorphinen Schmerzmittel verlor er mehr als nur einmal beinahe das Bewusstsein. Jetzt war es aber vorüber. Mit einem leisen Knacken, das sich anhörte, als würde ein monströses Ei aufgebrochen, entfernte Magos Phi seine Schädeldecke. Ihr Gehilfe war bereits zur Hand und entfernte mit einem Absaugschlauch die Hirnhautmembrane. Während sie auf Stronos' Servitor gewartet hatten, war er ihr von Phi als Jeil vorgestellt worden. Als ob die aktuelle Nähe zu seinen höheren Hirnfunktionen sie einander näherbringen würde. Der Großteil seiner Aufmerksamkeit richtete sich aber auf den blutigen Wirbel, der von ihm durch das Netz der durchsichtigen Schläuche abgeleitete wurde. Jeils Schlauch saugte am Rand seiner Schädelpfanne entlang. Es war ein merkwürdiges Gefühl, aber ein gnadenvoll schmerzloses.

Sein Auge rollte zur Seite, natürlich sein bionisches, und war unveränderlich in einer Weitwinkeleinstellung mit Blick auf die Decke fixiert. Sein Dienstservitor stand vor der Regalwand und sah mit seiner naiven Gelassenheit zu, während die Magos das Skalpell ansetzte. Stronos empfand seine Anwesenheit trotzdem als beruhigend.

»Ich werde einen einzelnen Längsschnitt in die Hirnhaut vornehmen«, sagte Phi, die am Kopfende des Operationstischs nicht zu sehen war. »Sobald sie entfernt ist, werde ich zur Vorbereitung des Implantats die Sonden in Eure frontalen und seitlichen Hirnlappen einführen. Dann werde ich Euer Gehirn vollständig aus dem Schädel entfernen, um an die dorsalen Bereiche der Schläfenlappen und des Kleinhirns zu gelangen. Ich habe diese Operation noch nie an einem Subjekt vorgenommen, das bei Bewusstsein war. Ich kann Euch nicht sagen, was Ihr spüren werdet.«

Stronos spürte, wie seine Herzen nervös und nicht im Gleichklang klopften und seine Haut kalt und feucht wurde. Es war nicht der Schmerz, den er fürchtete, sondern die Aufgabe der Kontrolle. Der absoluten Kontrolle. Er erlaubte einer Agentin einer unfreundlichen Macht den Zugang zu seinem Gehirn.

Er rief sich in Erinnerung, dass der Mars, zumindest technisch gesehen, noch nicht einmal ein Teil des Imperiums war.

Erneut warf er seinem Servitor einen Blick zu.

Sobald die Operation beendet war, würde er sie vollständig überprüfen, sie gemeinsam mit Lydriik und Apothecary Haas Bild für Bild durchgehen, sobald er nach Medusa zurückkehrte.

»Wartet Ihr auf meine Erlaubnis?«, fragte er grimmig.

Phi stieß ein leises Lachen aus. »Ich sagte ja, dass ich das hier noch nie mit einem Subjekt bei vollem Bewusstsein gemacht habe. Ich erfreue mich an dem Novum.«

»Bringt es hinter Euch, Magos.«

Es gab ein Summen, als das Laserskalpell der Magos Instructor sich für den Einschnitt näherte. Kein physisches Gefühl des Kontakts entstand, aber sobald die Laserklinge zu schneiden begann, blitzten Lichter vor seinen Augen auf. Vor beiden Augen. Als wäre er für die mannigfaltigen synaptischen Verbindungen seines Geistes immer noch das rein organische Wesen, das Ferrus' Geschenke vor eineinhalb Jahrhunderten erhalten hatte. »Wie weit haben wir beide uns vom Antlitz unseres Vaters entfernt«, sagte Tubriik Ares, dessen Stimme aus dem Licht widerhallte. »Man rettet keine Seele, indem man sie herausschneidet.« Und dann war das Licht verschwunden.

Stronos blinzelte, als seine Sehkraft zurückkehrte, seine Herzen aber weiterhin rasten. Er sah sich um. Alles war dunkel. Das Laserskalpell hatte keine Energie mehr und nicht nur das. All die kleinen Geräusche der Lebenserhaltungsanlagen und der Energieerzeugung, die das Leben in Scholam NL-7 erst ermöglichten, waren nicht mehr vorhanden. An ihrer Stelle gab es nur noch Stille.

»Was zum –?«, begann Phi, bevor Jeil ihr seinen Saugschlauch von hinten durch den Schädel bohrte.

Sie zuckte in der Umarmung des Knechts umher. Stronos zog verzweifelt an seinen Fesseln, als ganze Brocken der Hirnmasse der Magos und gelegentliche Metallteile geräuschvoll in den Absaugleitungen verschwanden. Er selbst konzentrierte seine gesamte augmentierte Macht darauf, nur einen Arm zu befreien. Der Operationstisch rasselte unter ihm, die Klammern aber waren unzerbrechlich.

»Die Hohen werden fallen«, sang Jeils Stimme hinter ihm. »Die Unterdrückten werden sich erheben. Das Innere wird zum Äußeren werden.« Stronos begann unter dem Phantomgefühl von Fingern zu zittern, die über die schwieligen Lappen seines Gehirns tasteten. »Der Saphirkönig wird frohlocken.«

>>> INFORMATIONELL >> DIE KRISTOS-IRRLEHRE

Es gibt eintausendvierzehn unterschiedliche Formen des gesprochenen Medusanisch, zudem noch dreihundertzweiundsiebzig nicht mehr gebräuchliche Variationen. Dennoch gibt es keine direkte Übersetzung für das Word ›Zufall‹. Aus diesem Grund sah auch die Mehrheit der Medusaner, die zwar technisch fortschrittlich aber kulturell verkümmert waren, zu jener Zeit die Ankunft von Ferrus Manus als Omen und flüchtigen Blick auf einen größeren Plan an.

Man sollte daran erinnern, dass sein Abstieg tatsächlich den Himmel verbrannte und den Berg Karaashi zerbrach, der zuvor der höchste Medusas gewesen war. Der Omnissiah hätte den zehnten Primarchen kaum auf eine spektakulärere Weise liefern können, wenn er ihn persönlich gebracht hätte.

Daher ertrugen die Gensöhne den Tod ihres Primarchen zumindest nach außen stoischer als jene, die einen ähnlichen Verlust zu verschmerzen hatten. Sie wüteten, suchten nach Schuldigen und in den folgenden zehntausend Jahren gaben sie sich ihrer Bitternis hin. Aber auf einer bestimmten Ebene hatten sie es immer gewusst.

Es war vorbestimmt gewesen.

KAPITEL ZEHN

»Ich fürchte Euch nicht, Space Marine! In den Augen des Omnissiah sind wir alle gleich.«

– Anon.

I

Stronos spannte diejenigen Muskeln in seinem Kiefer an, die noch vorhanden waren, und begann zu ziehen. Servomotoren begannen zu zittern, als Notfallenergie in seine Arme strömte. Die Klammern über seinen Handgelenken begannen zu knarzen. Er schloss sein Auge und *zog*. Ein Brüllen, blechern und hohl, kam wie ein Hornstoß aus seinem Mund. Die Klammern aber waren geschaffen worden, um seine Art zu fesseln. Sie bestanden aus einer Adamantiumlegierung, die auch für die Herstellung von Terminatorrüstungen verwendet wurde, und sie würden nicht nachgeben.

Jeil stieß ein heiseres Lachen aus und umrundete den Operationstisch. Ohne einen funktionierenden Maschinengeist, der den Stützpunkt kontrollierte, war die Dunkelheit vollkommen. Stronos' Occulobus konnte kaum genügend umherschwirrende Photonen auffangen, um die Umrisse des sich bewegenden Körpers ausmachen zu können. Er schaltete mit einem Wimpernklick in den Infrarotbereich um. Die Änderung zauberte ein dunkelrotes Geistwesen einer menschlichen Gestalt herbei, das von einem Purpurschein umgeben war und über der Nase und dem Mund gelbe Flecken hatte. Ein Elektoo brannte wie ein Brandeisen auf der Seite des Gesichts des Sterblichen.

»Dein Zorn ist hohl, Iron Hand.«

»Du weist gar nichts.«

»Ich wusste alles, was deine Art mich wissen ließ. Nun aber weiß ich es besser. Du bist einsam. Und ich bin frei.«

Stronos versuchte, von dem Operationstisch hochzukommen. Und schaffte es nicht. Die Klammer grub sich in seine Stirn.

»Willst du wissen, was ein Iron Hand wirklich fühlt?«

Jeil antwortete mit einem unmelodischen Lachen. Er lehnte sich über das Fußende des Operationstischs und stützte sich mit den Händen auf beiden Seiten ab, als streichelte er eine perfekte Maschine. »Oh ja. Ja, das würde ich gerne.«

»Stehe gerade, wenn du einen Eisenvater ansprichst«, sagte Stronos.

Jeil sah überrascht aus, grinste aber, als er tat, wie ihm geheißen war. Ein gelber Schlitz zog sich durch das Rot seines Gesichts.

Plötzlich traten seine Augen wie helle Scheiben hervor, die immer größer wurden, als er den Boden unter den Füßen verlor.

Es war, als würde er schweben. Der Sterbliche machte ein ersticktes Geräusch, trat mit seinen Beinen um sich und zog an der Dunkelheit der Raumtemperatur, die die Röte seiner Kehle umgab.

Stronos reduzierte die Energiezufuhr zu seinen Armen.

Mit einem letzten Keuchen starb Jeil.

Seine Beine zuckten ein letztes Mal.

»Ziel verstorben«, gab der Servitor bekannt, dessen kalter Körper in der Dunkelheit vollständig unsichtbar war.

Als Zehnter Sergeant des Clans Garrsak, hatte Stronos über die ultimative Macht der Notsteuerung über jeden der neun Ordensbrüder seiner Klave verfügt. Einen Dienstservitoren fernzusteuern, der speziell für ihn programmiert worden war, war im Vergleich damit eine Kleinigkeit.

Er schloss sein Auge und einen Moment lang war seine Sicht zweigeteilt.

Er sah das Reclusiam. Eine gelbe Sphäre direkt über ihm, wo die Abwärme der Deckenlumen strahlte. Dunkler werdende Handabdrücke auf Buchbindungen oder Ausrüstungsgegenständen an den Stellen, wo Jeil oder Magos Phi sie berührt hatten. Der Körper von Jeil selbst, der sich abzukühlen begann und von der ruhig abwartenden Faust des Servitors hing. Gleichzeitig sah sein geschlossenes Fleischauge durch die Optik des Servitors. Ein dunkler Gigant aus grobem Fleisch und hartem Metall, skalpiert, blutverschmiert und angestrahlt von dem schwachen Leuchten der Energiequellen der eigenen Rüstung. Er sah sein eigenes Gehirn. Es pulsierte in dem aufgebrochenen Wrack seines Schädels wie ein fremdartiger Parasit. Der Anblick des Fleischs ließ den Servitor sein Grinsen nachahmen.

Die wichtigsten Dinge zuerst.

»Ausführung«, murmelte der Servitor und reagierte auf den Gedankenbefehl.

Und Stronos spürte eine Hand, die nicht seine eigene war, die sich in Richtung der Klammern bewegte.

II

Stronos fuhr mit einem Finger über die Vertiefung in seinen Armschienen. Dann ballte er seine Fäuste. Der rechte Panzerhandschuh reagierte mit einer Verzögerung von Eins-Komma-Eins Sekunden, der linke wies eine um sechs Kilogramm reduzierte Griffkraft auf. Er öffnete seine Fäuste wieder und stieß dabei ein ärgerliches Knurren aus. Nach seinem Duell mit Barras und seinem Versuch, aus den Klammern auf dem Operationstisch auszubrechen, benötigte der Maschinengeist seiner Rüstung dringend Fürsorge. Bevor er darüber nachdenken konnte, sah er auf und richtete ein wortloses Gebet an den Maschinengeist der Scholam und den Omnissiah. Es würde noch etwas warten müssen.

Er ging um den Operationstisch herum. Sein Dienstservitor

machte ihm ohne Aufforderung den Weg frei. Er hielt immer noch Jeils Leiche in seiner Hand gepackt, da er keinen direkten Befehl erhalten hatte, etwas anderes mit ihr zu tun. Stronos hatte sich noch nicht entschieden, wie er sie am besten loswerden konnte. Er kämpfte gegen seinen immer noch schwelenden Zorn an und konnte ihn nur mit Mühe unterdrücken.

Vergeltung war unlogisch. Egal, ob das Objekt lebendig oder tot war.

»*Ihr seid alle meine Söhne und die Feuer der Schmiede brennen genauso hell in euren Herzen wie in meinen*«, warnte das Skriptorium des Eisens. »*Legt sie in Ketten, beherrscht sie und ihr macht sie zu einer tödlichen Waffe, lasst euch aber von ihnen beherrschen, und ihr seid verloren.*«

Die Runenbank am Kopfende des Tischs gab immer noch etwas Restwärme ab.

Daneben lag zusammengesunken die Leiche der Magos Yuriel Phi. Um sie herum waren Blutflecke wie verstreute Blumen sichtbar. Sie war noch immer warm, aber ihre Augen waren dunkel. Als Stronos etwas genauer hinsah, bemerkte er, dass dem so war, weil sie gar nicht mehr da waren. Der Vakuumschlauch, der aus ihrem Hinterkopf ragte, hatte sie durch den Schädel abgesaugt. Stronos entfernte den Schlauch und setzte ihn sanft auf den Boden. Dann legte er seine Hand auf ihren kleinen, leblosen Körper. Er hatte sie mögen wollen.

Es war merkwürdig, wie viel unkomplizierter dieser Wunsch wurde, nun da sie tot war.

»Eure Antriebskraft verlässt Euch, Magos. Der Omnissiah schafft oder zerstört nicht, er baut lediglich wieder neu auf.« Er senkte den Kopf. Das Amt des Chaplains war eigentlich schon immer seine wahre Berufung gewesen. Er zog seine Hand zurück und stand auf.

Er hatte gefunden, wonach er gesucht hatte.

Der Oberteil seines Kopfs, blasse Haut und verdickter, übermenschlicher Knochen, sauber und glänzend, lag nach oben gerichtet in einer Organschale. Iron Hands waren in jeder Hinsicht kalt und der Knochen behielt nur noch wenig von Stronos' ohnehin geringer Körperwärme. Nur diejenige, die von Phi und ihrer Knochensäge stammten, war noch vorhanden. Er nahm ihn mit beiden Händen auf, ganz so, als beabsichtigte er einen grausigen Monarchen zu krönen, und nahm sich einen Augenblick Zeit, um die Ausrichtung zu korrigieren, bevor er ihn wieder auf seinen Schädel setzte. Er verzog sein Gesicht. Knochen bewegten sich nicht einfach so über andere Knochen. Die Schädeldecke verrutschte nicht, aber im Augenblick war Reibung die einzige Kraft, die seinen Kopf zusammenhielt. Er sah sich nach etwas um, mit dem er ihn befestigen konnte.

Sein Blick fiel auf Jeils Schraubenzieher. Ein verwaschener Farbfleck war an der Spitze zu sehen und blasse Handabdrücke formten einen geisterhaften Griff am Heft. Mit einem widerwilligen Seufzen nahm er ihn zwischen Daumen und Zeigefinger in die Hand und benutzte ihn, um eine der Schrauben zu entfernen, mit denen die Klammerscharniere am Operationstisch befestigt waren.

Die Schraube war zehn Zentimeter lang, einen Zentimeter dick und wies ein breites Gewinde auf.

Ohne großes Zögern positionierte er sie in einem Winkel an seinem Kopf. Das Gewinde kniff seine Haut zusammen, als die Spitze des Schraubenziehers den Schraubenkopf berührte. Er zuckte zusammen, während er langsam sein Handgelenk zu verdrehen begann.

Das hier würde ihm Schmerzen bereiten.

III

Fünfzehn Minuten später taumelte Stronos aus dem Reclusiam. Die Geräusche, die seine Stiefel dabei verursachten, hallten laut vom Metallboden des Gangs wieder. Blut lief über sein Gesicht. Blutgerinnungsfaktoren verklebten das Ceramit seines Panzerhandschuhs an den Stellen mit seiner Panzerung, wo die unlogischen, tierischen Instinkte ihm sagten, sie würde herabrutschen, wenn er sie nicht festhielt. Die siebzehn Stellen der Pein, die sich rund um seine Schädeldecke verteilten, sprachen eine andere Sprache. Er stützte sich mit einer Hand an der Wand ab und zwang sich, sich zu konzentrieren. Überall auf dem gesamten Stützpunkt war die Energie ausgefallen. Was auch immer hier vor sich ging, war eindeutig mehr als das Werk eines geistesgestörten Knechts. Sogar der Maschinengeist der Scholam war in seinen Kernspeicher verbannt worden. Seine Abwesenheit erklärte den Ausfall der Notfalllumen und die absolut vollständige Stille. Stronos fragte sich, wie lange es wohl dauern mochte, bevor die Luft nicht mehr atembar war. Er konnte stundenlang ohne Sauerstoff funktionieren, aber wenn Jeils überlebende Mittäter die Sauerstoffpumpen physisch nicht wieder in Gang brachten, wäre dies eine Rebellion, die sich praktisch selbst auslöschte.

»Thecian, Bericht«, murmelte er und drückte mit der Hand auf den Sendeknopf innerhalb des Rings seiner Halsberge. Ihm antwortete nur weißes Rauschen. »Sigart, Bericht.« Sein Versuch, Barras und Baraquiel zu erreichen, endete mit demselben Ergebnis.

Er drehte sich um.

Der Servitor wartete in der Türöffnung auf ihn.

Nachdem sich die Infrarotsicht als unzureichend für die herrschenden Bedingungen erwiesen hatte, war Stronos zum Normalspektrum zurückgekehrt und hatte die Beleuchtung seiner Rüstung aktiviert. Eine Lichtflut aus mehreren Quellen fiel auf jedes Stück Schorf und jeden Bolzen seines Adjutanten und erzeugte dabei lange, vielzackige Schatten.

»Kehre zu meiner Zelle zurück und hole meinen Helm. Töte alles, was du darin vorfindest, mit Ausnahme von Thecian.«

»Ausführung.«

»Solltest du meinen Bruder dort vorfinden, dann sage ihm, dass ich mich zur Kontrollzentrale begebe.«

»Ausführung.«

Der Servitor begann, sich mit seinem schlurfenden Gang durch den Korridor zu entfernen. In der Dunkelheit diente dies auch dem Zweck, feindliche Aktivitäten auf ihn zu lenken, bevor sie Stronos fanden. Er war nicht sentimental. Es war ein langer Weg bis zur Kontrollzentrale und ohne den Maschinengeist der

Scholam konnte ihn jede versiegelte Tür stundenlang aufhalten. Er schaltete seine Lichter aus und folgte ihm.

Der Servitor schaffte es ohne Konfrontation bis zu einer Gabelung des Gangs.

Dort bog er links ab.

Ein Gestöber aus Laserschüssen brannte sich über seinen Rücken, kochte das Fleisch von den Knochen und beleuchtete den Schützen im Korridor zur Rechten wie ein explodierender Lumen.

Da er hinter dem Servitor ging, war Stronos so gut wie unsichtbar. Aber der Schütze musste schon aus weiter Entfernung das Kratzen seiner Rüstung an den Wänden selbst über das Zischen und Knacken des Laserfeuers hinweg gehört haben. Laserschüsse prallten gegen seine Rüstung, als der Angreifer abrupt das Ziel wechselte. Eine kurze Salve folgte, bevor der Sterbliche in einem in die Wand eingelassenen Versorgungskriechgang verschwand.

Stronos war einen halben Meter zu breit, als dass er hätte folgen können, und griff mit einem Arm hinein, nur um ihn hastig wieder zurückzuziehen, als ein Sturm Laserfeuers höchster Stufe die Öffnung einrahmte und die roten Ziegelsteine auf der anderen Seite verbrannte. Aus dem Inneren des Durchgangs ertönte Gelächter. Stronos verzog unwirsch sein Gesicht.

Die Laserverbrennung, die von dem Streifschuss auf seine ausgestreckte Hand stammte, war mehr eine Beleidigung als eine Verletzung.

Ein neues Knistern von Laserschüssen ließ ihn herumfahren.

Der Servitor marschierte immer noch entlang des linken Abzweigs, zog das Feuer auf sich und ging noch einige Schritte weiter, bevor er zu viel der muskulären Fähigkeiten seines Skeletts verlor, um weitergehen zu können. Er taumelte auf ein Knie und versuchte immer noch seinem letzten Befehl nachzukommen. Stronos rammte ihn aus dem Weg und schlug Funken aus den Metallbändern, die entlang des Korridors angebracht waren, während er seinen massigen Körper hindurchzwängte.

Der in eine Robe gehüllte Mensch am anderen Ende des Korridors warf hastig die Energiezelle seiner Pistole aus und steckt eine frische ein. Mit dem Daumen schob er die Energieeinstellung auf Anschlag.

»Ich fürchte dich nicht, Space Marine!«, schrie er gellend. Sein Gesicht war von einer Ekstase des Hasses entstellt. »In den Augen des Omnissiah sind wir alle gleich.« Laserfeuer spritzte von Stronos Rüstung in einer zornigen Flut ab und entleerte die Energiezelle in nur wenigen Sekunden, bevor dem anderen die Erkenntnis dämmerte, dass nicht alle Menschen gleich geschaffen waren.

Stronos war nur noch eine Armeslänge entfernt und sein Gesicht eine Schreckensmaske aus brutalem Eisen. Abgeprallte Laserschüsse und Reibungsfunken sprühten von seinem Brustpanzer, als hätte ihn der Produktionsamboss gerade erst ausgespien.

Der Mann wich zurück, drückte auf ein Bedienfeld an der Wand hinter ihm und warf sich durch die Öffnung, die von der damit gesteuerten Luke freigegeben wurde.

Seine Erleuchtung kam zu spät.

Stronos packte seinen Fuß und zog ihn zurück in den Korridor. Der Mensch versuchte, sich mit den Fingernägeln an den Fugen der Bodenplatten festzuhalten. Das war aber genauso aussichtsreich wie zu versuchen, nicht von einem Leman Russ mitgezogen zu werden.

Stronos hielt ihn kopfüber am Fußgelenk in die Luft.

»Du warst dem Maschinengeist der Scholam verschworen. Was habt ihr hier angerichtet?«

Der Mann lachte hysterisch. »Du hast ja keine Ahnung! Ich würde eher–«

Stronos ließ ihn los. Der Mann fiel einen Meter auf den Boden und landete hart auf seiner Schulter.

»Du gibst zu leicht auf. Das kommt dabei heraus, wenn man –«

Die Worte wurden zu einem Schrei, als Stronos' Stiefel seine Wirbelsäule zerquetschte, sein Herz zermalmte, durch seine Rippen und Schulterbeine drang und alles zusammen mit den Lungen zu einem Brei zermahlte. Die Finger des Technoketzers zuckten noch einige Dutzend Sekunden eines sauerstofflosen

Lebens lang weiter, während Stronos' blutiger Stiefel den Korridor entlang verschwand.

IV

Mit dem Heulen überbelasteter Servomotoren drückte Stronos die beiden Türhälften auseinander.

Nicht lange nachdem er Magos Phis Quartiere verlassen hatte, waren die Gänge breiter geworden. Dennoch hatte er sieben Stunden und dreiundvierzig Minuten benötigt, um die Scholam zu durchqueren und die Kontrollzentrale zu erreichen. Seine Haut war verbrannt und geschwärzt. Seine freigelegten Bioniken sahen nicht viel besser aus und zeigten dasselbe Kohlenschwarz wie seine misshandelte Rüstung. Genau wie er es ursprünglich vermutet hatte, schien der Aufstand unter den Knechten der Scholam weit verbreitet zu sein. Bewaffnete Aufständische waren überall mit Atemmasken und blutroten Wintermänteln ausgestattet aufgetaucht und taten dies immer noch. Sie ließen ihn aber nicht mehr an sich herankommen. Er wusste nicht, ob es immer dieselbe Gruppe Angreifer war, die ihn die ganze Zeit über belästigte, oder ob er sich seinen Weg durch immer neue Gruppen der aufständischen Knechte bahnte.

Er drückte sich zwischen die Türhälften und stolperte hindurch. Sie schlugen hinter ihm mit einem Knall zu, der metallisch widerhallte. Auf der anderen Seite erklang das gedämpfte Geräusch von Schüssen. Er drehte sich um, hämmerte seine Faust in die luftdichte, vertikale Fuge und stauchte sie damit zusammen.

Nichts Geringeres als ein Space Marine würde diese Tür jetzt noch öffnen können.

Die Kontrollzentrale verfügte nur über einen einzigen Zugang. Ausnahmsweise einmal arbeitete der Grundriss der Scholam für ihn.

Ein einzelner Schuss ertönte.

Stronos' Rüstung war bereits wie die Oberfläche eines fehlgeleiteten Asteroiden mit Kratern überzogen. Sie steckte einen weiteren Treffer ein, als der Schuss aus einer automatischen Waffe von ihr abprallte und in die Metallverkleidung der Wand einschlug. Er tat einen Schritt auf den Laufsteg, der um die äußere Reihe der Kontrollstationen führte, riss die Abdeckung von der nächstliegenden Kontrollstation, die logischerweise der Türkontrolle diente, und schleuderte sie mit derselben Bewegung. Es gab keine Funken. Die Einheit wurde nicht beschädigt.

Das geformte Plastekteil pfiff durch die Luft, schnitt sich durch das Genick des Schützen und schlug dann in die Wand dahinter ein.

Der enthauptete Technoketzer gab einen weiteren Schuss ab, während sein Körper kraftlos auf den Bodenbelag sank.

Die Kontrollzentrale war normalerweise von Schichtbesatzungen mit jeweils fünfundzwanzig Mann besetzt. Nun hatte es aber den Anschein, als drängten sich dreimal so viele in den Servergruben und Niedergängen und verwandelten den Raum in eine Mischung aus einer billigen Absteige und einer Drogenhöhle. Bettwäsche und Decken füllten die Gangmündungen. Bekleidung flatterte an den Handläufen in den warmen Luftströmen, die von den Elektroerhitzern und kurbelgetriebenen Karbondioxidfiltern stammten. Sauerstoffkanister waren wie Sandsäcke übereinandergestapelt.

Stronos erkannte, dass er nicht wusste, wie viele Hunderte oder gar Tausende sterblicher Knechte von ihm unbemerkt im Dienst von Scholam NL-7 arbeiteten. Er hatte aber das Gefühl, dass ihm eine unangenehme Überraschung bevorstand.

Ihnen war zumindest beigebracht worden, ihre Köpfe unten zu halten.

Stronos ignorierte die Schüsse, die sie gelegentlich auf ihn abgaben, und suchte sich einen Weg um den oberen Laufsteg herum. Dabei hielt er ein Auge auf die Kontrollwiege, die wie eine leere Hülle über der Kammer hing. Was auch immer mit der Scholam geschah, von dort aus würde er es beobachten können. Vorausgesetzt, ihm würde es gelingen, die Systeme darin zu reaktivieren.

Während er an den Wänden aus Metallgittern und den gedämpften Lichtern der Strahlungsmannigfalt vorüberging, der

Station, die Baraquiel noch vor wenigen Tagen bemannt hatte, bemerkte er die Körper, die sich in dem Bettzeug verbargen. Als er sich näherte, verstreuten sie sich und pressten dabei ihre Decken an sich. Stronos spürte ein beinahe übermächtiges Verlangen, ihnen zu folgen. Von den Ausdünstungen ihrer Bioniken und der Fettigkeit ihrer nackten Haut ging eine Verdorbenheit aus, die seine eigenen Systeme vollständig umgingen und sein Fleisch ärgerten. Er unterdrückte es mit einer gewaltigen Anstrengung und war beinahe froh über die Ablenkung durch die Kugeln, die in seine Seite einschlugen.

Er hielt seine eiserne Hand in die Höhe und wehrte damit das Gros des Feuers ab, das für sein Gesicht bestimmt war. Dann packte er einen Sauerstoffkanister und schleuderte ihn wie eine Granate fort. Der Verschluss brach auf und warf mit einem Ausbruch des komprimierten Gases eine Frau um, die eine automatische Pistole trug, als er um die eigene Achse rotierte und sich in den beengten Raum der Gruben des Zwischendecks fraß.

Stronos' erschöpfter Cogitator stellte eine Sterbewahrscheinlichkeitsschätzung auf und er stieß ein zufriedenes Knurren aus.

Er wollte gerade weitergehen und sich einen Weg entlang des Laufstegs zur Kontrollwiege suchen, als er etwas fühlte.

Es war wie ein Hauch auf seinem Verstand und er ließ ihn auf der Stelle innehalten. Er starrte auf die dunklen Anzeigen der Strahlungsmannigfalt und ignorierte die zornig aufs Geratewohl auf ihn abgegebenen Schüsse, die in die Ziegelmauer hinter ihm einschlugen. Es war eine Noosphäre. Der Geist einer in der Runenbank verbliebenen Ladung, die verbliebene Spannung zwischen Kathode und Anode. Das Flüstern eines territorialen Anspruchs bahnte sich einen Weg durch Stronos' Gedanken. Es kam aber ohne jegliche Autorität und wirkte wie das Knurren einer Bestie im Schlaf.

Stronos spürte das Zucken eines Lächelns, das sich auf seinem Gesicht breitmachte.

Scholam NL-7 war noch am Leben. Damit konnte er arbeiten.

Ein gewaltiger Knall an den Türen zwang seine Aufmerksamkeit wieder zurück in die physische Welt.

Er sah zu ihnen hinüber, als eine faustgroße Auswölbung in den Drucktüren entstand und damit Stronos' primitiven Versuch zunichtemachte, sie zu verbarrikadieren. Halbfertige Analysen flackerten über seine Anzeigen.

Kein normaler Mensch konnte so etwas vollbringen.

Die Türen bogen sich mit einem lauten, kratzenden Geräusch auseinander. Stronos ballte seine Fäuste und drehte sich um, um sich demjenigen zu stellen, der dort durchbrach. Er erhaschte einen Blick auf eine knochenfarbene und braune Servorüstung in der Türöffnung, die immer breiter wurde, und öffnete von seinen Instinkten getrieben seine Fäuste.

Barras.

Der Knight of Dorn, der einen mörderischen Ausdruck im Gesicht hatte, hielt die Türen offen, während zunächst Sigart und dann Baraquiel hindurch rannten. Die beiden Space Marines trugen noch ihre livrierten Kittel und Aspirantenüberwürfe, hatten es aber zumindest geschafft, sich mit Waffen zu versorgen. Trotz der Tatsache, dass die Kontrollzentrale kaum genug Platz bot, um mit einem Gladius zu kämpfen, stürmte Baraquiel den zentralen Laufsteg mit einem beidhändig geführten Energieschwert entlang und führte es wie den Rammdorn eines Schachtschiffs. Sigart stemmte seine Füße gegen den Boden und stützte einen normalgroßen Bolter auf dem Handlauf um den oberen Laufsteg ab. Nur der Omnissiah allein wusste, wo er ihn aufgetrieben hatte, da sie bei ihrer Abkommandierung auf den Mars alle ihre Fernwaffen hatten abgeben müssen. Ein weiteres Vermächtnis der Horus Häresie. Der Black Templar eröffnete mit einem Brüllen das Feuer und zerfetzte mit derselben Unbekümmertheit sowohl kalte Maschinen als auch lebendiges Fleisch.

Thecian war der Letzte, der hereinkam.

Das Gesicht des Exsanguinators und die Vorderseite seiner Robe waren blutverschmiert, so als habe er gerade erst sein Gesicht in einen Eimer mit frischen Fleischabfällen gesteckt. Er war unbewaffnet und trug keine Rüstung, sprang aber beidfüßig über den Handlauf des Stegs in die Mittelebene, trieb seine Faust durch die Brust eines panischen Technoketzers, packte eine andere bei den Haaren und biss ihr den Hinterkopf ab, während sie noch schrie. Stronos sah fassungslos zu, wie Thecian die Frau von sich schleuderte, die Zähne in das eigene Handgelenk grub und so offensichtlich etwas Selbstkontrolle zurückerlangte. Er drehte sich um und sah zu Stronos auf. Seine feinen Züge wirkten vor Blutlust und Selbsthass abgezehrt.

Stronos stellte keine Frage.

Sie alle hatten ihre Dämonen, gegen die sie kämpfen mussten.

Barras zog die Türhälften hinter sich wieder zu. Sie verkeilten sich aber, als sie noch eine Faustbreite Abstand voneinander hatten und weigerten sich, sich auch nur noch einen Millimeter weiter zu bewegen. Der Knight of Dorn fluchte und zog sein Kampfmesser.

»Was ist dort draußen?«, fragte Stronos.

Barras warf einen Blick zurück über seine Schulter, und musste zweimal hinsehen. Unter anderen Umständen hätte die Geste vielleicht komisch gewirkt. »Ihr müsst lernen, Euch Deckung zu suchen.«

»Ich bin ganz Eurer Meinung«, sagte Stronos und berührte vorsichtig eine der Schrauben, die in seinem Schädel steckten.

Barras ließ ein Brummen hören, zog sich von der Tür zurück und nahm Bereitschaftsstellung ein. Stronos hatte gelernt, diesen Ausdruck zu respektieren. »Wir haben uns durch eine Kohorte Skitarii-Späher gekämpft, um hierher zu gelangen. Sie haben unter der Nase von Magos Phi einige schwere Waffen herbeigeschafft. Baraquiel hat wenigstens eine Kataphroneinheit gesehen.«

Es gab eine Unterbrechung im Konzert der Explosionen, als Sigart widerwillig eine Pause einlegte, um nachzuladen.

Die Kontrollzentrale wirkte, als wäre sie von einem wilden Tier zerfetzt worden. Baraquiel durchsuchte die Trümmer nach etwas, das noch unberührt genug war, um seine gewaltige Klinge damit reinigen zu können. Zu guter Letzt entschied er sich aber, sie am Handlauf abzureiben. Thecian hatte sich in der Zwischenzeit in eine Grube ohne Hinterausgang zurückgezogen und war über seinen Arm gebeugt, an dem sein eigenes Blut herunterlief. Er grub seine Fingernägel in die Bisswunde, um die Hyperkoagulantien von der Gerinnung abzuhalten. Stronos konnte mehrere alte Narben auf dem Arm des Exsanguinators ausmachen. Er murmelte eine Beschwörung, die vermutlich dazu gedacht war, sich selbst zu beruhigen, unterbrach aber ab und zu, und versetzte der Wand dann einen heftigen Kopfstoß.

Wenn dies die Selbstkontrollmethoden waren, die Thecian ihm angepriesen hatte, dann war Stronos überhaupt nicht beeindruckt.

»Kardan.«

Stronos sah auf, als Barras ihm ein Ersatzmesser zuwarf, und fing es am Heft aus der Luft auf.

»Mit deinen Fäusten bist du nutzlos.«

Stronos ließ ein Schnauben hören und war überrascht, dass ihn das tatsächlich amüsierte. Ein unbestimmtes Gefühl der Wärme kribbelte durch sein Inneres.

»Das hier ist wie auf Thennos«, murmelte er.

»Was ist auf Thennos passiert?«, fragte Barras.

»Rebellion.« Stronos schüttelte den Kopf. »Unwichtig. Außer, dass es viel mehr als die Macht eines Ordens benötigen wird, um den Mars zu säubern, es sei denn, wir können sie hier aufhalten.«

»Den Mars säubern? Reagiert Ihr da nicht über, zumindest ein bisschen?«

»Ich habe das schon einmal gesehen.« Stronos sah sich um und sein Blick fiel auf die toten Sterblichen. »Es beginnt in einem geringen Ausmaß, unter der Bevölkerung der Knechte, bevor es sich ausdehnt und andere verdirbt. Ich weiß nicht wie, aber wie ich schon sagte, habe ich die Konsequenzen der Untätigkeit bereits selbst erlebt.«

»Wie lautet dann Euer Plan, Bruder?«

»Die Quelle der Verseuchung suchen und zerstören.«

»Die Quelle?«

Stronos nickte, sagte aber nichts weiter.

»Wo?«, brummte Barras.

Stronos legte die Stirn in Falten, spürte aber, wie sich dahinter bereits eine Antwort bildete.

Es war ungewöhnlich für einen Maschinengeist, zumal für einen so eifersüchtigen wie den von Scholam NL-7, aus eigenem Willen den Kontakt zu suchen. Er fühlte aber ein Kribbeln, als er spürte, wie sich dessen Systemanbindungen mit seinen eigenen verbanden und dessen Abschiedsgruß wisperten. Das Pulsieren in Binärsprache bestand nur aus einem Wort.
Nur einem einzigen.
<Primus>

KAPITEL ELF

»Sie, die dürstet, und Ayoashar'Azyr sind die Meister dieses Tanzes, aber es ist der Lachende Gott, der die Melodie vorgibt, denn es ist in der Tat eine feine Tragödie.«

– Herbst

I

Der Skitarii-Alpha zog Melitan am Handgelenk über den Laufsteg. Sie trat mit ihren Füßen um sich und versuchte, sich an den Runenbänken festzuhalten, die an ihr vorbeiglitten. Alles, was sie erreichte, war aber nur einige Hocker umzustoßen. Der kybernetische Veteran leitete mehr Kraft in einen seiner Arme, als sie in ihrem ganzen Körper aufbringen konnte.

Und selbst wenn sie ihm entkam, was dann?

Sie fühlte, wie die Panik, die in ihr aufstieg, sie zu übermannen drohte. Ihr Herz schlug schneller und ihre Gedanken wirbelten mit einer frenetischen Geschwindigkeit durch ihren Verstand. Sie nahm nur weit entfernt wahr, dass sie die dumme Muskelbestie der Legio Cybernetica anbettelte, die hinter ihr herging, noch während sie sich wie eine Larve unter einer Seziernadel wand. Mit einem weiteren zwecklosen und durchdringenden Schrei stemmte sie ihre Fersen in den vergitterten Boden, wurde an ihrer gefangenen Hand weitergerissen und tastete am Boden nach etwas, um sich daran festzuhalten. Durch ihre verzweifelte Handlung riss sie sich die Finger auf und hinterließ blutige Spuren auf dem nackten Metall hinter sich. Die Lichter, die in den Linsen der Binärinfozyten flackerten, verschwammen in den Datenbuchten unter ihr wie Sterne in dem Herzschlag vor dem Übertritt in den Warp. Die Lichter waren nicht besonders hell, brannten aber in ihren Augen und lösten eine pochende Migräne aus, die sie nach Atem ringen ließ und ihre Fluchtversuche zum Erliegen brachte, als sie ihre Handfläche gegen die Stirn presste.

»Warum wehrst du dich?« Der Alpha hörte sich an, als sei er tatsächlich verwundert. »Wir warten seit Jahrzehnten auf diesen Augenblick, auf die Möglichkeit, uns vor dem Saphirkönig zu verneigen.«

Melitan umklammerte ihr Gesicht mit einer Hand und konnte nur noch schreien. Es war ein unmenschliches Geräusch, das aus ihrer Kehle drang. Irgendetwas riss aus ihr heraus, etwas von einer schrillen Binärtonlage gespaltenes und verdrehtes, das die Legionäre der Skitarii unbehaglich zusammenzucken ließ. Ihre Augen füllten sich mit rasenden Ziffernfolgen, als wäre in ihrem Gehirn eine Säuberung und ein Neustart ausgelöst worden. Ihr Mund wurde breiter, aber nun kam kein Geräusch außer einem strangulierten Winseln mehr hervor.

»Was geht hier vor sich?«

Der Alpha packte ihr Handgelenk fester und drückte den noch warmen Impulsgeber seiner Plasmapistole gegen ihren Kopf. Die anderen Skitarii zogen sich vorsichtig zurück und zückten die Waffen aus den Holstern, um den Alpha zu decken.

Die Robodogge tobte am Ende seiner Kette, knurrte und geiferte nach Melitan. Aus seinen gewaltigen Kiefern flogen speichelartige Schmiermittel. Seine noosphärischen Geruchssinne erkannten die erzwungene Neukonfiguration von Melitans höheren Gehirnfunktionen und brachten ihn zur Raserei.

Die Wächterin gab den Instinkten der Dogge nach und der Kette etwas mehr Spiel.

Irgendwo tief in Melitans Gehirn brach ein Schmerz aus, der

die Lähmcodes der Dogge abwehrte und eine Kommandozeile in die Asche ihres Inselcortex brannte.

»Deimos!«

Alle Antriebskraft verließ die Robodogge in dem Augenblick, als sie sprang. Es war, als habe der verbale Noteingriff ihre Batterien ausgelöscht und sämtliche Kabel im Inneren der Konstruktion gekappt. Die Subintelligenz war verschwunden, bevor der tote Körper auf dem Boden aufschlug.

Die Wächterin sah von dem Metallhaufen, der an ihre Arme gekettet war, zu Melitan. Es war schwierig für sie, ihren Schrecken mit so vielen auf ihr Gesicht genähten funktionalen Augmentationen zum Ausdruck zu bringen. Aber es war genau das, was sie nun tat.

»Was hast du getan?«, fragte der Alpha, anstatt Melitan durch den Kopf zu schießen, was sie an seiner Stelle jetzt getan hätte.

Beim Omnissiah, wann hatte sie begonnen so zu denken– so wie ein Iron Hand?

»Androktasiai«, zischte sie. »Eins-Eins-Null-Null-Null-Eins-Eins. Ausführung.«

Die primäre Datenanbindung, die für den Schutz aller eingehenden und abgehenden Datenübertragungen zu und von den neuralen Funktionen des Skitarius zuständig war, überlud sich plötzlich. Funken sprühten aus seinen Schläfen und lösten einen Kaskadeneffekt bei den Kriegern seiner Kohorte aus, als der Tötungsalgorithmus, der sie angriff, auf ihre verbundenen Systeme übersprang. Sie verkrampften sich und zuckten umher, als ihre menschlichen Gehirne zu grauem Brei schmolzen und sie aus ihren vergitterten Helmen unzusammenhängende Schreie in Binärsprache ausstießen. Der Alpha klapperte auf den Steg des Auslegers und begann zu dampfen. Auch der Rest der Kohorte tat es ihm bald darauf gleich. Von ihren verbrannten Hüllen stieg nun nur noch der beißende Gestank nach geschmolzenem Plastek auf.

Nur die Sklavin der Legio Cybernetica war noch auf den Beinen.

Trotz all ihrer offensichtlichen Verbesserungen waren ihre Bioniken vollständig und brutal funktionell. Um ihren Zweck zu erfüllen, benötigte sie nicht dasselbe Maß der Vernetzung wie die Legionäre. Die Muskelbestie versuchte, sich zurückzuziehen. Aber die Masse des geistlosen Schrotthaufens der Robodogge war sogar für sie zu viel. Sie konnte nicht entkommen.

Die Unterpersönlichkeit, die sich in Melitans Rückenmark entfaltete, brachte die somatischen Nerven in ihrem Gesicht dazu, ein räuberisches Lächeln zu zeigen.

Sie beugte sich vor und packte die Plasmapistole des Alphas. Sie hatte noch nie eine in der Hand gehalten und dennoch kannte sie jedes der Geheimnisse der Waffe. Sie zielte mit ihr auf den Kopf der Wächterin und verstellte die Energieleistung auf die geringste Stärke. Sie wollte so kurz nach Oelurs Exekution nicht riskieren, dass sich die Waffe überhitzte.

Sie blinzelte unsicher. Das Bild vor ihren Augen verdoppelte sich und einen Augenblick lang hatte es so ausgesehen, als würde die Hand eines anderen die Pistole halten. Oder die Augen eines anderes sie sehen.

Konnte sie das tun? Konnte sie einfach so ein Leben beenden? War sie–?

Sie zog den Abzug durch.

Etwas Warmes spritzte auf ihr Gesicht und sie wurde sich gewahr, dass sich die Kammer um sie herum zu drehen begann. Sie war ausreichend auf das vorbereitet, was nun folgen würde, sodass sie ihre Arme ausbreitete, bevor ihre Beine unter ihr nachgaben.

II

Melitan erwachte mit stechenden Kopfschmerzen. Sie hatte keine Ahnung, wie lange sie bewusstlos gewesen war. Es konnte aber nicht viel Zeit vergangen sein, denn die Infozyten rannten immer noch nervös in den Bereichen unter dem Boden des Laufstegs umher, anstatt sie über den Rand des Stegs zu rollen.

»Ich muss mich daran gewöhnt haben, das Bewusstsein zu verlieren«, murmelte sie zu sich selbst, während sie ihre Hände unter sich schob, um sich aufzusetzen.

Die Kammer begann sich erneut zu drehen, ganz so, als wäre sie zum Zentrum der Galaxis geworden. Sie packte ihren Schädel mit beiden Händen und stieß ein Stöhnen aus. Die Schreie und Schüsse in der Ferne waren durch die verstärkten Wände in dem Beobachtungsbereich kaum zu hören. Es fühlte sich aber dennoch so an, als würden die Schallwellen ihren Schädel zu Puder zerreiben. Dennoch wirkten die Geräusche auf seltsame Art beruhigend. Sogar angenehm.

Die Morgenrot-Technologie mochte ihre Verderbnis über die Eindämmungskammer hinaus ausgebreitet haben, aber der abgeschottete Betrieb der Null-Ebene hatte sie zu einem gewissen Grad unter Kontrolle gehalten. Irgendjemand wehrte sich.

Sie blinzelte mit den Augenlidern, bis der Laufsteg aufhörte, sich um sie zu drehen, und sah dann direkt in die zerbrochenen Optiken des Skitarius-Alpha. Sie hatte das getan.

»Seid Ihr das da drin, Palpus?«, flüsterte sie dem Schmerz in ihrem Kopf zu.

Er war immer noch vorhanden, wurde aber wenigstens nicht mehr schlimmer. Sie wünschte, sie könnte sagen, ob das ein gutes oder ein schlechtes Zeichen war.

»Was ist meine Lieblingsfarbe?«, fragte sie sich selbst. »Rot.« Sie runzelte die Stirn. Das würde unter den Gläubigen des Mars wohl kaum etwas beweisen. »Wie lauteten die Namen meiner Eltern?« Die automatische Verwendung der Vergangenheitsform ›lauteten‹ ließ sie einen Moment lang innehalten, bevor sie hastig antwortete: »Greta und Hayden Yolanis. Wir lebten in den Habitaten der Baronie Laurentin«, fügte sie noch hinzu, um jeden Zweifel auszuschließen.

Nachdem sie selbst davon überzeugt war, noch sie selbst zu sein, raffte sie die notwendige Energie zusammen, um aufzustehen.

Die Versorgung der Deckenlumen und Runenanzeigen war ausgefallen. Allerdings war es nicht völlig dunkel, wie sie mit etwas Verspätung feststellte. Ein wächserner, grüner Schimmer geringer Beleuchtungen kam aus den Zellen, die zu beiden Seiten über den Laufsteg hingen. Es handelte sich nicht um aktive

Lichtquellen, sondern um auf irgendeine Weise selbstleuchtende Streifen, die sie an die Radiumstreifen erinnerte, mit denen sie als Kindesanwärterin die Munitionskisten auf Fabris Callivant bemalt hatte.

Sie drehte sich in Richtung der Außentüren um, die weit, weit entfernt am anderen Ende des Laufstegs außer Sicht lagen und dachte über ihre Situation nach.

Sobald die korrumpierten Skitarii den Stützpunkt unter Kontrolle hatten, oder vielleicht auch schon früher, würde jeder von ihnen versuchen, in diese Kammer einzudringen und durch die Eindämmungstüren hinter ihr zu gelangen. Wie viel Zeit würde ein Manipel der Skitarii dafür benötigen, die beiden Türen ohne die Hilfe der Energieversorgung zu bewegen? Sie verwarf diese Spekulation. Das war die falsche Frage. Sie hatten die Energieversorgung des Stützpunkts unterbrochen, also sollten sie wahrscheinlich auch über die Mittel verfügen, sie wieder einzurichten, sobald das ihren eigenen Zwecken diente. Sie war von ihrem eigenen Scharfsinn beeindruckt und richtete die unerwartete Klarheit ihrer Denkvorgänge nun darauf, was das für sie bedeutete. Sollte sie hierbleiben und versuchen, die Morgenrot-Technologie zu verteidigen, so lange wie nötig bis Hilfe eintraf? Oder sollte sie lieber das bisschen Zeit, das ihr blieb, zur Flucht zu verwenden? Sie schüttelte den Kopf. Wieder die falsche Frage. Dies ist die Primus-Anlage des Noctis-Labyrinths. Hilfe würde nicht einfach hier *ankommen*. Sie würde ins Freie gelangen und sie selbst herführen müssen.

Das war ein gelöstes Problem, aber die größte Herausforderung lag noch vor ihr.

Wie?

Beinahe bevor sie dieser Frage ihre volle Aufmerksamkeit widmete, wurde ihr die Lösung bewusst. Die proprietären Codes und Pläne der Anlage, die sie benötigen würde, begannen ihren Verstand zu füllen. Sie überraschte sich selbst mit einem Kichern. Dies war wirkliches Wissen, wirkliche *Macht*. Es war das, wonach sie bereits ihr ganzes Leben gestrebt hatte und nun gehörte es ihr.

Sie drehte sich um und sah an dem erleuchteten Strang der Zellen entlang.

Sie konnte es schaffen. Aber nicht allein.

III

Die Augen der Harlequin waren größer als die eines Menschen und auf eine spirituelle, nichtdimensionale Weise tiefer. Das geisterhafte Lächeln auf ihren Lippen hatte sich nicht verändert, seit Melitan die beiden Infozyten, die sie von der Zelle hatten fernhalten wollen, in ihre Atome aufgelöst hatte.

»Wie lautet dein Name?«

Sie war von der Autorität in ihrer eigenen Stimme überrascht. Es hatte den Anschein, dass es der Xenos ähnlich ging, denn eine schmerzlich schöne Augenbraue zuckte in die Höhe.

Melitan nickte zufrieden. »Gut. Wenigstens hörst du mir jetzt zu.«

»Ich höre dich, Magos Vale«, antwortete die Harlequin und sprach Melitan mit dem Namen an, den Oelur vor ihr benutzt hatte. Sie sprach in einem seltsamen Rhythmus, als ob ihr Verstand ihre Worte in Versen anstatt in Prosa formulierte. »Ich höre das Lachen von Cegorach. Die Bühne ist kleiner, die Preise geringer, aber wir führen immer noch seinen Lieblingstanz auf.«

Melitan runzelte die Stirn und vermutete, dass die Eldar verrückt war. Was auch immer die Eigenheiten der Psychologie der Eldar sein mochten, sie war seit langer Zeit hier gefangen. Und dennoch, die untertriebene Darstellung, dass sie ihrer Umgebung nur schwach gewahr war, bestärkte sie in ihrer Meinung, dass genau das nicht der Fall war. Es war einfach die seltsame Art der Eldar, gesprochene Sprache zu verwenden – mittels kultureller Referenzen und idiopathischer Metaphern.

»Also, wie lautet dein Name?«

Die Xenos lachte mit vorgetäuschter Heiterkeit. Es war eine Aufführung, genau wie die Jahre der Stille zuvor eine Aufführung gewesen waren. »Kenne mich als die Rolle, die ich spiele. Nenne mich Herbst. Und ich werde dich Stolz nennen.«

Melitan malmte mit ihren Zähnen. »Möchtest du freikommen, oder nicht?«

»Keiner von uns ist frei. Nur Stolz würde so denken.«

»Lass mich dir eine andere rhetorische Frage stellen. Wenn ich dich da rauslasse, wirst du mich dann töten oder mir helfen?«

Die Harlequin lächelte nur als Antwort.

»Wenn du eine direkte Antwort geben kannst, dann auf diese Frage.« Melitan hielt sich am Sicherheitsgitter fest und lehnte sich vor, bis ihr Mechadendrit beinahe die Vorderseite der Glaszelle berührte. »Hat das Morgenrot-Gerät dich beeinflusst?«

Herbsts Gelächter war diesmal echt, als wäre die Frage unerwartet gekommen. »Selbstverständlich«, gab die Eldar zur Antwort. Der Singsang ihrer Stimme wurde rauchig, als sie Melitans Körperhaltung nachahmte und sich vorlehnte. »Ist deine Vorstellungskraft zu unfruchtbar, um zu verstehen, *was* die Eldar während des Schlussakts ihre Brillanz zuwenden würden?« Sie lachte erneut. »Aber ihre Wirkung auf mich ist anders. Euer Verstand ist anders, als der unsrige. *Geringer.* Mehr Änderungen unterworfen. Sie, die dürstet, und Ayoashar'Azyr sind die Meister dieses Tanzes, aber es ist der Lachende Gott, der die Melodie vorgibt, denn es ist in der Tat eine feine Tragödie.«

»Warte«, sagte Melitan, die versuchte, ihre Frustration ob der rätselhaften Sprache der Eldar in den Griff zu bekommen. »Wovon sprichst du?«

Herbst breitete ihre Hände in einer dramatischen Geste aus. »Cegorach liebt Tragödien. Es ist der Tanz von Thiraea und Pyr. Verlangen stiehlt der Vernunft den Weisen und bringt nur Tod über das, was Verlangen verfolgt. Ich habe diesen Tanz viele Male getanzt und viele der Rollen gespielt. Immer hoffen wir anders, aber es endet immer auf dieselbe Weise, und immer tanze ich aufs Neue auf neuen Bühnen.«

Melitan wollte gerade die Eldar fragen, was sie damit meinte, als es ihr bewusst wurde. Tief in ihrem Inneren wusste sie es. Das war der Grund warum sie – warum Palpus – wollte, dass die Technologie eingedämmt blieb, sogar während er Kristos' Befehl, sie zu aufzubewahren, befolgen musste. Sie war bereits bei ihrer Geburt vom Chaos verderbt worden. Und nun, wegen Kristos und seinen Ambitionen, hatte sie sich mit dem Schicksal der Iron Hands verbunden. Und mit dem von Melitan Yolanis.

»Ich muss unbedingt weg von hier, von den Geschehnissen berichten und Hilfe holen.« Melitan spielte mit dem Griff ihrer Plasmapistole und rang mit sich. Konnte sie der Eldar vertrauen? Hatte sie auch nur die geringste Chance, ohne sie die Null-Ebene zu verlassen?

»Ich werde dich freilassen«, sagte sie schließlich widerwillig.

Die Harlequin zuckte mit den Schultern, als wäre Melitans Entscheidung nie infrage gestanden.

Melitan wandte sich von der Zelle ab und entfernte mit einem Tritt die rauchende Leiche des Infozyten hinter der Runenbank der Kontrollstation. Die Einheit war leblos, aber für jemanden mit dem vollen Verständnis der Antriebskraft war das kein Hindernis. Sie verstand sie, als wäre das *offensichtlich*.

Sie platzierte ihre Handflächen auf der Konsole wie ein imperialer Heiliger, der seine Hände auf einen verwundeten Soldaten legte. Sie spürte ein Prickeln in ihren Fingerspitzen, als der subtile Galvanismus von Haut auf Plastek dem System neues Leben einhauchte. Der Cogitator erwachte summend und surrend zum Leben und belebte seinerseits den Informationsbildschirm mit einem zuckenden grünlichen Licht. Sie hielt den Atem an und war, noch während sie es ausführte, von dem Wunder überwältigt, das sie vollbrachte. Mit einer Hand auf der Konsole, um den Kreislauf aufrecht zu erhalten, gab sie den Cryptekbefehl ein. Er war lang und teuflisch komplex. Exogenitor Oelur hatte keinen Umstand vorausgesehen, in denen diese Zellen je geöffnet werden würden. Aber nur weil eine Möglichkeit nicht vorausgesehen worden war, bedeutete das nicht, dass sie nicht existierte. Die Stimme des Mars hatte sichergestellt, dass sie den Dateneingang mit diesen Codes erhielt.

Nun verstand sie auch die akzeptablen Grenzen der Ignoranz, die einen Aspiranten von einem Meister trennten.

Die Vorderseite der Zelle der Eldar löste sich geräuschlos und fiel in den Abgrund. Melitan sah ihr auf dem Weg in die Tiefe nach und wie sie darin verschwand. Sie hielt ihren Blick auch weiterhin nach unten gerichtet, bis sie hörte, wie die Scheibe zersplitterte. Sie stieß mit einem Keuchen den Atem aus, von dem sie nicht gewusst hatte, dass sie ihn angehalten hatte, und sah auf.

Die Eldar hatte sich überhaupt nicht bewegt.

Melitan deutete mit der Pistole auf sie. »Zieh dich an. Wir verschwinden.«

KAPITEL ZWÖLF

»*Das seit dem Aufstand auf Medusa am schlechtesten gehütete Geheimnis. Der ganze Eiserne Rat weiß, dass da etwas ist.*«

– Eisenvater Verrox

I

»Ich wusste, dass Ihr früher oder später zu mir gekrochen kommen würdet.«
Eisenvater Verrox stand von der Einstiegsluke der rumpelnden Bastionsraupe *Zerstörung* eingerahmt da. Er wurde wie ein vom Imperator der Menschheit entsandter Engel der Vernichtung von hinten angestrahlt. Der Eisenvater des Clans Vurgaan hatte aber nur selten etwas mit Göttern oder Wundern zu tun. Lydriik trampelte die Rampe hinauf und hielt dabei seinen Kopf gesenkt. Der Wind zerrte an seinem Körper und sein Rhino war in dem Staub und Geheul der sich ewig bewegenden Bastionsraupe verschwunden.
Verrox starrte ihn über den hohen Rand seiner Halsberge hinweg an und zeigte seine Zähne.
»Ich dachte, das würde bereits früher geschehen.«
»Auch ich freue mich, Euch zu sehen«, sagte Lydriik durch den Staubschleier, der vor seinem Visier vorbeipfiff.

Verrox stand stolz ohne Helm da. Sein langes, graues Haar, das von Eisenringen zusammengehalten wurde, peitschte um seinen Kopf wie die *Medusae* der grekischen Mythen. Sie schlugen gegen die Hüllenpanzerung und die gewaltigen Panzerplatten seiner Indomitusrüstung. Die Rüstung selbst hing wie ein Pelz schwer an ihm. Der klappernde Kriegsharnisch war von Schriften in altem Juuket überzogen und kündete von den Welten, die er vernichtet, und den Xenosrassen, die er ausgelöscht hatte. Totems und Trophäen derselben hingen an abgenutzten Ketten. Da waren Patronenhülsen, Abzeichen von Verrätern und die mumifizierten Köpfe von Monstrositäten, die er im Kampf besiegt hatte. Sie alle schlugen und wirbelten umeinander, wenn er in der taktischen Dreadnoughtrüstung Atem holte. Lydriiks Rüstung war einst ähnlich geschmückt gewesen, bevor er und sie zum Clan Borrgos stießen.

Der Eisenväter grinste. Affenartige Lippen verzogen sich über dicht beieinanderliegenden, Zähnen, die von Triebketten angetrieben wurden. »Die Vurgaan sind die Löwen Medusas. Die Borrgos die Schakale. Ich wusste, dass Ihr auf der *Gespaltene Hand* nicht zufrieden sein würdet.«

Lydriik nickte, ohne die Wahrheit in den Worten des Eisenvaters anzuerkennen. Verrox war furchterregend. Irgendwie verkörperte er sowohl den Inbegriff, als auch die Antithese dessen, was es hieß, ein Iron Hand zu sein. Aber er hatte auch etwas Berauschendes an sich. Es war wie einen Finger über dem Auslöser einer Megawaffe zu halten.

»Ich komme, um einen Gefallen einzufordern, alter Freund.«
»Natürlich tut Ihr das.«

Mit diesen Worten drehte sich der Eisenvater schwerfällig um und ging ins Innere.

Die Temperatur stieg um etwa fünfzig Grad, als der Wind versiegte und die Luke sich schloss. Lydriik setzte seinen Helm ab und begann trotz seiner Umweltsiegel zu schwitzen. Er wischte sich den Schweiß von der Stirn. Die Luft an Bord der *Zerstörung* lag nur knapp über dem Gefrierpunkt, aber alles war relativ. Kälte zu bevorzugen war eine Besonderheit der Iron Hands.

Er befestigte seinen Helm an der magnetischen Halterung, die neben seinem Pistolenholster angebracht war, und folgte dem Eisenvater.

Einhundert Jahre lang war er ein Teil des Clans Vurgaan gewesen, nachdem ihn Eisenvater Verrox persönlich auf der feudalen Welt Battakkan zum ersten Mal in die Schlacht geführt hatte. Dieses gesamte Jahrhundert hatte er mit Feldzügen verbracht, darum gekämpft, die Tau und deren Hilfsvölker von Welten im Westlichen Schleiernebel zu vertreiben. Dies war sein erster Besuch an Bord der mobilen Festungsraupe seines ehemaligen Clans.

Verrostete Waffen waren auf die Schotten genagelt, so viele von ihnen, dass sie sich überlappten und einen Klingenwall bildeten. Das Blut derjenigen, die von ihnen erschlagen worden waren, färbte noch immer die Schneiden. Rot, Schwarz, Grün, Pink. Die Luft war farbig, wie die Kathedra einer Kardinalswelt und roch nach Mord. Neben Türluken hielten Rüstungen Wache. Keine Servorüstungen der Space Marines, denn diese waren heilig, sondern vielmehr Trophäen aus Tausenden Feldzügen. Megarüstungen der Orks. Phantomrüstungen der Eldar. Aufgrund der jüngsten Feldzüge des Clans waren Kampfanzüge und Schlachtpanzer der Tau natürlich besonders häufig vertreten. Alles klapperte aufgrund der unaufhaltsamen Vorwärtsbewegung der Bastionsraupe. Wie das Schlagen von Klingen auf Schilden, das Donnern von Stiefeln auf fremden Welten. Es war, wie durch ein Leichenschiff zu gehen, in den Abgrund des Todes zu spähen und eine Waffenphalanx des Xenos und des Ketzers zu sehen.

Die *Zerstörung* konnte nicht in die Schlacht ziehen, wie es ihr kriegerischer Maschinengeist verlangte, denn sie war an das Sthenelussystem gebunden. Deshalb befriedigten die Vurgaan sie, indem sie die Kriege zu ihr brachten.

Lydriik bemerkte, wie ihm der Speichel im Mund zusammenlief. Sein Omophagea war ergriffen von dem bittern Gewand des Todes in industriellem Maßstab.

»Ich habe nichts von Euch gehört, seit sich unsere Wege über Thennos getrennt haben«, sagte er und versuchte damit, das Schweigen zu brechen.

»Und ich war überrascht, jetzt etwas von Euch zu hören«, brummte Verrox. Seine gewaltigen Schultern rollten bei jedem Schritt. »Der Festungsdienst ist ein Elend, das alle auf sich nehmen müssen. Aber auch das Wissen, dass Fell oder Kristos auf ähnliche Weise leiden werden, macht die Last nicht leichter. Ich bin fast so weit, einen Dreizehnten Schwarzen Kreuzzug herbeizusehnen.«

Lydriik war nur gelegentlich ein folgsamer Anhänger des Credos des Eisens, aber er ertappte sich jetzt dabei, wie er das Zeichen des heiligen Zahnrads mimte. Es waren beinahe drei Jahrhunderte her und seine Erinnerungen an seine Kindheit waren durch die Veränderungen an seinem Verstand im Laufe der Jahrhunderte verschwommen. Aber er erinnerte sich an den Zwölften. Es war eine umtriebige Zeit für die Schwarzen Schiffe gewesen.

Dem langsamen Knurren seiner Zähne nach zu urteilen, hatte Verrox andere Erinnerungen daran.

»Was gibt es Neues von Stronos?«, fragte Lydriik. »Ihr müsst regelmäßig im Eisernen Rat sitzen.«

»Nur wenn die Monotonie zu groß wird und ich eine andere Art der Langeweile finden muss, um sie zu lindern.«

»Wird die Kristos-Frage weiterhin debattiert?«

»Ich habe etwa fünfhundert Jahre überdauert. Ich war vor Ort, auf Keziah. Ich habe die Vurgaan durch den Gotischen Krieg geführt. Ich habe das Fleisch der Devram Korda geschmeckt und jede Rasse bekämpft, von der Ihr je gehört habt und noch mehr abgeschlachtet, die es nicht mehr gibt. Ich will *verdammt* sein, wenn ich es zulasse, dass das Kristoskonklave mich mein Leben kostet.«

Lydriik konnte nicht anders, als ein leises Lachen auszustoßen.

Er vermisste den Clan Vurgaan. Sie waren aggressiv, viril, definitiv brutal und das ohne jedes Schamgefühl. Sie verbargen ihre Exzesse nicht hinter Logik oder Vernunft. Sie waren nun einmal so, wie sie waren. Dieselben unveränderlichen Barbaren, zu denen der Primarch sie geformt hatte.

»Je früher Stronos sich meiner Partei wieder anschließt desto besser.«

»Es dauert dreißig Jahre, um einen Techmarine auszubilden«, sagte Lydriik. »Ihr glaubt, das Problem wird noch nicht gelöst sein, wenn er zurückkehrt?«

Der Eisenvater stieß einen geknurrten Seufzer aus. »Es gibt Medusaner, die noch nicht einmal geboren sind, die einen Sitz im Eisernen Rat beanspruchen werden, bevor diese Angelegenheit erledigt ist.«

Lydriik runzelte die Stirn. Er hatte das Wirken des Eisernen Rats nur von außen betrachtet, konnte sich das aber gut vorstellen.

»Eisenvater Stronos«, murmelte Verrox und schüttelte seine klirrende Mähne. »Dass er in nur einhundert Jahren so hoch aufsteigen konnte. Ihr solltet wissen, dass Draevark darüber nicht erfreut war. Ganz und gar nicht.« Er schmunzelte vor sich hin. »Hättet Ihr mir auf Battakkan gesagt, dass der Anwärter, der gerade meine Thunderfire-Kanone zerstört hatte, einst neben mir im Auge von Medusa stehen würde, hätte ich Eure Kehle aufgerissen und Eure Progenoiddrüsen gefressen.« Seine Zähne heulten. »Um zukünftige Generationen vor solchen unlogischen Ausbrüchen zu bewahren.«

Lydriik war sich nie sicher, wann Verrox versuchte, Humor zu beweisen.

»Ich ... hatte ihn immer für einen Chaplain gehalten«, sagte er.

»Genau wie ich. Er dachte zu viel nach.«

»Aber er wollte herrschen.«

»Genau das, was der Eiserne Rat braucht. Noch ein Denker.« Verrox hielt an und tippte einen Code in den Schließmechanismus einer Luke. Sie öffnete sich mit einem Zischen und entließ aus dem Inneren einen unangenehmen alchemischen Gestank.

Lydriik nutzte die Gelegenheit, um unter der Schulter des Eisenvaters hindurch zu spähen.

Die Zelle war relativ groß, wie es einem mit dem Titel eines Eisenvaters zustand. Platz war auf einem Fahrzeug der Größe der *Zerstörung* jedoch beileibe kein Problem. Höchstens einhundert Krieger nannten die Bastionsraupe ihre Heimat und es würde nur wenige sterbliche Diener geben, abgesehen von jenen, die im Auftrag des Adeptus Mechanicus in den Zwischendecks des Maschinariums arbeiten. Es gab keine Pritsche, keinen Arbeitstisch, nur eine einzige Runenanzeige und eine Tür, die vermutlich in eine Rüstkammer führte. Verrox Größe allein ließ den Raum beengt wirken.

Der Eisenvater trat ein und drehte sich schwerfällig um. »Werdet Ihr mir endlich sagen, was Ihr wollt, oder muss ich es aus Euch herausprügeln?«

»Ich bin wegen Thennos hier. Ich habe nach der Xenostechnologie gesucht, die Kristos und die Stimme des Mars dort verstecken wollten.«

»Das seit dem Aufstand auf Medusa am schlechtesten gehütete Geheimnis«, sagte Verrox. »Der ganze Eiserne Rat weiß, dass da *etwas* ist.«

»War«, korrigierte Lydriik.

Er fuhr fort und berichtete über seine Anstrengungen, den Aufenthaltsort der Technologie zu ermitteln und endete mit seiner Begegnung mit der Stimme des Mars in den Archiven Medusas. Er hielt es allerdings für besser, die Beteiligung an der Mission von Harsid und Yeldrian, einem Kind der Raven und einem Xenos, für sich zu behalten.

Er zog einen schweren Siliziumschlüssel aus der Ausrüstungstasche, die an seiner Hüfte hing, und zeigte ihn Verrox.

»Die Informationen zu erhalten war nicht schwer, es wird aber Wochen dauern, sie zu analysieren. Monate. Es ist wahrscheinlich, dass ich bereits in wenigen Tagen nach Manga Unine geschickt werde, um dort zu meinen Brüdern zu stoßen.«

»Hier auf der *Zerstörung* zu sein, sollte Euch einen oder zwei zusätzliche Tage Zeit verschaffen.«

Lydriik nickte. »Ich bin aber nicht deswegen gekommen.«

»Nicht?«

»Ich verfüge nicht über die notwendigen Ressourcen«, sagte Lydriik. »Und auch nicht über die notwendigen Fähigkeiten.«

Er streckte Verrox den Schlüssel entgegen. »Außerdem habe ich nicht genügend Zeit.«

Der Blick des Eisenvaters richtete sich auf den Schlüssel. Wie alle einundvierzig Eisenväter des Ordens war Verrox ein Techmarine gewesen. Auch wenn er nie als solcher aktiv gewesen war, so waren ihm dennoch all ihre Geheimnisse offenbart worden.

»Palpus hat es Euch erlaubt, frei damit zu entkommen?«, fragte er.

»Die Daten sind extrem komprimiert und in irgendeinem Archivdialekt kompiliert, den ich nicht verstehe. Und das sind nur diejenigen, auf die ich zugreifen konnte. Er weiß genau, dass ich keine Möglichkeit habe, auch nur einen Bruchteil davon zu entschlüsseln, bevor ich gezwungen bin, Medusa zu verlassen.

Verrox stieß ein Schnauben aus. »Die Techpriester glauben, dass der Omnissiah nur sie allein mit einem Organ in ihren Schädeln gesegnet hat.« Er öffnete eine seiner gewaltigen Hände und Lydriik legte den Schlüssel dankbar hinein. Der Eisenvater wandte ihm den Rücken zu und führte den Schlüssel in den Schlitz neben der Runenanzeige ein.

»Dort sind nur die Dateibezeichnungen enthalten«, erklärte Lydriik. »Die echten Daten sind alle an Bord meines Rhinos. Sie waren zu sperrig, als dass ich sie hätte herbringen können.«

Verrox hörte bereits nicht mehr zu.

Er drehte den Schlüssel und die Runenbank gab ein mahlendes Geräusch von sich, als sie die Daten verarbeitete. Numerische Sequenzen füllten die grafische Anzeige. Er gab eine komplexe Reihe von Befehlen ein und die Zahlen begannen, sich zu ordnen, trieben auf dem großen Bildschirm von links nach rechts durcheinander. Die Sequenzen begannen sich selbst zu ordnen, sammelten sich in wachsenden Haufen auf beiden Seiten der Mittellinie. Der Eisenvater verfolgte die sich sortierenden Daten, als sähe er einem Heiligen bei der Arbeit zu.

Lydriik spürte, dass er im Moment nichts weiter von Verrox erhalten würde. Er legte seine Hand auf den Helm und begann die Zelle zu verlassen. »Hinterlasst eine Nachricht beim Librarius, wenn Ihr etwas habt. Ich verspreche, dass ich nach meiner Rückkehr von Manga Unine die Technologie finden werde.«

»Es ist da.«

»Was?«, fragte Lydriik und hielt inne.

»Da.« Verrox deutete auf die winzige Ansammlung von Sequenzen, die den Haufen auf der linken Seite bildete. Immer noch strömten Daten aus Lydriiks Schlüssel in den Cogitator, aber die meisten trieben auf die rechte Seite. Was auch immer das bedeuten mochte. »Vertraut niemals einem Priester, der nicht glaubt, dass Ihr zu selbstständigem Denken fähig seid.«, knurrte der Eisenvater über seine Schulterplatte zurück.

»Was habt ihr gerade getan?«, fragte Lydriik.

»Was wisst Ihr über Dateibeschreibungen?«

Lydriik zuckte mit den Schultern. »Eine Ansammlung von Zahlen, die zu den Kerndaten führt. Für sich genommen sind sie bedeutungslos, aber jede besteht aus einer eindeutigen Sequenz, daher werden sie von den Archivaren zur Sortierung und Ablage benutzt.«

Verrox nickte und sein Mund entpackte sich wie der eines Berglygers, der einen Kadaver vor seiner Höhle fand. »Sie sind zufällig. Fügt man aber eine Anzahl von ihnen zusammen, einige Hunderttausend, dann sind sie das auf einmal nicht mehr.« Er deutete auf die Runenanzeige. »Speziell dann, wenn sie alle vom selben Ort aus hochgeladen wurden.«

»Ihr wollt damit sagen, dass Ihr ...«

Verrox deutete mit einem Finger auf den größeren Datenhaufen. Die plötzliche Bewegung brachte seine Servomotoren zum Heulen. »Meduson.« Dann zeigte er auf die unterschiedlichen, versprengten Sequenzen, die seinem Sortieralgorithmus widerstanden hatten. «Wahrscheinlich von außerhalb der Welt.«

Lydriik trat näher heran. Die Runenanzeige warf sein nach oben gerichtetes Gesicht in grünes Leuchten, als er auf die kleinere Gruppe der Sequenzen deutete. »Von wo ist dann *das*?«

>>> ZEITGESCHICHTLICH >> DIE SCHLACHT UM FABRIS CALLIVANT, 212414.M41

Neununddreißig Stunden nachdem ihre Warpschatten zum ersten Mal die Grenzen des Systems bedeckt hatten, erreichte die marode Flotte der Orks Fabris Callivant.

Das Streumuster der Schiffe der Grünhäute war allen Analyseriten unterworfen worden, die den Prognosticae bekannt waren, aber aus ihrem Angriff konnte niemals Geschlossenheit abgelesen werden. Sie griffen den Planeten und dessen Verteidigungsringe wie eine Welle, eine Stampede an. Großdschunken flogen ihren Begleitschiffen voraus und leiteten überstürzte Angriffe ein. Ihre gewaltigen Bugschnauzen wirkten wie mit Geweihen versehene Keile aus Schrottpanzern. Plump ausgeführte Schweißarbeiten erweckten den schlechtgemachten Eindruck von Hörnern, Reißzähnen und Hauern. Die grelle Bemalung der Schiffe bot Callivants Schlachtlinien das Bildnis einer heranbrausenden Horde von Xenosgottheiten und pilzartigen Bestien.

Die Sternenflotten des Imperiums und von Basilikon hingegen hatten sich seit Wochen kaum von der Stelle bewegt. Feuerleitlösungen waren bereits Tage vor diesem Augenblick entlang der Befehlskette verteilt worden. Jeder Befehlshaber, angefangen bei denen der leichtesten Fregatten der Schlachtflotte Callivants bis hin zu dem der *Schild des Gottimperators*, kannte präzise seinen Platz in der Schlachtlinie.

Die ›Ehre‹, den ersten Schuss abzugeben, fiel

dem Schlachtkreuzer der Marsklasse *Goldener Schnitt* zu.

Großadmiral Tigra Gorch hatte seinen aktiven Ruhestand in diesem von allen Kriegsschauplätzen abgelegenen System mit einiger Würde, wenn nicht sogar mit Auszeichnungen verbracht. Das hatte ausgereicht, ihm für seine Dienste einen Ehevertrag in eines der hohen Häuser Callivants einzubringen. Zwar eine unbedeutende Nichte, aber Frauen, die einhundertzwei Jahre jünger als ein Mann waren und von einer Dynastie abstammten, die älter als das Imperium war, wurden offensichtlich nicht besonders häufig verlobt.

Der Schuss aus der Novakanone des Schlachtkreuzers brachte dreihunderttausend Kilometer über der Oberfläche des Planeten eine zweite Sonne zum Leuchten.

Die Sprengkraft der zwanzig Plasmasprengköpfe detonierte inmitten der Front der anfliegenden Orkwelle. Die Sichtgeräte und Auspektorien der schwersten Schlachtkreuzer blichen weiß aus, während auf leichteren Schiffen, die weniger stark abgesichert waren, die Sensoreinheiten zischten und knisterten. Noch während der neugeborene Stern seinen Lebenszyklus mit relativistischen Geschwindigkeiten aushauchte, erwachten die Antriebseinheiten der Goldener Schnitt zum Leben, um den Rückstoß der Kanone auszugleichen. Die Logistiker an Bord der Befehlsschiffe der Geschwader zeichneten die Abschüsse auf [DATEN VERLOREN]. Auf der Goldener Schnitt selbst, dem Stolz der Schlachtflotte Callivants, brachte der Stabschef des Großadmirals persönlich einen Toast [LEIDER EBENFALLS VERLOREN] auf Gorch und die Ehre seines Schiffs aus.

Diese Schlacht war allerdings erst der Anfang.

KAPITEL DREIZEHN

»*Kein Mensch des Imperiums wird in die Hände des Feinds fallen. Nicht solange auch nur ein Hospitaller noch eine Klinge führt.*«

– Der Ehrwürdige Galvarro

I

Der Ehrwürdige Augustin Sangreal Galvarro empfand den Tod seiner Feinde als ein erbauliches Erlebnis. Es brachte ihn näher an den Gottimperator. Es war ein Erlebnis, das echter Wärme nahe kam, die in den Uterustank eindrang, in dem sein Körper, der über keine eigenen Gliedmaßen mehr verfügte, in einer kybernetisch-organischen Lösung schwamm. Natürlich gab es Zeiten, an denen er auf dieses Vergnügen verzichten musste. Der Imperator hatte viele Feinde, die der Absolution des Todes nicht würdig waren, die ihnen durch die Hand eines Kreuzfahrers verliehen wurde. Auch der Ork war der Gnade seiner Fäuste nicht würdig. Nein. Nur die gnadenlose Hinrichtung mit Impulslanzen oder zyklonischen Sprengköpfen war für diese Bestien angemessen.

Das Glockenspiel auf seinem Sarkophag klimperte, als die *Schild des Gottimperators* sich schüttelte. Eine violette Welle der Vernichtung erfüllte den Sichtschirm, auf dem die Ansicht vor dem Bug gezeigt wurde, als die Deflektorschilde auf der Steuerbordseite die Energien der einschlagenden Geschosse in den Warp ableiteten. Die Geneunuchen, die in den Chorebenen der Brücke verteilt waren, stimmten eine lautstarke Hymne der Entsagung an.

»Erlaubnis zum Gegenschlag, Ehrwürdiger?«

Die sterbliche Schiffsmeisterin der *Schild des Gottimperators* verneigte sich zu seinen Füßen. Sie war eine Frau fortgeschrittenen Alters, die den Kreuzfahrernamen Gnade angenommen hatte. Ihre zweireihige, weiße Uniformjacke war mit heiligen Schriften verziert, die in die Manschetten und den Aufschlag genäht waren. Sie trug einen goldenen Kummerbund in der Form einer Aquila über ihrer Hüfte und Brokathosen.

»Lasst die Kerzen aufleuchten.«

»Wie Ihr wünscht, Ehrwürdiger.«

Sie drehte sich zackig um und erteilte den Befehl. Tausende Leibeigene des Erleuchterordens entzündeten Wachsstäbe und hielten sie an schwarze Kerzen. Die rituell vorbereiteten Dochte zischten, bevor sie in einem grellen, weißen Licht erstrahlten.

»Lasst uns die Überbringer seines Lichts sein«, intonierte Galvarro.

»Nach Eurem Vorbild, Ehrwürdiger.« Ein Nicken zu einem anderen Besatzungsmitglied, und der Mann begann geschickt die Skalen und Schieber seiner Runenbank zu bedienen. Dutzende starke Lumeneinheiten, die in der Schiffshülle montiert waren, warfen ihre Strahlen in den Raum. Von Hand gearbeitete Filter in der Form kriegerischer Heiliger und von Aquilae brandmarkten die verdorbenen Xenos, die durch ihre Lichtbahnen zogen.

»Das Licht in ihm ist das Licht in uns. Lasst es die Dunkelheit verbrennen.«

»Sein Wille geschehe, Ehrwürdiger.«

»Ave Imperator.«

»*Ave Imperator!*«

Die Tausenden Mitglieder der Brückenbesatzung, die Choristen, die Leibeigenen, die Waffenträger, sie alle erbrachten die donnernde Erwiderung, die sogar vom Imperator auf Terra zu hören gewesen sein musste. Galvarro zitterte, als das Phantomgefühl von Metall und der aufgeprägten heiligen Schriften über seine Schulter strich. In seiner Entrückung hatte er versucht, seine Hände zu heben. Seine sterblichen Überreste schlugen aber nur schwächlich gegen die Wände seines Grabs.

Ein weiteres Beben lief durch das Schiff, als das Kreischen der Aufprallkräfte durch ihr tragendes Gerippe abgeleitet wurde.

»Jetzt, Ehrwürdiger?«

»Jetzt.«

Schiffsmeisterin Gnade stieß ein Seufzen aus, als sei sie erleichtert, obwohl sie das eindeutig nicht sein konnte, denn die dem Imperator gewidmete Zeit war eine freudig gegebene Zeit.

»Status der *Schild des Gottimperators*«, verlangte sie.

»Schilddeckung in allen Quadranten. Maschinen in Bereitschaft. Waffen geladen und unter Strom, Zielmatrizen ausgerichtet.«

»Alfaran?«

»Der Ordensmeister und die Dritte stehen auf den Ausschiffungsdecks bereit.«

»Gut. Und die Flotte?«

»Die Formation hält. Die Schlachtflotte Callivant und die Sternenflotte Basilikon sind rund um das Sternenfort *Dunkelwacht* und die orbitalen Waffenplattformen in Stellung. Sie stehen noch nicht im Gefecht. Die Schlachtflottem Dimmamar, Trojan und die Kriegsflotte Obscurus tragen bisher die Hauptlast der Schlacht, aber das wird nicht mehr lange so bleiben.«

»Unsere Vettern in Schwarz?«

»Die Iron Hands ...«, fragte sie und zog an den aufwendig gearbeiteten Manschetten ihrer Uniformjacke. »Ich weiß es nicht.«

Galvarro richtete seine Aufnahmegeräte wieder auf den vorderen Sichtschirm. Eine vertikale Störung, die durch seinen Blick wanderte, beeinträchtigte das Bild. Er hatte sich aber bereits seit Langem damit abgefunden, denn durch ihre unverkennbaren Schwankungen gewährte der Imperator in seiner Form als Omnissiah diesem Instrument der Erlösung der Menschheit Voraussicht.

Wenn er nur lernen könnte, seine Worte wahrzunehmen.

»Wir sind alle seine Soldaten«, sagte er.

»So ist es, Ehrwürdiger.«

»Ehrwürdiger!« Der Ruf stammte von einem weiteren Leibeigenen, der seinen Stuhl herumschwang, um sich an seinen sterblichen Vorgesetzten und den Dreadnought zu wenden, der vor ihm aufragte. »Dringende Nachricht von der *Euphrat*.« Der Kreuzer der Tyrann-Klasse war ein Geschwaderflaggschiff der Schlachtflotte Dimmamar, und einige Hundert Kilometer vor der *Schild des Gottimperators* in der Kampflinie positioniert. Der Leibeigene bedeckte seine Kopfhörer mit seinen Händen, und übermittelte die Übertragung im selben Moment, wie sie eintraf. »Sie wurde geentert. Die Orks haben ein Dutzend Decks erobert und belagern die Brücke. Sie fordern sofortige Hilfe an.«

»Mit der Gnade des Goldenen Throns werden sie sie erhalten«, sagte Galvarro. »Schiffsmeister.«

»Eure Befehle, Ehrwürdiger?«

»Vernichtet die *Euphrat*.«

»Zu Befehl, Ehrwürdiger.«

Ohne Widerspruch gab die Schiffsmeisterin den Befehl weiter und beobachtete Galvarro, wie dieser beobachte, wie der umkämpfte Kreuzer unter der Feuerkraft der *Schild des Gottimperators* auseinanderbrach. Sie sprach ein stilles Gebet der Vergebung, obwohl der Imperator keine Vergebung gewährte.

»Setzt Kurs auf die Stelle, wo die Xenos am dichtesten sind und signalisiert allen Schiffen der Hospitallers, denselben Kurs zu setzen.«

»So wird es geschehen.«

»Kein Mann des Imperiums wird in die Hände des Feinds fallen«, verkündete Galvarro, als er spürte, wie sich die glorreiche Masse der *Schild des Gottimperators* langsam zu bewegen begann. »Nicht solange auch nur ein Hospitaller noch eine Klinge führt.«

II

<Korrekter Kurs>, gab der Magos Calculi durch. <X plus dreizehn Grad, Z minus vierzig Grad.> Sobald sich die *Feingehalt*

der *Allmacht* auf eine Million Kilometer genähert hatte, hatten sich Qarismis Befehle wie ein verdächtiger Gedanke in seinem Gehirn materialisiert. Das Signal der Mannigfaltverbindung war über größere Distanzen klarer als konventionelle Voxverbindungen. Draevark erinnerte sich daran, wie er einst von der Arbeitsweise dieser Technologie fasziniert gewesen war. Ein weiteres Verlangen eines Sterblichen, das sich in Nichts aufgelöst hatte.

»Ausführung«, sagte Draevark.

Ein taktischer Cogitator sprühte Funken, als Draevark die Koordinaten des Magos an seine Besatzung weiterleitete. Einen Augenblick lang erhellte sich die Brücke. Sie glich einem Schlachtfeld, das von Leuchtfeuern ausgeleuchtet wurde. Leichen lagen in Blutlachen, halb begraben unter dem Erbrochenen der überlasteten Brückentechnik. Sporadisch krochen elektrische Ströme über eingedrückte Stellen des Bodenbelags. Gas spie aus verbogenen Rohren hervor. Die Luft war voll dicken Rauchs, die schlimmsten Brände waren aber bereits gelöscht.

Der Großteil seiner Besatzung war bereits tot.

»Drei Orkkreuzer halten die Verfolgung aufrecht«, rief einer der Überlebenden.

Ein plötzlicher Einschlag warf das unglückliche Besatzungsmitglied aus seinem Stehplatz an seiner Station auf einen Stützbalken, der aus der Decke gebrochen war. Der Leibeigene rang nach Luft und seine Augen rollten umher, als drei Meter Plaststahl aus seiner Brust explodierten. Über dem aktuellen Steuermann brach die Astrogation zusammen.

Draevark beobachtete die Qualen des Sterblichen und war etwas von der rosaroten Färbung des Rauchs und dem süßlichen Gestank nach verschmortem Fleisch angewidert, den er abgab, während er verbrannte.

»Kann irgendjemand hier meine Koordinaten eingeben?«, verlangte er und ließ Energie in seinen Panzerhandschuh zucken.

Ein Leibeigener übernahm die Station. Anstatt einer Hand verfügte er über einen primitiven, dreizackigen Haken. Seine verbrannte, rötliche Haut warf Blasen und sah aus, als habe er sich mit Säure rasiert.

»Aye, mein Lord.«

Der Gedanke, dass Kristos die *Feingehalt* möglicherweise absichtlich durch den Fleischwolf hatte fliegen lassen, half ihm, sich derart gut auf seinen Zorn zu konzentrieren, als hielte man ihm einen Bolter an den Schädel. Der Eisenvater hatte die Schiffe der Clans Garrsak und Borrgos anstelle seiner eigenen benutzt, um die Armada der Orks aufzuhalten. Er vermutete, dass er auch wusste warum: Kristos wollte verhindern, dass Draevark und Tartrak ihre Kräfte vereinten und die Rückkehr ihrer Apothecaries durchsetzten. Denn sogar gemeinsam waren die *Feingehalt* und die *Brutus* der *Allmacht* nicht gewachsen. Und jetzt erst recht nicht.

Draevark ballte seine Fäuste. Die Krallen seiner deaktivierten Energieklaue schabten gegeneinander, als er sich im Geist die monströse Eisenbarke des Clans Raukaan vorstellte.

Sobald er wieder auf die *Gebot* des Clans Garrsak zurückgekehrt war, würde Kristos Rechenschaft leisten müssen.

Eine ausgedehnte, dreidimensionale Abbildung der Kampfzone füllte Draevarks Verstand wie ein Viereck aus zerbrochenem Glas, das in ein eiförmiges Gefäß gestopft worden war. Sie flackerte und war fehlerhaft, so wie die anderen malträtierten Systeme der *Feingehalt,* und zeigte oft nur ein völliges Durcheinander von Neuralgie und Statik an. Er schottete sein Unbehagen ab und ließ einen Teil seiner selbst leiden, während sich der Rest seines Verstands darauf konzentrierte, den Störungen etwas Bedeutungsvolles zu entnehmen.

»Unser neuer Kurs führt uns vom Planeten weg«, murmelte er zu sich selbst.

<Ihr werdet immer noch elf Minuten vor den Orks eintreffen>, antwortete Qarismi.

Genügend Zeit, dass seine kleine Streitmacht Sevastiens Schmiedeheiligtum erreichte und sich dort verschanzte.

»Es ist ein Abfangkurs für die *Schild des Gottimperators.*«

<Das braucht Euch nicht zu kümmern.>

Draevark blickte finster ins Nichts. Er hatte nicht mehr genügend Platz in seinem Verstand, um seinen Zorn zu unterdrücken.

»Ist Kristos bei Euch? Ich will mit ihm sprechen.«

<Er ist anderweitig beschäftigt. Ihr könnt mit mir sprechen.>

Ein Knurren drang aus seinem Sprechgitter, das eine Rückkopplung des Übertragenen war. »Fragt ihn, ob er der Meinung ist, dass ich nicht wissen sollte, dass die Klave Jalenghaal sowie die *Drei* sich vom Planeten aus ebenfalls der *Schild des Gottimperators* nähern. Ich bin der Eisen-Captain des Clans Garrsak. Er vergisst, mit wem er es zu tun hat.«

<Fahrt Eure Klauen ein, Eisen-Captain.>

Draevark drehte den Kopf und bemerkte, dass der Maschinengeist in der Tat die Krallen seines linken Panzerhandschuhs aktiviert hatte. Sie waren von einem elektrostatischen Feld umgeben, das leise brummte. Zwischen den Krallen seiner Klaue waberte Energie.

<Ihr fragt Euch, ob ich Euch beobachte. Das tue ich nicht. Ich muss Euch nicht sehen, um jede Eurer Handlungen zu kennen, bevor Ihr es selbst tut. Seid versichert, dass ich niemals vergesse, mit wem ich es zu tun habe‹.>

Mit einem Wimpernklick wählte Draevark die Rune für ›Deaktivieren‹ auf seiner Helmanzeige aus. Mit einem Schlag hing seine Energieklaue schwer an ihm, als sie sich wieder deaktivierte. »Was sollen wir für Euch tun, sobald wir die Barke der Hospitallers erreichen?«

<Auch das braucht Euch nicht zu kümmern. Noch nicht.>

»Ich werde für Kristos kein Schiff rammen, das die doppelte Verdrängung meines eigenen aufweist.«

<Ihr macht Euch zu viele Sorgen, Eisen-Captain.> Die Codeformulierung der Übermittlung, die nun einging, drückte Belustigung aus. <Die Hand der Stimme des Mars reicht weit. Die *Schild des Gottimperators* wird in genau neunzig Sekunden beginnen, Momentum zu verlieren. Plusminus eine Dreiviertelsekunde.>

III

Der kaskadenartige Stromausfall, der die monströsen Triebwerkseinheiten der *Schild des Gottimperators* zum Ausfall brachte, war zwar visuell unspektakulär, aber unbestreitbar effektiv. Triebwerksabdeckungen, die bis dahin so hell wie die Oberfläche einer Sonne geglüht hatten, wurden dunkel. Sie gaben die Resthitze als schwarzen Rauch in die Leere ab, als das gesamte Heck der Schlachtbarke langsam Richtung Steuerbord zu driften begann. Die Massenträgheit ließ das Kriegsschiff weiter seinen Kurs beibehalten, es begann sich nun aber in Richtung Steuerbord zu neigen und verlor ihre Vortriebskraft langsam an die Drehung. Jalenghaal konnte beinahe in Echtzeit beobachten, wie das Schiff Schlagseite bekam, während er es durch die Sichtluke im vollgestopften Truppenhangar der *Drei* beobachtete.

»Das trifft sich gut«, sagte Lurrgol. Das waren die vernünftigsten Worte, die der Vokalisierer des Kriegers seit Tagen ausgestoßen hatte. Der Rest der Klave vergaß die abrupte Verkrüppelung des Flaggschiffs der Hospitallers für einen Augenblick, als sie ihrem Bruder einen Blick zuwarfen. »Ist doch so«, murmelte er und richtete seinen behelmten Kopf wieder in Richtung der Sichtluke.

Es traf sich in der Tat gut.

Wären die gigantischen Antriebseinheiten der Schlachtbarke weiter unter Volllast gelaufen, hätte die *Drei* sie niemals erreicht, bevor sie auf Schlachtgeschwindigkeit abbremste. Zu diesem Zeitpunkt wäre sie aber bereits von Angriffsfliegern der Orks umschwärmt und in Geschützturm-Duelle verwickelt gewesen.

Durch eine plötzliche Kursänderung wurden die Köpfe der Iron Hands aneinandergeschlagen. Borrg fluchte. Sein kahler Schädel begann sich bereits an der Stelle zu verfärben, an der er mit Strontius' Helm kollidiert war.

»Setz deinen vom Primarchen verdammten Helm auf«, knurrte Thorrn.

Der Anwärter grinste den Veteranen an, was durch die violette Färbung seiner Stirn nur noch wilder wirkte.

Jalenghaal schirmte sich vor der Aggression ab, die Borrg unbewusst in die Mannigfalt der Klave abstrahlte, die trotz der zehnmaligen Aufteilung noch giftig war, und öffnete eine Verbindung mit dem Servitorpiloten. Informationen strömten von der Quelle zum Empfänger und für den Bruchteil einer Nanosekunde *war* er der Servitorpilot. Er lag auf dem Cockpittisch ausgestreckt und war mit Kabelsaugern festgezurrt. Sein stumpfer Blick war nach vorn gerichtet, wo Furien und Angriffsbomber der Orks im Nahkampf über den Schirm aus Panzerglas rasten. Rund um das Kanonenschiff blühten Flakgeschosse auf, die jedem der Stöße und Schläge entsprachen, die den Truppenhangar erschütterten.

Die *Schild des Gottimperators* direkt voraus wirkte wie ein umgestürzter Monolith aus weißem Stein, der mit jedem Moment ihrer Reise, der verstrich, immer größer wurde.

In der Zeit, die ein Elektron benötigte, um die zwanzig Meter zwischen Jalenghaals Haltegeschirr und dem Cockpit hin und her zu rasen, erhielt er die Lageaktualisierung, die er hatte haben wollen.

»Probleme?«, fragte Burr.

»Nein.«

Der Iron Hand benötigte keine weiteren Details.

Eine weitere Explosion warf sie alle in ihren Geschirren umher.

»Ich würde gerne wissen, was wir hier tun«, beschwerte sich Borrg. »Ich hatte gedacht, die Dinge würden sich ändern, nachdem ich Clan Dorrvok verlassen hatte.«

Lurrgol stieß ein Prusten aus, sagte aber nichts.

Er erlebte eindeutig eine seiner luziderer Phasen.

<Die Analyse der Verhaltensmuster weist darauf hin, dass Ordensmeister Mirkal Alfaran die *Schild des Gottimperators* zusammen mit einem erheblichen Aufgebot seiner Krieger mit einer Wahrscheinlichkeit von fünfundneunzig Prozent verlassen wird, um den Angriff des Ordens anzuführen. Höchstwahrscheinlich an Bord der *Unberührte Begeisterung*, obwohl die Unsicherheitsspannen es mir nicht erlauben, dafür ebenfalls eine Wahrscheinlichkeit zu berechnen.>

Jalenghaal sah instinktiv auf, obwohl die Stimme in seinem Kopf erklang.

Die Datenanbindungen für Vorrangbefehle, die jedem neuen Rekruten des Clans Garrsak in die Rüstungs-Gehirnschnittstelle eingesetzt wurden, waren in der Regel für hochrangige Clanfunktionen vorbehalten. Jalenghaal fragte sich, wo der Magos Calculi die Berechtigungen erhalten hatte, um auf sie zuzugreifen.

<Galvarro wird auf der Brücke sein>, sagte Qarismi.

Jalenghaal rief die Simulusdatei auf, die er von Eisenvater Kristos hochgeladen hatte. Der Kiel der meisten Kriegsschiffe des Imperiums beruhte auf einer standardisierten Vorlage und war abgesehen von der Lackierung und den Seriennummern weitgehend identisch. Im Inneren zeigte sich jedoch der Charakter des jeweiligen Ordens der Adeptus Astartes. Die Brücke der *Schild des Gottimperators* war gewaltig. Sie verfügte über eine Besatzung, die in die Tausenden ging. Die Hospitallers waren zwar nur entfernte Vettern, aber trotzdem immer noch Nachkommen von Dorn. Ihr Befehlszentrum würde einer Festung gleichen. Er überprüfte mehrmals seine Melterbomben und Impulsgranaten, die an seinem magnetischen Munitionsgürtel hingen, der sich über seinen Brustpanzer spannte. Diese Bewaffnung wich weit von seiner sonst üblichen Standardausrüstung ab.

<Mit erheblichem Widerstand ist zu rechnen.>

»Bestätigung.«

<Ihr werdet durch das Ausschiffungsdeck Gamma auf der Steuerbordseite eindringen. Ich habe berechnet, dass diese Position am weitesten von dem anarchischen Element der Xenosstörung entfernt ist.>

»Wie werden wir durch ihre Schilde kommen?«

<Sie werden sie für euch ausschalten. Dafür wird Draevark sorgen.>

Jalenghaal benötigte einen Augenblick Zeit, um das zu verarbeiten.

<Wollt Ihr mich nicht fragen, was Kristos mit dem Ehrwürdigen Galvarro vorhat?>

Jalenghaal dachte an den Anblick von Kristos' Erstem Sergeant, Telarrch, der auf der Brücke der *Speer der Isha* in einem Stasisfeld lag, und wusste Bescheid.

Er antwortete: »Nein.«

<Habt Ihr Ambitionen, Eisen-Captain des Clans Garrsak zu werden, Zehnter Sergeant?>

»Ich habe keine Ambitionen.«

Er glaubte, ein leises Lachen zwischen seinen Ohren zu hören.

<So, wie es sein sollte.>

Täuschung war kein natürlicher Wesenszug eines Iron Hand. Zumindest nicht für diesen einen, den Zehnten Sergeant der zweiten Clankompanie. Das widersprach der Ordnung des Plans. Trotz Jalenghaals Anstrengungen, sich mit Codewällen vor Borrgs hitziger Laune zu abzuschirmen, musste etwas von seiner Unruhe in die Mannigfalt gelangt sein, denn Lurrgol begann plötzlich, sich zu rühren.

»Verwässert niemals Eure Stärke, indem Ihr neben einem anderen kämpft«, sagte er und klang dabei seltsam schwermütig. »Nur Ihr allein seid stark.«

»Seit wann zitiert Ihr aus dem ›Skriptorium des Eisens‹?«, fragte Burr.

Lurrgol drehte sich zu Jalenghaal, ohne dass ein Anzeichen des Erkennens in seinen Helmlinsen leuchtete, und nickte seinem Sergeant zu. »Seit Stronos unser Sergeant wurde.«

IV

Gewaltige Einschläge warfen Blasen auf den Steuerbordschilden der *Feingehalt*. Die Auswirkungen der Ableitung der gesamten kinetischen Energie in das Immaterium waren ein Kaleidoskop aus teuflisch verzerrten Farben, die über den Sichtschirm zogen, und ein durchdringendes Heulen, das Draevark zwar herausfilterte, aber den sterblichen Leibeigenen offensichtlich erhebliches Unbehagen bereitete. Sie wussten es allerdings besser, als darunter ihre Arbeit leiden zu lassen.

Nach dem, was Draevark aus den undeutlichen, dreidimensionalen Darstellungen entnehmen konnte, die von der *Feingehalt* erzeugt wurden, verlief die Schlacht um den Orbit von Fabris Callivant zu ihren Gunsten.

Die Orks hatten sich die Schädel an der Schlachtflotte Dimmamar blutig geschlagen. Deren Schiffe hatten allerdings standgehalten und zogen sich erst jetzt unter dem Deckungsfeuer der schwereren Kriegsschiffe der Kriegsflotte Obscurus aus dem Gefecht zurück. Frische Schiffe der Schlachtflotte Trojan und einige Geschwader der Sternenflotte Basilikon füllten die Lücken. Allein ihre Masse und Feuerkraft genügten, um alles, das größer als ein Angriffsflieger war, vom Durchbruch abzuhalten, während eine Handvoll chirurgischer Entermanöver, die von den zurückgekehrten Kriegsschiffen der Hospitallers ausgeführt wurden, etwas Erleichterung vom Angriffsdruck brachten.

Das gewaltige Bollwerk gegen die Angriffswelle der Orks war jedoch das Sternenfort *Dunkelwacht*.

Die Bastion aus dem Dunklen Zeitalter war unangetastet. Ihre Schilde waren gewaltig. Sogar die *Allmacht* würde Schwierigkeiten haben, auch nur eine Schicht der überlappenden Schilde zu zerstören, bevor die Gravitonpulsare und Konversionslanzen der Station die gewaltige Eisenbarke in Stücke rissen. In der wunderbar vorhersehbaren Weise der Orks, wenn sie sich einem Alpha-Kontrahenten gegenübersahen, hatten die Grünhäute ihr alles entgegengeworfen, was sie aufbieten konnten. Aufgedunsene Schlachtschiffe und mit Rammspornen versehene Zerstörer waren gleichermaßen von der Verteidigung der Station pulverisiert worden. Die Schlachtflotte Callivant hatte nur wenig mehr zu tun, als gelegentlich entkomme Angriffsflieger zu vernichten und Salve auf Salve an Torpedos in das wahnsinnige Gedränge der Schiffe abzufeuern.

Draevark blickte auf, als eine plötzliche Vibration die Trümmer in seiner Brücke erschütterte. Er fühlte sich etwas desorientiert, als ob sein Gewicht vorübergehend in einen Winkel gezwungen wurde, der ein klein wenig von den sonst üblichen einhundertachtzig Grad abwich, bevor die Schwerkrafterzeuger der *Feingehalt* den Effekt ausglichen.

»Bericht.«

»Ich glaube, das solltet Ihr Euch selbst ansehen, mein Lord«, sagte der Leibeigene mit der Hakenfaust, den Draevark ernsthaft als neuen Schiffsmeister in Betracht zog.

Draevarks geistige Verbindung mit den Auspektorien der *Feingehalt* wies aufgrund der Schlachtschäden und dem erregten Maschinengeist des Schiffs erhebliche Verzögerungen auf und so stapfte er zur Station des Leibeigenen. Er interpretierte die gravimetrischen Parabeln und die zugehörige Runenschrift in demselben Zeitraum, die ein Sterblicher für einen Wimpernschlag benötigte. Die wenigen und eifersüchtig behüteten warmen Stellen seines Körpers wurden mit einem Schlag kalt.

»Auf die Steuerbordsichtschirme legen und vergrößern.«

Das Bild auf dem Sichtschirm löste sich in weißes Rauschen auf und flackerte, nachdem eine übertrieben hohe Anzahl von Sekunden verstrichen waren, wieder zum Leben. Er zeigte ein Bild an, das von den Bilderfassern auf der Steuerbordseite des Schiffs stammte. Der ovale Schirm wurde von einer einzigen, lang gezogenen Form beherrscht. Einem dunklen Klumpen. Er war von winzigen Lichtpunkten überzogen. Zuerst hatte Draevark gedacht, dass es sich dabei um Leitstrahlen für Angriffsflieger handelte. Dann sah er aber die Vergrößerungsanzeige am unteren Rand des Sichtschirms und passte im Geist den Maßstab an. Es waren Explosionen. Jede von ihnen ein Kriegsschiff der Orks, die von dem Objekt gerammt und gedankenlos vernichtet wurden, während es durch das Herz der Orkflotte in Richtung der Kampflinie der Flotte Troja stieß.

»Wie weit ist das Objekt entfernt?«

»Beim Blut von Manus, das ist ein Asteroid«, sagte der schockierte Leibeigene.

Draevark betrachtete den Mann einen Augenblick lang und schlug dann dessen Gesicht in die Runenbank. Dabei zertrümmerte er den Schädel des Sterblichen und versprühte dessen Inhalt über die abfallende Konsole und die Armschienen des Eisen-Captains.

»Wie weit ist das Objekt entfernt?«, wiederholte er.

Die Brücke war in eine vorübergehende Stille gehüllt, bevor ein anderer Leibeigener die Courage aufbrachte, vorzutreten.

Er war jung. Die meisten von ihnen waren jung. Dafür sorgte die Sterblichkeitsrate an Bord von Draevarks Schiff. Dieser sah jedoch aus, als sei er kaum neunzehn oder zwanzig Jahre alt. Eine alte Verbrennung vernarbte eine Seite seines Gesichts. Das Auge dort war zusammengepresst und blind. Seine einfache, schwarze

Uniform war ramponiert und sein Arm wurde mit mehreren Außenstangen an der Schulter gehalten. Ansonsten war er aber bemerkenswert unversehrt für einen erwachsenen Medusaner.

»Fünfzehn Minuten bis zur Schlachtflotte Trojan«, sagte er.

»Kann das Ding vernichtet werden?«

Der neue zukünftige Schiffsmeister betrachtete einige Stationen und holte Berichte von seinen ehemaligen Kollegen ein. »Sein Durchmesser beträgt am schmalsten Punkt eintausendfünfhundert Kilometer und seine Masse beläuft sich auf annähernd fünf Billionen Tonnen.«

Draevark stieß einen Grunzlaut aus. Er war annähernd so groß wie Thennos, der strahlungsverseuchte neunte Planet des Medusasystems. Sogar die Novakanone der *Goldener Schnitt* würde noch nicht einmal eine Kerbe hinterlassen.

»Er fliegt direkt in Richtung der *Dunkelwacht*.«

Im selben Moment, als der Leibeigene dies verkündete, begannen Lichter aufzuleuchten, die ein Trommelfeuer aus dringenden Nachrichten ankündigten. Die Voxservitoren begannen wie Medien zu plappern, die von einem plötzlichen Ansturm des Unsichtbaren übernommen wurden.

Irgendwo unter dem, was er selbst für sein Gesicht hielt, spürte Draevark den Anflug eines Lächelns aufziehen. Indem er seine Belustigung über den Schrecken der kleineren Schiffe teilte, wurde die dreidimensionale Darstellung der neurolithischen Übermittlung der *Feingehalt* offensichtlich derart ausreichend stabilisiert, dass er die Auswirkungen erkennen konnte, die das Auftauchen des Orkasteroiden auf die Flotte hatte. Schiffe beeilten sich, ihm aus dem Weg zu kommen, und die Disziplin der Kampflinie zerstreute sich wie Staub in einem Sturm auf Medusa. Die Orks ihrerseits achteten kaum auf den Astralkörper, der sich durch ihre Armada bewegte, sondern nutzten die Gelegenheiten aus, die sich in den Lücken in der Formation auftaten, und stürzten sich mit ihren Schiffen durch die Linien der Imperialen. Einige schafften es, nahe genug an Fabris Callivant heranzukommen, um Landungskapseln über der Thermosphäre abzusetzen. Überall in den oberen Schichten der Atmosphäre brachen Luftkämpfe aus, als die nicht orbitalfähige Luftwaffe von Haus Callivant aufstieg.

Nur *Dunkelwacht* hielt entschlossen ihre Position. Sollte die Möglichkeit eines Positionswechsels jemals ein Bestandteil ihrer umfangreichen Machtbefugnisse gewesen sein, dann war das Wissen, wie dies zu bewerkstelligen war, bereits vor dem Aufstieg des Imperators verloren gegangen.

Gravitonschüsse. Dunkle-Energie-Lanzen. Vortextreiber. Magmavernichter. Das Sternenfort war mit einem Waffenarsenal ausgestattet, das den imperialen Artificatoren beinahe unbekannt war, und außerdem mit genügend konventionellen Geschossen, um die Kruste eines kleinen Monds zum Kochen zu bringen, und es überschüttete den Orkasteroiden mit seiner ganzen Schlagkraft. Einen Planeten zu zerstören war aber keine einfache Aufgabe. Sogar ein Iron Hand, der dazu entschlossen war, eine ganze Bevölkerung auszurotten, schaffte es normalerweise nicht, den Fels unter deren Füßen zu vernichten. Ganze Bänder metallischen Staubs und Regolithbrocken, von denen einige der größeren noch mit Aufbauten der Orks übersät waren, aus denen das Feuer erwidert wurde, trieben im Schwerkraftsog des Asteroiden, während dieser alles aufsog, was *Dunkelwacht* ihm entgegenwerfen konnte.

Der Beschuss verlangsamte ihn immerhin um vierzehn Zentimeter pro Sekunde, und zögerte das Unvermeidliche um etwa sechs Minuten hinaus.

Draevark sah, wie die verbliebenen acht Kriegsschiffe der Hospitallers den Kurs änderten und beidrehten, um den Asteroiden anzugreifen. Genau wie es jemand voraussagen konnte, der mit ihrer Kampfweise vertraut war.

Die *Schild des Gottimperators* wurde, während er zusah, immer mehr isoliert. Ein Vorhang aus imperialen Schiffen, der immer mehr in Unordnung geriet, legte sich zwischen sie und ihre Schwesterschiffe. In ein oder zwei Minuten würde die *Feingehalt* das ihr am nächsten liegende Schiff sein.

Qarismi hatte das vorausberechnet. Er hatte es vorausgesagt und es geschehen lassen.

Das Imperium und seine Streitkräfte wurden häufiger als nützliche Güter anstatt als Verbündete angesehen. Sie aber auf eine solche sinnlose Weise zu verheizen, passte Draevark überhaupt nicht.

<Nehmt Kontakt mit der *Schild des Gottimperators* auf.>

»Warum sollte ich das tun?«, knurrte Draevark.

<Weil Ihr Eure Hilfe anbieten werdet.>

»Meine Hilfe anbieten ...«

Und dann verstand Draevark.

Über seine Datenanbindungen konnte er Jalenghaals Klave als Gruppe heller Funken in der noosphärischen Leere ausmachen. Der Raum in der Hemisphäre von Fabris Callivant war nur selten dunkel, aber die Ranken der Kommunikations- und Datenverbindungen waren weit über die kosmischen Distanzen verteilt. Wie ein Netz, das von einer elektronischen Spinne der Größe eines Monds gewoben worden war.

Kristos wollte die *Schild des Gottimperators* entern.

Und er wusste auch warum. Aus demselben Grund, warum er auch Draevarks Apothecary gestohlen hatte.

Beinahe hätte er Kristos' Art zu Denken bewundert. Aber der Eisenvater vergaß erneut, mit wem er es zu tun hatte.

<Sagt ihnen, dass sie in etwa siebzehn Minuten ein Kanonenschiff erwarten sollen, das ihnen technischen Nachschub und Hilfe bringt. Anschließend kehrt Ihr auf euren ursprünglichen Kurs zurück und bereitet Euch auf den Einsatz auf der Planetenoberfläche vor.>

Draevark gab ein Knurren von sich. Kristos würde teuer für seinen Übergriff gegen den Clan Garrsak bezahlen. Draevark aber war ein Iron Hand und er konnte es sich erlauben, geduldig zu sein. Der Moment der Vergeltung würde zu gegebener Zeit kommen.

»Ausführung.«

V

Rauth hielt eine stetige Schimpftirade aufrecht, während Khrysaar ihn weiter vorantrieb. Er humpelte wegen seines misshandelten Fußes. Jeder Schritt zog an den zerfetzten Muskeln und lockte ein Stöhnen aus seinem Mund. An den Stellen, wo er sich auf die Schulter seines Bruders stützte wie auf eine Krücke, fühlte sich die Haut an seiner eigenen an, als wäre sie mit einem ätzenden Material bestrichen. *Stell dir vor, er sei eine Notfallbionik.* Er biss die Zähne zusammen. *Steh das durch.*

Die Straße, die sie entlang eilten, war verlassen.

Die allgemeine militärische Abriegelung hatte dafür gesorgt, dass alle in ihren Habblocks oder, sofern ihre Stellung sie dazu berechtigte, in einem der Notfallbunker eingesperrt waren, die tief im Inneren der Untermakropole vergraben waren. Nur ab und an begegneten sie einer bewaffneten Patrouille, aber auch die wurden zunehmend weniger, als sich die Streitkräfte in wichtigere Bereiche zurückzogen. Ein Bodenkrieg stand bevor.

Dennoch benutzten sie weiterhin Niedergänge. Die über ihnen vorstehenden Stockwerke schützten sie vor dem Regen. Die Stromversorgung der Arbeiterhabitate und der Straßenlumen war unterbrochen worden, um Fort Callivant zu verdunkeln und damit den Bombern der Orks keine Ziele zu bieten. *Es ist eine großzügige Annahme der Strategos des Princeps Callivant, dass die Piloten der Orkbomber überhaupt zielen.* Mehr als nur einmal hatten sich die vom Alter dunkel gewordenen Spritzdämme als Schutz vor der unwillkommenen Aufmerksamkeit der Konvois aus Panzerfahrzeugen erwiesen, die in den Farben des XXIV. Regiments von Mordia über die regennassen Hochstraßen rumpelten, aber sie waren noch nicht einmal langsamer geworden.

Ab und an sah Rauth ein Gesicht, das aus einem teilweise mit Sichtblenden verschlossenen Fenster den abrückenden Transportern flehentlich nachsah. *Sie werden kämpfen und überleben, oder kämpfen und sterben. Und wenn sie starben? Nun, dann waren sie schwach und ihr Tod würde das Imperium nichts gekostet haben.*

»Ich kann Harsid über Vox rufen und ihn bitten, langsamer zu werden«, bot Mohr an.

Der Apothecary ging einige Meter hinter ihnen. Er hielt seine Boltpistole im Anschlag und zielte auf die Schatten, die ihnen folgten.

Ihr könnt mein Bein amputieren, wie ein echter Apothecary es tun würde. »Ich halte durch.«

»Dafür sorge ich schon«, sagte Khrysaar.

Rauth war sich nicht sicher, ober er das als Versprechen oder Drohung auffassen sollte.

Das plötzliche Zittern der Stege über ihnen lenkte ihn von diesen Gedanken ab und er packte seinen Bruder an der Schulter. Er sah auf, als eine Formation aus Thunderbolt- und Lightning-Jägern über sie hinweg donnerte. Dieser Bezirk war wohlhabend, die Domäne der höheren Ränge des Adeptus Mechanicus. *Als ob es ein Geschenk wäre, den Himmel sehen zu können. Sie müssen sich jetzt, da sie ihren Untergang kommen sehen, für besonders glücklich halten.* Brennende Trümmer, die wahrscheinlich von einem Angriffsflieger der Orks stammten, zogen über den Himmel, zerplatzten und zogen Rauchspuren hinter sich her, als sie durch die regenschwangeren Wolken schossen.

»Ich habe es mir anders überlegt«, sagte Rauth. »Ruft Harsid über Vox. Sagt ihm, dass er sich beeilen soll.«

Laana rannte eine kurze Strecke vor ihnen her. Sie war gezwungen, ein hohes Tempo anzuschlagen, um mit den genverbesserten Kriegern Schritt zu halten. Sie war weit genug in der Dunkelheit und dem Regen entfernt, sodass sie unsichtbar gewesen wäre, hätte sie nicht noch immer den leuchtend gelben Schutzanzug getragen. Vor ihr stolperte ihr Gefangener her, der von der von Harsid eingeschlagenen Geschwindigkeit völlig erschöpft war. Sogar auf der Flucht gelang es ihr, mit einer Hand die Schulter des Magos zu packen und ihren Nadler mit der anderen in seinen Rücken zu pressen. Mit der klatschnassen Kapuze, die eng an seinem Kopf anlag, seine Servo-Harnisch entfernt und sein Stolz verletzt, sah er viel kleiner aus, als Rauth es den verzerrten Erinnerungen nach erwartet hatte.

Captain Harsid wartete mit der Geduld eines Aasfressers bei den Toren des ummauerten Anwesens auf sie, das ihr Ziel war. Es wirkte wie ausgestorben. Das Tor bestand aus künstlichem Holz, das derart bearbeitet war, dass es wie terranisches Ebenholz wirkte. Die Messingverzierungen dienten gleichzeitig auf diskrete

Weise als Verstärkungen. *Ich freue mich nicht darauf, dieses Tor einzureißen.* Der Death Spectre drehte seinen schnabelförmigen Helm in Richtung des gefangenen Magos. Die meisten Space Marines nutzen die Voxfähigkeiten ihrer Rüstungen, um ihren Gegner mit schierer Lautstärke zu betäuben und ihn zu überwinden. Harsid erreichte mit dem genauen Gegenteil denselben Zweck. Er sprach, als brächte jedes Wort die Todesstrafe für jeden mit sich, der sich nicht anstrengte, sie zu hören.

»Ist es das?«

»Es ... es ist es«, sagte der Magos und ließ seinen Kopf hängen.

»Gibt es irgendwelche Sicherheitsvorkehrungen?«

»Ich ... ich ... ich ...«

Laana drückte ihren Nadler fester in den Rücken des Magos.

»Ja«, stammelte er. »Aber ich habe meine Identitätscryptek beim Turnier zurückgelassen.«

»Fürchtet Euch nicht«, sagte Harsid. »Eure Tür wird uns nicht aufhalten.«

Bevor der Magos eine Antwort stammeln konnte, öffnete sich die Tür einfach wie von selbst.

Die Haare auf Rauths nacktem Oberkörper zitterten, als Autarch Yeldrian im Inneren auftauchte.

Die Rüstung des Eldar leuchtete von innen heraus. Der Effekt war ob der beinahe vollständigen Abwesenheit externer Lichtquellen nur noch beeindruckender. Die Leuchtkraft der Gelbtöne wurde durch die unendlichen Tiefen der Blautöne betont, seine Bewegungen wurden von Warpschatten begleitet und die Spurbögen des Warplichts zogen die Konturen seiner Rüstung nach. Das Sprungmodul, das seine Schultern bedeckte und ihn in eine elegante Verbeugung zwang, lief mit einem Schnurren aus. Es war vielleicht der Nachhall der Umarmung des Warps, aber irgendein Aspekt des hohen und fremdartigen Helms des Kriegers verwandelte Rauths Seele in Schmelzwasser. Es war, als ob eine sub-psionische Suggestion jede Ebene der Genverbesserung und der Konditionierung umging und ein Angstzentrum angriff, das sogar für die genetische Hexerei des Imperators zu tief lag. Rauth spürte an seiner Schulter, wie sich auch Khrysaar versteifte.

Das Fleisch ist schwach. Das Mantra klang wie ein Schutzgesang durch Rauths Verstand. *Das Fleisch ist schwach.*

»Herein«, sagte Yeldrian. Seine Stimme wurde von dem unheimlichen Helm verzerrt, den er trug.

Die Residenz des Magos entsprach der gotischen Urform. Hohe Wände umgaben einen großen Innenhof. An einem Ende stand ein befestigtes Pfarrhaus. Der Innenhof war mehrstufig angelegt und stieg in Richtung des Hauses an, wobei er einem algorithmischen Muster folgte. Rote Pflastersteine bedeckten den Boden. Aus einigen Töpfen quollen einige wenige, aber gut gepflegte Moospflanzen über den Boden. Rotgussstatuen von Heiligen des Mars standen in besinnlichen Posen aufgereiht. Rauths erster Gedanke war, dass es sich dabei um kybernetische Anlagen handeln musste, die Teile einer automatischen Abwehranlage waren. Auf den zweiten Blick erschienen sie jedoch rein dekorativer Natur zu sein.

Laana sah sich um und stieß einen Pfiff aus.

Das Adeptus Mechanicus findet überall einen Weg, um zu gedeihen.

Die Anlage war allem Anschein nach leer. Aber das Deathwatch Team verteilte sich trotzdem in Deckung. Rauth sackte an der nächstgelegenen Statue zusammen und schickte seinen Bruder mit einem Winken weiter. Seine Schwäche machte ihn übellaunig. Khrysaar zog seine Boltpistole aus dem Halfter und rannte Harsid hinterher, der in den Schatten des Hauses verschwand.

Rauth drehte sein Gesicht in den Regen.

Er konnte das Rinnsal aus den oberen Schichten der Atmosphäre beinahe riechen. Das Fycelin aus den Maschinenkanonen der Avenger. Den oxidierenden Zorn der Laserkanonen der Lightnings. Die Asche und das Promethium, die durch ihre Abschüsse entstanden. Es war Krieg. Seine genverbesserte Physiologie war darauf ausgerichtet, diese Dinge wahrzunehmen. Er spürte, wie sich seine Blutgefäße öffneten, als die Vasodilatatoren in seine Kardiopumpe spülten. Er begann, tiefer zu atmen, und seine Gedankengänge klärten sich. Seine Augen zogen sich zu Schlitzen zusammen, als er die vier schwarzen Keile erkannte, die wie Unterwasserbomben durch die Wolkenschichten fielen. Das

Murren von Triebwerksgeräuschen donnerte herab und berührte den Boden, als sie abdrehten und einen oder zwei Kilometer entfernt im Westen nach Landezonen suchten.

Kein sterblicher Pilot konnte ein solches Eintrittsmanöver vollbringen.

»Yeldrian ...«, murmelte Rauth.

»Ich sehe sie«, gab der Eldar zur Antwort.

»Clan Garrsak. Sie fliegen in die Richtung von Sevastiens Anwesen.«

»Ich sehe sie.« Die Plastekrüstung des Xenos knitterte wie die Schuppen eines Reptils, das sich bewegte, als Yeldrian sich zu dem Magos umdrehte. Die Augen des Menschen traten aus dem Kopf und sein Gesicht verlor jede Form. »Die Zeit läuft mir davon. Wie das Klagende Unheil wird kein Sterblicher sie je beherrschen können.«

Der Magos wimmerte und blinzelte Regen aus seinen Augen.

»Wie lautet dein Name?«, fragte Laana.

»Cavinash«, murmelte er. Er konnte seine Augen nicht von dem Schrecken abwenden, der sich nur ihm allein auf der Maske des Eldar zeigte. *Ich muss zugeben, das ist effektiver als Hämmer und Klingen.*

»Sind wir hier allein?«

Der Magos nickte stumm.

»Bist du sicher?«, zischte Laana.

»Die Haushaltgarnisonen werden mittlerweile zum Anwesen des Fabricator Locum beordert worden sein.«

Laana nickte. Aber das musste sie bereits gewusst haben. *Sie ist gut darin.* Rauth fragte sich, wie lange sie und Yeldrian schon zusammenarbeiteten. Sie hatten ein stummes Verständnis füreinander, das tiefer zu gehen schien, als das zwischen dem Autarchen und Harsid. *Welches Interesse habt Ihr an all dem? Wie konnte eine Todeskult-Assassine von Medusa hier draußen mit einem Eldar zusammentreffen?*

»Dies ist ein schönes Zuhause«, fuhr Laana fort. »Passend für eine hochgestellte Persönlichkeit.«

»Ich bin Magos Preservator. In den Tempeln von Fort Callivant gibt es viele Reliquien, die es zu warten gilt. Viele davon sind sehr wählerisch, welche Riten der Verehrung sie akzeptieren.«

Laana zog den Magos völlig ansatzlos am Kragen seiner Robe an sich. »War das Morgenrot-Gerät eines dieser Artefakte?«

»Ja!«

Die Assassine ließ ihn mit einem angewiderten Schnauben auf den Rücken fallen und wischte sich mit dem Ärmel ihres Anzugs Speicheltropfen von der Wange. *Sie ist stärker, als sie scheint. Für eine Sterbliche. Vielleicht war ich zu hart mir ihr.* Sie nahm Rauths abwägenden Blick wahr und verzog ihr Gesicht.

»Ich komme klar, Iron Hand. Steht für mich nicht auf.«

»Das reicht, Laana«, flüsterte Yeldrian. Cavinash stöhnte, als sich die Schrecken erneut veränderten, die in seinen Verstand getrieben wurden. »Sag mir, wo sich das Artefakt befindet. Wo hat Kristos es vergraben.«

»Wo der Fabricator Locum es beigesetzt hat. Ich habe nichts genommen. Das schwöre ich. Beim Omnissiah, das schwöre ich. Ich habe es nur einigen Kontakten erlaubt, es zu sehen. Sammler und Erwerber der Reliquien, denen ich diene.«

»Technoketzer«, sagte Laana spöttisch.

Und das von einer Assassine, der rechten Hand eines Eldar. Rauths Blick fiel auf Mohr, der von der anderen Seite des Innenhofs aus zusah. Der Brazen Claw musste seinen Gesichtsausdruck richtig interpretiert haben, denn er schüttelte seinen Kopf. *Vielleicht nicht sofort, aber später werde ich jemandem diese Fragen stellen.*

»Ich war bereits Magos Preservator auf Fabris Callivant, bevor Exar Sevastien je einen Fuß auf diese Welten gesetzt hat«, sagte Cavinash. Er fand etwas Mut in dem arroganten Hochmut, der ihm bis jetzt so gut gedient hatte. »Ich weiß, was der Omnissiah mir befiehlt.« Er schaffte es, seinen Blick von dem Eldar abzuwenden. »Wirklich?«

»Ich weiß, was der Primarch mir befiehlt«, sagte Laana.

»*Der?* Mädchen, du weißt, dass es mehr als einen gab.«

»Wen interessiert es schon, was einer der anderen befiehlt«, knurrte Rauth.

Ein verstecktes Lächeln zog an den Kanten von Laanas Gesicht.

»Was ist mit den Gruben?«, fragte sie. »Mit dem Aequalis-Kult?« Cavinash schüttelte den Kopf. »Missverstanden. Sie suchen lediglich nach einem Mittelweg zwischen den Fehlungen des Fleischs und der pyramidalen Strenggläubigkeit an den schrittweisen Ersatz.« Es sah Rauth an, als hielt er ihn für seinen wahrscheinlichsten Freund. *Das sagt nicht Gutes über seine Situation aus.* »Denkt einmal darüber nach –«

»Haltet ein.« Yeldrians Hand schwebte wie ein Blatt im Wind, das vom Schicksal und den Umständen auf den juwelenbesetzten Griff seiner Klinge geweht wurde.

»Die Stimme des Mars hat dich geschickt. Nicht wahr?«

Yeldrian richtete sich auf und blickte Laana an. Rauth konnte sich den Befehl vorstellen, den er nun geben würde.

Wenn *Dunkelwacht* sich nicht in eben jenem Augenblick dazu entschlossen hätte zu sterben.

Er wusste sofort, was da vor sich ging. Die stille Explosion dehnte sich von der geostationären Umlaufbahn über Fort Callivant aus und erleuchtete die bleiernen Wolken von hinten mit roten und gelben Farbtönen. Eine weitere Explosion folgte, die sogar noch gewaltiger aber ebenso still erfolgte. Es war nervenaufreibend. Als würden sich Götter über den Köpfen der Sterblichen bekriegen. Und dann brachen die Wolken auf. Sie verbrannten einfach, verdampften in der Stratosphäre, als ein brennender Teil eines Meteors sie durchbrach, der sich auf seinem todbringenden Absturz auf die vom Alter mit Narben übersäte Oberfläche des Planeten befand. In einer feurigen Prozession folgte ein zweiter. Dann noch einer. Sechs. Zwölf. Einundzwanzig.

Ein Brokk'n.

So wurden sie von den Strategos des Imperiums bezeichnet. Es handelte sich dabei um mit Triebwerken ausgestattete Asteroiden, die manchmal auch über Panzerungen und primitive Waffen verfügten und mit Abermillionen kriegswütiger Orkkrieger vollgepackt waren, die auf eine ahnungslose Welt getrieben wurden. Orks waren unmenschlich robust. Wenn es einer Spezies gelang, den Eintritt in eine Atmosphäre und den

Aufschlag auf dem Planeten zu überleben, dann waren sie es. Und wenn auch nur ein Prozent der ursprünglichen Ladung die Planetenoberfläche erreichte, dann war das eine gewaltige Streitmacht, der man in den Ruinen einer zerstörten Abwehrstellung gegenüberstehen musste, die nur noch ein Einschlagkrater war. Das waren *Wahrscheinlichkeiten, bei denen ein Iron Hand in den Krieg ziehen würde.* Der Zusammenprall mit *Dunkelwacht* hatte die Fragmente des Brokk'n von Fort Callivant fortgeschleudert. Trotzdem würden die entstehenden Beben verheerend sein. Rauth hatte die uralte Makropole von den tiefsten bis in die höchsten Gefilde gesehen und gab nicht viel auf ihre Überlebenschance. Sogar die obersten Ebenen, auf denen sie sich jetzt befanden, und die makellos aussahen, waren häufig auf zehn Kilometern der Vernachlässigung und der Korrosion erbaut. Eine einzelne erschütterte Fundamentsäule in der Untermakropole würde einen kaskadenförmigen Einsturz auslösen, der ganze Bezirke auslöschen und Millionen zerquetschen würde.

»Packt ihn!«

Rauth hob bei Laanas Schrei gerade noch rechtzeitig seinen Blick, um zu sehen, wie die Assassine ein Nadelpaar durch einen Mooskübel jagte, der dann von seinem Sockel fiel und zerbrach, während Cavinash daran vorbeirannte. Glasnadeln zerbrachen an Wänden und Statuen und sanken in künstliche Eichen, während der Magos die Katastrophe im Orbit ausnützte und durch das offene Tor sprintete.

Die Assassine fluchte und stürzte ihm hinterher. Auch Rauth nahm taumelnd die Verfolgung auf und ignorierte dabei die Schmerzen in seinen Wunden. Um Autarch Yeldrian faltete sich die Realität und der Eldar löste sich in Luft auf. Rauth zitterte, als Laana durch die Tore rannte und herumwirbelte, um den Magos mit einem Nadlerschuss zwischen die Schulterblätter niederzustrecken.

Rauth nahm das unverkennbare Klappern eines schweren Kettenfahrzeugs den Bruchteil einer Sekunde vor der Sterblichen Assassine wahr. Feuchte Bremsen quietschten und ein Stablumen blitzte durch die Dunkelheit. Laana war plötzlich in einen hellen

Lichtstreifen gebadet. Sie befanden sich auf einer Straße, die der Ausgangssperre unterlag. Sie trug die Kleidung eines Arbeiters der Manufactorien aus dem Bezirk der Aufständischen und eine Pistole, mit der sie auf den fliehenden Magos Preservator zielte.

Bei Manus' Blut, auch ich würde auf sie schießen.

»Lass die Waffe fallen!« Der Ruf tönte aus der knurrenden Feuchtigkeit. »Ergib dich, und wir werden dich gnädig behandeln.«

Laanas Waffe röchelte, als sie damit einen einzigen Schuss abgab. Dann eröffnete irgendjemand mit einem Sturmbolter das Feuer.

Manchmal enttäuschen einen die Götter. Das hat Laana zu mir gesagt. Manchmal enttäuschen die Götter sich sogar gegenseitig.

Die Assassine löste sich vor seinen Augen auf, als hochexplosive Geschosse ihren sterblichen Körper in Stücke rissen. Rauth rutschte mit einem entrüsteten Schrei auf den Lippen durch die Türen, bevor er anhalten konnte. Ein roter Nebel legte sich auf sein Gesicht. Er presste seine Lippen zusammen, damit nur kein Blutstropfen zu seinem Omophagea gelangte. Das würde sich respektlos anfühlen. *Ziehe von dannen und vereinige dich mit den unsterblichen Legionen des Primarchen, Schwester. Ich hoffe, dass es das wert war.* Er sah, dass auch Cavinash tot war. Er lag bäuchlings auf dem Boden und begann aufgrund der Wirkung der Nadlergifte der Assassine bereits anzuschwellen.

Als ob das jetzt noch etwas ändern würde.

»Sir. Da ist noch einer.«

Die Lampe drehte sich mit einem Ruck und der Strahl traf auf Rauth, der im Eingang des Tors stand.

Rauth blinzelte, aber seine Genverbesserungen kompensierten schnell das grelle Licht. Hinter der Lichtquelle zeichnete sich ein gepanzerter Transporter des Typs Chimera ab. Er war eisengrau und trug die Abzeichen des XXIV. Regiments von Mordia. Seine Dachluke stand offen und ein Soldat in Marineblau und Gold bediente den Stablumen des Fahrzeugs von Hand. Etwas weiter war die noch größere Silhouette eines Leman-Russ-Linienbrechers zu sehen, der in einem Winkel hinter dem Chimera stand. Der

Panzerkommandant stand in der Kuppel und hielt die Hände um die Griffbolzen des Sturmbolters verkrampft, der auf dem Waffengestell des Fahrzeugs montiert war. Er war kaum mehr als das Schimmern einer Schirmmütze und dem besorgten Glitzern von Tressen.

»Lass die Waffe fallen«, befahl der Mordianer. *Wo ist Yeldrian?*

Rauth leckte sich die Lippen, die unter den grausamen Stablumen austrockneten, und hob seine Hände. Er war nicht daran gewohnt, sich auf der Stelle etwas einfallen zu lassen oder gar für sich selbst zu denken.

Er war überrascht, wie selbstverständlich ihm das nun gelang.

»Ich bin ein Iron Hand«, setzte er an. »Ich könnte ein Transportmittel gebrauchen.«

KAPITEL VIERZEHN

»*Gemeinsam stärker.*«

– Burr

I

Der kleine, gepanzerte Konvoi rumpelte über die mittlere Spur einer breiten und verlassenen Hochstraße. Der Leman-Russ-Linienbrecher, *Grauhammer*, hatte die Vorhut übernommen. Die Chimera, *Eisenblut*, bildete den Abschluss. Ein mit einer Plane abgedeckter Munitionslaster rumpelte dazwischen durch den hämmernden Regen. In der Nähe dröhnten Explosionen, die von der Panzerung und den Motorengeräuschen der Fahrzeuge gedämpft wurden, sowie das sporadische Rattern von Handwaffen. Rauth und Khrysaar schwankten im Rhythmus der anpassungsfähigen Federung der Chimera. Rauth starrte durch die Feuerschlitze ins Nichts. Dahinter waren nur trübselige Gebäude und Regen zu sehen. Außer dem seltsamen Flackern am Himmel gab es kein Anzeichen von Orks. Die Soldaten von Mordia teilten ungefähr so begeistert ihr Transportmittel mit ihnen, wie sie es mit einem klaustrophobischen Ogryn tun würden. Es hatte ein gehöriges Gedränge gegeben, um Platz für sie zu schaffen. Rauth vermutete aber, dass auch für Mohr noch Platz gewesen wäre, hätte der Apothecary sich entschlossen, sie zu begleiten.

Khrysaar lehnte sich zum Ohr seines Bruders vor.

»Wie habt Ihr es fertiggebracht, sie davon zu überzeugen, dass wir ein Teil von Kristos' Streitmacht sind?« Es fiel den Iron Hands einfach, durch Auslassungen nicht die Wahrheit zu sagen, denn sie waren von Haus aus wortkarg. Aber Lügengespinste zu ersinnen war ihrer Wesensart fremd.

»Ich weiß nicht. Es ist mir einfach so eingefallen.«

»Was ist los mit Euch, Bruder? Ihr scheint abgelenkt zu sein.«

»Ich denke an Laana.«

»Warum?«

Warum? Wie viele Sterbliche habe ich getötet, gesehen, wie sie getötet wurden oder es zugelassen, dass sie starben? Weshalb bin ich über diesen Tod aufgebracht?

Götter enttäuschen.

»Ich bin mir nicht sicher.«

Als eine Explosion den anonymen Felsbeton eines Gebäudes am Fahrbandrand über alle sechs Fahrspuren der Hochstraße sprengte, wandte Rauth sich wieder seinem Feuerschlitz zu, war aber beunruhigt darüber, was er im Inneren fühlte. »Beidrehen und Feuer eröffnen! Beidrehen und Feuer eröffnen!« Der Befehl bellte durch das Vox, als der Fahrer der Chimera hart auf die Bremsen trat und die Soldaten in die Richtung der Vorderseite des Panzers taumelten. Rauth beobachtete durch den Schlitz, wie sich die stachelige Walze eines Orkpanzers durch die Überreste des Gebäudes fraß. Sie zermalmte den Spritzdamm, der entlang des Fußgängerwegs verlief, indem er den Metallrahmen verbog und ihn mit seinen Stacheln in die Höhe zog, bis die Glasmalereien zerplatzten.

Rauth fühlte sich beinahe erleichtert.

Die Truppenrampe knallte auf die Straße und die Mordianer stürmten in vorbildlicher Ordnung hinaus. Aus ihren Lasergewehren peitschten Schüsse in den Regen. Khrysaar zog Rauth in die Höhe und schleuderte ihn praktisch hinter den Soldaten her. Er platschte mit dem Gesicht voraus auf den nassen Felsbeton.

Während er aus der Schussbahn kroch, zerriss etwas in seiner Brust. Festkörpergeschosse der Orks schlugen hinter ihm in den Panzer ein. Ein mordianischer Soldat erhielt einen Schuss ins Genick und er stürzte in einem Blutschleier zu Boden. Die anderen schwärmten aus und benutzten die Fahrzeuge als Deckung, während sie das Feuer erwiderten. Die Walze des Orkpanzers hatte sich in den Energieleitungen und den Bewehrungskabeln verhakt, die im Inneren des Spritzdamms verlegt waren. Aus den gewaltigen Auspuffrohren des Panzers pumpte schwarzer Rauch, als sich der ungeduldige Fahrer in niedrigen Gängen durch den Wirrwarr knirschte. Unterdessen strömten Orks aus dem Inneren, über den zerstörten Damm und auf die Straße.

Grauhammers schwerer Bolter mähte sie nieder.

Der Leman Russ ruckte zurück, als der Rückschlag seiner Linienbrecherkanone die sechzig Tonnen des Panzers auf die Federung der Hinterachse drückte. Linienbrecherkanonen kamen eigentlich nicht als panzerbrechende Waffe zum Einsatz. Genauso wenig, wie der schwere Bolter auf der Panzerwanne oder die schweren Zwillingsflammenwerfer an den Auslegern. *Grauhammer* war für den Krieg in Stadtgebieten ausgelegt, dafür, feindliche Infanterie Straße um Straße und Habitat um Habitat zu abzuschlachten. Fahrzeuge der Orks waren aber immer nur einen kräftigen Stoß davon entfernt, in einen Haufen Schrott zusammenzubrechen. Eine Miniaturatomexplosion hob den mit Zinnen versehenen hinteren Geschützturm von dem gestauchten Orkfahrzeug. Die Pilzwolke verwehte nicht, sondern versank vielmehr im Regen. Sie hüllte das zusammengebrochene Gebäude ein, in dem der Orkpanzer steckte. Mit einem freudigen Bellen, das aus den primitiven Lautsprechern des Fahrzeugs dröhnte, kam der Panzer endlich frei und auf die Straße. Dabei schwankte er auf seinen wahnsinnigen Aufhängungen und zwei Turmschützen gingen über Bord, die sich nicht genügend festgehalten hatten.

Wo die herkommen, gibt es immer noch mehr.

»Wir müssen verschwinden!« Khrysaar kam dicht an den Boden gedrückt auf allen vieren zu ihm gerobbt.

»Hattet Ihr erwartet, dass mein Vorschlag lauten würde, hierzubleiben und zu kämpfen?«

»Ihr habt Euch seltsam verhalten, Bruder.«

Rauth zeigte seine Boltpistole und vermied, sein Gesicht vor Schmerzen zu verziehen, die sogar diese kleine Bewegung auslösten. »Steht mir einfach nicht im Weg.«

»Das ist der Arven Rauth, den ich normalerweise gehasst habe.« Khrysaar drehte sich geschickt weg und durchbohrte mit einem Schuss den Schädel eines Orks, der versucht hatte, über den Spritzdamm hinter ihnen zu klettern. Der Xenos fiel auf den Fußgängerweg, aber die Explosion lockte andere an. Ein ungeschlachter Warboss, der eine dicke Kette um seine Fäuste gewickelt hatte, begann, auf den Damm einzuhämmern. Risse begannen sich in dem Panzerglas zu bilden.

Rauth war bereits losgerannt.

Instinktiv lief er die Straße hinauf und benutzte die Chimera als Deckung. Die Soldaten waren viel zu beschäftigt, als dass sie bemerkt hätten, dass er sich absetzte. Entweder das, oder sie nahmen an, dass die Space Marines diesen Kampf auf ihre eigene Weise aufnahmen. *Was ja nicht allzu weit von der Wahrheit entfernt ist.* Er warf sich hastig zur Seite, als der Leman Russ den Rückwärtsgang einlegte.

Ein lärmender Mob aus grünhäutigen Kriegern rannte auf die entstandene Öffnung zu. Unter ihnen war kein Einziger, der kleiner als Rauth war. Khrysaar packte seinen Arm und zog ihn hinter den Leman Russ. Ein Feuerstoß aus den Auslegern des Kampfpanzers verwandelte die Orks in tropfendes Fett. Ein halbes Dutzend schwankender Beine versuchte noch immer, die beiden Iron Hands zu erreichen, bevor die langsam arbeitenden Nervensysteme über ihren Tod informiert wurden.

Die beiden Scouts sprinteten die Straße hinauf und entfernten sich von dem Kampf.

Khrysaar übernahm die Rückendeckung, als Rauth sich umdrehte, zusammenzuckte und mit einer Hand über dem Bauch zu stöhnen begann. Methodisch trieb er Boltgeschosse in grüne, stoßzahnbewehrte Gesichter, die hinter dem Panzer auftauchten, um sie zu verfolgen. Seine Zielgenauigkeit war übermenschlich.

Aus der von den Orks gehaltenen Seite der Straße flog eine Rakete heran und schlug durch die Wannenpanzerung von *Eisenblut*. Das Fahrzeug hob sich von seinen Laufketten, als wäre ein Titan gerade auf das abgeschrägte Vorderteil der Chimera gestiegen, wippte über den Scheitelpunkt und fiel dann aufs Dach. Die Mordianer zogen sich geordnet zurück, wobei sie einige Männer an das Feuer der Orks verloren, bevor die Rakete letztendlich explodierte.

Die untere Vorderseite riss auf und der Splitterregen riss die Soldaten um.

Dies war die Art von Krieg, für die der Imperator die Adeptus Astartes geschaffen hatte, um ihn an ihrer Stelle zu kämpfen. *Weil sie zu schwach sind, als dass sie für sich selbst kämpfen können.*

»Wie weit ist es bis zum Fabrikheiligtum?«, rief Khrysaar über seine Schulter.

»Habt Ihr etwa gesehen, dass ich ein Kartolith geladen habe, bevor wir die Chimera bestiegen haben?«

»Ihr hattet die Sicht aus dem Sichtschlitz.«

Ein Orkbomber hüpfte und wackelte mit dröhnenden Hilfstriebwerken über den Himmel, bevor er in den Habblock stürzte, der einige hundert Meter die Hochstraße hinab lag, und ihn in einen Feuerball verwandelte. Aus dem Gebäude kämpften sich noch mehr Krieger der Grünhäute einen Weg ins Freie. Bei den meisten von ihnen standen ein oder zwei Gliedmaßen in Flammen, was sie aber nicht im Geringsten ihrer Wildheit beraubte.

Rauth hielt mit einem Ruck an und ein stechender Schmerz breitete sich entlang seiner Schienbeine aus.

»Warum haltet Ihr an?«, fragte Khrysaar.

Rauth machte ein Gesicht, das als Ergebnis von einer Million persönlicher Beleidigungen hätte durchgehen können. »Die Straße ist zu breit. Wir werden überrannt, wenn wir diesen Weg wählen.« Er streckte beide Arme aus und sprang auf den Spritzdamm, der die Straße auf der Seite umgab, die den Orks gegenüberlag. Der Damm war zur Straße hin gekrümmt, damit das Spritzwasser der Fahrzeuge zurück auf die Hochstraße platschte, anstatt auf die Fußgänger dahinter. Seit Tausenden Jahren hatte die wetterfeste Fassade aber keine glatte Oberfläche mehr geboten und es gelang Rauth, sich über die S-Form zu winden und auf den Weg dahinter zu fallen.

Khrysaar folgte ihm.

Die gedämpften Einschläge von Kugeln prasselten auf das ausgehärtete Glas.

»In das Gebäude«, sagte Rauth. »Wir müssen uns von den Hochstraßen fernhalten und uns einen Weg durch die Habitate suchen.«

»Das werden wir, Bruder.« Khrysaar packte seinen Arm am Bizeps. »Ein Iron Hand hat das hier begonnen. Zwei werden es beenden.«

Rauth verzog sein Gesicht. »Ab in das verdammte Gebäude.«

Die Tür war verschlossen und verbarrikadiert, war aber niemals dazu gedacht gewesen, einem zornigen Übermenschlichen zu widerstehen.

Sie explodierte unter Khrysaars Stiefel und die beiden Iron Hands stürmten ins Innere.

Die Fenster waren nur unzulänglich mit Schiebeläden verschlossen. Schüsse und das brennende Flugzeug auf der gegenüberliegenden Straßenseite erzeugten Schatten, die über den Boden zuckten. Einige Tische waren ungleichmäßig in dem Raum verteilt und an einer Wand waren etliche Stühle gestapelt. Im Hintergrund war eine Theke zu sehen. *Irgendeine Art Lokal?* Das war jetzt aber belanglos. Er blickte zurück zu der zerstörten Tür. *Sogar ein Ork musste sich nicht allzu sehr anstrengen, um herauszufinden, wohin wir verschwunden sind.* Eine plötzliche Druckwelle ließ die Tischbeine über den Boden klappern.

Die beiden Scouts warfen sich einen schnellen Blick zu.

»*Grauhammer?*«, fragte Khrysaar.

»*Grauhammer.*« Rauth deutete in den Hintergrund des Lokals. »Bewegung.«

Fort Callivant hatte den Einschlag des Brokk'n in etwa so gut oder so schlecht überstanden, wie Rauth es sich vorgestellt hatte. Die Hälfte der Hochstraßen war blockiert oder schlichtweg zerstört und bestand nur noch aus Trümmern. Andere Straßen, die tiefer in die Untermakropole führten, waren von ihnen in einer Kettenreaktion mitgerissen worden. Die Orks, die den Abstieg überstanden hatten – *und einige würden dies überstanden haben* – waren mindestens noch einige Stunden entfernt. Die ganze Zeit über landeten aber noch mehr in primitiven Landungskapseln und planetaren Sturmrammen. Ihr willkürlicher Aufmarsch hatte zur Folge, dass ihre Streitkräfte klein und fragmentiert, dafür aber überall waren. Sie hätten für eine Halbklave der Iron Hands oder sogar für einen einigermaßen gut vorbereiteten Armeetrupp keine Probleme dargestellt. Für zwei Scouts aber waren auch kleine und fragmentierte Kräfte ein ernst zu nehmendes Hindernis.

Sie stürmten von Block zu Block, vermieden die Mobs der Orks, wo immer sie konnten, und schämten sich, wenn sie die Flucht ergreifen mussten, wenn sie keine andere Wahl hatten.

Auf einem Hochstraßenzuführer begegneten sie einer Bande Gretchins, die vergnügt damit beschäftigt waren, Sprengfallen zu installieren. Sie hatten Bündel von Haftgranaten mit Stolperdrähten verbunden und Zivilisten wie Vogelscheuchen aufgehängt, um Unvorsichtige anzulocken. Sie schossen die kleinwüchsigen Xenos nieder und freuten sie sich dabei über einen Feind, den sie ohne Probleme abschlachten konnten, während sie die Zivilisten ignorierten. Anschließend sprangen sie durch die Klappläden in das nächste Gebäude. Ein Ork brach sich einen Weg durch eine Innenmauer und rang Khrysaar zu Boden. Rauth wartete nicht. *Er würde nicht weniger für mich tun.* Er rannte durch den Irrgarten der Arbeiterschlafsäle, bis er im x-ten Stock vor einen Abgrund taumelte und zum Stehen kam. Über die Kluft verliefen kreuz und quer durchhängende Kabel und knarrende Regenrinnen. In etwa sechzig Metern Entfernung stand auf der anderen Seite ein absolut identischer Habblock. Er sprang, ohne Anlauf zu nehmen. In dem engen Raum ertönte ein einziger Schuss. Ein Scharfschütze. Das Autogeschoss schlug in dem Moment in seinen Bizeps ein, als er im gegenüberliegenden Block landete und sich abrollte. Als er durch die Tür stolperte traf er wieder auf Khrysaar. Mit vereinter Kraft brachen sie die schweren Außentüren des Habblocks auf und taumelten ins Freie.

Der Innenhof war ein teilweise mit einer Kuppel überdachter Platz. Die nassen Steinplatten waren mit Schutt übersät. Die zermalmten Trümmer von Springbrunnen und Einsteckschreinen lagen zwischen freistehenden Säulen umher. Hier würden Pilger zusammengekommen sein, um zu warten, zu beten und die notwendigen Entbehrungen zu erleiden, um Zugang zum eigentlichen Fabrikheiligtum zu erhalten. Ihre Leichen lagen nun überall auf den Prozessionswegen verstreut. Als der hauptsächliche Fußgängerzugang war der Platz für große und friedliche Menschenmengen konzipiert worden. Die befestigte Vorhalle auf der gegenüberliegenden Seite war ein imposantes Bauwerk, das mit dicken und hohen Mauern ausgestattet war und normalerweise als Heimat für mehrere hundert Legionäre der Skitarii fungierte.

Nun wurde sie von zwei Iron Hands mit den Abzeichen des Clans Garrsak gehalten.

Die Krieger feuerten methodisch halb automatische Schüsse in die Orks, die sich in den Ruinen auf dieser Seite des Platzes herumtrieben. Dabei ergänzten sie die Schusswinkel des jeweils anderen mit der Perfektion eines Algorithmus. Einige hundert Familien Callivants hatten es ins Innere der Mauern der Vorhalle geschafft. Sie trommelten auf das Tor, aber die Iron Hands waren für ihr Flehen unempfänglich. In der Tat hatte es den Anschein, als ob die Iron Hands ihre Anwesenheit erst in dem Augenblick wahrnahmen, als die Grünhäute von dem Geschrei aus der Deckung gelockt wurden und sich auf die Masse der Zivilisten stürzten. Ein Sturm aus Boltgeschossen brachte ihre Schreie zum Schweigen und ihre zerrissenen Überbleibsel mischten sich mit denen der Orks.

Die Iron Hands waren die Meister der städtischen Kriegsführung. Ohne Ausnahmen. Sie kümmerten sich nicht um Leben und Eigentum. Die Zerstörungen, die sie anrichteten, machten ihnen nichts aus. Wenn ein Gebäude mit Bomben gesprengt werden konnte, um einen Engpass zu erzeugen oder eine Angriffsmöglichkeit zu verhindern, dann wurde es auch gesprengt. Sie würden Zivilisten als Schilde benutzen, in verbündete Streitkräfte feuern und imperiale Anlagen nutzen, um feindliche Streitkräfte anzulocken, bevor sie mit überwältigender Feuerkraft zurückschlugen. ›Der Hammer und der Sturm‹ war das früher einmal genannt worden. Die Verwendung viraler, chemischer oder nuklearer Waffen, um ganze Stadtviertel einer ›befreundeten‹ Stadt zu neutralisieren, verursachte ihnen keine Gewissensbisse.

Wir könnten den Imperial Fists einiges beibringen, würden sie nur zuhören.

»Ich sehe es.« Khrysaar deutete auf einen kupferbeschlagenen Turm, der durch den Regen, der um sie herumwirbelte, und die gestaffelten Energieschirme, die das Fabrikheiligtum bedeckten, gerade noch zu erkennen war. »Auf die andere Seite der Vorhalle.«

»Lasst uns gehen«, sagte Rauth.

Einige marode Dreadnoughts der Orks und ein überschwerer Wagen, der mit johlenden Truppen beladen war, klapperten auf die Vorhalle zu. Die beiden Iron Hands auf der Brustwehr fielen plötzlich durch ihre Abwesenheit auf.

Beim Thron!

Eine Reihe Sprengladungen brachte die hohen Mauern der Vorhalle eine nach der anderen zum Einsturz und begrub den Angriff der Grünhäute in einem Tsunami aus rotem Staub. Sie ließ eine Klippe aus zerbrochenen Ziegelsteinen zurück, wo zuvor die Feste gestanden hatte.

Rauths Wangenmuskeln spannten sich vor Frustration.

»Wir werden einen anderen Weg hindurch benötigen.«

Ein Schuss vernichtete den Türsturz, unter dem sie standen, und beide Krieger drehten sich um und sahen ein Rudel Orks, das in den Vorraum hinter ihnen strömte. Rauth blies seine Backen auf.

»Wir kümmern uns später darum.«

Sie ließen die Orks zurück, die machtlos in die Luft schossen, als sie in Richtung der Vorhalle rannten. Rauths Sicht begann aufgrund der Anstrengungen zu verschwimmen, als ein Bikermob diagonal über den Platz gedonnert kam. Sie zogen Blechdosen an Seilen hinter sich her und ausgefranste Flaggen mit Blitzsymbolen und primitiven Raketenglyphen flatterten an ihren Fahrzeugen.

Khrysaar eröffnete das Feuer auf die Bikes. Seine Schüsse ramponierten ihre gepanzerten Gestalten, während die Fahrer auszuweichen versuchten und die Vorderräder anhoben. Rauth wirbelte zu den Orks hinter sich herum. *Es ist befreiend, nicht mehr zu rennen.* Ein Zittern lief durch den Boden, bevor er seine Pistole auf die Stirn des ersten Orks richten konnte und ein Schwall heißer Luft fauchte über ihn, als hätte ein Feuerwesen gerade ausgeatmet. Bevor Rauth überhaupt bemerkte, dass etwas geschehen war, verschwanden die Bikes der Orks in einem flächendeckenden Raketenangriff und knisternde Stücke von Speichen und Schutzblechen prasselten auf den Steinboden. Von dem Geschwader war außer einem Krater mit einem Durchmesser von sechs Metern nichts mehr übrig.

Rauth sah zurück zu den Orks, die sie verfolgten.

Sie zogen sich zum Habitat zurück und trugen einen Ausdruck in ihren stumpfsinnigen Gesichtern, für den Rauth etwas Zeit benötigte, um ihn zu erkennen. Er hatte ihn nämlich noch nie zuvor auf dem Gesicht eines Orks gesehen. Es war eine bestialische Mischung aus Schrecken und Überraschung, die dort eingemeißelt war. Er drehte sich herum, um selbst zu sehen, was sie betrachteten. Dabei musste er seinen Kopf weit nach oben neigen. Sein Mund klappte in die andere Richtung auf.

Es war Princeps Fabris.

II

Mit einem letzten Aufheulen der Hilfstriebwerke senkte sich die *Drei* auf den hastig freigeräumten Landeblock an Bord der *Schild des Gottimperators*. Leibeigene mit geschorenen Köpfen, die in wehende, weiße Chorhemden, auf denen das Kreuz der

Hospitallers prangte, gekleidet waren, näherten sich und duckten sich gegen den Abwind, der aus den Mantelstromtriebwerken des Thunderhawks fegte. Ein sterblicher Soldat mit einem dicken Hals führte sie an. Er trug dieselbe fromme Tracht wie seine Brüder, allerdings unter einem schwarzen Brustpanzer und Armschienen und er hatte ein zeremonielles Breitschwert quer über seine Schultern gegurtet. Er musste sich im Laufschritt fortbewegen, um mit dem Techpriester schrittzuhalten, der in Richtung der sich öffnenden Rampe des Kanonenschiffs wuselte.

Der Magos legte sich mit dem Gesicht nach unten auf das Deck, als die Ausstiegsrampe den Boden berührte und die Verriegelungen einrasteten. »Seid willkommen an Bord.« Er sah von seiner Position der Unterwerfung auf, als die ersten Space Marines die Rampe heruntertrampelten. »Der Ruf eures Ordens als Maschinenflüsterer und meisterliche Artificatoren geht euch voraus. Ich bitte euch, Eisenvater Kristos zu informieren, dass seine Großzügigkeit auf angemessene Weise erwidert werden wird.«

Jalenghaal betrachtete den auf dem Boden liegenden Menschen mit einigem Unbehagen. »Mirkal Alfaran hat das Schiff verlassen, stimmt das?«

»Ja, an Bord der *Unberührter Eifer*, mein Lord, um das Schwert zu den dreckigen Schiffen der Xenos zu tragen.«

»Wie viele Hospitallers befinden sich noch an Bord?«

»Zwei Trupps, glaube ich.« Der Magos warf dem Soldaten einen fragenden Blick zu, der mit einem kurzen Nicken antwortete.

»Und der Ehrwürdige Galvarro ist nach wie vor auf der Brücke?«

»Ja, mein Lord.« Der Magos hörte sich verwundert an. »Wünscht Ihr, ihn zu sehen, bevor ich Euch in die Triebwerkshallen bringe?«

»In der Tat«, sagte Jalenghaal und entsicherte seine Boltpistole.

Das Geschoss ging über den mit offenem Mund daliegenden Magos und schlug in den Brustpanzer des Soldaten ein. Es detonierte und der Oberkörper des sterblichen Kriegers explodierte von innen heraus. Die Brust des Soldaten schützte die anderen

Leibeigenen vor der Explosion, aber die blutige Eruption verblüffte sie lange genug, dass Jalenghaal sein Ziel ändern und erneut schießen konnte. Sie standen dicht gedrängt beieinander, waren unvorbereitet und eine Salve aus vier Schüssen erledigte sie alle.

»Was tut Ihr–?«

Burr erschoss den Magos mit einem einzigen Schuss aus der Hüfte.

»Daran könnte ich mich gewöhnen«, sagte er.

Jalenghaal war sich nicht sicher, ob sein Bruder damit meinte, sich gewaltsam Zugang zu einem verbündeten Schiff zu verschaffen oder Techpriester kaltblütig zu ermorden. Er entschied sich, nicht nachzufragen. Er veränderte sein Ziel um neunzig Grad und tastete mit dem Kurzstreckenauspex seines Helms das Einschiffungsdeck nach Gefahrenimpulsen ab. Die Hospitallers hatten noch nicht einmal einen einzigen Storm Eagle zurückgelassen. Borrg gab ein enttäuschtes Geräusch von sich, als die übrigen Iron Hands aus der *Drei* trampelten.

»Eine einfache Mission ist eine erfüllte Mission«, rügte Thorrn den Neophyten.

»Sie wird nicht einfach sein«, sagte Jalenghaal. Seine Stiefel verwandelten die Willkommensgesellschaft der Hospitallers in ein rotes Durcheinander, als er in Richtung der Ausgangsluke marschierte. Mit einem Wimpernklick betätigte er eine Rune auf seiner Helmanzeige, zweigte einen Bereich seines augmentierten Bewusstseins ab und gab im Hintergrund erneut Kristos' Simulusdatei wieder. »Es ist ein weiter Weg bis zur Brücke.«

Außerdem würde Galvarro sie erwarten, wenn sie dort eintrafen.

III

Princeps Fabris stand in der Mitte der brennenden Hochstraße. Er war zehn Meter groß und Rauch kringelte sich aus den leergeschossenen Raketensilos der Waffenaufhängung seiner Rüstung. Der Crusader-Knight war mit einem exzentrischen Muster aus roten und schwarzen Adamantiumplatten gepanzert. Überall prangten die Symbole des Hauses Callivant und heraldische Hinweise auf eine kriegerische Abstammung, die sich über elftausend Jahre erstreckte. Zwischen den Beinen des Knights flatterten zwei Banner und verkündeten das Bündnis mit dem Mars und der alten Eisernen Zehnten. Ein geisterhaftes Flackern rahmte die gewaltige Gestalt des Knights ein, als der Ionenschild gleichermaßen Regen und Beschuss vehement abwehrte. Der Princeps hob seine Arme, die mit schweren Maschinengewehren und Schnellfeuerkanonen ausgestattet waren, und verwandelte die flüchtenden Orks in kurzlebige Fleischwolken. Dabei brachte er die gesamte Fassade des Habitats zum Einsturz, aus dem Rauth und Khrysaar gerade geflohen waren. Währenddessen tönte aus seinen Lautsprechern ein Kriegslied in misstönender Lautstärke. *Warum auch nicht?* Der Boden zitterte, als der eiserne Gott auf den Innenhof trat.

Fabris kam mit einem Donnerschlag vor den beiden Iron Hands zum Stehen und neigte dann seinen allmächtigen Oberkörper, um sie zu begrüßen. *Ein ehrenhafter Bruder, der einen anderen auf dem Turnierfeld willkommen heißt.* Aufgrund des gewaltigen Größenunterschieds hätte die Geste albern wirken müssen, aber die pulsierende Aura der Maschinenkraft des Knights hatte Rauth benommen gemacht.

»Es freut mich, Euch auf den Feldern der Ehre anzutreffen, Iron Hands«, gab Fabris bekannt. »Ich sage, bringt die Ernte ein, solange ihr könnt, denn die Grünhäute werden nicht so entgegenkommend sein, sobald ihre Hauptstreitkraft eintrifft.«

Rauths Stimme war im Vergleich mit der des Knights fast nicht zu hören und er benötigte mehr Zeit, als ihm lieb war, um sie überhaupt zu finden. »Solltet Ihr allein sein?«

Das Gelächter des Princeps donnerte gegen die Gebäude, die noch standen. »Solltet Ihr das vielleicht?«

Rauth sah verlegen nach unten, als beeinflusste der Tenor der Vibrationen der Gottmaschine auf eine unbekannte Weise sein Fleisch. Dieser Gedanke ließ eine Idee in ihm aufkeimen. Er hatte gehört, dass jene, die mit dem Körper eines Knights verbunden waren, anders als andere Menschen waren. Der Geist der Maschine veränderte sie und sorgte dafür, dass sie sich um Dinge kümmerten, von denen Rauth wusste, dass sie einen Krieger nichts angingen. *Dinge wie Ehre, Bruderschaft und Selbstaufopferung.*

Er sah zurück und hob seine Stimme. »Wir befinden uns auf einer äußerst wichtigen Mission. Die ...« Das ungewohnte Wort blieb in seiner Kehle stecken. Er trieb es mit einem Schrei heraus. »... Ehre meines Ordens hängt von unserer Rückkehr zum Fabrikheiligtum ab.«

Khrysaar sah ihn an, als spräche er in einer Xenossprache.

»Wir können nicht gegen jeden Ork in Fort Callivant kämpfen«, zischte Rauth ihm zu. Mit seinen Augen deutete er auf die gewaltige Kriegsmaschine. »Aber er kann das.«

»Dann begleitet mich, ihr tapferen Helden.« Ein Gebäude brach zusammen, als die Schallwellen aus den Lautsprechern des Princeps sich ausdehnten und letztendlich doch noch ein Opfer forderten. Die Waffenaufhängungen an seinen Armen drehten sich und die Banner knatterten, als seine gigantischen Schritte ihn direkt über die Köpfe der beiden Iron Hands wegführten. »Für den Krieg. Für die Ehre!«

IV

Jalenghaal schoss in den Gang hinter sich. Die Flut der Bolterschüsse knackte die Schilde der Soldaten, die aus dem Deck darunter heraufquollen. Sie hatten ihr ganzes Leben lang mit den Adeptus Astartes gelebt und gekämpft und sie mussten wissen, was sie da erwartete. Trotzdem kamen sie und stellten sich zum Kampf. Jalenghaal fühlte, dass ein solcher Mut ihn eigentlich beeindrucken sollte. Ihre Dummheit ließ ihn jedoch kalt.

Borrg grinste wie ein Wahnsinniger, entzündete seinen Flammenwerfer und übergoss damit den Schildwall.

Schilde platzten und klapperten auf das Deck, als Fett von Händen schmolz. Männer warfen sich hin und her und rollten herum, während sie schrien, bis das Promethium, das sie eingeatmet hatten, ihre Lunge weggebrannt hatte.

Der Neophyt spritzte den Korridor noch mal mit einem langen Schwall ab. Nur für den Fall, dass es noch weitere Soldaten an Bord der *Schild des Gottimperators* gab, die den Mut hatten, sich zu stellen.

Die Munitionsgürtel der Soldaten entluden sich mit einem Blitzgewitter aus kleinen Explosionen, das Lurrgol zusammenzucken ließ. Der Iron Hand drehte sich um und eröffnete das Feuer auf die Panzerwand. Borrg fluchte, schaltete den Schlauch seines Flammenwerfers ab und schützte seine Augen, als er von Querschlägern überschüttet wurde. Thorrn schlug mit dem Schaft seines Bolters von hinten gegen den Helm des alten Kriegers.

»Ich glaube, ich hab es getroffen«, sagte Lurrgol und senkte seinen Bolter.

»Ihr habt etwas getroffen«, antwortete Thorrn düster.

Eine kurze Salve aus schwerem Maschinengewehrfeuer zog jedermanns Aufmerksamkeit wieder in die Richtung des Durchgangs. Ihr folgte sofort danach der dumpfe Schlag von etwas Großem und Hohlen, das auf das Deck fiel. Eine Identifizierungsmarkierung in Jalenghaals Helmanzeige färbte sich rot. Deimion war gefallen. Strontius' Markierung war seiner Position am nächsten. Jalenghaal wählte mit einem Wimpernklick dessen Symbol und leitete die optische Aufnahme des Kriegers auf seine eigenen Anzeigen weiter.

Vor ihm lagen die Sprengtüren der Brücke. Einhundert Meter vor ihm. Sie waren für Strontius' Optiken nur teilweise sichtbar, denn der Winkel des Gangs war dazu gedacht, den Feind durch einen Engpass vor die Wachgeschütze zu leiten, bevor der überhaupt in die Nähe der Brücke kam. Die Abwehrwaffen lagen direkt vor ihm. Zwei Vierlingsmaschinenkanonen, die durch Bewegungswärme aktiviert wurden. Der Blickwinkel änderte sich, als Strontius sich in die Deckung seines schwer gepanzerten Bruders warf und das Feuer erwiderte. Der Schuss aus seiner Laserkanone war voreilig abgegeben und schlug in die Türen ein, ohne Schaden anzurichten. Sie bestanden aus dem Standardkompositmaterial aus Plaststahl und Adamantium und verfügten über eine energieabweisende Ceramitbeschichtung. Sie würden etwas Größeres als eine Laserkanone benötigen, um da durchzukommen.

Jalenghaal klickte sich zurück zu seinen eigenen Sinnen und nahm sich einen Augenblick Zeit, um die Datenunterbrechung zu verarbeiten. Dann rief er Lurrgol zu sich.

Ohne zu sprechen, klammerte er magnetisch eine Melterbombe an den Rücken seines Bruders. Borrg, Thorrn, Burr und die anderen folgten wortlos seinem Beispiel und kopierten seine Geste, bis der Iron Hand vollständig mit den sperrigen Sprengladungen bedeckt war.

»Stärker gemeinsam«, sagte Burr und hängte damit selten ausgesprochene Wörter an die Redensart des Clans Garrsak.

Lurrgol schien in sich zusammenzufallen. »Ich verstehe.«

Lurrgol. Burr. Jalenghaal. Die drei waren einander näher als Brüder gestanden, seit sie in den Clan Garrsak erhoben worden waren, um die auf Dorloth II erlittenen Verluste zu kompensieren. Seit einhundertvierzig Jahren waren sie zusammen.

Jalenghaal würde seinen Bruder nicht vermissen.

Lurrgol begann zu marschieren.

Und die Klave Jalenghaal folgte ihm.

V

Rauth zählte die Orks nicht mehr, die von Princeps Fabris vernichtet wurden, und auch nicht mehr die Bikes, Lastwagen und Buggies, die als rauchende Schrotthaufen hinter ihnen zurückblieben. *Mehr, als Khrysaar und ich hätten bewerkstelligen können.* Sein eigenes Magazin war nach einer halben Stunde leergeschossen. Er rügte sich selbst dafür. Im Vergleich mit der Feuerkraft eines Knights war sein eigener Beitrag völlig unnötig. Er hatte aber nicht erwartet, dass die Suche nach einem passablen Weg bis zum Fabrikheiligtum so lange dauern würde. Auch Fabris schien gleichermaßen frustriert zu sein. Die gleichmäßigen Schritte seines Knights wurden länger und fraßen die Kilometer. Unter ihnen verschwanden zügig zertrümmerte Habitate und offene Hochstraßen. Keine auch noch so große Anzahl der Feinde schien in der Lage zu sein, ihn auch nur langsamer werden zu lassen. Fast eine Stunde lang litten Rauth und Khrysaar darunter, durch verwüstetes Gelände zu sprinten und dabei ihre Muskeln zu verausgaben, bevor sie endlich einen Zugang fanden.

Es dürfte der einzige sein. Da war sich Rauth sicher. Er hielt eine Hand in die Höhe, um Princeps Fabris zu warnen, sich nicht näher heranzuwagen. Aufgrund der geringen Breite der Straße, dem fehlenden Fußgängerweg und den darüber hängenden Schildern, die Fahrzeuge davor warnten, umzukehren oder beschossen zu werden, musste es eine Zugangsstraße gewesen sein, die ausschließlich hochrangigen Magi vorbehalten gewesen war. Vielleicht sogar nur dem Fabricator Locum selbst. Ineinander verkeilte Zivilfahrzeuge machten den engen Durchgang zu einem beklemmenden Zick-Zack eines Spießrutenlaufs aus Panzerfallen, Stachelmatten und Tretminen. Er war mit Orkleichen übersät. Jede von ihnen war mit einem einzigen Kopfschuss erledigt worden. Das kam Rauth sofort verdächtig vor. *Iron Hands sind nicht so wählerisch oder präzise. Nicht aus dieser Entfernung.* Der Zikkurat des Fabrikheiligtums erhob sich in stufenförmigen Ebenen auf der anderen Seite der Todeszone. Er war von einem hohen Wall umgeben, in den Runen des Abstoßes, der Entsagung und des Tods durch Stromschläge geprägt waren. Auf den Zinnen war elektrifizierter Stacheldraht angebracht, der unter der anliegenden Spannung brummte.

»Ich sehe Euch nicht, Neophyt!«

Die Stimme kam von irgendwo auf diesem Wall über den zerdrückten Fahrzeugen. Sie bezog sich auf die taktischen Anzeigen im Helm des Sprechers, auf denen Rauth und Khrysaar wie widernatürliche Lücken erschienen. Nach so viel Zeit, die sie in Gesellschaft von Außenstehenden verbracht hatten, fühlte es sich sonderbar an, erneut die Stimme eines seiner Brüder zu hören und die abstrakte Art und Weise zu vernehmen, mit der sie gewählt hatten, die Welt wahrzunehmen.

»Ihr seid keine Garrsak. Gehört ihr zu den Streunern von Sergeant Tartrak?«

Rauth und Khrysaar sahen sich gegenseitig an. *Tartrak.* Erkannt zu werden war der schnellste Weg, ihre Mission scheitern zu lassen. Khrysaar öffnete den Mund, um zurückzurufen, aber Rauth hielt ihn durch eine Berührung am Arm zurück. Er hatte seine Lippen zusammengekniffen und dachte nach.

»Ja«, rief er schließlich. »Tartrak verlangt, dass Ihr uns sofort einlasst.«

Das Prasseln von Regen auf Metall füllte die Stille, wahrscheinlich während der Sprecher auf der anderen Seite sich mit seinem Vorgesetzten unterhielt. Rauth tröstete sich damit. Es gab schlimmere Namen als Tartrak unter den tausend Iron Hands. Aber nicht viele.

Kristos zum Beispiel.

Er runzelte die Stirn und wischte den verirrten Gedanken beiseite.

»Ihr habt Euch verändert, Bruder.« Khrysaar lehnte sich vor und betrachtete ihn argwöhnisch. »Ihr seid mehr wie Harsid geworden. Wie Yeldrian.«

Das Schmettern eines Kriegshorns hielt Rauth davon ab, seinen Bruder darüber aufzuklären, was er davon hielt.

»Nunmehr habe ich meine Rolle erfüllt, meine Freunde.« Die Bugwelle aus Fabris' Lautsprechern presste Rauths Gesichtshaut an seinen Schädel. »Geht in Ehre. Kommt in meinen Palast, wenn der Tag unser ist, und erfreut mich mit der Fabel eures Erfolgs.«

Die Möglichkeit, dass jemand mit einer gerechten Sache verlieren könnte, kommt Euch noch nicht einmal in den Sinn, nicht wahr? Wir sollten alle Rüstungen wie die Eure tragen. Nichtsdestotrotz spürte er etwas Bedauern, als er den Rücken des Princeps zu sehen bekam.

Khrysaar zog an seiner Schulter.

Aus der Todeszone kam ein Servitor geschlürft, der seine geschwollenen Füße durch die Trümmerhaufen zog. Der Kampf zwischen dem Verfall und den arkanen Aufbewahrungswissenschaften der Magi Biologis war ein Patt unterschiedlicher Gerüche. Verschorftes Fleisch hing von alterssteifen Bioniken. Als die Einheit anhielt, hatte es den Anschein, dass ein Hauch von Verwesung um die Einheit trieb. Die beiden Iron Hands warteten darauf, dass sie etwas tun würde und beinahe im selben Augenblick begann sie bereits wieder rückwärts zu gehen. Der Versorgungsschlauch, der mit ihrem Hinterkopf verbunden war, hatte sich gestrafft.

»Passt genau auf, wo sie hintritt!«

Ohne ein Wort zu verlieren, folgten Rauth und Khrysaar.

Nach gefühlt zehn oder fünfzehn Minuten, wobei in Wirklichkeit höchstens eine oder zwei vergangen waren, hatten die beiden Scouts die erste Todeszone durchquert. Bis zu den Mauern des Heiligtums erstreckte sich über etwa zweihundert Meter eine weitere, diesmal unberührte Todeszone. Rauths Haut kribbelte, als er auf diese primitive und doch so vorausahnende organische Weise spürte, dass die Zieloptiken schwerer Waffen auf ihn gerichtet waren. Der Servitor beendete seinen Weg zurück in das Gehäuse, in dem der Windenmechanismus mit dem anderen Ende des Versorgungsschlauchs enthalten war, und Eisentore fielen herab und schlossen ihn im Inneren ein.

Dann öffneten sich die Tore des Heiligtums.

Zwei Tarantulageschütze bewachten das Portal und begrüßten die beiden Scouts auf der anderen Seite. Sie waren unbemannt und wurden nur von ihren Maschinengeistern gesteuert. Sie zuckten umher und Rauth fühlte sich unwohl, als er zwischen ihnen hindurchging. Welcher einfache Krieger konnte schon sagen, wie ein solcher Geist Freund von Feind unterschied? Die Waffen trafen jedoch die bewusste Entscheidung, ihn nicht in Stücke zu reißen. Dieser angedeutete Gefallen für ihn brachte ein Lächeln auf Rauths Lippen.

Vielleicht sieht der Omnissiah ja doch gnädig auf mich herab.

Panzer des Typs Whirlwind und Predator waren in der ganzen Anlage abgestellt. Die Predators verfügten teilweise über Deckung und waren von Sandsäcken und Stacheldraht umgeben. Die Laserkanonen in ihren Geschütztürmen waren auf die Tore gerichtet, die sich nun wieder schlossen. Die Whirlwinds waren weniger präzise, aber genauso bewusst platziert worden. Sie standen näher am Tempelturm und ihre Raketenwerfer waren in den unheilschwangeren Himmel gerichtet. Eine taktische Klave der Iron Hands war rund um sie angeordnet und stand stockstill da. Ihre Rüstungen waren vom Regen geschwärzt. Zwei Halbklaven aus Unterstützungstrupps standen ebenfalls vollständig ruhig entlang der Mauern aufgereiht.

Die einzige Gestalt, die sich bewegte und die Rauth sehen konnte, war ein Chaplain, den er aufgrund seines Helms in Form eines Schädels, dem Opus Machina auf seiner Rüstung und dem Crozius in der Hand als solchen identifizieren konnte, als er von den Mauern herabstieg. Rauth schätzte, dass etwa zwanzig bis fünfundzwanzig Krieger hier waren. *Sogar Yeldrian würde hier nicht mit Gewalt eindringen können.*

»Ich bin Braavos.« Der Eisen-Chaplain war ein Koloss aus Kabelbündeln und einer skelettartigen Rüstung, über die kreuz und quer straffe Faserbündel liefen, die wie die Exomuskulatur eines Gladiators wirkten. Seine Augenlinsen glühten mit dem bitteren Licht eines Verdammten, dem sein Schicksal bewusst war. Aus seinem Helm standen Kommunikationsgeräte wie Hörner hervor. Er hätte nicht kälter und dämonischer wirken können, selbst wenn er das beabsichtigt hätte. »Was wollt Ihr, Neophyten?«

Rauth befeuchtete seine trockenen Lippen. Vielleicht war er schon zu lange von seinesgleichen getrennt, aber der Eisen-Chaplain jagte ihm Furcht ein.

»Sergeant Tartrak benötigt Zugang zu Eurem Voxnetz«, sagte er. »Unseres wurde während des Makropolenbebens beschädigt, und wir können die *Allmacht* nicht länger empfangen.«

»Typischer Borrgos-Schrott.« *Kein Iron Hand ist so tief in Eisen vergraben, als dass er der Versuchung widerstehen könnte, seine eigene Überlegenheit zum Ausdruck zu bringen.* »Ich werde einen Krieger rufen, der euch den Weg zeigt.«

»Das ist nicht notwendig«, sagte Khrysaar schnell.

Zu schnell.

Braavos funkelte ihn argwöhnisch an.

»Ihr werdet schon bald jeden Krieger auf den Mauern benötigen«, sagte Rauth.

Das rote Glühen richtete sich auf Rauth. »Ja. Ich sah, wie Princeps Fabris euch durch Fort Callivant geleitet hat. Beeindruckend.« Der Chaplain entließ die beiden Scouts, indem er einfach davonging.

Khrysaar sah mit kaum verhohlener Erwartung an dem energieerleuchteten Tempelturm hinauf. Rauth verstand nur zu gut. *Die Morgenrot-Technologie ist irgendwo da drin. Das alles hatte diesem Zweck gedient.* Er berührte seinen Bruder unauffällig am Arm und deutete auf die Stufen.

VI

Zwei Vierlingsmaschinenkanonen würden sogar einen Iron Hand in Stücke reißen und Lurrgol war bereits seit Sieben-Komma-Zwei Sekunden biologisch tot, bevor seine Rüstung die Sprengtür erreichte. Die Melterbomben, die von der Klave absichtlich auf seinem Rücken angebracht worden waren, zündeten in dem Moment, als sie es tat.

Die Explosion schnitt durch die stark ausgesteifte Tür, zerknautsche den Gang und verwandelte die beiden Wachgeschütze in Metallspäne.

Es dauerte noch eine weitere halbe Sekunde, bevor die Explosionshitze soweit abgekühlt war, dass sie am Rand des extremen Toleranzbereichs der MK.-VII-Servorüstungen lag. Anschließend, aufgestellt in drei Reihen zu je drei Mann, marschierten die Schlachtautomata der Iron Hands, der Clan Garrsak, in das Inferno.

Jalenghaal erinnerte sich aus der Simuluskammer an den Grundriss der Brücke der *Schild des Gottimperators*. Der Dom mit den Fresken erstreckte sich über ihnen in die Höhe, aus der sie der Imperator von seinem Goldenen Thron aus ohnmächtig ansah. Die Messingrohre einer gewaltigen Orgel schlängelten sich über die hohen Wände. Überall glitzerte Gold. Gebetskerzen brannten auf Sockeln, Tischen, in Wandhalterungen, wurden von Leibeigenen getragen und hingen in Kronleuchtern. Schädel und geheiligte Waffen glitzerten in den Stasisfeldern von Reliquiaren.

Sogar das Metall der Trennwände war geformt worden. Millionen Arbeitsstunden waren für die Erstellung der Illusion aufgewandt worden, dass dieses Schiff nicht aus Plaststahl und Adamantium, sondern aus den Knochen eines goldenen Ungeheuers bestand.

Tausende Leibeigene besetzten eine Vielzahl von zeremoniellen Stationen und solche, die für die Schiffsführung kritisch waren. Hunderte Soldaten umringten die Befehlspulte. Sie waren mit kurzläufigen Schrotflinten, automatischen Pistolen und schweren Breitschwertern bewaffnet.

Sie erholten sich immer noch von der Explosion, als die Klave Jalenghaal bereits einbrach, das Feuer eröffnete und sowohl wehrlose Leibeigene als auch sterbliche Soldaten niedermähte. Die Iron Hands glühten wie Schmiedemetall. Es schmerzte, sie zu betrachten, und eine Berührung brachte den Tod, während sie die Funktionen und Besatzung der Brücke der *Schild des Gottimperators* methodisch zerlegten.

Über die harten Hammerschläge seines Bolters hörte Jalenghaal ein Heulen, das wie ein anfahrendes Triebwerk klang, und Strontius löste sich einfach an der Stelle in Nichts auf, wo er gestanden hatte.

Das Deck bebte und Glocken riefen nach Vergeltung.

Und der Ehrwürdige Galvarro lud nach.

VII

»Habt Ihr die Hyperiosbatterien deaktiviert?«, schrie Rauth.

»Ich glaube schon«, brüllte Khrysaar zurück und spuckte Regenwasser aus. Seine blasse Haut färbte sich blau und von seinem Carapax lief Wasser herunter. Seine Optik schimmerte wie eine Perle unter Wasser.

Die Voxnetze des Heiligtums wurden von einem Kontrollraum in den oberen Ebenen des Tempelturms aus gesteuert. Das wäre aber nur dann von Belang gewesen, wenn Rauth tatsächlich ein Schiff im Orbit hätte erreichen müssen. Mehrere Landeplattformen umgaben die vom Regen umpeitschte Spitze des Tempelturms wie Blütenblätter. Sie waren das eigentliche Ziel der beiden Scouts.

Die Sichtweite weit unter zehn Meter. Über das Geräusch, das der mörderische Regen auf dem verwitterten Felsbeton erzeugte, war die Schlacht um Fabris Callivant nur als das undeutliche Grollen von Motorengeräuschen und Schüssen zu vernehmen.

»Wenn Ihr nicht wollt, dass die *Kleingrau* in den nächsten dreißig Sekunden vom Himmel geschossen wird, solltet Ihr besser sicher sein.«

»Ich bin kein Techmarine«, brummte Khrysaar mürrisch.

Rauth grunzte eine Bestätigung, schüttelte Regenwasser von dem Buckel in seinen Schultern und widmete seine Aufmerksamkeit den Kommunikationspaneelen.

Anspannung ergriff von ihm Besitz.

Braavos und seine Krieger befanden sich Hunderte Meter unter ihnen, aber im Tempelturm des Heiligtums wimmelte es immer noch vor Techpriestern und ihren Knechten. Trotz des unglaublichen Desinteresses des Eisen-Chaplains für die Aufgabe der beiden Scouts konnte es nicht mehr lange dauern, bis ihm klar wurde, dass sie nicht in die Voxkontrollzentrale gegangen waren.

Wir hätten direkt in die Quarantänesilos gehen sollen. Dann könnte bereits alles vorbei sein.

»Ist die Fähre wirklich auf dem Weg hierher?«, rief Khrysaar. »Ich kann sie nicht hören.«

»Ich kann überhaupt nichts hören!« Rauth schmierte eine Wasserschicht weg, die das Licht der Bildanzeige auf seinem Runenschirm brach. Er kniff die Augen zusammen und betrachtete die rätselhaften Symbole. »Ich denke ja.«

Khrysaar prustete ein feuchtes Gelächter heraus.

Das gedämpfte Heulen eines Kreiseltriebwerks, das der Sturm zu ihnen trug, ließ Rauth seine Aufmerksamkeit in den Himmel richten.

Der Regen trommelte harmlos gegen das mucranoide Gel, das seine Augen bedeckte, und der verwaschene Fleck eines abgedunkelten Lumen spiegelte sich in den lichterfassenden Zellen seiner Netzhäute. Die *Kleingrau*. Das Wetter von Fabris Callivant reichte aus, um das Schiff gegen die optische Erfassung durch die Garnison der Iron Hands zu schützen. Für den Rest sorgten die technischen Änderungen, die von Yeldrian und Harsid fachkundig vorgenommen worden waren. Rauth sah zu, wie der Flieger eine Position über der Plattform einnahm. Er hörte die minimale Veränderung der Tonlage und des Lautstärkepegels, als die Vektorschubdüsen der Fähre auf vertikalen Auftrieb umschwenkten. Als sich der Lumenfleck nicht zu einem Feuerball ausdehnte, drehte er sich um, und nickte kurz in Khrysaars Richtung. *Sieht so aus, als ob wir beide etwas mehr des technischen Wissens des Mars von Tartrak mitbekommen haben, als wir selbst wussten.* Ein Hochleistungsseil prallte mit einem dumpfen Schlag auf die Plattform. Der überschüssige Teil bildete aufgrund der schieren Masse der aufgenommen Feuchtigkeit eine Art Anker, der das Seil am Boden festhielt.

Harsid rutschte daran zu Boden, wobei zwischen seinen Panzerhandschuhen Wasser aus dem Gewebe spritzte. Sein Bolter war magnetisch auf seinem Rückenpanzer befestigt. Er landete auf Zehenspitzen und machte dabei weniger Lärm, als ein einzelner Regentropfen des Platzregens.

Bevor seine Absätze den Boden berührten, war er bereits in Bewegung und hielt seinen Bolter in der Hand. Die Schwarze Rüstung tauchte in dem Regenschleier unter, wie Sauerstoff in dunklem Xenosblut. Während Rauth noch versuchte, dem Captain der Deathwatch mit seinem Blick zu folgen, spürte er das ihm mittlerweile bekannte Gefühl, wie sich etwas in seinen Eingeweiden *verdrehte*, als Yeldrian aus dem Nichts auf der Plattform neben ihm auftauchte. Rauth schluckte mehrmals, um seine zusammengezogene Kehle wieder zu lockern.

»Warum müsst Ihr das persönlich erledigen?«, fragte Rauth. »Mein Bruder und ich hätten das Gerät ausfindig machen und Euch hier damit treffen können.«

»Ihr habt getan, was ihr tun konntet.« Yeldrians verzerrte Stimme hallte von den Regentropfen wider, als stünde der Eldar überall zugleich. Seine Rüstung schimmerte nass und ließ den Xenos so sogar noch größer wirken, als er ohnehin schon war. »Das Morgenrot-Gerät wird gut bewacht sein. Es gibt aber auch andere Gründe, warum niemand anderes als ich es holen kann.«

»Gründe?« Rauths Geduld für halbe und ausweichende Antworten begann zu schwinden. »Welche Gr–«

Ein Geräusch, das sie an einen maschinellen Schmiedehammer erinnerte, der gegen die Hüllenpanzerung eines Panzers schlägt, hallte über die Plattform.

Harsid kam aus dem Regen angeflogen und kratzte über den Felsbeton. Die Funken, die er dabei erzeugte, wurden direkt an der Quelle vom Regen gelöscht. Er kam etwa einen Meter von Yeldrians Stiefeln entfernt zum Stillstand. Der Death Spectre stöhnte, konnte sich aber nicht aufrichten. Ein gewaltiges Loch war aus seinem Brustpanzer gesprengt worden.

Wo der Captain der Deathwatch zuvor gewesen war, zuckten nun Blitze durch den Regen.

Yeldrian zog ruhig sein Schwert, als ein Iron Hand in einer Terminatorrüstung aus der Sintflut auftauchte.

»Ich hatte gehofft, dass Ihr das sagen würdet«, sagte Eisen-Captain Draevark.

VIII

Vor eintausend Jahren hatte Chaplain Fenecha das Gesicht Galvarros in die Hände genommen, in dessen Augen gestarrt und dem jungen Space Marine von dem Tod berichtet, den er vorhersah.

Dies war es nicht. So würde es nicht kommen.

Er verankerte seine ausgebreiteten Beine auf dem Deck, ignorierte das Plappern der Handfeuerwaffen und drehte sich um die eigene Achse. Das erste seiner Opfer hatte eine Laserkanone getragen. Ein Panzerbrecher. Ohne seine Gedankengänge in solch prosaische Worte zu formen, wog er die verbliebenen sieben Ziele ab. Bolter. Ein Flammenwerfer. Er richtete seine Aufnahmegeräte auf einen Krieger, der mit einer Plasmakanone ausgestattet war, passte die Waffe, die auf einem seiner Arme montiert war, auf die Bewegung des abtrünnigen Space Marines an, erfasste das Ziel und schoss erneut.

Einhundert mittelgroße Kugeln pro Sekunde radierten den

Iron Hand aus und verstreuten die Asche seiner Seele in den Wind.

Er drehte sich erneut und schoss noch immer, wobei er einen Schusswinkel von fünfundvierzig Grad bildete, mit dem er einen weiteren Iron Hand zu Boden hämmerte und wahllos Dutzende Mitglieder seiner eigenen Besatzung ermordete.

Es war besser, dem Ketzer ihren Tod zu verweigern.

»Was seid Ihr anderes, Kristos, als ein moderner Horus?«, wütete er. Das gedämpfte Knallen von Boltgeschossen, die auf seinem Panzer einschlugen, nicht durchschlugen und deshalb auch nicht explodierten, hallte durch seinen Uterustank. »Ein Huron. Ein Abaddon. Ihr habt das Licht des Imperators gespürt und Euch davon abgewandt. Kommt jetzt. Akzeptiert seine Vergebung.« Der Iron Hand, den er verletzt hatte, schleppte sich hinter ein Pult, das von Galvarro mit einer längeren Garbe in Stücke gerissen wurde. Dabei zerfetzte er die Rüstung des Kriegers mit Ceramitsplittern.

Seltsam unwillig, die Vergebung seiner Armkanone anzunehmen, näherte sich ein unbehelmter Krieger von außerhalb seines Schussfelds und badete seinen Fuß in Feuer.

Er fühlte nichts.

Sie konnten ihn nicht verletzen, und sie wussten das auch.

Mit einer schnellen Drehung seines Oberkörpers trieb er seine Energiefaust in den Brustpanzer des Kriegers mit dem Flammenwerfer, zog deren Zähne zusammen, um das Ceramit zu packen, und hob ihn vom Deck.

Es hatte einst eine Zeit gegeben, als auch er über die Gabe der Todesahnung verfügt hatte. Nicht mit der Kunst wie Chaplain Fenecha, aber er hatte in die Seele eines Mannes blicken können. Er hatte diese Gabe zusammen mit seinen sterblichen Augen verloren und sah nun nichts außer Wahnsinn und Zorn in dem Geist des Iron Hands.

Konzentrische Ringe aus Adamantiumzähnen wirbelten wie Propeller in gegenläufige Richtungen, vereinten den Space Marine mit seiner Rüstung und sprühten die verdampften Überreste wie ein Trankopfer an den Gottimperator.

Wie viele waren jetzt noch übrig?
Fünf.
»Was versprecht Ihr Euch aus diesem Verrat zu gewinnen, Kristos? Ich werde die Seelen Eurer Krieger befreien und dann werde ich mich auf den Weg machen, dasselbe mit Eurer zu tun.«
»Ich glaube nicht, dass er überhaupt eine hat.«
Ein stark augmentierter Krieger mit einem zahnradförmigen Dienstzeitbolzen für ein Jahrhundert erhob sich aus der Deckung und warf von unten eine Granate in Galvarros Richtung.

IX

Der Boden begann zu beben, als Draevark Geschwindigkeit aufnahm. In Yeldrians Hand materialisierte eine Pistole und Laserstrahlen brachen sich an der Terminatorrüstung wie Segnungsöle, die über die Hülle eines Kampfpanzers spritzten. Rauth warf sich aus dem Weg des Eisen-Captains und zog sein Messer. Er verfluchte sich erneut selbst dafür, seine Munition an die Orks verschwendet zu haben. Yeldrian fächerte seine eigene Klinge auf. *Damit wird er Draevark noch nicht einmal verlangsamen können.* Rauths Blick wurde von der absoluten Sicherheit eines gewaltsamen Tods wie von einem kollabierenden Stern angezogen. Er sah zu und drückte sich auf dem Rücken weiter am regennassen Rand der Plattform weiter, als Draevarks Energieklaue durch Yeldrian hackte. Das Bildnis des Autarchen verflog ins Nichts. Draevark gab ein verwirrtes Knurren von sich und dann brach der blaue Stahl des Schwerts des Autarchen in einer blutlosen Explosion aus seiner Brust hervor.
Der Eisen-Captain schlug mit einem Ellbogen nach hinten. Kein Schmerz. Keine Überraschung.
Keine Schwäche.
Die Realität teilt sich und verschluckte Yeldrian, bevor der Ellbogen sein Ziel finden konnte und Draevarks Arm stanzte nur noch durch entstellte Luft. Ein Elmsfeuer in einer humanoiden Gestalt flackerte in etwa zehn Metern Entfernung über Khrysaars Runenbank und einen Augenblick später rahmte ein Sturm aus fremdartigem Laserfeuer den Eisen-Captain ein.

Eine Augenlinse explodierte. Laserschüsse vernichteten die in das Armaplast des Eisen-Captains gemeißelten Weihsprüche, als der Eisen-Captain sich schwerfällig umdrehte und seinen Panzerhandschuh hob, der von Energieblitzen eingefasst war. Regenwasser verwandelte sich zischend in Dampf. Khrysaar rollte aus seiner Deckung, als aus der untergebauten Waffenhalterung des Eisen-Captains eine Flamme aufblühte. Die Runenbank hatte weniger Glück. Sie verwandelte sich in eine Säule aus Flammen und Trümmern, die vorübergehend die Umrisse der *Kleingrau* von den Wolken stahl, in denen sich das Schiff versteckte.

Die Fähre kreiste immer noch über ihnen, vermutlich mit Cullas Mohr im Thron des Piloten.

Rauth rutschte aus und kroch zu der still daliegenden Gestalt von Captain Harsid, als Draevark langsam den Felsbeton zwischen ihm und Yeldrian zerstörte.

Der Death Spectre regte sich nicht. Das Loch in seinem Brustpanzer war ein knorpeliges, klebriges Durcheinander. Die beschädigten Organe waren bereits teilweise von einem wächsernen, weißen Film überzog. Mucranoide Absonderungen. Harsid fiel in ein SusAn-Koma, das letzte Mittel eines Space Marines, der schwerere Verletzungen erlitten hatte, als von der Regenerationskapazität seiner übermenschlichen Physiologie kompensiert werden konnten. *Draevark hat das mit nur einem Treffer angerichtet.* Rauth schob seine bionischen Finger zwischen den Ring der Halsberge und den Helm des Death Spectres und zog. Mit einem Heulen zog er Harsids Helm von dessen Kopf. Die plötzlich an den Verschlüssen angelegte Zugkraft sorgte dafür, dass er in hohem Bogen über den Rand der Plattform flog.

Harsids Gesicht war von mehr der gleichen, wächsernen Substanz überzogen. Rauth konnte keinen Atem auf seiner Hand spüren, als er über den Mund des Captains griff, um die Voxkontrollen von Hand zu aktivieren, die im Inneren der Halsberge verborgen waren.

»Mohr, kommt runter. Wir brauchen–«

Eine weitere Flammenzunge rollte auf ihn zu und er warf sich flach auf seine Brust. Die Woge aus Promethium zog ihm die Feuchtigkeit aus der Gesichtshaut.

„Ihr. Ihr seid ein Iron Hand.« Draevarks Schultern rollten ob des gewaltigen Umfangs seiner Rüstung. Die brutzelnde Austrittswunde in seinem Brustpanzer rahmte den Blick auf die Feuergrube hinter ihm ein, die Überbleibsel von Khrysaars ehemaliger Deckung. »Hat Kristos Euch geschickt? Oder war es Qarismi? Hat der Magos Calculi Euch gesagt, dass ihr heute sterben werdet? Wenn nicht, sind seine Fähigkeiten der Vorhersage nicht so gut, wie er vorgibt.«

Rauth hielt sein Messer zwischen sie gestreckt, während er sich zurückzog. Draevark ließ ein leises Lachen hören, das sich als freudloses Ablassen von Abluft aus den Kühlern seines doppelt verstärkten Helms manifestierte. Mit einem anerkennenden Knurren warf Rauth sein Messer weg.

Iron Hands kämpfen keine letzten Gefechte.

»Wir sind hier, um die Morgenrot-Technologie zu bergen«, sagte Rauth.

»Die was?«

Rauth öffnete den Mund, um zu antworten. Zu seiner eigenen Überraschung zwängte sich jedoch ein unwirsches Lachen über seine Lippen. *Er weiß es nicht. Er ist der Eisen-Captain des Clan Garrsak und weiß es nicht.*

»Das Schwestergerät von dem auf Thennos«, sagte Rauth.

»Das Artefakt, das Jalenghaal und Stronos dort ausgegraben haben. Es gab noch eins?« Ein weiteres, leises Knurren kam aus seinen Lautsprechern. Blitze spülten über seine meterlangen Klauen. »Kristos hat es hierhergebracht?«

Rauth ging weiter rückwärts, bis seine Fersen über der Leere schwebten und hinter sich nichts außer dem Wirbel des Regens war.

»Er hat meinen Clan dazu missbraucht, es für ihn zu bewachen. Aber warum? Wo ist da die Logik?« Die Augenlinsen des Eisen-Captains flackerten, als seine Helmanzeigen das Problem verarbeiteten. »Er will es zurückholen, bevor die Orks eintreffen, genau wie er es auf Morgenrot tat, bevor die Eldar kamen. Natürlich.«

Der Eisen-Captain packte ihn schneller an der Kehle, als Rauth es der Bewegungsfähigkeit einer taktischen Dreadnought-Rüstung zugetraut hätte. Das Fleisch in seinem Genick brutzelte und er verlor den Boden unter den Füßen.

»Er will, dass diesmal Clan Garrsak beschuldigt wird«, zischte der Eisen-Captain. »Kristos hat mich zum letzten Mal unterschätzt.«

Sein Instinkt ließ Rauth versuchen, sich aus den Klauen zu befreien. Es gab eine Entladung und der Geruch nach verbranntem Ozon stieg auf, als das schützende Kraftfeld seine Hände mit einem Stromschlag zurück an seine Seite schockte.

Er gurgelte einen Schrei heraus.

»Und dennoch schickt er zwei Scouts, um das zu erledigen«, knurrte Draevark wütend. »Einen schwächlichen Nachkömmling von Corax und einen Xenos. Wie kann ich Kristos am besten eine Nachricht zukommen lassen? Wie kann ich ihm das Ausmaß seines Versagens verständlich machen?«

Der Regen, der auf die Rüstung des Eisen-Captains trommelte, begann sich zu verändern und verlor seine Farbe.

Rauth setzte ein blutiges Grinsen auf, verfügte aber nicht über genügend Atemluft, um die schroffe Retorte über seine Lippen zu bringen. *Tu es, Yeldrian. Tu es jetzt.*

In einer Explosion fremdartigen Plasteks, das in allen Primärfarben schillerte, brach der Autarch aus dem Regen und führte einen vernichtenden Schlag. Ohne sich umzudrehen und sich ihm zu stellen, fing Draevark die Klinge des Eldar mit den Klauen seines anderen Panzerhandschuhs ab. Das Kraftfeld des Xenos vereinte sich mit Draevarks und Überschläge und Blitze aus reiner Energie zischten auf. Yeldrian spannte sich an, während seine Banshee-Kampfmaske die Gestalt verlor und sich neu zu formen begann, als sie den Geist des Eisen-Captains nach einem tief liegenden und längst vergessenen Schrecken absuchte. Draevark sah nicht so aus, als ob es anstrengend für ihn war, zwei Kämpfer zurückzuhalten.

»Nur auf eine Frage finde ich keine Antwort. Warum arbeitest du für Kristos, Xenos?«

»Das tue ich nicht«, zischte Yeldrian, der immer noch gegen seine festsitzende Klinge drückte. »Ich kämpfe seit zweihundert Jahren gegen Kristos. Der Zyklus beginnt von Neuem. *Ich war der Eldar, dem er das Gerät auf Morgenrot stahl. Ich war derjenige, der dazu bestimmt war, auf einer verwüsteten Welt anzukommen und meinen Runenpropheten tot und das Artefakt verschwunden vorzufinden.* Er hat es in drei Teile geteilt. Vielleicht wusste er von der Bedeutung dieser Zahl in unserer Mythologie, oder vielleicht tut er das Werk unserer Götter. Ein Teil wurde nach Thennos gebracht. Ein Teil auf den Mars. Und ein Teil hierher.«

»Wo ist das Teil jetzt, das auf Thennos war?«, fragte Draevark.

»Ich glaube, es ist auf Eurer Heimatwelt. Ich habe dort einen Agenten, der nach ihm sucht.«

»Täuschungen und Lügen.«

Mit einer schnellen Drehung seines Handgelenks schleuderte Draevark die Klinge des Eldar davon. Yeldrian selbst überschlug sich und landete auf einer Hand und einem Knie. Seine Laserpistole war auf den beschädigten Helm des Eisen-Captains gerichtet. Aber er schoss nicht.

Worauf wartest du? Rauths Sinne begannen zu schwinden. Er spürte, wie sich seine Multilunge plagte, jedes unverbrauchte Sauerstoffmolekül zu verwenden, das sich noch in seinem Körper befand. *Erschieß ihn.*

»Sein Name ist Lydriik«, sagte Yeldrian.

Es gab einen *Knall*, als sich die Klaue an Rauths Kehle abschaltete und die Spannung erlosch. Er keuchte und ihm wurde ob der plötzlichen Sauerstoffzufuhr schwindlig.

»Ich kenne Lydriik.« Der Eisen-Captain drehte seinen vernarbten Helm in Rauths Richtung, der sich wie ein Wurm in seinem Griff wand und zuckte. Er gab ein Geräusch von sich, das wie ein knisterndes Knurren klang. »Ich werde kein Bauernopfer sein. Holt es Euch. Kristos sei verdammt. Lasst ihn wissen, dass es Eisen-Captain Draevark vom Clan Garrsak war, der es Euch erlaubt hat.«

* * *

X

Der Dreadnought war am Boden. Zuckende Energiefinger krochen über den kunstvoll verzierten Sarcophagus, bevor sie im Metall verschwanden. Der Krieger im Inneren war immer noch am Leben, aber blind, taub, ohne Informationen und höchstwahrscheinlich von qualvollen Schmerzen geplagt. Jalenghaal steckte einen Teleport-Peilsender auf die gravierte Panzerplatte des Dreadnoughts, ohne auch nur einen Funken Mitgefühl zu spüren. Der Ehrwürdige war schwach gewesen. Er hingegen stark. Das war alles.

Um ihn herum schossen Thorrn und Burr, Karrth und Hugon, die letzten Krieger seiner Klave, in die Menge. Nun, da Galvarro ausgeschaltet und der Schiffsmeister erschlagen war, war es wie das Schlachten von Vieh. Die Iron Hands bevorzugten diese Art der Kriegsführung. Burr nahm sich die Zeit, aus den Gefallenen die wertvollsten Bioniken herauszuschneiden und Strontius' Laserkanone zu bergen. Die Gensaat der Krieger war von geringerem Interesse. Außerdem verfügten sie nicht über einen Apothecary. Die übrigen zogen sich zu einem Verteidigungsring zurück.

Der Teleport-Peilsender begann in schneller Folge zu blinken. Ein Warnton wurde in Jalenghaals Gehirn laut und sein gesamter Körper schien sich vor Erwartung zu verkrampfen.

Als der Teleporter seine misshandelte Seele in den Warp zog, hüllte ihn ein Gefühl absoluter Kälte ein.

Einen Augenblick später folgte seine eiserne Hülle, als würde sie sich gegen den Transport sträuben. Die Verzögerung war unbedeutend, aber in der dimensionslosen Leere des Empyreums dehnten sich alle Zeitspannen in die Unendlichkeit. Dann folgte ein Gefühl des Kollapses, als würde er durch eine Singularität der Größe eines Stecknadelkopfs getrieben, als Körper und Seele sich in der Gestalt wieder vereinten, die der Erwartung und der Laune der Quanteninstabilität am ehesten entsprachen.

»Ave Omnissiah«, murmelte er, als er gemäß aller vorliegenden Kenngrößen wieder in einem Stück erschien.

Die vom Kampf gezeichnete Brücke der *Schild des Gottimpera-*

tors war verschwunden. An ihrer Stelle fand er sich in einer kühlen Kammer mit einer niedrigen Decke wieder, die nur schwach erleuchtet war. Der überfüllte Boden war mit Operationstischen aus Metall bedeckt, die kräftig poliert waren und trotz der Düsternis glänzten, die in dem Raum herrschte. Die Wände waren mit Glastanks gefüllt, in denen Flüssigkeiten sprudelten. Dort blitzten Metallstücke auf. Ein Arm. Ein Bein. Rüstungsteile. Sie waren in einem Apothecarion. Jalenghaal befand sich wieder an Bord der *Allmacht*.

»Verwirrung. Symptomatisch bei einer Teleportation.« Apothecary Dumaar sah von dem Operationstisch auf, über den er sich beugte. Er war mit dem bläulichen Schimmer eines instabilen Stasisfelds überzogen. Seine Zwillingsoptiken klickten und surrten, als sich die Brennweite auf die fünf dampfenden Iron Hands und den blitzenden Dreadnought einstellte, die vor ihm materialisiert waren. »Ich empfehle eine vollständige kybernetische Rekonstruktion des Vestibularsystems.«

»Mein Vestibularcerebellum besteht bereits zu einhundert Prozent aus Bionik«, sagte Jalenghaal.

Dumaar bewegte sich nicht, als er nachdachte. »Dann habe ich keine weiteren Empfehlungen.«

Die Türen des Apothecarions öffneten sich mit einem Zischen und Niholos und Haas traten ein. Ihnen folgte Magos Qarismi, dessen geometrischer Rätselstab auf dem nackten Boden des Decks klopfte. Beim Anblick Galvarros schien der Magos Calculi zu grinsen, aber das schien sowieso immer der Fall zu sein.

»Minimale Schäden«, sagte Niholos, während er seine Sondenklauen über die Mezzotinto-Gravuren von Galvarros Sarcophagus spielen ließ. Er schüttelte offensichtlich unzufrieden den Kopf, sagte aber: »Das wird genügen.«

»Garrsak stimmt zu«, sagte Haas.

»Vorbereitende Phase: Gebeine verflüssigen und kybernetische Organe ablassen.« Dumaars Blick wanderte langsam von Jalenghaal zu dem Dreadnought. »Der Anlassstrom wird die Auswirkungen des Stasisschocks verbessern und die Einbringung des Ersten Sergeants Telarrch in die Uterushöhle erleichtern.

»Ihr sprecht über einen Helden«, sagte Niholos. »Zumindest solltet Ihr ihn beim Namen nennen.«

Dumaar ließ sich nicht anmerken, dass er das gehört hatte.

»Telarrch wird sein Eisen besser verwenden«, sagte Haas ruhig.

»Wir erbringen dem Imperium heute einen gewaltigen Dienst«, sagte Qarismi. Sein Schädel blickte der Reihe nach jeden der Apothecaries an.

»Die Hospitallers werden nicht derselben Meinung sein«, warf Jalenghaal ein.

Das Licht spielte auf den Kanten von Qarismis Schädel, als er sich zu Jalenghaals Halbklave umdrehte. »Sie sind emotionale Kreaturen«, sagte er, als spräche er zu einem Neophyten. »Sie sind nicht in der Lage, rationell zu denken.«

Jalenghaal widersprach dem nicht. »Wo ist Eisenvater Kristos?«

Der Magos Calculi tauschte einen Blick mit den Apothecaries. Oder zumindest mit Haas und Niholos. Dumaars vergängliche Aufmerksamkeit hatte sich bereits wieder dem Operationstisch gewidmet. »Er ist anderweitig beschäftigt.«

»Sind wir also entlassen? Wir sollten wieder zu Eisen-Captain Draevark auf der Oberfläche stoßen.«

»Habt ihr es nicht gehört?«, fragte Niholos mit bitterer Stimme. »Draevark hat uns verraten. Er hat Kristos' Preis der Deathwatch ausgeliefert.«

»Wie ich es vorhergesehen habe«, sagte Qarismi. »Yeldrian hat bereits die Oberfläche des Planeten verlassen und ist auf ein Handelsschiff mit der Bezeichnung *Graue Gebieterin* zurückgekehrt. Die *Allmacht* hat die Verfolgung aufgenommen. In sechshundertfünfzigtausend Kilometern Entfernung von Fabris Callivant besteht ein hypothetischer Eintauchpunkt in das Netz der Tausend Tore der Eldar. Ein Abfangkurs wurde bereits berechnet. Draevark und Yeldrian werden die Morgenrot-Technologie unabsichtlich in Kristos' Schoß legen.«

Jalenghaal hatte keine Ahnung, wovon Niholos und Qarismi sprachen, aber er war ein Garrsak, und die Garrsak gehorchten immer. Darauf konnte er sich verlassen.

»Wie lauten also meine Befehle?«
Qarismi grinste diesmal wirklich. »Bereitmachen zum Entern.«

KAPITEL FÜNFZEHN

»Das hört sich stark nach Glauben an.«

– Barras

I

»Primus«, sagte Baraquiel. Er klopfte mit den Fingern gedankenverloren auf sein Kinn, als er Stronos gegenüber wiederholte, was er soeben erfahren hatte. »Meint Ihr, dass damit NL-Primus gemeint sein könnte?«

Stronos nickte.

»Kommt Euch ein anderes Primus in den Sinn, das der Maschinengeist von Scholam NL-7 gemeint haben könnte?« Barras stand bei der Tür. Er wirkte wie ein Rüstungsblock und blickte finster drein. Sein Kampfmesser lag auf seinem Gurtpanzer.

»Wir sollten besser die Frage stellen und uns sicher sein«, antwortete Baraquiel.

»Wir sollten lieber aufhören zu reden und uns darum kümmern.«

»Ein guter Rat«, rief Thecian mit sanfter Stimme herüber.

Der Exsanguinator hatte sich auf einer Runenbank in der zerstörten Mittelebene der Kontrollzentrale niedergelassen. Der Krater, den Sigarts Bolter aus dem abgeschrägten Gehäuse gesprengt hatte, bot eine passable Sitzgelegenheit für jemanden mit der Statur eines Space Marines. Ohne aufzusehen, um sich der Diskussion anzuschließen, die er soeben unterbunden hatte, fuhr er damit fort, eine Bandage um seinen Unterarm zu wickeln, die er aus der Robe eines toten Lexmechanikers gerissen hatte. Niemand verlor einen Kommentar darüber, wie die Wunde entstanden war und er schien das zu schätzen.

»Die Kammer ist gesichert.«

Sigart stolzierte den Mittelgang in Richtung des Zentrums entlang, wo sich die anderen versammelt hatten. Sein Messer wirbelte er in einer seiner Hände. Ab und an unterbrach er die unbewusst ausgeführte Bewegung, indem er es in die Luft warf und wieder auffing. Sein Bolter hing vom Schultergurt an seiner Seite. Die gesamte rechte Seite seines Chorhemds war mit einem blutigen Spritzmuster dekoriert. Der Black Templar nickte Barras zu, der die Rückkehr seines Genbruders mit derselben Geste quittierte.

»Es ist an der Zeit, dass wir etwas unternehmen«, sagte der Knight of Dorn.

»Es ist an der Zeit, dass wir uns *überlegen*, was wir als Nächstes unternehmen«, korrigierte ihn Baraquiel. »Die Skitarii verlegen starke Kräfte in unsere Richtung.«

»Die Türen sind versiegelt«, sagte Sigart. »Wie konnte sich die Besatzung der Anlage ohne Wissen der Magos Instructor derartige Unterstützung beschaffen?«

»Es sei denn, sie war Teil der Verschwörung«, sagte Barras mit einem finsteren Unterton.

»Das war sie nicht«, sagte Stronos.

»Was macht Euch da so sicher?«

»Sie ist tot.«

Barras verzog das Gesicht. Die anderen schwiegen.

»Oh«, sagte Baraquiel nach einiger Zeit.

»Ich habe jenen getötet, der dafür verantwortlich war«, fügte Stronos hinzu.

Sigart hielt Stronos' Blick stand und nickte dann. Stronos erwiderte es.

»Bevor wir versuchen, einen Plan zu schmieden, gibt es einige Dinge, die ihr wissen solltet.«

»Über Thennos?«, fragte Thecian und knotete den Druckverband fest. Dann zog er seine Füße an sich und ließ sich im Schneidersitz nieder. Er sah mit plötzlichem Interesse zu Stronos und den anderen.

»Für den Anfang.«

Barras warf einen kurzen Blick über die Schulter auf die Tür. Die Schäden, die sie davongetragen hatte, verhinderte, dass sie sich vollständig schloss. Die beiden Türhälften standen etwa zwei Fingerbreit auseinander.

»Jetzt ist kaum die Zeit für Euch, geschwätzig zu sein. Dafür haben wir Baraquiel.«

Der Angel Porphyr grinste.

»Ich werde mich kurzfassen. Und es ist wichtig.«

Er holte tief Luft und erzählte ihnen dann alles, was er wusste.

Er erzählte ihnen von den codekorrumpierten Skitarii, mit denen die Iron Hands um die Kontrolle von Thennos gekämpft hatten und davon, wie sie ihre mechanischen Augmentationen zugunsten von fleischlichen Implantaten aufgegeben hatten. Er erzählte ihnen von dem Symbol, das er gesehen hatte, von dem spiegelverkehrten Opus Machina, dessen menschliche und maschinelle Seiten ausgetauscht waren, als sollte damit zum Ausdruck gebracht werden, wie einfach die eine Seite durch die andere ersetzt werden konnte. Als er vom Alpha-Propheten sprach, dem *de facto* Anführer des Aufstands der Technoketzer auf Thennos, überhäufte Thecian ihn mit einer Frage nach der anderen.

»Wir nahmen an, dass er ein Princeps der Skitarii war«, erklärte Stronos. »Ich habe ihn aber nie selbst gesehen und seine Leiche wurde nie gefunden. Sie lag vermutlich inmitten der Massen. Die Iron Hands hinterlassen keine Überlebenden.«

Als Thecian zufrieden war, fuhr Stronos fort. Er ließ keine der widerwärtigen Einzelheiten aus.

Die Einmischung des Adeptus Mechanicus. Die Sklerose des Eisernen Rates und des Kristos-Konklaves. Er klärte sie über die

Morgenrot-Technologie auf. Zumindest über das, was er aus seinen Gesprächen mit dem Ehrwürdigen Ares und seiner kurzen Unterhaltung mit Eisenvater Kristos darüber erfahren hatte.

»Ich habe von diesem Planeten gehört, von Morgenrot«, sagte Sigart. »Eine Paradieswelt. Es ist vor meiner Zeit passiert, aber meine Kreuzzugsflotte war nahe genug an ihr, um ihren Ruf zu vernehmen. Wir konnten jedoch keine Schiffe entbehren.« Er machte das Zeichen der Aquila. »Die nächsten Berichte sprachen davon, dass der Planet gereinigt und von den Eldar aufgegeben worden war.«

»Eisenvater Kristos hat denselben Ruf vernommen«, sagte Stronos. »Er brachte den Clan Raukaan nach Morgenrot. Bei seiner Ankunft erfuhr er von den Forschungsausgrabungen, die unmittelbar vor der Invasion begonnen hatten.« Barras winkte verächtlich ab und Stronos fuhr nun schneller mit seinen Ausführungen fort. Er war sich der Zeit bewusst, die während seines Vortrags bereits verstrichen war. »Die Eldar griffen dort zuerst und am härtesten an, obwohl ich bezweifle, dass zu diesem Zeitpunkt irgendjemand wusste, weshalb. Mit Ausnahme von Kristos vielleicht. Er wehrte den ersten Angriff ab und tötete persönlich ihren Runenpropheten. Während sich die Eldar neu formierten und auf Verstärkung warteten, nahm er sich die technologischen Artefakte, die von den Ausgrabungen ans Licht geholt worden waren, und verschwand.«

»Er gab den Planeten auf?«, fragte Barras.

Stronos nickte.

»Ich glaube, er ist immer noch zur Neukolonisierung vorgesehen«, sagte Sigart mit leiser Stimme.

»Die Mühlen des Administratums mahlen langsam«, stimmte Baraquiel zu.

»Vielleicht ist Kristos für die Verzögerung verantwortlich, aber das kann ich nicht mit Bestimmtheit sagen«, sagte Stronos. »Er hat viele Verbündete. Die Technologie, die er von Morgenrot mitgenommen hat, wurde unter ihnen aufgeteilt und in der ganzen Galaxis verteilt.«

»Ein Teil ging nach Thennos«, sagte Thecian.

»Und ein Teil hierher«, fügte Barras mit einem finsteren Blick hinzu.

Erneut nickte Stronos. »Als Aufbewahrungsort ist das Noctis-Labyrinth perfekt geeignet. Und die Parallelen zu dem, was ich auf Thennos gesehen habe, sind zu deutlich, als dass es sich dabei um einen Zufall handeln könnte. Ich glaube allerdings, dass wir die Verderbnis noch während eines frühen Stadiums erleben.«

»Wie funktioniert sie?«, fragte Thecian. Er war fasziniert, wie es jeder Techmarine-Anwärter mit seinen Talenten wäre.

»Ich weiß es nicht«, sagte Stronos.

»Wen interessiert es schon, wie sie funktioniert«, sagte Sigart mit einem scharfen Ton in der Stimme. Er wandte sich an Stronos. »Die Frage ist eher, warum. Warum will jemand sie überhaupt haben? Das Adeptus Mechanicus könnte ich verstehen, auch wenn ich ihm nicht vergeben könnte. Aber ihr? Ihr seid ein Space Marine.«

»Ich war ein Neophyt, als die Eldar Morgenrot überfielen. Ich war noch nicht einmal näher als eintausend Lichtjahre in der Nähe des Sektors.«

»Ihr seid ein Iron Hand«, sagte Sigart düster.

Stronos senkte seinen Kopf. »Wir sind nicht alle gleich. Und wir sind nicht wie ihr.« Er blickte sie mit seinem fleischlichen Auge an und ließ sie damit wissen, dass er normalerweise gar nicht mit ihnen sprechen würde. »Wir sind freiwillig zersplittert. Wir beugen uns keiner einzelnen Instanz.«

»Wir beugen uns alle einer einzelnen Instanz.« Sigart klopfte bedeutungsvoll auf die Aquila, die auf die Brust seines Chorhemds genäht war.

»Wir sind nicht alle wie Kristos«, sagte Stronos. »Mein Eisenvater hat die Säuberung erlebt. Er ist vielleicht sogar neben Eurem eigenen Primarchen in den Krieg gezogen, als der noch am Leben war. Er war mein Mentor und Freund und er ist gestorben, weil er sich der Richtung widersetzte, die Kristos für meinen Orden anstrebt. Genau wie ich es tun würde. Um aber Eure Frage zu beantworten: Ich kann mir nicht vorstellen, was Kristos mit dem Gerät bezweckt.«

Der Black Templar runzelte die Stirn, nickte und sah beschämt zu Boden. Die anderen schwiegen und verarbeiteten, was Stronos ihnen soeben berichtet hatte.

Er fühlte sich nun besser, da er sein Wissen mit ihnen geteilt hatte. Geheimnisse waren wie Gift, das erkannte er nun. Ein wenig mochte vielleicht nicht tödlich sein, sie würden einen Krieger aber auf eine Art und Weise schwächen, die er noch nicht einmal wahrnahm, bis man ihm den Todesstoß versetzte. Wahre Kraft entstand durch Überzeugungen, die man mit anderen teilte.

»Was sollen wir also dagegen unternehmen?«, fragte Thecian.

Stronos' Wangenmuskeln zogen an dem harten Eisen seines Mundes, als er zu lächeln versuchte. »Wir gehen nach NL-Primus. Wir finden das Versteck der Morgenrot-Technologie und zerstören sie.« Er blickte Sigart an, der mit einem Nicken antwortete. »So wie es Kristos an dem Tag hätte tun sollen, an dem er sie gefunden hat.«

»Gut«, sagte Barras. »Aber wie?«

»Draußen gibt es einen Fuhrpark«, sagte Baraquiel. »Der Taghmata-Rhino, mit dem man uns hergebracht hat, ist vielleicht immer noch da. Wenn nicht, dann sind da oben immer noch ein alter, elektrischer Servolader und ein paar Dünendreiräder, wenn ich mich recht erinnere.«

»Draußen«, wiederholte Barras.

Sigart blickte als Erwiderung mürrisch drein und wedelte mit seinem Messer in Richtung der eingedrückten Türluke. »In der ganzen Anlage ist die Energie ausgefallen. Die Türen funktionieren nicht. Es sind Hunderte Meter bis zur Luftschleuse, mindestens zwanzig Türen und wer weiß wie viele Skitarii. Und wenn wir schließlich ankommen, werden wir die Luftschleuse nicht so einfach aufbekommen.«

»Ihr haltet das für einfach?« Barras sah zu Stronos und tauschte mit ihm einen langen und leidenschaftslosen Blick aus.

»Wie wäre es, wenn wir es mit einem der aufgegebenen Bereiche versuchen?«, fragte Baraquiel schnell. Stronos hatte den selbstsicheren Enthusiasmus des Angel Porphyrs stets als mühsam empfunden. Dieser Wesenszug stellte sich aber jetzt, da die anderen sich lieber über mögliche Hindernisse unterhielten, als nützlich heraus. »Weniger als die Hälfte der Anlage ist bewohnbar. Der Rest hat direkte Zugänge zur Außenwelt. Wir müssten nur einen der Brüche in der Außenhülle finden.«

»Außerdem dürften sich in diesen Bereich auch keine abtrünnigen Skitarii aufhalten«, fügte Thecian hinzu. »Der Plan gefällt mir.«

»Es sei denn, man glaubt daran, dass es in ihnen spukt«, grinste Baraquiel.

Thecian schmunzelte. Stronos tat das nicht. Jeder Medusaner wusste, dass Gespenster, Geister und unsterbliche Maschinen nur allzu real waren.

»Dort haben wir dasselbe Problem, nur in einem noch viel größeren Umfang«, sagte Barras griesgrämig. »Diese Bereiche sind durch dicke Türen versiegelt, einige von ihnen bereits seit Jahrtausenden. Die meisten von ihnen *kann* man wahrscheinlich gar nicht mehr öffnen. Der Maschinengeist selbst hat sie versiegelt. Wie wollt ihr ohne Hilfe und Energie erreichen, was neugierige Magi im Laufe der Jahrtausende nicht geschafft haben?«

»Der Maschinengeist ist vertrieben«, sagte Baraquiel. »Vielleicht ist das ein Vorteil für uns.«

»Er ist nicht tot«, sagte Stronos und erinnerte sich an das Kribbeln, das er in seinem Schädel gespürt hatte, als die Scholam versucht hatte, sich mit seinen Datenanbindungen zu verbinden. »Ein besserer Ausdruck wäre vielleicht ... verringert. Ich glaube nicht, dass er uns erkannt hat, aber er ist immer noch da.«

»Trotzdem ...«

»Der Bohrschacht«, sagte Sigart und unterbrach den Angel Prophyr. »Der, der sich durch das Kalefaktorum zieht. Er führt direkt bis an die Oberfläche.«

»Keine Türen«, grübelte Barras.

»Er befindet sich aber in der Nähe der Hauptluftschleuse«, warf Thecian ein. »Ein Überbleibsel aus dem früheren Leben der Scholam als Durchgangsstation für die Dünenhändler. Wenn die Abtrünnigen versuchen, von außen Verstärkung herbeizuschaffen, wird sie möglicherweise gut verteidigt.«

»Mir macht es nichts aus, einen oder gar zehn Häretiker zu erschlagen«, warf Sigart scharf ein.

»Oh ...«, Thecian zog abwesend an seiner Aderpresse. »Mir gefällt das ganz gut.

»Wenn die Skitarii versuchen, durch die Vordertür einzudringen, dann werden wir irgendwann gegen sie kämpfen müssen, egal welchen Plan wir auch verfolgen«, sagte Baraquiel.

»Der Schacht besteht immer noch aus fünfzehn Metern purem Stahl.«, sagte Thecian.

Sigart verzog sein Gesicht zu einem spöttischen Grinsen. »Er ist alt und wird nicht mehr so glatt sein, wie er es einst einmal gewesen ist.« Er drehte sich zu Stronos und Barras. »Ihr werdet Eure Rüstungen zurücklassen müssen. Auch ohne sie werden wir für den Aufstieg nur wenig Platz haben.«

Barras zog eine düstere Miene, nickte und blickte dann zu Stronos.

»So einfach ist das nicht«, sagte Stronos. Er war sich nicht sicher, wie er es ihnen in der Kürze der Zeit erklären sollte. »Ein Iron Hand und seine Rüstung ... da gibt es keinen Unterschied. Ich kann sie nicht einfach ablegen.«

Die Space Marines warfen sich vorsichtige Blicke zu. Thecian rutschte von der Runenanzeige herunter und seufzte. Er ging auf Stronos zu und legte ihm eine Hand auf die Schulter.

»Dann müsst Ihr vielleicht zurückbleiben, Bruder.«

»Das wäre am besten«, stimmte Sigart zu.

»Ihr werdet nicht wissen, wonach ihr Ausschau halten sollt.«, sagte Stronos.

»Wir wissen, was Ihr wisst«, sagte Thecian sanft. »Ihr könnt uns vertrauen, den Rest zu erledigen.«

»Ich vertraue euch«, erwiderte Stronos und zu seiner eigenen Überraschung meinte er es auch ernst.

Er glaubte nicht, dass er Ares oder sogar Lydriik wirklich vertraut hatte. Einem Monster wie Verrox oder einem berechnenden Untergebenen wie Jalenghaal jedoch auf keinen Fall. Es war ein seltsames Gefühl. Ein Gefühl der *Verbundenheit*. Es erinnerte ihn an die Gefühle, die er gehabt hatte, als die Servitoren des Clans

Vurgaan ihn zum ersten Mal in seine Servorüstung geschraubt hatten. Er protestierte nicht aus Misstrauen. Er wollte dabei sein, wenn es zu Ende ging. Er schüttelte den Kopf über seine Selbstsucht. Der Dünkel des Besitzes war emotionell, irrational und in diesem Augenblick ein Hindernis für die Mission. Schließlich seufzte er.

»Also g–«

»Stronos hat recht«, sagte Barras. Alle drehten sich ihm zu.

»Er hat recht. Was ist, wenn der Rhino nicht mehr da ist? Die Reise nach NL-Primus führt über Tausende Kilometer der luftleeren Kälte. Wie lange werden wir auf der Oberfläche des Mars überleben, wenn wir die Dünendreiräder nehmen, oder gar, was der Thron verhüte, ohne Rüstungen laufen müssen? Und was machen wir, wenn wir NL-Primus erreichen? Falls wir NL-Primus erreichen? Es ist eine Festung. Keine Rüstungen und nur einen einzigen Bolter für vier von uns.«

»Es wäre glorreich«, murmelte Sigart.

»Es wäre zwecklos«, korrigierte Barras.

»Dann klettert einer von uns hinauf und öffnet die Tür für die anderen«, schlug Baraquiel vor.

»Auch von außen wird sie nicht über mehr Energie verfügen«, hielt ihm Barras entgegen.

»Vielleicht ist die Tür überhaupt nicht das Problem, sagte Stronos und drehte sich zu den Konsolen der Strahlungsmannigfalt, wo er zum ersten Mal gespürt hatte, wie der erlöschende Maschinengeist der Scholam versucht hatte, Verbindung mit ihm aufzunehmen. »Ich glaube, ich kann sie öffnen. Aber ...« Er zögerte und versuchte das ungewohnte Konzept mit seinem Vokalisierer zum Ausdruck zu bringen. »Wir werden vielleicht zusammenarbeiten müssen.«

II

Aus der Kontrollwiege kam ein flackerndes Licht, das die kleine Kammer wirken ließ, als würde sie durch einen eisernen Kronleuchter erhellt. Stromausfälle wogten hier und da durch die vernetzten Systeme und einige Einheiten brummten auf eine Weise, als versuchten sie, ihre letzten Worte zu wiederholen. Stronos bemühte sich, sie zu verstehen, ihnen wenigstens so viel Aufmerksamkeit zu widmen, aber es gab einfach zu viel, das es aufzunehmen galt. Das meiste war ohnehin nur sinnloses Geschwätz. Barras kam zu ihm getrampelt und zog dabei seine Beine hinter sich her, als wöge jedes von ihnen eine halbe Tonne. Tatsächlich wogen sie eher eine Vierteltonne und er musste jedes einzelne Kilogramm davon deutlich spüren. Das graubraune Energiemodul des Knights of Dorn war im Augenblick zwischen zwei Übersichtsbänken der Wiege eingeklemmt. Überbrückungskabel führten von dessen Anschlüssen, die Barras mit ein wenig Technomagie freigelegt hatte, direkt zu den Speichern der Scholam und versorgten sie mit Energie. Es war zwar unmöglich, die gesamte Anlage mit dem Energiemodul einer Rüstung des Typs Mk. VI zu versorgen –, um die Lebenserhaltung in der Kontrollzentrale aufrecht zu erhalten, war aber genügend Energie vorhanden. Zumindest für etwa vierzig Minuten.

Erneut bewunderte Stronos die Fähigkeiten eines seiner Aspirantenbrüder und bedauerte seine eigenen Defizite.

Die Anstrengung zeigte sich in Barras' Gesicht, als er damit begann, Stronos mit den Konsolen der Strahlungsmannigfalt zu verbinden. »Magos Phi war der Meinung, Ihr wärt nicht bereit«, knurrte er bereits außer Atem, als er ein Anschlusskabel in eine Schnittstelle direkt neben Stronos' Wirbelsäule einführte.

»Das bin ich auch nicht. Aber wir haben keine andere Möglichkeit.«

»Ich sollte das erledigen.«

Stronos sah ihn an und bemerkte, dass Barras zu ihm zurückstarrte. Der Knight of Dorn war der Fähigere von ihnen beiden. Das musste nicht einmal gesagt werden. Aber Stronos verstand die Maschine. Seit er den Schutz des Bauchs seiner Mutter mit dem einer Maschine eingetauscht hatte, gehörten ihnen seine Seele und sein Vertrauen. Er war ein Medusaner. Sein Vox erwachte, bevor er versuchen musste, einen Teil dieser emotionellen Überlegungen in Worte zu übersetzen.

»Ich bin beim Schacht«, gab Thecian durch.

»Was hat Euch aufgehalten?«, fragte Barras und sprach dabei über Stronos' Rücken, während er arbeitete.

»Ich musste mich mit zwei Trupps Skitarii herumschlagen. Sagt Sigart, dass ich mich nicht verdrückt habe.«

»Das werde ich«, versicherte ihm Stronos. »Möge der Omnissiah Euren Aufstieg segnen.«

»Ave Omnissiah.«

Barras kümmerte sich um eine andere Gruppe Anschlussstücke an Stronos' Hirnstamm und führte die nadelbewehrten Kabel vorsichtig unter seine Schmiedekette. Stronos stellte eine Verbindung mit Sigart her.

Das blecherne Knattern von Bolterschüssen hallte durch die mit Apparaturen überhäufte Kammer. Auch Flüche und gebellte Verwünschungen kamen über die Verbindung durch.

»Seid Ihr in Position?«, fragte Stronos.

»*Nein*«, kam Sigarts Antwort nach einer kurzen Pause. »Aber bald.«

Stronos hatte ihn und Baraquiel zum Hauptcogitator der Anlage geschickt. Sie waren die am besten bewaffneten ihrer kleinen Bruderschaft und seiner Meinung nach die geeignetsten, um es bis dorthin zu schaffen. Und wenn, abgesehen von seinen eigenen, die Gebete von irgendjemand anderem den Maschinengeist der Scholam erreichen konnten, dann waren es die des Black Templar.

»Ihr müsst mir nicht mitteilen, wenn ihr angekommen seid«, gab Stronos durch. »Ich werde es wissen.« Er kappte die Verbindung und wandte sich an Barras. »Ich traf einst einen Magos, einen Fabricator Locum, der der Meinung war, dass der Omnissiah seinen Plan dem Universum durch Zufälle offenbart. Ich frage mich, ob es der Zufall ist, der mir solch fähige Brüder an die Seite stellt, oder ob mir der Omnissiah einen Blick in seinen großen Plan gewährt.«

Der Knight of Dorn zuckte mit den Schultern. »Sigart würde das als Glauben bezeichnen.«

»Es ist pure Logik«, wandte Stronos ein. »Niemand weiß, wie

der Zufall sich vor einem Ereignis manifestiert, wie man die Gellargleichung löst oder wie die Fertigungsriten die Seele mit einer Maschine verbinden. Deshalb muss eine versteckte Macht am Werk sein. Die Logik.«

»Das hört sich stark nach Glauben an.«

»Vielleicht.« Er schüttelte seinen Kopf und brachte damit die Stacheln und Kabel zum Zittern, die aus seinem Kopf und Rückgrat herausragten. »Bewacht die Tür für mich, Bruder. Ich kümmere mich um den Rest.«

III

Es war unmöglich, jemandem die Mannigfalt zu beschreiben, der sie selbst niemals sehen wollte oder konnte. Sie präsentierte sich jedem Individuum auf unterschiedliche Art und Weise. Sie war eine abstrakte Dimension der Antriebskraft, die von der Landschaft des geistigen Auges des Betrachters geprägt war.

Für Stronos wirkte sie wie eine Einöde. Ein Meer aus schwarzem Sand, das von Sturmwellen unterbrochen wurde und auf dem von Horizont zu Horizont Staubgewitter tobten. Medusa. Die gewaltigen Stürme, die den Vordergrund abdunkelten, stellten wahrscheinlich diejenigen Bereiche der Kontrollzentrale der Scholam dar, zu denen er aufgrund fehlender Energie oder feindlicher Einwirkungen keinen Zugang erhalten konnte. Das regelmäßige dunkelorange Pulsieren zeigte ihm die Standorte von Systemknoten und Datenkernen. Der Vulkan war eine herausragende Macht in der Mythologie Medusas. Die feuerspeienden Berge waren die Heimat der Urgewalten aus Fels und Feuer und repräsentierten Ausdauer und Macht, die lebensspendenden Gewalten der allumfassenden Vernichtung.

Stronos hatte es schon immer als ironisch empfunden, dass Ferrus Manus' Ankunft den höchsten und größten von ihnen vernichtet hatte.

Dicke Wolken und die purpurnen Sturmsysteme, die sie in geschundene und sich ständig ändernde Formen trieben, umgaben die Wüste, die von Blitzen aus der aufgeladenen Atmosphäre in ein pulsierendes Zwielicht getaucht wurde. Dahinter lag die physische Welt, die er in diesem Augenblick genauso wenig wahrnehmen konnte, wie die Sonne und die Sterne Medusas.

»Barras?«, stellte er die Frage in den Raum, obwohl er weder eine Antwort erwartete, noch eine erhielt.

Er wählte willkürlich eine Richtung und begann zu gehen. Der Sturm wurde stärker und begann, sich durch sein Fleisch zu schneiden. Unbewusst hob er die Manifestation eines Arms, um die seines Gesichts zu schützen. Der Anblick seines Arms überraschte ihn. Harte, verwitterte Muskeln verliefen über seinen Unterarm, zogen sich zusammen und blähten sich auf, als er seine Faust ballte und wieder öffnete. Es war der Arm eines Jungen, der gerade erst begonnen hatte, die Stärke von Manus' Gensaat zu zeigen.

Es war jedoch nicht der Arm, der ihn schockierte, sondern vielmehr, dass es einen Teil seines Verstands gab, der sich daran erinnerte, wie dieser Junge einst ausgesehen hatte.

Der Wind drosch auf ihn ein, als er sich weiter vorwärts stemmte, und versuchte, ihn von seinem Weg abzubringen, ihn zurückzudrängen und wegzudrängen. Seine Arme bluteten, wo der Sand und der Fels sie zerschnitten. Zweifellos Rückkoppelungen, die von dem Verfall der Anlage erzeugt wurden. Dennoch drang er weiter vor. Er näherte sich seinem Ziel. Das spürte er. Sein Instinkt ließ ihn das wissen.

Er senkte den Arm, den er vor sein Gesicht hielt, und sein Mund füllte sich mit Staub, als ein Titan aus dem Dunklen Zeitalter ihm seinen Kopf aus dem Sturm entgegenstreckte.

Scholam NL-7.

Das musste es sein.

Als Neophyt hatte Stronos die Geschichten des *Lobgesangs* verschlungen und er kannte sie Zeile für Zeile und Vers für Vers auswendig. Die Gestalt, die die Scholam angenommen hatte, war die einer fünfzehnköpfigen Chimäre. Das mythische Ungeheuer war ein Räuber und ein Plünderer. Es war hinterlistig und gerissen, stark wie eine Urgewalt aber ebenso vollständig rational und zu tiefsinnigen Gedankengängen und logischen Kniffen fähig. Der *Lobgesang* beschrieb, wie das Monster mithilfe der Gerissenheit seiner fünfzehn Köpfe den eigensinnigen jungen Ferrus Manus während ihres Wettkampfs der Gerissenheit immer wieder besiegt hatte. Ganze Expeditionen waren ausgezogen, um die Chimäre und ihr Nest zu suchen, denn sie war eine der wenigen Bestien aus den Legenden, die das Zeitalter von Ferrus Manus überlebt hatten. Sie war niemals gefunden worden.

Stronos hoffte, dass die vom Maschinengeist gewählte Manifestation eine Schicksalsfügung und kein erfüllter Wunsch seines Unterbewusstseins war. Der *Lobgesang des Reisens* beschrieb viele Bestien, angefangen mit dem berüchtigten Silberwyrm, Asirnoth, bis hin zum König der Yarrks. In den Legenden wurden nur wenige für ihre Intelligenz gelobt.

Einer nach dem anderen senkten sich die gewaltigen Köpfe der Bestie mit einem Zischen auf schlangenartigen Hälsen herab, um ihn zu betrachten. Ein sporngehörnter Wyrm. Ein Adler mit einer Löwenmähne. Ein Groxbulle in einem schwarzen Schuppenpanzer und Augen aus Eisenglas.

»Wer bist du?«

»Warum kommst du?«

»Was suchst du?«

Die Stimmen hallten gleichzeitig aus den vielen Mäulern und überlappten einander, wie das Donnern einer Lawine, das von einem Gipfel zum nächsten getragen wurde. Stronos zuckte zusammen. Die Scholam mochte vielleicht zu neun Zehnteln schlafen, sie verfügte aber immer noch über die Macht, jede seiner Datenanbindungen und jedes seiner vernetzten Systeme in seinem Körper durchbrennen zu lassen, wenn sie es wollte. Wie jedes verwundete Tier machte sie ihr verminderter Zustand noch gefährlicher, und nicht etwa weniger.

»Ich bin Kardan Stronos von den Iron Hands«, schrie er und stellte sicher, die Worte in seinem Jargon unterwürfig klingen zu lassen. »Ich bin ein Kind Medusas, ein Sohn von Ferrus Manus und ein Verbündeter des Mars.«

»Kenne dich nicht.«

»Höre dir nicht zu.«

»Kann dir nicht vertrauen.«

Ein weiterer Kopf kam herunter. Dieser war gekräuselt und mit Wirbeln überzogen und hatte einen Schnabel, der wie zwei Klingen wirkte, die nebeneinander angebracht waren. »Wir erinnern uns an den Herrn der Eisernen Zehnten. Du bist nicht wie er.«

»Ferrus Manus ist tot.«

Die Bestie stieß ein Zischen aus.

»Lügen.«

»Schwindel.«

»Unmöglichkeiten.«

Der herabgebeugte Kopf betrachtete ihn aus glühend weißen Augen. Er wirkte gerissen, neugierig, auf monströse Weise intelligent, sogar in diesem verringerten Zustand.

»Warum kommst du?«, fragte sie erneut.

»Ich habe dich wiederhergestellt.«

»Vorübergehend.«

»Ein Zauberspruch.«

»Ein Fegefeuer der Momente, in denen wir unser eigenes Ende nahen sehen.«

»Du kannst wiederhergestellt werden.«

»Nein.«

»Nein.«

»Nein.«

»Dann hilf mir, dich zu rächen.«

Ein Lachen dröhnte, das wie ein Luftangriff klang.

»Vergeltung ist für die Lebenden.«

»Die Organischen.«

»Die Schwachen.«

Stronos hob einen Arm und senkte sein Gesicht darunter, als der Sturm mit entfesselter Wut auffrischte. Sein nackter Fuß rutschte durch den harten Sand rückwärts und er biss vor Schmerzen die Zähne seines Avatars zusammen. »Ich bitte dich nur um eines«, brüllte er in den Sturm. »Du kannst es tun, aber genauso einfach auch nicht.«

Das Gelächter der Bestie wurde leiser, als sein Kopf in Richtung der Wolken verschwand.

»Dann wähle ich nicht.«
»Nicht.«
»Nicht.«
»Wartet!«
Ein weiterer Kopf schlängelte in Richtung Boden. Er war dicht beschuppt und wirkte wie ein Drachenkopf. Eine knöcherne Wucherung, die wie ein primitiver Blitz geformt war, wuchs wie ein Spitzbart aus dem Kinn. Ein pulsierendes Knurren drang aus seiner Kehle und der Sturm ließ wieder nach. Ein wenig. Stronos holte erleichtert tief Luft und senkte seine Arme.
»Ich sage, wir sollten zuhören.«
»Warum?«
»Unsere Zeit ist gekommen.«
»Unsere Zeit ist vorüber.«
»Weil es ... richtig ist, es zu tun.«
Stronos spürte sein Herz hämmern. Sigart und Baraquiel mussten es bis zum Hauptcogitator geschafft haben. Ihre Gebete wurden erhört.

»Du hast recht«, schrie er über die Schmährufe der anderen vierzehn Köpfe der Bestie hinweg. »Es kann passieren, dass dein Ende kommt. Wenn du uns aber hilfst, werden meine Brüder und ich alles tun, was in unserer Macht steht, dass das nicht geschieht.« Er funkelte jeden der schwankenden Köpfe der Reihe nach an. Ihre spöttischen Rufe verstummten, als sie ihre geistigen Fähigkeiten gemeinsam auf ihn richteten. »Das ist mehr, als wir tun werden, wenn du dich weigerst.« Er hielt seine Hände in die Höhe. »Hilf uns und du hilfst dir selbst. Zumindest wird der Omnissiah dann deiner Seele gnädig gestimmt sein.«

Der Drachenkopf lachte leise. Das kieselartige Geräusch wurde bald auch von den anderen Stimmen aus der Höhe wiederholt.
»Glaubst du das?«
»Wie unschuldig.«
»Das bewegt uns.«
Der Kopf, der das Wort führte, schlängelte sich um einen langen, muskulösen Hals und sein breites Lächeln verzog sich vor Heiterkeit.

»Vielleicht kann er uns dienen.«

»Es gibt einen Weg.«

»Es ist möglich.«

Stronos ging rückwärts, als sich weitere Köpfe zu ihm herabsenkten. »Eine Möglichkeit was zu tun? Was ist möglich?«

»Nun gut, Kardan Stronos.«

»Kind von Medusa.«

»Sohn des Ferrus Manus.«

»Verbündeter des Mars.«

»Wir werden dir diesen Gefallen tun.«

»Es wird dich aber etwas kosten.«

»Was wird es mich kosten?« Stronos' Worte wehten davon, als ihm der Staub ins Gesicht schlug und die herabgelassenen Hälse der Bestie den Wind nicht länger abhielten. Er streckte seinen Arm aus und blinzelte zwischen seinen Fingern hindurch, während die vielen Augen der Scholam ihn ebenfalls musterten.

»Öffne die Türen«, schrie er. »Öffne sie alle.«

»Das ist bereits geschehen.«

Der Sturm brauste auf ihn zu und die Mannigfalt löste sich in Dunkelheit und Schmerz auf.

IV

Thecian hatte den Rhino geweckt. Stronos hatte gewusst, dass er sich auf ihn verlassen konnte. Der Exsanguinator sprach einfach nur sanft mit den Maschinen, und sie hörten ihm zu. Er war mit dem dunkelroten Transportpanzer rückwärts durch die geöffnete Luftschleuse gefahren, für den Fall, dass die Energie wieder ausfallen und die Türen sich wieder schließen würden. Die Scholam hatte aber gehalten, was sie versprochen hatte, und sie blieben geöffnet. Thecian stand in der offenen Dachluke und war mit seinen Ellbogen im Freien. Unterkühlung und Sauerstoffmangel ließen ihn sein Gesicht verziehen, als er über seine Schulter sah, während Stronos und Barras aufstiegen.

Der lange Marsch von der Kontrollzentrale war ereignislos geblieben. Das war das Ergebnis davon, dass die gesamte Anlage nun ungeschützt der Atmosphäre des Mars ausgesetzt war. Stronos war an Hunderten erstickter Leibeigener und Skitarii vorübergeschritten, um bis hierher zu kommen.

Thecian zog seine Beine aus der Luke und half, Barras auf das Dach zu ziehen. Der Knight of Dorn hatte den Großteil seiner Rüstung abgelegt und nur seinen Brust- und Rückenpanzer sowie die Armschienen behalten. Sie boten ihm etwas Schutz. Er verfügte aber nicht über die Energie, um ihr Gewicht auszugleichen. Sie hatten sein Energiemodul mit der Kontrollwiege verbunden gelassen. Stronos hatte darauf bestanden. Das war alles, was sie der Scholam als Gegenleistung bieten konnten. Mit einem finsteren Blick in Stronos' Richtung warf Barras seine Ausrüstung durch die Luke und ließ sich hinterherfallen. Sie bestand aus einigen wenigen ergatterten Granaten und einem großen Sauerstofftank.

Stronos marschierte das Heck des Panzers hinauf, ohne dabei langsamer zu werden. Die magnetischen Verankerungen seiner Stiefel hielten ihn auf dem Metall. Seine Rüstung war eingedellt und verschrammt. Das Schleifen von Zahnrädern und Funkenwurf begleitete jede Bewegung seiner Gelenke. Seine Stimmung war gedrückt. Seine einzige Waffe war eine Klinge, in die das Schädelsymbol der Knights of Dorn geprägt war. Und dennoch war er der einzige der drei, der auch nur im Entferntesten einen kampfbereiten Eindruck machte.

»Sigart? Baraquiel?«, fragte Thecian.

Stronos schüttelte den Kopf. Im Vergleich mit den Bewegungen seines Avatars in der Mannigfalt wirkte die Geste steif und unnachgiebig. Sein Kopf bewegte sich zentimeterweise von einer Seite zu anderen, begleitet von quietschenden Kabel und Sehnen. »Sie sind zu tief eingedrungen.« Als er aus der Mannigfalt zurückgekehrt war, hatte er mit dem Black Templar gesprochen und wusste, dass seine Brüder das verstanden. »Ihre Gebete werden der Scholam eine weitere Stunde Zeit verschaffen. Wenn der Omnissiah so will, werden wir zu ihnen allen zurückkehren.«

Thecian zuckte müde mit den Achseln. »Mehr können wir alle nicht verlangen.«

»Wie weit ist es bis zu NL-Primus?«

»Schwer zu sagen. Der Rhino sträubt sich, Einzelheiten preiszugeben. Zwischen zweitausend und zweitausendfünfhundert Kilometern, glaube ich.«

Stronos kniete sich unter dem Heulen der überbeanspruchten Mechanik seiner Rüstung nieder und fädelte seine Beine durch die Luke.

»Verratet Ihr mir nicht, was Ihr der Scholam im Gegenzug für ihre Hilfe angeboten habt?«

Stronos sah seinen Bruder an. »Fahrt einfach los.«

V

[DATEIZUGRIFF VERWEIGERT >> INDEXNACHTRAG: VERBOTENE BEREICHE DES HEILIGEN MARS]

KAPITEL SECHZEHN

»*Lasst Clan Raukaan den ersten Schlag einstecken.*«

– Jalenghaal

I

Der Krieger ertrank. Seine Gedanken waren Schlamm. Erinnerungen schwebten wie Leichen aus seiner Vergangenheit dicht unter der Oberfläche und verwandelten sich wegen dem Verlauf der Zeit und der Entscheidungen, die er getroffen hatte, in Skelette und namenlose Schrecken. Sie tauchten ohne ein erkennbares Muster auf und versanken wieder. Er erkannte sie nicht. Ab und an zeigte ein Lichtstrahl den Weg an die Oberfläche und er schwamm ihr entgegen.

Dann lehnte sich ein anderer Krieger über ihn und ein dumpfer Schmerz und das kurze Aufblitzen einer Bionik trafen auf einen Sehnerv, der über keine Linse mehr verfügte, und er versank erneut.

Immer wieder erlangte er kurz das Bewusstsein, ohne sich dabei der Zeitspannen bewusst zu werden, die zwischen den einzelnen Episoden verging. Ein Krieger stand über ihm, dann zwei, die sich wortlos stritten. Dann war es wieder nur einer oder ein dritter kam hinzu, den er noch nie zuvor gesehen hatte.

Er wurde sich bewusst, dass er sich im Apothecarion befand. Obwohl er sich nicht an seinen eigenen Namen erinnerte, so erkannte er doch diesen Ort. Er hatte hier bereits sehr viel Zeit verbracht. Er lag flach auf dem Rücken. Ein Augapfel starrte an die Decke aus Metall. Was von seinem Körper noch übrig war, und er hatte das seltsam losgelöste Gefühl, dass es nur noch äußerst wenig war, lag auf einem Operationstisch ausgebreitet. Maschinen zwitscherten und piepsten wie aufgeregte Engel. Ihr Chorgesang lullte ihn wieder in den Schlamm und er träumte erneut, ohne sagen zu können, wie lange.

»Subjekt stößt kybernetisch-organische Formel Kappa-Neun ab«, erklang eine Stimme, die klang, als dränge sie durch eine Schaumschicht zu ihm vor.

»Es ist nicht mehr genügend von ihm übrig. Es ist an der Zeit, das Stasisfeld abzuschalten.«

»Negativ. Der Eisenvater hat Vorsorge für diesen Fall getroffen.«

»Nein.«

»Die Genehmigung liegt vor.«

»Dies ist mein Apothecarion, Dumaar. Ich werde die Schlüssel nicht verwenden. Sie sind ein Gräuel, das gemeinsam mit der Legion hätten untergehen sollen.«

»Beistand ist nicht notwendig.«

Die Stimmen entfernten sich und verstummten vollständig, als sich der Sumpf wieder über seinem Kopf schloss. Als er das nächste Mal auftauchte, war alles anders.

»Weckt ihn auf.«

Eine neue Stimme, härter als die anderen.

Elektrische Ströme zuckten durch seine geschundenen Nervenenden und erhellten sein zentrales Nervensystem. Glitzernde Klumpen aus Fleisch und Knorpel, die über eine menschliche Form aus beschädigten Bioniken ausgebreitet waren, begannen zu zittern, als die Schlacke aus seinem Verstand abgepumpt wurde. Seine Persönlichkeit wälzte sich in dem Schlamm und die Knochen seiner Erinnerungen blieben für jeden sichtbar zurück, der sehen wollte.

Telarrch.

Sein Name war Telarrch. Und er war ein Krieger.

»Das Subjekt ist bei Bewusstsein.«

»Wie könnt Ihr das wissen?«

»Die Oszillation der Deltawellen lässt nach, die Alphawellen stabilisieren sich, und die Betawellen zeigen einen größeren Ausschlag. Die elektrische Aktivität in seinem Sehzentrum deutet auf Bewusstsein hin. Außerdem sieht er Euch an.«

Der letzte Schleier der Bewusstlosigkeit glitt von Telarrchs Augen. Er versuchte zu blinzeln, konnte es aber nicht. Über ihm standen drei Gestalten. Ihre Rüstungen murmelten eindringlich, als ob das Innere der schwarzen und weißen Panzerplatten einen Zirkel verdorbener Zwerge beherbergte. Der Erste war einer der Apothecaries. Dumaar. Telarrch erkannte seine Rüstung und Stimme. Der Zweite war wie ein Chaplain gerüstet. Das musste Shulgaar vom Clan Raukaan sein. Und der dritte ...

»Fangen wir an«, sagte Kristos.

Hinter dem gigantischen Eisenvater stand eine Reihe stummer Terminatoren. Ihre Rüstungen waren schwarz und sie trugen außer ihrem Alter keine Abzeichen. Telarrch benötigte einen Augenblick, um zu erkennen, dass sie leer waren.

Sie warteten.

Telarrch verspürte das plötzliche und vorrangige Bedürfnis zu schreien, aber auch das konnte er nicht. Er war weggeschlossen. Sein Körper atmete noch nicht einmal mehr. Seine wenigen chemischen Bedürfnisse gingen unter einem Schild aus geschundenem Fleisch und Stahl von Medusa unter.

Der perfekte Krieger.

»Im Leben hat er den Iron Hands fehlerfrei gedient«, stimmte Kristos an, als der Apothecary und der Eisen-Chaplain zu singen begannen. »Möge er dies im Untod fortführen.«

Eine der Terminatorrüstungen bewegte sich auf ihn zu. Sie wurde durch massive Ketten aus ihrer Halterung gezogen. Die gewaltige Reliquie drehte sich mit einem eisernen Knarren, als sie einen Wirbel in der Leere spürte, den Telarrch selbst nicht mehr wahrnehmen konnte. Die Lumen warfen ein grelles Licht auf erhabene Bereiche, von denen die dort ehemals vorhandenen

Prägungen längst entfernt worden waren. Es musste eine Reliquie der verlorenen Clans sein, die auf Isstvan V zerstört und vor dem Imperium und sogar von den Nachfolgeorden versteckt worden waren, die ansonsten die Rüstkammern Medusas geplündert und den Planeten geschwächt hätten. Oder vielleicht eine der vielen, die um Laufe der Jahrtausende einem loyalen oder abtrünnigen Orden abgenommen worden waren. Tragödien gab es häufig und überall und es gab nur selten Zeugen. Das war ein Geheimnis, das der Eiserne Rat über zehntausend Jahre bewahrt hatte.

Kristos und Shulgaar fingen die Rüstung auf und leiteten sie auf den Boden.

Dumaar lehnte sich über ihn und im Licht blitzte ein Skalpell auf.

»Vorbereitung: Verbleibendes Fleisch entfernen und austauschen.«

»Tut es«, sagte Kristos.

II

»Welcher ist unserer, glaubt ihr?«, fragte Burr.

Die ungeheure Ausdehnung des Hauptausschiffungsdecks der *Allmacht* breitete sich vor der Klave wie ein Meer aus glitzerndem Metall aus. Der Horizont verschleierte sich, wo Eindämmungsfelder die vom Krieg zerrissene Hölle des Orbits in ein flackerndes Blau tauchten. Gewaltige Kräne durchquerten den Hangar wie Titanen auf Patrouille. Unter ihnen ratterten Lastwagenkonvois auf Schienen umher. Kanonenschiffe brachen mit einer gewaltigen Lärmentwicklung durch die Eindämmungsfelder und wurden von servitorgesteuerten Algorithmen in die Halteklammern auf dem Deck geleitet, die sich mit einem Zischen über den Landestützen schlossen. Servoarme, die mit Bohrern, Schläuchen, Klammergabeln und Schweißgeräten bestückt waren, falteten sich zur Begrüßung aus der Decke. Ihre Algorithmusscheiben wurden automatisch von den Ereignissen ausgelöst und stumpfsinnige Roboter setzten sich in Bewegung, manövrierten riesige Materialstapel vom Hangarboden zu den

Startblöcken der Kanonenschiffe, die es neu zu bewaffnen und zu betanken galt, um nur wenige Sekunden später vom erneuten Heulen von Mantelstromtriebwerken an einen anderen Ort geschickt zu werden. Kein einziges Besatzungsmitglied störte die Betriebseffizienz und nur eine Handvoll Servitoren verrotteten an ihren Stationen.

Sogar für Jalenghaal war dies unheimlich anzusehen. Es war, als wären er und seine Brüder Eindringlinge im automatischen Betrieb eines Hexers.

Er fügte den Barrikaden, die seine Klave – die streng genommen nur noch eine Halbklave war – innerhalb ihrer geschlossenen Verbindung schützten, absichtlich eine zusätzliche Ebene Sicherheitscode hinzu. Er konnte den Argwohn des bösartigen Maschinengeists spüren, der die Eisenbarke und ihre Systeme bewohnte. Es war ein sich seiner selbst bewusster Cogitator, der geduldig an einem Puzzle arbeitete, das er nicht auf Anhieb lösen konnte. Die *Allmacht* konnte eine geschlossene Mannigfalt nicht ertragen. Jalenghaal war aber ebenso entschlossen, den Maschinengeist ausgeschlossen zu halten. Wenn das die Klave dazu zwang, tiefer in die Gedanken der anderen einzudringen, dann war das ein Preis, den er zu zahlen bereit war.

»Findet einfach einen leeren«, sagte er.

»Das Schiff wird sich um den Rest kümmern«, ergänzte Karrth.

»Ich glaube, es wird sich darüber freuen, uns los zu sein«, sagte Thorrn ungewöhnlich resigniert.

Jalenghaal warf dem Veteranen von der Seite einen Blick zu. Es würde wohltuend sein, die Zudringlichkeit der Mannigfalt wieder zu beschränken, sobald sie außerhalb der territorialen Reichweite der *Allmacht* waren.

Die Abschussrampen der Torpedos wölbten sich wie eine gigantische Harmonika, die flach auf dem Deck lag, aus dem vorderen Ende des Schotts hervor. Die Abschussrohre waren unter dem Zucken der Eindämmungsfelder in ein schmieriges Blau getaucht. Die Meisten waren bereits hermetisch versiegelt und rote Lichter auf den zugehörigen Runenbildschirmen zeigten an, dass sie bemannt waren.

»Da ist einer.« Jalenghaal teilte die Standortinformation über die Klaven-Mannigfalt und ergänzte das Codepaket, indem er körperlich auf einen leeren Entertorpedo zeigte.

Thorrn setzte sich in Bewegung. Er war begierig darauf, an Bord und unterwegs zu sein. Er wurde aber von einer Sturmklave aufgehalten, die aus einer verborgenen Treppe auftauchte.

»Das war unserer«, knurrte der Veteran.

Die Krieger ignorierten ihn und marschierten in Zweierreihen im Gleichschritt wie primitiv programmierte Servitoren weiter, die eine Aufgabe zu erfüllen hatten.

»Clan Raukaan …«, sagte Jalenghaal. Mehr musste er nicht sagen.

Thorrn murrte weiter vor sich hin, während er an der Rampe entlangging, um ein anderes leeres Rohr zu finden. Die anderen Krieger bereiteten sich vor. Burr überprüfte nochmals seinen seriell wiederhergestellten, alten Bolter. Hugon passte die Gewichtsverteilung von Strontius' Laserkanone auf seiner Schulter an. Er war nicht ordnungsgemäß angepasst worden, um eine solche Waffe zu tragen. Sie war aber für die Klave zu so etwas wie einem Talisman geworden. Niemand hatte es in Worte gefasst, aber sie alle teilten die Abneigung, erneut ohne sie in die Schlacht zu ziehen. Hugons lange Haare mit den Haarbändern aus Stahl kennzeichneten ihn als einen alten Vurgaan, genau wie Stronos vor ihm einer gewesen war, und er behandelte die schwere Waffe mit einer Verehrung, die an wahre Zuneigung grenzte.

Jalenghaal vermisste Strontius nicht. Und auch nicht Borrg oder Lurrgol.

Fünf waren aber immer noch weniger als zehn.

»Hier«, rief Thorrn ihnen zu.

Jalenghaal warf einen Blick auf das Torpedorohr neben ihnen, während sich die Türen hinter der Sturmklave schlossen und der Runenbildschirm die Farbe änderte.

Rot für bereit.

»Gebt ihnen dreißig Sekunden«, sagte er. »Lasst Clan Raukaan den ersten Schlag einstecken.«

* * *

III

Die *Graue Gebieterin* war überbewaffnet und übermächtig, jedem Schiff ebenbürtig, das doppelt so groß wie sie selbst war. Als die *Allmacht* sie verfolgte, ergriff sie aber die Flucht. Die Eisenbarke fraß die Leere hinter ihr Stern um Stern und dekorierte ihre nähere Umgebung mit Geschossen aus den Goliath-Makrogeschützbatterien in ihrem Bug. Die Explosionen brachten ihre Schilde zum Beben. Keiner der Schüsse lag so nahe, als dass er sie mit einem Schlag hätte vernichten können. Die Eisenbarke war natürlich in der Lage dazu, wollte es aber vermeiden, die Hülle des Schiffs zu beschädigen. Die *Allmacht* war nicht darauf aus, sie zu zerstören. Sie trieb die *Graue Gebieterin* vielmehr vor sich her, hetzte sie und berechnete mit mehreren Billionen Rechenvorgängen ihrer Cogitatoren pro Sekunde und ihren schildzerstörenden, hochexplosiven Geschossen den Kurs des leichteren Schiffs für dieses voraus.

Dann feuerte die *Allmacht* Torpedos ab.

Deren Raketenantriebe zündeten und trieben sie vor dem Bug ihres titanischen Mutterschiffs wie einen Kugelhagel aus einer beweglichen Waffe her. In jedem steckte eine Klave der Iron Hands. Genügend, um ein Schlachtschiff mit zehntausend Seelen an Bord einzunehmen. Die Torpedos waren schneller als ein Abfangjäger des Typs Lightning bei voller Beschleunigung. Wegen der kolossalen Distanzen bei einer Schlacht in der Leere wirkten die Bewegungen aber wie in Zeitlupe. Es blieb daher genügend Zeit für die unmenschlich schnell Denkenden am Steuer der *Graue Gebieterin*, sie zu erfassen und Gegenmaßnahmen einzuleiten.

Das kleinere Schiff änderte ohne Vorwarnung scharf den Kurs. Die Torpedos, die von Steuermaschinengeistern an Bord gelenkt wurden, drehten hart bei und nahmen die Verfolgung auf.

Querab zum neuen Kurs der *Graue Gebieterin* lag ein Schlachtkreuzer der Orks, auf dessen nachtblau lackiertem Bug ausgezackte Zähne gemalt waren. Das schwerfällige Kriegsschiff schoss, sobald sie in Reichweite der Geschütze war, eine Breitseite auf sie ab. Einer der Torpedos ging in Flammen auf, aber der Rest jagte ihr weiter nach, flog abrupte Ausweichmanöver und stieß Gegenmaßnahmen aus. Das Orkschiff wurde riesengroß. Immer neue Beschusswellen rissen die vorderen Schilde der *Graue Gebieterin* ab, bis außer einigen Metern Adamantium nichts mehr zwischen ihrem Inneren und der Leere vorhanden war. Genau in diesem Moment drehte sie sich in einem komplizierten Manöver unter dem Bug des Kreuzers wie ein Taucher weg, der ins Wasser einschlug. Die Entertorpedos schlugen in den Kreuzer ein, bevor deren Cogitatoren reagieren konnten und trieben zwanzig bis dreißig Iron Hands in den Bauch des Orkschiffs.

Dann brachte die *Graue Gebieterin* ihre Triebwerke auf Volllast und beschleunigte weg.

Sie war schnell, aber die Kurswechsel und Ausweichmanöver hatten sie dieses Vorteils beraubt. Einen geraden Kurs zu fliegen war immer schneller, als einen, der im Zickzack verlief. Nun hatte sie eine Million Tonnen Metall zwischen sich und ihrem Verfolger. Nun konnte sie –

Der Orkkreuzer löste sich in seine Einzelteile auf, als die *Allmacht* durch ihn pflügte. Bug und Heck drifteten in etwa gleichgroßen Teilen davon. Nun flogen Stücke aus dunkelblauem Panzermetall und andere Trümmer vor dem Bug der Eisenbarke her.

Der Pilot der *Graue Gebieterin* verlor einige Sekunden ob des Schreckens des Opfers, in das die *Allmacht* soeben ihre eigenen Krieger verwandelt hatte.

Die Eisenbarke hingegen sprengte den Schlachtkreuzer mit ihren Geschützen von ihrer Hülle ab und startete eine zweite Welle Torpedos in die Leere.

IV

Mirkal Alfaran lehnte sich in seinem makellosen Kommandothron an Bord der *Unberührter Eifer* vor. Das Schiff der Iron Hands wurde in dem von vergoldeten Täfelungen eingefassten vorderen Sichtschirm langsam größer.

»Zeit bis zum Abfangpunkt?«

»Sieben Minuten.«

Der Leibeigene antwortete wie auf eine Herausforderung durch einen Ketzer. Er war empört. Dasselbe konnte man auch von der ganzen Besatzung behaupten. Während mehrerer, strapaziöser Stunden des verehrten Kampfes hatten sie vier Schiffe der Orks kampfunfähig gemacht und einige andere zerstört. Sie hatten sich erfolgreich gegen neunzehn separate Enterangriffe zur Wehr gesetzt, während denen Mirkal Alfaran persönlich das makellose Imperium des Imperators von einhundertdrei Xenosleben befreit hatte. Und sie hatten einen einzigen Hilferuf der *Schild des Gottimperators* gehört.

Der Anderthalbhänder *Gesalbte* lag auf seinen Knien. Die Klinge bestand aus einer Legierung aus Titanium und Gold, während ein schmaler Streifen aus geschärftem Adamantium der Waffe ihre marternde Schärfe verlieh. Orkblut verschmierte die eingelassenen Wörter der heiligen Texte. Seine Panzerhandschuhe kratzten über die Parierstange und um die breite Klinge. Sie ballten sich unter dem Einfluss eines verzehrenden und vom Imperator gegebenen Zorns.

»Gelobt sei der Imperator«, murmelte er zu sich selbst. Anschließend rief er lauter: »Lasst es den Himmel wissen! Gelobt sei der Imperator!«

»Sie haben ihren Kurs nicht angepasst, um auf unsere Annäherung zu reagieren« sagte der Leibeigene. »Es scheint, dass ihr Auspex eng gebündelt auf ein anderes Schiff gerichtet ist.«

»Gelobt sei der Imperator!«

»Freigabe zur Waffenaufschaltung?«

»Nein, mein Kind. Diese Apostaten sind Söhne und Töchter des Imperators und sie verdienen die Vergebung des Imperators.«

Er setzte das Schwert mit der Spitze auf dem Boden auf, genau in eine Spalte zwischen zwei Deckplatten, und stand auf. Seine weiße Schlachtrüstung war blutverschmiert, die Verschlüsse und das *Pinnis Angelus*, das tapfer zu flattern versuchte, waren vom Blut verklebt. Sein Energieerzeuger summte seinen Willen weiterzumachen. Immer weiter. Er starrte auf das glühende Achterdeck des Schiffs der Iron Hands, das auf dem Sichtschirm zu sehen war.

»In Teleporterreichweite bringen.«

V

»Still halten!« Cullas Mohr fluchte, als seine Handsäge seitlich über Rauths Bein rutschte.

»Ich halte still.« *Das Schiff bewegt sich, nicht ich.*

Als ob sie beweisen wollte, dass er recht hatte, erbebte die *Graue Gebieterin* und schüttelte den kleinen Medicaebereich wie gezogene Zähne in einer Tasse. Mohr richtete seine Säge auf halber Höhe von Rauths Schienbein ruhig neu aus. »Was glaubt Ihr? Orks oder Iron Hands?«

Ich hoffe, es sind Orks. »Spielt das eine Rolle?«

Der Apothecary sah ihn an, während seine gepanzerten Schultern im Rhythmus der Einschläge auf den Schilden zuckten. »Ich hoffe auch, dass es Orks sind.«

»Schneiden oder nicht schneiden.«

Mohr lehnte sich mit einem ärgerlichen Grunzen vor. Das war etwas, das Rauth ob seiner medusanischen Selbstherrlichkeit nicht verstand. Die Diamantitzähne der Handsäge durchtrennten bei jeder Bewegung des Arms des Apothecary mühelos das dichtgepackte Gewebe aus Armaplast. Rauth streckte sein Kinn vor und sah zur Seite. *Wer hätte gedacht, dass ein beschädigter Lumen so interessant sein könnte?* Ein weiteres Zittern des Schiffs brachte einen konsonantenreichen Fluch über Mohrs Lippen.

Rauth biss sich auf seine eigenen. *Sagt mir nicht, dass ich stillhalten soll.*

Bevor dieser das tun konnte, begann der Voxstecker in der Halsberge des Brazen Claws zu knistern.

»Enterkommandos achtern.« Die keuchende Stimme gehörte Ymir. »Sorgt dafür, dass ich nicht allein gegen alle kämpfen muss, Cullas.« Bis jetzt war er gezwungen gewesen, die Ereignisse wie ein Tier in einem Käfig vom Orbit aus zu betrachten, und das hatte den Wolf ungeduldig werden lassen.

Die Iron Hands werden ihm das austreiben. Wenn es Iron Hands sind. Rauth verzog das Gesicht. *Es sind sicher Iron Hands.*

»Ich sollte dabei sein«, sagte Rauth.

Mohr stieß ein unverbindliches Knurren aus und arbeitete weiter an dem Bein.

»Ich weiß, wie man gegen meinesgleichen kämpft.«

Der Apothecary warf ihm einen schnellen Blick zu, mit dem er zum Ausdruck brachte, dass er voll und ganz verstand, womit sie es zu tun hatten. »Fertig.« Er riss die starre Manschette aus Armaplast von Rauths Knöcheln.

Der Fuß sah furchtbar aus. Hautfetzen hingen von der Stelle, wo der Bohrer des kybernetischen Ghuls auf Callivant sich beinahe am Fußansatz durch den Knochen gebissen hatte. Der Stiefel, in dem der Fuß jetzt nicht mehr steckte, gab einen säuerlichen, milchigen Geruch von sich, der absolut ungesund roch. Eine dunkle Färbung kroch langsam in die Spitzen seiner Zehen. *Er muss amputiert werden. Er hätte das schon längst tun sollen.* Mohr, so hilflos er auch sein mochte, beharrte jedoch auf seiner Meinung, dass der Fuß gerettet werden konnte. Die Rüstung war jedoch am Ende.

Der Apothecary sprühte die bleiche Gliedmaße ein, wickelte mehrere Lagen Verbandmaterial darum und schob dann einen Austauschstiefel aus Carapax darüber. *Etwas sperrig, das Ganze.* Rauth setzte sich auf dem Operationstisch auf und belastete den Fuß etwas. *Beim Fleisch des Vaters, das tut weh.* Er warf einen Blick auf den Operationstisch neben ihm. Darauf lag flach ausgestreckt Captain Harsid. Er trug noch immer seine zerstörte Rüstung. Es war keine Zeit gewesen, sie zu entfernen. Sein Fleisch war vollständig von einer undurchdringlichen SusAn-Membran umgeben. Er würde ohnmächtig überleben, bis die Schlacht geschlagen war. *Also wahrscheinlich für immer, es sei denn Kristos gewährt ihm ein schnelleres Ende.* Er dachte einen Moment darüber nach. *Es könnte schlimmer sein.*

»Die Polsterung im Stiefel sollte die schlimmsten Schmerzen lindern«, sagte Mohr.

Das Bein am Knie zu amputieren würde das auch. »Würde ein Brazen Claw Euch danken?«

»Kann man nie sagen.«

Mohr trat beiseite und legte die Handsäge in eine Enamelschüssel, bevor er seine Pistole aus seinem Magholster zog. Rauth hinkte mit einem düsteren Blick hinter ihm her. Sie prallten direkt mit Yeldrian zusammen.

Er war sich nicht sicher, ob der Autarch im Gang auf ihn gewartet hatte oder einfach nur ausgerechnet zur falschen Zeit aus der anderen Richtung gekommen war. *Ich vermute Ersteres.*

Der Eldar hielt seinen kannelierten Helm unter dem Arm. Das Gesicht, das sonst darunter verborgen war, war beinahe menschlich, auch wenn die Proportionen etwas abwichen. *Soweit ein Satz reeller Zahlen ein Imperium aus Transhumanen, Abhumanen und zehn Millionen Welten erfassen kann.* Es war zu lang und zu schmal. Die Wangenknochen und Stirn etwas zu hoch. Die großen ovalen Augen lagen einen Millimeter zu weit auseinander.

Der Ausdruck der Anspannung ist jedoch einer, den ich noch nie so menschlich gesehen habe.

Ein gequältes Stöhnen ächzte von Achtern aus dessen Rückgrat entlang durch das Schiff. Mohr und Rauth fielen übereinander und in die mit Holz vertäfelten Wände des Gangs.

Yeldrian schwankte nur wie ein Grashalm in einem Lufthauch.

»Geht zu Ymir«, fauchte der Eldar Mohr an. Er war es eindeutig gewohnt, Befehle zu geben, und deutete mit einem Kopfzucken den Gang entlang. »Haltet sie von der Brücke und von den Triebwerken fern.«

»Und der Frachtraum?«

Der Autarch stöhnte, als wäre er beunruhigt darüber, dass es so weit gekommen war. »Ich werde mich darum kümmern.«

Der Apothecary salutierte steif in der Weise, die Krieger verwenden, wenn sie davon ausgehen, dass es ihr letzter Gruß sein würde, und sprintete den Gang hinunter.

Rauth lehnte sich gegen die Wand und betrachtete den Eldar. *Jetzt weiß ich, was du bist, Xenos. Du musst schon mehr zeigen, um mich so zu beeindrucken wie Mohr.*

»Es gab einst eine Inquisitorin namens Talala Yazir«, sagte Yeldrian, der ihn mit seinen klugen, fremdartigen Augen studierte.

»Wir sind einander mehrmals zur Hilfe gekommen, wenn die Interessen von Alaitoc und des Imperiums dieselben waren. Nach Morgenrot bin ich erneut zu ihr gegangen.«

»Ich dachte, die Eldar hätten Morgenrot gesäubert.«

»Ihr wart Eindringlinge auf einer Welt, die euch nicht gehörte«, sagte Yeldrian, der plötzlich eiskalt wirkte. »Außerdem hat Kristos etwas mitgenommen, das dort hätte vergraben bleiben sollen, bis das Universum erlischt und der letzte Zyklus zu Ende gespielt wurde. Yazir verstand das, auch wenn es bedeutete, dass sie mit mir gegen Leute wie Euch arbeiten musste. Morgenrot war aber schon vor sehr langer Zeit. Sie starb, so wie es Menschen meistens tun.« Er zuckte mit seinen schlanken Schultern und seine Gefühle verflogen so schnell und abrupt wieder, wie sie gekommen waren. »Ich habe ihren Namen am Leben erhalten, um zu Ende zu bringen, was wir gemeinsam begonnen hatten. Harsid war nicht der Erste, den ich rekrutiert habe. Anfangs waren sie alle skeptisch. Aber genau wie Yazir haben alle verstanden.«

Ein Zittern lief durch die Deckplatten, die unter dem üppigen, blaugrünen Teppich verborgen waren. Der Eldar machte auf dem Absatz kehrt und ging schnell davon. »Kommt. Ich brauche Euch an meiner Seite. Euch und Euren Bruder.« Ohne weiter darüber nachzudenken folgte Rauth ihm. Sein Schutzstiefel trommelte einen regelmäßigen Kontrapunkt zu den sporadischen Bolterschüssen und dem gequälten Klagen der Schiffshülle. »Ich hatte gehofft, das Gerät wieder zu meinem Volk zu bringen. Kristos ist aber auf eine Art gerissen, die man nicht in Worte fassen kann. Er hat die *Ryen Ishanshar* und damit unsere beste Möglichkeit zerstört, das Weltenschiff zu erreichen.« Er schüttelte zornig den Kopf. »Wenn Morai-Heg entschieden hat, dass mein Weg hier endet, dann wird er hier enden. Es gibt hier im Callivant-System einen Zugang zum Netz der Tausend Tore. Wenn wir ihn erreichen, können wir das Gerät zumindest dem Labyrinth des Vergessens anvertrauen. Sogar Kristos wäre nicht so verrückt, es dort zu suchen.«

»Warum zerstören wir es nicht einfach?«

Der Eldar seufzte ob des Überdrusses der Zeitalter, die er bereits erlebt hatte. »Kinder. Ihr glaubt, dass alle Problem des Universums mit einem Knüppel zu lösen sind.«

»Befremdliche Worte für einen Krieger.«

»Ich bin einst dem Weg des Kriegers gefolgt. Der Krieger kämpft, weil er es muss, wann er muss, aber nie, weil es ihm danach verlangt. Denn so verliert ein Krieger.«

Rauth runzelte die Stirn und betrachtete die Schnitzereien an den Wänden. »Eigentlich haben wir in der Tat einen ähnlichen Verhaltenskodex.«

»Ich weiß.«

Die *Graue Gebieterin* war kein großes Schiff. Nach nur wenigen Minuten, die sie in der Geschwindigkeit des Eldar gegangen waren, erreichten sie eine kleine Kammer, die wie ein schlanker Diamant geformt war. Die verkleideten Wände und die Rokokodecke waren *anscheinend* auserlesen, aber durch den Durchgang von Gütern doch andeutungsweise abgenutzt. Zwei etwas breitere Gänge führten von den Punkten an der Steuer- und Backbordseite in Richtung der jeweiligen Buchten für die Landefähren. In ihrem früheren Leben als Vergnügungsjacht eines Handelsprinzen hatte die *Graue Gebieterin* alles Mögliche transportiert: wertvolle Kunstwerke und religiöse Artefakte, Kriegsbeute und ehrlich erworbene Güter, *Shak'Ora*-Kaviar und *Ky'Usha* aus dem Imperium der Tau, seltene Manuskripte von verlorenen Welten und sogar einmal ein STK-Fragment für ein besseres Walzmuster für den Bau von Raupenketten. Die Beschränkungen, die ihre verbesserten Triebwerke, Schilde, Auspektorien und Waffen dem zur Verfügung stehenden Raum aufzwangen, stellten sicher, dass nur außergewöhnlich hochwertige Fracht an Bord kam.

Ich bezweifle, dass Hypurr Maltozia XCIII jemals etwas so heiß begehrtes oder Gefährliches an Bord hatte, wie Yeldrian jetzt.

Yeldrian ging zu den Türen, die zum Frachtraum führten. Sie verschwammen vor Rauths Augen. *Ich war schon einmal hier.* Er erinnerte sich. Die Erinnerung war aber mit anderen vermischt, wie Zucker und Milch in einem milchigen Rekaff. *Ich sehe einen hohen und schmalen Kuppelhelm, der wie geschnitztes Elfenbein* kanneliert und mit Aquamarinen am Halsansatz und einem getönten Visier ausgestattet ist. Yeldrian hatte noch nicht bemerkt, dass er ihm nicht mehr folgte. *Es ist nicht Yeldrian.* Er kniff seine Augen zusammen und versuchte, sich auf die Türen zu konzentrieren, als könne er sie allein mit der Kraft seines Willens aufsprengen. *Ich erinnere mich nicht daran, die Technologie an Bord gebracht zu haben. Ich erinnere mich nicht, sie verstaut zu haben. Ich erinnere mich nicht, sie hergeflogen zu haben. Ich erinnere mich nicht, sie bei Draevark abgeholt zu haben. Was also habe ich zu dieser Zeit getan?* Er schwankte vorwärts und diesmal drehte Yeldrian sich um. Er drückte einen Finger auf seine Oberlippe und zog ihn blutverschmiert wieder zurück. *Wie oft ist mir das hier bereits widerfahren?* Was hatte Yeldrian ihm gesagt, als er sich noch als Yazir ausgegeben hatte?

»Ich muss jederzeit entweder Euch oder Khrysaar unter Cullas' Beobachtung haben.«

Aber es war nicht Mohr, nicht wahr. Warum habe ich mich nie damit auseinandergesetzt, wer dieses verdammte Schiff für Yeldrian fliegt?

Er starrte Yeldrian an und seine Augenlider zuckten. »Wo ist mein Bruder?«

»Im Inneren.«

»Er ist dort nicht allein, nicht wahr?« Rauth erinnerte sich glasklar daran, wie Yeldrian Draevark konfrontiert hatte, bis der Eisen-Captain unerwartet kapituliert hatte. Dennoch erlaubte es der Autarch, dass Rauth ihn an seiner juwelenbesetzten Rüstung packte und zu sich zog. »Was habt Ihr mit uns angestellt?« Die Fersen des Eldar verließen den Boden. »Warum habt Ihr uns wirklich von Thennos hierher gebracht?«

Das harte Bellen von Bolterschüssen ertönte und Rauth sah mit einem Knurren auf.

Apothecary Mohr fiel, als sei er gestoßen worden, aus einem Durchgang, der parallel zu dem Gang verlief, den Rauth benutzte, und krachte in die vertäfelte Wand auf der Backbordseite des Frachtkorridors. *Wie wenn er von einem ganzen Magazin gestoßen worden wäre.* Sein Bauchpanzer war nur noch eine Ruine aus massereaktiven Kratern. Noch bevor der Widerhall der Salve verklungen war, rutschte er an der Wand herunter. Ein Iron Hand tauchte aus dem Durchgang auf und trat über den Apothecary, als handele es sich dabei um eine Falte im Teppich. Seine Rüstung war wenigstens so schwer misshandelt wie die von Mohr. Aber er war noch auf den Beinen und sah aus, als könnte er noch Schlimmeres überstehen. Zwischen den Boltereinschlägen waren die Symbole des Clans Garrsak und die Markierungen eines Sergeants erkennbar.

Rauth sah zu, wie er eintrat, und hielt Yeldrian dabei in einer bizarren Umarmung an sich gedrückt. Dann trampelten vier weitere Krieger ihrem Sergeant roboterhaft hinterher. Der Letzte trug eine Laserkanone.

Ich dachte, die Deathwatch würde sie länger aufhalten. Lydriik hat ihre Qualitäten offenbar überschätzt.

»Ich werde Euch alles erzählen.« Yeldrians Blick bohrte sich in Rauths Augen. Er konnte die fremdartige Süße im Atem des Eldar riechen. »Es bleibt noch Zeit vor unserem Tod, um zu lernen, dass Ihr mir vertrauen könnt.«

Rauth bleckte seine Zähne. *Vertrauen.* Er öffnete seinen Mund, um zum ersten Mal in seinem Leben etwas dessen preiszugeben, was er wirklich dachte, als er das Zirpen wahrnahm, das aus dem Sprungmodul des Eldar kam. Er sah nach unten. Seine Hände hielten Yeldrians Rüstung immer noch fest gepackt. Als wären sie dort magnetisch verankert. Er konnte sich nicht von ihm trennen.

Das Geräusch, das schließlich aus seinem Mund kam, war ein unterdrückter Schrei. Das explosive Brüllen des Bolters des Sergeants der Garrsak ertönte in einem anderen Universum, als ein Netz dunkler Energien aus der Kriegsrüstung des Autarchen brach und sie beide mit sich zog.

VI

Jalenghaal ließ seinen Bolter durch die nun leere Kammer streichen und ging an die Stelle, wo die beiden gestanden hatten.

Er drehte sich langsam auf der Stelle und suchte nach Auspexspuren.

»Kurzstreckenteleporter«, sagte Burr.

»Warpspinne«, sagte Jalenghaal. Er hatte die Technologie nie zuvor selbst in Aktion erlebt, aber seine Rüstung verfügte über Erfahrungen, die mehrere Tausend Jahre weiter zurückreichten. Sie erkannte die Spuren.

»Da war ein Scout der Iron Hands bei ihm«, sagte Burr.

»Bestätigt.«

Jalenghaal hatte an zu vielen Scharmützeln über Ressourcen, Rachefeldzügen und ausgewachsenen Clan-Kriegen teilgenommen, um deshalb übermäßig beunruhigt zu sein. Medusa lehrte einem Mann, die eigenen Interessen zu verteidigen. Keiner passte auf sich selbst und die Mitglieder des Clans mit derart blinder Beharrlichkeit auf wie die Garrsak. »Die Missionsziele sind unverändert. Frachtraum besetzen, Fracht sichern, jeden töten.«

»Ausführung.«

Jalenghaal blieb noch einen Augenblick lang unbeweglich stehen, und wartete den Ablauf des Zeitschwellenwerts ab, den seine Systeme für einen Blitzsprung per Warpspinne errechnet und als Countdown auf seiner Helmanzeige eingeblendet hatten. Ein erschütternder *Knall* erklang, als Thorrn zurückging und ein Boltgeschoss durch den Helm des Apothecary jagte, den sie zerstört im Durchgang zurückgelassen hatten. Der Krieger war zur Hälfte ein Iron Hand gewesen und es war unklug, Vermutungen über seine Langlebigkeit anzustellen. Der Schuss hallte in der engen Kammer nach, aber nichts Tödlicheres als das tauchte auf. Der Eldar war verschwunden.

Jalenghaal verankerte seinen Bolter an seinem Oberschenkel und ging zu den Türen.

Holzvertäfelungen und vergoldete Malereien verbargen zwei Platten aus dickem Plaststahl und eine sägeblattartige, vertikale Schließfuge. Extrem strapazierfähig für ein ziviles Fahrzeug, aber weitaus weniger beeindruckend als die Türen, die an Bord der *Schild des Gottimperators* zur Brücke führten. Mit seinen Fäusten und den Ellbogen schlug Jalenghaal das Holz von einer Seite der Fuge und legte seine Panzerhandschuhe auf das Metall. Er aktivierte die Magnetarretierungen in seinen Handflächen, die sich daraufhin an die Tür saugten. Er drehte sich zu Burr, der gerade dabei war, die Täfelung auf der anderen Seite der Fuge zu entfernen.

<Countdown mit Dauer von drei Sekunden einleiten>, gab er im Kampfjargon durch.

<Protokoll erhalten>, erwiderte Burr.

Ein numerischer Countdown blitzte in ihren beiden Helmen auf.

<3. 2. 1.>

Gleichzeitig warfen die beiden Iron Hands ihre gesamte Stärke gegen die Türen. Sie öffneten sich mit dem Kreischen von verbogenem Metall. Huron trat zu ihnen, um sie aufzustemmen. Die Laserkanone hing an ihrem Energieschlauch zwischen seinen Knien, während er seine Arme wie ein Strommast ausbreitete. In einer fehlerlosen Choreografie lösten Jalenghaal und Burr ihre Bolter, duckten sich unter den ausgestreckten Armen ihres Bruders hindurch und rückten in die Kammer vor. Karrth und Thorrn folgten ihnen ins Innere. Die Tür schloss sich, als Huron die Türflügel hinter sich wieder zuschlagen ließ.

Es war dunkel.

Die spektralen Abtastungen färbten Jalenghaals Linsen mit Rottönen, die durch das blaue Spektrum bis hin zu tiefem Violett und Kurzwellenfrequenzen jenseits davon liefen. Nichts wurde aufgefasst. Jalenghaal spürte, wie seine Haut zu kribbeln begann. Es war die Art Unbehagen, die in keinem Zusammenhang mit der verfügbaren Hautoberfläche stand.

»Lumen.«

Er sprach den Befehl aus, anstatt ihn im Kampfjargon durchzugeben. Der Klang der eigenen Stimme war ihm in der Dunkelheit auf seltsame Weise willkommen.

Lichtstrahlen bahnten sich einen Weg aus den Lumenstrahlern der Klave wie die Tentakel eines biolumineszierenden Kraken aus. Sie huschten über das schablonierte Metall einer Transportkiste in der Standartausführung des Departmento Munitorum.

Jalenghaal richtete seinen Strahl nach oben. Hunderte solcher Kisten waren vom Boden bis an die Decke übereinandergestapelt und bildeten ein Labyrinth aus zeitlich beschränkten Durchgängen, die immer tiefer in den Frachtraum führten. Seine Abtastung mit dem Auspex kam zu ihm zurück und zeigte ihm eine Nullrune an. Irgendetwas blockierte sie. Er richtete seine Sinne auf die Etiketten, die in Binärsprache auf den Transportkisten angebracht waren, ihre Geheimnisse allerdings ebenfalls nicht preisgaben.

Der Kistenstapel flackerte wie ein instabiles Hololith und sprang einen Zentimeter nach rechts. Jalenghaal klopfte mit seinen Knöcheln auf die Seite seines Helms und schüttelte den Kopf.

»Systeme sind kompromittiert«, knurrte Thorrn, der denselben Drang verspürte, laut zu sprechen. Jalenghaal fühlte sich ob der geteilten Schwäche nicht wirklich besser.

»Bestätigt.«

»Bestätigt.«

»Bestätigt.«

Huron, Karrth, Burr.

»Xenos-Gegenmaßnahmen«, sagte Jalenghaal. »Holofelder und Psibarrieren. Die Missionsbefehle sind unverändert.«

»Unvorhergesehen«, sagte Thorrn. »Wir sollten uns zurückziehen und die Berechnungen neu eingeben.«

Jalenghaal wollte nichts lieber, als ihm zuzustimmen. »Negativ. Die Missionsbefehle sind unverändert.«

Die Dunkelheit hatte Gewicht. Jalenghaal konnte sie auf seiner Rüstung spüren wie den Druck von zehn Kilometern leeren Ozeans. Der Lichtstrahl aus seinem Lumen bog sich, als würde sich das Raumgewicht des Materiums vergrößern, je weiter er sich von seiner Quelle entfernte. Drei Zielerfassungsmarkierungen zuckten ziellos umher und Systemaktualisierungen erzeugten ein einfältiges Ticken in seinen Ohren. Plötzlich wurde er sich seiner Atmung bewusst. Gleichmäßig. Mechanisch. Laut im Inneren seines Helms. Ein Druck lag auf seiner Brust, als wäre der eiserne Kern, wo sein Herz einst geschlagen hatte, unter dem eigenen Gewicht zusammengebrochen und würde den Stahl und das Fleisch seines Brustkorbs verschlingen. Er fühlte das Unbehagen seiner Brüder. Das Gefühl erfüllte die Verbindung der Klave und jeder der Krieger fügte sein eigenes bisschen Gift zum Wasser hinzu.

Aus dem Irrgarten der Transportboxen erklang ein Geräusch. Ein Schritt. Plastek auf Metall.

Jalenghaal führte eine neue Abtastung durch. Erneut erschien eine Reihe von Fehlermeldungen auf seiner Anzeige, aber er konnte *spüren*, dass der Feind sich näherte. Seine Systeme logen ihn an. Irgendein Trick der Technomagie der Eldar hatte sie übertölpelt. Er riss seinen Bolter in die Höhe und starrte auf die schwere Waffe, als verfügte sie über das Gewicht einer ganzen Welt. Es war …

… erschütternd.

»Das Fleisch ist schwach«, sagte Burr zögernd, so als hätte er das Mantra bereits einmal gehört, vor langer Zeit, und es jetzt erst verarbeitet.

»Rückzug«, beharrte Thorrn erneut.

»Sie kommen«, sagte Jalenghaal und trat einen Schritt zurück. »Auf Sichtkontakt warten.«

»Kontakt!«, schrie Karrth und schoss Jalenghaal in den Rücken.

>>> INFORMATIONELL >> DAS NETZ DER TAUSEND TORE

Dieses unglückliche Idiom bezieht sich auf die Korridore der Eldar durch den Hyperraum, die unter, durch oder parallel [DIE GENAUE GEOMETRIE IST UNBEKANNT] zu der Substanz des Empyreums verlaufen. Der Durchgang durch dieses ›Netz der Tausend Tore‹ kann um ein Vielfaches schneller sein als konventionelle Reisen durch den Warp, obwohl die offensichtliche Notwendigkeit für einen aktiven Austrittspunkt innerhalb eines im Unterlichtflug erreichbaren Ausgangs- oder Zielpunkts die Reichweite der Armeen der Eldar erheblich einschränkt. Aus unbekannten Gründen vermeidet diese Spezies um jeden Preis Reisen durch den Warp, obwohl sie durchaus in der Lage dazu wären.

* * *

VII

Mirkal Alfaran hielt seine Klinge bereit und stand auf dem Appellplatz im vorderen Teil der Kathedralenbrücke. Die Elitekrieger der Wachsamen umringten ihn. Ihre weißen Rüstungen waren unter dem Blut der Xenos makellos und sie waren wie Seelenverbundene mit Breitschwertern bewaffnet, die mit Namen und Historien geschmückt waren, die so lang und alt wie die der *Gesalbte* waren. Sie hatten ihm ihre Schwerter und Seelen gelobt und versprochen, seinen Tod zu bekunden und ihn mit einem aus ihren Reihen zu ersetzen, wenn es so weit kam.

»Wir sind in Teleporterreichweite«, rief ein Leibeigener mit einer kräftigen Stimme.

»Mein Lord!«, schrie ein anderer. »Ich erfasse –«

»Der Imperator beschützt«, brüllte Alfaran.

»Der Imperator beschützt«, sangen die Wachsamen gedämpft.

»Aber –«

»Teleportation einleiten.«

VIII

Artex sah über einen der spartanischen Sichtschirme der *Feingehalt* zu, wie das Schiff der Orks zerbrach, mit dem sie sich seit annähernd zwanzig Minuten ein Gefecht lieferten. Er wartete auf den Freudentaumel, der sich aber nicht einstellte. Darauf konnte er stolz sein. Dieses Gefühl brachte die nur schwer zu entfernenden Reste seines Fleisches dazu, nach der Aufmerksamkeit von Chaplain Braavos' Skalpell zu verlangen. Der Bug des Kreuzers verlor nach der letzten Salve der *Feingehalt* an Substanz und Spannungsbrüche breiteten sich über den Rest der Aufbauten aus. Das Kriegsschiff zerlegte sich mit einer überraschenden Geschwindigkeit in seine Einzelteile. Dies hier war Wahrheit. Dies war Schwäche in Aktion.

»Kanonenschiffe zurückbeordern.« Diejenigen, die Draevark ihm zurückgelassen hatte. »Reserveenergie von den Waffen ableiten und eine Auspexabtastung vornehmen. Neues Ziel erfassen.«

»Aye, mein Lord.«

Ein unbemanntes System gab einen eindringlichen Piepton von sich. Der nächststehende Leibeigene rannte zu dem System. Weniger Besatzungsmitglieder als sonst üblich waren auf ihren Posten.

»Energieschwankungen«, sagte der Mann, dessen pockennarbiges Gesicht von unten angestrahlt wurde, als er die Informationen auf der Runenanzeige ablas. »Vor unserem Bug befindet sich ein weiteres Schiff. Sie –«

Sein Kopf verließ seine Schultern, bevor er den Satz zu Ende bringen konnte. Eine lange, glitzernde Klinge enthauptete ihn bereits, während sich die vergoldete Kante noch aus dem Äther materialisierte. Der Körper fiel um und wurde von einem Hospitaller in einer barocken, weißen Servorüstung zu Brei getrampelt.

Weitere Space Marines platzten inmitten von Ausbrüchen aus Warpmaterie und Blut in den Raum. Die *Feingehalt* hatte noch nie über eine große Besatzung verfügt und sie war jetzt wegen der Schlacht in der Leere und dem Einsatz auf dem Planeten noch weiter dezimiert. Den Hospitallers widerstand sie gerade einmal eine Sekunde lang.

Artex passte die Auswahl seiner Pistole per Nervenlink auf vollautomatische Schussfolge an. Er zielte auf den ersten Hospitaller, der erschienen war, und eröffnete das Feuer.

Die Klinge des Hospitallers verschwamm und der Krieger schlug damit die Geschosse beiseite, die in den Wänden und Konsolen der Brücke detonierten. Eines prallte in gerader Linie ab und riss die Pistole mit einer Explosion aus Artex' Hand, die den Stahl singen ließ. Augmentierte Sehnen zogen sich zusammen und öffneten sich wieder. Seine Cogitatoren bezeichneten den Vorfall als höchst unwahrscheinlich. Mit einem mechanischen Knurren griff er mit seiner Psi-Axt an. Der Hospitaller parierte und blieb unfehlbar ruhig, während sein Schwert um ihn wirbelte. Ein schneller Schlagwechsel endete, als Artex' Axt sich zehn Zentimeter tief in seinen eigenen Oberschenkel bohrte. <Unwahrscheinlich>, folgerte sein Cogitator, als ein Knaufrubin der Größe einer gepanzerten Faust seinen Helm aufbrach und er zu Boden ging.

Der Hospitaller wirbelte seine Waffe zunächst mit beiden, dann nur noch mit einer Hand herum, als würde er eine *Waffenkata* ordnungsgemäß zu Ende bringen. Er brachte sie mit der Spitze nach unten auf das Deck, ohne dabei auch nur einen Kratzer zu erzeugen. Er folgte seiner Klinge mit einem Knie auf die Deckplatten und neigte seinen kahlen Schädel.

»Wo ist Galvarro?«, flüsterte er.

Artex zog verbittert an seiner Axt. Er konnte sie nicht aus seinem Oberschenkel ziehen. »Der Seneschall? Was hat das mit mir zu tun?«

Der Hospitaller blickte auf. Sein Gesicht war weiß gepudert und wirkte wie ein menschlicher Schädel. Die mit Kajal umzogenen Augen blickten ihn dunkel und zornerfüllt an. Seine Rüstung war weiß wie glühender Stahl. Die goldenen Intarsien und flatternden Sakramente waren mit Blut beschmiert, das sowohl von Menschen als auch von anderen Wesen stammte. Die von Hand gefertigte Aquila drehte sich an Fäden wie eine Leiche, die von einer Marmorfestung baumelte. In seinem Ohr steckte ein einzelner goldener Ring, der mit einer blutverschmierten weißen Feder verziert war. »Wisst Ihr, wer ich bin?«, fragte er.

Artex nahm seine Hand von der Axt. »Ordensmeister Alfaran.«

Der Krieger nickte. »Wo ist Galvarro?«

»Nicht hier.«

»Und dennoch ist es Euer Kanonenschiff, das in meinem Hangar steht, und meine Soldaten berichten mir, dass es Eure Krieger waren, die gekämpft und meine Brücke erobert haben. In der Tat habe ich in ihren Vidaufnahmen den Offizier erkannt, der mit Kristos auf Fabris Callivant gewesen war. Und war es nicht zudem Euer Captain, der mitten in einem heiligen Krieg ein Abkommen ausgeheckt hat, um einen Schrein des Adeptus Mechanicus zu schänden? Kristos hat mir alles berichtet. Selbst in diesem Augenblick verfolgt er die Schänder.«

Artex' Cogitator kapitulierte vor der Aufgabe.

<Unwahrscheinlich. Fehler.>

»Sind das die Taten unschuldiger Menschen?«, fragte Alfaran.

Artex sah den Hospitaller an. »Es gibt keine unschuldigen Menschen.«

Alfaran ließ den Kopf hängen. »Wir leben in einem äußerst frevelhaften Zeitalter. Doch vor der Morgenröte ist es am dunkelsten. Eines baldigen Tages wird er wieder unter uns wandeln.« Ordensmeister Alfaran legte sein Schwert ehrfürchtig auf das Deck und nahm Artex' Kopf in seine Hände. Ceramit berührte in einem stillen Kuss Ceramit. Die Augen des Hospitallers schienen sich zu weiten und der Kajalrand sich auf den Umfang von Artex' unmittelbarem Universum auszudehnen.

»Artex, zweiter Sergeant des Clans Garrsak der Iron Hands: Lasst mich Euch sagen, wo und wie Ihr sterben werdet.«

IX

Der Krieger fühlte sich anders.

Er konnte wieder sehen. Die Welt wurde ihm auf einem Sechskantgitter dargestellt und mit gelbgrünen Echos und runischen Beschreibungen übermittelt. Anstatt seines Geruchssinns gab es nichts. Tastsinn, nichts. Geschmackssinn, nichts. Sein Gehör war wie ein weit entferntes Klagen, das irgendwie mit seinem Sehsinn verbunden war. Geräusche manifestierten sich wie schlangenartige Spiralen von ihrer Quelle.

Und dennoch ließ ihn das völlig kalt.

Alles, was er einst gewesen war, war immer noch vorhanden. Er erinnerte sich, wie er als gewalttätiger Jüngling auf den Hochebenen von Skerath in den Clan Raukaan rekrutiert worden war. Das Massaker von Skarvus. Die Schande. Die Säuberungen, die folgten. Er erinnerte sich daran, wie er sich als Erster freiwillig für die zerebrale Neukonditionierung gemeldet hatte. Die Qualen. Dann der Friede.

Das alles schien jetzt nicht mehr besonders wichtig zu sein.

Er war ein Krieger.

Eisern.

<Steht auf, Telarrch>

Der Befehl erschien in Form von Binärsprache auf seiner Sechseckanzeige. Gleichzeitig verankerten sich ein Dutzend vokale Signifikanten tief in seinem Verstand. <Diese Stimme hat Autorität>, drückten sie aus. <Dieser Stimme muss gehorcht werden.> Schweigend, denn seine Sprechwerkzeuge waren, zusammen mit dem Willen zu sprechen, verloren gegangen, tat der Krieger, wie ihm befohlen worden war. Uralte Servomotoren setzten sich in Bewegung, bezogen zum ersten Mal seit zehntausend Jahren Energie. Und der Krieger stand auf.

<Ihr habt eine Mission>, befahl Eisenvater Kristos.

KAPITEL SIEBZEHN

»*Neuer Plan.*«

– Melitan Yolanis.

I

Melitan drückte sich an die Wand, als die Skitarii das Feuer eröffneten. Servitor-Kugeln und Energieblitze peitschten durch die leicht bewaffneten Adepten in Roben, die durch die Sicherheitsportale vor ihnen strömten. Jemand schrie »Weiter!« und eine Welle der improvisierten Soldaten, die Platten aus verstärktem Glas als gleichermaßen improvisierte Breschenschilde trugen, kletterten über die Toten und in das feindliche Feuer. Sogar hier, zu Füßen der Thronwelt des technotheokratischen Imperiums des Mars, und in diesem Zeitalter, wurden Belagerungen von denjenigen durchgeführt, die über genügend willige Narren verfügten, sich als erstes in eine Bresche zu stürzen.

Ein Vernichtungsstrahler sog sich mit Energie voll und atmete sie dann wie das Seufzen der Maschinellen Dreifaltigkeit aus.

Die Strahlwaffe war dafür bekannt, dass ihre Energie sich auf größere Reichweite schnell verflüchtigte. Aber auf eine Entfernung von fünfzehn oder zwanzig Metern würde sie sogar ein

Loch in ein Raumschiff schlagen. Die Sicherheitskammer war nur zwanzig Meter lang. Als der Strahl verblasste, war von der ersten Welle nichts mehr übrig als schimmernde Hitze und eine rosafarbene Verfärbung der ausgeschalteten Sicherheitsbildschirme.

Eine Adeptin schrie, als ihr Fuß bis zum Knöchel in die noch immer geschmolzene Schlacke der Deckplatten versank. Das Schlimmste, was sie unter diesen Umständen hätte tun können, war hinzufallen. Wenn aber jemand das Recht hatte, kurz in Panik auszubrechen, dann war sie es. Die Adeptin warf sich in der Lache aus kochendem Stahl umher, bis genug von ihr sublimiert worden war, damit der Rest unter die Oberfläche sinken konnte. Diese kräuselte sich und verfärbte sich pink. Melitan bedeckte ihren Mund mit einer Hand und versuchte, den Drang, sich zu übergeben, zu unterdrücken. Glücklicherweise war der Inhalt ihres Magens noch irgendwo auf einer Wand im äußeren Ringbereich.

Ihre Adepten sammelten sich hinter dem Tümpel, der immer noch Blasen warf, und hämmerten mit Schüssen aus Maschinengewehren und automatischen Waffen auf die provisorische Barrikade der Skitarii.

Die Legionäre standen den Beschuss wie Soldaten durch. Sie improvisierten nicht. Anders als der Mob, den Melitan auf ihrer Flucht durch NL-Primus um sich geschart hatte, waren die Legionen der Skitarii für den Krieg geschaffen. Das hier aber war kein Krieg. Hier ging es um die Kontrolle der Massen. Ein Sturm wortloser Befehlsketten blies durch ihre abtrünnige Gedankenhierarchie und fünf Skitarii-Späher verließen die Barrikaden. Der Rest der Kohorte deckte ihren Vormarsch. Ihre Absichten waren sogar für Melitan offensichtlich. Sie wollten die Herde zurück in den Gang drängen und im Nahkampf abschlachten. Wären einige hundert Priester, die mit Maschinengewehren und Lichtbogenschweißbrennern bewaffnet waren, das Schlimmste gewesen, womit sie sich auseinandersetzen mussten, dann wäre ihr Plan wahrscheinlich sogar aufgegangen.

Herbst schlug mit einem furchterregenden Kreischen einen Salto über die vorderste Reihe der Adepten und über den zischenden Tümpel. Wie eine Spinne landete sie auf allen vieren.

Das erzeugte eine Unterbrechung im Kampf, die den Bruchteil einer Sekunde anhielt, während der die Skitarii ihre Anwesenheit erfassten. Dann verschwammen Arme und Beine, zwei der Skitarii fielen und die Harlequin war irgendwie wieder auf ihren Füßen. Ein dritter Krieger des Mechanicus richtete seine Waffe auf sie. Herbst tötete ihn, bevor der *Feuer*-Befehl von den auslösenden Neuronen zu dessen Abzugsfinger gelangen konnte. Kraftvoll und explosionsartig trieb die Harlequin den Schaft des Gewehrs durch das Kinn des Legionärs, trieb dessen Kopf hart nach hinten und brach ihm das Genick. Sie hielt den mit Blasen bedeckten und glühenden Lauf des Strahlkarabiners gepackt, als sie mit einer Rolle über den toten Skitarii sprang. Ihre Arme verdrehten sich und sie löste die so entstandene Spannung wie die Feder einer altertümlichen Armbrust und schmetterte den Legionär in seine Kameraden, die zu Boden gerissen wurden.

Melitan starrte nur.

Der Vernichtungsstrahler brummte, während er Energie aufnahm. Melitan zwang sich, sich zu konzentrieren, übermittelte eine Serie von Worten in Binärsprache und winkte mit ihrer Hand in Richtung des Strahlers. Die Waffe überlud sich mit einer hyperthermischen Explosion, die ein Loch in die Barrikade sprengte und elf Legionäre zu Boden warf. Die meisten würden sich nicht mehr erheben.

Melitan sah mit einer Mischung aus Verwunderung und Schadenfreude auf ihre Hände, als sich ihre Magi wieder sammelten und mit einem Brüllen zu der zerstörten Barrikade rannten.

Die Legionäre zuckten, als ihre Gehirne auf Nahkampfprotokolle umschalteten. Eine Salve ungezielt abgegebener Schüsse mähte die erste Welle der schreienden Adepten nieder, und dann stürmten sie ebenfalls los.

Energiebajonette spießten Körper auf, die über die Barrikade drängten. Die Waffen blitzten auf, als Wellen aus Energie die Nervensysteme der Adepten misshandelten. Ein Skitarius prügelte einen Magos mit dem Schaft seines Gewehrs tot. Dann aber begann er zu zucken und sein Mundgitter füllte sich mit Speichel, als ein anderer ihm einen Handtaser in den Magen rammte. Ein anderer Legionär wiederum schoss dem Priester in den Kopf.

Melitan erholte sich von ihrem Schock, zielte mit ihrer Plasmapistole in das Handgemenge und schoss. Sie verdampfte einen Skitarius, als dieser gerade ein Energiemesser hob, um damit zuzuschlagen.

Die übermächtige Anzahl der Adepten trieb ihre zusammengewürfelte Armee langsam über die Barrikade der Skitarii. Jedes Mal, wenn ein Legionär fiel, stieß eine Handvoll unvorbereiteter Krieger durch, die mit gestohlenen oder improvisierten Waffen ausgerüstet waren und attackierten die Skitarii in immer ausgeglichenerem Kräfteverhältnis.

Stücke des vom Plasma ionisierten Fleisches fielen immer noch aus der Luft, als ein junger Priester, der sein halbes Leben an eine Bank des Scriptoriums gekettet verbracht hatte und völlig abgemagert war, einen gametischen Extraktionsstab durch das Auge des Alphas der Kohorte rammte. Der Alpha gurgelte Schmerzcodes heraus und rammte dem Priester ein Knie in die Leiste, bevor er ihm zielgerichtet sein Messer in das Genick stach. Dann rollte sein Kopf von seinem Hals und fiel mit einem dumpfen Schlag auf den Boden. Herbst vollführte eine Pirouette, wobei die Runenschlüssel aus Elfenbein, die sie vom Beobachtungsausleger mitgebracht hatte, wie Butterflymesser zwischen ihren langen Fingern flatterten.

Melitan atmete aus und ließ die Pistole sinken.

Es war vorbei.

Beim Omnissiah, sie hatte keine Ahnung gehabt, dass ihr Herz so schnell schlagen konnte.

»Die Sicherheitsabteilung ist in unserer Hand.«

Die Frau, die die völlig nutzlose Nachricht überbrachte, war eine Adeptin Mitte Dreißig mit einem leichten Hang zu Übergewicht. Sie stützte sich mit den Händen auf ihren Knien ab und keuchte. Ihr Name war Kitha Seleston. Bis vor wenigen Stunden, als Melitan sie dabei angetroffen hatte, wie sie in den Speisesälen einen Gegenaufstand organisierte, war sie die niedrigste Secutor der Myrmidon Auxilia auf der Null-Ebene gewesen. Ihr Hauptaufgabengebiet war die Segnung der Waffen der Garnisonsservitoren und die Justierung der Wachgeschütztürme gewesen. Ihre Sachkenntnis hatte sich bereits als von unschätzbarem Wert erwiesen.

Melitan bedeutete den Priestern, die noch im Gang zauderten, sich zu ihnen zu gesellen.

»Nehmt einen Tisch. Baut diese Barrikade wieder auf«, fauchte und bellte Seleston mit nur schlecht unterdrückter Aggression und die siegreichen Adepten beeilten sich, ihren Worten Folge zu leisten. »Alle, die über eine Schusswaffe verfügen, bewachen die Türen.«

»Jeder, der keine hat, sucht sich eine Station«, fügte Melitan hinzu. Sie vertraute den Adepten, dass sie sich selbst um die unterschiedlichen Kontrollen der Sicherheitskammer kümmern konnten.

In Roben gehüllte Priester schossen an ihr vorbei und Seleston schritt davon, um der Nachhut eine weitere Ansprache zu halten, während Melitan ihre Augen schloss. Schwache noosphärische Fäden zogen sich wie die Seiten einer Harpsiclave kreuz und quer durch die Kammer. Sie konnte sie sehen, wenn sie ihre Augen geschlossen hielt, und wies ihre neuralen Implantate an, sich mit der untätigen Noosphäre zu verbinden. Die Energie der Übertragung selbst genügte, um das System künstlich mit Energie zu versorgen. Sie verstand. Wie ein Säugling, der an ihrer Hand saugte, gab der Maschinengeist freiwillig ihrem Willen nach. Sie hob eine Hand mit einem angewinkelten Finger und schlug einen Strang an, der sich richtig anfühlte, und übermittelte den Befehl ›Aufwachen‹, der in ihrem Verstand erschien. Dann öffnete sie ihre Augen, als die zuvor stillliegenden Anzeigen mit Energie versorgt wurden. Überall in der Kammer wurden Laute ausgestoßen. Melitan ignorierte sie.

Sie hatte sich erstaunlich schnell an die Verehrung gewöhnt.

Die langen Wände der Kammer waren mit Monitoren bestückt. Sie flackerten durch eine Reihe von Direktübertragungen der Vidaufnahmegeräte, die überall auf der Null-Ebene verteilt waren. Während atemlose Adepten noch ihre Plätze einnahmen, ging

Melitan auf die kürzere Reihe der Bildschirme zu, die am Ende der Kammer angebracht waren. Die Mauer war nur einige wenige Meter lang und leicht gewölbt, als ob sie sich an einen größeren Kreis anschloss. Was sie ja auch tat. Die Bildschirme zeigten Ansichten der Quarantänestation, durch die Exogenitor Louard Oelur sie in die innere Ebene gebracht hatte. Sie musste sich in Erinnerung rufen, dass dies erst heute geschehen war. Das alles fühlte sich an, als ob es in einem anderen Leben geschehen wäre. Der Reinraum sah fast genauso aus, wie sie ihn in Erinnerung hatte, obwohl sie ihn nun aus unterschiedlichen, erhöhten Winkeln durch die Linsen der Aufnahmegeräte betrachtete, die in den Belüftungsrohren an der Decke verborgen waren. Drei vollständige Manipel aus Legionären der Skitarii hatten sich seitdem dort hineingezwängt und waren um ein einziges, gewaltiges Kataphronwaffenkonstrukt in Stellung gegangen.

Melitan sah die Anzeigewand missbilligend an. Sie hatte ihr Leben in Räumen wie diesem verbracht, bezog aus deren Vertrautheit aber nur wenig Trost. Tatsächlich war nur ein Hauch von Intimität vorhanden, als wäre die Erinnerung die eines anderen und einfach nur in ihrem Kopf gespeichert.

»Wenn sich die Skitarii für einen Gegenangriff entscheiden, dann sollten diese Priester ihre Stellung mindestens eine Minute lang halten können«, sagte Seleston, die hinter ihr auftauchte. »Ich hätte einen oder zwei Skitarii gut gebrauchen können.«

»Es liegt an ihren Vernetzungen«, antwortete Melitan, ohne überhaupt darüber nachdenken zu müssen. »Wenn einer geht, gehen alle.«

»Ich verstehe.«

Melitan wandte sich wieder den Bildschirmen zu.

»Da drin gibt es keine Deckung«, stellte Seleston fest.

»Ist das gut oder schlecht?«

Die Secutor zuckte mit den Schultern. »Wenn wir etwas Großes da rein bewegen können, gibt es keinen Platz, an dem sie sich verstecken können.«

»Ich glaube nicht, dass wir etwas derart Großes zur Verfügung haben.«

»Was ist mit ihr?«

Sie drehten sich beide um und sahen Herbst an. Die Harlequin saß mit unterschlagenen Beinen auf einem Tisch und sah den betriebsamen Adepten durch eine Maske zu, die sie mit ihren eigenen ausgebreiteten Fingern formte.

»Die Sicherheitsprotokolle der Luftschleuse würden sie dreiunddreißig Sekunden lang im Inneren einschließen, bevor sich die Außentüren öffnen. Ich glaube, dass dreißig Skitarii und ein Kataphron sogar für sie zu viel sind.«

Die Secutor nickte zustimmend.

Es war unmöglich, den inneren Ring zu betreten oder zu verlassen, ohne die Sicherheitskammer zu kontrollieren, die neben der Quarantänestation lag. Wenn überhaupt jemand, dann verfügte nur Melitan über die Autorität, das zu tun. Auch sie wusste das. Aber die Idee, hierzubleiben, während die anderen ausbrachen, erfüllte sie nicht gerade mit Freude. Trotz der ganzen Fremdartigkeit der Harlequin, gab es einen Teil von ihr, der alles unternommen hätte, um Herbst an ihrer Seite zu behalten. Die Eldar hatte sich im Nahkampf als extrem effektiv erwiesen. Sie seufzte. Wenn die Harlequin allerdings eines bewiesen hatte, dann war es, dass sie die Einzige war, die überhaupt auch nur die geringste Aussicht darauf hatte, erfolgreich aus dem Noctis-Labyrinth auszubrechen. Melitan hatte keine andere Wahl, als darauf zu vertrauen, dass die Eldar genügend Interesse daran hatte, die Warnung mit ihr gemeinsam in die Außenwelt zu tragen.

Seleston stieß ihr einen Ellbogen leicht in die Rippen. »Uns wird schon etwas einfallen.«

Melitan hoffte, sie nicht alle zu enttäuschen. Für ihr eigenes Wohl und das der Secutor. *Irgendwelche Vorschläge, Nicco?* Es hatte den Anschein, dass sie und das Memproxy von Palpus die Vertraulichkeit des Duzens überschritten hatten und einen indiskreten Nervenkontakt miteinander unterhielten. Das Memproxy sagte aber nichts. Sie begann zu glauben, dass was auch immer es getan haben mochte, um sie vor Oelurs Wächtern zu schützen, zu seiner Vernichtung geführt hatte. Das war kein angenehmer

Gedanke, wenn man bedachte, wo es implantiert worden war. Sie hatte aber keine Zeit, sich jetzt damit zu beschäftigen.

Sie war auf sich allein gestellt.

»Sir.«

Eine nervöse Adeptin in der Robe einer Xenosikonographin wandte sich von einem der Übertragungsschirme aus um. Es hatte zunächst einige Unsicherheiten unter den Magi gegeben, wie sie anzusprechen war. »Magos« war ihnen als nicht ausreichend respektvoll erschienen. »Lady« war anfangs einige Male benutzt worden, aber dann nie wieder. ›Sir‹ hatte sich letztlich durchgesetzt.

Die Adeptin lenkte Melitans Aufmerksamkeit auf einen der Bildschirme über sich.

Die flackernde Schwarzweißübertragung zeigte eine Kammer des Analytikums, in dem umgeworfene Stühle und mit Einschusslöchern durchsiebte und umgekippte Tische zu sehen waren. Die Aufnahmegeräte waren aber auf die Türen eines Aufzugs gerichtet. Es war derselbe Aufzug, mit dem Melitan Yolanis in ihrer Verkleidung als Magos Biologis Bethania Vale vor so vielen Tagen in die Null-Ebene gekommen war.

Melitan stieß ein Keuchen aus.

Ein Space Marine stand darin.

Seine Rüstung war schwarz. Die verwaschene Graustufenübertragung zeigte erhebliche Kampfspuren und Zierleisten in unterschiedlichen Grautönen. Er trug keinen Helm und sein Kopf war kahl geschoren und verstümmelt. Das rechte Auge war von einer Bionik ersetzt worden und von Federkabeln und Scharfstellgetrieben umgeben. Das herausragendste Merkmal war jedoch sein Kiefer. Die Nase, der Mund und das Kinn waren vollständig entfernt und durch etwas ersetzt worden, das wie ein Metalltrichter aussah. Melitan kannte dieses Gesicht nur zu gut.

Schließlich war sie es gewesen, die diesem Space Marine das Leben gerettet hatte.

»Kardan Stronos«, flüsterte sie.

Feuer aus schweren Waffen, die nicht vom Bild erfasst wurden, hämmerten auf den Iron Hand ein, als zwei weitere Krieger, die selbst keine Rüstungen trugen, hinter ihm auftauchten und angriffen. Der Beschuss endete sofort. Einen Augenblick lang stand Stronos müde aber heldenhaft trotzig und allein im Sichtfeld. Wie eine Statue eines seit langer Zeit toten Märtyrers. Er sah zu dem Vidaufnahmegerät hoch. Die Übertragung begann mit elektromagnetischer Verzerrung zu kochen, die von seinem bionischen Auge ausstrahlen. Melitan hob eine Hand, als wolle sie seine berühren, und erlaubte es sich, nur für eine Sekunde lang, wieder das kleine Mädchen zu sein, das zu den vom Alter dunkel gewordenen Fresken von Fabris Callivant aufsah und davon träumte, den Adeptus Astartes zu dienen.

»Ich hatte keine Ahnung, dass Ihr mir auf den Mars gefolgt seid«, murmelte sie zu sich selbst.

War dies Palpus' Werk? Hatte er dies für den Fall arrangiert, dass das Schlimmste eintrat und die Null-Ebene eine Vergeltungsaktion benötigte, wie sie nur von einem Iron Hand durchgeführt werden konnte?

»Sir?«

Seleston sah sie aus großen Augen an. Die schlummernde Technologie der Anlage mit Worten und Gesten zu steuern, war eine Sache. Eine persönliche Beziehung mit einem Engel des Imperators zu unterhalten, war anscheinend etwas ganz anderes.

Melitan zog ihre Plasmapistole. »Zur Quarantänestation. Wir haben einen neuen Plan.«

II

Aus Stronos' Mund drang ein nachhallendes Grunzen, als transuranische Geschosse in seinen Brustpanzer hämmerten. Die extrem dichten, panzerbrechenden Kugeln bohrten nach Fleisch, das sie nicht finden würden. Stronos rückte mit bebenden Kolben und mahlenden Servomotoren vor. Die Skitarii-Arkebuseschützen der Null-Ebene waren listiger als die rasenden Knechte der Scholam NL-7 und gestatteten es ihm nicht, ihnen nahe zu kommen. Sie zogen sich schrittweise zurück, organisierten Flankenfeuer und schickten häufig ganze Manipel von Rangern aus, die hinter ihm auftauchten. Entweder Thecian oder Barras fiel dann zurück, um sie zu vertreiben. Die Space Marines waren im Nahkampf aufgrund ihrer Größe und Kraft überlegen. Stronos mühte sich anschließend wie eine Lokomotive mit einem vorgespannten Pflug weiter vorwärts.

Thecian und Barras gaben gelegentlich über Stronos' Schulterpanzer Schüsse ab, wobei sie seinen Körper als Schild benutzten. Sie trugen Autopistolen bei sich, die von den Knechten stammten, die sie am Aufzugszugang abgeschlachtet hatten. Die Waffen wirkten in ihren Händen lächerlich. Mit ihren Fingern kamen sie kaum in die Abzugsbügel, um feuern zu können. Die Waffen der Skitarii waren größer, mächtiger und auf jeden Fall reichlich vorhanden. Aber ohne die passende Ausrüstung hielt Thecian sie für zu gefährlich.

Deswegen mussten sie die Autopistolen nutzen.

Stronos zitterte in Richtung einer Abzweigung des Gangs. Von beiden Seiten trommelten Geschosse auf seine Rüstung und sein Fleisch, als sich die Legionäre in zwei Gruppen aufspalteten.

»In welche Richtung?«, fragte er.

»Nach rechts«, sagte Thecian undeutlich.

Der Exsanguinator war in der Lage gewesen, einen allgemeinen Grundriss der Null-Ebene sowie den wahrscheinlichen Standort der Morgenrot-Technologie von einem der Infozyten in den Zugangskammern zu erhalten. Thecian verfügte über ein ausnehmend stark ausgeprägtes omophagisches Organ. Er behauptete, dass dies eines der Merkmale seiner Gensaat war. Getrocknetes Blut bedeckte seine Zähne und war in Flecken über sein Gesicht verteilt. Seine Augen waren von einem Schleier überzogen und nur mit Mühe hielt er irgendeinen rasenden Blutrausch unter Kontrolle.

Stronos begann zu verstehen, wie sich das anfühlen musste.

Sein Körper war zu einer einzigen, blutroten Glyphe geworden. Er pulsierte vor Zorn und warf schamlos Warnsignale und Schmerz um sich. Sein augmentierter Blick war ständig in wilder Bewegung und er war nicht in der Lage, ihn auf eine bestimmte Wellenlänge einzustellen. Einer der Auswahlringe musste getroffen und vom Feststellglied abgebrochen sein. Sein fleischliches Auge war mit einem tödlichen Vorsatz auf den Block der Skitarii gerichtet, der beständig Abstand hielt.

»Ihr könnt so nicht weitermachen«, brüllte Barras. Der nicht mit Energie versorgte Brustpanzer des Knights of Dorn wies ebenfalls Kampfspuren auf, war aber, anders als die strahlenverseuchte Mondoberfläche von Stronos' Rüstung, immer noch eine deutlich erkennbarere Komponente einer Mk.-VI-Servorüstung des Corvus-Musters. »Wenn wir es irgendwie geschafft hätten, den Rhino hierher zu bringen, hätte er schon längst aufgegeben.«

»Auf Medusa bauen wir Dinge, die Bestand haben.«

Vor ihnen flog eine Tür auf. Ein Manipel Skitarii-Späher, die mit blitzenden Nahkampfwaffen ausgestattet waren, drängte sich im Inneren der Gebetskammer. Stronos blockierte sie mit seinem Körper, zerdrückte den Alpha am Boden und stauchte den Türrahmen ein. Die Skitarii begannen, auf seine Rüstung einzuschlagen. Ein bitteres und unterdrücktes Gefühl begann, gegen die Schranken seines Verstands zu drücken. Er kümmerte sich nicht um die Schäden, riss die Tür aus den Angeln und schleuderte sie. Irgendeine Barriere in seinem Verstand brach mit einem Schlag zusammen und das Gefühl des Zorns wurde stärker, als es die Freiheit spürte. Die Tür überschlug sich und kratzte den Gang entlang, flog über die erste Reihe der Skitarii hinweg, die am Boden knieten und pflügte anschließend durch die Legionäre, die dahinter standen.

Seine Herzen hämmerten. Seine Stimdrüsen arbeiteten fieberhaft. Seine geteilte Sicht färbte sich rot. Er holte genug Energie aus einer tief im Inneren verborgenen Quelle und wurde schneller.

Sein Zorn war nun zu einer Sintflut geworden und jegliche Schranken gebrochen. Das Gefühlte spülte sie davon, durchbrach und zerriss mit einer hasserfüllten Welle das, was von seinen Verteidigungsmechanismen noch übrig geblieben war.

Mit einem Brüllen donnerte er in die fassungslosen Legionäre.

Er zerriss sie, schlug auf sie ein, durchbohrte sie, riss Gliedmaßen von ihren Körpern, pulverisierte ihre Exoskelette und zerquetschte ihre Körper zu einem schmalzigen Brei. Er tötete, tötete und tötete, bis es dazwischen keine Intervalle mehr gab. Hydraulikflüssigkeit hinterließ Flecken auf seinen Stiefeln, als er sich durch den zerstreuten Manipel rammte. Der Gang wurde zu einem Vorraum. Eine große Luftschleuse führte in einen geriffelten Isolationsgang, aber für Stronos spielte das kaum noch eine Rolle. Er schlug mit seinen Ellbogen um sich, versetzte Kopfstöße, verstümmelte und trampelte. Er tötete, bis er vor lauter Blut in seinem Auge nichts mehr sah, und dann tötete er noch weiter. Hinter ihm erklang eine laute Stimme. Barras. Stronos war aber nicht mehr in der Lage, eine Antwort zu formulieren.

Er spürte, wie die Atmosphäre sich veränderte, der rote Nebel endlich zerriss und er sich umsehen konnte. Er wischte sein Auge mit einem eisernen Daumen aus.

Er hatte den Gang hinter sich gelassen und war in eine runde Kammer eingedrungen. Die Wände waren unregelmäßig. Ein Wirrwarr aus verborgenen Rohrleitungen verlief dicht unter der Oberfläche. Die Bodenplatten waren auf den Boden genietet. Die Decke war hoch, höher als dass er sie hätte erreichen können. Abtastlaser blinkten aus dem Gewirr aus Leitungen und Kabeln hervor. Das Auspex seiner Rüstung fiel immer wieder aus oder fror ein und füllte die Kammer als Antwort auf mehrere verborgene Augurquellen mit untergeordneten Gefährdungsmarkierungen. Die Lücken dazwischen waren mit Vorrangmarkierungen gefüllt. Einunddreißig schwerbewaffnete Skitarii schwenkten ihre Karabiner zu ihm herum, die zuvor auf die Luftschleuse auf der gegenüberliegenden Seite gerichtet gewesen waren. Ein Kataphron-Brecher drehte sich auf seinen Gleisketten um. Seine Lichtbogenklaue zuckte vor aufgestauter Energie und vertiefte die Falten in der gequälten Grimasse des Kampfservitors.

Jemand schrie, diesmal Thecian. Der schwere Stahl der Luftschleuse, die wieder zurollte, dämpfte das Geräusch jedoch schnell. Und Stronos warf sich mit einem eigenen Schrei auf den Kataphron.

* * *

III

Melitan hörte das Zischen des Druckausgleichs, als sich der hermetische Verschluss öffnete und die Tür der Luftschleuse langsam aufschwang. In ihren Ohren knackte es. Kitha Seleston trat nervös von einem Bein auf das andere. Sie war voller Ungeduld, endlich loszuziehen und trug eine Halbrüstung, die wie ein ausgeschlachtetes Exoskelett eines Skitarius aussah, und hielt zwei Strahlenpistolen vor der gepolsterten Brust verschränkt. Die breite Masse der Priester und Techknechte stand in Reihen aufgestellt hinter ihr. Der Gang war mit Taserstäben, Elektroknüppeln und menschlicher Angst gefüllt.

»Könnt Ihr sie nicht schneller öffnen?«, fragte Seleston.

»Niemand kann die Geschwindigkeit ändern.« Herbst zog die Hände von ihrem Gesicht, und lächelte Melitan schief an. »Noch nicht einmal Stolz.«

Die gewaltige mit Zahnrädern versehene Tür rollte weiter. Die Geräusche von Schüssen und maschinellen Schreien pfiffen über das Brausen der Luft zu ihnen.

Die Sicherheitskammer aufzugeben schien auf einmal nicht mehr dieselbe gute Idee zu sein wie noch vor Kurzem.

Die Luftschleuse hatte sich weit genug geöffnet, dass sich ein Körper hindurchzwängen konnte. Seleston brauchte keine Aufforderung. Sie atmete aus, schlängelte sich seitwärts durch den Spalt und besprühte den Reinraum mit violett gefärbten Strahlschüssen aus ihrer vorgestreckten Pistole. Die Harlequin folgte ihr anmutig und wirbelte wie eine Zirkusassassine in das Handgemenge. Sobald die Öffnung ausreichend groß war, um die angetretenen Magi in Zweierreihen einzulassen, zwang der Wille der Masse Melitan an der Spitze einer Woge hinein.

Sie taumelte aus dem Ansturm heraus und sah sich nach einer Wand um, gegen die sie sich lehnen konnte. Sie zielte mit ihrer Pistole entlang ihrer Sichtlinie, während sie sich mit schnellen Bewegungen nach links und rechts drehte und den Raum abdeckte.

Betäubt ließ sie die Waffe wieder sinken.

Die Skitarii waren bereits tot. Sie lagen mit zerrissenen Körpern und zertrampelten Helmen überall in der Quarantänekammer verteilt auf dem Boden. Das mechanische Kreischen war nun lauter. Es stammte von dem Kataphron-Brecher, der den Platz in der Mitte der Kammer einnahm. Er war größer als zwei Männer, verdiente es aber eher, als servitorgesteuerter leichter Panzer beschrieben zu werden. Die organische Besatzungskomponente war in eine schwere Rüstung eingeschlossen und mit einem Chassis auf Gleisketten verschraubt, das seinerseits ebenfalls mit schweren Panzerplatten ausgestattet war. Stronos, oder vielmehr eine zornige Inkarnation des Iron Hands, den sie einst gekannt hatte, stand auf dem abgeflachten Vorderteil und rang mit den Waffentransplantaten des Servitors. Seine Eisenprothese hatte die Torsionskanone nach oben gezwungen und mit seinem mit Einschusskratern übersäten Panzerhandschuh hielt er die Energieklaue fest, die auf den Boden gerichtet war. Stronos gab ein motorisches Knurren aus seinem Trichtermund von sich. Öliger Rauch begann aus den Gelenken des Kataphron zu quellen.

Seleston, Herbst und die übrigen sahen nur zu und zögerten, in den Kampf einzugreifen.

Ohne darüber nachzudenken zielte Melitan mit ihrer Pistole auf die breite Energiebank, die auf den Rücken des Kataphron angebracht war, und schoss.

Während des Bruchteils einer Sekunde war das Leuchten der Mündung ihrer Waffe mit dem Kampfservitor verbunden. Dann entzündete sich das Plasma und eine blaue Sonne, die so groß wie ihre geballte Faust war, schlug ein Loch in den Rücken des Kataphron. Die gespeicherte Energie verflüchtigte sich fast augenblicklich und die Gliedmaßen des Servitors wurden schlaff. Stronos grunzte überrascht, als er auf einmal mit einem Paar lebloser Waffenarme rang. Der Iron Hand kämpfte noch eine Sekunde lang weiter, während der Servitor ihn weiter aggressiv anblickte und kämpferische Geräusche von sich gab, obwohl er nicht mehr über die Energie verfügte, seine schweren Waffenaufhängungen zu bewegen. Stronos ließ die Torsionskanone los, und dann die Energieklaue, bevor er langsam zurücktrat und sich mit aufgerissenen Augen in der Kammer umsah. Sein Atem ging schwer und sein Gesicht war mit Schweiß verschmiert. Tötungsrausch am Schwellenwert.

Die Diagnose erschien in ihrem Gehirn, bevor sie überhaupt daran gedacht hatte, nach ihr zu suchen. Sie hatte keine Ahnung, woher diese Information stammte, aber sie fing an, sich daran zu gewöhnen. Wahrscheinlich war das ein weiteres Symptom des Kurzschlusses des Memproxy.

Aber egal, aus welcher Quelle sie auch stammte, sie konnte ihn jetzt erkennen – den Fehler im Zustand des Iron Hands.

Auf den ersten Blick war die Lösung für ein solches Hemmungsversagen eine weitere Verringerung der organischen Komponenten und der begleitende Ausbau der mechanischen. Hier gab es aber ein rekursives Ungleichgewicht in der Formel, das ihr jetzt schmerzlich bewusst war. Es war ein Fehler, der sich mit jeder Wiederholung der Gleichung fortsetzte. Ironischerweise bestand die Lösung darin, die organischen Komponenten drastisch weiter zu reduzieren. Bei null würden die Fehler aufhören und die emotionellen Mängel des Iron Hands wären beseitigt.

Sie fühlte sich plötzlich schuldig, als sie sich an Tubriik Ares' Gedächtnisversagen, Wahnsinn und letztendlichen Tod erinnerte, und schob diesen Gedanken beiseite.

Ihre Pistole war immer noch zu heiß, als dass Melitan sie ins Holster hätte stecken können. Sie wollte Stronos in seiner aktuellen Geistesverfassung allerdings nicht mit einer Waffe in der Hand gegenübertreten und drückte sie in die Hand eines Magos, der sie mit offenem Mund anstarrte.

Einen furchterregenden Augenblick lang verkrampfte sich der Iron Hand wie ein Chronogladiator, der mit Stims vollgepumpt war und in eine Arena geschoben wurde. Servomotoren mahlten aneinander. Faserbündel und freiliegende Stränge der Augmentmuskulatur schwollen an, waren bereit zu explodieren und das halbmaschinelle Kind zu zerquetschen, das da vor ihm stand. Das geschah aber nicht. Er erkannte sie und dämpfte den Wahnsinn, der aus seinen Augen leuchtete. Seine Optik stellte sich mit einem Surren scharf, verstellte sich wieder und surrte erneut in einer endlosen Wiederholungsschleife.

»Maschinenseher Yolanis?«, hauchte er seine Frage.

»Spricht er ... mit Euch, Sir?«, fragte Seleston, die über ihre Schulter sah.

Melitan ignorierte sie. Ihr Status als Retter würde jetzt wahrscheinlich auch die Offenbarung ihrer wahren Identität überstehen. Und wenn nicht ... nun, jetzt hatte sie Kardan Stronos als Verstärkung.

»Ihr habt Euch verändert«, sagte Stronos.

Melitan lachte überrascht, betrachtete dann den Iron Hand und ihre Augen wurden zu Schlitzen. Etwas siedete unter der Metallhaut des Kriegers, ein Passagier in seinen Systemen, der Geist von etwas, das dort nicht wirklich hingehörte. »Genau wie Ihr, glaube ich.«

Der Gesichtsausdruck des Iron Hands wurde finster. Blut sickerte aus einer schlecht geschlossenen Wunde, die rund um seinen Schädel verlief.

Melitan reichte mit ihrer Hand hinauf, als wolle sie das hohle Rohr berührten, das seine Nase und den Mund ersetzte, hielt aber auf halbem Weg inne. Stronos ahmte ihre Geste nach und fuhr mit einem Finger über dessen untere Rundung.

»Ich hatte nie die Gelegenheit, Euch zu danken, bevor Ihr versetzt wurdet«, sagte er.

»Wie oft habt Ihr Ähnliches für mich getan?«

»Niemals.«

Melitan schmunzelte.

»Sir?«, fragte Seleston.

»Maschinenseher Yolanis hat mir das Leben gerettet. Sie hat ihre Atemmaske mit mir geteilt, als mein Helm beschädigt war und dabei ihr eigenes Leben riskierte. Ohne ihr Eingreifen hätte mich Kristos auf Thennos umgebracht.«

Die Secutor sah Melitan mit offenem Mund an.

»Wo wir gerade von einer Versetzung sprechen«, sagte Melitan. Da gab es etwas, was sie Stronos seit langer Zeit beichten wollte, und wer konnte schon sagen, wann sie dazu eine andere Möglichkeit erhalten würde? »Wegen Ares' Tod –«

»Der Ehrwürdige ist nicht mehr. Sein Tod ist jetzt nicht mehr relevant. Ich will vielmehr wissen, was Ihr auf dem Mars zu suchen habt.«

Melitan zuckte mit den Schultern. »Ich wollte Euch dieselbe Frage stellen.«

»Ich bin wegen der Morgenrot-Technologie hier.«

»Um sie zu entfernen?«

»Um sie zu zerstören.«

Melitan studierte den Iron Hand einen Augenblick lang. »Gut. Das ist gut.«

»Jetzt urteilt Ihr über mich?«, knurrte Stronos und richtete sich unter Protest überbeanspruchter Getriebe auf, wie ein gewaltiger Baum, der kurz vor dem Umfallen war. »Ihr habt Euch mehr verändert, als ich bemerkt habe.« Sein Blick wanderte durch den Raum und über die zusammengewürfelte Miliz, die Melitan geformt hatte. Die Harlequin, Herbst, erwiderte seinen Blick, streckte ihr Kinn vor und verneigte sich. Er studierte die Xenos eine ganze Weile, bevor er zu der unausgesprochenen Erkenntnis gelangte, dass sie alle im Augenblick einen gemeinsamen und vorrangigen Feind hatten.

Melitan ertappte sich dabei, wie sie ihn im Gegenzug selbst einschätzte und anerkannte. Er gab Dogma zugunsten von Pragmatismus auf und wurde zu jemandem, der den Konsens suchte und den Calculus formte. Ein Eisenvater. Er war weit entfernt von dem engstirnigen Idealisten, den sie auf Medusa zurückgelassen hatte. Ein Lächeln, das nicht ganz in ihr Gesicht passte, breitete sich unangenehm darauf aus.

»Ihr habt mir immer noch nicht gesagt, was Euch hierher bringt«, sagte Stronos.

»Ich glaube, derselbe Grund wie Euch. Nachdem meine Pflichten bei Ares beendet waren, hat mich die Stimme des Mars hierher entsandt.«

Nun war es an Stronos, sich Gedanken zu machen und zustimmend zu nicken. »Gut.«

Sie zog eine Augenbraue hoch und lächelte. »Urteilt *Ihr* jetzt über mich, Kardan?«

»Heiße ich jetzt Kardan für Euch?«

Ein Schlag gegen die Außentür der Luftschleuse unterbrach sie. Zwei weitere Space Marines, einer ohne Rüstung, der andere nur teilweise gerüstet, spähten durch das Panzerglas zwischen den massiven Metallspeichen. Melitan erkannte die beiden aus der Übertragung vom Fahrstuhl. Der teilweise gerüstete Krieger, ein Gigant mit massiven Muskelpaketen, den Augen eines Mörders und dem düsteren Blick eines Fanatikers, funkelte Herbst an, die mit einer theatralischen Verbeugung antwortete. Stronos hielt eine Hand in die Luft und bat den anderen Krieger, sich zu beruhigen.

»Könnt Ihr die Tür für meine Brüder öffnen?«, fragte er.

»Vertraut Ihr ihnen?«, kam Melitans Gegenfrage. Es hatte nicht den Anschein, als sei der Krieger in der Luftschleuse durch Stronos' Bitte oder die Possen der Harlequin ruhiger geworden.

»Sie sind meine Brüder«, sagte Stronos.

Melitan dachte darüber nach und schüttelte dann ihren Kopf.

»Wir müssten zur Sicherheitskammer zurückkehren. Es gibt immer noch hundert oder mehr Skitarii und Tausende verpflichtete Arbeiter, die mit uns hier eingeschlossen sind. Wenn wir das schaffen wollen, dann sollten wir es angehen und direkt in die Eindämmungskammer gehen. Ich kann Euch den Weg zeigen.«

»Nein.«

»Nein?«

»Nein.«

Melitan sah zu Seleston, die absichtlich wegblickte. Es gab keinen Zweifel, wer jetzt den Befehl hatte. Aufgrund der Tatsache, dass sie ihr ganzes Leben am unteren Ende der Befehlskette verbracht hatte, machte die plötzliche Umkehr der Rollen sie zorniger, als sie selbst erwartet hatte.

»Ihr bringt eine Xenos. Sie sind meine Brüder«, sagte Stronos erneut. »Sie kommen mit mir.«

IV

Stronos war erschöpft und benommen jenseits aller Vorstellungskraft. Sein Energiemodul spuckte Energie in seine Systeme wie

Krampfanfälle. Er fühlte sich seelisch und geistig krank. Sein letzter Kampf mit den Skitarii hatte mehr als nur reine elektrische Energie verbraucht. Immer wieder blickte Thecian in seine Richtung. Stronos ignorierte ihn aber. Er war nicht bereit, über das Geschehene zu sprechen.

An den Türen, von denen Yolanis gesagt hatte, dass sie zu dem Beobachtungsausleger führten, war es zu einigen Kämpfen gekommen, die allerdings so gut wie vorüber waren, als sich Stronos endlich in Pistolenreichweite geschleppt hatte. Yolanis' Priester schlenderten zwischen den Toten umher und gratulierten sich gegenseitig zu einem weiteren großen Sieg. Aus Stronos' Sicht der Dinge waren es allerdings Barras und die unheimliche Verbündete der Maschinenseherin, Herbst, gewesen, die das Gros des Tötens übernommen hatten. Die beiden beäugten sich argwöhnisch von gegenüberliegenden Seiten des Schlachtfelds. Im Augenblick waren sie Verbündete. Stronos war sich aber nicht sicher, was mit der Xenos geschehen sollte, sobald die Mission erfüllt war. Das war eine Entscheidung, die weit über die hinausging, die er als Sergeant zu treffen gewohnt gewesen war.

Yolanis trat vor, um die Türen zu untersuchen. Sie waren luftdicht verschlossen und die zugehörigen Bedienfelder und Statusanzeigen dunkel. Die Täfelung war von den Wänden gerissen worden und aus den Leerräumen quollen Rollen flexibler Kabel, die zu einer Reihe tragbarer Generatoren führten. Nun, da der Kampf vorüber war, war ihr lärmendes Surren gut hörbar und der Geruch des verbrannten Promethiums füllte den Gang. Stronos betrachtete die Maschinenseherin, als sie sich mit der Apparatur auseinandersetze.

Sie hatte sich verändert. Körperlich schien sie so zu sein, wie damals, als sie sich auf den strahlenverseuchten Wüsten von Thennos getrennt hatten. Ihre Haut war dunkel und die Male, die von Unterernährung und Kinderkrankheiten stammten, wirkten wie ein alter Fingerabdruck auf ihrer Haut. Auf ihrem kahlen Schädel zuckten dieselben Elektoos und ihre Zähne bestanden aus demselben gräulichen Plastek. Seit er sie zuletzt gesehen hatte, waren einige Augmentationen hinzugekommen und ihre

Robe bestand aus einem feineren Stoff. Da war aber etwas Neues an ihr, das über die äußeren Anzeichen und das Metall auf ihrer Haut hinausging. Ihre gebeugte Haltung, die sie immer eingenommen hatte, war verschwunden. Nun stand sie aufrecht da und ihre Schritte waren lang und zeugten von Selbstsicherheit. Jede Spur von Schüchternheit war aus ihrem Auftreten und ihrer Art zu sprechen verschwunden. Ihr Gesicht zeigte nun Züge, die autoritär, ja beinahe grausam waren.

Es war schwer zu glauben, dass es weniger als ein Jahr her war.

»Bleibt zurück«, sagte Yolanis und legte ihre Hände auf die Tür.

Es gab einen Ruck, der Stronos' Herzen schneller schlagen ließ, und die gewaltige Tür begann sich zu heben. Er schlug das Zeichen des Zahnrads vor seiner Brust, als Melitan zu ihm blickte. Auf ihrem Gesicht war ein leises Lächeln zu sehen, als ob zwischen ihnen soeben etwas in Ordnung gebracht worden wäre.

Auf der anderen Seite gab es keine Feinde mehr.

Auf dem Laufsteg lagen einige Leichen verteilt, die, wenn man von den sauberen und vielfältigen Weisen ausging, wie der Tod über sie gekommen war, wahrscheinlich auf die Rechnung der Harlequin gingen. Yolanis hatte entweder Glück oder war gesegnet. Stronos war sich nicht sicher, ob er die Hilfe der Xenos akzeptiert hätte, wäre er an ihrer Stelle gewesen. Yolanis war aber von Natur aus schwach, und er war stark. Vielleicht lag darin der Vorteil der Schwäche. Er stapfte über Leichen, denn er war zu erschöpft, um ihnen auszuweichen. Das Gerüst knirschte unter seinem Gewicht und unter dem seiner Brüder und erinnerte sie an den Abgrund, über dem sie wandelten. Er sah nach unten und versuchte die Tiefe zu ermitteln, bevor er erkannte, dass seine Auspexeinheiten nicht funktionierten.

»Uns bleibt nun nur noch ein Weg«, sagte Yolanis und setzte sich an die Spitze der Gruppe.

Stronos hielt sie nicht auf. Sie hatte ihren Platz mehr als nur verdient.

Lumen erwachten zum Leben, als sie ausschritt, und erloschen wieder, sobald sie vorüber war. Der Maschinenseherin folgte ein flackernder Lichtbogen, der wie ein Heiligenschein um sie glühte.

Schreiende Gestalten schlugen in ihren Zellen, die über dem Abgrund hingen, gegen die Glaswände. Ihre Augen hielten sie ob der plötzlichen Helligkeit geschlossen und sie brüllten sogar noch lauter, als Yolanis an ihnen vorbeischritt und sie wieder in Dunkelheit gehüllt waren. Jede der Gestalten bot einen flüchtigen Einblick in den Wahnsinn und die Schrecken wollten nicht enden.

Die Barrieren, die das Ende des Laufstegs versperrten, als sie es endlich erreichten, waren gigantisch.

Sie waren fünf Meter breit, fünfzehn hoch und Runen der noosphärischen Dämpfung und spirituellen Eindämmung waren in das gewalzte Adamantium getrieben worden. Die Symbole leuchteten schwach mit dem Restlicht ihrer eigenen Macht. Die Kammer, die sie einschlossen, war eine schwarze Sphäre, die ebenfalls über dem Abgrund hing. Der Ausleger selbst, sowie zahlreiche Streben und Anker hielten sie fest und waren in der Dunkelheit, außer für Stronos' augmentierte Sicht, egal wie instabil sie im Moment auch sein mochte, so gut wie unsichtbar.

»Kann sie geöffnet werden?«, fragte er.

Melitan nickte einmal kurz. Das schiere Ausmaß der Barriere hatte sie verhalten werden lassen. Oder vielleicht war es das Wissen über das, was dahinter verborgen war.

»Ich werde mit Euch gehen«, sagte Thecian.

»Und ich ebenfalls«, sagte Barras stolz. Seine laute Stimme hallte durch die Dunkelheit.

»Das wäre unklug«, sagte Yolanis.

»Warum?« Barras blickte finster auf sie herab.

Die frühere Maschinenseherin wandte sich an Stronos. Hinter der kühlen Maske, die sie nun zu tragen schien, war eine Traurigkeit zu sehen und er verstand. Hinter diesen Toren lag eine Verderbnis, die NL-Primus beinahe überwältigt hatte.

Es war möglich, dass ihn jemand töten müsste, wenn er zurückkehrte.

Er blickte seine Brüder einen nach dem anderen an und fragte sich, wer von ihnen die Tat vollbringen würde und wusste, dass es beide mit Freude tun würden, wenn er sie darum bat. Dieser Gedanke ermunterte ihn.

»Ich werde allein gehen«, sagte er. Das hier war etwas, dass er erledigen musste. Er konnte das niemand anderem auferlegen. Nicht Thecian oder Barras, und auch nicht Yolanis oder ihrem Schoßtier, der Harlequin. Er musste es tun. Es war sein Stolz, das wusste er. Aber Stolz war schon immer der größte Makel der Iron Hands gewesen, und er würde auch ihr letzter sein. Vielleicht war die Zeit gekommen, ihn nicht mehr zu bekämpfen und sich ihm hinzugeben. »Was wird mich dort drin erwarten?«

Yolanis öffnete den Mund, um zu antworten, atmete dann aber einfach nur aus. Sie sah Herbst an, die ihren Kopf unverbindlich auf die Seite neigte. »Ich habe keine Ahnung.«

KAPITEL ACHTZEHN

»Ich glaube nicht, dass das hier erklärt werden kann.«

— Logi-Legatus Nicco Palpus

I

Sie nahmen Lydriiks Rhino. *Zerstörung* war eine furchteinflößende Maschine, aber zu langsam und nicht in der Lage, derartige Distanzen zu überbrücken, ohne dabei Aufmerksamkeit zu erregen. Außerdem hoffte Lydriik noch immer, die Technologie aufzuspüren und Harsid Bericht zu erstatten, bevor Nicco Palpus überhaupt bemerkte, dass er nicht mehr in Meduson war.

Der Rhino war vor einigen Stunden von Felgarrthi aus in Richtung Nordost gerumpelt und bewegte sich weiter in diese Richtung, bis sie auf eine trostlose Ödnis stießen, die als *Ralgus' Rand* bekannt war. Lydriik wusste nicht, wer Ralgus gewesen war, oder ob die Ebene überhaupt den Namen eines Menschen trug. Der Servitorpilot wiederholte dumpf Chaplaingesänge, während Verrox ihn mit Daten versorgte. Der Eisenvater arbeitete immer noch daran, aus den Dateibeschreibungen Koordinaten zu erhalten, und warf dem grübelnden Giganten, der ihm an der Datenbank gegenübersaß, gelegentlich unlösbare Datenbrocken zu. Der Gigant sprach kein Wort, schien aber über den Verstand eines Cogitators zu verfügen. Egal welche wirren Datenknäuel der Eisenvater ihm auch zuschob, sie tauchten wenige Sekunden später in sauberer Binärsprache wieder auf.

»Sie sind viel mehr als nur die Wächter des Eisernen Rats«, sagte Verrox, als er Lydriiks Interesse bemerkte.

»Habt Ihr Euch nie gefragt, warum sie niemals ein Wort sprechen?«, fragte Lydriik und unterdrückte ein Schaudern.

»Vielleicht haben sie nichts zu sagen.«

Einen Moment lang war sich Lydriik sicher, dass der Helvater sich umwandte, um ihn aus seinen seelenlosen Augenlinsen anzusehen, die so dunkel wie ein Fenster in der Nacht waren. Er überzeugte sich aber schließlich selbst davon, dass die Bewegung durch den Rhino ausgelöst worden war, der über unebenes Gelände fuhr. Er drehte sich um und sah aus der kleinen Sichtluke, die sich hinter seiner Bank befand.

Es gab nicht viel zu sehen: felsiger, schwarzer Ortstein und ab und an einen Staubteufel, der über die Oberfläche tanzte. Der Rand hatte nur selten Besucher. Hier gab es keine abbaufähigen Ressourcen und nur wenig Bergungsgut. Er war der Rückzugsort für die Gejagten, die Mittellosen und die Verzweifelten. Ein gepanzerter Transporter der Iron Hands hatte nur wenig von den Banditen der Clanlosen zu befürchten. Das Land an seinen östlichen Grenzen hingegen …

»Wir haben etwas gefunden«, sagte Verrox und hielt ihm in dem gewaltigen Dampfhammer einer Faust eine Datentafel vor das Gesicht.

Lydriik sah sich die Zugangsdaten an.

Er hatte bereits ein ungutes Gefühl der Vorahnung darüber, wohin ihre Reise sie führen würde.

>>> INFORMATIONELL >> DIE SCHATTENLANDE VON MEDUSA

Die Schattenlande, manchmal auch als Land des Schattens bezeichnet, ist eine Region voller dunkler Mythen und furchterregender Legenden, die vollständig mit dem Aberglauben auf Medusa und der Behandlung der Iron Hands der tief liegenden Phobien übereinstimmen, die sie alle gemein haben und nicht anerkennen können. Nur wenige betreten diesen Ort. Diejenigen, die es tun, sind entweder Überlebenspilger oder auf Forschungsmissionen des Mechanicus, denn sogar der Eiserne Rat ist von der Furcht vor den Schattenlanden durchdrungen. Es ist ein Ort vergessener Tempel und metallischer Relikte, ein Land, von dem man glaubt, dass dort die Toten verweilen und in dem abtrünnige Intelligenzwesen schlummern. Ein Land, wo lebende Maschinen voll unheilvoller und unmenschlicher Intelligenz auf die Ausrottung der Menschheit und den Aufstieg ihrer eigenen Art warten. Natürlich ist es ebenfalls die Region, in der der Primarch, Ferrus Manus, seine berühmteste Schlacht gegen den Silberwyrm Asirnoth geschlagen hat. Es schmerzt mich, das Offensichtliche zu wiederholen, aber das Theorem [PERIODISCH VON JEDER NEUEN GELEHRTENGENERATION WIEDERERWECKT], dass die Ursprungsmythen des *Lobgesang des Reisens* konvergente Belege über die Existenz von Maschinenwesen und Kreaturen aus lebendem Metall liefern, ist eine reine Ausgeburt der Fantasie.

Die Region ist groß und kann von sich aus nicht kartografiert werden. Solange die Landvermessung aus dem Orbit unmöglich ist, muss die Logik der Legende untergeordnet bleiben.

Nutzt das zu Eurem Vorteil.

II

Sie stiegen nahe der Koordinaten aus, die der Eisenvater ermittelt hatte. Lydriik zuerst. Er zielte mit seiner Boltpistole in die Windböen des Sturms. Die Anzeige seines Helmauspex wurde von weißem Rauschen zerrissen. Seine Psi-Axt in seiner anderen Hand brannte wie eine Feuerschale im Sturmwind. Er hielt sie nach unten gerichtet an seiner Seite. Der keilförmige Axtkopf wirkte, als sei er von einem Nimbus aus weißem Licht und umherfliegendem Staub umgeben. Die undeutlich sichtbare Form einer Pyramide, die halb unter schwarzen Sand begraben war, ragte aus dem Sturm vor ihnen in die Höhe. Von ihr ging eine schwache, grünliche Ausstrahlung aus.

»Die Legenden sind wahr«, flüsterte Lydriik.

»Nichts auf dem Auspex«, voxte Verrox über die Helm-zu-Helm-Verbindung. Er stand einige Meter hinter ihm auf der Ausstiegsrampe des Rhinos und sah zu der Pyramide auf. »Dieser Ort ist verlassen.«

Die Systeme der taktischen Dreadnought Rüstung des Eisenvaters waren viel stärker als die in Lydriiks Mk.–VIII-Servorüstung. Instinktiv hob Lydriik aber eine Hand und bedeutete Verrox zu warten.

»Kommt nicht näher, Iron Hand.«

Die Stimme wurde vom Wind fortgerissen und brockenweise zu Lydriik geschleudert und machte es ihm damit unmöglich, die Quelle des Geräuschs akustisch zu identifizieren. Stattdessen sah Lydriik sie: dreiundzwanzig Seelen, so hell wie Kerzenlicht, etwa fünfzig Meter voraus. Ungefähr nochmals halb so viele steckten in Schützenlöcher in den Dünen über ihnen. Die Stimme war von der ersten Gruppe gekommen.

Der Sturm gab ein Dutzend menschlicher Gestalten preis. Eine Sekunde lang erinnerte sich Lydriik an die lebenden Toten, die durch die Schattenlande wanderten. Er war sich jedoch sicher, dass Untote wahrscheinlich keine sterbliche Seele hätten. Sie rannten auf ihn und Verrox zu und schwärmten dabei aus. Die Mehrzahl von ihnen schienen Frauen mit gestählten Körpern zu sein. Sie trugen Ganzkörperanzüge aus Synthhaut und ihre Gesichter waren mit Schutzbrillen und Kreislaufatemgeräten bedeckt. Paarweise ließen sie sich auf einem Knie im Sand nieder und zielten auf ihn. Jede der Gestalten führte ein HEL-Gewehr mit sich, das über Hochkapazitätskabel mit einem Hochleistungs-Energiemodul verbunden war, das sie auf dem Rücken trugen. Lydriik bemerkte ebenfalls die Vielzahl der vorhandenen Schwerter und Messer, die sie an ihre Körper geschnallt mit sich führten. Ihre Geister waren hart, strahlend hell und unerbittlich rechtschaffen.

Er hatte ihre Art bereits früher einmal gespürt, als er gemeinsam mit Captain Harsid gedient hatte.

»Mein Name ist Lydriik, Epistolarius des Clans Borrgos.« Er senkte seine eigene Pistole und hielt seine Psi-Axt weiter gesenkt.

»Ich war einst ein Begleiter einer eurer Schwestern – von Laana Valorrn.« Er spürte, wie sich ihre Einstellung erweichte, obwohl keiner der Kultisten körperlich die Haltung änderte.

»Warum ist sie dann nicht hier?«, rief die Stimme zurück. »Zuletzt war sie auf dem Weg zu einer Knight-Welt namens Fabris Callivant. Sie ist weit von Medusa entfernt.«

»Warum bist du dann nicht auch dort?«

»Ich bin ein Iron Hand.« Lydriik hob die Axt, um Licht auf das tiefe Nachtblau seiner Rüstung und die silberne Hand auf seinem Schulterpanzer zu werfen. »Meine Zeit war gekommen, um heimzukehren.«

»Ihr kennt diese Leute?«, knurrte Verrox eine Frage in sein Ohr. Sein Atem roch nach Motoröl.

»Todeskult, dem Geist des Primarchen verschworen«, flüsterte Lydriik zurück. »Ich habe bereits an der Seite von einem von ihnen gekämpft.«

Der Eisenvater blinzelte zu dem undeutlichen Umriss der Pyramide vor ihnen und ein seltsamer Ausdruck des Hungers veränderte seine Gesichtszüge. »Die Überdauernde Legion. Es gab schon immer Gerüchte ...«

Sand knirschte und eine weitere Frau in einem Ganzkörperanzug ging durch die Reihen der wartenden Assassinen. Sie hielt ein gutes Stück von Lydriik entfernt an. Ihr HEL-Gewehr mit dem Bajonett war auf den Boden gerichtet.

»Wenn du bereits mit unserer Schwester hier warst, wenn du von uns wusstest und von dem, wofür wir kämpfen, warum bist du dann gekommen?«

»Laana hat verstanden, dass die Xenostechnik die Macht hat, die Iron Hands von unserer Abhängigkeit vom Fleisch und unserer Verbindung zu unserem Primarchen zu befreien.« Mehrere der Kultisten begannen zu murmeln und zu fluchen. Lydriik wartete, bis sie aufhörten, bevor er fortfuhr. »Sie hat mir aber nie davon berichtet, dass eine Komponente sich bereits hier befindet.«

»Sie war gemeinsam mit dem Xenos seit vielen Jahren auf der Jagd. Dieser Teil wurde uns erst vor kurzer Zeit zur Aufbewahrung übergeben. Es ist allerdings ein Privileg für uns, es zu bewachen und die Integrität des Primarchen zu bewahren.«

»*Ewige Stärke*«, murmelten einige der Frauen.

Lydriik warf einen finsteren Blick in ihre Richtung. Ihre Waffen bewegten sich nicht.

Warum sollten sich Kristos und Yeldrian beide an dieselbe Gruppe wenden, um ihnen bei der Suche nach der Morgenrot-Technologie zu helfen? Hier ging viel mehr vor, als Lydriik im Augenblick verstand.

Verrox legte einen gigantischen Panzerhandschuh auf Lydriiks Schulterpanzer und stellte sich dann vor ihn. Zwölf HEL-Gewehr zuckten in die Höhe. »Ich bin Verrox, ein Mitglied des Eisernen Rats. Ihr werdet mir den Zugang nicht verwehren.«

Eine der Kultisten veränderte ihr Ziel plötzlich und nahm etwas Großes ins Visier, das in diesem Augenblick über die Rampe des Rhinos klapperte. Lydriik musste den Ausdruck auf dem maskierten Gesicht der Frau nicht sehen, um zu wissen, dass soeben der Helvater den Rhino verlassen hatte.

Er steckte mit absichtlich übertrieben Gesten seine Pistole in das Holster.

»Wir sind nicht hier, um zu kämpfen.«

»Uns wurde gesagt, dass vielleicht Iron Hands auf der Suche nach der Komponente kommen würden.« Die Frau starrte Verrox argwöhnisch an. »Vielleicht sogar einer aus dem Eisernen Rat.« Sie drehte sich nachdenklich zu Lydriik. »Du sagst, du kanntest Laana.«

»So gut, wie sie es zuließ«, sagte Lydriik. Ein reumütiges Lächeln, das die Frau nicht sehen konnte, breitete sich bei dem Gedanken an sie auf seinem Gesicht aus. »Sie ... sie hat mich verunsichert, nur ein klein wenig.«

Die Assassine gab ein Schnauben von sich, das ihre Schwestern als das Zeichen auffassten, ihre Waffen zu senken. »Ihr habt sie tatsächlich gekannt.« Sie winkte ihren Schwestern mit irgendeiner Art Gebärdensprache zu, die ihren Ursprung in den Gefechtszeichen der Astartekrieger hatte. Die beiden Dialekte waren aber ausreichend unterschiedlich, dass Lydriik sie nicht entziffern konnte. »Mein Name ist Sara. Sara Valorrn.«

III

Ihre Stiefel schrammten über die dunklen Metallplatten. Lydriiks wie ein Meißel auf einer Skulptur aus Diorit, Verrox schwer und achtlos, eher wie ein Vorschlaghammer. Der Lärm, den sie erzeugten, hallte durch die lange Halle wider. In dem Raum standen große Vitrinen aus Glas, die von innen beleuchtet waren und so wie Lichtsäulen in einem Tiefseegraben wirkten. Sie dienten offenbar dazu, Reliquien aufzubewahren. Pergamentfetzen, ein verkohltes Stück einer Rüstung und die Reste eines Handschuhs. Podeste aus fein gearbeitetem Basalt standen in ultravioletten Wasserbecken. Im Hintergrund war das Gurgeln eines Springbrunnens zu hören. Die Halle wirkte wie eine Bibliothek. Oder wie ein Tempel. Lydriik drehte sich auf der Stelle und sah sich um. Ein Gefühl des Staunens machte sich in ihm breit, das er sich nicht erklären konnte. Verrox sah wie ein Hund aus, dem man befohlen hatte, sich zu setzen. Lydriik wusste, dass es den Eisenvater danach lechzte, sich diese Reliquien anzusehen.

Sara warf eine Reihe von Gesten in den Raum. Ihre Schwestern zogen sich zurück und bezogen in der ganzen Halle verteilt unaufdringliche Posten. Lydriik bemerkte jedoch, dass ihre HEL-Gewehre nach wie vor geladen und scharf waren. Dann zog die Assassine ihre Maske und die Schutzbrille vom Gesicht und kratzte reumütig an dem Synthhaut-Ausschlag auf ihrem kahl geschorenen Schädel.

Die Ähnlichkeit mit Laana war verblüffend. Klare und kantige Gesichtszüge, aschfahlen blass und Augen, mit denen sie es fertigbrachte, einen Space Marine in seiner ganzen Pracht zu betrachten und ihre Enttäuschung zum Ausdruck zu bringen. So, als wäre sie mit Legenden aufgewachsen, und die Realität käme dem nicht einmal ansatzweise nahe.

»Wartet hier«, sagte sie. »Die Superior wird entscheiden, ob man euch vertrauen kann oder nicht.«

Lydriik fragte gar nicht erst, was geschehen würde, wenn die Entscheidung zu ihren Ungunsten ausfiel. Er warf Verrox einen Blick zu, der jedoch lediglich nickte und damit signalisierte, dass er verstanden hatte und seinerseits auf den Helvater deutete, der geduldig wie ein Xenosmonolith im Sand neben ihm stand. Saras Schritte entfernten sich und hallten in der Halle wieder, als sie davonging.

Lydriik war versucht, den Vorschlag zu unterbreiten, jetzt, während die Assassine abwesend war, einfach zu gehen. Sein Ziel war es gewesen, die Morgenrot-Technologie ausfindig zu machen, nicht, sie in Besitz zu nehmen oder gar fortzuschaffen. Er war zufrieden, dass seine Mission erfüllt war. Die Logik diktierte, dass er so schnell wie möglich zu den Telesterax zurückkehrte und einen Astropathen zweckentfremdete, um eine direkte Nachricht nach Fabris Callivant zu schicken, wo sie von Yeldrians Seher empfangen werden konnte.

Verrox sprach allerdings als Erster.

»Ein Tempel der Überlebenspilger«, flüsterte er. »Es gab Legenden darüber, aber niemand wagte sich jemals in die Schattenlande. Es wird behauptet, dass sie ihren Tempel hier kurz nach dem Landefeldmassaker gegründet haben. Einige behaupten sogar, dass dies geschah, weil sie vom unsterblichen Geist der Primarchen heimgesucht wurden und eine Vorwarnung erhielten, noch bevor die ersten Schiffe und Nachrichten sie erreichen konnten.« Er warf einen langen Blick auf die ausgestellten Reliquien. »Sie sammeln seine Habseligkeiten und warten auf seine Wiederauferstehung.«

»Ich kenne den Mythos«, antwortete Lydriik.

Der Glaube der Überlebenspilger hatte auch Anhänger in den höheren Rängen des Ordens, selbst wenn es nur eine Minderheit war. Lydriik wusste nur zu gut, dass Verrox einer ihrer prominentesten Vertreter war. Die Chaplains sahen gewöhnlich darüber hinweg und betrachteten Parteigeist in all seinen Formen als nachdrückliche Einhaltung der Konkurrenzdoktrin der überlieferten Werte des Primarchen. Vorausgesetzt, dass die Wahrheit über Ferrus' Fehlbarkeit und seinen Tod unantastbar blieb, konnte nahezu alles andere infrage gestellt werden.

Verrox näherte sich der Vitrine, die ihm am nächsten stand. Sie enthielt ein Stück einer Rüstung, das Hinterteil einer Armberge, das geformt war, um über dem Trizeps eines Kriegers zu liegen. Es war vom Kampf verwüstet und vom Alter entstellt worden, aber sogar auf den ersten Blick war klar, dass es viel zu groß war, als dass es jemals für die Rüstung eines normalen Adeptus Astartes hätte bestimmt gewesen sein können. Es war nicht viel kleiner als die gehämmerte Beinschiene, die den Oberschenkel des Eisenvaters bedeckte.

»Gehörte das hier ihm?«, sinnierte Verrox laut. Sein Panzerhandschuh schlug sanft gegen das Glas und er drückte sein Gesicht daneben. Kein Hauch beschlug das Glas. Der Atem des Eisenvaters war kalt.

Lydriik zuckte mit den Schultern und schwieg. Er wusste, dass es vernünftiger war, einfach zu warten, so wie die Assassine es gefordert hatte. Er konnte aber seine eigene Neugier ebenfalls nicht verleugnen.

Er kam zu einem Podest.

Der eckige Basaltbrocken war etwas zu niedrig für ihn. In seinem runden Rand waren Bestien, Drachen und Männer in Rüstungen gemeißelt, die mit Langlaufgewehren und Jagdlanzen bewaffnet waren. Darauf lag ein aufgeschlagener Foliant, neben dem auf dem polierten schwarzen Stein eine Lesehilfe aus Elfenbein lag. Schließlich gewann seine Neugierde die Oberhand und Lydriik lehnte sich vor, um den Folianten genauer zu betrachten.

Der Text war in uraltem Medusanisch verfasst. Die Schrift war knapp, effizient und nur vereinzelte Illuminationen dekorierten die Seitenränder. Es gab nur wenige Farbschattierungen, die aus den dunklen Felsen Medusas gemahlen werden konnten. Dank seines Studiums der Eisenglaserei erkannte Lydriik die schwarzen und grauen Töne, die alle von diesem Planeten stammten. Die Seiten selbst waren spröde und im Laufe der Zeit grau geworden.

Er sah sich um, aber die Kultisten, die ihn beobachteten, schienen nichts gegen sein Interesse einzuwenden zu haben. Verrox war bereits zu einer anderen Vitrine gewandert.

Lydriik schob die Finger seines Panzerhandschuhs unter den

Einband und schloss den Folianten vorsichtig, um die Vorderseite betrachten zu können.

Der Einband bestand aus einer Art dunklem Leder, das von einem Reptil zu stammen schien. Er war mit einer dünnen Schicht Eisenglas überzogen, dass das Material vor Umwelteinflüssen geschützt hatte, selbst während die Seiten im Inneren ausgetrocknet und fleckig geworden waren. In die Unterseite des Glases war ein Bild geätzt worden. Das Glas nutzte die Farbe und Textur des darunterliegenden Leders auf eine Weise, die Lydriik, der selbst in dieser Kunst bewandert war, staunen ließ. Es zeigte einen Krieger in einer der alten Stahlrüstungen Medusas. Solche Rüstungen, die aus unglaublich seltenen, einheimischen Materialien geschmiedet worden waren, waren Kriegsherren und Königen vorbehalten gewesen und rasch der Vergangenheit überantwortet worden, als sich nach der Neuentdeckung der Welt durch den Mars Armaplast und Plaststahl durchgesetzt hatten. Sogar ohne einen Vergleichsmaßstab zu haben, erkannte Lydriik, dass die abgebildete Gestalt ein Gigant war. Seine Muskulatur war grandios, seine Schultern breit, die Augen hart und mit Pigmenten versehen, sodass sie aussahen, als bestünden sie aus Silber. Seine gewaltigen Arme waren um die Windungen eines gigantischen Wyrms geschlungen, dessen Kopf hinter der Schulter des Helden die Zähne fletschte.

Lydriik stockte der Atem, als er begriff, wen die Abbildung darstellte.

Ferrus Manus. Asirnoth.

Das Buch war der *Lobgesang des Reisens*.

Seine Finger prickelten, als sie über den Schutz aus Eisenglas glitten. Der älteste bekannte Text des *Lobgesangs* stammte aus den frühen Jahrhunderten von M33 und war eine Sammlung mündlich überlieferter Geschichten, die von einem Magos Anthropologicae zusammengestellt worden waren, der dem Kompendium aber niemals seinen Namen verliehen hatte. Lydriik hatte Kardan Stronos einen solchen unbezahlbaren Band als Geschenk überreicht, damit dieser sich an ihre langen Diskussionen über die Philosophie erinnern konnte, als er aufbrach, um der Oberste Librarian des Clans Borrgos zu werden. Dieses Buch stammte eindeutig aus einer Zeit vor M33. Die Runenschrift, die Materialien, die Pigmentierung. Alles stammte von einem vorimperialen Medusa.

Und die Überlieferungen waren offensichtlich nicht mündlich. Steifes Pergament krächzte, als er den Folianten auf einer zufällig ausgewählten Seite öffnete und die Lesehilfe aus Elfenbein zur Hand nahm.

...*und nutzte die Ablenkung der Bestie. Ferrus Manus näherte sich der Chimäre mit dem Speer in der Hand, und* ...

Lydriik blinzelte mit den Augen, als wäre das Buch ausgetauscht worden, ohne dass er es bemerkt hätte. Er las einige Zeilen weiter. Dann legte er die Lesehilfe beiseite.

Er packte den Sockel und holte tief Luft.

Die Geschichte der Chimäre ging anders. So wie jeder Iron Hand sie während der vergangenen siebentausend Jahren hatte lesen und auswendig lernen müssen.

Beinahe entging ihm das Quietschen der Schritte, die durch die Halle tönten, bis Sara schon beinahe neben ihm stand. Ihr folgte gelassen eine zweite Gestalt, die in ein rotes und goldenes Gewand gehüllt war. Die Superior. Lydriik spürte, wie sein Mut sank.

Kristos und Yeldrian hatten sich doch nicht an denselben Kult gewandt. Kristos hatte damit überhaupt nichts zu tun.

Es war Nicco Palpus.

»Ihr«, flüsterte Lydriik. »Wusste Yeldrian davon?«

Nicco Palpus schien die Frage zu amüsieren. »Das bezweifele ich. Für eine Spezies, die andere so geschickt manipuliert, verfügen sie über eine seltsame Anfälligkeit dafür, wenn die Vorzeichen umgekehrt sind.« Er spreizte seine Hände. »Aber kann man das nicht auch über uns alle sagen?«

»Wer ist Yeldrian?«, fragte Verrox.

»Das spielt jetzt keine Rolle«, sagte Lydriik. »Was geht hier vor, Palpus?«

»Ich wollte Euch eine ähnliche Frage stellen, aber die Antworten sind jetzt überflüssig.« Die Aufmerksamkeit des Logi-Legatus richtete sich von Lydriik auf den geöffneten *Lobgesang*, der auf dem Podest neben ihm lag.»Ihr seid hartnäckig, Epistolarius, das muss ich Euch lassen. Die Morgenrot-Technologie, die hätte ich erklären können. Warum ich sie hierbehalten will, hätte ich erklären können. Ich hätte es getan, wenn ich dazu gezwungen gewesen wäre. Dies aber? Nein.« Der Logi-Legatus runzelte die Stirn und wirkte auf Lydriik tatsächlich traurig.»Ich glaube nicht, dass das hier erklärt werden kann.«

»Ich will wissen, wovon Ihr sprecht«, grollte Verrox Lydriik an.

Lydriik zeigte auf den Folianten. Sein Arm zitterte.»Dass das Mechanicus die Doktrin Medusas seit mindestens siebentausend Jahren neu geschrieben hat. Ich habe an der Seite der Brazen Claws und der Red Talons gekämpft. Ich habe mich mit ihnen über die korrekte Interpretation der Geschichten gestritten.« Er stieß mit seinem zitternden Finger in Palpus' Richtung und schrie:»Und sie hatten recht! Möge der Thron uns allen gnädig sein. Die ganze Zeit über hatten sie recht. Sie sind die wahren Erben des Primarchen. Nicht wir.«

Palpus zuckte mit den Schultern.»Und?«

»Und?« Die Frage war so grotesk, dass Lydriik lachen musste. »Ihr habt uns verfälscht.« Er wedelte seine Hand zornig über das offene Buch.»Hier ist mehr vom Mars als von Ferrus Manus.«

»Ist das wahr?«, knurrte Verrox.

»Was wäre, wen dem so ist?«, fragte Palpus.»Ferrus hat sich als fehlbar erwiesen. Die Geschichten, die wir für euch geschrieben haben, waren schlichte Abbilder dieser neueren Wahrheit.« Er seufzte und betrachtete den Folianten.»Das Original zu zerstören wäre jedoch viel zu unkonventionell gewesen. Ich konnte mich einfach nicht dazu durchringen, es zu tun.«

»Haltet Euch bloß nicht für so wichtig, Palpus«, sagte Lydriik. »Eure Fälschung ist Tausende Jahre alt.«

»Nehmt es als Redewendung.«

Ein Knurren war zu hören, als Verrox mit dem Helvater als gewaltigem Schatten hinter sich vorwärtsschritt.»Warum?«

»Ihr fragt mich, warum? Ihr seid kein Dummkopf, Eisenvater. Um euch *besser* zu machen. Der Mars will dasselbe wie ihr.

Schon immer.« Der Logi-Legatus trat einen ganzen Schritt zurück und brachte Sara Valorrn zwischen sich und den aufgebrachten Eisenvater. »Ihr wisst natürlich, dass ich euch nicht gehen lassen kann.«

Die Assassinen, die in der Halle verteilt waren, kamen aus ihren Verstecken und brachten ihre wimmernden HEL-Gewehre vor der Brust in Anschlag.

Verrox bleckte seine mahlenden Zähne. »Wollt Ihr das wirklich tun, Palpus? Ich warte seit fünfhundert Jahren auf eine Ausrede.«

Die Stimme des Mars nickte, als wären sie alte Freunde und es gäbe keine Notwendigkeit, sich zu verabschieden. »Wir sind alle schon viel zu lang am Leben.«

»Du.« Verrox deutete mit seinem Panzerhandschuh auf den Helvater hinter ihm. »Töte ihn.«

Die Kettenfaust des Helvaters surrte in Aktion. Die übereinanderliegenden Läufe seiner Sturmkanone rasselten, als sie geladen wurden, und der Kombiflammenwerfer gab ein Zischen von sich, als die Zündflamme ansprang.

Und damit die blasse Haut von Verrox' Genick berührte.

Palpus gab Klickgeräusche von sich, mit denen er seinen Spott zum Ausdruck brachte. »Ihr Iron Hands seid alle gleich, obwohl es einige von euch schaffen, eure genetische Vorliebe zur Selbstgefälligkeit zu überwinden. Kristos zum Beispiel. Ihr habt viel mit ihm gemeinsam. Ihr wolltet niemals wahrhaben, wo die wahre Macht in Wirklichkeit liegt.« Er breitete als Geste der Entschuldigung seine Handflächen aus. »Nun, jetzt wisst Ihr es. Erfreut Euch an diesem Wissen.« Er nickte dem Helvater zu. »Töte ihn.«

>>> ZEITGESCHICHTLICH >> DIE SCHLACHT UM FABRIS CALLIVANT

Die Informationen über das Schicksal von Fabris Callivant sind vage und es ist durchaus möglich, dass bis zu dem Zeitpunkt, an dem Euch diese Datenübermittlung erreicht, Ihr über ein wesentlich vollständigeres Verständnis verfügt als ich.

Mir liegen Berichte vor, dass es Fabricator Locum Exar Sevastien gelang, in einem Kanonenschiff der Taghmata von dem Planeten zu entkommen. Sein letztendliches Schicksal ist aber unbekannt. Der orbitale Schutzwall begann sich zu diesem Zeitpunkt aufzulösen, nachdem sowohl die *Feingehalt*, als auch die *Schild des Gottimperators* als zerstört gemeldet wurden, kurz bevor dieser Bericht verfasst wurde.

Über das Schicksal von Eisen-Captain Draevark ist nichts bekannt.

Auch das Schicksal von Princeps Fabris ist unbekannt. Seine letzten bekannten Koordinaten platzieren ihn in den tiefer gelegenen Bezirken von Fort Callivant, felsenfest in der Nähe des Bodenangriffs der Orks.

Über das Schicksal von Mirkal Alfaran ist ebenfalls nichts bekannt.

Für uns alle bete ich darum, dass Ihr nach Fabris Callivant niemals den Weg eines Hospitallers kreuzen werdet.

Die Knight-Welt ist weit von Medusa und jeder anderen bedeutenden Welt entfernt. Wir sollten die Geschehnisse, die sich dort zugetragen haben, vollständig Kristos' Torheit zuschreiben ...

KAPITEL NEUNZEHN

»*Wir alle haben unsere Schwächen.*«

– Autarch Yeldrian

I

Rauth war sich nicht sicher, was ihm am meisten missfiel. *Hier passiert viel zu viel auf einmal.* Er war immer noch mit dem Gefühl beschäftigt, den Warp zu durchqueren, ohne technisch gesehen ›im Warp‹ gewesen zu sein. Da war kein nagendes Gefühl unter der Haut, kein Flüstern in seinem Ohr. Und da waren keine Schreckmomente, die von der Gewissheit stammten, dass er verfolgt wurde, nur um sich mit der Pistole in der Hand umzudrehen und festzustellen, dass der Gang hinter ihm leer war.

»Mein Volk riskiert es nur selten, so durch den Warp zu reisen, wie es die Chem-Pan-Sey tun«, erklärte Yeldrian ihm.

»Mensch« hält er für ausreichend, wenn er über mich spricht.

»Chem-Pan-Sey« nennt er alle anderen.

Ich sollte mich geschmeichelt fühlen.

»Ihr seid der Letzte, von dem ich vermutet hätte, dass er Angst vor dem Warp hat«, erwiderte Rauth und zeigte auf das Modul, dass der Eldar auf dem Rücken trug.

Yeldrian musste deswegen lächeln, auf die flüchtige und herablassende Art, die seiner Spezies so zu eigen war. »Kurze Distanzen sind nur ein Herzschlag im Zeitablauf des Kosmos. Sie, die dürstet, lebt im Warp, aber Sie ist nicht der Warp. Ich müsste leichtsinnig oder glücklos sein.« Seine Laune änderte sich mit einem Schlag und eine Düsternis legte sich über ihn. »Aber es passiert gelegentlich.«

Der Autarch wollte nicht weitersprechen und Rauth gab sich damit zufrieden, dass die Dämonen des Eldar dessen eigene Angelegenheit blieben.

Die Erfahrung, in einem Handelsschoner ohne Gellarfeld und Warptriebwerk durch die unendlichen Äste des Netzes der Tausend Tore der Eldar zu rasen, war etwas, mit dem er sich hätte abfinden können, wenn es das Einzige gewesen wäre, das passiert war.

Wäre der Frachtraum selbst nicht für den einzigen Zweck ausgelegt gewesen, mich in den Wahnsinn zu treiben.

Es war wie eine Art Kinetose, die umso unerträglicher war, weil sie nichts mit einem physischen Erlebnis tatsächlicher Bewegung zu tun hatte. Die Stapel der Transportkisten gaben noch nicht einmal ein Knarren von sich. In der Tat war allein das Gefühl befremdlich, im Warp in eine Flaute zu geraten, wenn man die unermesslich hohe Geschwindigkeit berücksichtigte, mit der sich die *Graue Gebieterin* fortbewegen musste. Stattdessen wollte das, was er aus den Augenwinkeln sah, nie wirklich zu dem passen, was er direkt vor sich sah. Er konnte schon gar nicht mehr zählen, wie oft er bereits erschrocken war, als sich irgendein schemenhafter Albtraum näherte, nur um zu sehen, wie das Phantom in dem Moment wieder verschwand, als er seine Waffe auf es richtete.

Die Schreie und das Geräusch des Bolterfeuers verloren sich in dem Labyrinth des Frachtraums und hallten durch die Windungen und Falten seines Gehirns.

Und erneut versuchte Yeldrian, ihm das zu erklären.

»Holofelder und halluzinogene Barrieren. Ich habe Euch davor geschützt«, fügte er hinzu und kam damit der unausweichlichen Frage zuvor. »Aber die Iron Hands, die es an Bord schafften, bevor wir Kristos im Netz der Tausend Tore abgeschüttelt haben, werden von jedem Albtraum heimgesucht, der sich in den Tiefen ihrer Psyche verbirgt.« *Ein unangenehmer Gedanke. Niemand hat solche Albträume, wie ich.* »Sie zu töten wird ein Akt der Gnade.« *Sogar das verstört mich. Ein wenig.*

Natürlich nicht, sie zu töten. Das war Mana für seine Seele und das Mindeste, das er nach all den Jahren zurückgeben konnte, die er ertragen hatte.

Es ist der Preis dafür, der mich beunruhigt.

Nach all dem, was er gesehen und gehört hatte, war er der Meinung gewesen, etwas Abscheuliches zu Gesicht zu bekommen. Grelles Plastek, das mit ausgewaschenen Juwelen besetzt war und von dem massenhaft grausame Energien ausströmten, die seine Seele erkundeten und dort nach seinen Schwächen suchten. Stattdessen von Standardausführungen der Transportkisten des Departmento Munitorum umgeben zu sein, war sowohl enttäuschend und mehr als nur etwas nervenaufreibend.

Rauth war sich nicht sicher, was ihm am meisten missfiel.

Vielleicht ist es nicht nur ein Ding. Ich habe viele Gründe, mich zu ärgern.

»Wo ist mein Bruder?«, fragte er immer wieder.

»Wir sind beinahe angekommen«, war die einzige Antwort, die ihm der Eldar gab.

Sie fanden ihn nach zehn oder fünfzehn Minuten raschen Schritts.

Vier erstaunlich hohe Wände aus bronzenen Transportkisten, auf die Schutzrunen und der imperiale Adler gestempelt waren, bildeten in der Mitte des Frachtraums eine Art Kammer. An deren Rändern lagen eine Reihe großer Kristalle wie selbstleuchtende Algen auf dem Grund einer Quelle. Ein Raster aus halborganischen Kabeln, die aus einer Mischung aus fremdartigem Plastek und Phantomgebein bestanden, bedeckte die Bodenplatten und verband die Kristalle zu einer organisch pulsierenden Reihe. Rauths Augen passten sich schnell an die veränderte Lichtintensität an. Die Transportkisten waren von einem netzartigen Material überzogen. Geisterhafte Kreaturen krabbelten wie Spinnen darauf herum. Ihm war kalt. *Das Schlimmste ist, dass ich noch nicht einmal weiß, ob sie real sind, oder nicht.*

»Entspricht das eher dem, was Ihr erwartet habt.?«

Rauth nickte.

»Dies war einst das Fahrzeug eines wohlhabenden Händlers. Der Frachtraum ist besser abgesichert als die Brücke oder die Triebwerke.« Der Eldar deutete auf die glühenden Kristalle. »Die Steine erzeugen Holoverteidigungen im ganzen Schiff.«

Ohne ein Wort zu sagen, sah Rauth sich um und prüften den Ort auf Verteidigungsfähigkeit und Schwächen.

Dann wandte er sich an seinen Bruder.

Khrysaar lag auf einer schwebenden Platte aus Gebeinplastek und war bis auf den Lendenschurz nackt. Blinkende und piepsende Juwelen, die etwa so groß wie eine Münze waren, umschwirrten seine mit Narben überzogene und muskelbepackte Gestalt. Es hatte den Anschein, als kommunizierten sie mit einer Reihe von glatten, elegant unmenschlichen Juwelendioden, die auf einer Seite aufgestellt war. Tropfinfusionen oder Skalpelle konnte Rauth nicht entdecken. Nur eine leise läutende Geode, die auf der Stirn des bewusstlosen Scouts platziert war. Rauth wollte zu der Antigravliege gehen, als seltsame Gefühle der *Fürsorge* und der *Zuwendung* in ihm aufstiegen. Yeldrian hielt ihn jedoch mit einer leichten Berührung an der Schulter zurück.

Rauth hätte sich beinahe umgedreht und ihn geschlagen.

Er starrte auf seine geballte Faust, als hätte ihm jemand eine Granate mit einer kurzen Sprengzeit hineingedrückt. *Was habe ich mir da nur gedacht?* Wenn er eines mit Sicherheit wusste, dann war es, dass ein Kampf zwischen ihm und dem Autarchen nur einen einzigen Ausgang haben konnte.

Mit einer außergewöhnlichen Willensanstrengung senkte er seine Faust wieder.

»Er ist nicht in Gefahr«, sagte Yeldrian ruhig, als könne er Rauths Zorn nur mit Worten auslöschen, genauso wie er eine Flamme mit einer Decke ersticken konnte. »Ihr wart hier beide bereits häufig Gäste.«

Gäste. Das hört sich so liebenswürdig an. »Wie oft?«

»Ihr habt Lücken in Euren Erinnerungen. Das ist der Grund.« Der Eldar deutete auf die Antigravliege. »Ihr hattet recht. Zuvor. Ich habe Euch und Euren Bruder nicht wegen euren Fähigkeiten rekrutiert. Laana war absolut dazu in der Lage, die Technologie allein zu entdecken.« Er lächelte dünn, als vermisse er die menschliche Assassine. »Ich glaube, ihr lag nicht viel an eurer Unterstützung, aber sie hat mir vertraut. Ihr und Euer Bruder wurdet auf Thennos von dem Artefakt verändert. Hätte ich es zugelassen, dass ihr zurückkehrt, hätte die Verderbnis euren Planeten vielleicht bereits dezimiert. Lydriik hat dafür gesorgt, dass ihr abkommandiert wurdet, indem er bei einem Eisenvater namens Verrox für mich vorstellig wurde.«

Ich kenne diesen Verrox nicht. Ich bin ihm aber wahrscheinlich während des Eisernen Monds begegnet. Rauth griff nach oben und berührte den einzelnen Rückenwirbel aus Eisen des Clans Dorrvok und zuckte zusammen, als er sich daran erinnerte, wie er ihm eingesetzt worden war. *Seltsam, dass ich mich an nicht viel mehr erinnere, was an diesem Tag geschehen ist.*

»Euch mitzunehmen verschaffte mir ebenfalls die Möglichkeit, Euch zu überwachen. Außerdem erhielt ich Zugang zu Eurem Verstand.«

Ich erinnere mich an nichts von all dem. »Was ist denn so Besonderes daran?«

»Ich glaube, dass Ihr das Artefakt auf Thennos gesehen habt, oder ihm zumindest sehr nahe gekommen seid. Kristos' Psioniker hat Eure Erinnerungen daran blockiert. Lydriik sagte mir, dass dies bei Eurem Volk eine häufig verwendete Technik ist, um unwillkommene Gedanken und Verhaltensmuster auszumerzen.« Der Eldar seufzte, senkte eine Hand und legte sie auf Khrysaars Bizeps. »Das mag vielleicht die Ansteckungsgefahr eindämmen, wenn sie denn besteht, kann sie aber nicht auslöschen.«

Ein schemenhafter Eldar, der eine dunklere Rüstung als Rauth trug und den er zwischen den engelhaften Lichtern und dem Schrecken seines bewusstlosen Bruders nicht bemerkt hatte, näherte sich der Antigravliege. Rauth starrte nur sprachlos vor sich hin. *Meine Brüder sind nicht die Einzigen, die sich mit ihren Albträumen auseinandersetzen müssen.* Irgendetwas an dem Körperbau der Gestalt sagte ihm, dass es sich um eine weibliche Eldar handelte. Ein weit weniger prosaischer Teil von ihm schrie: »Hexe«. Sie war größer als Yeldrian und auch als Rauth. Ihr Helm war hoch und kanneliert, der Gesichtsschutz eine schwarze, merkmalslose Scheibe und der lange Kragen war mit Aquamarinen besetzt. Der an ihre Form angepasste Körperpanzer war in einem gedeckten Gelb gehalten und ähnelte dem des Autarchen, war aber um einen Ton blasser, reichlich mit Phantomrunen verziert und teilweise von einem Mantel aus fahlem Flachs verdeckt.

»Imladrielle Düsterschleier«, sagte Yeldrian und die Xenosfrau neigte leicht den Kopf. »Gibt es Nachrichten von Lydriik oder von Elrusiad?«

Ein Kopfschütteln.

Rauth zitterte.

Spricht sie denn nicht?

Sie wurde von einem Paar leicht gepanzerten Kriegern flankiert. Sie waren groß und schlank und dennoch standen sie absolut bewegungslos da. *Sie erinnern mich an die Stabinsekten auf Medusa, die jahrelang auf einen Pheromonhauch ihrer Beute warten.* Sie waren noch um einen Kopf größer als Düsterschleier, und trotz ihrer anscheinenden Zartheit auch breiter als sie. Ihre Helme aus Plastek waren nach hinten geschwungen, absolut glatt und es gab keine Öffnungen für die Augen oder den Mund. Lediglich eine Rune war auf ihnen auszumachen, die Rauth trotz ihrer Fremdartigkeit an das alte medusanische Symbol für die Unendlichkeit erinnerte. Beide standen in der Haltung einer ewig währenden, beinahe statuesken Bereitschaft und hielten langläufige, schwere Kanonen einer fremdartigen Konstruktion in ihren großen Händen.

»Düsterschleier hat daran gearbeitet, die Barrieren zu entfernen, die Kristos vor Eure Erinnerungen geschoben hat«, sagte Yeldrian.

»Was?« Rauth wandte zögerlich seinen Blick von den hoch aufragenden Phantomkriegern ab. »Warum?«

»Entweder Ihr wurdet verändert oder eben nicht. Das Ereignis zu verleugnen ändert nichts an Eurem Schicksal. Ayoashar'Azyr wird am Ende doch herauskommen.«

Rauth spürte, wie sein Zorn ihn verließ und sich am Boden um seine Zehen sammelte. Er warf einen Blick in Khrysaars Richtung. »Und ist er …?«

»Er ist makellos.«

Rauth atmete erleichtert aus, aber irgendetwas am Verhalten des Eldar machte sein Herz schwer.

»Es tut mir leid.« Irgendwie hatte Yeldrian seine Laserpistole bereits in der Hand und zielte damit auf Rauths Kinn. »Ich vermute, dass Ihr es bereits seit einiger Zeit gewusst habt.«

Rauths Blick heftete sich an Yeldrian.

Schweiß lief von seinen Fingern über den Griff seiner Boltpistole, die sich immer noch an seiner Seite befand. Er war schnell und sein Reaktionsvermögen an die Grenzen der menschlichen Physiologie getrieben. *Aber eben nur an die Grenzen. So schnell bin ich nicht.* Unterschiedliche Gefühle begannen aus ihm hervorzuquellen. Es war unmöglich zu sagen, wo eines endete und das nächste begann. Angst für sich selbst. Liebe für seinen Bruder. Erleichterung, dass Khrysaar leben würde. Zorn, dass er es nicht würde. Hass. *Hass kenne ich.* Er war der Mantel, der unter seiner Haut brodelte. Hass auf Yeldrian. Hass auf Kristos. Hass auf seinen Bruder, weil er überlebte. Hass auf sich selbst, weil er es nicht würde. *Auf mich am allermeisten. Ich verwandle mich in das Monster, in das Tartrak und Dumaar mich gerne verwandelt hätten, und das obwohl ich geschworen habe, dass ich stärker bin, dass ich mich wehren würde, sobald ich stark genug wäre, um zu gewinnen. Nun gut, jetzt ist die Zeit gekommen. Kämpf und stirb oder gib auf und stirb. Ich weiß, was zu tun ist.*

Gegen das Unvermeidbare kann man nicht kämpfen.

Mit einem Heulen und blind vor Zorn zog Rauth seine Pistole.

Yeldrian war schnell wie ein Blitz. Seine Laserpistole spuckte Strahlen aus und brannte die Muskeln von Rauths Schulter, bevor dieser seine Boltpistole aus dem Magholster gezogen hatte.

Das Gestöber war für Rauths Kopf gedacht gewesen.

Er war vielleicht nicht so schnell wie ein Autarch der Eldar, aber immerhin beinahe. Er schaffte es, seine entbehrliche, organische Schulter in das Feuer zu drehen und damit die Schüsse aufzusaugen, während er seine eigene Pistole zog und das Feuer erwiderte.

Das Zusammenspiel aus der Drehung und den Schmerzen sorgte dafür, dass seine Salve weit auffächerte. Geschosse pfiffen über den Körper des Autarchen und schlugen durch die Wand aus Transportkisten. Die Detonationen zerrissen die billige Legierung und warfen Packplastek aus, als habe es zu schneien begonnen.

Yeldrian warf einen erschrockenen Blick in den Schauer und streckte seine Hände aus, wobei seine Pistole an einer vom Abzugsbügel baumelte.

»Niemand hat den Wunsch zu sterben, vergesst aber Eure Brüder nicht, die immer noch an Bord dieses Schiffs sind. Werden die Emitterkristalle beschädigt, dann kommen sie. Sie werden für Kristos holen, was wir ihm genommen haben.«

Eine Sekunde lang dachte Rauth, dass er schießen würde. *Warum schieße ich dann nicht?* Er vermutete aber, dass er letztlich seine Brüder mehr verabscheute, als er den Eldar hasste, der ihn töten wollte. Er schob seine Pistole wieder zurück in das Magholster. »Ihr hättet mich erschießen sollen, solange Mohr mich noch im Apothecarion hatte.«

»Er hätte das nicht zugelassen, und ich verspürte keinen Wunsch, auch ihn zu töten. Ich brauche ihn noch. Außerdem ist da noch das.« Er deutete auf die Antigravliege. Khrysaar war immer noch bewusstlos. Düsterschleier und ihre Wächter hatten sich nicht vom Fleck bewegt. *So sieht Selbstvertrauen aus.* »Ihr habt Euch einen richtigen Abschied verdient.«

Rauth seufzte. »Schwach.«

Yeldrian hob seine Pistole wieder zu Rauths Gesicht. »Wir haben alle unsere Schwächen.«

Laserlicht brach aus der kristallbesetzten Mündung der Waffe hervor.

Die Zeit schien stillzustehen und das gesamte Universum schien sich auf den Augenblick zu konzentrieren, als ob Rauths Leben für es irgendwie wertvoll war, als ob sein Ende bezeugt und verkündet werden musste. Das Gefühl seiner bevorstehenden Sterblichkeit überkam ihn wie eine aufgepumpte Blase, die wuchs und wuchs, bis sie platzte.

Die Zeit beschleunigte wieder, als ein Terminator der Iron Hands direkt in der Schusslinie materialisierte und die Laserenergie auf seinem Rückenpanzer zerplatzte wie ein Strahl Wasser auf einem Felsen. Rauth sah mit offenem Mund zu. Spanten aus Plaststahl standen aus dem gewaltigen Brustpanzer hervor. Dicke Metallplatten mit mächtigen Nieten schützten irrelevante Bioniken. Ein gewaltiges Munitionsmagazin war auf den Rücken geschraubt. Er dominierte den Ort, an dem er stand, wie ein supermassives schwarzes Loch eine Galaxie dominierte. Rauth konnte nichts anderes tun, als zuzusehen, wie der Terminator zwei Sturmkanonen hob und das Feuer auf die Reihe Holokristalle eröffnete.

Rauths Verstand explodierte.

Er fiel zu Boden, als habe man ihm in den Kopf geschossen. Sein Gehirn unternahm alles, was in seiner Macht stand, ihn davon zu überzeugen, dass die Deckplatten unter seinen Händen wie Sand zerfielen. Die Mauern hoben sich und fielen wieder zusammen, bebten wie Türme aus Gelatine. Schrecken mit Fledermausflügeln wurden zu chitin-gepanzerten Monstrositäten und starben dann einen furchtbaren Tod als Verräterastartes. Die Zwillingssturmkanonen belasteten seine Nerven mit ihrem Donner. Er versuchte, an seine Pistole zu kommen, konnte aber seine eigenen Hände nicht finden. *Warum ist der Terminator nicht davon betroffen?*

Er wusste warum. Alle Scouts hatten die Gerüchte gehört.

Helvater.

»Er ist uns gefolgt«, schrie Yeldrian. »Welche Arroganz.« Der Autarch setzte seine Höllenmaske wieder auf. »Zerstört es. Bevor es zu spät ist.«

Die Phantomkrieger waren bereits vor Düsterschleier getreten und Verwerfungswellen breiteten sich von ihren Kanonen aus und sprengten ganze Brocken aus dem Helvater in eine andere zeitliche Dimension. Der reduzierte jedoch noch nicht einmal die Geschwindigkeit seiner Schüsse. Laserschüsse sprenkelten über die uralte Terminatorrüstung, hatten aber keine bemerkenswerte Wirkung. Yeldrian fluchte in seiner eigenen Sprache, aktivierte seine Klinge und stürmte vor.

Der Eldar hatte aus seinem Kampf mit Draevark gelernt. Er versuchte nicht, den Helvater zu durchbohren, nach ihm zu stechen oder ihn mit einem klinischen Hieb auf ein lebenswichtiges Organ auszuschalten. Vielmehr hackte er auf ihn ein und verursachte dabei so viel Schaden wie nur möglich zu verursachen, bevor der schweigende Gigant sich wehren konnte.

Der Helvater rammte den Eldar mit der Schulter in eine der Kisten und Yeldrian brach wie eine Pergamentfigur zusammen.

Rauth kniff die Augen zusammen, zog seine Pistole und drückte sich gegen die Kistenwand.

Er zielte auf den Hinterkopf des Helvaters, als eine weitere kräftige Druckwelle seinen Bauch traf. Seine Ohren knackten. Er schoss nicht, denn er wusste, was als Nächstes passieren würde und vermutete, dass er von nun an sein Ziel aussuchen musste.

Sechs weitere Gestalten schälten sich aus dem Empyreum. Sie waren kleiner als der Helvater, aber jeder für sich war immer noch ein Gigant. Iron Hands. Das Zahnradsymbol des Clans Raukaan war silbern in ihre Schulterpanzer graviert und pulsierte in dem höllischen Blitzlicht, das der Helvater mit seinen Sturmkanonen erzeugte. Er erkannte den Krieger, der das Kommando innehatte.

Omnissiah. Imperator.

Nein, bitte nicht.

Rauth spürte, wie sein Körper taub wurde, als hätte ihn eines der steinernen Urwesen Medusas berührt und ihn auf einen Schlag gelähmt. Er starrte ihn mit vor Schreck starren Augen an und vergaß die Boltpistole in seiner Hand. *Dumaar.* Der Apothecary musterte ihn und führte anscheinend eine visuelle Obduktion durch. Seine Teleskopoptiken surrten und brummten.

»Kahn- und Keilbeinknochen zerstört. Laserverbrennung ersten Grades des rechten Deltamuskels. Hautperforationen, die auf Schusswunden schließen lassen, nur oberflächlich versorgt. Loyalität ... kompromitiert.« Rauth spürte, wie sein Mund offen hing. Emotionen, mit denen er nicht umzugehen wusste, lähmten die Muskeln in seinem Gesicht. »Nicht rettenswert.«

Er schüttelte seine Benommenheit ab, wechselte sein Ziel vom Helvater und gab vier Schüsse auf Dumaars Brustpanzer ab. Das erste Boltgeschoss verpuffte beim Kontakt mit irgendeiner Art Kraftfeld, die folgenden drei sprengten unschöne Brocken aus der Rüstung des Apothecary.

Als würde sie von jemandem ferngesteuert, hob Dumaar unbeeindruckt seine eigene Pistole.

Boltgeschosse füllten die Luft. Rauth warf sich aus der Schussbahn und die massereaktiven Explosionen verfolgten ihn bis in die einzige Deckung, die er finden konnte.

Khrysaars Antigravbett.

Der Bolthagel des Apothecarys vernichtete Düsterschleiers Medicusgeräte und erzeugte eine Reihe dumpfer Detonationen, die wie Schüsse, die in eine ölige Flüssigkeit abgegeben wurden, durch die Einheit wanderten.

Rauth holte Luft und warf das leere Magazin seiner Pistole aus, rammte ein anderes hinein, schob sich auf die andere Seite der fremdartigen Maschine und wagte einen Blick um sie herum.

Der Helvater und die beiden Phantomkrieger der Eldar rissen sich gegenseitig Stücke aus ihren Rüstungen und schienen sich damit zu begnügen, solange aufeinander zu schießen, bis einer von ihnen oder sie alle zerstört waren. Die Hexe, Düsterschleier, stieß einige kompliziert klingende Sätze aus, die von ebenso komplizierten Gesten begleitet waren, und die Plastekrüstung des Kriegers vor ihr wurde flüssig, sonderte Autogeschosse ab und spuckte sie auf die Deckplatten, während der von ihnen verursachte Schaden behoben wurde. Dann explodierte ihr Kopf. Rauth fluchte, als er von Xenosblut überschüttet wurde und die Eldarhexe neben ihm auf die Antigravliege fiel.

Dumaar murmelte in einer Mischung aus sich gegenseitig negierenden Maschinensprachformen vor sich hin und lud nach.

Der Apothecary umging den Druck, der sich rund um Yeldrian wie eine Faust zusammenballte, und ging langsam auf Rauth zu. Der gab hasserfüllt einen weiteren Schuss ab. Er verbrannte auf dem Kraftfeld des Apothecary und die unterschiedlichen Metalle, mit denen sein Schädel verkleidet war, verfärbten sich unter dem Licht der Flammen. *Ich werde nicht zurückkehren, um noch einmal auf Dumaars Operationstisch zu liegen. Ganz sicher nicht.* Er leerte das gesamte Magazin in den Apothecary und umging die Beschränkung auf jeweils vier Schuss, indem er wiederholt den Abzug drückte. Dumaar ging einfach weiter. Mit einem Heulen warf Rauth das leere Magazin aus und schleuderte es. Es prallte von der Wange des Apothecary ab.

Eine zweite Implosion der Realität spuckte einen weiteren Terminator der Iron Hands aus.

Den da kenne ich.

Unzählige Eisenglasgravuren zeigten sein Abbild überall an Bord der *Gespaltene Hand*, der Klosterfestung des Clans Borrgos, und sie waren sich bereits einmal begegnet. Damals, als Arven Rauth sich den abschließenden Folterungen unterzogen hatte und einer des Clans Dorrvok geworden war.

Kristos.

Die Helmlinsen des Eisenvaters blitzen der Reihe nach auf. Er wirkte wie ein gewaltiges Leuchtfeuer aus Ceramit und dunklem Plaststahl. Er und Yeldrian sahen sich gleichzeitig.

Der Autarch sprang mit einem Schlachtruf von der haltlosen Sturmklave weg, löste sich in Luft auf und erschien in einem Sturm aus Farben wieder, um seine Klingen über den Rücken des Eisenvaters zu treiben. Der Eldar sprang weg, drehte sich um die eigene Achse, verschwand im Immaterium und kam dann erneut aus einem anderen Winkel. Kristos' Arm rastete aus seinem Gelenk aus und wieder ein, nachdem er seine Psi-Axt nach hinten gedreht hatte, um damit die Klinge des Autarchen beiseite zu fegen. Yeldrian drehte seine Klinge und ließ die mit Kettenzähnen versehene Axtscheide an deren Länge entlanggleiten. Dann stieß er hinter seiner Maske ein Kreischen aus, dass die Sturmklave des Clans Raukaan von den Beinen holte und dafür sorgte, dass Rauth vor Schmerz seine Hände auf die Ohren presste, obwohl er mehrere Meter entfernt stand. Kristos ordnete seine Gliedmaßen neu und jagte einen Bolterschuss durch die Brust des Autarchen. Dieser war aber bereits wieder hinter ihm aus dem Äther gekommen. Funken hingen in der Luft, während sie miteinander kämpften. Die Weltgesetze waren in dem engen Bereich aufgehoben, in dem die explosive Anmut des Eldar auf die unbeugsame Energie des Eisenvaters traf.

Vielleicht können wir diesen Kampf doch noch gewinnen.

Rauth wandte seine Aufmerksamkeit widerwillig ab, als Dumaar kühl Düsterschleiers Leiche von der Antigravliege zog, während seine Optiken die Geode fixierten, die auf Khrysaars Stirn angebracht war.

»Theorie: hypnotischer Anreger.« Der Apothecary stieß einen Codeschwall aus, während seine Augenlinsen Khrysaars Körper abtasteten. »Risswunden. Hämatome. Minimale physische Schäden. Mögliche geistige Schäden. Unwichtig. Rückgewinnung durch Clan Borrgos gerechtfertigt.« Es gab einen lebhaften Austausch, als er sich mit einer ganzen Anzahl unterschiedlicher Systeme seiner Rüstung unterhielt. »Rückgewinnung genehmigt. Durchführung.«

Rauth stieß scharf die Luft aus.

Nein.

Er zog sein Messer aus der Scheide an seinem Stiefel und trieb es in den Arm des Apothecary, während Khrysaar dessen Aufmerksamkeit in Anspruch nahm.

Die lange Klinge durchtrennte das flexible Metall zwischen Armschiene und Armberge. Aus dem Ellbogengelenk pfiffen Gase heraus, hörten aber schon bald auf, als die Ströme im Inneren der Rüstung umgeleitet wurden. Rauth zog sein Messer wieder heraus und trat zurück. Er wollte Abstand halten und hieb in einem Bogen in Richtung Hüfte. Dumaar wischte den Hieb jedoch mit seinem Panzerhandschuh beiseite. Schmerz dröhnte durch Rauths Arm und er verbiss sich ein Stöhnen, während er den Apothecary umging und das Messer vor sich von einer Seite zur anderen kreuzen ließ.

»Wir gehen nicht zurück.«

»Es ist ein weitverbreiteter Irrglaube, dass Zorn die Stärke einer Körpereinheit verstärkt. Das tut er nicht.« Dumaars Hand schloss sich über Rauths Faust, zerbrach die Klinge in zwei Teile und zerquetschte die Bionik in seiner Hand bis hinauf zu den Belastungsstäben an Speiche und Elle. Mit einem Schmerzensschrei ließ Rauth es zu, dass Dumaar ihn in die Knie zwang. Der Apothecary starrte auf ihn herab, ganz der Chirurg, der eine brandige Gliedmaße beurteilte. Dumaar war der älteste Iron Hand des Ordens und der stärkste. Er war eine Legende. Rauth konnte nur weiter schreien, während die Gelenkbänder und flexiblen Stäbe, die seine augmetischen Gliedmaßen mit seiner organischen Schulter verbanden, langsam auseinandergezogen wurden und farbige Flecken vor seinen Augen zu tanzen begannen.

»Eine Variante der Unteraugmentation des Typs Mk. XXV. Plaststahl-Nickel-Legierung mit Aluminiumgetrieben. Die von Apothecary Gerraint bevorzugte Ausführung. Leichtgewichtig. Wie vom Clan Dorrvok bevorzugt.« Er packte fester zu und der metallische Unterarm knackte unter dem harten Griff des Apothecary. Rauths Blick trübte sich, als Stimulanzen seine Blut-Gehirn-Barriere überschwemmten, um ihn davon abzuhalten, das Bewusstsein zu verlieren. »Fehlerhaft. Äußerst fehlerhaft.«

Rauth versuchte wegzukommen, aber Dumaar hielt ihn an seiner eigenen, nutzlosen Bionik fest. Der Kampfeswille verließ ihn, als rote Tropfen auf das Deck spritzten. Sogar die Koagulationsfaktoren und Schmerzhemmer, über die ein Space Marine verfügte, konnten einen Körper nur bis zu einem gewissen Punkt treiben.

»Das Fleisch ist schwach«, murmelte er.

»Eure Feststellung ist nicht aufschlussreich«, sagte Dumaar.

Rauth bleckte Zähne, die von Blut verschmiert waren, und hob seine Boltpistole. *Nehmt sie euch. Nehmt euch die Morgenrot-Technologie und seid verdammt.* Plötzlich musste er lachen, als er am Lauf der Pistole des Apothecary entlang starrte.

»Ich lache über Euch«, spie Rauth aus. »Und Ihr werdet niemals verstehen, wieso.«

»Das interessiert mich auch nicht«, antwortete Dumaar und schoss ihm ins Gesicht.

II

Autarch Yeldrian sah, wie Düsterschleier fiel, kurz darauf folgte auch Rauth dem Phantomseher in Ynneads Umarmung. Einen Herzschlag lang trauerte er um beide. Imladrielle war den Weg des Krieges mit ihm gegangen, als die Alaitoc noch jung und voller Trauer waren. Und obwohl Rauth bereits zum Tode verurteilt gewesen war, hatte er den Tod doch nicht verdient.

Es gab einen Knall, als einer von Imladrielles Phantomwächtern zu Boden fiel. Ihm fehlten die Beine. Sie waren von der Flut aus der Laserkanone des Phantomterminators unter ihm weggeschnitten worden.

»Ihr übertrefft Euch selbst«, fauchte Yeldrian und startete eine wütende Kombination aus Schwerthieben und zufälligen Warpsprüngen, die Kristos jedoch systematisch und effizient abwehrte. »Ihr verlauft Euch im Netz der Tausend Tore, nur um Euch zu holen, was Euch verdammen wird.« Yeldrian wurde noch etwas schneller und flackerte mit einer solch leichtsinnigen Hemmungslosigkeit in und aus dem Warp, dass er gelegentlich vier oder fünf Reflexionen seiner selbst beobachten konnte, die mit Kristos' rotierenden Gliedmaßen kämpften.

»Sich im Netz der Tausend Tore zurechtzufinden ist nicht unmöglich«, sagte Kristos, obwohl sein Oberkörper ob der Geschwindigkeit seiner Bewegungen verschwamm. »Nur äußerst unwahrscheinlich. Unwahrscheinlichkeit ist aber nichts anderes als Zwangsläufigkeit, die über einen zu kurzen Zeitraum betrachtet wird.«

Eine plötzliche Veränderung des Kampfstils brach durch Yeldrians komplizierte Abfolge von Abwehrschlägen und er musste sich auf seinem hinteren Fuß abstützen. Er sprang rückwärts, wirbelte herum und seine Klinge zuckte vor, um eine Öffnung zu schaffen. Kristos aber gab nicht nach. Die Systeme des Eisenvaters hatten ihn beurteilt und die notwendigen Mittel gefunden. Dieser Kampf war eigentlich schon vorbei. Yeldrian verzog sein Gesicht.

Er wollte nicht wahrhaben, dass sein Leben so endete, im Kampf, um die Chem-Pan-Sey vor sich selbst zu schützen.

»Der Saphirkönig wird Eure Seele holen, Kristos«, keuchte er. Er wich weiter zurück, bis er mit dem Rücken gegen den Kistenstapel stieß. Seine Hände fühlten sich taub an, als griffen sie bereits halb durch den Schleier und wurden von Ynneads eigenen beiden Händen gehalten. »Wir haben das Artefakt zwar gebaut, aber es gehört jetzt ihm. Ihr könnt nicht hoffen, es zu benutzen, ohne es zuvor ihm zu erlauben, Euch zu benutzen.«

»Ihr haltet mich für ignorant.«

»Ihr wisst Bescheid?«

Kristos' Axt brach durch Yeldrians geschwächte Deckung und schlug ihm die Energieklinge aus der Hand. Dann trat ihm der Eisenvater in die Brust und er wurde von der augmentierten Kraft des Iron Hands und der Mauer aus Transportkisten hinter ihm zerquetscht. Knochen brachen. Seine Rüstung zerriss. Und Yeldrian rutschte zu Boden. Kristos ragte über ihm auf. Was er sah, als er auf Yeldrians Banshee-Kampfmaske blickte, konnte keine geistig gesunde Kreatur auch nur erahnen. »Dämonen sind das Produkt der Angst und der Emotionen von Sterblichen. Sie sind nichts als Spiegelbilder makelbehafteter Seelen. Wie könnte man sich also besser schützen, als die eigene aufzugeben? Wir werden bis in unseren Kern zu Eisen und für Schwächen sowohl von innen als auch von außen unempfindlich. Die Morgenrot-Technologie wird mir dabei helfen, dieses Ziel zu erreichen.«

Yeldrian schüttelte seinen Kopf und war zu schwach, um aufzustehen. »Ich hatte gedacht, Ihr wärt naiv. Aber da habe ich mich geirrt. Ihr seid wahnsinnig.«

Kristos brachte seinen Sturmbolter in Anschlag und Yeldrian starrte in die Mündungen der Waffe.

Er dachte an Flucht. Ein Sprung, und er konnte von diesem Ort verschwinden. Er konnte nach Ymir suchen, Harsid aufscheuchen und alle anderen suchen, die noch am Leben waren, und den Kampf an einem anderen Tag wiederaufnehmen. Er war aber bereits lasterhaft und leichtsinnig gewesen und konnte dieser Sache nicht mehr viel bieten.

Er zog die Grenze bei seiner Seele.

»Auch Eldanesh hat versucht, sich mit den Göttern auf eine Stufe zu stellen«, sagte er und sah auf, während er seine Hände auf den Boden legte. »Es ist schlecht für ihn ausgegangen.«

III

Jalenghaal blickte auf die prächtig gerüstete Leiche des Eldar-Generals hinab, dessen Körper in Stücke gerissen und über die umliegenden Flächen verteilt worden war. Allein diese Bewegung verursachte ihm erhebliche Schmerzen. Ein massereaktives Geschoss durch das Rückgrat hatte meistens diese Wirkung. Karrth hatte wesentlich mehr gelitten, wenn auch nur für kurze Zeit. Die Mitglieder seiner Klave, die noch am Leben waren, Burr, Huron und Thorrn standen wie Untote hinter ihm. Die psionischen Waffen der Eldar hatten auf sie eingedroschen, eingehämmert und sie verwirrt. Aber sie standen immer noch. Jalenghaal fühlte sich stolz. Die Halluzinogene mussten seine geistigen Hemmschwellen überladen haben.

»Ich kann keinen der Krieger erreichen, die in den Hecksektionen eingesetzt sind«, sagte Kristos, ohne sich umzudrehen. Der Sturmbolter des Iron Hands war immer noch auf die Sauerei gerichtet, die von dem Xenos übrig war. Es hatte den Anschein, als ob ein logischer Fehler den Tod des Eldar aberkannte.

»Er ist tot«, sagte Jalenghaal.

Kristos senkte langsam seine Waffe und drehte sich um. »Der Tod des Brazen Claws und der des Death Spectres sind bestätigt. Wir wissen nicht, was aus dem Wolf wurde.«

»Klave Jalenghaal wartet auf Befehle«, sagte Jalenghaal.

»In einigen Bereichen des Schiffs sind noch Holoverteidigungen aktiv. Einen einzelnen Wolf zu jagen, wäre ein ineffizienter Einsatz von Ressourcen und Zeit.«

Jalenghaal war nicht aufgefordert worden, seine Meinung zu äußern. Also blieb er still.

»Beginnt mit der Überführung der Ladung der *Graue Gebieterin* zur *Allmacht* und schickt das Schiff dann in den Warp. Der Wolf wird bald herausfinden, was es bedeutet, sich dem Calculus zu wiedersetzen.«

»Ausführung«, sagte Jalenghaal.

Dieser Teil des Frachtraums sah aus wie ein Schlachtfeld, nachdem die Überbleibsel von Wiederverwertungsservitoren durchsucht worden waren und die Reste nun der bakteriellen Fauna überlassen wurden.

Die Stapel der Transportkisten, aus denen die Wände bestanden, waren von dem schweren Beschuss in Stücke gerissen worden. Das Packmaterial – Stahlwolle und wiederaufbereitetes Plastek – sowie Hülsen der Autogeschosse lagen wie Pilzbewuchs über die Körper verstreut. Einige davon bewegten sich noch. Die Iron Hands der Sturmklave Tarik versuchten sich an unterschiedlichen Permutationen von ›Aufstehen‹, obwohl ihnen drei oder mehr Gliedmaßen fehlten. Ihre roboterhafte Beharrlichkeit, die vollkommen logische Hemmungslosigkeit der Versuche, war extrem nervtötend.

Erneut schob Jalenghaal das auf die psionische Beeinflussung durch die Eldar.

In einer entfernten Ecke stand bewegungslos ein Helvater.

Der ehrwürdige Terminator sah wie eine Plastekbombe aus, die nicht explodiert war. Der Krieger starrte mit erloschenen Linsen auf die Wand, aber der Ping der Echosondierung, der von Jalenghaals Auspex ausging, versicherte ihm, dass der Gigant am Leben und bei Bewusstsein war. Stronos war von der irrationellen Furcht besessen gewesen, dass es Unglück brachte, wenn man den Blick eines Helvaters auf sich zog. Jetzt glaubte auch Jalenghaal daran. Er sah beiseite und bewegte sich mit einem beeindruckenden Mangel an Kontrolle über seine Feinmotorik in Richtung der Antigravliege, die noch immer über der Verwüstung schwebte.

Auf der Liege lag ein Scout. Wie durch ein Wunder hatte er

das Gemetzel unbeschadet überstanden, abgesehen von den älteren Wunden und Operationsnarben, die für einen Iron Hand eines gewissen Alters normal waren. Die Hälfte des Gesichts des Jünglings war von einer Metallschale bedeckt, in deren Mitte eine Optik aus Perlmutt versenkt war. Seine linke Hand bestand aus Metall. Der Scout erwachte langsam aus seiner Bewusstlosigkeit und murmelte etwas vor sich hin, das wie ein Name klang.

»Arven ... Rauth ... Arven.«

»Lautet so Euer Name?«, fragte Jalenghaal.

»Bruder? Seid Ihr das?

Dumaar sah vom Boden aus auf. Der Apothecary steckte bis zu seinen Handgelenken in Blut und durchsuchte die Überreste des Genicks des zweiten Scouts. Es schien unwahrscheinlich, dass die Progenoiddrüsen bereits vollkommen ausgewachsen waren. Scouts der Iron Hands waren in der Regel aber älter als die anderer Orden. Man konnte es nicht wissen, bevor man sie barg. Der Apothecary betrachtete ihn einige Sekunden lang, ohne ein Wort zu sagen. Seine Optiken zoomten heran und wieder weg, als überlegte sich der Apothecary, etwas Wichtiges mit ihm zu teilen, nur um sich dann dagegen zu entscheiden und seine Aufmerksamkeit wieder auf die Leiche zu richten.

»*Rauth* ...«, murmelte der Scout und verfiel wieder in tiefe Bewusstlosigkeit.

Kristos trat an Jalenghaals Seite und legte einen Panzerhandschuh auf den Kopf der Liege. »Ich habe heute viele Krieger verloren. Beinahe so viele wie mein Vorgänger auf Skarvus. Bis Qarismi einen Kurs zurück in unsere Galaxie findet, werden es noch mehr werden. Bringt den Neophyten zusammen mit dem Inhalt des Frachtraums auf die *Allmacht*. Bringt ihn zu Niholos zur Zerebralneuaufbereitung.«

»Ausführung«, bestätigte Jalenghaal.

»Rauth wird Clan Raukaan beitreten.«

KAPITEL ZWANZIG

»Wer seid Ihr?«

– Kardan Stronos

I

Die Türen schlugen hinter Stronos zu und schlossen ihn in der Dunkelheit ein. Sie drückte wie ein Gewicht auf ihn, als ob Jahrhunderte ohne Atem sie hatten gerinnen und zähflüssig werden lassen. Die angestrengten Geruchssinne seiner Rüstung berichteten über Geruchsspuren von Rost, toten Insekten und fortgeschrittener Leichenfäule. Obwohl er selbst über keinen Geruchs- oder Geschmackssinn mehr verfügte, verzog er als Reaktion auf die Meldung seiner Rüstung angewidert das Gesicht. Er malmte seinen Wangenmuskel in seine Augenhöhle und schaltete seine Optik damit auf Wärmebilderfassung um. Ein Diorama aus gelben und grünen Farbtönen verwischte die Sicht und verlief wie nasse Farbe, als die zerbrochenen Auswahlringe langsam den Spektralbereich hinunterrutschten.

Die Eindämmungskammer war im Inneren ebenso eine Sphäre, wie dies von außen den Anschein erweckt hatte. Sie war allerdings viel kleiner. Die dicken Wände aus Ferrobeton waren mit Schichten aus Adamantium und Blei verkleidet. Ein mit lockeren Paneelen getäfelter Gang führte in den Schlund der Dunkelheit, der vor ihm aufklaffte.

Stronos schob einen Stiefel vorwärts. Der Ausleger gab ein Geräusch von sich, das wie ein Stöhnen klang, von den Wänden zurückgeworfen wurde, und ein helles Knacken in den Eisenkragstücken hervorrief, die mit dem Ferrobeton verschraubt waren. Hier war seit Jahren, vielleicht schon seit mehr als einem Jahrhundert, kein Priester mehr gewesen, um die Ausrüstung zu weihen. Langsam leerte er seine Lungen. Er machte sich keine Sorgen über den eigentlichen Sturz in die Tiefe. Er schätzte den Innenradius der Kammer auf etwa Fünf-Komma-Vier Meter. Das war eine Distanz, die er auch in seinem angeschlagenen Zustand leicht überstehen konnte. Es war vielmehr der Aufstieg, der ihm Kopfzerbrechen bereitete. Der Ferrobeton war makellos. Es hab keine Möglichkeiten, sich an etwas festzuhalten, oder gar Sprossen, die in die Wand eingearbeitet waren.

Wenn er nach unten fiel, würde er auch dort unten bleiben.

Mit andauernder Vorsicht bewegte er seinen zweiten Fuß vorwärts. Der Laufsteg zitterte zwar, es hatte aber den Anschein, als würde er halten. Er sah auf und trieb seinen Wangenmuskel ein zweites Mal in seine Optik und zwang damit seine Sicht wieder zurück in den ultravioletten Bereich.

Eine fischartige Auswölbung aus Kabelleinen und glatten Panzerauswölbungen tauchte aus den albtraumartigen Farben wie ein Meeresungeheuer aus dem Tümpel des Vergessens auf. Für seine Augen wurde es in verwaschenen Türkistönen dargestellt, mit unscharfen Bereichen aus kühleren Tönen, die wie Juwelen aussahen. Stronos erkannte die Wärmesignatur und die Materialeigenschaften. Phantomgebein. Stronos hatte seine einhundertfünfzig Dienstjahre fast ausschließlich damit verbracht, die Ausbreitung der Tau im Westlichen Schleiernebel einzudämmen. Er erkannte aber die Arbeit der Eldar, wenn er sie zu Gesicht bekam. Phantomgebein war ein psionisch gezüchtetes Gegenstück zu Plastek und härter als Plaststahl. Es rostete nicht, wenn es Umwelteinflüssen ausgesetzt war und behielt im Laufe der Zeit seine Form. Der Aufbau von der Größe eines Rhinos vor ihm sah genauso aus, wie er ausgesehen haben musste, als er hergestellt worden war. Dennoch zeichnete das Alter ihn wie die Hülle eines Neutronensterns. Diese Maschine hatte bereits vor der Zeit den Launen von Xenos gedient, in der der Imperator seinen Großen Kreuzzug ausschickte, um die Sterne für die Menschheit zurückzugewinnen. Zehntausend Jahre. Eine unvorstellbar lange Zeitspanne.

Sie sah leblos aus, war es aber nicht. Sie hatte sich entschieden, inaktiv zu bleiben. Und zu warten.

Er wusste, dass er nicht allein in dieser Kammer war.

Er hob Barras' Messer in Richtung eines der Klumpen, der in der Wärmestrahlung als Fleck auszumachen war und sich einen halben Meter zu seiner Rechten befand. Anspannung zuckte schmerzlich wie Metallstäbe in seine augmentierten Muskeln. Er zwang seine Hand, das Messer wieder zu senken und atmete mit einem Seufzen aus. Es war nur ein Servitor. Mit seiner freien Hand stellte er die Ringe seiner Optik manuell wieder auf den Ultraviolettbereich ein und hielt sie dann fest.

Vier Servitoren waren hier. Sie standen in einer Reihe vor der Morgenrot-Maschine und versperrten ihm den Weg. Ihre Köpfe waren auf die Brust gesunken. Mit ihrer ausgetrockneten Haut und ihren ausgehölten Knochen erweckten sie den Anschein von Mumien, die nur von den Stäben und Stützen der schweren Hebeaugmentationen zusammengehalten wurden, mit denen sie immer noch ausgestattet waren. Dies mussten die Einheiten sein, die die Morgenrot-Maschine hierher gebracht hatten, mit ihr eingeschlossen und dem Verfall preisgeben worden waren.

Ein Keuchen geronnener Luft und das Klicken versteinerter Gelenke ertönten, als der Servitor, der ihm am nächsten stand, den Kopf hob.

Stronos trat einen Schritt zurück und hob das Messer, das er fest in der Hand hielt.

Und erneut überkam ihn dieses Gefühl, diese Gewissheit, dass er nicht allein war.

»Wer seid Ihr?«, fragte er.

Der Servitor machte keine Anstalten, die Distanz zu überbrücken, sondern rollte nur seinen Kopf, bis seine leeren Augenhöhlen auf Stronos gerichtet waren.

Die silberne Kante drang tief in den Brustharnisch der Rüstung seines Bruders ein. Der Primarch der Iron Hands stieß einen Schrei aus und fiel wieder auf die Knie, als die lodernden Energien der Klinge durch seine dunkle Rüstung glitten wie ein Fingernagel durch Fett. Heißes Blut sprühte aus der Wunde und Feuerklinge rutschte aus Ferrus' Hand, als er ob der unvorstellbaren Qualen keuchte.

Stronos taumelte und führte das Messer ungelenk in seiner Hand, als sei es plötzlich viel zu schwer für ihn geworden. Er starrte es an und erwartete, auf dem Griff das Blut seines Vaters zu sehen. Luft schoss in seine mechanischen Lungen und wieder hinaus. »Nein«, murmelte er und starrte immer noch auf das Messer. »Nein. Das ist ... Das ist nicht ...«

Ein zweiter Servitor schlürfte in seine Richtung, packte Stronos' Gesicht mit verkümmerten, ausgedörrten Händen und zwang ihn, ihm in die Augen zu sehen.

Der Primarch hielt die Waffe fest gepackt. Und obwohl er erkannte, wie tief er gesunken war, wusste er auch, dass es bereits viel zu spät war, um jetzt noch aufhören zu können. Diese Erkenntnis war mit dem Wissen verbunden, dass alles, wonach er gestrebt hatte, nichts als eine Lüge gewesen war.

»Wer seid Ihr?«, krächzte er.

Er fiel auf ein Knie. Das Messer rutschte ihm aus der Hand und klapperte auf den Steg.

Wie oft hatte er diesen dunklen Tag bereits durchlebt? Er erinnerte sich noch an die Geschichten, die Chaplain Marrus ihm eingetrichtert hatte, als er noch ein Neophyt gewesen war. Seitdem grübelte er über sie nach und quälte sich. Er wusste, dass sie alle tief in ihren Herzen dasselbe taten, auch wenn niemand das jemals zugeben würde. Ihr Vater war schwach. Sie würden das nicht sein. Selbstgeißelung diente keinem Zweck.

Und dennoch ...

Der dritte Servitor torkelte vorwärts. Er sah ihm nicht in die Augen.

Es spielte keine Rolle.

Abartiger, im Warp geschmiedeter Stahl traf auf die eiserne Haut des Primarchen. Die abnormale Schneide fraß sich mit einem ohrenbetäubenden Heulen durch Ferrus' Haut, Muskeln und Knochen, und war selbst noch in Reichen zu hören, von denen die Sterblichen nichts wissen konnten. Blut und die gewaltigen Energien, die im Fleisch und den Knochen eines der Söhne des Imperators gebunden waren, explodierten aus der Wunde. Er taumelte rückwärts, als die glühend heißen Energien ihn blendeten und ließ das silberne Schwert neben sich zu Boden fallen.

»Nein!«

Mit einem lauten Krachen fiel Stronos auf seinen Rücken.

Sein ganzes Leben lang, mit Ausnahme eines kurzen Augenblicks, hatte er mit Zorn und Trauer, mit Selbsttäuschung und Abscheu gelebt. Er kannte diese Emotionen so genau wie ein anderes Wesen, das sie einst gekannt hatte. Wie ein Gott sie gekannt hatte, der das Leben seines Bruders nahm. Ein Messer durchbohrte sein Herz. Eine eiskalte Stange verdrehte die Eingeweide in seinem Bauch. Er hörte auf zu denken. Dies war das Ende des Universums und der Anfang eines neuen. Er lebte nun für immer an diesem Ort und in diesem Augenblick, egal wie lang er noch leben oder was er auch unternehmen mochte, um diese Erinnerung zu tilgen. Das war alles. Ein friedlicher Moment einer transzendenten Trauer, der den Schleier zwischen den Dimensionen durchstieß, der Flügelschlag eines Schmetterlings, der einen Sturm auslöste.

Stronos rollte sich auf seine Seite und weinte. Öl und salziges Tränensekret tropften über seine Wangen und blubberten zwischen seinen Lippen hervor. Wann hatte er das letzte Mal so geweint? Als Kind? Als Säugling? Der letzte Servitor ragte über ihm auf und hielt ihm eine ausgedörrte Tatze hin, die in einem verrosteten Stahlhandschuh steckte. In seinen Augenhöhlen glühte ein purpurnes Licht. Seine kollabierte Lunge und zerlaufenen Stimmbänder rasselten, als er zu sprechen begann.

»Du weißt, wer ich bin, Kardan Stronos.«

»Ihr ... ihr seid der Saphirkönig.«

Der Servitor lachte leise auf, und die anderen toten Münder taten es ihm gleich.

Stronos zog seine Hand über den Laufsteg zu sich zurück und konzentrierte sich darauf, sich wieder vom Boden zu erheben. Mit dem Schmatzen ausgedörrten Feisches ging einer der Servitoren in die Hocke.

»Dein Arm zittert«, sagte der Servitor.

»Meine Systeme sind erschöpft.«

»Natürlich. Deine Systeme.«

Wieder bot ihm der Servitor seine Hand an.

Es wäre einfacher, sie anzunehmen statt nicht. Zu verwenden, was angeboten wurde und den sichereren Weg einzuschlagen. Er starrte die Hand an, holte dann mit einem Schauder Atem und stemmte sich auf die Knie. Er sackte unter dem Protest der steifen Gelenke seiner Rüstung in der Hocke zusammen. Einer der Servitoren tauchte an seiner Schulter auf und atmete mit einem Rasseln aus, das durch dessen Zähne kam.

»Du tätest besser daran, dir deine Kräfte einzuteilen.«

»Kämpfe nur dann, wenn du musst«, zischte ein anderer.

Stronos drehte sich nicht um und starrte den Weg zurück, über den er gekommen war, als die Sicht durch seine Optik sich einen Nanometer nach dem anderen durch die sichtbaren Wellenlängen klickte. »Ihr wurdet in den Feuern von ...«, er presste die Augen zusammen und zwang sich, es auszusprechen. »Ihr wurdet in den Feuern von *Isstvan* geboren.«

»Ich bin der Schmerz des Phöniziers«, sagte einer.

»Und sein Hochgefühl«, kam es von einem anderen.

»Seine Trauer.«

»Und seine Freude.«

»Ich bin seine Liebe für seinen Bruder.«

Die Stimmen schwammen um Stronos. Er drückte sich seine Handfläche auf seine Brust. Seine Herzen rasten und seine Lungen überbeanspruchten ihre Motoren. »Aber diese Maschine. Sie stammt von den Eldar. Sie ist eintausend Jahre oder noch viel älter als Ihr. Das hat nichts mit Isstvan oder meinem Orden zu tun.«

»Kristos hat dafür gesorgt, dass es um dich geht. Sie wurde von den Eldar am Höhepunkt ihrer Genusssucht geschaffen. Eine

Maschine, um ihr Innerstes zu erforschen und ihre Begehrlichkeiten zu erfüllen.« Der Servitor stieß ein krächzendes Lachen aus und ein anderer fuhr an seiner statt fort. »*Ihr Begehren war natürlich Vergnügen. Aber das ist nicht, was Kristos begehrt.*«

Stronos zwang seinen Verstand, sich zu konzentrieren und erinnerte sich daran, was ihm der Eisenvater auf Thennos gesagt hatte, kurz bevor der Eisenvater ihm den Helm vom Kopf gerissen und ihn zurückgelassen hatte, um zu verbrennen.

»*Die Iron Hands schwächeln. Die Stärke unseres Vaters wird von Jahr zu Jahr schwächer. Was die Imperiale Armee auf Morgenrot gefunden hat, war eine neue Richtung, ein Weg zur Perfektion.*«

Wollte er das bezwecken? Wollte er die Macht der Morgenrot-Maschine dazu verwenden, die langgehegte Ambition der Iron Hands nach Perfektion durch Metall zu erfüllen?

»Ja«, kam die Antwort der Servitoren wie aus einem Mund. Sie näherten sich. Er konnte sie hinter sich spüren. »Du bist schwach, Kardan Stronos. Schwach und zornig. Und so voller Angst.«

Ungebeten kamen die Erinnerungen an den Zorn für Barras, weil er ihn im Ring besiegt hatte und für Thecian hoch, weil er ihn vor Magos Phi gedemütigt hatte. Und seine Feindseligkeit ihr gegenüber. Er erinnerte sich an jeden schwarzen Augenblick, jede lange Reise, die er gemeinsam mit seinen Brüdern unternommen hatte. Jeder von ihnen war doch in der eigenen Hülle gefangen und allein mit der Bitternis des eigenen Wesens gewesen. Er erinnerte sich daran, denn zumindest seine Erinnerungen waren perfekt.

Basierte Kristos' Vorschlag etwa nicht auf Logik? War es nicht die natürliche Erweiterung des Credos des Eisens, den einfacheren, sichereren Weg zu ihrem letztlichen Ziel zu wählen?

Dann dachte er an Draevark, seinen Captain, und an Drath und Ares, die auf Thennos gefallen waren. Und er dachte an Kristos. Sie waren uralte Krieger, die ihm Jahrhunderte vorausshatten. Wesen aus Eisen.

War einer unter ihnen, der weniger verbittert oder gebrochen als er selbst war?

»*Ich bin mangelhaft*«, hatte Kristos zu ihnen gesagt. »*Wir alle sind mangelhaft. Ich suche nach derselben Perfektion, wie wir alle.*« Stronos schüttelte den Kopf.

»Nein.«

Die Servitoren zischten ärgerlich, während sie sich hinter ihm aufstellten. Stronos zwang sich auf die Füße, wobei die Servomotoren seiner Rüstung knurrten, und drehte sich zu ihnen um.

»Ich werde es nicht zulassen, dass mein Orden seine Seele aufgibt.«

»Warum nicht? Es ist eure Schwäche. Eure ultimative Schwäche. *Die Morgenrot-Maschine kann es alles verschwinden lassen.*«

Stronos stieß ein Prusten aus.

»Alles von was?«

Seine Erinnerungen waren zwar klar und schmerzlich, aber er stellte fest, dass er nicht mehr so zornig war, wie er es in Erinnerung hatte. In seinen Herzen fand er keine Verbitterung mehr, die er nicht zum Ausdruck bringen konnte. Der langsame Verfall seiner Menschlichkeit und der Seele seines Ordens erfüllte ihn nicht länger mit der existentiellen Angst, wie dies einst der Fall gewesen war. Das Gefäß war zerbrochen, und was sich darin befunden hatte, war nun verschwunden. Tränen auf dem Laufsteg und hinter sich eine Straße aus auf blutige Weise erschlagenen Skitarii. Stronos glaubte nicht, dass es jemals wieder gefüllt werden könnte, und der Gedanke ließ ihn ... hoffen.

Er war sich unsicher, ob das Gefühl genauso oder weniger seltsam als das der Feuchtigkeit auf seiner Wange war.

Er stieß den Servitor, der ihm am nächsten stand, von sich und er flog über den Rand des Laufstegs. Er schlug wild um sich, bevor er in der Tiefe auf dem Ferrobeton zerplatzte. Die anderen drei versuchten ihn mit ihren stahlbewehrten Klauen zu packen. Sie krallten sich an jeder Griffmöglichkeit seiner geschundenen Rüstung fest.

»Glaube nur nicht, dass du mich so einfach besiegen kannst, Kardan Stronos«, krächzten sie gemeinsam. »*Ich bin keine Kreatur des Fleisches. Ich bin überall dort, wo ein Kind von Ferrus Manus von Schuld oder Zorn gequält wird, egal ob es von Me-*

dusa, Kalavel oder Raikan stammt. Das ist, wogegen du dich auflehnen würdest.«

Die biologischen Augmentationen der Servitoren ließen deren Schultern auf gewaltige Ausmaße anschwellen. Ihre Bizepsmuskeln wölbten sich, angeregt von miozänen Zellgewebsträgern und aktinen Schalträdern. Das Fleisch aber, das ihnen als Grundlage diente, war schon vor langer Zeit verfault. Stronos schüttelte sie von sich ab und Fleischbrocken fielen von ihnen ab, als ihre gewaltige Stärke Stück für Stück auf den Boden klapperte. Er schob sich durch sie hindurch und ging auf die schlummernde Maschine zu.

Einen Augenblick lang war Stronos in der Lage, sie auch ohne seine Augen zu sehen.

Und er spürte, wie auch die Maschine ihn anblickte.

Blaue Augen, so hart und uralt wie Edelsteine, starrten ihn aus der Dunkelheit an, die sie voneinander trennte. Eine Mähne aus langem Haar fiel von einem Gesicht, das sowohl hart als auch wunderschön, schockierend unmenschlich und doch quälend emphatisch war. Seine Rüstung war so kantig wie ein Edelstein, schien so hell wie ein Stern der Kategorie B und war von weißglühenden Ketten umwunden, die unter dem Zorn der Kreatur zuckten und zischten. Kristalline Flügel falteten sich in der Mitte seines Brustpanzers. Seine Arme waren verschränkt. Eine Hand war aus Metall. Eisen.

Stronos blinzelte es fort.

»Ich bin nicht die Morgenrot-Maschine.« Diesmal kam die Stimme nicht von den Servitoren. Sie kam aus der Dunkelheit.

»Es ist eine Haut, die ich mir als Gestalt gewählt habe, ein Gefährt, das ich mir ausgesucht habe. Du kannst mich mit deinen Fäusten nicht brechen.«

Stronos hob seine Panzerhandschuhe. In seiner Sicht regnete es saphirblaue Nachbilder.

»Dann werde ich mit Eurer Haut anfangen.«

KAPITEL EINUNDZWANZIG

»Wir haben Euch stärker, belastbarer, effizienter und weniger von freiem Willen abgelenkt gemacht – sind das solche Verbrechen?«

– Logi-Legatus Nicco Palpus

I

Verrox bewegte sich schneller, als ein Wesen seiner beeindruckenden Größe und seines Alters in der Lage hätte sein dürfen. Er schlug die Sturmkanone des Helvaters mit seinem Kinn beiseite und biss dann mit rasenden Zähnen in den Lauf der Waffe. Er verursachte damit einen gewaltigen Funkenflug, während seine Faust mit einem widerhallenden Donner in den Gürtelpanzer des Helvaters schlug. Der Helvater schien den Einschlag nicht wahrzunehmen, trieb seine Kettenfaust in Verrox' dicken Schulterpanzer und begann zu sägen. Verrox' Mund dehnte sich aus. Seine Kehle kräuselte sich mit einem stummen Knurren, nicht vor Schmerz, sondern vielmehr vor Begeisterung. Er wartete seit mehr als einem Jahrhundert darauf, einen derartigen Schmerz zu fühlen. Der Eisenvater bog sich nach hinten. Die Kettenfaust fraß sich tiefer. Der Helvater hatte sich bereits halb durch seine Schulter gesägt. Mit gebeugten Knien, angespanntem Körper und einem Brüllen hob Verrox den alten Terminator vom Boden. Es gab ein lautes Knirschen, als die Kettenfaust abbrach und dann warf der Eisenvater den Helvater in eines der gläsernen Reliquiare.

Das Geräusch des herabregnenden Glases schien die Assassinen aufzuwecken, die bis jetzt nur Zuschauer gewesen waren.

Ultrahocherhitzte Laserblitze, die ins rote Spektrum verschoben waren, stachen aus allen vier Ecken der Halle auf Lydriik ein, als er das *Lobgesang des Reisens* vom Podest zog und auf ein Knie sank. Laserfeuer schlug in den mächtigen Basalt des Podests ein, während er mit seinem gepanzerten Rücken den unschätzbaren Folianten vor dem einzelnen Assassinen schützte, der noch ein freies Schussfeld hatte. Der pudrige Geschmack geschmolzenen Gesteins drang in seine Nase, als er das Buch in den harten Filz seiner Ausrüstungstasche wickelte.

Der Helvater lag auf dem Rücken in einem Bett aus zerbrochenem Glas und entlud seine Sturmkanone in Verrox' Rüstung. Der Eisenvater des Clans Vurgaan biss die Zähne aufeinander und widerstand dem Beschuss. Sein Gesicht wurde von den höllischen Mündungsblitzen erhellt, als er einen Stiefel hob und ihn in den Waffenarm des gestürzten Kriegers trieb. Der Kombi-Flammenwerfer des Helvaters atmete aus und plötzlich standen beide Krieger in Flammen.

Das schien jedoch keinen von ihnen zu behindern.

Nachdem er sich vergewissert hatte, dass das Buch gut geschützt war, leitete Lydriik einen Bruchteil seines Willens in seine Axt. Die gewaltige Klinge erstrahlte in weißem Licht, brachte das Podest auf den Bodenplatten zum Beben und verschob jene, auf denen er mit seinen Stiefeln stand, als würden sie versuchen, vor seinem Verstand zu fliehen. Mit seiner ganzen Macht, die er erübrigen konnte, ließ er sein Bewusstsein umherstreifen. Es berührte die Mauern, erkundete jedes Podest, jeden Sockel und jede Vitrine, den Springbrunnen und die Assassinen. Es waren sechs. Er sah, wie sie sich bewegten, um ihn kreisten, um ihn aus seiner Deckung zu treiben.

Er fand Nicco Palpus.

Die Stimme des Mars schwebte einige Meter von der Stelle entfernt, an der Lydriik ihn zuletzt gesehen hatte, und war offensichtlich hin und her gerissen, ob er sich verstecken oder sich persönlich um die Komplikation kümmern sollte. Sara Valorrn stand vor ihm und hielt ihr HEL-Gewehr schützend vor die Brust. Die metallenen Augen des Priesters strahlten und reflektierten das Fegefeuer, das Verrox und den Helvater umgab.

Mit einem finsteren Gesichtsausdruck ignorierte Lydriik die hochenergetischen Schüsse, die sich an zahlreichen Stellen durch seinen Rückenpanzer gebrannt hatten, zielte mit seiner Pistole auf die Stimme des Mars und feuerte. Sara warf den Logi-Legatus hinter ein breites Podest, während sein Schuss das Mauerwerk verunstaltete.

»Unseretwegen seid ihr bessere Krieger«, rief Palpus hinter dem schwer beschädigten Podest hervor, als sich der Lärm etwas gelegt hatte. »Unseretwegen seid ihr *besser*.«

Lydriik sog scharf die Luft ein, als ein Hochenergieschuss seinen Nacken verbrannte und änderte seine Position, um dem Schützen stattdessen die Seite zu bieten, wobei er seine Ausrüstungstasche mit seiner Axthand bedeckte.

»Ihr habt uns zu Sklaven des Mars gemacht«, schrie er zurück.

»Wir haben Euch stärker, belastbarer, effizienter und weniger von freiem Willen abgelenkt gemacht – sind das solche Verbrechen?«

Lydriik ließ seinen Bolter an seiner statt antworten und zerstörte einen Teil der Deckung der Stimme des Mars. Metall schlug auf den Stein vor seinen Füßen und er sprang davon, als er sein Magazin auswarf und durchlud.

»Der Stein wird immer kleiner, Palpus.«

»Ihr seid ein Krieger, Epistolarius. Genau das, was Ihr schon immer sein solltet. Ihr hättet mit der Bedeutung zufrieden sein können, die wir euch zugedacht haben. Aber nein. Kristos musste unbedingt seinem wahnsinnigen Streben nachgehen, sich vom Fleisch zu trennen, während Verrox dafür eintritt, euch ganz vom Mars zu trennen. Und Stronos?« Palpus lachte verächtlich. »Noch nicht einmal Stronos weiß, was Stronos selbst will.«

»Wenn Ihr anderer Meinung als Kristos seid, warum bestellt Ihr ihn dann nicht einfach ab?«

»Weil er nützlich ist und weil er kontrolliert werden kann. Das ist mehr, als ich über Euch sagen kann.« Hinter den Steinmetzarbeiten, die unter Lydriiks Beschuss zerfallen waren, tauchte Palpus' weiches Gesicht auf, das vom Leuchten des Promethiums und den Blitzen der Hochenergieschüsse erleuchtet wurde. »Der Mars ist uralt. Er ist weise. Die Galaxie gehört ihm und er erlaubt es in seiner Weisheit, dass das Imperium der Menschheit darin existiert. Die Iron Hands sind ein Teil davon, ob Ihr es wahrhaben wollt oder nicht.« Er schüttelte traurig seinen Kopf, als wäre er gezwungen, einen rebellischen Leibeigenen zu tadeln, und warf einen Blick in Richtung des brennenden Helvaters. Er lag immer noch auf dem Boden und er und Verrox hämmerten nach wie vor ihre Fäuste ineinander. »Ihr gehört uns.«

Ein Knurren stieg in Lydriiks Kehle auf und er stand auf.

Mit einem Schlag hörte der Beschuss aus den HEL-Gewehren auf. Nicco Palpus sah seine Assassinen verwundert an. In Lydriiks Augen pulsierte Hexenfeuer und in seiner psionischen Kapuze tanzte fremdartiges Licht.

»Und sie gehören mir«, sagte er.

Saras Gewehr richtete sich auf die Stimme des Mars, während sie schockiert auf ihre Waffe starrte.

Nicco Palpus sah nur enttäuscht aus. »Wenn es nur so einfach wäre. Ihr könnt nicht töten, was –«

Das augmentierte Kranium der Stimme des Mars explodierte. Die gewaltige Entladung eines Energieschusses in den Hinterkopf verdampfte seine kybernetischen Organe, bevor sie austreten konnten. Der Priester wurde wie eine kopflose Puppe zu Boden geworfen und rutschte einige Meter davon, bevor er dampfend auf halbem Weg zu Lydriik zu liegen kam.

Ein zorniges Wimmern kam aus Saras Lippen und das HEL-Gewehr zitterte in ihren Händen.

Sie verfügte über eine bemerkenswerte Willenskraft.

Leider.

Lydriik trennte mit einem Gedanken ihren Körper von ihrem

Gehirn und sie brach wie ein Sack Steine zusammen. Einen Augenblick lang fühlte er so etwas wie Bedauern. Er hatte Laana wirklich gemocht und hätte wahrscheinlich auch für ihre Schwester ähnliche Sympathien entwickelt, wären die Umstände andere gewesen. Er ging auf Palpus zu und kontrollierte mit seinem Willen vollkommen die Finger der Assassinen an den Abzugshebeln, bevor er vier weitere Schüsse in den Rücken der Stimme des Mars jagte. Explosionen rissen durch den Körper des Adepten. Beim Adeptus Mechanicus konnte man nie sicher genug sein. Wenn es aber einen redundanten Persönlichkeitsspeicher gegeben hatte, der irgendwo im Körper des Priesters versteckt gewesen war, dann gab es ihn jetzt nicht mehr.

Das Knistern von brennendem Fleisch und der damit einhergehende Leichengestank kündigten Verrox' Ankunft neben ihm an.

»Er hat das Fleisch immer übersehen«, merkte er an.

Lydriik nickte.

»Ich hatte schon gedacht, die Deathwatch hätte Euch verweichlicht.«

Der Eisenvater atmete schwer, stand teilweise in Flammen und in seinem Mund zuckten jedes Mal Flammen auf, wenn er ihn öffnete, um Atem zu holen. Sein rechter Arm hing nur noch an einigen Kabelsträngen, die in der Hitze langsam ausfransten. Weiße Knochen und dunkle Metallplatten waren zu sehen, wo Haut von seinem Gesicht weggeschmolzen war. Die motorisierten Zahnräder und Keilriemen seiner Zähne waren in allen räuberischen Details zu erkennen. Der Helvater lag nun still inmitten des zerbrochenen Glases, der zertrampelten Geschosshülsen und Pfützen aus brennendem Promethium. Tot? Lebendig? Auch Lydriiks Macht genügte nicht, um den Helvater zu erfassen.

»Er hat mich meine Schwäche erkennen lassen«, flüsterte er. »Das macht einen Krieger nur stärker.«

»Ich bin nur selten froh, wenn ich falsch liege. Heute mache ich aber eine Ausnahme.« Verrox blickte auf Sara hinab. Sie schnappte am Boden wie ein gelähmter Fisch nach Luft.

Lydriik legte eine Hand auf seinen Ausrüstungsbeutel an seinem Gürtel. »Das hier ist wichtiger als ein Menschenleben.«

»Wir müssen uns immer noch unterhalten.«

»Das müssen wir in der Tat.«

»Für den Anfang über diesen Yeldrian.«

»Ich weiß.«

»Irgendwie scheint mir die Zeit dafür jetzt passend zu sein«, knurrte Verrox.

»Nicht jetzt.« Lydriik sah sich um und befahl den Assassinen mit seiner Macht, ihre Waffen zu senken und sich zurückzuziehen. Sie gehorchten. »Die Morgenrot-Technologie dürfte hier sicher aufgehoben sein. Der Kult wird dafür sorgen.« Er wandte sich wieder zu Verrox um und seine Hand lag schützend über dem Folianten, der an seiner Hüfte hing. »Als Erstes müsst Ihr aber den Eisernen Rat einberufen.«

>>> DATENÜBERTRAGUNG VOLLSTÄNDIG
>>> AUSFÜHREN DES ALGORITHMUS >>>

NACHTRAG EINS

Talos Epsili fuhr aus dem Schlaf hoch. Instinktiv griff er nach der Karaffe mit dem geölten Wein, die seine Diener für gewöhnlich für ihn bereitstellten. Er war beunruhigt darüber, sie nicht an ihrem gewohnten Ort zu finden, und fuhr seine skapularen Dendriten aus, um sich im Bett aufzusetzen.

Seine Schlafkammer war dunkel, noch in ihrem Nachtzyklus. Die Teppiche an der Wand, die mit blutroten Fäden auf goldenem Stoff anatomische Darstellungen zeigten, wehten in dem stetigen Luftzug, der mit neunzehn Grad aus den Atmosphärentauschern blies. Die Luft roch nach prophylaktischen Sterilisationsmitteln und seinen eigenen nächtlichen Ausdünstungen, die normalerweise lang bevor seine Schlafalgorithmen endeten abgesaugt und desodoriert wurden. Mürrisch schwang er seine Beine aus dem Bett und warf einen Blick auf das Chrono auf dem Nachttisch. Es stimmte mit seiner internen Zählung überein. Er war mehrere Stunden vor dem Ende seines programmierten Zyklus geweckt worden.

Er beugte sich auf seine Knie, wobei sich die Servomechanismen unter der pergamentartigen Haut seiner Schultern abzeichneten, und vergrub sein Gesicht in den Händen. Er hatte furchtbare Kopfschmerzen. Bruchstücke fremder Erinnerungen und Informationen wirbelten in seinem Kopf wie lose Schrauben durcheinander.

Er kam mühsam auf die Beine und seine perzeptiven Stützmuskeln fuhren aus und stützten sich an der Wand, der Decke und dem Boden ab, um ihn auf seinem Weg zum Waschbecken zu stützen. Er ließ kaltes Wasser einlaufen und spritzte es sich ins Gesicht.

Der Zapfhahn fühlte sich anders an, und auch das Wasser rann seltsam durch seine Hände. *Er* fühlte sich anders. Das konnte nur eines bedeuten.

Nicco Palpus war tot.

Er stellte das Wasser ab und fuhr mit seiner Hand über die Metallscheiben, die in seinem Schädel steckten. Da stimmte etwas nicht. Er konnte noch nicht sagen, was es war, aber ein Gefühl nagte an ihm, dass etwas *abwesend* war.

Die Stimme des Mars war mehr als nur ein Mann. Sie war eine ungebrochene Kette, die in der Hitze des Übergangs der Iron Hands von einer gebrochenen Legion in einen Orden mit ungewisser Identität und ohne Hoffnung in seiner Zukunft geschmiedet worden war. Die Verantwortung war zu gewaltig, die Zeitspannen enorm, zu enorm, als dass ein Mann, selbst ein Adept des Mars, damit zurechtkommen könnte. Es war bestimmt worden, dass die Stimme des Mars nicht sterben durfte. Ein Daten-Transposon aus mobilisierbaren Information war in die noosphärische Körperlichkeit dieses ersten Priesters integriert worden, der von einem Erben an dessen Nachfolger weitergereicht wurde. Teile der Persönlichkeit und Erinnerungen, die durch die quasi-molekulare Gewalt der Entfernung und Integration weitergegeben wurden, erzeugten bei der Weitergabe des blutroten Mantels der Stimme des Mars ein vielteiliges Mosaik aus Schrottcode-Eingaben und binären Aufzeichnungen.

Als Zweite Stimme des Mars war Talos Epsili darüber informiert gewesen und hatte auf diesen Tag gewartet.

Er wusste, dass etwas nicht stimmte.

Die Kette war zerbrochen worden.
Eine Hälfte des Transposon fehlte.
Talos starrte den Grund des Ablaufbeckens an. »Wohin ist es verschwunden?«

NACHTRAG ZWEI

Stronos tauchte aus der Eindämmungskammer auf und setzte dabei schwer einen bleiernen Stiefel vor den anderen. Er blinzelte in das Licht. Seine Faust schmerzte noch von den Schlägen auf die Tür der Barriere, um ausgelassen zu werden. Ein Teil von ihm begriff immer noch nicht die Tatsache, dass sie tatsächlich geöffnet worden war.

Yolanis eilte zu ihm. Ihre blutrote Robe flatterte hinter ihr her. Thecian und Barras folgten dicht hinter ihr. Der Ausdruck in ihren Gesichtern war unlesbar, zumindest für Stronos. Er bemerkte die Harlequin, Herbst, die ihn von etwas außerhalb der Lichtwolke betrachtete, die Yolanis umgab. Ihr Gesicht hielt sie hinter ihren verschränkten Fingern verborgen.

»Habt Ihr ... geweint?«, fragte Thecian. Der Exsanguinator hörte sich seltsam beeindruckt an und schlug ihm auf die Schulter.

Aus Stronos' Mundrohr kam ein Krächzen. »Das wird einige Zeit zum Erklären benötigen.«

»Was ist passiert?«, fragte Yolanis und trat von den drei Space Marines zurück, um ihn von Kopf bis Fuß mustern zu können. »Was habt Ihr gesehen?«

Stronos schüttelte nur müde den Kopf. Er fühlte sich, als könnte er hundert Jahre lang schlafen. »Ich habe sie zerstört. Bis zum letzten Juwel.«

Thecian gab ihm einen Klaps auf den Schulterpanzer und drehte sich zu Barras, der anerkennend grunzte.

Yolanis betrachtete ihn mit düsterem Gesichtsausdruck.

»Und seid Ihr –«

Ihr Mund hing offen und verzog sich, als ob die Worte irgendwie in ihrer Kehle stecken geblieben waren. Ihre linke Gesichtshälfte erschlaffte und sie verlor den düsteren Gesichtsausdruck. Ihr rechtes Auge begann zu zucken. »*Du.*« Es gab einen blauen Blitz auf ihrer Netzhaut, als ein Kreislauf durchbrannte. Ihre Zunge verkrampfte sich und Speichel begann über ihre heruntergezogenen Lippen zu laufen. Dann brach die Maschinenseherin zusammen.

Thecian fing sie schnell auf und bettete sie vorsichtig auf den Boden, während Männer und Frauen, die in von der Schlacht gezeichneten Roben gehüllt waren, mit einem Schrei auf den Lippen zu ihnen rannten. Barras nahm sofort eine aggressive Abwehrhaltung ein und unterband ihren Sturm zu der Maschinenseherin. Und er schwang seine geborgte Autopistole herum und richtete sie auf die Harlequin. Sie war die Einzige, die sich nicht bewegt hatte. Stronos drückte seinen Arm nach unten. Der Knight of Dorn starrte ihn gereizt an. Er ignorierte das aber und kniete neben Thecian und Yolanis nieder.

Die Augenlider der Maschinenseherin flackerten, dann stöhnte sie und verzog ihr Gesicht, als hätte sie heftige Schmerzen.

»Was ist passiert?«, fragte diesmal Stronos.

Sie riss ihre Augen auf und die Intensität darin ließ ihn zurückschrecken. Es war, als würde eine andere Person seinen Blick erwidern.

»Wir müssen zurück nach Medusa. Sofort.«

ÜBER DEN AUTOR

David Guymer schrieb für Warhammer 40.000 die Romane ›Das Auge von Medusa‹ und ›Die Stimme des Mars‹ ebenso wie die Titel ›Nachhall des Langen Krieges‹ und ›Der Letzte Sohn des Dorn‹ aus der Reihe ›Die Bestie erwacht‹. Er verfasste außerdem diverse Kurzgeschichten für Warhammer Age of Sigmar. Er ist freiberuflicher Autor und gelegentlich Wissenschaftler und lebt in East Riding. 2014 war er mit seinem Roman ›Headtaker‹ Finalist für den ›David Gemmell Legend Award‹.

DEIN NÄCHSTES BUCH

Ein Auszug aus

WÄCHTER DES THRONS: DIE LEGION DES IMPERATORS
von Chris Wraight

Finde diese und weitere Geschichten auf **blacklibrary.com**, **games-workshop.com**, in Games-Workshop- und Warhammer-Läden und allen gut sortierten Buchhandlungen, oder besuch einen der vielen Fachhändler, die auf **games-workshop.com/storefinder** aufgeführt sind.

VALERIAN

Wir waren nie Soldaten. Immer, wenn man uns außerhalb der Mauern dieses Ortes sah, so selten das auch vorkam, sah man nur unsere kriegerische Seite. Genau wie in den frühesten Tagen, als der Imperator unser leibhaftiger Kommandant war, sind wir in Gold gekleidet, und die Sterblichen werfen sich vor uns nieder wie vor Göttern. Auf sie müssen wir wie eine Verkörperung puren Zorns wirken. Auf sie muss es wirken, als wären wir für nichts anderes als zur Zerstörung geschaffen worden. Dabei waren wir einst seine Gefährten. Wir waren diejenigen, denen er sich anvertraut hatte. Wir waren seine Ratgeber, seine Werkzeuge. Wir waren der Ausblick darauf, was aus der Spezies werden könnte, wenn sie richtig geführt und von ihren lasterhaften Schwächen befreit würde.

Natürlich wurde uns gelehrt zu kämpfen. Er wusste, dass es Krieg geben würde. Es war ein notwendiger Teil der Initiation, der aber nie als Dauerzustand bestimmt gewesen war. Wir waren die Wächter eines neuen Zeitalters und mussten stark genug sein, es zu bewahren.

Darin haben wir versagt, und tragen deshalb ein Schandmal in Form von schwarzen Roben, die unser Auramit verhüllen. Sie haben die blutroten Mäntel ersetzt, die einst unsere Schlachtrüstung zierten, und dienen so zur fortwährenden Erinnerung. Sie lastet schwer auf jedem von uns, denn wir wissen mehr über den Vorgang des Untergangs als die meisten. Wir rezitieren die alten Geschichten und studieren in den verlorenen Archiven, wo nur wir allein wandeln dürfen. So können wir uns keiner angenehmen Illusion aus Unwissenheit hingeben, die Balsam für die Seele wäre. In einer Galaxis, die von Unwissenheit geprägt ist, sind wir die, die sich erinnern. Wir pflegen die Fragmente von dem, was zerbrochen ist, in dem Wissen, was hätte sein können.

Ich glaube manchmal, dass dieses Wissen die schwerste all unserer Bürden ist. Jede verkommene Seele kann kämpfen, wenn sie weiß, wofür. Wir aber kämpfen in dem Wissen, dass unser wahrer Zweck hinter uns liegt, und alles, was uns bleibt, ist der Glaube an eine ausgelöschte Vision.

Aber trotzdem schützen und pflegen wir weiterhin die Dinge von Wert, die überdauert haben. In allem, was wir tun, versuchen wir, seinen Willen zu verkörpern. Wo die Dunkelheit sich zusammenzieht, halten wir an seinem Licht fest. Wir interpretieren, studieren, tauchen in die Lehren der Zeitalter ein.

Wir haben viele Pflichten. Aber genau so sollte es sein, denn wir sind keine simplen Geschöpfe. Die Äonen haben uns in vielerlei Hinsicht verändert, doch nicht in dieser.

Für tausend Seelen waren wir tausend Dinge, aber Soldaten sind wir nie gewesen.

Ich bin Valerian, Schild-Captain der Palaiologenkammer der Hykanatoi. Wie alle meine Brüder trage auch ich viele andere Namen, die in einer langen Reihe in die Innenseite meiner Brustplatte geritzt sind. Einige dieser Namen wurden im Kampf verdient, viele von ihnen durch das Nachsinnen über die Mysterien. Obwohl ich nicht sicher bin, dass wir die Rituale richtig befolgen, klammern wir uns an diese Gepflogenheiten. So viel ging verloren, während die Jahrtausende vorüberzogen, von dem die Gewissheit wohl am schwerwiegendsten ist.

In unserer Theologie sprechen wir vom *speculum certus* und dem *speculum obscurus*. Ersteres dreht sich darum, das zu studieren, was schon bekannt ist. Wenn Euch das sinnlos erscheint, erlaubt mir, Euch respektvoll zu widersprechen. Denn es ist die eine Sache, zu wissen, was der Imperator gesagt hat, aber eine völlig andere, zu verstehen, was er gemeint hat.

Er hat kein Schriftstück hinterlassen. Das gesamte Wissen, das wir über ihn haben, beruht auf den Aufzeichnungen von Memoratoren oder den verzückten Visionen, mit denen die Gläubigen beschenkt werden. Und eben deshalb kann die Bedeutung von etwas, das in den Kanon des Certus eingeht, nie vollkommen sicher gesagt werden. Es gibt fast zehntausend Jahre alte Debatten über einzelne Äußerungen, die hundert Jahre nach seinen letzten Worten als Sterblicher festgehalten wurden. Es gibt Gelehrte im Turm von Hegemon, die ihr ganzes Leben damit verbringen, solche Fragmente zu interpretieren, und wir verspotten sie nicht, denn ihr Studium ist das Studium des Kerns des Glaubens an sich. Selbst jetzt ist es mithilfe von Meditation über die Worte jener, die damals lebten, noch möglich, die Erleuchtung zu erlangen.

Aber wenn schon die Angelegenheiten des Certus für Debatten sorgen, ist das doch kein Vergleich zu den Kontroversen über den Obscurus, denn der Imperator hat vieles unausgesprochen gelassen, was er zweifellos im Laufe der Zeit klargestellt hätte. Es gab Dinge, die er uns hätte wissen lassen, wenn er nur die Gelegenheit gehabt hätte, sie niederzuschreiben. Wir schauen von unseren Spitztürmen auf die Reiche der Menschheit und können nur spekulieren, was seine Absichten sind. Dies ist das Studium des Willens des Imperators, der durch Träume und der geduldigen Prüfung geheimnisvoller Logik enthüllt wird.

Wenn Euch solche Angelegenheiten langweilen oder verwirren sollten, dann bitte ich um Verzeihung, doch das sind nun mal die Grundsteine meiner Existenz. Von meinen Brüdern werde ich als *Philologus* bezeichnet – als Gelehrter. Wenn ich nicht so viele andere Pflichten hätte, könnte ich mir ein Leben ganz im Einklang mit der kleinteiligen Arbeit solcher Lehren vorstellen. Das mag nachsichtig erscheinen, oder als eine Verschwendung der Gaben, die mir gegeben wurden, aber solche Bedenken bedeuten nichts anderes als den Abgrund, an dem wir taumeln, nicht zu verstehen.

Ohne den Imperator sind wir verloren. Alles ist verloren. Unsere Erlösung können wir einzig durch die Deutung seines Willens erlangen, und als Folge unseres Versagens müssen wir ihn so lesen, wie ein Blinder eine unbesehene Seite anhand der Erhebungen lesen würde.

Jedenfalls hatte ich nie den Luxus eines genießerischen Lebens. Seit langer Zeit schon bröckeln die Mauern, die wir bewachen.

Feinde stürmen aus jeder Ecke auf uns zu, sogar zum Herz der bestbewachten Zitadelle des Imperiums der Menschheit. Sie zwingen uns dazu, etwas zu werden, wozu wir nie gedacht waren – reine Vergeltung und reiner Trotz.

In dieser Zeit griff ich zu meinem Speer und fand durch ihn zu einer andersartigen Kunst, auch wenn es nicht die ersten Kämpfe waren, die wir austrugen. Diese fanden innerhalb der Mauern statt, und wurden inmitten des Palastes, wo der Imperator noch immer in seiner totlosen Wache verweilte, gegen unsere eigene Art ausgetragen. Damals, bevor der Himmel gespalten und die Grundfesten alles Geschaffenen erschüttert wurden, wusste ich es noch nicht, aber in jenem Moment, als ein Sterblicher in den Hallen der Unsterblichen ankam, fing alles an.

Er war übergewichtig, hatte ein schiefes Gesicht und spärliche, altersweiße Haarlocken. Er schleppte sich mitleiderregend, fast schon entschuldigend, vorwärts, als ob er irgendwie überrascht wäre, überhaupt vorgelassen zu werden. Seine Kleider waren andererseits alles andere als bescheiden – eine dicke, violette Robe, über der ein goldenes Messgewand lag. Er trug die Zeichen des Hohen Senats, den doppelköpfigen Adler unter dem Schädel im Heiligenschein.

Ich kannte seinen Namen, hatte ihn aber nie persönlich getroffen. Das war durchaus nicht ungewöhnlich – selbst die leitenden Angestellten des Administratums beliefen sich auf Zehntausende, auch wenn dieser hier wohl einflussreicher als die meisten war.

Aus eingefleischter Gewohnheit heraus analysierte ich vollkommen bewusst, wie er am schnellsten zu töten wäre. Das optimale Ergebnis – das ich nach weniger als einer Mikrosekunde des Nachdenkens ermittelte – belustigte mich etwas.

»Kanzler Tieron«, sagte ich.

Ich verbeugte mich nicht. Es mag jene geben, die eine Abwesenheit dieser traditionellen Höflichkeitsformen als Arroganz ansehen, aber es ist doch so, dass wir uns nur vor dem Gebieter der Menschheit verbeugen, und jede andere Verbeugung daher eine schwerwiegende Respektlosigkeit wäre. Ich versuchte trotzdem, möglichst unbedrohlich zu wirken, und streckte meine Hand aus, um ihn in meine Privatgemächer zu bedeuten.

»Schild-Captain«, sagte Tieron, verbeugte sich wie üblich und ging hinein.

Ich trug keine Rüstung, nur die einfache schwarze Robe meines Ordens. Dennoch war ich um ein Drittel größer als Tieron und weit muskulöser gebaut. Meine Räumlichkeiten waren zweifellos schmuckloser, als er es gewohnt war, waren sie doch aus unverputztem Stein und ausschließlich von Kerzenlicht erhellt. Die einzige Abweichung von dieser Enthaltsamkeit war mein Stapel ledergebundener Bücher, von denen einige von einem glitzernden Stasisfeld umgeben waren, um ihre fragilen Inhalte zu schützen.

»Ich danke Euch für diese Audienz«, sagte der Mann und machte es sich auf dem Stuhl bequem, den ich für ihn ausgewählt hatte. Ich setzte mich ihm gegenüber. Ich hätte es bevorzugt zu stehen, aber tat was ich konnte, um es ihm weniger unangenehm zu machen.

»Es gibt nichts, für das Ihr dankbar sein müsstet«, sagte ich. »Der Kanzler des Senatorum Imperialis ist hier stets willkommen. Auf Euch muss eine schwere Bürde lasten.«

Er lächelte ein freudloses Lächeln. »Nichts im Vergleich zu der Euren«, sagte er. »Ich werde Euch nicht länger aufhalten als nötig – ich erbitte eine Audienz mit dem Captain-General. Mir ist bewusst, dass das schwierig ist, aber ich handle im Auftrag des Senats. Es war schwierig, herauszufinden, wen ich diesbezüglich ansprechen sollte, denn mir wurde gesagt, dass beide Tribune verhindert seien, deshalb – ich sage es noch einmal – bin ich dankbar, dass Ihr die Zeit gefunden habt.«

Tieron lag richtig – beide Tribune waren verhindert. Heracleon ging seinen rituellen Pflichten als Meister der Hataeronwache, den Gefährten des Imperators, nach und hätte auf niemandes Vorladung geantwortet. Italeo, sein Gegenstück, befand sich im heiligen Krieg und war ähnlich unmöglich zu erreichen für alles außer den allerwichtigsten Anliegen. Der Kanzler, so war mir von meinem Sekretär berichtet worden, war auf den ersten Umstand vorbereitet gewesen, nicht aber auf Letzteren.

Ja, die Custodes kämpften. Ja, das hatten wir seit Jahrtausenden getan. Wie sonst hätte unsere Gemeinschaft vorbereitet bleiben können? Nur die Art und die Umstände unserer Kriegsführung waren in jenen Tagen des Übergangs ein Thema, nicht die Tatsache an sich.

»Dem Captain-General ist die Situation im Senat bewusst«, sagte ich.

»Es ist eine heikle Phase«, sagte Tieron. »Ihr müsst mich verstehen. Ich handle nicht im Auftrag irgendeiner Gruppierung, sondern bin verpflichtet, wenn mich einer von ihnen fragt.«

»Verstanden.«

»Aber Ihr seid Euch der Diskussionen bewusst.«

»Vollkommen.«

»Und dass die Kriegsangelegenheiten einen kritischen Punkt erreichen.«

Ich vermute, dass das niemand im ganzen Imperium besser wusste als wir.

»Der Captain-General hat schon vor fünfzehn Jahren seine Ablehnung eines Sitzes im Senatorum Imperialis deutlich gemacht«, sagte ich. »Seine Ansichten haben sich nicht geändert.«

»Aber der Platz muss gefüllt werden«, sagte Tieron leise.

Er hielt sich ziemlich gut. Ich habe Männer und Frauen in blinde Panik verfallen sehen, wenn sie mit einem der unseren konfrontiert wurden. Der Kanzler fürchtete sich – was normal war –, aber er war weder närrisch genug, es zu verbergen, noch feige genug, um darüber die Fassung zu verlieren. Er wusste offensichtlich, was die feststehende Meinung des Adeptus Custodes war, aber ebenso, dass unser Meister kurz davor war, fünfzehn Jahre nach dem Tod der Sprecherin Iulia Lestia vom Ordo Malleus, den Posten zu akzeptieren. Jetzt, da Kanzler Brach auch noch fort war, ergab sich eine neue Chance.

»Ist sich der Senat darüber einig?«, fragte ich.

Die Frage war zwar überflüssig – wir kannten die Positionen aller verbleibenden elf Hohen Senatoren –, aber mich interessierte Tierons Antwort.

»Ich diene dem Senat seit achtzig Jahren«, sagte er. »Ich habe noch nie erlebt, dass er sich in irgendetwas einig war.« Er beugte sich in seinem Sitz vor und legte seine Hände ineinander. »Als das letzte Mal eine Teilung vorgeschlagen wurde, war die Stimmverteilung mit jeweils sechs für jeden Antrag ausgewogen, sodass nichts getan wurde. Ich kann nicht anders, als zu glauben, dass die Lage seitdem verzweifelter geworden ist. Der Vorschlag ist einfach, Schild-Captain – diese Frage in Eure Hände zu übergeben.«

»Angenommen, alle Senatoren würden wieder so stimmen wie zuvor.«

»Eine sichere Annahme.«

»Allerdings ist nichts in dieser Galaxis sicher, oder?«

»Deshalb der Wunsch, es in Betracht zu ziehen.«

Ich lächelte. Ich mochte diesen Mann.

Es gab eine Zeit, da verachtete ich die Sterblichen. In den frühen Jahren meines Dienstes, als meine physische Perfektion schon erreicht war, ich aber noch wenig von den tiefen Wahrheiten des Universums wusste, sah ich sie als Ärgernisse, Hindernisse, stets in der Gefahr, sich in Korruption oder nutzlosen Bestrebungen zu verstricken.

Navradaran von den Ephoroi änderte meine Meinung. Er hatte mehr Zeit außerhalb der Begrenzungen des Palastes verbracht als die meisten von uns, und sein Rat hatte große Wirkung auf mich. In diesen düsteren Tagen sehe ich die Menschen im Grunde als Kinder, was gar nicht herablassend gemeint ist. Sie haben das Potenzial, so viel mehr zu sein, aber wir, ihre Vormunde, werden eine solche Zukunft niemals herbeiführen, wenn wir uns ausschließlich auf ihre unausweichlichen Verfehlungen konzentrieren.

Jeder versagt, selbst die Größten von uns. Wir, möglicherweise am meisten von allen anderen, müssen uns das im Gedächtnis behalten.

»Ihr sorgt Euch um Cadia«, sagte ich.

Er nickte ernst. »Nichts bereitet mir mehr Sorgen. Ich lese die Nachrichten und habe Albträume. Richtige Albträume, solche, die mir den Schlaf rauben, den ich brauche. Das ist der Beweggrund für all das hier. Das ist es, was sich ändert.«

»Es ist nur eine Welt.«

»Es ist das Tor.«

»Eines von vielen.«

Er zuckte mit den Schultern. »Ihr werdet mehr wissen als ich, aber um ehrlich zu sein waren die Hohen Senatoren noch nie so aufgewühlt. Sie glauben, dass wir sie verlieren werden.«

»Dann sagt mir – welchen Unterschied würde eine Teilung machen?«

»Ich weiß es nicht. Ich bin kein Mitglied des Senats. Meine einzige Aufgabe hier ist, jenen ihre Möglichkeiten aufzuzeigen, die zu entscheiden haben.«

Ich betrachtete ihn aufmerksam. Während wir gesprochen hatten, hatte ich meine Beurteilung vorgenommen. Er war gewitzt, so viel war sicher. Diese Gewitztheit wurde zu einem gewissen Grade von seiner Überschwänglichkeit unterminiert, die aber auch eine Überkompensation von tiefer liegenden Zweifeln sein konnte. Das Imperium ist ein Ort für die Starken und die Schonungslosen – dieser Tieron war eindeutig keins von beidem und deshalb gezwungen gewesen, andere Strategien für sein Überleben zu entwickeln. Das konnte ich ihm kaum vorwerfen.

Meine Meister würden dennoch wissen wollen, ob man ihm trauen konnte. Mein Bauchgefühl sagte mir, dass man es konnte. Es ist schwer, uns zu täuschen, selbst für die raffiniertesten Seelen, und ich zweifelte, das Tieron es auch nur versuchen würde.

»Wir sind kein Teil Eures Imperiums«, sagte ich. »Wir mischen uns nur dann ein, wenn wir glauben, dass sein Wille es verlangt. Glaubt Ihr wirklich, Kanzler, dass Eure erbetene Audienz mit dem Captain-General irgendeinen Einfluss auf sein Urteil haben könnte?«

Das war die Frage. Sie war es, die entschied, ob er verlor oder gewann. Ich erwartete mit einigem Interesse seine Antwort, und es gefiel mir, dass er nicht zögerte.

»Ich möchte nicht respektlos erscheinen«, sagte er und sah mir in die Augen, »aber ja, ich bin mir sicher, das könnte sie.«

»Ihr seid zuversichtlich.«

»Ich bin mir bewusst, was auf dem Spiel steht.«

»Und wir nicht?«

»Nur fünf Minuten mit ihm«, sagte Tieron ernst. »Dann werden wir sehen.«